Ullstein

ÜBER DAS BUCH:

›Laß das Riff ihn töten‹
Bei Hochseeregatten geht es um große Summen und internationale Karrieren. Es wird mit höchstem Einsatz gespielt und nicht selten mit dem Leben. Das muß auch der junge, aufstrebende Konstrukteur Charles Agutter aus Pulteney erfahren, einem malerischen Fischerstädtchen an der Südküste Englands.
Charlie rüstet seine Rennyachten mit einem sensationellen neuen Ruder aus, das sie in der bevorstehenden Regattaserie um den Captain's Cup zu Favoriten macht. Oder steckt doch ein verborgener Konstruktionsfehler darin? Üble Gerüchte verbreiten sich, als der Prototyp mit Charlies Bruder und einem Freund an Bord offenbar wegen Ruderschadens auf dem Riff vor Pulteney im Sturm zerschellt. Zwei Tote . . .

›Ein Leichentuch aus Gischt‹
Der junge James Dixon, Holzhändler und Profisegler, lebt im südenglischen Fischerdorf Pulteney. Mit seinem Freund Charles Agutter segelt er einen 20 m langen Rennkatamaran, der ihn praktisch den letzten Penny kostet. Deshalb hält Dixon nach einem Sponsor aus der Industrie Ausschau, dessen Finanzspritze ihm helfen soll, eine Regattaserie im Ärmelkanal und danach das Hochseerennen zu gewinnen, das nonstop um Irland und England führt.
Doch seinen Freunden und Kollegen, die sich sponsoren lassen, stoßen seltsame und gefährliche Dinge zu. Ein Trimaran und ein Katamaran kentern, Menschen kommen ums Leben. Das gibt dicke Schlagzeilen . . .

DER AUTOR:

Sam Llewellyn hatte sich bereits mit mehreren maritimen Sachbüchern in England einen Namen gemacht, als 1987 mit *Laß das Riff ihn töten* sein erster Roman erschien. Er ist selbst ein erfahrener, leidenschaftlicher Segler und nahm an zahlreichen Hochseeregatten teil. Auf den rauhen Scilly-Inseln geboren, lebt Llewellyn jetzt mit seiner Familie in Herefordshire, Südwestengland, und teilt seine Zeit auf zwischen dem Segeln und der maritimen Publizistik.

Sam Llewellyn

# Laß das Riff ihn töten
# Ein Leichentuch aus Gischt

### Zwei Romane

Ullstein

ein Ullstein Buch
Nr. 23530
im Verlag Ullstein GmbH,
Frankfurt/M – Berlin
Titel der Originalausgaben:
»Dead Reckoning«
»Blood Orange«
Aus dem Englischen von
Brunhild Seeler

Umschlaggestaltung:
Theodor Bayer-Eynck
Foto: Patrick J. La Croix/
The Image Bank
Alle Rechte vorbehalten
© 1987, 1989 by Sam Llewellyn
© Übersetzungen 1989, 1990 by
Verlag Ullstein GmbH,
Frankfurt/M – Berlin
Printed in Germany 1995
Druck und Verarbeitung:
Ebner Ulm
ISBN 3 548 23530 1

Januar 1995
Gedruckt auf alterungs-
beständigem Papier mit
chlorfrei gebleichtem Zellstoff

Vom selben Autor
in der Reihe
der Ullstein Bücher:

Schuß in die Sonne (22417)
In Neptuns tiefstem Keller (23235)
Als Requiem ein Shanty (23351)

Die Deutsche Bibliothek –
CIP-Einheitsaufnahme

**Llewellyn, Sam:**
Lass das Riff ihn töten : zwei Romane /
Sam Llewellyn. [Aus dem Engl. von
Brunhild Seeler]. – Frankfurt/M ; Berlin :
Ullstein, 1995
   (Ullstein Buch ; Nr. 23530)
   ISBN 3-548-23530-1
NE: GT

Sam Llewellyn

# Laß das Riff ihn töten

Roman

Dieser Roman ist frei erfunden. Namen, Personen, Schauplätze und die geschilderten Ereignisse entstammen der Phantasie des Autors. Jede Übereinstimmung mit wirklichen Personen, Orten oder Vorfällen wäre zufällig und unbeabsichtigt. S. L.

# 1

Es war noch dunkel, als ich plötzlich wach wurde. Es war 4 Uhr 03. Das Dach ächzte im Sturm, aber dieses Geräusch wurde von einem dunkleren Heulton überlagert. Da wußte ich, warum ich aufgewacht war.

Als ich mich aus dem warmen Bett wälzte, begann ich zu frösteln. Wollene Unterwäsche, Jeans, imprägnierter Wollpullover, dicke, wasserfeste Socken. Runter in die Küche. In der Spüle stapelte sich das schmutzige Geschirr vom Abendessen. Ein Blick auf den Wasserkessel, doch leider war keine Zeit für Kaffee. Schon stand ich in der Diele, zwängte mich in die halbhohen gelben Gummistiefel mit den rutschfesten Sohlen, in die gelbe Ölhose, die Öljacke, stülpte Wollmütze und Südwester über. Draußen traf mich die Wucht des Windes wie ein nasser Sack; er beutelte mich und pustete mir den Kopf klar, während ich die Quay Street runter und dann durch die Fore Street rannte. Asphalt und Häuserfronten glänzten regennaß im Schein der gelben Straßenlampen. Es hätte jede x-beliebige englische Kleinstadt um vier Uhr morgens sein können, wäre nicht der Wind gewesen, der salzig war, und dieses auf- und abschwellende Heulen, das, während ich durch die Fore Street zum Ufer rannte, immer lauter wurde.

Es sah böse aus. Wie böse, das hatte ich in meiner fünfundzwanzigjährigen Erfahrung mit Pulteney beurteilen gelernt. An einem ruhigen Julitag sah es hier aus wie auf dem Poster eines Reisebüros: weiße, sich an den Hügel schmiegende Häuser über einem blauen Meer, dessen Schaumkronen aus Spitzengewebe zu bestehen schienen. Aber die Spitze war jetzt zu Gischtschwaden geworden, die wütend über die akkurat abgezirkelten Tulpenbeete und über ein Auto hinwegfegten, das irgendein Idiot auf der landeinwärts gelegenen Straßenseite stehengelassen hatte. Mit eingezogenem Kopf rannte ich im Schutz des Zollgebäudes auf das Wellblechdach zweihundert Yards weiter links zu.

Ein salzzerfressener Cortina preschte vorbei, Fontänen von Spritzwasser hochschleudernd. Ich rannte weiter. Vor dem Wellblechdach brannte ein helles weißes Licht. Es fiel auf zwei Männer, die gerade aus dem Cortina sprangen und durch die Toreinfahrt liefen. Ich war eine Minute nach ihnen drin und mußte blinzeln in dem grellen Schein, der die weißen Aufbauten und den marineblauen Rumpf der *Edith Agutter* beleuchtete. »Wieder mal der letzte«, sagte Bootsführer Chiefy Barnes, die buschigen Augenbrauen unter der Krempe seines Südwesters tadelnd zusammengezogen.

»Was liegt an?« fragte ich. Vier Minuten hatte ich seit dem Alarmsignal gebraucht.

»Eine Yacht«, sagte Chiefy. »Bei den Teeth.« Er drehte sich um. »Maschinen an!«

Die beiden Diesel im Bootsinnern begannen zu husten und setzten sich nach der ersten Umdrehung des Schwungrads sanft in Gang. Wie gern ich jetzt einen Kaffee gehabt hätte! Eine Yacht also. Diese Einsätze mochte ich nicht. Zu viele meiner Freunde hatten mit Yachten zu tun.

»Schuppentür auf«, befahl Chiefy. »Jeder auf seinen Posten.«

Das Brausen des Windes ging in ein Heulen über. Jenseits des schützenden Holzschuppens warteten Regen und Wind. Ich pickte meine Sicherheitsleine ein. Die Lichter gingen aus.

»Also los«, sagte Chiefy. Ein dumpfes Rumpeln, als die Bremskeile weggenommen wurden, dann setzte sich das Rettungsboot in Bewegung, begann im Wind zu schwanken, als es durchs Tor nach draußen glitt. Der Schlitten unter seinem Kiel rumpelte kurz in jenem Moment der Schwerelosigkeit, als eine 20-Tonnen-Maschine und zwölf Mann das taten, was die Schwerkraft von ihnen erforderte. Dann dieser Druck auf die Kniegelenke, als das Boot mit einer enormen Gischtfontäne ins Wasser einsetzte, sich schüttelte und Fahrt aufnahm. Ich ging unter Deck, um zu schauen, ob nicht eine Tasse Kaffee aufzutreiben war. George saß in seine Ecke gezwängt und murmelte etwas ins Funkgerät. Es roch nach Heizöl und Bilge hier unten, die *Edith Agutter* war ein betagtes Boot und hätte längst ersetzt werden müssen. Sie war nach meiner Großmutter benannt, und meine Großmutter war seit 40 Jahren tot.

Jerry gab mir einen Becher Kaffee, und ich trank. Er war süß und glühend heiß.

George sagte: »Nichts. Keine Funkverbindung mehr.«

Das klang nicht gut. Und es sah auch nicht gut aus, nach dem Arbeiten des alten Bootes zu urteilen, das sich mühsam seinen Weg durch den groben Seegang bahnte. Als wir eine Stunde später an der Unfallstelle waren, sah es sogar noch schlimmer aus. Ich war jetzt an Deck. Wir alle waren an Deck.

Der Wind schleuderte Gischtfahnen übers Cockpit, und durch die Windschutzscheibe des im Halbkreis fahrenden Bootes wirkten die vorbeirollenden Wogen in der Morgendämmerung wie schwarze Ungetüme. Nur da, wo sich das Riff – die Teeth – über eine Meile lang am südlichen Horizont erstreckte, wurden die Wellen zu sahnigem Schaum zermalmt, aus dem hier und da der Hauer eines Felsens hervorschaute. Schlimm sahen sie heute morgen aus, die Teeth.

»Ziemlich aussichtslos, das Ganze«, sagte Jerry. Er warf mir einen kurzen Blick zu und schaute schnell wieder weg.

Chiefy massierte die beiden Gashebel, und wir tasteten uns näher an den Saum des kochenden Wassers heran, wo die Gischt wie Rasierschaum umherflog. Ich spürte, daß ich trocken schluckte; mein Mund war wie ausgedörrt. Chiefys Miene war ganz Konzentration; bestimmt summte er jetzt monoton vor sich hin, das wußte ich aus Erfahrung. Und ich wußte auch: Wenn überhaupt jemand bis dorthin vordringen konnte, wo inmitten jener Klippen ein Unglück geschah, dann war Chiefy dieser Jemand.

Behutsam, Meter um Meter, arbeitete sich die *Edith Agutter* weiter heran. Ihre Bewegungen wurden willkürlich und abrupt. Schwere Wassermassen prasselten gegen die Frontscheibe und liefen zischend wieder ab.

»Da ist sie«, sagte Jerry.

Es war nicht schwer, sie auszumachen, wenn man erst mal wußte, wonach man zu suchen hatte. Schwierig war es nur gewesen, weil wir nach einer Yacht Ausschau gehalten hatten. Aber das da war nur eine undefinierbare weiße Masse, die, einer riesigen Eierschale gleich, zwischen den Granitbrocken hin und her torkelte, mit einem nach oben ragenden Stumpf, der sich bei näherem Hinsehen als gebrochener Mast mit einer Wuling von Riggresten entpuppte.

»Da ist kein Schwanz mehr drin«, sagte Chiefy. Und wie immer hatte er recht.

Wir beobachteten das träge Rollen des zerschmetterten Rumpfes, und ich spürte, daß mein Herz sehr hart und langsam schlug. »Vielleicht treibt noch irgendwo die Rettungsinsel«, sagte Jerry. Aber er wußte so gut wie wir alle: Wenn es wirklich eine Rettungsinsel gegeben hatte, dann war diese ebenfalls auf die Felsen geschleudert worden. Die Chance der Insassen auf ein Entkommen war dabei ebenso gering gewesen, als hätten sie in einem Betonmischer zu schwimmen versucht.

»Wir warten besser auf die Tide«, sagte Chiefy. In weitem Bogen brachte er die *Edith Agutter* langsam herum, raus aus der kabbeligen

Rückströmung und in den wiegenden Rhythmus der See. Dort begann er, leewärts vom Riff zu kreuzen. Hier war es ruhiger, und mit der einsetzenden Morgendämmerung ließ der Wind etwas nach. Seewärts stand Sprühnebel wie eine Wand über dem Riff.

Wie immer war es Chiefy, der sie als erster sah. Eine gelbe Rettungsinsel kam aus der Nebelwand gedriftet, ein kleines Gummizelt über aufgeblasenen Luftkammern mit einem Gummiboden. Das Deck sackte mir unter den Füßen weg, als Chiefy Gas gab. Wir machten uns bereit. Die Insel lag jetzt an Steuerbord voraus, so daß ich derjenige war, der sie mit dem Bootshaken zu fassen bekam. Zwei der Luftkammern hatten ein Loch, sie war fast überspült. Wir holten sie nach achtern, bis der Eingang der Rettungsinsel mit dem Cockpit auf gleicher Höhe lag. Es war schwierig, im dunklen Inneren etwas zu erkennen. Aber das brauchte ich sowieso nicht, ich wußte Bescheid.

Wir holten zwei Leute heraus. Der erste Mann hatte mit dem Gesicht nach unten in fußhohem Wasser gelegen und wäre ertrunken, hätte er nicht durch einen Schädelbruch schon den Tod gefunden. Der andere lebte noch, was ein Wunder war. Wir holten ihn sehr behutsam heraus. Er war noch halb bei Bewußtsein, aber seine Beine hingen schlaff herab, denn er hatte ein gebrochenes Rückgrat. Als wir beide Männer unter Deck hatten, forderten wir einen Hubschrauber für den Verletzten an und nahmen Kurs auf Pulteney.

»Sie wird sowieso freikommen vom Riff und dann sinken«, sagte Chiefy. »Sinnlos, auf die Tide zu warten.« Das sagte er zu mir, und nur zu mir. Ich wußte, warum.

Die Yacht auf den Teeth, die mit der nächsten Flut sinken würde, hieß *Aesthete*. Sie war nach meinen Plänen gebaut. Und der Tote hieß Hugo Agutter. Er war mein jüngerer Bruder.

2

Eine seltsame Stille überkommt Pulteney immer, wenn das Rettungsboot in einer bösen Nacht ausläuft. Eine besorgte Stille zunächst; die Vorgängerin der *Edith Agutter* liegt zerschellt in den Felsspalten der westlichen Teeth. Eine angespannte Stille dann, wenn der Bergungshelikopter durch die Luft dröhnt. Und ist die Nachricht erst herum, weicht die Anspannung der Stille der Erschütterung. Ein Toter, ein Rückgratverletzter. Der Tote ein Einheimischer; der Rückgratverletzte ein Yachteigner. Die Nachricht geht schnell herum: vom Rettungsbootmann, der sich unter der Dusche erschöpft das Salz abseift, bevor er zur Arbeit aufbricht, zu seiner Frau, die schmale Fischstückchen zum Frühstück brät; von seiner Frau zum Milchmann, vom Milchmann zum Briefträger. Und weiter durch die engen Straßen mit ihren weißen Häusern, wo die Urlauber und die Segler leben, hinauf zu den Siedlungen des sozialen Wohnungsbaus auf dem Naylor's Hill, und wieder hinunter zu den alten Lagerhäusern am Hafen, wo die Segelmacher und die Yachtdesigner ihr Tagwerk beginnen. Und manchmal, wenn schon das ganze Dorf Bescheid weiß, verbreitet sich die Nachricht auch noch überall im Land.

Ich ging in die Garage. Mein rostiger BMW prustete kurz und sprang an. Grauer Regen prasselte auf die Windschutzscheibe, auf die Pflastersteine und die Blumenkästen. Es war eine Straße, die Hugo gut gekannt hatte. Hier hatten wir radfahren gelernt, bevor Pulteney ein Yachthafen geworden war. Der Verkehr hatte an jenen Tagen aus Yeos Lieferwagen bestanden, mit dem er jeden Morgen den unten im Hafen angelandeten Fisch holte. Damals konnte man im westlichen Revier noch wirklich Fisch fangen. Seinerzeit hatte auch noch keine Veranlassung bestanden, Autos mit Verbotsschildern von den Dorfstraßen zu verbannen.

Ich fuhr an Maginnis Schaufenster vorbei. Früher war der Fensterrahmen aus Holz gewesen, mit Scheiben, die die verstaubten Leckereien dahinter seltsam verzerrten. Inzwischen waren sie aus Verbundglas, ein Andenken an Hugos ersten Versuch, sich selbst das Autofahren beizubringen. Ich war sein Lehrer gewesen und erinnerte mich jetzt wieder, wie ich hysterisch lachend in einem Stapel alter Zeitungen und Krabbennetze saß, während es von dem zu Bruch gegangenen Fenster Scherben auf unser Autodach regnete.

Die neuen Häuser am Ortsrand tauchten auf und zogen vorüber. Hier draußen waren die Straßen breiter und erlaubten schnelleres Fahren. Ich spürte, wie mir dir Tränen kamen. Armer Hugo. Aber ihm nützte alle Trauer nichts mehr. Wer jetzt des Trostes bedurfte, das war Sally.

Sie hatte sich mit Hugo verlobt, als ich in Southampton war, wo ich Vorlesungen über Schiffbau belegt hatte. Lächerlich früh, wie ihre und unsere Eltern fanden. Hugo wollte immer der erste sein, daran lag's vermutlich. Aber es ging gut, und sie lebten glücklich miteinander. Sehr glücklich. Bis heute morgen.

Hugos Haus – jetzt Sallys Haus – war langgestreckt und flach, aus grauem Granit, und lag versteckt unter einem mit windzerzausten Eichen bestandenen Hügel. Die Toreinfahrt stand offen wie immer. Das Haus aber sah verschlossen aus, die Fenster waren blind und naß vom Nieselregen. Sallys Peugeot Kombi stand, schief geparkt, in der Auffahrt.

Sally kam mir entgegen. Sie trug einen blauen Pulli und wie immer blaue Jeans, die ganz unmodern eng waren, aber ihre schönen langen Beine zur Geltung brachten. Sie hatte einen guten, ägyptisch anmutenden Kopf, den dickes schwarzes Haar umrahmte, mit feinmodellierten, vorstehenden Backenknochen und hohlen Wangen. Ihr Mund war breit und rot, die Augen waren langgezogen und unter den dichten schwarzen Wimpern erstaunlich grün. Sie sah jetzt blaß aus, ihr Gesicht wirkte eingefallen. Geweint hatte sie noch nicht, vielleicht wußte sie es noch nicht. Aber sobald ich näherkam, bemerkte ich ihren benommenen Blick und auch, daß sie sich nicht mit der üblichen Anmut, sondern zögernd und schleppend bewegte. Als unsere Blicke sich trafen, waren ihre Augen voll Leid.

»Laß uns reingehen«, sagte ich. Das Haus war vollgestopft mit chinesischen und Londoner Antiquitäten. In der Halle stand ein Elizabeth-Frink-Vogel, gekrönt mit einer Yachtmütze. Hugos Yachtmütze.

»Amy hat angerufen«, sagte sie. »Henry hat eine gebrochene Wirbelsäule.«

»Ich weiß«, sagte ich und wollte weiterreden, doch sie unterbrach mich. »Und du bist gekommen, um es mir zu sagen. Danke, Charlie, aber ich weiß es schon.«

Ich führte sie zu einem Sessel. Ihre Wangenmuskeln waren gespannt. Sie wollte kein Mitleid. »Charlie«, sagte sie, »warum machst du dir nicht ein kleines Frühstück?«

Die Küche war groß und hell, mit einem Wachstuch auf dem Tisch und Gemälden über der Anrichte. Die meisten Bilder waren Schiffsmotive, zum Beispiel eines vom St. Ives Harbour mit Schonern von Alfred Wallis und eines von Alan Lowners mit Dampfschiffen. Ich war todmüde, mir war flau im Magen, und ich hatte einen schalen Geschmack im Mund. Ich schlug Eier in die Pfanne und dachte daran, wie oft wir nach einer durchsegelten Nacht hier gestanden hatten, Hugo und ich, und in diesem Raum, das Salz noch auf dem Buckel, gefrühstückt hatten. Nebenan hörte ich Sallys Stimme am Telefon murmeln. Es war einfach nicht faßbar, daß Hugo nie mehr wiederkehren sollte. Sally kam rein, als der Kaffee durchgelaufen war. Sie hatte sich wieder unter Kontrolle.

»Ich werde mich – darum kümmern«, sagte ich. Ihre Hand, die sie auf meine legte, war kalt und trocken. Dann ging sie hinaus.

Ich trank meinen Kaffee. Die Sonne kam hervor, und ich sah Schwarzdrosseln auf dem Rasen herumhüpfen, unter sich im Wind wiegenden Rhododendren.

Das Telefon läutete. Ich nahm ab.

Es war eine Frauenstimme, sie klang brüchig und bis zum Äußersten angespannt. »Sally?« fragte sie. »Liebes, wenn es irgendwas gibt, das ich für dich tun kann ...«

»Sally ist leider nicht da«, sagte ich. »Hier ist Charlie Agutter.«

»Oh.« Schweigen. Ich kannte die Stimme, sie gehörte Amy Charlton, Henrys Frau. Dem Mann mit der gebrochenen Wirbelsäule. »Ich vermute, Sie waren auf dem Rettungsboot«, sagte sie.

»Ja.«

»So. Henry ist bei Bewußtsein«, sagte sie gepreßt. »Aber er ist gelähmt.«

»Ja. Es ist schrecklich.«

»Das sollten Sie, verdammt noch mal, auch schrecklich finden«, sagte sie, plötzlich lauter werdend. »Letzte Nacht hatte ich einen völlig gesunden Mann. Und heute morgen haben sie ihn nach Stoke Mandeville gebracht, falls Sie wissen, was das ist. Er wird nie wieder gehen können, und ich werde den Rest meines Lebens damit zubringen dürfen, ihm die Windeln zu wechseln.«

»Stoke Mandeville ist sehr gut bei der Behandlung von Querschnittsgelähmten«, sagte ich, so sanft ich konnte.

»Sie brauchen mir nicht zu erzählen, wer worin gut ist, Mr. Agutter. Sie elender Yachtdesigner! Dieses Boot war Ihre Konstruktion und ist zu Bruch gegangen, und Sie haben Ihren Bruder umgebracht und Henry zum Krüppel gemacht. Glauben Sie bloß nicht, daß ich jetzt einfach rumsitze und nichts unternehme in dieser Sache. Pack seid ihr doch alle hier in Pulteney, Piraten! Henry war nur der Dumme für Sie, nicht wahr, Sie haben sein Geld genommen und ihm eine Todesfalle gebaut.« Dann war die Leitung tot.

Ich legte langsam auf und versuchte, ruhig durchzuatmen. Meine Beine waren wie Gummi. Sie hat recht, dachte ich, es war meine Schuld. Wenn das Boot zu Bruch gegangen ist, habe ich die beiden auf dem Gewissen.

Dann wanderte mein Blick zu den Farbfotos über dem Telefon: eine Hochsee-Rennyacht, das Deck vollgestopft mit Segeln, Tauwerk und Leuten: *V. Ex*, Sieger beim Eintonnercup, dem schärfsten Test für nach neuesten Erkenntnissen gebaute Rennschlitten; Designer Charlie Agutter. Ein Designer guter Boote. Siegerboote. Kein Designer von Todesfällen. Schließlich konnte ein Boot auch ohne Konstruktionsfehler zu Bruch gehen oder auf einem Riff landen.

## 3

Vor fünfzehn Jahren war Pulteney ein hübsches kleines Fischerdorf gewesen. Es hatte einen langen, windgepeitschten Strand, an dem kluge Leute lieber nicht badeten, und einen hufeisenförmigen Hafen voller Fischerboote. Durch seine Lage an diesem ungünstigen Abschnitt der Südküste zwischen Bridport und Torquay war es von den Massen praktisch unbehelligt geblieben.

Das änderte sich radikal nach dem Tod von Lord Cerne und dem darauffolgenden Verkauf von Bollard Row, einem malerischen Arme-Leute-Viertel an einer Gasse mit Kopfsteinpflaster, die zu schmal war, um Autos durchzulassen. Käufer war der fünfundzwanzigjährige Schrotthändler Frank Millstone aus Deptford gewesen, der, wenngleich noch jung an Jahren, schon sehr klare Vorstellungen über die Zukunft gehabt hatte, eine Zukunft, in der er sich selbst als feudalen Unternehmer sah. Mit seinen Bauarbeitern und Architekten hatte er die Bollard Row zu einem Schaustück des malerischen Nostalgielooks an der Küste gemacht. Und bald darauf hatte er an Bord seines Fünfzig-Fuß-Katamarans eine Ladung Journalisten in den Hafen gekarrt, um ihnen seine Vorteile als Yachtmarina zu zeigen. Der Pulteney-Boom war da. Weitere Straßen kamen zum Verkauf, und die Leute, die jahrelang in ihnen gelebt hatten, zogen in die Blocks des sozialen Wohnungsbaus oben auf dem Hügel. Die neuen Eigentümer ihrer ehemaligen Häuser waren auch die Eigner der gepflegten Yachten, die unten im Hafen den Platz der Fischerboote eingenommen hatten. Die Spearman-Werft, seit eh und je einer der größten Arbeitgeber in Pulteney, zog auf ein neues Werksgelände um und verdoppelte ihre Belegschaft.

Eines der wenigen Häuser in Pulteney, auf das seine Hand zu legen Millstone nicht geschafft hatte, war unseres: ein weißes Stadthaus im georgianischen Stil, langgezogen und niedrig, mit zwei Stockwerken und einem gewaltigen Erker. Sich eng an den Hügel schmiegend, bot es eine Aussicht über den ganzen Hafen. Es war 1817 von meinem Ur-Urgroßvater gebaut worden, einem trägen Mann, der die meiste Zeit seines Lebens damit zugebracht hatte, im Erker zu sitzen und mit dem Fernglas nach Schiffen auszuspähen. Es war eines jener Häuser, die man keinesfalls schön nennen konnte, und doch stimmte jedes Detail. Generationen von Agutters hatten diesem Haus eine Liebe entgegengebracht, die schon an Besessenheit grenzte. Auch Millstone war seiner Ausstrahlung erlegen. Er hatte uns umgehend ein entsprechendes Angebot gemacht, und die Agutters hatten es ebenso prompt abgelehnt.

Trotz unseres Widerstandes gegen Frank Millstone hatten wir Agutters mit dem Pulteney-Boom aber keinen schlechten Schnitt gemacht. Mein Vater war Eigner einer etwas heruntergekommenen Küstenreederei gewesen und hatte eines seiner Schiffe noch selbst gefahren. Aktivposten der Gesellschaft waren vier 1000-Tonnen-Rostpötte und ein Lagerhaus unten am Kai gewesen.

Die Schiffe waren an einen griechischen Kohlenhändler verkauft und das Lagerhaus in Büroräume für Firmen umgebaut worden, die sich im Glanz des neuen Pulteney sonnen wollten. In einem Sommer entwarf ich ein Boot für einen Bankier, ich hatte ihn im Yachtklub kennengelernt, den Millstone beim ehemaligen Netzeschuppen am Hafen anlegen ließ. Und der Bankier hatte es geschafft, dieses Boot bis in den Captain's Cup zu segeln. Seine Mannschaft war zweite geworden, was ermutigend war, weil der Captain's Cup zu den vier wichtigsten Regatten der nördlichen Halbkugel zählt. Pulteney versorgte nun in Europa, Australien und in den USA wichtige Hochseerennen mit Regattabooten, von denen nicht wenige meinem Reißbrett entstammten.

Meine Mutter war während meiner Studienzeit gestorben, und mein Vater und ich bewohnten jeder eine Hälfte des Hauses. Die einzige Bedingung meines Vaters war gewesen, daß er den Teil mit dem Erker bekam, war er doch in einem Alter, da ein Lehnstuhl, ein Fernglas und der emsige Verkehr im Hafen seine einzige Unterhaltung bedeuteten.

In diesem Erker verbrachte er seine Tage, die Beine in ein grellgemustertes Schottenplaid gewickelt, versorgt von einer anmaßenden, aber tüchtigen Pflegerin. Schwester Bollom wohnte in einem muffigen, blankgescheuerten Raum im Dachgeschoß, und ich hatte gelernt, mit der Tatsache zu leben, daß sie mich von ganzem Herzen verabscheute.

Ich parkte den BMW auf der Pier neben dem Büroeingang und ging in mein Büro, das hinter dem von Ernie, dem Konstruktionszeichner, lag. Mein Arbeitszimmer im Lagerhaus beanspruchte einen Großteil des Erdgeschosses; ein großer kahler Raum mit einer gewaltigen Vergrößerung der *V. Ex* an der weißen Wand, mit einem Computer auf einem schwarzen Schreibtisch und einem Reißbrett, auf das Licht aus einem großen Fenster fiel. Von hier aus hatte man einen Blick über die Molenköpfe des Hafens. Wer die hallende Leere des Raumes nicht gewohnt war, mußte sich winzig darin vorkommen; nicht so Frank Millstone, der auf dem besten Weg war, diese Leere völlig auszufüllen.

Er war ein Koloß von einem Mann, mit einem kolossalen Gesicht und kleinen blauen Augen in einem Gewirr von Falten, weshalb er ständig so aussah, als wolle er jeden Moment in ein breites Grinsen verfallen. Er trug einen marineblauen Colani und verwaschene blaue Jeans. Wenn man ihn so die Quay Street hinunterstapfen sah, konnte man ihn für einen lustigen Bootstramp halten. Aber da hatte man sich gründlich getäuscht.

Frank lieh und verlieh Geld und Gerät in großem Stil. Außerdem war er auf Lebenszeit Vorsitzender des Yachtklubs von Pulteney und ein gewiefter Käufer von Rennyachten. Vor zwei Jahren hatte er den Halbtonnercup mit der von Joe Grimaldi entworfenen *Pallas* gewonnen, einem meiner Hauptkonkurrenten. Und dieses Jahr führte er etwas für den Captain's Cup im Schilde. Die Ausscheidungsrennen dazu sollten im Juni beginnen. Vor drei Monaten hatte er Charlie Agutter beauftragt, ihm ein Rennboot dafür zu entwerfen. Und ob ich nun Millstone mochte oder nicht, das war eine gute Chance für mich.

»Hallo, Charlie«, sagte er. »Wie geht's?«

»Danke.« Frank war nicht der Mann, dem man sich mit seiner Trauer um einen soeben verlorenen Bruder anvertraute.

»Wie geht's mit meinem Boot voran?«

»Montag nehmen wir uns die letzten Arbeiten vor.«

Seine Augen glitzerten in dem Faltennetz wie zwei Kühlschlangen, die abgetaut gehörten. »So? Charlie, ich will gleich zur Sache kommen: Ich mache mir Gedanken wegen des Ruders.«

Ich dachte an das Gespräch mit Amy und spürte, wie ich eine Gänsehaut bekam. »Was ist mit dem Ruder?«

»Es ist kein normales Ruder.« Was er eigentlich sagen wollte: daß es sich um ein Ruder handelte, das ich selbst unter Anwendung der neuesten Forschungsergebnisse der Royal Navy und der NASA konzipiert hatte. Die meisten Ruder verringerten die Bootsgeschwindigkeit, nicht so dieses hier. Es mußte sie theoretisch eigentlich erhöhen.

»Charlie, Hugos Boot hatte eines Ihrer neuen Ruder. Ich möchte doch lieber ein normales«, sagte Frank.

»Am Ruder gab's nichts auszusetzen«, sagte ich.

»Trotzdem möchte ich lieber ein normales Ruder«, beharrte Frank.

Erst jetzt wurde mir bewußt, daß dies keine der üblichen Diskussionen mit Kunden war. Dies hier war eine auf Messers Schneide stehende Geschäftsbeziehung, erschwert durch Franks Argwohn gegen mich, den alteingesessenen Pulteney-Bürger, und meinen Argwohn gegen ihn, den Zugezogenen. Ich sagte: »Moment mal ...«

»Werden Sie das Ruder also ändern?« fragte Frank.

»Das werde ich nicht, zum Kuckuck«, antwortete ich. »Wollen Sie mir nicht endlich sagen, was eigentlich los ist?«

»Ich schlage vor, daß Sie ins Krankenhaus fahren und mit Henry reden«, sagte er.

»Sie haben mit Amy gesprochen.«

»Vielleicht.«

»Gar nicht Ihre Art, auf Klatsch zu hören, Frank.«

Er stand auf, seine Augen blieben eiskalt. »Sprechen Sie mit Henry«, sagte er. »Und stellen Sie die Arbeit vorläufig ein. Ich habe die Zahlung stornieren lassen.«

»*Was?*« fragte ich und glaubte, meinen Ohren nicht trauen zu dürfen.

»Wir warten erst mal den Untersuchungsbericht ab«, sagte er und wogte gravitätisch hinaus.

Einen Moment saß ich wie erstarrt; mir war, als stecke mir eine kalte Kanonenkugel im Hals. Wenn Millstone und Amy glaubten, daß das Boot einen Konstruktionsfehler hatte, dann würde es nicht lange dauern, bis der Rest der Welt das ebenfalls glaubte – was eine Katastrophe für mich wäre. Denn entgegen einer weitverbreiteten Meinung machen Yachtdesigner nicht das große Geld, es sei denn, sie sind wirklich sehr erfolgreich. Ich war auf dem Weg nach oben, aber an der Spitze war ich nicht. Bei Franks Boot war ich als Konstrukteur gleichzeitig Vertragslieferant, wobei ich den Bau persönlich überwachte. Mein Honorar war im Verkaufspreis enthalten. Das war eine ungewöhnliche Regelung, die für den Eigner jedoch den großen Vorteil hatte, daß das Risiko ganz bei mir lag. Und es war nicht das einzige Risiko, das ich eingehen mußte. Um an die Spitze zu gelangen, mußte ich es schaffen, einige von mir entworfene Boote in den Captain's Cup zu bekommen. Die Ausscheidungsrennen sollten in etwa vier Wochen beginnen, entsprechende Einladungen der Rennleitung waren bereits an dreißig potentielle Teilnehmer ergangen. Einige Bewerber trainierten schon seit Monaten, andere besaßen noch nicht mal ein Boot. Was sie jedoch gemeinsam hatten, war Reichtum und ein derartiges Rennfieber, daß sie bereit waren, sechs- und siebenstellige Beträge auszugeben, nur damit ihr Boot mit Sicherheit in das Nationalteam aus drei Booten gelangte.

Mit ihrem Reichtum konnten sie sich natürlich die Besten sichern. Und wenn ich nicht unter diesen Besten war, würde ich große Schwierigkeiten mit meiner Karriere bekommen. Um mit Millstones Boot in den Captain's Cup zu gelangen, hatte ich eine Menge in das Projekt investiert, das heißt, ich hatte alles hineingesteckt, was ich besaß, und noch mehr. Ich war pleite.

Dabei mußte ich auch meinen Vater versorgen und Schwester Bollom bezahlen, von meiner eigenen *Nautilus* ganz zu schweigen. Ich setzte mich an den Schreibtisch und versuchte nachzudenken. Das war nicht einfach, denn mein Gehirn schien in einer dicken Wattenschicht zu schwimmen; dieses Gefühl stellte sich immer ein, wenn ich sehr erschöpft war. So kam ich im Moment lediglich zu dem Schluß: Je früher *Aesthete* gehoben und in eine Werft gebracht wurde, desto besser war es für mich.

Draußen vor dem Fenster heulte der Wind im Rigg der vermurten Boote. Ein richtig scheußlicher April war das. So wie es jetzt blies, bestand überhaupt keine Aussicht, das Wrack mitten aus den Teeth zu holen. Aber ich hatte noch nie einfach untätig warten können, und so nahm ich den Hörer ab und wählte Neville Spearmans Nummer. Den Namen Spearman gab's in Pulteney noch länger als den der Agutters. Die Spearmans organisierten Ausflugsfahrten um die Bucht, setzten Hummerkörbe aus, besaßen Supermärkte oder betätigten sich als Immobilienmakler. Neville war mit Sicherheit der erfolgreichste Spearman. Er hatte den Pulteney-Boom sehr clever zu nutzen gewußt und seine Werft, die gute, massive Fischerboote lieferte, so aus- und umgebaut, daß sie nun nach dem letzten Stand der Technik konzipierte Rennyachten herstellte. Dabei war er ein trübsinniger alter Schwarzmaler, der immer den Eindruck zu erwecken verstand, der Pulteney-Boom sei zu gut, um lange zu dauern. Doch gesellte sich zu dieser düsteren Mentalität ein sehr wacher Profitsinn, deshalb war er, solange alles gut lief, durchaus verläßlich.

Das Telefon läutete lange, bis er endlich abhob. Im Hintergrund hörte ich Schleifmaschinen wimmern.

»Morgen«, sagte er.

»Ist dein Bergungsschlepper im Wasser?«

Er verstand sofort.

»Ja. Aber doch nicht bei diesem Wetter! Charlie, ich wollte dich sowieso gerade anrufen.«

»So?« Ein eisiger Wind schien mir aus dem Hörer zu dringen.

»Ich hatte gerade Sir Alec Breen an der Strippe. Er bat mich, die

Arbeit an *Windjammer* zu unterbrechen, bis – bis sich das aufgeklärt hat. Er wird dir noch schreiben.«

»Das Ruder?« fragte ich.

»Scheint so.«

»Hast du ihm denn nicht gesagt, daß diese Ruder in Ordnung sind? Daß auch die NASA und die Royal Navy dieses Material einsetzen?«

»Tu mir einen Gefallen«, sagte er, »und klär das selbst mit ihm. Du weißt doch, wie Eigner sind.«

»Ich werde schon rauskriegen, was da los ist«, sagte ich.

»Prima. Dann können wir alle wieder anständige Arbeit leisten.«

»Reservier mir den Schlepper für den ersten ruhigen Tag.«

»Wird gemacht«, versprach Spearman.

Auch Sir Alec Breen war einer meiner Kunden. Nächste Woche sollte sein von mir entworfener, bei Spearman gebauter Eintonner fertig werden. Es war ein gutes Boot, ebenfalls Captain's-Cup-verdächtig, und Breen war erst nach einem harten Konkurrenzkampf zu mir gekommen. Bootsdesigner sind ebenso Sklaven der öffentlichen Meinung wie Popstars. Aber mit dem Unterschied, daß unser Publikum kleiner ist, denn es besteht nur aus den paar hundert Leuten, die es sich leisten können, alle drei bis vier Jahre eine halbe Million Pfund für ein Boot hinzublättern.

Unter günstigen Umständen war Breen der Typ von Eigner, den ich am liebsten mochte. Schnelles Segeln bedeutete ihm kaum mehr als etwa Synchronschwimmen. Was er über alle Maßen schätzte, war gute Organisation. Vielleicht kam er auf diesem Gebiet etwas zu kurz in seinem Leben, das fast nur dem Management einer Kette von Kiesgruben galt, die ihm ein Vermögen von drei bis fünf Millionen Pfund im Jahr einbrachten. Hatte er einen Designer und eine Werft für seine Boote gefunden, liebte Breen es, eine Crew zu organisieren. Und dann lehnte er sich zurück und wartete, bis sein Name in den Zeitungen erschien. Er wurde selten enttäuscht.

Er hatte den Ruf eines kalten Fischs, aber ich mochte ihn. Klein, mit schweren Augenlidern und der obligaten Zigarre, gehörte er zu jenen Leuten, die in einer Ecke sitzen konnten, ohne daß jemand Notiz von ihnen nahm, bis sie den Mund aufmachten und sofort klar wurde, daß sie der Mittelpunkt dieses Raums waren. Als ich Breen das erste Mal aufsuchte, nahm er mich zu einer seiner Kiesgruben mit und zeigte mir mit einer unverkennbaren Wertschätzung für die exzellente Organisation des Evolutionsprozesses siebzehn verschiedene Fossilien.

Eines der Dinge, die er an der Evolution am meisten bewunderte, war das Prinzip der natürlichen Auslese, des Überlebens der Stärksten. Denn Breen war einer der Stärksten, die ich je kennengelernt hatte, sowohl im Geschäftsleben als auch in der kleinen Welt des Regattasports. Und da lag mein Problem. Breen war bei seinen Angestellten überhaupt nicht sentimental. Wer seine Erwartungen nicht erfüllte, war weg vom Fenster, und er scheute sich nicht, das auch lauthals zu verkünden.

In Konferenzsälen, Klubs und an anderen illustren Plätzen, wo die Eigner von Hochseeyachten einander zu treffen pflegten, würde es natürlich schnell die Runde machen, daß Agutter Probleme hatte. Katastrophen gehören zu den Lieblingsthemen dieser Kreise. Und Agutter wäre dann die Katastrophe der Woche.

Ich versuchte Breen anzurufen. Er war nicht zu sprechen, was mich nicht überraschte. Wenn Breen einen Brief schreiben wollte, dann schrieb er einen Brief und telefonierte nicht.

Ich war wie erschlagen und wäre am liebsten ins Bett gekrochen. Aber es war noch zu früh. Ich fand, daß ich frische Luft brauchte. Ich stand an der Tür, als das Telefon klingelte.

»Hallo, Charlie«, sagte die Stimme, der zu begegnen ich durch einen Spaziergang hatte vermeiden wollen.

»Archer«, sagte ich. »Kann ich was für dich tun?«

»Gewissermaßen«, sagte die Stimme. Sie war ruhig und klang leicht amüsiert, aber das wollte nichts heißen. »Ich habe von der *Aesthete* gehört. Tut mir sehr leid, vor allem das mit Hugo.« Archer schwieg kurz. »Bleibt's dabei, daß wir morgen segeln? Wir müssen nämlich was besprechen.«

»Natürlich«, sagte ich und legte auf.

Jack Archer war der Design-Manager von Padmore and Bayliss. P & B bauten stattliche achthundert Yachten im Jahr, und ich hatte gerade wegen eines Vertrags mit ihnen verhandelt, demzufolge ich eine völlig neue Serie für sie entwerfen sollte: sieben Modelle, vom Rennboot bis zum Kielschwertkreuzer. Das war ein nicht zu verachtender Auftrag, und noch weniger zu verachten war die Lizenzgebühr, die P & B mir auf jedes der Boote zahlen würde.

Rennboote, fast nur zum einmaligen Gebrauch entworfen, begründen den Ruf eines Designers, vorausgesetzt, daß sie gewinnen. Aber davon kann er nicht leben. Was wirklich Geld bringt, sind Serienboote, und Verträge über die Konstruktion neuer Serienboote sind äußerst selten. Für P & B hatte ich mich jedenfalls Gott weiß wie abgestrampelt, und ich war sehr, sehr beunruhigt über das, was Archer mir morgen bei unserem Plauderstündchen sagen wollte.

Ich verließ mein Büro durch eine Seitentür.

Chiefy stand, eine Halbe am Ellbogen neben sich, ein Glas Rum in der Hand, wie üblich in seiner Ecke in der »Mermaid.« Da war er meistens zu finden, wenn das Rettungsboot draußen gewesen war. An Land wirkte er kleiner, als man vermutete, wenn man ihn nur am Ruder der *Edith* stehen sah. Er war eher ein Durchschnittstyp: kahl, buschige graue Augenbrauen, klobige braune Hände. Nur seine Augen verrieten ihn, diese blauen und sehr scharfen Augen, deren Blick sich an Horizonten verlor, die die hohe See zu Sägezähnen geformt hatte.

»Trink einen mit, Junge«, sagte er. Ich akzeptierte eine Halbe vom Faß. »Das ist aber eine müde Vorstellung«, tadelte er mich.

»Ich war gerade bei Sally draußen«, sagte ich.

Chiefy nickte. »Am Ruder stand bestimmt nicht Hugo.«

Derselbe Gedanke war mir auch schon gekommen. Hugo war ein phantastischer Rudergänger, und er kannte das Revier in- und auswendig. Hätte er am Ruder gestanden, wäre er in einer solchen Nacht niemals so dicht an die Teeth herangegangen.

»Oder irgendwas auf deinem Boot hat nicht gestimmt.« Chiefys Vorstellung von einem guten Boot war eine *Ark Royal*, die, wo immer es ging, kreuz und quer mit Eisenbahnschienen verstärkt worden war. »Sie war nicht gerade das, was ich unter seetüchtig verstehe«, sagte Chiefy. »Aber das gilt ja für keine deiner elenden Rennziegen. Schau dir Edward Beith an.«

Ich hatte langsam genug von Leuten, die mir sagten, daß meine Boote nicht seetüchtig seien. »Willst du vielleicht mal die Klappe halten?« sagte ich.

Chiefy warf mir einen kurzen Blick zu. Seine Augen waren weniger scharf als sonst, denn er hatte schon kräftig dem Rum zugesprochen. Auch er hatte Hugo gern gemocht. »Beith sah nicht besonders glücklich aus, als ich ihn gestern bei Spearman traf. Ärger mit *Crystal*, schätze ich.«

Ed Beith gehörte ebenfalls zu Alt-Pulteney. Er, Hugo und ich waren Freunde gewesen, schon bevor wir laufen gelernt hatten. Regatten waren in Pulteney, ehe das große Geld einzog, immer ein Kampf zwischen Beith mit seiner Crew und den Aguttterjungs gewesen. Wir hatten 505er gesegelt, sehr hart. Wir hatten heimlich die ersten Zigaretten geraucht, drüben in Chiefys Netzeschuppen. Wir waren Mädchen nachgestiegen, unter ihnen auch Sally. Kurz, wir waren eine richtige Clique damals.

Nach dem Tod seines Vaters hatte Ed den Bauernhof in der Nähe von Pulteney geerbt. Der reichte früher mal bis hinunter zu den Klippen, aber dieses Stück hatte Millstone billig gekauft, indem er Ed mit einem seiner Cousins austrickste. Der Cousin trat als Kaufinteressent für das Land auf, um darauf angeblich eine Schafzucht zu beginnen; Ed hatte es ihm billig überlassen; Millstone zahlte den Cousin aus und baute dort Bungalows.

Das war typisch Ed. Sofern er sich nicht auf einem Regattaboot befand, war er Winkelzügen überhaupt nicht gewachsen. Er besaß viel Land, aber es war bekannt, daß er bei seiner Bank in der Kreide stand. Und seine Vierzig-Fuß-Sloop *Crystal* konnte ihm da kaum helfen. Sie war ein schnelles Boot, aber ihr Rumpf bestand aus einem heiß laminierten Verbund von Kunstharz und Aramidgewebe, der nicht recht zusammenhalten wollte. Es gab Gerüchte, daß ihm die Unterhaltung der Sloop allmählich zu teuer wurde.

»Hast du mit ihm gesprochen?«

»Ja. Du sollst mal kurz bei ihm vorbeischauen«, sagte Chiefy. »So, ich muß los. Du solltest dieses verdammte Ruder checken. Hab' ein paar häßliche Sachen darüber gehört.«

»Ich kann nichts checken, bevor wir die *Aesthete* nicht rausgezogen haben. Aber ich wollte gerade Henry Charlton in Stoke Mandeville besuchen. Nur für den Fall, daß er sich an was erinnert.«

»Vielleicht legst du dich lieber erst mal aufs Ohr«, sagte Chiefy. »Verdammt weit bis da hinaus.« Seine steinharte Hand klopfte mir auf die Schulter. »Und wenn du zurück bist, können wir ein Glas auf Hugo trinken.«

»Ja, gern.«

Ich trank mein Bier aus und schleppte mich die steilen Stufen hinunter. Dabei dachte ich: Ich muß mit Hugo über *Crystal* reden. Vielleicht können wir da was tun. Dann fiel mir ein, daß Hugo tot war.

# 4

Zu Hause strich ich müde mein Bett glatt und besorgte den Abwasch. Dann goß ich mir einen Whisky ein, legte eine Schallplatte auf und lief, geistesabwesend die Bilder geraderückend, trübsinnig auf und ab. Vor der kleinen Vitrine mit meiner Bronzemedaille von den Olympischen

Spielen in Montreal blieb ich stehen und versuchte mich an das Machtgefühl zu erinnern, das mich damals überkommen hatte, jene Zuversicht, daß von nun an nichts mehr schiefgehen könne. Aber aus dem Spiegel schaute mich ein ausgemergeltes, hohlwangiges Gesicht an, das Haar struppig abstehend, die matten Augen hinter schweren Tränensäcken tief eingesunken. Das war nicht das Gesicht eines Medaillengewinners, sondern das eines Mannes, der im Verdacht stand, ein beruflicher Versager und damit schuld am Tod seines Bruders zu sein.

»Uff«, sagte ich. Das Gesicht, das sich dort spiegelte, hatte keinerlei Ähnlichkeit mit dem Charlie Agutter, wie ihn die Leser des *Yachtsman* oder die Fernsehzuschauer der BBC-Sportsendungen kannten. Ihr Agutter war fit, ein braungebrannter Optimist. So fahle Pessimisten wie der hier im Spiegel waren keine Karrieremacher. »Uff«, sagte ich noch einmal. Ich stellte die Stereoanlage ab, schüttete den Whisky ins Spülbecken und nahm eine Dusche. Dann holte ich den BMW aus der Garage und startete, Spuren abgebröckelten Rosts zurücklassend, landeinwärts. Zur A 303 waren es zwölf Meilen, und von dort aus bis zum Stadtrand von London brauchte man dann nur den Fuß auf dem Gaspedal zu lassen.

Ich hatte vorher im Krankenhaus angerufen. Man sagte mir, Henry sei bei Bewußtsein und könne sprechen. Ich versuchte, während ich den BMW durch den Verkehr trieb, mir keine Gedanken darüber zu machen, was ich ihm sagen würde. Er mochte mich nicht, das wußte ich, und, um ehrlich zu sein, ich mochte ihn auch nicht besonders. Er erweckte immer irgendwie den Eindruck, als seien die Welt und seine Mitmenschen eigens dazu erschaffen worden, das zu tun, was er wollte, oder aber in einem Wettstreit von ihm besiegt zu werden. Ich kannte niemanden sonst, der einen Sieg so verzweifelt nötig hatte wie Henry. Zu Chiefy war er manchmal anmaßend und herablassend, und Hugo gegenüber hatte er so getan, als sei dessen Können seine höchstpersönliche Errungenschaft.

Um punkt zwei Uhr war ich am Stoke-Mandeville-Hospital. Beklommen folgte ich einer strahlenden Krankenschwester durch die sonnigen, mit grünem Linoleum ausgelegten Gänge.

»Er wird sich bestimmt über Ihren Besuch freuen«, sagte sie. »Aber trotzdem: bitte nur fünf Minuten.«

Henry hatte ein Einzelzimmer. Sein Gesicht wirkte dick und rot gegen das Kissen und den Gips, der seine Brust umschloß. Mein Blick huschte zu der Masse unter der Bettdecke. In fast jedem Körper ist eine gewisse Spannung. In Henrys war jedoch nichts davon, er lag da wie ein Sack. Nur die Augen, glasig und blutunterlaufen, bewegten sich.

»Henry«, sagte ich. »Ich wollte dir sagen, wie schrecklich leid mir das alles tut.«

»Danke«, sagte er, aber es klang ganz verschwommen.

»Was ist passiert?«

»Ich hab' mir den Kopf angeschlagen. Kann mich nicht bewegen.« Man merkte, daß er unter der Wirkung von Betäubungsmitteln stand. Unwahrscheinlich, daß man ihm schon die volle Wahrheit über seinen Zustand gesagt hatte.

»Die Regatta«, sagte ich. »Kannst du dich daran erinnern?«

»Wer hat gewonnen?« fragte Henry.

»Beeston.«

»Der Blödmann«, sagte Henry. Für einen Moment wurde sein Blick ganz klar. »Was machst du hier?«

»Ich möchte wissen, was – wie das passiert ist«, sagte ich langsam. Es hatte keinen Sinn, Henry gegenüber so zu tun, als mochten wir einander.

»Kann ich dir sagen«, meinte Henry. »Wir hatten die Teeth in Lee. Bis dahin lief alles prima. Dann bekamen wir das Leuchtfeuer auf der Mole in Sicht.« Er runzelte die Stirn. »Die Steuerung fiel aus. Kein Ruderdruck. Hat überhaupt nicht reagiert. Mehr weiß ich nicht. Wie geht's Hugo?«

Die Schwester kam herein. »So, Mr. Charlton. Jetzt müssen wir uns aber für die Visite fertigmachen.«

»Wie geht's Hugo?« fragte Henry noch einmal.

»Machen Sie sich um Hugo nur keine Gedanken«, sagte die Schwester.

»Genau«, sagte Henry plötzlich ganz laut und klar. »Das Ruder seines verdammten Bruders war schuld. Ist gebrochen.« Mein Magen verkrampfte sich wie unter einem Faustschlag. »Charlie Agutter. Dieser Hund, der«, sagte er noch einmal, und seine Stimme klang schaurig vor Wut und Verachtung. Dann begannen ihm Tränen über das dikke rote Gesicht zu rollen.

»Sie sollten jetzt lieber gehen«, sagte die Schwester, und ich ging zur Tür, sah, wie sie die Stellschirme um ihn herum aufbaute, hörte undeutlich ihr fröhliches Geplapper. Das Leben geht weiter, sagte das Geplapper, und Doktor Amin ist doch so nett; Bernie aus dem Nachbarzimmer hat jetzt seinen Rollstuhl, ist das nicht fein?

Ich sagte: »Tut mir leid«, aber niemand hörte mich. Dann drehte ich mich um und verließ das Krankenhaus. Wie ein Roboter fuhr ich zurück.

Hugo hatte eine Segelmacherei betrieben, die zu den technisch modernsten der Welt gehörte. Er hatte gerade eine computergesteuerte Zuschneidemaschine geliefert bekommen und für die *Aesthete* ein neues Großsegel gemacht. Beim Boulogne Bracer, einem der ersten Rennen der Saison, hatten er und Henry dieses Großsegel erproben wollen. Es war eine Zwei-Mann-Regatta und ursprünglich als Test für Langstreckenregatten konzipiert. Heute nutzten die Bootseigner Pulteneys sie in erster Linie, um neues Zubehör und neue Rudergänger zu testen, bevor die Saison ernsthaft losging. Beim Bracer liefen die Yachten kanalaufwärts, bis Kap Gris-Nez in Sicht kam, und von dort wieder nach Pulteney. Sie starteten mit der Morgen-Tide und kamen zwei Tage später zurück. Dieses Mal waren sie platt vor dem Laken bei Windstärke fünf kanalaufwärts gelaufen. Der Westwind hatte dann, auf Stärke sechs und schließlich auf acht zunehmend, auf Südwest rückgedreht. Das war günstig, weil sie dadurch auf dem Rückweg nicht mit einer erschöpften Crew mühsam gegenankreuzen mußten.

Das Hauptproblem bei Südwestwind waren immer die Teeth.

Die Ansteuerung von Pulteney ist ziemlich einfach. Man braucht sich nur, vorausgesetzt, man weiß, wo man ist, achteinhalb Meilen von der Küste freizuhalten, bis man vor der Hafeneinfahrt oder – nachts – genau südlich des Hafenfeuers steht. Damit kommt man gut an den südlichen Ausläufern der Teeth vorbei, die wie eine Mauer parallel zur Küste laufen. Dann steuert man leewärts auf das Licht zu. Regatten gewinnt man mit einem guten Navigator, der so knapp wie irgend möglich an den Teeth vorbeisegelt, selbst in einer Nacht wie der vergangenen. Das ist auch vertretbar, vorausgesetzt natürlich, daß die Steuerung hält. Aber in solchen Momenten verschwendet niemand auch nur einen Gedanken darauf, ob die Steuerung wohl hält, denn genau dafür ist sie schließlich gemacht. Wenn sie bei südwestlichem Wind ausfiel, lief man natürlich Gefahr, nach Nordosten und damit auf das Riff zugetrieben zu werden.

Ich zuckte zusammen, als ich es mir vorstellte. Regen und heulender Wind von der Biskaya her. Groß- und Sturmfock dicht gerefft, das Deck steil nach Norden ansteigend, gegen jenen weißen, tosenden Schatten, der nur wenige hundert Yards weiter nördlich lag. Henry, der sich ins Ruder stemmte, während er in Gedanken unablässig nach der besten Möglichkeit suchte, bei diesen Windverhältnissen so knapp wie möglich am Riff vorbeizulaufen. Und dann, plötzlich, das schlaffe

Ruder in seiner Hand. Die Yacht, die in den Wind schoß, das Poltern, Hämmern und Knattern von Blöcken, Leinen und Segeln, während der Wind das Schiff weitertrieb, immer näher auf die Teeth zu.

Es war unvorstellbar. Aber es war geschehen. Ich dachte an die Rettungsinsel und an das, was wir aus ihr herausgeholt hatten. Nun kamen mir endlich die Tränen.

Es war schon neun Uhr, als ich zu Hause eintraf. Die untergehende Sonne hing, die Bucht mit einem Schweif oranger Farbkleckse sprenkelnd, über dem Beggarman's Cliff. Weiter draußen auf See zerstäubten die Teeth den Gischt zu einem zarten, goldglänzenden Gefieder.

Meine Füße waren wie aus Blei, als ich die krummen Stufen heraufstieg. Ich wusch mein Gesicht, fiel aufs Bett und schlief ein.

# 5

Das Telefon klingelte. Mein Mund kam mir vor wie verkleistert. Ich tastete nach dem Hörer.

»Charlie«, sagte eine sanfte, fröhliche Stimme, »hier ist Archer. Ich wollte nur hören, ob's dabei bleibt.«

»Wobei bleibt?« fragte ich benommen.

»Segeln heute vormittag.«

»Ach so.« Ich sah ihn vor mir, rosig und geschrubbt, sorgsam darauf bedacht, das Richtige zu tun. Archer war ganz groß darin, immer das Richtige zu tun. »Ja, natürlich«, sagte ich.

»Um zehn also?«

»Um zehn.«

Ich legte auf, schwang die Füße aus dem Bett und betrachtete sie sinnend. Verdammter Archer. Nun ja, er mußte den Schein wahren. Die Treppenstufen schienen mir unüberwindlich, und der Stecker wollte einfach nicht in die Steckdose gehen. Nach zwei Löffeln Instantkaffee in etwas Wasser ging's mir dann besser. Die Welt begann zu tikken. Ich zog Segelhose, Öljacke und Seestiefel an und ging zum Büro runter. Es war etwa dreimal soviel Post da wie sonst. Vielleicht von Leuten, die sich von mir ein Boot bauen lassen wollten. Oder vielleicht auch nicht.

Ein Brief war dabei, den ich sofort öffnete. Weil ich ihn erwartet hatte und weil ich's hinter mich bringen wollte. Der Umschlag trug das Firmenemblem. Der Brief überraschte mich nicht, er kam von Sir Alec Breen. Er war sich natürlich der Tatsache bewußt, daß es bei

Hochseeregatten durchaus zu Unfällen kommen könne, schrieb er. Trotzdem rechne er mit meinem Verständnis, wenn er das derzeit auf der Spearman-Werft laufende Projekt bis zur vollständigen Klärung der Unglücksursache bei *Aesthete* einstweilen ruhen lasse. Ob ich dazu noch etwas zu bemerken hätte? Ich hatte und wählte seine Nummer. Die Sekretärin, die mir gestern gesagt hatte, er sei nicht zu sprechen, stellte mich durch.

»Ja«, sagte Breen.

»Ich habe Ihren Brief bekommen«, sagte ich. »Und ich glaube nicht, daß Sie im Augenblick ganz fair sind.«

»So?« sagte Breen.

»Sie gehen davon aus, daß das Boot nicht seetüchtig ist, ehe Sie irgendwelche Beweise haben«, sagte ich.

»Stimmt«, sagte Breen. Dann herrschte Schweigen; ich stellte mir vor, wie er jetzt seine Zigarre aus dem Mund nahm. »Das werde ich wohl noch dürfen.«

»Aber ist das eine faire Vermutung?«

Breen schwieg erneut. Es war das Schweigen eines Mannes, der so mächtig war, daß es ihn keinen Deut kümmerte, wenn peinliche Pausen aufkamen. »Es geht nicht um Fairneß, sondern ums Geschäft«, sagte er. »Ich habe da so meine Vermutungen. Ganz gleich, ob die nun fair sind oder nicht.«

Ich spielte meine letzte Karte aus. »Wenn wir die Arbeiten jetzt einstellen, haben Sie kein Boot für die Ausscheidungsrennen zum Captain's Cup. Es sind nur noch vier Wochen bis dahin.«

»Jetzt bergen Sie mal erst dieses Boot, dann sehen wir weiter«, sagte Breen. »Und sonst eben nächstes Jahr. Also, Charlie, es war nett, von Ihnen zu hören. Bis dann.«

Damit legte er auf.

Er hatte recht. *Er* konnte warten. Ich war derjenige, der es eilig hatte. Ich mußte ein Boot in den Captain's Cup kriegen, um Padmore & Bayliss zu beeindrucken. Deswegen war Archer wohl auch so versessen auf unseren kleinen Törn heute vormittag.

Ich schaute auf die Uhr. Zehn vor zehn. Höchste Zeit, den Schiffbruch und den guten armen Hugo zu vergessen, ein nettes Lächeln aufzusetzen und alert zu dieser Spritztour zu erscheinen.

Jack Archer hatte meinem Boot in *Age of Sail*, einer Fernsehserie über klassische Yachten, die Hauptrolle verschafft. Ich mußte nur eine Crew besorgen, am Ruder edel aussehen und konnte mich ansonsten in dieser Gratiswerbung sonnen, obwohl mir im Moment keineswegs klar war, wie ein Yachtdesigner ohne Aufträge für sich werben sollte.

Die Fernsehleute warteten an der Außenmole. Ich deutete auf *Nautilus,* deren flaschengrüner, schlanker Rumpf sich elegant von den eher plebejischen Booten am Kai abhob. Der Regisseur begann mit einer Reihe von Totalen, und ich wartete, an meine Bürowand gelehnt, auf die Gäste des Tages.

Als erster traf Johnny Forsyth ein; ein hochgewachsener, magerer Mann, das gegerbte Gesicht überzogen von unzähligen Aknenarben. Er war kein echter Alt-Pulteneyer, aber auch kein richtiger Neuling. Er hatte in einer Sondereinheit der Kriegsmarine gedient, und danach hatte er den Rest seines Lebens nur noch als Anstreicher verbringen wollen. Mit dieser Vorstellung waren er und seine Frau vielleicht fünf Jahre vor Millstones Invasion nach Pulteney gezogen.

Es stellte sich aber schnell heraus, daß Forsyth besser darin war, Boote zu bauen und zu segeln, als sie anzustreichen. Er war ein brillanter Regattataktiker, nur vielleicht etwas zu aggressiv. In der Saison verdiente er sich so bei Hochseerennen immer etwas Honorar dazu, und den Rest des Jahres brachte er sich freiberuflich über die Runden, indem er ab und zu makelte, gelegentlich ein Boot entwarf oder auf der Werft für Neville Spearman arbeitete. Seine Frau betrieb in einem »Lobster Pot« genannten Pub das Restaurant. Eine große Köchin war sie nicht, aber sie krebste sich so durch. Auch Johnny krebste sich so durch. Er konnte eine ganze Menge, und hätte er jeweils nur eine Sache gemacht, wäre die sehr gut geworden. So aber kam er über eine gewisse Mittelmäßigkeit mit bisweilen brillanten Geistesblitzen nie hinaus. An diesem Morgen sagte er: »Es tut mir leid um Hugo.«

»Kannst du zur Beerdigung kommen?« fragte ich.

»Klar.« Er klopfte mir auf die Schulter. »Was liegt hier heute an?« Ich sagte es ihm. »Scotto ist auch dabei. Und Georgia.«

»Aha«, sagte er mit seinem schmallippigen Grinsen. »Die süße Georgia, unsere schokoladenbraune Sirene. Ich gehe nur mal rüber und sage ihr guten Tag.«

Ich schaute ihm nach. Georgia, die aus Trinidad kam, hätte dieser Beiname wohl nicht sehr gefallen. Solche Entgleisungen waren typisch für Johnny.

Als Forsyth weg war, erhob sich ein Mann von einem Poller. Er war schlank, viel zu gut angezogen mit seinem Blazer und der Flanellhose, und das Braun seines Teints war bei weitem zu ebenmäßig, um echt zu sein.

»Hallo«, sagte er mit einem Grinsen, das er wahrscheinlich für jungenhaft hielt. »Ich bin Hector Pollitt vom *Yachtsman*. Und Sie sind Charlie Agutter. Haben Sie eine Minute Zeit für mich?«

Ich schaute den Kai entlang. Auf dem Parkplatz war ein Mercedes vorgefahren, und eine untersetzte Gestalt bahnte sich ihren Weg über den geteerten Schotter, der die Autos vom Kai trennte. »Nein«, sagte ich.

Pollitts Augen, die meinem Blick gefolgt waren, leuchteten auf. »Das ist doch Jack Archer!« sagte er. »Sie bauen ein Boot für ihn?«

»Nicht für ihn persönlich.«

»Ah«, sagte Pollitt. »Wohl ein Vertragsjob? Für P & B? Hören Sie, könnten Sie uns bitte etwas zu der Tragödie mit der *Aesthete* sagen?«

»Hugo war mein Bruder«, sagte ich. »Ich trauere um ihn und werde ganz sicher nicht mein Privatleben jetzt in der Fachpresse erörtern.«

»Oh ... Ja ... Gewiß. Wir trauern alle mit Ihnen ... Die Konstruktion der *Aesthete* stammte von Ihnen, nicht wahr?« Er wußte es ganz genau. »Angeblich gab's da Schwierigkeiten mit dem Ruder?«

»Wer hat Ihnen das erzählt?«

»Ach, da gibt's einige Gerüchte. Aber natürlich wüßten meine Leser gern Näheres.«

»Natürlich. Ich werde auf dem Bergungsschlepper sein, wenn wir die *Aesthete* rausholen. Danach bin ich eher in der Lage, mich dazu zu äußern.«

»Natürlich, natürlich«, strahlte Pollitt, ohne seinen Notizblock wegzustecken. »Guten Morgen, Mr. Archer!«

Archer war kräftig gebaut, brünett und ein guter Rechner. Er hatte eine der ersten Einhand-Transatlantikregatten gewonnen. Er hatte sich im Handumdrehen den Ruf erworben, aus hartem Holz geschnitzt und ein phantastischer Rudergänger zu sein, und er war in Regattakreisen international sehr gefragt. Diesen Nimbus hatte er in seine Tätigkeit für Padmore & Bayliss eingebracht. Er predigte jedoch stets, daß er die Vermarktung der Grand-Prix-Rennen ablehne. Wenn er nicht gerade plante, Verträge zu annullieren, mochte ich ihn.

Er bedachte Pollitt mit einem geübten Lächeln und schüttelte mir die Hand. Sein Händedruck war warm, trocken und hart.

Ich fragte: »Wollen wir gleich zum Boot gehen?«

»Ist dies ein geschäftlicher Besuch, Mr. Archer?« wollte Pollitt wissen.

Archer lächelte ihm zu. Er verkaufte im Jahr fünfhundert Boote, und daher lächelte er vielen Journalisten zu. »Wie meinen Sie das?«

»In Cowes heißt es, daß Sie mit Charlie über Designs für Serienboote sprechen.«

»Ach, wirklich?« fragte ich. Aber ich hatte etwas anderes im Sinn. Ich konnte meinen Vertrag mit P & B nur retten, wenn ich ihn geheimhielt, bis ich beweisen konnte, daß *Aesthete* infolge der Naturgewalten und nicht wegen eines Konstruktionsfehlers gesunken war.

»Ich finde Charlies Arbeit unheimlich gut«, sagte Archer.

»Und die Gerüchte in Zusammenhang mit der *Aesthete*?« Pollitt zwinkerte mir zu, als flachsten wir nur ein bißchen herum, und als versuchte er nicht gerade, mich beruflich zu ruinieren.

»Ich weiß davon. Aber ausgewachsene Leute hören nicht auf Gerüchte, oder? War nett, Sie zu sehen, Hector.«

Archer blieb stur. »Aber immerhin reichen sie Ihnen aus, um den Vertrag noch nicht zu unterschreiben?« Verständnisheischend sah er mich an. »Denken Sie an einen anderen Designer, wenn das so wäre?«

Am liebsten hätte ich ihm eine runtergehauen. Archer lächelte, schüttelte den Kopf und sagte: »Wir müssen los.«

»Natürlich, natürlich.« Pollitt stolzierte davon.

»Sieh mal an«, sagte Archer. »Da kommt noch einer.«

Dieses Mal war es der Yachtreporter der *Morning Post*. Wir rannten den Kai entlang und die Stufen zur *Nautilus* hinunter.

»Uff«, sagte Archer und grinste. Sein Grinsen war jungenhaft und einnehmend und gut für mindestens hundert verkaufte Boote im Jahr.

*Nautilus* war eine umgebaute Zwölfer-Yacht und eines der Glanzlichter in meinem Leben. Hugo und ich hatten sie vor fünfzehn Jahren auf einer Schlickbank in der Nähe von Burnham gefunden. Bei ihrem Umbau hatte ich mehr gelernt als in jeder Vorlesung über Schiffbau. Außer Farbe, Holz und Schrauben hatten wir in diese Yacht ein Stück unserer Seele investiert. Nun war sie ein Gedicht in Dunkelgrün, mit einem Goldstreifen, und sie in ihrer ganzen Schönheit da liegen zu sehen, war fast so gut, wie meinen Bruder wiederzusehen. Fast.

Wir warfen die Leinen los und liefen unter Segeln am Molenkopf vorbei. Ich spürte das vertraute Zerren des Heckwassers am Ruder und warf einen Blick hinauf zum Großmasttopp. Immer wenn ich an Bord der *Nautilus* stand, war mir, als käme ich heim.

»Okay«, sagte der Fernsehmensch. »Mr. Agutter ... hm ... Charlie, wenn Sie uns jetzt bitte sagen würden, wer das alles ist?«

Ich stellte ihm Forsyth und Scotto und Georgia vor. Scotto war ein liebenswerter blonder Gorilla aus Neuseeland, der in Pulteney als

Bootsnigger oder bezahlte Hand jobbte. Georgia, seine Freundin, hatte den Weg von Trinidad über den Atlantik geschafft und war an Bord genauso nützlich wie Scotto.

»Schön«, sagte der Moderator. »Wir können anfangen.«

Er stellte mir eine Menge Fragen, und ich beantwortete sie, ohne lange nachzudenken, weil mein Blick ständig über das Boot wanderte und weil ich mir in Gedanken sagte: Das ist das Stück Deck, das Hugo nächste Woche einsetzen wollte, und da ist der Türkenbund, den Hugo gemacht hat, als wir zum Skagerrak segelten.

Als der Moderator mit mir fertig war, ging er rüber zur Crew, um sie zu fragen, was Segeln auf einem ehemaligen Zwölfer für sie bedeute. Archer stellte sich zu mir ans Ruder. Er sagte: »Charlie, was ich dir jetzt zu sagen habe, wird dir nicht gefallen.« Ich schaute ihn an. Die blauen Augen blickten betrübt aus seinem aufrichtigen braunen Gesicht, aber er hatte trotzig das Kinn vorgeschoben, als wolle er sich durch nichts in der Welt davon abhalten lassen.

»Was?« fragte ich.

»Wir haben beschlossen, den Vertrag noch mal zu überdenken«, sagte er.

»Du meinst, zu annullieren.« *Nautilus'* Vorsegel schnitt, ein großer Flügel, in einer starken Bö fast unter, und ich brachte sie behutsam, sehr behutsam wieder herum, bis das Vorliek bebte wie der Schenkel einer Jungfrau.

»Jetzt mach's nicht komplizierter, als es ist«, sagte Archer. »Wir lassen den Vertrag in der Schwebe, bis die Untersuchungen am Wrack der *Aesthete* abgeschlossen sind.« Das spie er hin, als wollte er sagen: So, da hast du's, und jetzt sprechen wir von was anderem.

Ich wollte aber nicht von was anderem sprechen. »Du hast von diesen Gerüchten gehört«, sagte ich. »Archer, du bist ein Freund. Was genau hast du gehört?«

»Es wird gesagt, daß die Steuerung versagt hat«, antwortete Archer. »Und daß du kein Boot hast für die Captain's-Cup-Ausscheidungen in diesem Jahr.«

»Ich dachte, ausgewachsene Menschen hören nicht auf Gerüchte«, sagte ich bitter. *Nautilus* setzte in eine Welle ein, und Wasserfontänen schossen hoch.

Archers blaue Augen blickten nun endgültig bekümmert. »Schau«, sagte er, »wenn diese Gerüchte uns zwei Kunden kosten, so ist das fünfzigtausend Pfund Verlust. Aber sie könnten uns zweihundert Kunden kosten. Verstehst du?«

»Der Vertrag ist also hinfällig.«

»Aufgeschoben. Wenn du uns und die Presse davon überzeugen kannst, daß *Aesthete* keinen Konstruktionsfehler hatte, und wenn du's schaffst, noch ein Boot oder vielleicht zwei in die Ausscheidungskämpfe zum Captain's Cup zu schicken, wird niemand glücklicher sein als wir. Noch fairer kann ich's dir nicht bieten.«

»Grausam, aber fair«, sagte ich ironisch.

Archer sagte: »Jetzt sei verdammt noch mal nicht kindisch, Charlie.«

»Gewiß«, sagte ich und begann das Steuerrad durch meine Hand gleiten zu lassen. »Ich glaube, wir sollten zurückfahren.«

Der Regisseur fragte: »Noch zwanzig Minuten, bis sich das Licht geändert hat?«

»Leckt mich doch alle am Arsch«, sagte ich.

Scotto fierte auf, und *Nautilus'* messerscharfer Bug nahm Kurs auf die Häuserreihen von Pulteney. Ich wußte, daß ich mich wie ein Irrer benahm. Aber jetzt, da Hugo fort und ich ohne Arbeit war, fühlte ich mich wie über einem Abgrund schweben, ohne Netz.

Schön, wenn man Freunde hat, dachte ich. Scotto und Georgia schauten bekümmert drein, und John Forsyths narbiges Gesicht war im Gespräch zum Fernsehregisseur hinuntergebeugt. Erklärte er ihm, daß ich ein bißchen nervös war, Trauerfall in der Familie, ein armer Teufel? Oder versuchte er vielleicht, für sich selbst einen kleinen Werbespot auf dem Bildschirm zu ergattern?

Es ist immer schwer zu sagen, was Freunde vorhaben, vor allem in der sportlich-fairen Welt der Hochseeregatten.

# 6

Schwester Bollom rief mich über die Haussprechanlage an, als ich heimkam. »Ihrem Vater geht's etwas besser«, sagte sie munter.

Ich stieg die Treppen zu seinem Trakt hinauf.

»Barnes war da«, sagte er. »Hat's mir erzählt, das mit deinem Bruder.« Seine blaßblauen Augen schimmerten wäßrig. »Deine Mutter wäre ganz außer sich, die Arme.« Er schwieg. »Der Arme.« Mit einem tiefen Seufzer hob er die hageren Schultern. »Laß uns was trinken.«

Er zog eine Flasche unter seiner Reisedecke hervor, füllte zwei Becher und gab mir einen. »Ich erinnere mich noch, wie ihr Bürschchen mal den Admiral versenkt habt, der die Regatta eröffnen sollte. Hattet die Ventile rausgezogen, nicht?« Er schüttelte den Kopf. »Braver Bursche, Hugo. Schrecklich traurig.« Eine Träne bildete sich in seinem Augenwinkel und fiel in den Whisky. Er trank sein Glas aus und sah mir zu, während ich dasselbe tat. Das Thema war für ihn erledigt.

Ich zwang mich dazu, ihm von meinen Problemen mit Archer zu erzählen. Als der Name fiel, schüttelte er den Kopf.

»Archer!« sagte er. »Der war verdammt gut, als Segeln noch Segeln war. Schade, daß er Profi geworden ist.« Ich wartete ergeben, was weiter kommen würde, eine vertraut gewordene Routine. »Als ich ein junger Kerl war, gab's diesen ganzen Geldrummel noch nicht«, sagte er. »Man segelte, weil man einfach segeln wollte. Niemand gab mir auch nur einen Cent, als ich *Petrel* baute.« Mit der *Petrel* war er 1926 einhand von San Francisco nach Yokohama gesegelt. »Und Regatten segelte man einfach aus Spaß, wie du weißt. Heute sitzen an Deck nur noch Ganoven und im Cockpit lauter Juristen. Und daß diese Dinger Boote sein sollen, kann man nicht mehr erkennen.«

»Welche Dinger?«

»Diese Dinger eben.« Mir sank der Mut, als die mit Leberflecken gesprenkelte Hand sich tastend zu der wohlvertrauten Geste ausstreckte. »Diese Kanus aus Silberpapier, die ihr Boote nennt. Wie ich höre, ist eines deiner Plastikruder ausgefallen.«

»Wer hat dir das erzählt?«

»Weiß ich nicht mehr. Irgend jemand. Wir damals machten unsere Ruder aus Eiche mit Eisenbändern. Das einzig Vernünftige. Wo ist überhaupt dein Bruder? Hab' ihn schon eine ganze Weile nicht mehr gesehen.« Meine Hand krampfte sich um die Sessellehne. »Ich jedenfalls hätte meinem Bruder nicht so einen Schund als Ruder gegeben. Jetzt ist er tot, sagen sie.«

Da saß ich wie in meiner eigenen kleinen Hölle. Er fiel wieder in seine geistige Verwirrung zurück, in der die Vergangenheit konfus und der einzige Fixpunkt die Gewißheit war, sich auf jemanden verlassen zu können, der ihm die Pflegerin bezahlte und sich um ihn kümmerte. Ich hatte das ungute Gefühl, daß dieses Vertrauen meines Vaters vielleicht bald nicht mehr gerechtfertigt sein würde.

Ich blieb fast den ganzen Nachmittag im Büro. Nicht daß viel zu tun gewesen wäre. Aber ich saß am Reißbrett und versuchte, Linien für einen Motorsegler zu Papier zu bringen, den Padmore & Bayliss nun vielleicht nicht mehr bauen würden. Als ich genug davon hatte, starrte ich aus dem Fenster und sah zu, wie Chiefy auf seinem zwischen den Molenköpfen ankernden Hummerboot eine rostige Winsch mit Mennige betupfte. Hummerkörbe auszubringen wäre einfacher, als Boote zu konstruieren dachte ich.

Das Telefon klingelte. Es war Sally. Ihre Stimme klang, als habe sie einen Schal ganz fest um den Hals gebunden.

»Wegen Henry«, sagte sie. Ich wartete. »Im Krankenhaus. Der Arzt hat ihm gesagt, daß er von der Taille ab gelähmt bleiben würde. Er ...« Ihre Stimme brach mit einem Krächzen, dann hörte ich, wie sie tief durchatmete. »Er hat sich eine Plastiktüte über den Kopf gezogen und sich umgebracht«, sagte sie.

Ich sah, wie in der frischen Brise draußen Chiefys Lippen sich bewegten, und wußte, daß er sang, während er den braunen Rost abraspelte.

»Ich komme zu dir«, sagte ich.

In der Einfahrt stand ein Subaru Pick-up. Ich ging rein, ohne anzuklopfen. Aus dem Zeichenraum kam Stimmengemurmel, und Hugos Hut hing nicht mehr an der Garderobe. Auch seine Mäntel hingen nicht mehr an den Haken. Ich starrte die Stelle an, wo sie ihren Platz gehabt hatten, als ich Sallys Stimmte hinter mir hörte.

»Hat man schon irgendwas gefunden?« Sie hatte geweint.

»Noch nicht. Zuviel Seegang.«

»Kann ich mir denken. Armer Charlie. Es muß entsetzlich für dich sein.«

»Mach dir um mich keine Gedanken«, sagte ich töricht.

Ein Lächeln brach durch, das ihre Wangen klein und rund machte und ihr für einen Moment den Gesichtsausdruck eines kleinen Mädchens verlieh. »Besser, als über mich nachzudenken. Ich hab' gehört, daß man die Steuerung verantwortlich macht. Komm rein. Ed Beith ist da.«

»Entsetzlich, das mit Henry. Wie nimmt Amy es auf?«

Sally zuckte die Achseln. »Sie tobt. Du weißt ja, wie sie ist. Nur ...« Sie zögerte.

»Ja?«

»Na ja, vielleicht ... Gott, es ist schrecklich, so was zu sagen. Aber sie und Henry verstanden sich nicht mehr besonders. Ich glaube, daß sie insgeheim sogar erleichtert ist.«

Ich dachte an das Gespräch mit Amy. Ihm die Windeln wechseln, hatte sie gesagt. »Da könntest du recht haben.«

Sally fröstelte, und ich konnte sehen, daß sie wieder den Tränen nahe war. »Komm. Trink was.«

Es tat gut, im selben Raum zu sein wie Sally und Ed, obgleich die Lücke, die Hugo hinterließ, dadurch nur noch schmerzlicher wurde.

Ed war ein breitschultriger Mann mit krausem Haar. Er saß, wie üblich mit einem schmutzigen Overall bekleidet, auf dem Sofa und hielt ein Glas Whisky umklammert. Niemand von uns wußte etwas zu sagen. Schließlich fragte ich ihn nach dem Problem mit seinem Boot. Er sagte, mit *Crystal* sei alles in Ordnung, aber das hörte sich nicht überzeugend an.

»Frank Millstone möchte sie kaufen«, sagte er.

»Das wundert mich nicht«, sagte ich. »Sie ist schnell.«

»Ja, wenn sie nicht auseinanderfällt«, sagte er. »Dieser dämliche Rumpf ist immer noch nicht okay.«

»Dann verkauf' sie ihm doch«, sagte ich.

»Ich habe keine Lust, Millstone jemals wieder irgendwas zu verkaufen«, sagte er. »Nicht nach diesem Grundstückshandel.«

Er schien das Thema wechseln zu wollen. Daher erzählte ich Sally von Millstones und Breens Reaktion; allerdings noch nichts über Jack Archers schwebenden Vertrag.

»Diese Schufte«, sagte sie. »Das können sie doch nicht tun!«

»Haben sie schon getan.«

»Was du brauchst«, sagte Ed, »ist ein PR-Törn. Du mußt sie einladen und sie in einem Boot, das so ein Ruder hat, durch die Gegend segeln, um sie zu überzeugen.«

Das war die erste konstruktive Idee, seit das Rettungsboot zurückgekommen war. Die trübe Stimmung besserte sich.

Ich lachte bitter. »Ich soll sie davon überzeugen, wie prima Agutters Boote sind, damit Millstone mich in Ruhe läßt?«

»Nun ja«, sagte Ed. »Warum leihst du dir nicht die *Ae* von Billy Protheroe?«

»Ruf ihn sofort an«, sagte Sally entschlossen. »Mach schon.«

*Ae* war *Aesthetes* Schwesterschiff. Sie kam aus derselben Form und war die einzige andere Yacht der Welt mit *Aesthetes* revolutionärem Ruder. Sie war ein sehr schnelles Boot, und man rechnete fest damit, daß Billy Protheroe mit ihr im irischen Team um den Captain's Cup segeln würde.

»Was beweist das schon?« fragte ich. »Das Ruder wird ja nicht auf Befehl aus dem Leim gehen.«

»Es beweist, daß du keine Angst hast«, sagte Sally. »Außerdem fände ich es schön, ein Wochenende in Kinsale zu segeln.«

Sie lächelte, und mit dem Lächeln quollen ihr zwei Tränen aus den

Augen und rannen, eine auf jeder Seite, an ihrer kleinen geraden Nase entlang. »Die Beerdigung ist morgen.«

Also besser an etwas anderes denken. Ich rief Billy Protheroe in seinem Haus in den grünen Hügeln hinter Kinsale an und fragte, ob wir sein Boot für Samstag bekommen könnten. Protheroe war ein Kaufmann, wie er im Buche steht, und er riskierte auch mal was. Mein Vorschlag reizte ihn sehr. Danach brauchte ich nur noch ein Flugzeug zu chartern, die Einladungen rauszuschicken und ansonsten zu hoffen, daß mir genug Geld zum Tanken blieb, damit ich noch bis zum Flughafen kam.

# 7

Im Film regnet es bei Beerdigungen, in Pulteney bläst es. Deswegen sind die Grabsteine auf dem Friedhof oben auf der Steilküste auch mit einem Stapel Steine abgestützt, und die Kapelle kauert sich in eine Senke, hinter Azaleen- und Rhododendronbüschen. An dem Tag, als Hugo beerdigt wurde, begannen die Azaleen gerade zu blühen und hoben sich gelb vom Grün der Blätter ab. Wie betäubt stand ich dort und schaute zu, noch den Schmerz spürend, den das Gewicht des Sarges auf meiner Schulter hinterlassen hatte, wie die Erde auf den Deckel prasselte. Das Grab lag zwischen lauter Aguttersteinen in einer Ecke nicht weit von den Gräbern zweier Franzosen entfernt, die in den Napoleonischen Kriegen vom Geschützfeuer hinweggefegt worden waren.

Niemand in der großen Menschenmenge beachtete die Steine. Die Einwohner Pulteneys kannten sie auswendig, und Yachteigner gaben nicht viel auf solche Dinge. Chiefy, der geholfen hatte, den Sarg zu tragen, sagte hinterher, er glaube, daß viele der Yachteigner nicht gekommen seien, um den Toten die letzte Ehre zu erweisen, sondern um ganz sicherzugehen, daß der beste Rudergänger der Stadt nun sechs Fuß tief unter der Erde lag.

Und sie waren auch gekommen, um zu tratschen. Aus den Augenwinkeln beobachtete ich, wie eine ganze Menge bedeutungsvoller Blicke gewechselt wurden. Ich spürte, daß Ärger in mir hochstieg, denn dies war Hugos Beerdigung, aber die Yachtleute machten eine Cocktailparty daraus.

Neville Spearman, Eigentümer der Werft, schlängelte sich zu mir nach hinten. Er sah wie immer abgespannt und fahrig aus. »Tut mir so leid – das alles«, sagte er. »Also, Charlie, ich hab' mit Alec Breen und Frank Millstone geredet, und sie werden sich die Zeit nehmen, mit dir nach Irland zu jetten.«

»Das war nett von dir«, sagte ich.

»O nein«, sagte Neville. »Purer Selbsterhaltungstrieb, mein Junge. Ich will nicht, daß die Werft Kunden verliert.«

»Trotzdem vielen Dank, Neville«, sagte ich.

Er zuckte trübsinnig die Achseln und schlurfte hinüber zu der Menge, die sich unter dem Vordach des Friedhofstors drängte. Einen Moment blieb ich stehen und beobachtete die Leute, die vergebens versuchten, einen Blick von mir zu erhaschen. Ich war müde und wie ausgehöhlt.

»Hallo, Charlie«, sagte eine Stimme hinter mir. Es war Hector Pollitt, der Journalist, grinsend, die teuren Zähne viel zu weiß in dem teuren Sonnenteint. »Wie steht's?«

Meine aufsteigende Gereiztheit mußte sich Luft machen. »Wie meinen Sie das?«

Er schüttelte den Kopf. »Schlecht, diese Sache.«

»Ja. Wenn Sie mich nun entschuldigen wollen?«

Sally stand eingezwängt zwischen Männern in teurem Seglerdreß. Sie suchte mit dem Blick nach mir, aber Pollitt insistierte.

»Wie ich höre, fahren Sie am Wochenende nach Irland.«

»Richtig«, sagte ich.

»Haben Sie was dagegen, wenn ich mitkomme?« Da stand er und grinste mich an. Du elender Hund, dachte ich. Er wußte und ich wußte, daß ich jetzt nicht Hector Pollitt vor mir sah, sondern die Pistole, die er mir auf die Brust setzte. Nichts von all dem, was ich meiner Flugzeugladung voll Kunden zu beweisen versuchte, würde mir auch nur das geringste nutzen, wenn Hector Pollitt nicht überzeugt war.

»Nein«, sagte ich mit einem Lächeln, das mir wehtat. »Willkommen an Bord, Hector.« Dann ging ich schnell weg, um der Versuchung zu widerstehen, ihm den Kopf gegen einen Grabstein zu schlagen.

Ich fand Sally bei meinem Vater, von einer Menschentraube umringt. Sally weinte. Sie gab keinen Ton von sich, und ihr Gesicht war ziemlich beherrscht, aber die Tränen rannen ihr aus den grünen Augen die Wangen herunter und tropften von ihrem Kinn auf das graue Kostüm aus Seide. Mein Vater, in einem blauen Sergeanzug, saß zusammengekauert in seinem Rollstuhl und sah völlig verloren aus. Er starrte einen vor ihm stehenden Segler an und sagte distanziert und gedankenverloren: »Was für ein kapitaler Arsch.« Ich führte sie nach draußen.

Es war vorgesehen, bei Sally zu Hause mit allen anderen eine Tasse Tee zu trinken. Aber wir ließen die Ladies bei ihrem Tee sitzen, schnappten Ed Beith und Chiefy und noch ein paar alte Freunde und fuhren zu mir, wo wir windgeschützt in der Sonne saßen und Whisky tranken, bis wir alle weinten.

Auch in den folgenden Tagen wehte es sehr stark, und die See tobte noch immer gegen die Teeth. Das Telefon in meinem Büro blieb still, von den Anrufen der Journalisten abgesehen, die sich Kommentare über das, war jetzt generell die *Aesthete*-Katastrophe hieß, direkt von der Quelle erhofften. Mein Vater hatte nach der Beerdigung seine heftige Phase, und sein konfuses Gebrüll machte den Aufenthalt im Haus unerträglich. Außerdem wußte ich, daß Schwester Bollom bezahlt werden mußte und daß ich nur noch gut war für zwei Monatsgehälter. Der Trip nach Kinsale, zunächst als undankbare Pflichtübung ins Auge gefaßt, kam mir allmählich wie ein bevorstehender Urlaub in der Sonne vor.

Wir vereinbarten, daß ich Sally am Samstag morgen um acht Uhr dreißig abholen würde. Von See her kam feiner Nieselregen, und der Wetterbericht sprach von atlantischen Tiefausläufern. Aber sie winkte schon auf der Türschwelle fröhlich und sprang so unbeschwert ins Auto, daß es eine Freude war. Auf der Beerdigung hatte sie fahl und geisterhaft ausgesehen; jetzt wirkte sie so frisch wie ein Glas Orangensaft. Ihre phantastische Haut schimmerte, ihre Augen leuchteten, und ihr dunkles Haar hatte Spannung und Glanz.

»So«, sagte sie, »wie sieht der Zeitplan aus?«

»Treffpunkt am Flughafen Plymouth um 10 Uhr zu Kaffee und bösen Blicken. Besatzung: Archer, Breen, Millstone, Pollitt, erste Klasse. Rudergänger: du, ich, Georgia, Scotto. Mittagessen bei Protheroe, damit er den ganzen Klatsch und Tratsch mitkriegt. Segeln, wobei wir das Boot mehr als strapazieren werden.«

»Wie meinst du das?«

»Erklär' ich dir später. Als Fremdenführer hat man immer gern noch was in petto.«

»Okay. Weiter bitte.«

»Drinks und Abendessen mit meinem Freund Protheroe; ein Vollblutmensch und Eigner der *Ae*.«

»Müssen wir?«

»Public Relations«, sagte ich. »Protheroe ist ganz begeistert von dem neuen Ruder. Er will die anderen neidisch machen, und nichts ist überzeugender als Neid.«

»Ah«, sagte sie, »wenn das so ist?«

Der Rest der Fahrt verlief in beschwingter Stimmung, obgleich es weiterhin nieselte und die tristen Vorstädte um Plymouth, die sich die Hügel hinauf bis zum Flughafen erstreckten, dadurch noch trostloser wirkten als ohnehin. In bester Laune stiegen wir aus. Doch leider überlebte diese gute Laune nicht lange in dem privaten Warteraum, den ich für uns hatte reservieren lassen.

Die erste Klasse und die Rudergänger waren schon da. Millstone sprach mit Archer und Pollitt. Breen schaute aus seiner Ecke auf, wo er sich mit einem goldenen Füllfederhalter Notizen auf den Rand der Financial Times machte, zwischen den Zähnen die obligate Zigarre.

»Charlie!« rief er, kam auf mich zu und schüttelte mir die Hand. Ich spürte, wie er mich, während er sie schüttelte, nach hinten in eine Ecke dirigierte. Breen tat nie etwas ohne Grund. Als er mich in der Ecke hatte, nahm er seine Zigarre aus dem Mund und sah mich unbewegt an.

»Charlie, ich muß Ihnen sagen, daß es ein Weilchen dauerte, bis man mich überzeugt hatte, mitzukommen«, sagte er. »Setzen wir uns.« Wir setzten uns. Damit waren wir gleich groß. »Aber ich bin gekommen, weil ich denke, daß Sie tüchtig sind, und weil ich möchte, daß Sie durch diese böse Phase durchkommen. Ich glaube nach wie vor, daß man Talent fördern soll. Jedenfalls so lange«, sagte er, »wie Sie was bringen. Klar?« Er lächelte und gab mir einen Klaps auf den Rücken. »Das ist alles«, sagte er und kehrte zurück zu seiner Zeitung. Ich ging rüber und bestellte Kaffee.

Pollitt grinste.

Archer sagte: »Morgen, Charlie«, den Kopf zurückgeneigt, auf daß sein Diplomatenohr dem lauschen konnte, was Pollitt zu sagen hatte.

Millstone schüttelte mit unnötig kräftigem Griff ringsum Hände und sagte sanft und vertraulich: »Also, jetzt unter uns, Charlie. Was ist los?« Seine Augen waren wie blaue Eissplitter in diesem Spinnennetz aus Falten, und sein Mund war ein gefühlloser Spalt voller Zähne.

»Was soll los sein?«

»Wir haben Sie vermißt nach der Beerdigung.«

»Ach?« fragte ich und hatte keine Ahnung, worauf er hinauswollte.

»Ja«, sagte er. »Sehr vermißt. Wissen Sie, so ein Todesfall ist in gewisser Weise ein – ein Gemeinschaftsereignis. Und in einer Gemeinschaft wie der von Pulteney, so festgefügt wie sie ist, müssen wir doch alle an einem Strang ziehen.«

»Müssen wir?« Ich merkte, wie ich wütend wurde.

»Ja. Wir alle schätzten Hugo«, sagte Millstone. »Wir alle wollten gemeinsam – neue Kräfte sammeln. Aber Sie waren nicht da. Amy Charlton hat schließlich ihren Mann verloren. Aber Sie haben Sally lieber überredet, mit Ihnen nach Hause zu gehen.«

»Frank«, sagte ich, »Hugo war Sallys Mann und mein Bruder. Finden Sie nicht, daß Sie sich, verdammt noch mal, lieber um Ihre eigenen Angelegenheiten kümmern sollten?«

»Pulteney ist meine Angelegenheit«, sagte er. »Wo wäre es heute ohne mich?«

»Mit Geld kann man Häuser kaufen, manche Häuser. Aber keine Menschen, Frank«, sagte ich. Und sobald ich es gesagt hatte, wußte ich, daß ich zu weit gegangen war. Millstone starrte mich mit diesen eisigen Augen an, und sein gewaltiger Brustkorb schwoll auf und ab, als er zweimal tief durchatmete. Dann drehte er sich um, ging zum Büfett und goß sich eine Tasse Kaffee ein, die er in einem Zug austrank.

Prima Public Relations, dachte ich. Agutter, du Narr.

»Hier entlang, bitte«, sagte die Stewardeß.

In der Maschine griff Sally nach meiner Hand. »Du siehst schrecklich aus«, sagte sie. »Was war los?« Ich erzählte es ihr. »Dieser anmaßende Flegel«, sagte sie. »Mach dir nichts draus.«

Immer schneller wurde die Twin Otter auf der Startbahn und schwang sich dann in die Luft. Wir schraubten uns auf fünftausend Fuß hoch, und ich beruhigte mich allmählich. Als wir unsere Flughöhe erreicht hatten, ging ich zu dem Tisch, an dem die erste Klasse saß, und sagte: »Bevor wir ankommen – hat einer von Ihnen vielleicht noch Fragen?«

»Ein paar nähere Angaben über *Ae*, bitte«, sagte Breen.

»*Aesthetes* Schwesterschiff. Dieselbe Stundenzahl im Wasser, das gleiche Layout, die gleiche Ausrüstung, einschließlich des Ruders. Ich möchte, daß Sie als Eigner ...«

»Potentielle Eigner«, sagte Frank Millstone und räkelte sich träge im Sessel.

»Als potentielle Eigner sich selbst ein Bild darüber machen, wie das System funktioniert. Und Hector soll natürlich seinen Lesern darüber berichten können.«

»Gutes ebenso wie Schlechtes.« Pollitt kicherte.

# 8

Auf eine Yacht zurückzukehren, die man selbst gebaut hat, ist ein seltsames Gefühl. Es war Hochwasser, und *Ae* lag längsseits am Kai, eine riesige Ellipse aus Kunststoff im schmutzigen Grün des Kinsale-Gewässers. Das Deck einer Hochsee-Rennyacht ist fast platt. Hinten befindet sich eine Einbuchtung, eine lange, hüfthohe Furche mit dem Niedergang, flankiert von den dicken Winschtrommeln, mit denen Segel, Schoten und Fallen bedient werden. Unten ist die Kabine mit einer so klitzekleinen Pantry, wie sie die internationalen Regattabestimmungen gerade noch zulassen, mit Funk- und Navigationsausrüstung, zehn Schwingkojen aus Nylongewebe auf Alurohren, eine Menge Segelsäcke und weiter nichts. Die meisten Rennyachten haben, bis auf die eine oder andere Winsch, ein ähnliches Layout.

Sally blieb sehr still, als wir runterstiegen, unsere Sachen stauten und wieder nach oben gingen. *Ae* war *Aesthetes* Doppelgängerin; sie erinnerte an Dinge, an die man besser nicht gerührt hätte.

Protheroe war gekommen, um uns auslaufen zu sehen und wie zufällig seine unsteten Hände über Georgia gleiten zu lassen. Er war ein langer, düster blickender Mann mit notorisch roter Nase und kalten Augen. An Deck stehend, die Hände in den Hosentaschen, sagte er: »Also dann. Den Weg kennt ihr ja. Und segelt sie mir ja nicht zu Bruch. Die Steuerung ist vorgestern bei Hegarty in der Werft nochmals gecheckt worden.« Er kletterte über die Eisenleiter hoch zum Kai.

Die Maschine surrte, *Ae* begann sich in Bewegung zu setzen, langsam zu drehen und dann auf die offene See zuzuhalten. Die Fallen hämmerten gegen den Mast. Der Wind versuchte, die Yacht unter den Bug zu fassen und herumzuschwenken, und sie schlingerte ein bißchen in der kabbeligen Tidenströmung. Zwanzig kalte Minuten dauerte es, bis wir an der Boje am Ende der Fahrrinne waren. Der Windmesser zeigte sechsundzwanzig Knoten aus Südwest an. Tiefe graue Wolken jagten über den drei Meilen entfernten Buckel der Landspitze von Kinsale, und in das schmutzige Grau des Atlantiks mischten sich lange helle Schaumstreifen. Scotto ließ die Fallen über die Kajütwinschen laufen und zog Groß und Genua hoch. Ich übergab das Ruder an Archer. Über uns knatterten die noch nicht durchgesetzten Segel. Ich schlug die Genuaschot um die Winsch, um die Lose durchzuholen. Das Segel wogte gewaltig. Ich kurbelte an der Winsch, Scotto holte die Großschot dicht, und Archer brachte das Ruder vorsichtig einen Strich höher ran. Der Wind faßte jetzt über Steuerbord in die Segel. *Ae* grub ihre Backbordreling in den grauen Atlantik und stampfte voran.

Frank Millstones dickes Gesicht war schon grün und blau vor Kälte. Er tauchte nach unten ab und kam in seinem gelben Ölzeug zurück. Die anderen hatten ihres schon vorher angelegt. *Aes* spitzer Bug traf nun auf die ersten Atlantikseen jenseits des Leuchtturms. Achteraus zischte schaumige Gischt, und ich hörte Sally lachen.

*Ae* lief so hoch am Wind wie eben möglich. Der Leuchtturm lag nun querab.

»Ich übernehme jetzt«, sagte ich zu Archer. Er trat zur Seite.

»Alles gut festhalten«, sagte ich.

Eine Stunde lang drosch ich auf Teufel komm raus auf die Yacht ein. Zunächst liefen wir etliche Meilen seewärts, dann in einer Art Crescendo zurück bis unter die Landspitze. Dort herrschte immer starke Tidenströmung, und heute stand der Wind, kurzen groben Seegang aufwerfend, gegen die Tide, in die wir die Yacht hineinknüppelten. Sie nahm sie wie eine über Kopfsteinpflaster brausende Lokomotive. Sie krachte in die Wellen, das Wasser strömte gurgelnd übers Deck, die Passagiere schlossen die Augen und klammerten sich fest. Dann, als wir gut frei waren von der Huk, drehte ich das Achterschiff seewärts, und Scotto setzte den großen Spinnaker. Ein Sonnenstrahl bohrte sich durch die Wolken und beschien das Grün und Orange des bauchigen Segels. Gischtfontänen schossen unter dem Bug zur Seite und wurden in der Sonne zu leuchtenden Regenbögen. Die Lognadel zitterte um die 18-Knoten-Marke.

Über Sallys Gesicht huschte ein Lächeln. »Schreiben Sie das«, rief sie und knuffte Hector übermütig in die Rippen. Aber Hector hing über der Reling und übergab sich. Frank Millstone schüttelte lächelnd den Kopf, doch sein Blick wurde um keinen Deut wärmer dabei. Archer sah zu mir rüber und blinzelte. Und wieder hob eine Welle das Heck empor. »Das ist noch nicht alles«, sagte ich. »Scotto, jetzt kommt Genua Nummer vier.«

Unter dem Bug versprühte die nächste Welle zu einer Gischtwolke, während Scotto mit dem großen Segel kämpfte. Der Spinnaker rauschte runter, und darüber riß, ausgefranste blaue Flecke freigebend, die Wolkendecke etwas auf. Das Anemometer zeigte fünfundzwanzig Knoten an. Als ich Ruder legte und *Ae* an den Wind ging, begann das Rigg zu pfeifen. In Lee schnitt die Reling unter, und jetzt kam Wasser an Deck; nicht feine, sprühende Gischt wie vorhin, sondern dumpf zischend der grüne Atlantik. Über dem Bug tauchte der Leuchtturm auf.

»Lokaltermin«, sagte ich. »Der Leuchtturm ist jetzt das Riff. Klar zum Runden.«

Millstone, Breen und Archer starrten bald mich, bald die schäumenden Klippen der zweihundert Yards entfernten Landspitze an. Sie wußten, daß *Ae* jetzt genau das tat, was *Aesthete* wenige Sekunden vor ihrem Ende getan hatte, und Pollitt hatte es wohl ebenfalls bemerkt, denn er mußte sich schon wieder übergeben. Und Sally – nun, Sally schaute ich lieber nicht an. Sie hatte viel Phantasie, und natürlich sah sie in Gedanken jetzt Hugo vor sich.

*Ae* nahm, sich rüttelnd, die nächsten Wellen. Der Leuchtturm war fast querab.

»Sachte«, sagte ich.

Eine große Welle lief unter das Boot; ich spürte, wie sie *Ae* emportrug. Der Wind beutelte uns; die Anemometernadel bewegte sich zitternd um die Dreißig-Knoten-Markierung. Wir waren jetzt so dicht am Kap, daß ich einzelne Blasentangbüschel erkennen konnte. Hector drehte sich um und würgte schon wieder.

»Sie reagiert prima«, sagte ich. »Gar kein Problem.«

»Wieso sollte es auch Probleme geben?« fragte Millstone. »Können wir jetzt umkehren? Das hier ist doch der helle Irrsinn.«

Breen sagte sanft: »Also, ich finde es höchst interessant.« Seine Zigarre war ausgegangen, von einer Welle gelöscht. Seine Augen und die Zigarre waren, drei irritierende schwarze Löcher, starr auf mich gerichtet.

Der Leuchtturm lag jetzt achteraus.

»Fiert auf die ...« sagte ich.

Der Satz wurde nie beendet. *Ae* rutschte am Hang einer großen Welle seitlich hinunter und landete in einem Kissen aus Schaum. Das Steuerrad ruckte hart, und *Ae* durchlief ein leichtes Rütteln. Dann geschah alles auf einmal.

Die Segel begannen zu schlagen und zu knattern, der Bug richtete sich hoch auf, schwenkte herum, *Ae* schoß in den Wind und machte dann eine Fünfundvierzig-Grad-Drehung um ihre Längsachse. Pollitt plumpste auf den Cockpitboden, und ich sah, daß Millstones Mund weit geöffnet war, als er unter Wasser tauchte und prustend wieder hochkam. Breen hatte, ein Knie noch am Boden, gerade aufstehen wollen, als es losging, und das Schlingern warf ihn um. Es knirschte scheußlich, als sein Kopf gegen eine Winsch schlug, und ich sah Scotto noch seinen Fußknöchel packen, während er mit einer geradezu unglaublichen, octopusgleichen Gewandtheit sein eigenes Bein um eine Relingsstütze schlang, Georgias Arme hatten eine Winsch umklammert, an der sie sich krampfhaft festhielt. Archer taumelte, fing sich und kam wieder auf die Füße wie ein Tennisspieler, der sich für den nächsten Schlag rüstet. Sally hatte meine Taille gepackt, und der Wind peitschte mir ihr Haar in die Augen.

Ich hörte so etwas wie ein mattes Brüllen, aber es war nicht die See. Es waren die Stimmen von Menschen in Panik. Aber ich konnte nichts machen. Schemenhaft tauchte Millstones Gesicht vor mir auf, rotäugig, blaugeädert, der Mund zu einem Schrei verzogen. *Ae* rollte wieder zurück und dann erneut leewärts. Aber ich konnte einfach nichts machen, außer das Ruder herumzuwirbeln, nach Backbord und dann wieder nach Steuerbord, und dabei zu denken: ein versauter PR-Trip. Millstones Gesicht tauchte wieder auf. Und diesmal konnte ich hören, was er rief. »Was machen Sie denn?«

Ich antwortete ihm, und auch die anderen konnten es hören: »Es ist das Ruder«, sagte ich. »Es reagiert nicht.«

## 9

Für den Bruchteil einer Sekunde herrschte absolute Stille, bis jeder es ganz erfaßt hatte. Ich hörte Archer leise: »Großer Gott!« sagen. Dann begann Millstone zu schreien, Pollitt ebenso, und ihre Schreie wurden lauter und verzweifelter, als sie den Blick vom Boot abwandten. Was sie sahen, waren hohe schwarze Klippen fünfzig Yards in Lee. Sie konnten sich ausrechnen, wie lange es dauern würde, bis wir an diesen Klippen zerschellten. Und sie kamen zu Ergebnissen.

Pollitt, auf den Knien, begann gellend um Hilfe zu rufen. Millstone ebenso. Ich brüllte »Ruhe!« und drückte den Anlasserknopf der Maschine. Nichts rührte sich. Archer und die anderen drei gingen schon auf ihre Posten. »Ruhe jetzt«, sagte ich. »Archer, Großsegel!« Ich mußte mich zwingen, meine verkrampften Finger am Steuerrad zu lokkern. Das Geräusch der Brandung auf den Klippen war betäubend, ein dumpfes Grollen. Aber mein Herz fing wieder an zu schlagen, und meine Knie hörten auf zu zittern.

Wir waren bei nahezu Sturmstärke auf Legerwall. Über uns knatterten die Segel lose im Wind. Hector Pollitt, jetzt still geworden, starrte mich mit kalkweißem Gesicht an. Frank Millstone ebenso. Ich hatte Angst. Und ich fühlte mich verantwortlich. In dem Moment war es mir ziemlich egal, ob *ich* auf den Klippen landete. Aber da waren die anderen und insbesondere Sally, die sich über Sir Alec beugte. Trotzdem blieb jetzt keine Zeit, sich darüber Gedanken zu machen, wie ich oder sonst jemand sich fühlte.

Ich brüllte Scotto zu: »Setz die Fock back!«

Er verstand, erwischte das wild hin und her schlagende Segel und holte es bei. Der Bug begann abzufallen. Archer holte die Großschot ein, und als der Bug aus dem Wind gedreht war, füllte sich das Großsegel.

»Hol die Fock rüber, sobald ich's sage!« rief ich Scotto zu. »Frank, kurbel die Maschine an. Sally, Leuchtraketen! Georgia, Notruf über Funk!«

Es ist nicht schwierig, ein Boot ohne Ruder zu steuern, wenn man es gut kennt. Das Geheimnis besteht darin, daß das hinter dem Kiel befindliche Großsegel das Boot in den Wind zu ziehen versucht, während die Fock, da sie vor dem Kiel ist, dazu neigt, es aus dem Wind zu drücken. Das ist eine Übung, die die meisten Jollensegler beherrschen – im Hafen, bei einer leichten Brise. Bei Windstärke sieben und einer See, die über den ganzen Atlantik herangerollt kommt, einzig und allein mit dem Ziel, gegen die Klippen der Landspitze zu branden, ist das nicht so einfach. Ich stand da und rief Scotto und Archer meine Kommandos zu, während Georgia und Sally, gefolgt von Millstone, Breen nach unten in die Kajüte bugsierten. Die heftigen Schiffsbewegungen ließen etwas nach, sobald die Segel voll standen; stampfend und gierend begann *Ae* vorwärts zu kriechen. Inzwischen waren aber die Klippen kaum mehr als fünfundvierzig Yards entfernt, und wir lagen an der Grenze zum milchigen Wasser der Rückströmung.

Hoch oben auf den Klippen konnte ich die winzige Figur eines Mannes erkennen, der zu uns runterschaute. Er winkte. Ich winkte zurück und betete, daß er es richtig interpretierte. Aber er stand nur da und beobachtete das faszinierende Schauspiel einer in der kochenden Brandung um ihr Leben kämpfenden Yacht. Dann kam Sally mit den Leuchtraketen rauf, und schon zischte der erste rote Komet gen Himmel. Der Mann stand noch immer da.

Die Klippen der Huk verliefen etwa eine halbe Meile nordwestlich, bevor sie in nördlicher Richtung abfielen. Wenn wir diese halbe Meile schafften, ohne zermalmt zu werden, hatten wir wieder freien Seeraum zwischen uns und der Küste.

Millstone erschien im Luk. »Das Scheißding springt nicht an«, brüllte er.

Ich hörte, wie Georgia unten den Bootsnamen und unsere Position durchgab. Und ich stellte mir vor, wie sich diese von unserer Antenne kommende Nachricht in Windeseile verbreitete: *Ruderschaden auf der Yacht Ae – ähnlicher Unfall eine Woche zuvor auf ihrem Schwesterschiff ... Konstrukteur Augutter hatte behauptet, es liege nicht an der Ruderanlage.* Aber es hatte gar keinen Sinn, jetzt weiter darüber nachzudenken.

»Kannst du übernehmen, Archer?« fragte ich. »Ich möchte unten mal nachschauen.«

»Klar.« Archer musterte argwöhnisch die Segel und dann die Klippen. Wir hatten vielleicht zweihundert Yards zurückgelegt, aber die Klippen waren jetzt nur noch vierzig Yards entfernt.

Die Ruderanlage befand sich unter dem Cockpitboden. Es war ein sehr einfaches mechanisches Ruder, bei dem die Kabel vom Steuerrad über Rollen zum Ruderschaft liefen. Protheroe hatte nicht geflunkert, als er sagte, sie hätten es gecheckt. Alles glänzte förmlich vor Fett und sah auch genauso aus wie damals, als das Schiff im Herbst die Werft verlassen hatte. Ich überprüfte die Anlage bis zu der Stelle, wo der Ruderschaft durch den Rumpf der Yacht trat und verschwand. Aber entscheidende Teile des Systems befanden sich außerhalb des Rumpfes, bei diesem Seegang so weit weg wie China. Und diese Teile waren es, bei denen etwas nicht stimmte. Was das wirklich zu bedeuten hatte, durfte ich mir in diesem Moment gar nicht ausmalen. Dennoch dachte ich vielleicht fünf Sekunden daran, als ich in diesem fettigen kleinen Plastiksarg lag. Dann schlängelte ich mich in die Kajüte zurück.

Sally stand über Breen gebeugt, der nun nicht mehr bedrohlich, sondern nur noch schmal, blaß und krank aussah. Sie schaute kurz zu mir auf. Ihre Haut war wie Papier, und sie hatte Tränen in den Augen. »Er ist soweit in Ordnung«, sagte sie. »Gehirnerschütterung, denke ich. Charlie, es tut mir so leid ...«

»Das Rettungsboot ist unterwegs«, sagte Georgia vom Sendegerät her.

Ich lächelte Sally gequält zu. Es war typisch für sie, daß sie jetzt nicht sagte, was sie dachte: Genau das ist auch Hugo passiert. Als ich durchs Luk hinausstieg, betäubten mich das Kreischen des Windes im Rigg und das Donnern der Brandung am Fuß der Klippen. Wir waren nur mehr dreißig Yards entfernt. Als ich mich aufrichtete, sah ich die See, die eben unter uns durchgelaufen war, zehn Yards weiter an Steuerbord weiß werden und sich in einer Wolke wirbelnden Schaums überschlagen.

Millstone hatte es ebenfalls beobachtet. Er schrie: »Warum bringen wir nicht den Anker aus?«

»Weil wir aufbrummen, wenn er nicht hält.«

Millstone sagte wütend: »Sie Irrer, Sie! Ich hätte nie gedacht, daß Sie so dicht rangehen.«

»Slippt die Rettungsinsel«, sagte ich. »Und macht sie soweit klar.«

Inzwischen standen noch mehr Menschen neben dem Mann oben auf den Klippen. Sie winkten nicht mehr, sie schauten regungslos zu uns herunter. Sie konnten absolut nichts machen, auch keine Rettungsleinen mit Raketen zu uns hinunterschießen. Wir hatten bis zur Riffspitze noch zweihundert Yards zu segeln, und der Wind kam aus Südwest. Der Masttopp torkelte wie verrückt vor dem Himmel, der jetzt tiefblau war. *Ae* segelte weiter, taumelnd, aber vorwärts.

Archer sagte: »Ich denke, wir schaffen's.« Das kam so beiläufig, als sprächen wir über einen Spaziergang im Park. Und in der Tat sah es so aus, vorausgesetzt, wir konnten das Boot auf diesem Kurs halten. Als ich über Mast und Vorstag die Riffspitze anpeilte, die wir zu runden hatten, sah ich, daß wir etwa zehn Yards entfernt und klar waren.

»Sieh zu, daß sie so weitersegelt«, sagte ich überflüssigerweise.

Und dann passierte es.

Die winzigen Figuren oben auf den Klippen verschwanden hinter einem Felsen, und ich erinnere mich, daß ich dachte: Da muß ein Überhang sein. Dann flatterte alles, und *Ae* lag auf ebenem Kiel, während die Fallbö fauchend herunterfegte und sie voll in den Wind drückte, bis der Aussetzer kam und die Segel in sich zusammenfielen. In die winzige Pause hinein, die folgte, sagte Scottos Stimme: »Wupps!« Eine Welle schubste uns mit dem Heck in Richtung Küste und drückte den Bug noch mehr in den Wind.

»Setz dein Segel back, Scotto«, sagte ich, ebenso ruhig.

Dann kam der Wind heulend zurück. Scotto kletterte wie ein Affe nach vorn und schnappte das Liek mit seinen großen Händen. Millstone ließ mit wächsernem Gesicht einen Hagel Flüche los. *Aes* Bug schwenkte herum, und wir segelten wieder. Aber wir hatten Boden verloren. Nun zeigte der Bug nicht länger auf die offene See, sondern auf einen dicken schwarzen Felsen, zu dessen Füßen gischtumwirbelte Gesteinsbrocken lagen.

Wir segelten. Weißer Schaum mischte sich in das gurgelnde Kielwasser. Die Klippen rasten auf uns zu. Wir würden auf der Spitze zerschellen. Ganz genau auf der Spitze.

Das Heck hob sich auf der nächsten Welle. Die Welle brach, kaum daß sie unter uns durchgelaufen war. Die nächste würde uns mitreißen.

»Laß die Fock fliegen!« schrie ich Scotto zu.

Als er sie ausrauschen ließ, stürzte ich zu Archer ans Groß und holte es noch ein letztes Mal so dicht, daß *Aes* Bug taumelnd anluvte und über den nächsten Wellenkamm gehoben wurde. Aber die Klippe hing jetzt über uns. Scotto kroch, den Spinnakerbaum in der Hand, in den Bugkorb, und die Klippen tanzten um seinen Kopf. Beinahe hätte ich gelacht. Vollidiot, dachte ich, glaubte er wirklich, er könne dieses surfende 49-Fuß-Ungetüm mit dem Baum da von den Felsen abhalten?

Wir waren jetzt so dicht dran, daß ich den Seetang riechen und einzelne Muscheln erkennen konnte. Irgend jemand, vermutlich Millstone, schrie von ganz weit hinten nach der Rettungsinsel. Aber es war zu spät für die Rettungsinsel. Die Rückströmung der letzten Welle wirbelte zischend in den Zehn-Fuß-Spalt, der das Boot noch von der Klippe trennte. Ich atmete tief ein, um Luft in den Lungen zu haben, wenn es soweit war. Die nächste Welle, unser Killer, rauschte, häßliche graue Buckel aufwerfend, auf uns zu.

Die Rückströmung zog uns raus. Der Spalt vergrößerte sich auf vierzig Fuß.

»Fock, Scotto!« brüllte ich.

Scotto holte die Schot bei, und *Ae* schoß mit sechs Fuß Abstand an der Felsenspitze vorbei. Als wir sie schon passiert hatten, gab es einen fürchterlich knirschenden Ruck, der mich zu Boden schleuderte. Dann fiel das Land hinter uns zurück, und wir hatten hundert wundervolle Yards Seeraum an Steuerbord. Alle redeten auf einmal, weil das Rettungsboot gerade um die Huk auf uns zukam, um uns in Schlepp zu nehmen. Erleichtert, wie befreit, lachte und redete ich mit ihnen.

Scotto und Archer hauten einander auf die Schultern.

»Brillant!« sagte ich. »Prima gemacht!«

## 10

Als ich unter Deck ging, lag Sir Alec auf einer Koje. Er war blaß, hatte aber die Augen geöffnet, und strahlte wieder die von ihm gewohnte Energie aus. Er sagte kein Wort, aber diese Augen waren wie Gewehrläufe auf mich gerichtet. Sally betupfte seine Stirn mit einem nassen Lappen, und sein welliges graues Haar lag angeklatscht am Kof. Sie schaute mich an und dann betont auf meine Füße. Ich hatte es schon gesehen. Über den Bodenbrettern standen einige Zoll Wasser. Der Pumpenschwengel war am Schott festgelascht, dort wo das Klo gewesen wäre, wenn wir eins gehabt hätten. Der Anprall der See hallte in den Hohlräumen des kahlen Rumpfes wider, als ich den Schwengel reinsteckte und zu pumpen begann.

Der Rhythmus war einschläfernd, ein Metronom für die Gedanken. Aber Gedanken waren gar keine da. Hugo, Henry, *Aesthete*, *Ae*, Millstone, Archer, Alec Breen. Im Kreis zogen die Namen durch meinen Kopf, marschierten mit der Pumpe im Takt. Die Wasserhöhe in der Kajüte blieb konstant.

Breen sagte: »Tja, Charlie, das war wohl das Finish, wie?« Dann stapfte er schwerfällig an Deck, und ich hörte, daß er sich übergab. Sally holte sich auch einen Pumpenschwengel und pumpte mit.

»Es tut mir so leid für dich«, sagte sie wieder.

»Nichts zu machen«, antwortete ich. Aber es hätte was zu machen sein sollen. Irgendwie. Noch immer marschierten die Namen in meinem Kopf herum. Und während sie marschierten, tauchten dahinter die Berichte der Konstrukteure dieses Ruders auf. Langsam wuchs in mir die Überzeugung, daß da etwas nicht stimmen konnte. Oder vielmehr, daß da etwas ganz abscheulich stank. Protheroe, in Tweedanzug und Filzhut jeder Inch ein Vollblutmann, erwartete uns umflorten Blicks unbewegt am Kai. Die anderen standen da, ein durchnäßtes Grüppchen, und beobachteten, wie er auf mich zukam. Seine Augen waren so kalt wie die einer Möwe.

»Was ist passiert?« fragte er.

»Ruderversagen.« Dann war Schweigen; er nickte, und ich sah an diesem Nicken, was er von so neumodischen Rudern hielt. »Ich möchte sie zu einer gründlichen Untersuchung noch Crosshaven zu Hegarty bringen.«

»Und es ist nicht nur das Ruder, wie ich höre.« Seine Stimme war kalt und bedächtig, doch lag ein Zischen darin. Er war sehr wütend. Ich konnte es ihm nicht verdenken.

»Nein. Wir hatten Grundberührung. Die Kielbolzen sind gebrochen.«

»Aha.« Protheroe rieb sich das Kinn. »Klingt ganz so, als würde Sie das etliches kosten.«

»Ist mir klar.«

»Aha«, sagte Protheroe. »Nun gut. Ihre Leute werden zurückwollen. Ich fahr' sie.«

Sie begannen in den Minibus zu klettern. Alle machten Platz für Breen. Frank Millstone gab laut Instruktionen, doch endlich die verdammte Heizung anzustellen, und Hector Pollitt murmelte in sein tragbares Diktiergerät.

Archer schien zum ersten Mal, seit ich ihn kannte, verlegen. Er kam auf mich zu, pflanzte sich vor mir auf und schien etwas sagen zu wollen, verkniff es sich aber in letzter Sekunde. Schließlich gab er mir einen Klaps auf die Schulter, sagte: »Tut mir leid«, und stieg ein. Scotto winkte, und Georgia quetschte mir die Hand. Es war alles furchtbar peinlich und unangenehm, einer Beerdigung nicht unähnlich. Meiner eigenen Beerdigung.

Sally blieb zurück.

»Los doch«, drängte Frank Millstone im Bus gereizt.

Sie nahm meinen Arm. Ich schaute zu ihr herab, und sie lächelte mich mit ihren grünen, umschatteten Augen an. Der Druck ihrer Hand auf meinem Arm war das wärmste, was ich je im Leben gefühlt hatte.

Hector Pollitt starrte uns gedankenverloren und berechnend an, bis er merkte, daß auch ich ihn anschaute. Da setzte er sein falsches Lächeln auf und winkte.

»Jetzt macht doch! Ich bin halb erfroren«, schimpfte Frank Millstone.

Sally hielt meinen Arm und sagte leise: »Ich kann diesen Verein heute abend nicht ertragen. Ich nehme mir einen Mietwagen und bringe deine Sachen nach Crosshaven in die Marine-Bar.« Dann ging sie hinüber zum Minibus.

Die Sonne war jetzt durchgekommen, und die Schatten der Silbermöwen huschten über Sally hinweg, als sie einstieg. Hector Pollitt streckte eine Hand aus, um ihr zu helfen. Die Türen schlugen, und die Häuserfronten schluckten das Motorengeräusch. Ich drehte mich um und dachte an Pollitts Judaslächeln.

Es sah so aus, als würde Charlie Agutter sich umschulen lassen müssen.

Eine Motorpumpe wurde an Bord der *Ae* installiert, und dann schleppte ein Fischkutter sie rüber nach Crosshaven. Bei Hegarty wurde sie mit dem Kran rausgezogen und in den Bootsschuppen geschoben.

Billy Hegarty, der die Werft betrieb, war ein alter Freund, ein kleiner Mann, der mich immer an einen außerordentlich gut gekleideten Zwerg erinnerte. Als ich ihn fragte, ob ich mir das Boot ansehen dürfte, sagte er: »Tja, ich weiß da nicht so recht Bescheid«, und wich meinem Blick aus.

Billy hatte mindestens ein Dutzend Boote für mich gebaut. Jetzt war sein schmales, zerknittertes Gesicht noch zerfurchter als sonst, und ich ahnte, warum.

»Du hast von den Gerüchten gehört, Billy?«

»Hab' ich.«

»Und der gute Protheroe fürchtet, daß ich am Ruder herumbasteln könnte, um was zu vertuschen.«

»Na ja, so ungefähr.«

»Also hat er dich angerufen und gesagt, du sollst mich nicht reinlassen.«

»Richtig.«

»Okay.« Ich konnte nicht verlangen, daß Billy sich gegen Protheroe stellte. Protheroe war ein skrupelloser Hund, und für Billy bedeutete er bares Geld. »Dann werd' ich mich damit abfinden müssen.«

Die Falten in Billys Gesicht vertieften sich noch. »Mein Gott, Charlie", sagte er voll Abscheu. »Eine üble Geschichte, das.« Er steckte sich eine Zigarre an und paffte drauflos wie eine Dampflok. Schließlich sagte er: »Ich fahre nachher zur Hochzeit meiner Schwester. Protheroe kommt auch dorthin. Es ist in Bandon oben, und wir fahren in einer halben Stunde los.«

»Schön«, sagte ich und begriff, daß seine Loyalität zu mir über die zu Protheroe gesiegt hatte. »Paß gut auf dich auf, Billy.«

»Du auch. In zwei Stunden kommt der Mann, der den Wachhund rausläßt.« Er übergab mir einen Sicherheitsschlüssel. Seine dunkelblauen Augen funkelten zornig, als er zu seinem Wagen ging. Es war sechs Uhr. Im Hafen flitzten Jollen umher, und über den Mülltonnen der Marine-Bar kreisten Möwen. Ich drehte mich um, als wolle ich am Strand entlanggehen, doch in einem Dickicht aus Stechginster kehrte ich um.

Ich stahl mich an der fensterlosen Seite der Gebäude entlang. »Privat! Zutritt nicht gestattet« stand an der Tür zu Schuppen C. Meine Schritte hallten von den Betonwänden wider. *Ae* saß wie ein großer silberner Wal auf ihrer Helling und glänzte im blassen Licht, das durch die Plexiglasfenster hoch oben fiel. Ich blieb stehen. Im Schuppen war es kühl und so ruhig wie in einem Keller; das einzige Geräusch kam von dem an ihrem Rumpf abtropfenden Wasser.

Ich ging hinüber und drückte gegen das Ruderblatt. Es rotierte frei an seinem Schaft, der sich seinerseits nicht von der Stelle rührte. Das was absolut nicht normal.

Meine Ruder sind hydrodynamische Flossen mit verformbarer Oberfläche. Beim Ruderlegen wird auf den ersten fünf Grad im Inneren des Ruderblatts eine Kurvenscheibe bewegt, welche die flexible Oberfläche in Stromlee verformt. Das reduziert auf dieser Seite den Wasserdruck und bewirkt Auftrieb, so daß das Heck in diese Richtung gesaugt wird, während der Bug natürlich in die gewünschte Richtung dreht. Ein konventionelles Ruder wirkt durch die Anströmung wie eine Bremse, das Boot verliert je nach Ruderausschlag also an Fahrt. Mit meinem System wird diese Bremswirkung erheblich vermindert – mit dem Ergebnis, daß meine Boote schneller sind und dem Rudergänger weniger Kraft abverlangen.

Ich zerrte eine Trittleiter heran, holte mir einen Werkzeugkasten und machte mich an die Arbeit. Das Ruderblatt bestand aus einem Verbundmaterial von Kohlefasern mit Hartschaum. Es paßte haargenau in den Schaft, der die Kurvenscheiben trug, die durch zwei Bolzen mit flachen Köpfen gehalten wurden. Diese Bolzen saßen dort, wo sie hingehörten, und ihre Oberflächen glänzten in der Abendsonne. Ich machte mich mit einem Schraubenzieher ans Werk, nahm das Ruderblatt ab und legte es behutsam auf den Betonboden. Dann nahm ich den Schaft in Augenschein. Was ich sah, ließ mich förmlich zu Eis erstarren. Die Titanbolzen, die die Kurvenscheiben sichern, kosten zwanzig Pfund pro Stück. Vielleicht hatte sie aus diesem Grund jemand rausgenommen und durch ganz gewöhnliche Aluminiumbolzen ersetzt.

Alle diese Aluminiumbolzen waren natürlich gebrochen, so daß sich der Ruderschaft in den Kurvenscheiben frei bewegen konnte. Darum hatte das Ruder versagt. Sorgfältig setzte ich die gebrochenen Bolzen in ihre Löcher zurück, befestigte das Ruderblatt und zog die Abdeckschrauben an. Dann verließ ich den Schuppen durch den Hintereingang, schloß die Tür und ging am Strang entlang langsam in Richtung Marine-Bar.

Die steile Hafenböschung leuchtete grün in der späten Sonne, und die Möwen kreischten. Wie in Trance ging ich zwischen ihnen hindurch. Also Sabotage – ein Begriff aus dem Zweiten Weltkrieg. Normalerweise kein Wort, das im Zusammenhang mit Segelregatten gebraucht wird. Ich drückte die Milchglastür auf und betrat die rauchgeschwängerte Marine-Bar mit ihrem schalen Mief. Sally wartete am Fenster neben einem Stapel Seesäcken. Sie warf nur einen kurzen Blick auf mein Gesicht, bestellte einen heißen Whisky und setzte sich dann in einen Sessel neben dem Kohleofen. Jetzt spürte ich, daß ich noch immer naß und eiskalt war.

Sie sagte: »Was hast du rausgefunden?«

»Jemand hat das Ruder sabotiert«, sagte ich. Ihre Hand mit dem Glas blieb abrupt, genau in der Mitte zwischen Tisch und Mund, in der Luft hängen. Ich sah, wie ihr Gesicht blaß und starr wurde, sobald sie die Bedeutung voll erfaßt hatte.

»Heißt das, daß jemand auch *Aesthete* sabotiert hat?«

»Könnte sein.«

»Dann ist Hugo also ermordet worden? Und Henry auch?«

»Darauf würde es hinauslaufen«, sagte ich. »Auch wenn es keine sehr kluge Methode wäre. Ziemlich unzuverlässig.«

Sie nickte.

»Zwei Boote«, sagte ich. »Beide mit meinem neuen Ruder. Beide mit Ruderversagen. Worauf läuft das hinaus?«

»Jemand mag dein Ruder nicht.«

»Was sehr dumm ist.«

»Oder jemand mag dich nicht.«

»Was wahrscheinlicher ist.« Einen Moment grübelte ich. »Weil es keine Rolle spielt, daß nur das Ruder versagte. Man wird jetzt behaupten, daß meine Boote nichts aushalten. Und wenn das erst die Runde macht ...« Ich lachte, aber nicht amüsiert. »Es hat schon die Runde gemacht. Du hast gehört, was Breen sagte. Ich bin erledigt.«

»Bis du jemandem diese Bolzen zeigst.«

Ich schöpfte Kraft aus ihren ruhigen grünen Augen. »Die Bolzen kriege ich nicht«, sagte ich. »Billy Hegarty wird gekreuzigt, wenn jemand erfährt, daß er mich in die Werft gelassen hat. Und außerdem ist jetzt der Wachhund da, ich kann also gar nicht zurück.«

»So?« fragte sie. »Jemand hat Hugo und Henry ermordet und versucht, deinen Ruf zu ruinieren. Das solltest du keinem erzählen dürfen?« Sie trank ihr Glas aus. »Wer kann so was getan haben?«

»Entweder ein unfähiger Mörder oder jemand, der mich haßt wie die Pest, oder jemand, der generell nicht möchte, daß ich beim Captain's Cup mitmache. Auch jemand, der findet, daß ich es nicht verdiene, als Konstrukteur für Padmore & Bayliss zu arbeiten ... Verdammte Zucht! Bei Hochseeregatten kommt man eben nicht umhin, sich ein paar Feinde zu schaffen.«

»Wirst du zur Polizei gehen?«

Ich trank meinen Whisky aus. »Nein«, sagte ich.

»Was dann?«

»Ich werde versuchen, eines meiner Boote in den Captain's Cup zu kriegen«, sagte ich. »Und ich werde rausfinden, wer hinter all dem steckt.«

»Ich hab' einen Wagen gemietet«, sagte Sally. »Und uns im ›Shamrock‹ in Kinsale angemeldet. Ich dachte, du hättest vielleicht keine große Lust auf Protheroe.«

»Telepathie«, sagte ich. »Aber ich möchte ihn erst noch anrufen.«
Ich muß immer lachen über irische Telefonzellen mit ihren Notruf-Instruktionen: Für Polizei, Krankenwagen oder Priester 999 wählen. Deshalb grinste ich ins Telefon, als das Rufzeichen ertönte; dann merkte ich, es war seit Tagen das erste Mal, daß mich etwas amüsierte. Protheroes Anrufbeantworter bat, nach dem Pfeifton eine Nachricht zu hinterlassen. Ich gab durch, wo ich zu erreichen war, und ging zu Sally zurück.

Die Nachricht von dem Unfall hatte sich natürlich wie ein Buschfeuer in Kinsale verbreitet. Selbst der Empfangschef zeigte sich teilnahmsvoll, als wir uns eintrugen.

»Elendes Pech«, sagte er und erzählte uns, daß er sich schon sein ganzes Leben lang für Hochseeregatten interessiere. »Ich bedaure Sie in Ihrem Leid«, sagte er mit der altehrwürdigen irischen Beileidsfloskel.

Wir aßen bei »Ballymaloe« zu Abend. Es war kaum zu glauben, daß wir, Hummer und Pouilly Fumé auf dem Tisch, im Schatten von Sabotage und Mord lebten. Es wurde ein fast unbeschwerter Abend. Zum Teil lag es wohl daran, daß nun die Ungewißheit ausgeräumt war. Es war aber noch etwas anderes, das ich mir allerdings nicht eingestehen mochte, weil ich mir dann Hugo gegenüber unloyal vorgekommen wäre; aber auch Sally empfand es, denn auf dem Rückweg zum Hotel flocht sie ihre Finger in meine, und das Stück zwischen dem Parkplatz und der Hotelhalle gingen wir sehr eng nebeneinander her. Es war ein beiderseitiges Bedürfnis nach Trost, sagte ich mir, nachdem ich ihr vor ihrem Zimmer den Gutenachtkuß gegeben hatte. Die Welt hatte sich wieder einmal als groß und kalt und tödlich erwiesen, und da krauchen menschliche Wesen auf der Suche nach Wärme eben dichter zueinander. Das war alles.

Am nächsten Morgen klingelte das Telefon um acht. Es war Protheroe.

»Ich habe Ihre Nachricht bekommen«, sagte er.

»Ich wäre gern dabei, wenn das Ruder für Sie auseinandergenommen wird«, sagte ich und spürte, daß neues Selbstvertrauen in meiner Stimme lag.

»Natürlich«, sagte Protheroe sanft. »Der Mann von Lloyd's wäre auch gern dabei. Er kommt um 11 Uhr 30 in Cork an, und ich hole ihn, Gott sei mir gnädig, nach der Messe ab. Also, sagen wir halb zwölf?«

## 11

Es war ein schöner Morgen. Die Bäume der bewaldeten Küste standen mit den Füßen im Wasser, und die Sonne verlieh den Eichen ein strahlendes Grün, als ich im Mietwagen auf der Straße oberhalb des Hafens zur Werft fuhr.

Es war kühl in Billys Wellblechschuppen, und unter dem hohen Dach klangen die Stimmen der drei Männer, die um *Aes* Heck standen, hohl und undeutlich. Es waren Protheroe, Billy Hegarty und André Martin, der Mann von Lloyd's. Ich kannte ihn von damals, als ich die Versicherung davon zu überzeugen suchte, daß meine Ruder kein Sicherheitsrisiko waren. Er war gewandt, ein bißchen hochtrabend, und seine Schlitzaugen verrieten niemals auch nur die geringste Regung. Damals war er schwer zu überzeugen gewesen, erinnerte ich mich.

Nachdem wir uns begrüßt hatten, nahm Martin die Sache in die Hand.

»Sie denken also, daß es Sabotage war«, sagte er. »Wir haben uns erlaubt, die sichtbaren Teile schon mal zu untersuchen.«

Ich zuckte die Achseln. »Gut.«

»Und jetzt werden wir das Ruder selbst freilegen.« Er musterte die Haltebolzen. »Wir sind uns doch einig darüber, daß hier keinerlei Zeichen von Gewaltanwendung zu sehen sind?«

Wir beugten uns vor. Auf den Haltebolzen war nicht ein Kratzer. Wer das Ruder auch sabotiert hatte, er war sehr sorgsam vorgegangen, genau wie ich am Vorabend.

Billy Hegarty zog die Haltebolzen raus und nahm das Ruderblatt ab. Wir rückten dichter zusammen, um uns den Schaft genau anzuschauen. Billy hob die Hand und klaubte das Bruchstück eines Bolzens heraus.

»Die sind also gebrochen«, sagte er.

»Tja«, meinte Martin. »Möchten Sie etwas dazu sagen, Mr. Agutter?«

Ich starrte die zerbrochenen Metallstücke in Billys Hand an.

»Unmöglich«, krächzte ich mit trockener Kehle. Denn die Bolzen, die gestern abend noch aus Aluminium gewesen waren, hatten sich auf wundersame Weise verwandelt. Diese Splitter auf Billys schwieligem Handteller hatten den mattschimmernden Satinglanz von Titan. »Unmöglich«, sagte ich erneut.

»Aber wahr«, sagte Martin. »Mr. Agutter, Sie sollten Ihren Kunden besser sagen, daß Schiffen, die mit diesem Rudertyp ausgestattet sind, das Lloyd's-Zertifikat bis zur weiteren Erprobung dieser Bolzen nicht ausgestellt werden kann. Das gleiche wird vermutlich für die Jury jeder internationalen Hochseeregatta gelten.«

Protheroe starrte mich aus seinen Möwenaugen an. Er sagte: »Wir sind fertig miteinander, mein Junge«, drehte sich um und verließ mit Martin den Schuppen. Mir war klar, daß dies endgültig das Letzte war, was ich von Protheroe als Kunden gesehen hatte. Scheppernd flog die Schuppentür zu. Ich ließ mich auf eine Lattenkiste fallen.

Nach angemessener Pause sagte Billy: »Die hätten nicht kaputtgehen dürfen. Nicht Titanbolzen.«

»Taten sie auch nicht.« Ich erzählte ihm, was ich am Abend zuvor herausgefunden hatte. »Es muß sie also jemand rausgenommen, in einen Schraubstock gespannt, mit viel Kraft zertrümmert haben und die Splitter letzte Nacht, nachdem ich weg war, wieder eingesetzt haben. Hast du jemanden gesehen?«

»Ich war doch bei der Hochzeit.« Billy ließ die dunkelblauen Augen schweifen, und ich konnte sehen, daß er mir nur zur Hälfte glaubte.

»Du sprachst doch von einem Wachhund?«

»Ach, als ich heute morgen kam, schlief das blöde Vieh noch.«

»Wo ist es jetzt?«

»Keine Ahnung.«

Wir gingen zur Rückseite des Schuppens. Dort lag ein großer Schäferhund in der Sonne und schlief. Billy ging auf ihn zu und stieß ihn mit dem Fuß an. Er öffnete ein Auge und schlief dann ruhig weiter.

»Toll«, sagte Billy. »Normalerweise hätte er sich jetzt schon in dein Bein verbissen.« Er stieß ihn wieder an, stärker diesmal, und schüttelte ihn ein bißchen. Jetzt öffnete der Hund nicht mal ein Auge.

»War auch ein Wächter da?« fragte ich.

»Ja. Aber der verbringt die ganze Nacht unten in der Marina.«

»Toll«, sagte ich ironisch.

»Was so dumm auch wieder nicht ist, wenn man bedenkt, daß es ja nur diese eine Straße hierher gibt«, sagte Billy. »Wenn da ein Wagen oder ein Mann aufkreuzt, den er nicht kennt, käme er wie der Blitz raus.«

»Könnten wir ihn fragen?« sagte ich.

»Der schläft jetzt sicher«, sagte Hegarty. »Aber ich rufe ihn an.« Er ging zum Telefon über der Werkbank und sprach eine halbe Ewigkeit. Endlich kam er zurück. »Es war niemand hier«, sagte er.

»Dann wäre es also das gewesen, was man einen Insiderjob nennt?«

Billy verzog das Gesicht. »Das hoffe ich bei Gott nicht.«

»Trotzdem – irgendwas stimmt nicht mit dem Hund.«
»Ja«.
Finster schaute ich auf meine Füße hinunter. »Wenn du diese Bolzen bitte einem Belastungstest und den Hund einem Dopingtest unterziehen würdest? Und dann solltest du bitte das Boot reparieren und mir die Rechnung schicken.«
Billy nickte.
»Und vielleicht könntest du dich auch ein bißchen umhören unter deinen Leuten.«
»Mach ich«, sagte Billy. Seine Falten verrieten Abscheu und Besorgnis. »Aber das sind alles anständige Burschen.«
»Sieh zu, was du rausbekommst«, sagte ich. »Ich muß nach England zurück. Aber ich komme wieder. Bald.«
Wir schüttelten uns die Hände. Ich ging langsam zum Wagen, warf einen Blick auf die Karte und fuhr dann auf schmalen Wegen bis oben auf die Klippen im Westen von Crosshaven, auch wenn es ein aussichtsloses Unternehmen war.
Am Parkplatz begann ein Strandweg. Der Wind wehte die Rauchfahnen aus den hohen Schornsteinen der Whitegate-Ölraffinerie auf die See hinaus. Der Boden war weich, unter schwarzgrauen Ginsterbüschen duckten sich zwei Hütten der Küstenwache. Ich bückte mich und musterte den moorigen schwarzen Schlamm. Da waren Fußspuren, noch ziemlich deutlich: klein, wahrscheinlich von einer Frau mit Stollensohlen. Sie führten zum Strand hinunter und wieder zurück. Auf dem Strand verloren sie sich im weichen Sand. Ich ging zu einer der Hütten zurück und klopfte an die Tür, dann versuchte ich mein Glück bei der anderen. Aber sie waren beide leer, warteten wohl auf die Saison. Ihre schwarzen Scheiben blieben reglos auf mich gerichtet, als ich zum Wagen zurückging und losfuhr.
Ich erzählte es Sally, sie nahm alles schweigend auf. Die gute Stimmung vom Vorabend war weg. Wir hingen beide unseren Gedanken nach, und das Schweigen hielt an, als ich ihr Gepäck nach unten brachte und die Rechnung bezahlen ging.
Der Regattafan am Empfang hatte wieder Dienst. Ich spürte nicht die geringste Lust, über die gestrigen Vorfälle zu sprechen, er dafür um so mehr. »Ich hab' auch von dem anderen Ärger gehört, den Sie in England hatten. Bei dem Mr. Charlton umkam und all das. Die arme Frau«, sagte der Empfangschef. »Aber sie ist wirklich sehr tapfer.«
»Wovon sprechen Sie überhaupt?« fragte ich.

»Von Mrs. Charlton. Oh, sie sah einfach großartig aus heute morgen. Ich habe die ganze Geschichte in der Presse verfolgt.«
»Amy ... Mrs. Charlton war hier?«
»Sie haben sie doch sicher gesehen?«
»Nein.«
»So? Naja. Sie checkte gerade aus.«
»Tatsächlich?« meinte ich. Was, zum Teufel, hatte Amy hier gemacht? Dann dachte ich an die Fußspuren. »Was hatte sie für Schuhe an?«
»Schuhe?«
»Ja.« Ich kam mir vor wie der letzte Narr.
»Wellingtons. So grüne Gummistiefel mit Stollen«, sagte der Empfangschef stirnrunzelnd. »Na, Sie werden ihr sicher am Flughafen begegnen.«
Aber wir sahen einander nicht. Bevor Sally und ich die Nachmittagsmaschine nahmen, fand ich anhand der Passagierliste heraus, daß Amy keinen der restlichen Flüge dieses Tages gebucht hatte. Vielleicht hatte sie die Fähre genommen? Oder sie flog über Dublin. Während des ganzen Rückfluges gingen mir Amys grüne Wellingtons nicht aus dem Kopf.
Nein, sagte ich mir immer wieder, es war zu absurd. Einfach zuviel, um alles nur purer Zufall zu sein. Ich hätte gern Zeit gehabt und mich noch etwas länger in Irland herumgedrückt, um ein paar ernsthafte Untersuchungen anzustellen. Aber die Ausscheidung für den Captain's Cup rückte drohend näher, und ich mußte etwas unternehmen, wenn ich noch daran teilnehmen wollte. Denn natürlich ist so eine Regatta weitaus wichtiger, als die Zeit mit kleinkariertem Grübeln über Sabotage und Mord zu vertrödeln.

## 12

Ich brachte Sally nach Hause. Von der oberen Küstenstraße zweigt auf halbem Weg nach Pulteney die Straße nach Brundage ab, wo Henry Charlton gelebt hatte. Hundert Yards weiter trat ich auf die Bremse, wendete und bog in die Straße nach Brundage ein. Ich mußte mit Amy reden. Das würde zwar eine ziemlich häßliche Angelegenheit werden, aber ich wollte sie hinter mich bringen.

Amy lebte in einer umgebauten Mühle. Die Tore waren geschlossen, und auf dem glattgeharkten Kies der Einfahrt standen keine Autos. Ich lief über den knirschenden Kies und klopfte an die Tür. Die Haushälterin sagte, Mrs. Charlton käme erst spät abends zurück, die Arme. Ich ließ ihr ausrichten, daß ich dagewesen war, und fuhr nach Hause.

Mein Vater veranstaltete, während er mit allen Anzeichen des Entzückens eine Fernsehsendung anschaute, eine ziemliche Schweinerei mit seinem weichgekochten Ei. Ich hätte so gern mit jemandem gesprochen, aber er war offensichtlich nicht in Form. So ging ich hinüber in meine eigenen Räume, beschloß, keinen Whisky anzurühren, und rief Georgia an.

Sie kam gegen acht, mit Einkaufstüten bepackt, und sah aus wie eine indianische Tempelskulptur in farbbekleckten Jeans und altem blauen Wollpullover. Wir setzten uns an den Walnußtisch und aßen ein von ihr mitgebrachtes Brathähnchen.

Ich bat sie: »Erzähl mir, was noch los war, nachdem wir uns in Irland getrennt hatten.«

»Wir fuhren zu Protheroe nach Hause. Er selbst mußte zu einer Verabredung, da saßen wir eben so rum und tranken was. Es war keine fröhliche Party.«

»Ist jemand ausgegangen?«

»Das soll wohl ein Witz sein? In dem Kaff kann man doch nirgends hin. Und der gute Breen fühlte sich ziemlich elend. Wir alle eigentlich.«

»Ihr habt also bloß rumgesessen und seid dann ins Bett gegangen.«

»Wir spielten Poker«, sagte sie. »Archer wurde ein bißchen tätschelsüchtig, wie immer. Wirklich sehr schmeichelhaft.« Sie verzog das Gesicht.

»Archer?« wunderte ich mich. »Er schien mir immer so, naja, so souverän.«

»Na, jedenfalls ging ich bald ins Bett, und Scotto kam auch nicht viel später. Die anderen blieben noch lange auf. Beim Frühstück heute morgen redete keiner viel, und dann flogen wir alle zurück.«

»Und soweit du weißt, ist niemand letzte Nacht zwischendurch mal verschwunden?«

»Jedenfalls nicht mit dem Auto. Ich schlief nach vorne raus, zur Straße hin.«

»Bist du sicher?«

»Ja. Weil ich Hector Pollitt zurückkommen hörte.«

»Zurückkommen?«

»Er war in Kinsale aus dem Bus gestiegen, um sich mit ein paar

Leuten zu treffen. Er kam im Taxi zurück, nach Mitternacht.«
»Stimmt das?« drängte ich. »Stimmt das wirklich?«
Georgia sah mich richtig streng an. »Charlie, was soll das?«
»Ach, nichts. Und worüber habt ihr gesprochen, da in Protheroes Haus?«
»Meistens über dich. Sie haben deine ganze Karriere durchgehechelt und haben dich – also, ich glaube, *neu bewertet* ist das richtige Wort dafür.«

Ich nickte und mußte an Pollitt denken. Er und Amy auf freiem Fuß in Kinsale. Aber warum hätten sie *Ae* sabotieren sollen?

Nachdem Georgia gegangen war, versuchte ich zu schlafen. Aber ich lag nur da und starrte an die Decke. Amy marschierte immer noch mit ihren grünen Gummistiefeln in meinem Kopf herum. Aber diesmal war Hector Pollitt bei ihr; ihre Kleidung war naß, und sie stahlen sich in der Dunkelheit davon. Mit Sorge sah ich dem nächsten Tag entgegen. Denn langsam, aber sicher wurde die Liste der Mitwirkenden immer länger. Warum hatte beispielsweise Millstone gesagt: »Ich hätte nie gedacht, daß Sie so dicht rangehen?« Und Archer ... Er sagte nie viel, aber manchmal legte sich eine solche Kälte auf sein Gesicht, daß er aussah, als sei er zu allem fähig. Selbst Sally hätte es getan haben können; sie hatte Gelegenheit dazu ... Aber an diesem Punkt fing ich fast an zu glauben, daß ich es selbst gewesen war.

Das Telefon weckte mich um acht Uhr am nächsten Morgen. Es war Amy. Ich war noch ganz benommen und fühlte mich einer Unterredung mit ihr weiß Gott nicht gewachsen.
»Was wünschen Sie?« fragte sie.
»Ich möchte mit Ihnen sprechen.«
»Das tun Sie gerade. Könnten Sie sich beeilen? Ich habe nämlich zu tun.«

Ich war noch ganz dösig vor Schlaf, und mir fiel keine taktvolle Art ein, das zu fragen, was ich sie fragen wollte; so sagte ich denn: »Schauen Sie, Amy, ich möchte gern wissen, was Sie in Kinsale gemacht haben.«

Ich hörte sie förmlich nach Luft schnappen und konnte mir lebhaft ihr Gesicht vorstellen: angespannt und fuchsteufelswild. »Wovon reden Sie überhaupt?«
»Sie waren in Kinsale«, sagte ich.
»Wer sagt das?«
»Ich sage das.«
»Kümmern Sie sich um Ihren eigenen Kram!«

»Amy, ich versuche herauszufinden, was mit der *Aesthete* passiert ist.«

»Ich denke, das wissen wir längst. Besonders Sie«, sagte sie. »Haben Sie die *Daily Post* gesehen?«

»Was hat das damit zu tun?«

»Das werden Sie merken, wenn Sie sie lesen. Man nimmt sich darin Ihrer höchstpersönlich an, Sie Schwein.« Und sie hängte, vermutlich mit einem Knall, ein. Aber ich hörte immer noch die schneidende Schärfe und den Abscheu in ihrer Stimme. Amy schien sehr darauf versessen, Charlie Agutters Karriere zu ruinieren. So versessen darauf, daß sie meine Boote sabotierte? Besorgt zog ich mich an und stahl mich hinaus.

Daß es schlimm war, erkannte ich schon daran, wie mich der alte George Maginnis im Zeitungsladen anschaute. Aber wie schlimm es werden sollte, ahnte ich noch nicht.

RETTUNG AUS TODESBOOT NR. 2 lautete die Schlagzeile der *Daily Post*, die sodann stark tendenziöse Biographien über mich und meine Gäste brachte. Sir Alec Breen und Frank Millstone waren ohnehin Persönlichkeiten des öffentlichen Interesses, und die *Post* behandelte sie mit ihrer üblichen Speichelleckerei. Doch bei mir hatten die Reporter keine solchen Skrupel. Sie stellten heraus, daß der Schiffbruch Vermutungen bestätigte, denen zufolge meine neuen Ruder (die sie zwischen den Zeilen als unsportlich anprangerten) eine Gefahr für die Öffentlichkeit bedeuteten. Ferner hatte einer ihrer Berichterstatter meine Spuren verfolgt und herausgefunden, daß ich im »Shamrock Hotel« gewohnt hatte, mit einer Frau namens Agutter. Dabei war bekannt, daß ich unverheiratet war.

Die Sache wurde mit verschiedenen Nuancen auch von den meisten anderen Zeitungen aufgegriffen. Manche brachten auch einen Kommentar Protheroes, er wolle mich nie mehr wiedersehen außer vor Gericht, wo er mich bis auf meinen letzten Cent belangen würde. Soweit ich sah, war der einzige Lichtblick bei der ganzen Angelegenheit, daß ich, bis das Gericht schließlich seine Ermittlungen abgeschlossen haben würde, ohnehin pleite sein mußte. Hugo hatte immer gemeint, was die Zeitungen schrieben, sei ein Riesenquatsch. Ich vermißte ihn schrecklich, denn daß ich selbst sie verteufelt ernst nahm, das merkte ich jetzt.

Das Telefon klingelte fast ohne Pause, während ich mich durch den Stapel Zeitungen arbeitete. Meistens waren es Reporter. Häufig gelang es mir, sie abzuwimmeln, indem ich so tat, als sei ich ein anderer. Der

letzte Anrufer klang jedoch gesetzter.
»Ich hätte gern Mr. Agutter gesprochen«, sagte er.
»Wer ist da, bitte?«
»Inspektor Nelligan, Kriminalpolizei Plymouth.«
»Worum geht es?«
»Ich denke, das sollte ich besser Mr. Agutter selbst sagen.«
»Am Apparat.«
»Ah.« Eine Pause. »Könnte ich schnell mal zu Ihnen kommen?«
»Wenn Sie wollen?«
»In zehn Minuten«, sagte die Stimme. »Wenn es Ihnen paßt.«
Das klang aber überhaupt nicht so, als würde es ihn im geringsten kümmern, was mir paßte.
»Selbstverständlich«, sagte ich, und er legte auf.
Ich rief meinen Rechtsanwalt an und bat ihn, die Zeitungen zu kaufen und auf wirkliche Verleumdungen hin durchzuschauen. Er äußerte Entsetzen, in das sich Gier mischte, als ihm dämmerte, um welche Summen es da ging. Ich lief nach Hause, um nach meinem Vater zu schauen, der das Testbild des Fernsehers betrachtete und in der Nase bohrte. Er erkannte mich nicht. Schwester Bollom sagte, es ging ihm gar nicht gut.
Dann spitzte sie die knallroten Lippen.»Ähem, Mr. Agutter«, sagte sie. »Haben Sie eine Idee, wann mein Scheck kommen wird?«
»Tut mir leid«, sagte ich. »Das habe ich total übersehen.«
Ihr wohldosiertes Lächeln gab einige rotverschmierte Zähne frei, und auf ihren kleinen Schnurrbart rieselte Puderstaub. »Aber ich bitte Sie«, sagte sie. »Ich weiß doch, daß Sie sehr beschäftigt sind.« Neben ihrer Kaffeetasse lag ein Exemplar der *Daily Post*.
Ich stellte ihr den Scheck aus und ging. Als ich meinen Teil des Hauses betrat, klingelte das Telefon schon wieder. Ich nahm den Hörer von der Gabel und packte vier Kissen auf den Apparat. Es war zwölf Uhr. Normalerweise trinke ich erst abends, aber ich fand, daß ein Morgen wie dieser gereicht hätte, um einen Noah schon zu Mittag betrunken zu machen. Ich genehmigte mir also ein Bier und setzte mich damit hin, las noch einmal die Zeitungen und versuchte, die aufkommende Übelkeit zu unterdrücken. Zehn Minuten später klingelte es an der Tür. Vor mir stand ein kleiner, schlanker Mann, dessen Augen sich hinter tiefen Wülsten verbargen.
»Nelligan, Kriminalpolizei«, sagte er. »Schön wohnen Sie hier.« Er ließ den Blick über den Garten schweifen, in dem Tulpen und Frühgeranien in der Sonne leuchteten, und zwirbelte gedankenverloren seine

Schnurrbartspitzen.

Ich bat ihn herein, und er setzte sich.

»Stört es Sie, wenn ich rauche?« fragte er. Es störte mich durchaus, aber ich wollte nicht gleich am Anfang etwas falsch machen, also erhob ich keinen Einwand.

»Trinken Sie ein Bier?« fragte ich. Er hätte eigentlich ablehnen und sagen müssen, daß er im Dienst sei, aber er nahm an.

»Prima Bier«, sagte er und musterte die Dose Budweiser, die ich ihm gereicht hatte. »Ich mag die amerikanischen Marken.«

»Ja«, sagte ich und wünschte, er würde endlich aufhören, sich wie der Auktionator bei einer Zwangsversteigerung zu gebärden und alles, was er sah, mit Lob zu bedenken. »Was gibt's für ein Problem?«

»Problem? Ach so.« Er hatte einen westenglischen Akzent. »Ja, also wir haben da einen recht seltsamen Anruf von einer dieser Londoner Zeitungen bekommen. Sie fragten, ob wir uns dazu äußern wollten, daß ... Also, das ist jetzt sehr persönlich.«

»Sagen Sie's trotzdem.« Eiseskälte schien sich im Raum zu verbreiten. Gleich würde etwas Entsetzliches passieren.

»Sie sagten, daß Sie die Nacht in einem Hotel in Irland zusammen mit der Witwe Ihres Bruders, der gerade bei einem Bootsunfall ums Leben gekommen ist, verbracht haben.«

»Stimmt«, sagte ich. »In getrennten Zimmern.«

»Mir wurde gesagt, daß sie eine Verbindungstür hatten.«

»Wer hat Ihnen denn das erzählt?« fragte ich und dachte: Amy.

Er schüttelte lächelnd den Kopf. »Tut mir leid.«

»Was haben Sie ihnen denn geantwortet?«

»Kein Kommentar. Aber uns interessiert jetzt doch: Stimmt das? Das mit Mrs. Agutter, meine ich.«

»Nein«, sagte ich. »Das ist eine ganz gemeine Lüge.« Er nickte. »Aber ... Also, entschuldigen Sie, wenn ich so frage, aber hatten Sie wirklich keine Affäre mit ihr?«

»Bestimmt nicht.«

»Auch nicht vor dem – ähem – Unfall mit dem Boot?«

»Nein.« Ich fing an, wütend zu werden. Aber Wut war mir jetzt wenig nützlich.

»Dies war also nur eine – ähem – einmalige Angelegenheit?«

Nützlich oder nicht, jetzt verlor ich die Beherrschung. »Wenn Sie nur dasitzen und schmutzige Anspielungen machen wollen, dann sehen Sie lieber zu, daß Sie rauskommen.«

Er traf keinerlei Anstalten, sich zu erheben, sondern strich sich über den schmalen Schnurrbart und hatte immerhin den Takt, leicht verlegen auszusehen.

»Ja. Nun, Sie sind sehr offen gewesen, Mr. Agutter. Wir möchten uns das Boot einmal anschauen, wenn es wieder draußen ist. Denn dies eröffnet natürlich völlig neue Perspektiven.«

»Wenn Sie mich nun entschuldigen wollen? Ich habe Besseres zu tun als ...«

»Als der Polizei bei ihren Ermittlungen zu helfen? Nun, gewiß. Segeln ist ein harter Sport, nicht wahr? Da kommen schon Unfälle vor. Aber nur mal angenommen, daß Sie vor dem Tod Ihres Bruders eine Affäre mit Mrs. Agutter hatten. Dann hätten Sie ein Motiv gehabt, diesen – nun, diesen Unfall zu verursachen.« Er hob seine schmalen, weichen Hände, als ich aufsprang. »Nein, nein. Regen Sie sich bloß nicht auf, Mr. Agutter. Sie sehen doch ein, daß wir jedem Hinweis nachgehen müssen? Zwar sah es zunächst wie ein Unfall aus, aber nun könnte es natürlich auch Mord sein.«

»Hören Sie«, sagte ich müde. »Ich bin gerade in Irland auf dieselbe Weise schiffbrüchig geworden, wie mein Bruder in England ums Leben kam. Ich war auf dem Boot, als es passierte. Glauben Sie, ich würde mich selbst ermorden wollen? Ich an Ihrer Stelle würde lieber ermitteln, wer da versucht, meine Karriere zu ruinieren, mich durch Sabotage meiner Boote in den Bankrott zu treiben und mir, verflucht noch mal, einen Mord anzuhängen! Haben Sie das jetzt drin in Ihrem Dickschädel?«

»So spricht man nicht«, meinte Nelligan milde. »Aber Sie sagten Sabotage. Haben Sie Beweise dafür?«

»Nein. Aber ich werde sie mir beschaffen.« Mir dröhnten die Ohren vor Wut.

»Nun«, sagte Nelligan, »darauf bin ich gespannt, Mr. Agutter. Und bis dahin verschwinden Sie bitte nicht, okay?«

Er drückte seine Zigarette mit äußerster Konzentration aus und ging hinaus in diesen Wind, der seit der schwarzen Nacht, seit *Aesthetes* Schiffbruch, nie mehr aufgehört hatte.

## 13

Am Nachmittag ging ich ins Büro und versuchte an dem Entwurf des Motorseglers für Padmore & Bayliss zu arbeiten. Aber ich war so ruhelos, daß ich kaum stillsitzen konnte. Solange ich keine konkreten Schritte unternahm, um in den Captain's Cup zu kommen, war die Arbeit an Padmores Booten pure Zeitverschwendung. Nach einer halben Stunde gab ich's auf, nahm das Telefon und rief im »Shamrock Hotel« an. Ich bekam den allwissenden Empfangschef an den Apparat und fragte, ob Mrs. Amy Charlton am Samstag irgendwelche Besucher gehabt hatte. Der Empfangschef sagte, nicht daß er wüßte. Ich legte auf. Nun, sie konnte mit Pollitt zu Abend gegessen haben. Aber was hätte das bewiesen? Es war zu weit hergeholt, daß Pollitts späte Ankunft bei Protheroe etwas mit Amys Fußabdrücken oben auf den Klippen zu tun haben sollte. Falls diese Abdrücke überhaupt von Amy stammten.

Mein nächster Anruf galt Spearman. Neville war am Apparat. Seine Stimme klang noch deprimierter als sonst.

»Das Boot von Alec Breen ...« begann ich.

»Ja.« Er war immer skeptisch, diesmal aber geradezu argwöhnisch.

»Du brauchst doch sicher den Platz im Bootsschuppen.«

»O ja, und ob«, sagte er. »Gibst du mir grünes Licht zum Weitermachen? Die Warteliste von Leuten, die was von mir gebaut haben wollen, ist nämlich riesig.«

»Ich hätte gern, daß du es zu Ende baust.«

»Gute Idee.« Aber ich wußte, was jetzt kommen würde. Es folgte ein langes Schweigen, und ich stellte mir vor, wie er das Gesicht verzog und sich über die dunkel umrandeten Augen strich. »Wir kennen uns schon seit Urzeiten, Charlie, und ich bewundere natürlich deine Arbeit und alles, aber ... Also, wer zahlt dafür?«

Genau das war der springende Punkt. »Neville«, begann ich, »wie du selbst sagst, kennen wir uns jetzt ungefähr dreißig Jahre. Und vielen Dank für das Lob meiner Arbeit. Könntest du es auf gut Glück zu Ende bauen? Breen wird sich wieder beruhigen und sich's überlegen. Und wenn nicht, verkaufen wir es an jemand anderen.«

Ich konnte ihn atmen hören. Endlich antwortete er. »Charlie, ich will dir die Wahrheit sagen. Erstens würde dieses Boot gar nicht mehr rechtzeitig fertig für die Ausscheidungsrennen zum Captain's Cup. Zweitens, und das ist jetzt nicht meine persönliche Meinung, steht es mit deinem Ruf derzeit nicht zum besten. Dieses Boot zu Ende zu bauen, ohne daß ein fester Auftrag vorliegt, hieße, bares Geld zum Fenster hinauszuwerfen, weil es sich später nämlich nicht verkaufen läßt. Selbst wenn's ein gutes Boot wäre – es ist zu spät. Trotzdem will ich dir einen Gefallen tun. Sie kann noch eine Woche im Schuppen bleiben. Aber danach wandert sie raus. Okay?«

»Eine Woche«, sagte ich.

»Viel Glück.« Neville legte auf.

Ich machte eine Liste möglicher Interessenten und überlegte, wie ich das Boot selbst verkaufen könnte. Aber es war, als stünde man barfuß am Fuß des Mount Everest. Und überdies hatte Neville recht: Ich hatte den Bus für den Captain's Cup verpaßt.

Ich nahm gerade wieder den Hörer auf, als Ernie, mein technischer Zeichner, den Kopf durch die Tür steckte und sagte: »Sally hat angerufen. Sie sagt, daß Sie sich heute abend bei der Cocktailparty sehen werden. Mr. Beith geht mit ihr hin.«

Ich war erfreut, von Sally zu hören, aber auch ein bißchen enttäuscht, als ich erfuhr, daß Ed sie zu dieser Party begleiten würde. Die Erinnerung an jenen Augenblick der Nähe in Kinsale war mir in den letzten Tagen recht häufig gekommen. Aber das konnte zu nichts führen. Im Moment waren wir beide wahrscheinlich am besten in Gesellschaft so guter alter Freunde wie Ed aufgehoben.

Trotzdem gab ich dem Impuls nach, in mich hineinzufluchen. Wenn diesem lausigen Tag etwas die Krone aufsetzen konnte, dann war es diese Cocktailparty. Mit ihr wurde die offizielle Segelsaison in Pulteney eröffnet. Sie fand immer in dem weißen, schindelgedeckten Klubhaus mit seiner über den Hafen hinaus gebauten Terrasse statt. Für ernst zu nehmende Segler war die Teilnahme ein Muß, und ich konnte davon ausgehen, daß ich ein ernst zu nehmender Segler war, auch ohne Boot.

Ich verbrachte den Nachmittag mit vergeblichen Versuchen, das halbfertige Boot an den Mann zu bringen. Um sechs warf ich mich in den Blazer, band die RORC-Krawatte um, atmete einmal tief durch und ging rüber zum Yachtklub. Ein paar junge Salzbuckel trotzten draußen der frischen Brise, die die Flaggen über der Terrasse zauste, während die älteren Seebären schon an der Bar hockten. Etliche Augenpaare ruhten für eine Sekunde zu lange auf mir und wandten sich dann betont ab. Ich ging auf die Terrasse und betrachtete vom Geländer herab *Nautilus*. Der Wind schien etwas nachzulassen. Ich schluckte Whisky und dachte an mich, an *Nautilus* und Hugo. Alle drei waren wir für Regatten wie geboren, aber keiner von uns würde je wieder ein Rennen bestreiten, aus ganz unterschiedlichen Gründen. Doch hier durfte ich jetzt nicht an Hugo denken. Ich nahm noch einen Zug aus meinem Glas, dann war es leer. Ich würde aufpassen müssen, daß ich mich nicht betrank.

Als ich wieder reinging, war die Bar fast voll besetzt. Wieder hatte ich das Gefühl, von ein paar Dutzend Augenpaaren durchbohrt zu werden. Archer geruhte, mich mit einem Nicken und einem Lächeln zu bedenken, bevor er seine Unterhaltung mit einem PR-Mann vom Fernsehen fortsetzte. Johnny Forsyth zwinkerte verschwörerisch und folgte dann einem Ruf zur anderen Seite des Saales. Forsyth, der Freischaffende, dachte ich. Immer im Dienst, wie alle Freiberufler. Suchend schaute ich nach einem freundlichen Gesicht aus, aber Sally war noch nicht da. Statt dessen sah ich das synthetische Braun und die blitzenden Zähne Hector Pollitts auf mich zusteuern.

»Hallo«, sagte Pollitt mit seinem breiten, unechten Lächeln. »Wieder erholt von neulich?« Ich nickte. »Pech, das. Wie würden Sie jetzt Ihre Chancen einschätzen, eines Ihrer Boote in den Captain's Cup zu kriegen?«

Ich spürte, wie die Wut in mir hochstieg; dann aber dachte ich, Moment mal, er muß irgendeine Verbindung haben, um so etwas zu sagen. Vielleicht konnte ich ihn zum Reden bringen.

»Schönen Abend bei Protheroe verbracht?« erkundigte ich mich, ohne auf seine Frage einzugehen.

Pollitt starrte mich aus seinen leicht blutunterlaufenen Augen an. »Kam erst spät zurück«, sagte er. »Hatte was zu erledigen, 'ne Verabredung, wissen Sie?«

»Sie waren wohl hinter 'ner Story her?«

Er lachte. »So könnte man's nennen.«

»Habe ich Sie nicht im ‹Shamrock› gesehen?«

Aber so betrunken war er nun auch wieder nicht. »Ich weiß nicht«, sagte er. »Meinen Sie? Kann eigentlich nicht gut sein, denn dort war ich nicht.« Er lachte wieder.

»O Gott, *Sie* hier!«, sagte eine Frauenstimme neben mir. Ich schaute mich um. Es war Amy, die wohl wegen ihrer Trauerzeit ein hochgeschlossenes schwarzes Kleid trug, das ihre spitzen kleinen Brüste und die Kanten ihres aggressiven Kinns noch betonte. Ihr Mund war eine häßliche rote Linie, und ihre Augen verbargen sich in zwei gehässigen Falten. »Es wundert mich, daß Sie überhaupt den Nerv haben, hier aufzukreuzen.«

Hector lachte. Ich sagte: »Tag, Amy«, so freundlich ich irgend konnte.

»Mit Ihnen rede ich überhaupt nicht«, sagte Amy mit ihrer hohen, schrillen Stimme. »Die Polizei war bei mir mit neugierigen Fragen. Ich hab' ihm gesagt, er soll sich lieber an Sie wenden.«

Hector strich sich mit seinen gepflegten Händen nervös über die Haare. Es herrschte jetzt Stille in der Bar. Eine Menge reicher Neu-Pulteneyer schauten besorgt zu uns herüber oder aber hartnäckig zu Boden. Ich spürte ein großes Loch dort, wo sonst mein Magen war. Dann roch ich Parfüm, und Sallys Stimme sagte: »Jetzt hör' aber auf, Amy, du machst ja einen Narren aus dir!«

Amys Augen verengten sich zu Schlitzen, sie wirbelte zu Sally herum. »Und was dich anlangt, du Flittchen«, sagte sie, »wie kannst du so frech dastehen, neben deinem Geliebten, und ... Lassen Sie mich sofort runter!« Denn ich hatte sie hochgehoben und trug sie aus dem Saal. Ed Beith stand in der Halle. Er hob die Augenbrauen, grinste und fragte: »Ist das klug, Charlie?«

Zu wütend, um zu antworten, trug ich sie durch die Halle und auf den Kai. Sie hämmerte mit den Fäusten auf mich ein und schrie. Draußen an der frischen Luft hörte sie auf zu schreien, und ich stellte sie ab. Eine kleine Gruppe war uns gefolgt, um uns, Gläser in der Hand, zuzuschauen. Amys Make-up war verschmiert, ihr Gesicht wutverzerrt.

Mein Herz pochte unerfreulich laut. »Sagen Sie mir nur eins«, begann ich. »Waren Sie es, die Samstag nacht auf den Klippen bei Kinsale einen kleinen Spaziergang gemacht hat?«

Ihr Gesicht erstarrte einen Augenblick. »Wie, um alles in der Welt...«

»Und Hector«, sagte ich, meinen Vorteil ausnutzend, »war er bei Ihnen? Ein schneller Strandbummel, runter bis Crosshaven?«

Ihre schwarzen Augen schnellten wie Scheibenwischer zwischen mir und Pollitt hin und her. Die Überraschung in ihrem Gesicht legte sich und wich berechnender Anspannung. Sie lachte, ein hohes, häßliches Lachen, das gegen die Steinwände des Hafens prallte, und sagte: »Das müssen Sie schon selbst rausfinden.«

»Was sagen Sie dazu, Hector«? fragte ich.

Er bleckte die Zähne und breitete die Arme aus. »Dasselbe, was sie sagt, alter Knabe.«

»Gehen wir«, keifte Amy. »Ich mag diese Gesellschaft nicht.«

Ich kehrte ins Klubhaus zurück. Als ich durch die Tür trat, baute sich Frank Millstone vor mir auf. »Agutter«, sagte er. »Wir mögen hier keine Burschen im Klub, die Damen gegenüber handgreiflich werden. Vielleicht sollten Sie lieber nach Hause gehen und darüber nachdenken.«

Ich schaute in dieses joviale Gesicht mit den kalten, zufriedenen Augen. Dann zuckte ich die Achseln und ging am Kai entlang davon. Im Yachtklub stank geradezu alles nach Neu-Pulteney.

»Nimm's nicht so tragisch, Charlie«, sagte eine Stimme neben mir. Ich schaute auf. Es war Johnny Forsyth, den lederartigen Hals von einem vertörnten weißen Kragen und einer Klubkrawatte gehalten.

»Ich an deiner Stelle würde lieber wegbleiben«, warnte ich ihn. »Mit mir verkehrt man nicht mehr.«

»Ich wollte dir nur sagen, daß ich weiß, wie einem dabei zumute ist«, sagte Johnny. »Es ist nicht gerade lustig, von ihrer Gnade abzuhängen, nicht wahr?«

»So ist's«, sagte ich und kniff die Augen zusammen, weil die Abendsonne mich blendete.

»Aber du mußt das so sehen: In manchen Jahren gibt's Arbeit, in anderen wieder nicht. Wie bei uns. Dieses Jahr geht's ganz gut mit meiner Frau und dem Restaurant, und ich hab' auch ein bißchen Arbeit gefunden. Wenn Frank jetzt für den Captain's Cup ein Boot kriegt, werde ich Taktiker bei ihm. Ach Gott, entschuldige, Charlie, da sollte ich dich nicht gerade mit der Nase drauf stoßen.«

»Schon gut«, sagte ich. »Danke.«

»Ich wollte nur, daß du's weißt.«

»Danke«, sagte ich wieder. »Aber du solltest jetzt lieber zu der Party zurückgehen.« Ich trottete die Quay Street entlang.

Einer meiner Fehler war seit jeher, daß ich keine Niederlage hinnehmen konnte. Meine erste Regung war also eine ungeheure Wut, aber bis ich den Geißblattstrauch streifte, der meine Eingangstür umwucherte, wußte ich, was ich zu tun hatte, um in den Captain's Cup zu kommen. Ich holte die Whiskyflasche aus dem Schrank und goß mein Glas ziemlich voll. Für diesen Plan mußte man sich nämlich Mut antrinken. Draußen hörte ich Reifen auf den Kopfsteinen quietschen, dann das Tor knarren, und schließlich kamen Sally und Ed Beith den Weg hinauf.

»Diese Hexe«, sagte Sally. »Alles wieder okay, Charlie?«

»Ich komme mir vor wie ein Vollidiot«, sagte ich. »Ich hätte sie nicht anfassen sollen.«

»Du hättest sie in den Hafen schmeißen sollen«, sagte Ed.

»Es war sehr nett von dir, meine – meine Ehre zu verteidigen«, sag-

te Sally und mied meinen Blick. »Dieses Flittchen!«
»Flittchen?«
»Ach, Amy hat Henry doch Hörner aufgesetzt. Sogar bei Hugo hat sie mal Annäherungsversuche gemacht.« Sally blieb ruhig und sachlich, aber ich merkte, wie wütend sie war. »Die juckt es wirklich.«
»Glaubst du, daß sie zum Kratzen Hector Pollitt nimmt?«
Sally schien überrascht. »Hector? Könnte sein.«
»Er ist Samstag nacht nämlich noch ausgegangen, in Irland. Und oben auf den Klippen habe ich etwas gesehen, das Amys Fußspur gewesen sein könnte. So war sie zumindest dicht dabei, als die Sabotage vertuscht wurde.«
»Sabotage?« fragte Ed. »Nanu?«
»Erzähl' ich dir später«, sagte ich. »Und wenn sie die Sabotage an *Ae* vertuschte, hätte sie auch vertuschen können, daß *Aesthete* sabotiert wurde, um Henry loszuwerden.«
»Ziemlich unzuverlässige Methode«, sagte Ed.
»*Dich* haben sie auf dem Kieker«, sagte Sally. »Aber warum sollte Amy dich ruinieren wollen?«
»Weiß der Himmel«, sagte ich. »Jedenfalls macht sie ihre Sache gründlich.«
»Es ist nicht gut, Millstone gegen sich zu haben«, meinte Sally. »Was wirst du machen?«
»Diesen Schweinehund in Grund und Boden segeln und mich nicht länger aufregen.«
»Aber er hat noch kein Boot«, sagte Sally. »Und du auch nicht.«
»Ich kriege eins«, sagte ich. »Auf dem Heimweg heute abend ist mir eine Idee gekommen. Und Millstone hofft, bald ein Boot zu finden, das sagte jedenfalls Johnny Forsyth heute abend. Weißt du Näheres, Ed?«
Ed starrte in seinen Whisky. »Er sucht ein Boot, stimmt«, sagte er ohne aufzublicken. »Ich weiß nicht, was über diese Stadt hier gekommen ist. Wahrscheinlich wird er mir bald ein Angebot für *Crystal* machen.«
»Würdest du sie verkaufen?«
»Oh, ich weiß nicht recht«, sagte Ed, den offenen Blick über seinem breiten Lächeln fest auf mich gerichtet; ein Blick, wie ich ihn von unseren Regatten als Teenager in Erinnerung hatte. »Wie sehen deine Pläne aus?«
»Oh, ich weiß nicht recht«, sagte ich und schaute ebenso direkt zurück. Dieses Spiel trieben wir nun schon zwanzig Jahre, und beide

wußten wir jeweils genau, was der andere vorhatte.

Ed trank seinen Whisky aus und stand auf. »Ich muß los und noch ein paar Dinge erledigen«, sagte er. »Sally?«

»Könntest du mich nach Hause bringen?«

Verabschiedend legte sie ihre Hand auf meine, ihre Finger waren warm und trocken. »Paß gut auf dich auf, Charlie.« Ich brauchte mir nichts vorzumachen, Sallys Berührung tat mir gut.

Sie fuhren weg. Es war erst acht Uhr. Ich nahm den Hörer und wählte Bill Hegartys Nummer in Irland. Die Leitungen waren wie üblich überlastet, und als ich endlich durchkam, mußte ich ihm von seiner Privatnummer über zwei Pubs bis zum »Jury's Hotel« in Cork nachstellen. Er schien etwas angetrunken, und im Hintergrund herrschte ziemliches Stimmengewirr.

»Charlie«, sagte er, »Mensch! Ich hab' den ganzen Tag versucht, dich zu erreichen.«

»Was gibt's?«

»Ja, also, nachdem du weg warst, hab' ich den Tierarzt geholt, damit er diesem Hund 'ne Blutprobe entnahm. Und du hattest recht, das Vieh steckte voller Schlaftabletten.«

Ich spürte, wie mein Gesicht sich zu einem Grinsen verzog und meine Wut über die Cocktailparty sich etwas legte. »Du bist der Größte, Hegarty«, sagte ich. »Jetzt hör mal zu. Ich möchte, daß du diese Geschichte einem Mann erzählst. Ich garantiere dir, daß er ein Eigner ist, der unbedingt gewinnen möchte. Und er kann nur gewinnen, wenn er wirklich niemandem ein Sterbenswörtchen davon erzählt.« Am anderen Ende der Leitung gab Billy skeptische Geräusche von sich. Ich unterbrach ihn. »Und, Billy«, sagte ich, »würdest du rauszufinden versuchen, ob an dem Tag, als Protheroe das Ruder checken ließ, jemandem in deiner Werft etwas aufgefallen ist? Fremde oder schlafende Hunde etwa?«

»Du bist eine harte Nuß«, sagte Billy. »Aber den Gefallen werde ich dir wohl tun müssen.«

Nachdem er eingehängt hatte, machte ich mich auf die Suche nach Breen.

Er war nicht leicht zu finden. Zunächst läutete ich in seinem Büro an, aber da nahm niemand mehr ab. Dann versuchte ich es unter seiner Privatnummer, und jemand, vielleicht der Butler, sagte mir, Mr. Breen sei auf einer Party, er wisse aber nicht, wo diese stattfinde. Dann wurde er extrem diskret, indem er nämlich auflegte, als ich ihn bat, doch mal im Terminkalender seines Chefs nachzuschauen.

In dem Moment kam mir eine Eingebung. Vor etwa sechs Monaten, als wir die ersten Zeichnungen für sein Boot machten, hatte Breen mir die Nummer seines Autotelefons gegeben. Ich rannte also in mein Büro und schaute unter den Eintragungen vom vergangenen November nach. Und richtig, da war sie.

Ich schwitzte, als ich darauf wartete, zu Breens Auto durchzukommen. Das Rufzeichen ertönte zweimal, dann nahm jemand ab und sagte: »Hallo.« Aber es war nicht Breen.

»Hallo«, sagte ich. »Hier ist Jack Danforth. Würde es Ihnen was ausmachen, ein halbe Stunde später zu kommen? Ich bin um neun noch beschäftigt.«

»Wie bitte?« fragte die Stimme am anderen Ende. »Ähem... Mr. Danforth... Um neun Uhr – wann?« Der Mann sprach wie ein Chauffeur.

»Heute abend natürlich«, sagte ich, und meine Stimme wurde zusehends selbstbewußter. »Verdammt noch mal, er kann's doch nicht vergessen haben!«

»Was vergessen haben?« fragte der Chauffeur nervös.

»Unseren Termin«, sagte ich. »Wir sind nur noch heute abend in Nottingham. Könnte er rüberkommen?«

»Nottingham?« fragte der Chauffeur. »Das ist sehr weit. Wird er kaum schaffen. Wir sind in Lymington, in Hampshire.«

»Ich weiß«, sagte ich. »Bei Harry Foster, nicht?«

»Auf einer Party«, sagte der Chauffeur. »Bei Mr. Birkitt.«

»Ach so. Gut«, sagte ich. »Na, das wär's dann.« Ich legte auf. Es war lächerlich einfach gewesen. Ich hoffte nur, daß Breen nicht dahinterkam, sonst war der Chauffeur seinen Job los.

Danach brauchte ich nur meinen Freund Harry Chance in Lymington anzurufen. Harry kannte jeden, den man kennen mußte, besonders die hohen Tiere. Von ihm erfuhr ich, daß Septimus Birkitt eine Wohltätigkeitsparty gab, um Geld für einen America's-Cup-Herausforderer lockerzumachen, und daß er in Stone Hall, drei Meilen außerhalb der Stadt, residierte.

Jetzt brauchte ich nur nach Hause zu spurten, mich in meinen Smoking zu werfen und zum Nutz und Frommen meiner Nerven ein paar tiefe Atemzüge zu machen. Schon war ich auf der Straße nach Lymington.

## 14

Zwei Stunden später parkte ich den BMW auf dem Grasstreifen einer alten Allee und zupfte mir die Fliege vor dem Rückspiegel zurecht. Mein Gesicht konnte nicht anders als abgehärmt bezeichnet werden. Ich stieg aus und lief auf die kleinen Torpfosten zu. Die Auffahrt, wunderschön geharkter Kies, führte zwischen Rhododendronbüschen zu einem großen weißen Haus im spätgeorgianischen Stil.

Die Nachtluft strich kühl über mein Gesicht, als ich zwischen den etwa fünfzig teuren Autos durchging. Vom Garten hinter dem Haus klangen der dumpfe Rhythmus einer Baßgitarre und gedämpftes Stimmengewirr zu mir. Ich ging darauf zu. Vor mir lag, grau im Mondlicht, ein von hohen schwarzen Bäumen umgebener Rasen. An der Gartenfront des Hauses stand ein Festzelt, aus dem gelbes Licht drang. Ich ging zwischen zwei Blumenbeeten durch, klappte die Zelttür zur Seite und schlüpfte hinein. Die Luft drinnen war heiß und der Lärm betäubend. An der Stirnseite des Festzelts spielte eine Band, wurde aber von den Stimmen fast übertönt. Die Herren sahen teuer aus, und einige Damen trugen ein Diadem. Das Ganze hatte etwas von New Pulteney an sich. Hugo hätte die hier Versammelten die »Royal Yacht crowd« genannt.

Ich blieb einen Augenblick stehen, meine Handflächen klebten vor Schweiß. Jetzt galt es nur noch, Breen zu finden. Die Menschenmenge wogte vor mir wie ein See. Wäre ich ein Terrorist gewesen, ich hätte einige Angehörige der königlichen Familie auslöschen können. Aber ich war nur ein Yachtkonstrukteur auf der Suche nach einem Eigner, und etwa fünf Minuten lang schlenderte ich vergeblich zwischen diesen teuren Herren und Damen umher. Dann entdeckte ich an einem Tisch, umgeben von vier jungen Damen, ein Paar ausladender Schultern, auf denen ein brauner Nacken und ein Kopf mit kurzgeschnittenem braunem Haar saßen. Die Damen lachten, und man spürte den Charme, den er versprühte wie ein Kamin knisternde Funken: Archer.

Ich ging auf ihn zu und tippte ihm auf die Schulter. Er schaute rot und lächelnd hoch, seine blauen Augen glänzten im Licht, und ich dachte an das, was mir Georgia über Archers Tätscheltrieb erzählt hatte.

Das Lächeln wurde starr, als er mich erkannte.

»Archer«, sagte ich, »ich muß dich kurz sprechen.«

Er stand auf. »Natürlich«, sagte er, und wir gingen auf eine Ecke zu. Unterwegs fragte er leise: »Was machst du hier?«

»Ich will Breen sprechen.«

»Breen?« Archer sagte diesen Namen, als kenne er den Mann nicht. »Hör mal, Charlie, wenn der alte Septimus Birkitt dich sieht, läßt er dich raussetzen. Millstone ist auch hier. Und noch eine Menge anderer Leute von der Yachtklubparty. Frank hat sich eingehend über dich verbreitet. Entschuldige, wenn ich das so sage, aber du warst wirklich ein Riesenroß.«

»Vermutlich«, sagte ich. Ich war über den Punkt hinaus, an dem ich noch für irgend etwas anderes ein Ohr gehabt hätte als für das, was ich hören wollte.

»Wo ist Breen?«

»Vorhin war er zum Dinner drüben im Haus«, sagte Archer. »Zum Kuckuck, Charlie, du weißt, daß ich normalerweise alles für dich tun würde. Aber heute abend... Du bist hier einfach fehl am Platz.«

»Alles, was ich tue, tue ich für Padmore & Bayliss«, sagte ich mit einem Lächeln, das schon schmerzte, so schief war es. Archer hob die Hände. Auf deine eigene Verantwortung, hieß diese Geste. Dann drehte er sich um und stolzierte zu seinen Grazien zurück, jeder Zoll ein feuriger Galan.

Schnell ging ich auf den grün-weiß gestreiften Tunnel zu, der vom Zelt ins Haus führte. Durch einen mit Seestücken holländischer Meister geschmückten Flur kam eine Gruppe Männer und Frauen auf mich zu. Die Männer rauchten Zigarren. Breen war nicht darunter. Ich ging weiter und schaute in die einzelnen Räume. Der erste war eine Garderobe. Neben dem Kamin unterhielt sich ein sehr alter Mann mit zwei Damen mittleren Alters. Ich sagte: »Bitte entschuldigen Sie, wenn ich unterbreche, aber haben Sie vielleicht Alec gesehen?«

»Ist Hände waschen gegangen«, sagte der alte Mann.

»Oh...« Ich trat zurück auf den Gang.

In dem Moment kam Breen, rundlich und rosig, aus einer Tür unter dem Treppenaufgang. Ich sah, wie sein Blick zu mir, wieder weg und abermals zu mir huschte. Ich ging schnell auf ihn zu. »Wir müssen miteinander reden«, sagte ich.

Er steckte die Zigarre in den Mund und sog daran. »Ich wüßte nicht, worüber«, sagte er und ging durch den Gang. »Entschuldigen Sie.«

Ich stand neben einer Tür. Sie führte in ein kleines Zimmer, vielleicht eine Bibliothek, mit Bücherregalen, Sesseln und einem Schreibtisch. Auf dem Schreibtisch stand ein Telefon.

Als Breen an mir vorbei wollte, packte ich sein Handgelenk und zog ihn hinein. Er sah zwar stämmig aus, fiel aber überraschend leicht um, und wir landeten beide, Breen zuoberst, auf dem Teppich der Bibliothek. Ich kroch unter ihm vor und schlug die Tür zu. Breen hatte sich schon auf die Knie aufgerappelt und starrte mich mit einer Mischung aus Wut und Schreck an.

»Tut mir leid, daß ich das machen mußte«, sagte ich. »Hätten Sie was dagegen, sich zu setzen?«

Er stand auf, klopfte den Staub von seiner Smokinghose und fischte seine Zigarre vom Teppich. Dann sagte er: »Lassen Sie mich hier raus, Agutter.« Seine Augen wirkten mehr denn je wie Gewehrmündungen in diesem weichlichen, aufgedunsenen Gesicht. Niemand, dem ich je begegnet war und den ich in einem Überraschungsangriff zu Boden geworfen hätte, wäre zwanzig Sekunden später schon wieder Herr der Situation gewesen. Aber Breen schaffte das.

»Nein«, sagte ich. In der Tür steckte ein Schlüssel. Ich drehte ihn um und steckte ihn in die Tasche. »Nicht, bevor wir miteinander geredet haben.«

»Rohe Gewalt vermag bei mir gar nichts«, sagte Breen.

»Seien Sie vernünftig«, sagte ich. »Sie waren früher auch nicht gerade zimperlich. Und jetzt haben Sie getan, als sei ich Luft für Sie. Ich möchte nur, daß Sie ein einziges Telefongespräch führen. Danach können Sie mich der Polizei übergeben oder tun, was Ihnen beliebt.«

Breen überlegte einen Augenblick. Er nahm eine weitere Zigarre, schnitt sie ab und steckte sie an. Als sie zu seiner Zufriedenheit brannte, atmete er einmal tief durch und brüllte: »Hilfe!« Seine Stimme war überraschend laut. Ich hätte nie gedacht, daß er so reagieren würde. Unter meinem Hemd begann Schweiß zu perlen.

»Hilfe!« schrie Breen aus vollem Hals.

Ich zog mein Taschentuch raus und stopfte es zwischen seine aufgerissenen Kiefer. An den Vorhängen hingen quastengeschmückte Kordeln. Mit einer band ich ihn am Stuhl fest, die andere kam um sein Gesicht, um den Knebel zu halten. Er wehrte sich, aber er war ein Schreibtischmensch, und seine Stärke lag in seinem Willen, nicht in seinem Körper.

Als er straff festgebunden war, nahm ich das Telefon und wählte Billy Hegartys Nummer in Irland. Als das Telefon klingelte, klopfte jemand an die Tür, fragte: »Ist alles in Ordnung da drin?« und rüttelte am Türknopf. »Abgeschlossen«, sagte die Stimme. »Das dürfte nicht sein«, sagte ein anderer. »Ich hole den Ersatzschlüssel.«

Billy meldete sich. Ich sagte: »Billy, hier ist Charlie Agutter. Ich möchte, daß du jetzt genau erklärst, was auf deiner Werft los war. Es bleibt unter uns.«

Breen starrte mich an, kalt und unpersönlich.

Ich hielt ihm den Hörer ans Ohr, während Billy sein Stück hersagte. Als er schwieg, sagte ich danke und verabschiedete mich.

Jetzt erklangen wieder Stimmen draußen vor der Tür. Ich sagte: »Hier ist alles okay«, steckte meinen Schlüssel hinein und drehte ihn halb, so daß sie den ihren nicht benutzen konnten. Dann ging ich zu Breen zurück.

»Billy Hegarty ist Eigentümer der Werft in Crosshaven«, sagte ich. »Jemand hat seinen Wachhund mit Schlaftabletten gefüttert, um sich Zugang zu verschaffen und *Aes* Ruder zu sabotieren. Irgend jemand hat die Original-Titanbolzen rausgenommen und durch Aluminiumbolzen ersetzt. Und man hat die Titanbolzen rechtzeitig für Lloyd's Inspektion wieder eingesetzt, nicht ohne sie vorher mit einem Hammer zertrümmert zu haben. Billy hat Ihnen genug erzählt, um den Ruf seiner Werft zu ruinieren, und mich können Sie jetzt wegen Gewaltanwendung belangen. Bedenken Sie das, bevor Sie sich entscheiden. Ich nehme jetzt den Knebel raus.«

Draußen rief eine Stimme: »Sicherheitsdienst! Aufmachen!«

Ich ging zu Breen, band ihn los und holte den Knebel aus seinem Mund. Dann goß ich ihm einen Whisky mit Soda vom Servierwagen in der Ecke ein und sagte: »Sie sollten lieber öffnen, bevor sie die Tür aufbrechen.«

Breen hievte seinen kleinen, dicken Körper aus dem Sessel und ging langsam durch den Raum. Er fuhr sich mit einer Hand über das stahlgraue Haar, drehte den Schlüssel um und öffnete die Tür.

Ein großer Mann im Smoking sagte: »Sicherheitsdienst. Warum haben Sie die Tür abgeschlossen?«

»Wir hatten eine wichtige Unterredung«, sagte Breen. Das Hemd klebte mir am Körper vor Schweiß, und mein Herz pochte. »Ob man uns vielleicht ungestört lassen könnte?«

Und schon lag die Macht, wie immer in solchen Fällen, nicht mehr bei den Gorillas im Smoking, sondern bei Breen. Sie entschuldigten sich.

Breen nahm einen Schluck Whisky und setzte sich hinter den Schreibtisch. »Ich habe Leute schon aus geringerem Anlaß ruiniert«, zischte er. Er hatte sich vorgelehnt und blieb zunächst mit hochrotem Kopf in dieser Stellung. Dann entspannte er sich. »Aber gut. Ich staune, daß Ihre Story offenbar noch sonderbarer ist als die Art, wie Sie sie vorbrachten. Vielleicht sollten Sie das lieber erklären.«

Meine Kehle war so trocken, daß ich kaum sprechen konnte. »Es gibt nicht viel zu erklären«, sagte ich und schaffte es, mir mit zitternden Händen einen Whisky einzugießen. »Irgendein Schweinehund versucht, mich geschäftlich zu ruinieren und meine Teilnahme am Captain's Cup zu verhindern.«

»Dann war der Tod Ihres Bruders also kein Unfall.«

»So scheint es. Aber mit Sicherheit wissen wir das erst, wenn *Aesthete* geborgen ist.«

»Es könnte Mord im Spiel sein.«

»Ja.«

»Sie müssen ziemlich wütend sein.«

»Bin ich.« Aber ich entspannte mich langsam. Zum ersten Mal sprach Breen mit mir wie mit einem menschlichen Wesen und nicht wie mit einer Maschine, die für Geld Ergebnisse zu liefern hatte.

Er lehnte sich im Sessel zurück, und Rauch verhüllte seinen Kopf. Schließlich sagte er: »Ich hab' früher mal Beiwagen für Motorräder gebaut. Mit meinen eigenen Händen.« Er hielt sie hoch, sie waren wie alles an ihm klein und dick. »Ich arbeitete in einer Werkstatt in Coventry. Die hatte ich von einem Kerl namens Purdue gepachtet. Na, jedenfalls hatte ich ein neues System für die Federung, und ich wußte, daß Purdue scharf darauf war. Natürlich bekam er raus, daß ich Probleme mit der Bank hatte, und vervierfachte daraufhin die Pacht. Glaubte, er habe mich als Hauptgläubiger bankrott gekriegt. Aber ich wurde wütend, stellte einiges auf die Beine, bekam Geld zusammen und kaufte sein Grundstück auf. Dann gab ich ihm einen Fußtritt.«

Er nahm die Zigarre aus dem Mund und blickte mich fest an. »Ich gewann, weil ich wütend geworden war«, sagte er. »Hätt's nicht geschafft, sonst.« Er schwieg. »Aber man muß lernen, die Wut zu kontrollieren. Sie kontrollierten sie heute abend, vermute ich?«

Ich schwieg. Der Umgang mit Kunden hatte mir einen sechsten Sinn dafür verliehen, wann man zum Kern der Dinge vorstieß. Und ich wußte, daß wir jetzt, Breen und ich, am Angelpunkt der ganzen Sache waren.

»Jeder von denen da draußen könnte es gewesen sein«, sagte Breen, in Richtung des entfernten Stimmengewirrs deutend. »Einschließlich Millstones. Wußten Sie, daß er nach einem Team Ausschau hält?«

»Ja«, sagte ich. »Aber er hat noch kein Boot.«

»Er wird eins auftreiben«, sagte Breen. »Er verhandelt gerade. Entschlossener Mann, dieser Millstone.«

Er zog einen Moment an seiner Zigarre. Hinten im Garten dröhnte die Tanzkapelle. Endlich sagte er: »Trotzdem werde ich das neue Boot nicht zu Ende bauen lassen. Wir haben eine Woche verloren, es ist zu spät. Und überdies«, seine Augen schossen hoch wie Gewehrläufe, »bin ich nur zu achtundneunzig Prozent sicher, daß Sie ehrlich sind.« Mir blieb das Herz stehen. »Moment«, sagte er. Er nahm den Hörer auf und wählte eine Nummer. Ich ging mir noch einen Drink mixen, während er leise ins Telefon sprach. Nach fünf Minuten legte er auf. »Also dann«, sagte er. »Sie können im Captain's Cup für mich segeln. Die *Sorcerer*.«

»*Sorcerer*?«

»Ich hab' sie gerade gekauft«, sagte er. »Zufrieden?«

*Sorcerer* war ein schnelles Boot, das ich im vorletzten Jahr für einen Eigner entworfen hatte, der kurz darauf bei einem Hubschrauberunglück ums Leben gekommen war. Nach Captain's-Cup-Standard war sie also schon ein älteres Boot, aber sie hatte einen schnellen Rumpf. Alles in allem war es ein gutes Angebot.

»Neue Segel«, sagte ich. »Und Sie übernehmen den unfertigen Rumpf bei Neville Spearman. Ich organisiere die Crew.«

Breens pausbäckiges Gesicht war zu einem breiten Grinsen verzogen. »Sie haben schnelle Reaktionen, Charlie. Sehr gut.« Ich stand auf. »Moment noch«, sagte er. »Werden Sie so wütend, daß Sie gewinnen. Aber werden Sie nicht so wütend, daß Sie – sich mir gegenüber Freiheiten herausnehmen. Sie stehen jetzt bei mir in Lohn und Brot, ist das klar?« Er legte die Fäuste sanft aufs Pult und beugte sich vor. Das Lächeln verschwand, und wieder einmal spürte ich seine Willensstärke. »Und fesseln Sie mich niemals wieder!« Dann stand er auf und wedelte mit seiner Zigarre. »So, und jetzt wollen wir rübergehen und mit ein paar Leuten reden.«

Ich folgte ihm leicht benommen. Immerhin hatte ich jetzt ein Boot. Ein von mir selbst entworfenes. Aber es war zwei Jahre alt... Breen bahnte sich seinen Weg zum Festzelt. Inzwischen waren mehr Leute auf der Tanzfläche. Diesmal war ich ruhig genug, um Einzelheiten zu registrieren. Die Band spielte auf einem Podium. Es war eine Tanzkapelle in voller Besetzung, mit goldglänzenden Notenständern, und sie spielte unter ausgewachsenen Dattelpalmen.

Breen baute sich vor ihnen auf und drehte sich zu mir um. Einen verrückten Moment lang glaubte ich, er wolle mich zum Tanzen auffordern. Stattdessen sagte er: »Los geht's«, und sprang aufs Podium.

Der Dirigent drehte sich um, und Breen sagte: »Stopp.« Dann ging er, ohne sich umzublicken, auf das Mikrophon zu und wartete energiegeladen, die Zigarre wie eine Kanone auf die Tänzer gerichtet. Die Band hörte auf zu spielen.

Breen sagte ins Mikrophon: »Darf ich eine Minute um Ihre Aufmerksamkeit bitten? Verzeihen Sie, daß ich die Musik unterbrochen habe, aber es wird Sie alle interessieren zu erfahren, daß Charles Agutter für mich die *Sorcerer* in den Qualifikationsrennen zum Captain's Cup segeln wird. Viel Glück, Charlie!«

Er begann zu klatschen. Einige Tänzer folgten seinem Beispiel, weitere schlossen sich an. Millstone klatschte nicht, aber Hector Pollitt, mit einem zynischen Grinsen im ebenmäßig braunen Gesicht, klatschte, auch einige Leute aus Pulteney. Archer allerdings sah ich nicht. Es war an diesem Abend schon die zweite Party, bei der alle Augen auf Charlie Agutter gerichtet waren, und eine Menge dieser Leute hatten sicherlich von der ersten gehört. Vor Verlegenheit brach mir der Schweiß aus, aber ich brachte ein verkrampftes Lächeln zuwege. Das Klatschen selbst klang holperig und etwas gezwungen. Breen legte mir den Arm um die Schultern, dazu mußte er sich auf die Zehenspitzen stellen. Ich winkte noch einmal, und dann kletterten wir wieder runter.

»Trinken Sie einen«, sagte er. Den konnte ich auch verdammt gebrauchen. Leute kamen auf uns zu und sprachen uns an, und ich antwortete, so gut ich konnte. Fast die ganze Zeit dachte ich daran, daß es ein Rekord sein mußte, auf der einen Party rausgeschmissen zu werden und auf der nächsten der Held zu sein, alles an ein und demselben Abend. Ich löste mich so schnell ich konnte aus dem Kreis um Breen und ging auf den Rasen hinaus.

Die Luft war schwer vom Duft der Azaleen, in den sich würziger Kieferngeruch mischte. Der Himmel war sternenklar.

»Hallo, Charlie«, sagte eine Stimme. »Herzlichen Glückwunsch.«

Ich drehte mich um. Auf die Hemdbrust und die glänzenden weißen Zähne des Sprechers fiel Licht.

»Danke, Hector«, sagte mich soviel Enthusiasmus, wie ich aufbieten konnte.

Er roch stark nach Whisky. »Amy gesehen?« Offenbar war er sehr betrunken.

»Nein«, sagte ich. »Ich wollte gerade einen Spaziergang machen.«

»Ach so«, sagte Hector. »Ja, es ist eine schöne Nacht. Ich komme mit.«

Das war genau das, was ich nicht wollte. Aber ich konnte ihn schließlich nicht gut fortjagen, also schlenderten wir unter dem Sternenhimmel über den Rasen.

»Scheußliche Szene, heute auf dem Kai«, begann Hector. »Aber sie ist eben sehr emotional, die Amy.«

»Verständlicherweise.«

»Verständlicherweise? Ach ja, Henry und so.« Er schwieg kurz. »Charlie, was ist wirklich mit Ihren Rudern passiert?«

Betrunken oder nicht, Pollitt war im Dienst. »Keinen Schimmer«, sagte ich. »Wenn ich's nicht mit eigenen Augen gesehen hätte, würde ich glauben, daß sich jemand daran zu schaffen gemacht hat.«

Hector gluckste. »Wer würde denn so was tun?«

Abrupt fragte ich: »Was wollten Sie Samstag nacht in Kinsale, Hector? Sie waren nicht bei Protheroe.«

»Nein, ich war – zu Besuch bei Bekannten.« Seine Stimme klang jetzt defensiv. »Was geht Sie das überhaupt an?«

»War Amy bei Ihnen?«

Das Weiße seiner Augen glänzte im Mondlicht. »Und wenn?«

»Es könnte uns weiterhelfen.«

Er schwieg. Wir gingen unter einem Dom von Eiben weiter über den Rasen, bis wir zu einem Rosengarten kamen. Alle Wege liefen bei einem Sommerhaus mit Kegeldach und Gitterfenstern zusammen. Und in dem Sommerhaus sagte eine Frauenstimme: »Oh...«

Es klang nicht erschreckt, eigentlich eher nach dem genauen Gegenteil. Es klang, als habe die Frau etwas bekommen, worauf sie seit langem sehnsüchtig gewartet hatte, und als sei sie sehr erfreut darüber. Dem »Oh...« folgten noch mehr Laute, ohne daß sie sich dessen bewußt wurde. Vermutlich konzentrierte sie sich ganz auf den Mann, der bei ihr war. Die Laute begannen rhythmisch zu werden, und der Rhythmus wurde immer schneller, ging in ein stoßweises Stöhnen über, das immer höher und spitzer wurde, bis die Frauenstimme, nachdem sie einen Namen geschrien hatte, umkippte. Danach blieb alles still.

Ich war stehengeblieben und hatte zugehört; nicht aus geiler Neugier, sondern weil ich die Stimme der Frau erkannte. Sie gehörte Amy, und der Name, den sie im Orgasmus geschrien hatte, war Archer.

Als ich mich umdrehte, stand Hector nicht mehr neben mir. Bei Dunkelheit breitet sich der Schall besonders gut aus, deshalb hörte ich über den Rasen davonhastende Schritte, hörte das Zuschlagen einer Autotür, das Sirren von Reifen im Kies und das Aufheulen eines Motors, das in dem langen Rhododendrontunnel immer leiser wurde.

Bald darauf verließ auch ich die Party.

# 15

Am nächsten Tag fühlte ich mich fast wie ein Mensch. Ich fuhr zu Sally und erzählte ihr beim Frühstück von der Party und von Breen. Sie lachte, und ihre Wangen wurden so klein, rund und rosig wie bei einem Kind. Als ich ging, bog Ed Beiths Subaru in die Auffahrt ein. Guter alter Ed, dachte ich, solide wie ein Fels. Nicht wie diese bemüht jugendlichen Partyhengste.

Anschließend telefonierte ich im Büro wegen einer Crew herum. Ich verfrachtete Scotto und noch ein paar Mitsegler ins Auto und fuhr nach Lymington in die Marina, wo man *Sorcerer* schon auf den Slipwagen gehievt hatte. Ich inspizierte sie kurz. Sie sah phantastisch aus, frisch und sauber wie am ersten Tag. Sie hatte die meiste Zeit im Bootsschuppen zugebracht.

Scotto spuckte seinen Kaugummi aus. »Nicht schlecht«, sagte er. Wir setzten den Mast ein, und gegen vier Uhr liefen wir unter den neugierigen Blicken der Zaungäste in den Solent aus. Der Seewetterfunk hatte für Portland, Plymouth und die Isle of Wight südliche Winde von Stärke vier bis fünf gemeldet.

Küstenabwärts war unsere Zeit sehr zufriedenstellend. *Sorcerer* lief gut; sie brauchte zwar ein neues Großsegel und zwei Genuas, aber wenn wir es in dieser kurzen Zeit schafften, noch ein paar Verbesserungen an ihr vorzunehmen, hatte sie im Captain's Cup eine reelle Chance. Sie war besser als nur gut, und ich spürte, daß Scotto ebenso dachte.

Um Mitternacht stand das Blinkfeuer von Portland Bill genau achteraus, und Scotto hatte den Reacher gesetzt. Meine Müdigkeit war wie weggeblasen, als *Sorcerer* im fahlen Licht des Halbmonds mühelos die langen schwarzen Seen nahm. Ich war diese Strecke dutzendemale mit Hugo gesegelt; überdreht wie ich war, meinte ich fast, ihn neben mir zu spüren. Er hätte auf dem Luvsüll gehockt, seine scheußlichen Players würden rot aufglimmen und diesen Hünen von einem Mann beleuchten. Er hätte bestimmt geredet. Das konnte er viel besser als ich, und was er wirklich meisterhaft beherrschte, war, politische Motive bis zum Kern freizulegen, Motive, die wie Zahnräder geschmiert und schmutzig ineinandergriffen. Ich hätte gern gewußt, was er wohl von *Aesthete* und *Ae* und all diesen gebrochenen Rudern hielt. Was mich anbelangte, so wußte ich nicht, wo ich beginnen sollte. Die Ereignisse des letzten Abends hatten die Dinge noch weiter kompliziert. Was, zum Teufel, hatte Amy im Sinn? Selbst wenn man davon ausging, daß sie mit Pollitt in Irland gewesen war, daß sie mit ihm ein Verhältnis hatte, ihn aber dann mit Archer in dem Sommerhaus betrog – warum sollte da ein Zusammenhang mit meinen Rudern bestehen?

Gegen vier Uhr morgens hatten wir das Hafenlicht von Pulteney recht voraus und die Teeth querab. Scotto betrachtete die zwischen den Riffzähnen wirbelnde Gischt. Ich versuchte nicht hinzuschauen, denn neben mir hockte kein Hugo und rauchte, und die Teeth waren schuld daran.

»Der Wind läßt nach«, sagte Scotto.

Wir erreichten Pulteney mit dem letzten Hauch einer müden Brise. Ich machte *Sorcerer* an einer Boje gleich hinter Beggarman's Point fest und ging nach Hause. Als erstes rief ich Neville Spearman an, um mit dem Bergungsschlepper alles in die Wege zu leiten. Dann schlief ich vier Stunden. Als der Wecker klingelte, stolperte ich in den Garten. Der Wind hatte sich gelegt, und die Mittagssonne glitzerte auf einer seidenglatten See. Ich lief hinunter zum Kai und holte meine Taucherausrüstung. Dann ging ich Chiefy suchen.

Er saß wie üblich in der »Mermaid«. Ed Beith war bei ihm. Ich bestellte eine Halbe und trank durstig, denn ich war wie ausgedörrt und hundemüde. Dann sagte ich zu Ed: »Ich werde *Sorcerer* für Breen segeln.«

»Hat Sally schon erzählt«, antwortete Ed, und es klang irgendwie lahm. »Freut mich zu hören.«

»Warum?« fragte ich. »Ich werde die traurige Pflicht haben, dich in Grund und Boden zu segeln.«

Er lächelte, wieder etwas gezwungen, wie mir schien. »Dazu hast du vielleicht keine Gelegenheit mehr«, sagte er. »Millstone hat mir heute ein Angebot für *Crystal* gemacht.«

»So?«

»Ein exzellentes Angebot. Für Boot samt Crew.«

»Sag ihm, er soll dich am Arsch lecken«, schlug ich vor.

Ed trank seinen Whisky aus. »Genau das habe ich heute morgen auch zu meinem Bankdirektor gesagt.« Steif stand er da in seinem scheußlichen Overall. Vermutlich hatte er ihn auch angehabt, als er die Bank aufsuchte. »Okay. Wir sehen uns noch.« Er verließ die Bar.

»Ed ist nicht so furchtbar gut dran«, sagte Chiefy.

»Trotzdem wird Millstone sein Boot nie kriegen.«

»Wär' besser für Ed, wenn er's los würde«, sagte Chiefy. »Lieber Landwirt sein als so ein Ding da segeln. Also, geh'n wir. Heute wird's ernst.«

Ich nahm Maske, Flaschen und Bleigürtel auf den Buckel, und wir zogen los, um den Bergungsschlepper bei Spearman abzuholen. Johnny Forsyth stand drüben und schaute ein paar Leuten zu, die für die Regattawoche den Rumpf einer Vierzig-Fuß-Sloop polierten.

Sein Blick huschte über meine Tauchausrüstung. »Du segelst also für den alten Breen, wie ich hörte«, sagte er. »Prima Chance, wenn du klarkommst.«

»Danke«, sagte ich. »Wer hat es dir erzählt?«

»Frank Millstone.«

»Frank soll ja auch schon ein Boot haben.«

Forsyth sah mich scharf an. »So?« meinte er. »Na, die Maklerprovision könnte ich gebrauchen.«

»Kriegst du sie denn nicht?«

Er lachte bitter. »Schön wär's«, sagte er. »Frank macht seine Geschäfte gern allein. Das heißt, wenn er nicht mit den großen Brüdern oben an der Küste zusammenarbeitet.« Sein säurebefleckter Daumen schnellte in Richtung Lymington und Hamble. »Es ist schwer heutzutage, sich als Allround-Jobber einen Lebensunterhalt zusammenzukratzen.«

»Du machst es schon richtig.« Ich war etwas gereizt, denn heute würden eine Menge Fragen beantwortet werden. »Ich muß los.«

»Ich komme mit. Für Lloyd's. Und er auch.« Forsyth deutete auf eine Figur im braunen Anzug, die im Windschatten des Werftbüros eine Zigarette rauchte: Inspektor Nelligan.

Die See war flach wie ein Pfannkuchen. Auf unserem Weg zu den Teeth sagte niemand viel. Der Diesel rasselte und spuckte dicken schwarzen Qualm aus, und Nelligan saß genau in Lee, bis ich ihm bedeutete, daß er es angenehmer hätte, wenn er sich umsetzte.

»Tja«, sagte er und zupfte an seinem kleinen Schnurrbart. »Ich bin nicht gerade ein Segler.« Außer seinem braunen Anzug trug er glänzende Lederschuhe, die das Salz ruinieren würde, und ein Nylonhemd.

»Was wollen Sie hier draußen zu beweisen versuchen?«

Er schaute unter dem Wulst seiner Augenbrauen zu mir hoch. »Ach, nichts weiter. Ich möchte nur bei der Bergung der Beweismittel dabeisein.« Er drehte sich um und schaute auf die dünne blaue Küstenlinie, und ich fühlte mich, wie zweifellos von ihm beabsichtigt, irritiert. Sollten die Beweisstücke ergeben, daß es Sabotage gewesen war, würde Nelligan meinen, daß ich es gemacht hatte, um meinen Bruder loszuwerden. Und wenn nicht, dann waren Agutters Ruder unzuverlässig.

So oder so stand es schlecht für mich.

Mit dem letzten auflaufenden Wasser erreichten wir die Teeth. Die See schimmerte grün unter dem rostigen Bug des Bergungsschiffes. Die einzigen Anzeichen für die dicken Felsbrocken unter Wasser waren ein paar Flecken Seetang und ein Schaumstreifen, der im Abstand von einer Viertelmeile dort entlanglief, wo drei Bootsladungen voll Urlauber bestens gelaunt Makrelen fischten. Chiefys Hand griff über das abgeschabte Ruder und bearbeitete den Gashebel. Die Maschine erstarb mit einem Tuckern, und der stumpfe Bug schob sich zwischen die Seetangknäuel. Forsyth nickte den beiden Männern, die in Kälteschutzanzügen neben ihm im Cockpit saßen, zu. Sie standen auf und begannen sich in ihre Taucherausrüstung zu zwängen.

Ich holte meine eigene Ausrüstung aus dem Schapp. Nelligan sah scharf zu mir herüber und schüttelte den Kopf.

»Was?« fragte ich.

»Da unten liegen Beweisstücke«, sagte er. »Zwar ist es eigentlich nicht nötig, Polizeitaucher da hinunterzuschicken, aber Sie hätten wir lieber nicht da unten. Ich bin sicher, Sie verstehen.«

Ich fing Johnny Forsyths Blick auf. »Dieses Aas«, flüsterte er. Ich zuckte die Achseln.

Chiefy sagte: »Laß den Anker fallen, Charlie.«

Mein Herz hämmerte vor Wut, als ich nach vorn ging. Einen Schwall Blasen hochtreibend, tauchte der Anker in die grüne Finsternis. Dann fiel die Barkasse zehn Yards zurück und begann zu schwojen. Ich stand macht- und nutzlos auf dem Vorschiff und hörte, wie die Taucher klatschend in der Tiefe verschwanden und die Touristen mit Jubelrufen Makrelen aus dem Wasser holten. Dann beugte ich mich über Bord, starrte ins ölige Flappen der See und schwor mir: Wer immer das getan hatte, wer sich an meinen Rudern zu schaffen gemacht, meinen Bruder getötet und Nelligan als verleumderischer Zuträger gedient hatte, der sollte mir dafür teuer bezahlen.

Forsyth lehnte neben mir an der Reling und klopfte mit seinen breiten flachen Fingern auf das rostige Eisen. Schließlich sagte er: »Das muß wirklich schrecklich sein für dich, Charlie.«

»Es ist nicht gerade der schönste Augenblick meines Lebens.«

Einen Moment war ich versucht, ihm alles über die Sabotage zu erzählen. Doch dann erinnerte ich mich an mein Hegarty gegebenes Versprechen. Klatsch ist die Haupteinnahmequelle von Freiberuflern wie Forsyth.

»Verdammtes Pech«, sagte Forsyth. »Verdammtes Pech.« So standen wir und starrten auf unsere zitternden Spiegelbilder im Wasser hinunter. Ziellos schwammen die von den Tauchern aufgetriebenen Blasen umher, bis sie nach zehn Minuten aufeinander zuliefen und sich vereinigten. Einen Augenblick später erschien längsseits ein schwarzer Gummikopf.

»Wir haben sie«, sagte der Taucher. »Sie liegt auf der Backbordseite. Eingeschlagen. Seid ihr sicher, daß ihr sie wirklich heben wollt?«

»Nimm die Luftkissen«, sagte Chiefy. Er gab sie ihnen mitsamt den Gurten und dem Kompressorschlauch. Dann ließen wir die Trosse des Krans nach unten.

Das erste, was von *Aesthete* wieder auftauchte, war ein verdrehtes Aluminiumrohr, an dem Stahldrähte hingen. Kein Laie wäre auch nur entfernt auf den Gedanken gekommen, daß das ein Mast war. Hinter dem Mast kam ein ganzes Netz voll Gerümpel: ein wie ein Korkenzieher verbogener Spinnakerbaum, drei noch in GFK-Fragmenten steckende Winschen und eine Rohrkoje, an der noch Aluteile hingen. Es war abstoßend. Wie die Exhumierung einer Leiche.

»Menschenskind«, sagte Forsyth. »Die muß ja nur noch Kleinholz sein.«

Ich antwortete nicht, starrte nur die Blasen an und fühlte mich hundeelend. Der Haufen tropfender Wrackteile im Bauch des Bergungsschleppers wurde immer größer.

Als ich aufschaute, sah ich, daß Nelligan mich beobachtete. Über der brennenden Zigarette blieb der Blick unpersönlich auf mich gerichtet.

Das Verbindungstelefon zu den Tauchern quäkte.

Forsyth sagte: »Preßluft.« Dann machte er eine Handbewegung zum Kompressor. »Nach dir, Charlie.« Ich drückte auf den Knopf, und die See begann zu kochen.

Wracks werden geborgen, indem man Gurte um ihren Rumpf schlingt und am Ende jedes Gurtes Luftkissen befestigt. In den Rumpf selbst packt man auch noch ein paar Luftkissen. Da die Kissen gleichmäßig aufgeblasen werden müssen, ist das eine langwierige Angelegenheit. Die Taucher kamen zweimal nach oben, um ihre Flaschen auszutauschen. Sie sagten nicht viel, und niemand stellte Fragen. Wir hatten jetzt stark ablaufendes Wasser, und unter der flaschengrünen Oberfläche waberten die Tangwälder. Chiefy verdrückte zur Vesper Schinkensandwiches und bot auch mir davon an. Ich lehnte ab; mein Hals war wie zugeschnürt, ich hätte keinen Bissen runtergebracht. Die Touristenboote waren längst heimgefahren, und eine leichte Abendbrise begann sich über die See zu stehlen.

Um 06 Uhr 43 begann Forsyths Telefon zu quäken. »Wahrschau, sie kommt«, warnte er.

Und da kam sie.

Die Luftkissen sah man zuerst, riesige schwarze Blasen wie die Köpfe von Alptraumpolypen. Sie zogen ein Nest mit sich hoch, und in dem Nest hing *Aesthete*. Nicht daß sie wie mein Boot ausgesehen hätte. *Aesthete* war ein schnittiges silbernes Vollblut gewesen, und das Ding da war von stumpfem Beinschwarz, ein vom Sand abgescheuertes Etwas, nicht unähnlich dem treibenden Schädel eines alten Seeungeheuers.

Die Taucher kletterten an Bord und schälten sich aus ihren Anzügen. Ich fragte einen von ihnen: »Ist das Ruder noch dran?«

Er drehte sich zu mir um, weiße Ringe der Erschöpfung unter den Augen. »Ja«, sagte er. »Warum?«

»Das Ruder schauen wir uns morgen an«, sagte Nelligan mit hochgezogenen Schultern. Er mußte frieren in seinem dünnen braunen Anzug.

»Warum nicht gleich?« fragte ich.

»Morgen reicht's auch noch«, sagte Nelligan. »Es ist schon alles vorbereitet. Wir werden sie unter Verschluß halten und morgen als erstes mit der Überprüfung beginnen.«

»Und was hätten Sie zu verlieren, wenn sie jetzt gleich inspiziert würde?«

»Ich verstehe absolut nichts von Booten, Mr. Agutter. Die Inspektion sollte deshalb in Anwesenheit von – ähem – qualifizierten Leuten erfolgen.«

»Wie wär's mit Mr. Barnes hier? Oder Mr. Forsyth?«

Er blickte nach unten, nestelte in seinen Taschen und zog eine Zigarette raus. Ohne aufzublicken sagte er: »Vielleicht kennen Sie einander etwas zu gut, Mr. Agutter. Nach allem, was ich gehört habe, sind Sie eine ziemlich verschworene Clique hier in Pulteney.«

»Was wollen Sie damit sagen?«

Er schaute mit seinen sanften braunen Augen zu mir auf. »Nur daß wir uns das Boot morgen mit einigen Experten aus Plymouth ansehen werden. Und wenn alles seine Richtigkeit hat, können wir's vergessen. Dann muß ich nicht weiter auf wackligen Booten rausfahren und fast zu Tode frieren. Ich hasse Boote«, sagte Inspektor Nelligan. »Wir werden sie über Nacht bei Spearman einschließen. Und wenn morgen nichts gefunden wird, sind Sie aus dem Schneider.«

So oder so war ich der Geleimte.

Ich ging zum Mast und schaute ihn mir genauer an, wobei ich meine Hände zu Nelligans Beruhigung brav auf dem Rücken ließ. Das Aluminiumprofil war unvorstellbar lädiert, die Toppbeschläge waren allerdings noch dran und das Fockfall mit einem kleinen Fetzen weißen Segeltuchs eingeschäkelt. Ich schaute es an, suchte nach einem Fingerzeig. Ich beugte mich vor, um es etwas näher in Augenschein zu nehmen. Und da war der Fingerzeig.

Ich ging nach achtern zu Chiefy und bat: »Komm, schau dir das an.« Er übergab das Ruder an einen der Taucher, und wir kletterten in die Ladeluke, Forsyth hinterher. Ich deutete auf das Stück Stoff. »Was ist das?«

»Sieht aus wie ein Stück Fock.« Chiefy hockte sich hin, um die kleine schwarze Nummer auf dem Tuch entziffern zu können. »Nummer fünf.«

»Nummer fünf ist ein Schwerwettersegel, etwa von der Größe eines Taschentuchs. Glaubst du, daß es einen Segler wie Hugo, mit seiner Erfahrung, unter Sturmbesegelung auf das Riff geworfen hätte?«

»Kaum denkbar«, sagte Chiefy. »Nicht bei knapp Windstärke acht.«

»Also ist das Ruder gebrochen«, sagte Forsyth.

»Oder es wurde sabotiert«, sagte ich.

»Donnerkeil«, sagte Chiefy.

Sie setzten mich am Kai ab. Ich kletterte die Eisenleiter hoch und sah der tuckernd in der Dämmerung verschwindenden rostigen Barkasse nach. Die schwarzen Luftkissen an ihrem Heck schoben eine dicke Welle vor sich her.

Spearmans Werft lag in der Senke zwischen Pulteney und Little Pulteney. Dort wurden etliche Eintonner gebaut, Neuentwürfe mit einigen innovativen und originellen Ideen, und wer so etwas baut, wünscht natürlich nicht, daß jeder Hinz und Kunz auf dem Gelände herumstrolchen kann. Folglich umgab ein zwölf Fuß hoher Drahtzaun die Werft.

Die Barkasse war nicht mehr zu sehen, der Kai leer. Ich holte die Festmacherleine von *Nautilus'* Beiboot bei, das mit einer kleinen Flotte von Dingis im schaumigen Wasser am Fuß der Treppen vertäut lag.

Mein Dingi hieß *Squid* und war keines dieser Furnierholz- oder Schlauchboote. Es war ein robustes, zehn Fuß langes Karweel-Ruderboot und wegen seines Gewichtes oft genug von all denen verwünscht worden, die das Pech hatten, es an Bord der *Nautilus* verfrachten zu müssen. Aber in einer Nacht wie dieser war es genau das, was ich brauchte.

Ich kletterte hinein und pullte in Richtung *Nautilus*. Sie lag mit dem Bug nach Westen. Ich ruderte auf der dem Land abgewandten Backbordseite an sie heran und zog mich an einer Relingsstütze hoch. Oberhalb des Hafens wuchs, Häuserzeile um Häuserzeile, Pulteney empor, Bänder gelben Lichts, die sich zitternd in der Kräuselung des Hafenwassers spiegelten.

Ich ging nach vorn und packte Werkzeug, Kamera und Blitzlichtgerät in meine Segeltasche. Im Salon verschlang ich schnell ein Cornedbeef-Sandwich und spülte es mit einem Schluck Whisky runter. Dann zog ich einen dicken, wasserabweisenden Pullover und eine dunkle Mütze mit glänzendem Schild und dem Firmenzeichen der alten Agutter-Reederei über, drehte alle Innenlichter an und kehrte an Deck zurück.

Aus dem dunklen Blau des Himmels war tiefes Schwarz geworden, und zwischen den Wolken schwammen Sterne. Es schien kein Mond. Der hundert Yards entfernte Kai war leer. Aus einer weiter draußen liegenden französischen Yacht fiel Licht, aber es war niemand an Deck. Sehr behutsam ließ ich mich ins Boot hinabgleiten, legte den Wriggriemen in die Dolle am Heck und warf die Festmacherleine los. Ich wriggte zwei, dreimal kräftig, dann trieb das Dingi von allein seewärts. Wer vom Strand aus herübergeschaut hätte, wäre von *Nautilus'* Lichtern geblendet worden. Leise plätscherten kleine Wellen gegen die Planken, als die Tide das Dingi ostwärts zu tragen begann.

Hatte ich das Ende der Pier erst hinter mir gelassen, dann war ich gegen den breiten Streifen nicht mehr zu sehen. Nun setzte ich die Riemen in die Dollen und begann zu pullen. Die Tide half mir; fünf Minuten später war Helberrow Point an Steuerbord vorbeigezogen, und nun pullte ich kräftig mit dem linken Riemen, um auf den Strand, auf den flachen Sedimentstreifen zuzuhalten, den die Tide im Neerstrom hinter Helberrow abgelagert hatte. Das Boot begann zu drehen, und ich spürte den Wind im Gesicht. Die Zirruswolken über mir ballten sich schon zu einer Schicht Altostratus zusammen. Die Windstille heute war also nur vorübergehend gewesen. Ich brauchte zehn Minuten, um aus der Tide raus und weiter bis zur Senke zu gelangen. Der Sandstrand glänzte im matten Licht der Sterne, und ich hielt gespannt nach der Bastion Ausschau. Das war ein langgezogenes Betongebäude, ein Relikt des letzten Krieges, und kurz dahinter lag die Mündung des Priels – oder besser eine seiner Mündungen. Die ausgebaggerte Rinne diente Spearman als Zubringer; die Mündung bei der Bastion diente niemandem außer Burschen wie Hugo und mir, als wir noch jung gewesen waren. Darauf konnte man nämlich ungesehen in den Priel gelangen, was sehr nützlich war, wenn man heimlich Lachsforellen fangen wollte. Sie war auch nützlich für jemanden, der sich ungesehen Spearmans Werft nähern wollte.

Die Tide zog mich rasch durch den Kanal. Ein Rumpeln unter dem flachen Boden, und schon war ich im Priel. Dies war die einzige Stelle, wo ich unter Umständen hätte gesehen werden können. Ein Windstoß fuhr übers Wasser; ich selbst war jetzt in der Abdeckung; aber der Strandhafer am Ufer rasselte wie trockene kleine Knochen. Ich fühlte mich sehr allein in dieser Weite zwischen Himmel und Strand. Ich ging ein schreckliches Risiko ein; wenn Nelligan davon erfuhr, mußte er mich für einen Mörder halten, der seine Spuren zu vertuschen suchte.

Ich pullte geduckt etwa fünf Minuten am Ufer entlang. Bald schon ragte der hohe Drahtzaun der Werft in den dunkelgrauen Himmel. Ich machte vielleicht sechzig weitere Schläge, dann hatte ich gefunden, was ich suchte.

Leute wie Nelligan haben das typische Sicherheitsdenken von Landratten. Daß für die See andere Gesetze gelten, scheint ihnen nicht in den Sinn zu kommen. An der See können beispielsweise Wind und Wellen die Pfähle und den rostigen Stacheldrahtzaun umwerfen. In diesem speziellen Fall hatten sie einen Pfahl unterhöhlt und im Sand unter dem Zaun ein zwei Fuß großes Loch gelassen. Ich trug *Squids* Anker den Strand hoch und grub ihn gut ein. Dann schulterte ich meine Segeltasche und kroch unter dem Drahtzaun durch.

Ich kannte die Werft wie meine Westentasche. Sie bestand aus drei langen, parallel zueinander auf eine breite Erdaufschüttung gesetzten Wellblechschuppen, zwischen denen der Wind durchfegte und die wie beliebig in der Landschaft aufgepallten Yachten peitschte. Das Dock befand sich am anderen Ende, zum Hauptfahrwasser des River Poult hin. Dort war auch der Kran. Und dort mußten sie *Aesthete* aus dem Wasser gezogen haben.

Im Schatten der langen Schuppen kroch ich weiter. Wind kam auf und ließ die Fallen gegen die Metallmasten klappern. Die Bootsrümpfe auf ihren Böcken sahen aus wie im Stehen schlafende Ungeheuer. Aus einer Seite des Schuppens fiel ein gelbes Lichtviereck: Harry Howe, der Nachtwächter. Wahrscheinlich sah er fern und hatte die Lampe nur angelassen, um eventuelle Eindringlinge abzuschrecken. Ein Auto flitzte binnenwärts die Uferstraße hinunter und hielt in einer von Liebespaaren gern aufgesuchten Parkbucht. Ich bemerkte, daß einer der beiden Scheinwerfer nicht brannte.

Ich gelangte ans Ende des Schuppens und blieb lauschend stehen. Die einzigen Laute waren das Scheppern und Klingeln der Fallen und der ferne Ruf eines Brachvogels.

Vorsichtig glitt ich zu einer aufgebockten Yacht hinüber und blieb in deren Windschatten erneut stehen. Nichts. Nur, daß ich jetzt plötzlich meinen zischenden Atem und meinen Herzschlag hören konnte. Der war nicht mal besonders schnell, bestimmt aber lauter als sonst. Winzige Geräusche bekamen auf einmal eine ungeheure Bedeutung: das kaum merkliche Knirschen des Kieses unter meinen Füßen, das Plätschern des träge gegen die Pfähle der Pier schwappenden Wassers.

Sie hatten *Aesthete* in den Gurten gelassen. Ich roch sie, bevor ich sie sah: Salz, Tang und Moder, der Geruch eines Bootes, das lange unter Wasser gewesen war.

Schrecklich asymmetrisch sah sie aus in der Dunkelheit. Als ich näherkam, konnte ich selbst im Finstern das ganze Ausmaß des Schadens ermessen. Ihre Backbordseite war praktisch über die halbe Bootslänge aufgerissen, die Kielflosse lädiert und verdreht. Mein Blick wanderte nach achtern. Das Ruder war unversehrt und noch naß. Ich drückte dagegen. Die Ruderflosse ließ sich bewegen. Schnell leuchtete ich mit der Taschenlampe über den Schaft. Da war alles voller Tang. Ich zerrte ihn zur Seite. Der rostfreie Stahl blitzte im Strahl der Taschenlampe auf. Und dann herrschte wieder Dunkelheit, dichte schwarze Dunkelheit, da ich die Lampe ausgeknipst hatte und in meiner Tasche nach Schraubenziehern und Steckschlüsseln wühlte. Ich war nicht sicher, ob ich diese Arbeit im Dunkeln würde schaffen können. Doch die detaillierten Konstruktionszeichnungen des Ruders tauchten vor mir auf wie auf einem Bildschirm, und meine Finger fanden allein durch die Berührung ihren Weg. Wegen des gebrochenen Kiels lag die Yacht auch ziemlich niedrig in den Gurten, so daß ich praktisch in Sitzhöhe arbeiten konnte. Ich steckte die Bolzen in die Tasche und zog am Ruderblatt. Es ließ sich leicht abnehmen. Mit angehaltenem Atem richtete ich die Taschenlampe auf die Kurvenscheibe und knipste das Licht an. Dann stieß ich einen langen, langsamen Seufzer aus.

Dort, wo die Titanbolzen hingehörten, waren zwei leere Löcher. In den Löchern steckten noch Reste zerbröselten Aluminiums – alles, was von den Aluminiumbolzen übriggeblieben war, mit denen der Saboteur *Aesthetes* Ruderversagen verursacht hatte. Der Mörder, der Hugo und Henry auf dem Gewissen hatte.

Die nächtlichen Laute draußen vergessend, starrte ich einen Moment wie gebannt die kleinen grauen Metallsplitter an. Dann bückte ich mich und zog das Messingchronometer, das ich von der *Nautilus* mitgebracht hatte, aus meiner Tasche. Es war ein hübsches Chronometer, als Navigationsinstrument und nicht als Uhr gebaut. Ich befestigte es mit etwas Spachtelmasse am Ruder, nahm meine Kamera aus dem Etui, hüllte mich, das Ruder und die Kamera in den schwarzen Plastikumhang, den ich bei mir hatte, und nahm, so gut ich es in dieser Miniaturdunkelkammer vermochte, die Scharfeinstellung vor. Und während ich einstellte, dachte ich: So, Nelligan, jetzt wollen wir doch mal sehen, ob ich immer noch ein Mörder bin, nachdem ich meine eigene Sabotage aufgenommen habe.

Mein Finger drückte auf den Auslöser, und der Blitz explodierte mit grellem weißem Schein. Dann riß etwas heftig an dem Umhang und krachte auf meinen Hinterkopf, und das Licht schien plötzlich in meinen Augen zurückzufluten und sich mit einem unerträglichen Schmerz in meinem Nacken zu mischen. Es ging von Weiß zu Rot über und begann zu dröhnen und zu rauschen. Meine Hände schienen nicht mehr zu existieren, auch nicht meine Beine, und darum schleifte mein Kopf jetzt im Sand. Zwei Dinge konnte ich noch denken: erstens, daß mir jemand von hinten eins übergezogen hatte. Und dann, daß ich ein Idiot gewesen war. Gewaltanwendung nicht mit einzukalkulieren. Danach packte mich – und das war das letzte, woran ich mich erinnern kann – wiederum eine heftige Schmerzwelle, und es wurde Nacht um mich, sternenlose Nacht.

## *16*

Jemand spritzte mir Wasser ins Gesicht. Zuerst dachte ich, daß ich zu Hause im Bett läge und mein Vater gekommen sei und Faxen mache. Ich sagte: »Hör auf«, und versuchte, mit der Hand nach ihm zu schlagen. Aber meine Hand war sonderbar schwer, ich konnte sie nicht bewegen. Überdies wurde ich hin und her geworfen, und meine Koordinationsfähigkeit war offenbar zum Teufel. Ich konnte nicht sehen. Dann dämmerte mir, daß meine Augen geschlossen waren, also öffnete ich sie. Das half aber auch nichts, denn vor meinen Augenlidern war es genauso schwarz wie dahinter. Immerhin weitete diese Übung mir die Sinne.

Zum einen spürte ich, daß mein Kopf entsetzlich schmerzte; es war ein so ungleichmäßiger Schmerz, als sei er voll heißer Pflastersteine. Zum anderen war mir schlecht. Ich litt Höllenqualen, während ich würgte und die Pflastersteine gegen die empfindliche Innenverkleidung meines Schädels polterten. Und zu allem Übel begann ich erbärmlich zu frieren. Zitternd fiel ich zurück in die Bewußtlosigkeit.

Das nächste Erwachen war genauso gräßlich, stellte aber eine Veränderung dar. Ich konnte mich bewegen, wie ich feststellte, als es mir gelang, mit der Hand an meine Stirn zu fassen. Sie war naß, meine Hand auch. Klar, denn ich lag in sechs Zoll Wasser, das heftig hin und her schwappte. Es war immer noch dunkel, allerdings konnte ich jetzt über mir ein paar blasse Flecken ausmachen.

Benommen kam ich zu dem Schluß, daß ich in einem Boot lag. Meine Finger untersuchten den Boden. Ich kannte diese Planken, hatte sie selbst repariert – *Squid*. Wie war ich in mein Beiboot gelangt? Keinerlei Erinnerung. Und wo waren wir jetzt? Es kostete mich unendliche Mühe, mich aufzurichten, dabei war's das gar nicht wert, denn schon stieg wieder Übelkeit in mir hoch. Diesmal aber war die Vorstellung, noch einmal mit dem Gesicht in diese Brühe zu sinken, ein Ansporn. Irgendwie brachte ich es zuwege, mich halbwegs aufzusetzen und das Kinn auf die Ducht zu stützen. Dann versuchte ich die tumbe Masse in meinem Kopf zu überreden, sich wie ein Hirn zu gebärden.

Es ging Wind. Das fühlte ich, und die See fühlte es auch, denn die Wellen waren hoch. Und was mich naßgespritzt hatte, war Gischt. In der Dunkelheit schienen mir die Seen bedrohliche schwarze Hügel zu sein, deren Abhänge das Beiboot mal mit der Breitseite, mal mit dem Heck voran rauf und runter rutschte. Seit ich mich gegen die Ducht verkeilt hatte, lag der Schwerpunkt höher. Ich dachte gerade über diesen Umstand nach, als ein weißer Kamm drohend auf das Dollbord zukam. Ich warf mich ihm entgegen, um das Boot am Kentern zu hindern. Durch die plötzliche Bewegung wurde mir wieder schlecht. Als ich fertig war mit Kotzen, tastete ich auf den Bodenbrettern nach den Riemen. Wenn ich *Squid* mit dem Bug zur See halten konnte, sah die Sache schon besser aus. Aber da lagen keine Riemen.

Mit den Händen durchs Wasser grabschend, sagte ich mir, daß mein Hirn vermutlich noch nicht richtig funktionierte. *Squids* Riemen hatten normalerweise ihren Platz dort, wo alle Riemen ihren Platz haben sollten, nämlich unter der Ducht. Zweimal suchte ich das schwarze Wasser ab. Die Riemen waren nicht da.

Ich zitterte ohnehin schon, nun aber fing ich ernsthaft an zu schlottern. Mir dämmerte, daß dies hier nicht die Wellen eines Küstengewässers waren. Irgendwie waren *Squid* und ich weit draußen im Ärmelkanal gelandet, während sich überdies ein Sturm aufzubauen schien. Und ich war so hilflos wie eine Katze im Schuhkarton. Ich drückte mich, vor Angst gelähmt, an die Bordwand. Eine weitere Welle kam angerauscht und setzte das halbe Boot unter Wasser. Es ging mir bis an die Brust, und ich mußte nach Luft schnappen. Doch mit den überkommenden Seen verschwand auch meine Panik. Selbst in einer solchen Lage konnte man noch was tun. Aber zu allererst mußte ich das Dingi mit dem Bug zur See drehen.

Über den Bug gebeugt, entdeckte ich die Festmacherleine und stieß einen Seufzer der Erleichterung aus. Diese Leine hatte dreißig Fuß Länge. Die mußte sie auch haben, um das Beiboot in dem Gewimmel von Dingis an der Pier festmachen zu können. Dann zog ich, ohne auf den eiskalten Wind auf meinem klatschnassen T-Shirt zu achten, den Pullover aus. »Treibanker«, sagte ich mir. Ich streifte das T-Shirt ab und zog den Pullover wieder über. »Wolle auf Haut«, murmelte ich. »Wolle immer direkt auf Haut. Wolle warm, wenn naß. Naß, wenn warm, warm, wenn naß.« Kindisch vor mich hinbrabbelnd, verknotete ich die Ärmel des T-Shirts, befestigte seinen Saum am Ende der Leine, gab sie über Bord und ließ sie auslaufen.

Die heftigen Bewegungen des Dingis wurden etwas ruhiger; allerding war es noch sehr schwerfällig wegen des vielen übergekommenen Wassers. Also zog ich meinen linken Schuh aus und begann zu ösen. Der Wind frischte auf und wehte mit etwa sechs Beaufort; eine Menge Wasser aus meinem Schuh flog in dieses schwarze Zischen. Ich schöpfte rund hundertmal mit der linken Hand, dann hundertmal mit der rechten, und dann wechselte ich erneut. Dutzende von Malen wechselte ich die Hände. Ich spürte, wie mir der Schweiß über den Rücken lief. Um meine Stirn lag ein heißer Metallreif, und ich hörte jemand sprechen. Dieser Jemand war ich, aber ich hatte jetzt keine Zeit, mir zuzuhören. Statt dessen saß ich, das Gesicht nach vorn, auf dem Dollbord und starrte in der Dunkelheit dem Wind entgegen, der über die Wellenkämme heranheulte und sich auf meinem Nasenrücken teilte, um übers Heck in die Nacht zu verschwinden.

Über zwei Dinge war ich mir absolut klar: zum einen, daß ich weiter schöpfen mußte, und zum andern, daß ich sterben würde. Nach einer

Weile bekamen meine Arme einen Krampf, und außerdem hatte ich einen Wahnsinnsdurst. Lieber tot sein als weiterschöpfen, sagte ich mir. Aber ich schöpfte dennoch weiter. Ich gelangte in eine seltsame Zwischenzone des Bewußtseins und hatte Visionen. Zuerst erschienen mir mein Vater und meine Mutter und fragten mich (ich war fünf Jahre alt), warum ich bei ablandigem Wind ohne Riemen aufs Wasser gegangen sei. Als ich ihnen sagte, das wüßte ich auch nicht, lächelten sie und verschwanden in der Dunkelheit. Nach ihnen kam Hugo. Seine Lippen bewegten sich, es kamen aber keine Wörter. Daher schüttelte er nur deprimiert den Kopf und ging betrübt wieder fort. Das wühlte mich furchtbar auf, und ich begann zu weinen. Dann erschien braungebrannt, ganz dicht vor meinem Gesicht Richard Mitchell, mein Olympiatrainer. Richard forderte mich auf, die Hände auszustrecken, und zählte, wie viele Schläge pro Sekunde ich mit dem Schöpfschuh schaffte. Danach wurde ich von einer Abordnung meiner Kunden aufgesucht, die von mir einen unter Segeln fahrenden Ozeanriesen mit luftgetriebenem Ruder haben wollten. Ich begann ihnen einen Vortrag zu halten. Sally war auch da und lächelte ermutigend. Und auch Amy Charlton und Frank Millstone, Archer und Ed Beith, Hector Pollitt und Johnny Forsyth kamen. Sie hörten mir alle eine Weile zu und gingen dann auf Zehenspitzen im Gleichschritt hinter mir im Kreis herum wie Ali Babas vierzig Räuber in einer Pantomime. Jeder von ihnen trug einen riesigen Titanbolzen. Ich schaute mich nicht um, weil ich wußte, daß sie mir von hinten einen Schlag auf den Kopf versetzen würden, und flehte sie an, es nicht zu tun. Dann senkte sich wieder Dunkelheit über mich.

Ich weiß nicht, wie lange es dauerte, bis ich wieder zu mir kam. Dieses Mal fühlte ich mich besser und begriff, daß ich eine schwere Gehirnerschütterung hatte. Ich wußte auch wegen der sich mit Schüttelfrost abwechselnden trockenen Hitze, daß ich fieberte. Doch als sich mein Blick über das Heck des Bootes hob, begann sich ein winziger Hoffnungsschimmer zu regen, denn in der Ferne, vermutlich am östlichen Horizont, zeigte sich ein schmaler blasser Streifen unter der Dunkelheit. Das mußte die Morgendämmerung sein.

Ich grinste diesem ersten Licht zu und schöpfte weiter. Nach einer Weile konnte ich den Tag nicht mehr sehen und begann wieder zu phantasieren. Das Schöpfen mußte zu anstrengend geworden sein, denn ich erinnere mich vage, daß ich ins Wasser glitt, das mir bis an den Hals reichte, und dankbar den Kopf hineinbettete.

Dieses Mal dachte ich wirklich, ich wäre in den Himmel gekommen. In meinen Ohren dröhnte es. Ich hatte das Gefühl zu gleiten, emporzusteigen, zu fliegen. Ich versuchte die Augen zu öffnen, schloß sie aber schnell wieder vor einer gleißenden Helligkeit. Danach roch es stark nach Fisch. Das war seltsam, ich hätte nie gedacht, daß es im Himmel Fisch gibt. Zuletzt fiel ich in einen tiefen, heilsamen Schlaf auf einer weichen, federnden Unterlage, die warm und trocken war.

Als ich die Augen öffnete, lag ich in einer kleinen, cremefarben gestrichenen Kabine, an deren Wände Rohre entlangliefen. Ich setzte mich auf. In meinem Kopf drehte sich alles. Neben der Koje stand für alle Fälle ein Spuckeimer. Ich benutzte ihn. Nach einer Weile kam ich abermals hoch. Meine Kleider hingen am Ende der Koje, knochentrokken. Ich zog sie an und wankte hinaus, auf die Brücke eines Schiffs.

Durch die Scheiben konnte ich hinter fünf Meilen dunkelblauer See eine flache grüne Küste erkennen. Ein Mann mit dickem schwarzem Schnauzbart wandte mir den Kopf zu.

»Salut«, sagte er. »Ça va?«

»Ça va«, sagte ich aus einem Mund, dem die Verbindung zum Gehirn zu fehlen schien.

Er fragte mich, wer ich sei und woher ich komme, und ich berichtete ihm in stockendem Französisch. Ich sei auf dem bretonischen Trawler *Drenec*, erzählte er mir. Sie hätten mich um sieben Uhr morgens in einem Dingi treibend gefunden, das kurz vor dem Sinken war. Ich hätte Glück gehabt.

Das fand ich auch. Er sagte ferner, daß wir in einer Stunde an Land seien und daß ich dann nur auf die Fähre nach Plymouth zu steigen brauchte. Ich fragte ihn, welcher Hafen das sei, und er sagte Roscoff in der Bretagne. *Drenec* schien ein recht altes Boot zu sein, und ihr Chronometer stand auf 18 Uhr 50. Wo sie mich aufgefischt hätten? Er sagte, etwa dreißig Seemeilen südwestlich der Isle of Wight.

Ich ging zurück in die heiße kleine Kabine und durchsuchte meine Taschen. Sie waren leer. »Natürlich«, murmelte ich. Trotzdem war ich enttäuscht. Kamera, Chronometer und Aluminiumbrösel waren in der Tasche des Räubers oder auf dem tiefsten Grund der blauen See und würden nie mehr wieder zum Vorschein kommen. Ich setzte mich auf die Koje und stöhnte unwillkürlich unter der Schmerzwelle, die meinen Hinterkopf durchflutete.

Als ich mich etwas besser fühlte, ging ich wieder auf die Brücke und bat um eine Landverbindung über Funk. Ich setzte mich und betrachtete, während ich darauf wartete, durchgestöpselt zu werden, die

Sturmtaucher, die durch die Wellenkämme schnitten, und den scharfen blauen Horizont, der von einer Seite zur anderen schwankte.

Endlich hörte ich die gewünschte Stimme: Neville Spearman.

»Wer ist dort?« fragte er.

»Charlie Agutter.« Atmosphärische Störungen prasselten durch die Leitung. »Ihr habt das Ruder untersucht. Was habt ihr gefunden?«

»Es wäre deine verdammte Pflicht und Schuldigkeit gewesen, bei der Inspektion dabeizusein«, sagte Spearman. Die Feindseligkeit in seiner Stimme war selbst durch das elektronische Gewaber zu hören.

»Ich konnte nicht«, sagte ich. »Hatte einen Termin.«

»Wir fanden zwei zerbrochene Titanbolzen«, sagte Spearman. »Und bevor ich jemals wieder ein Boot für dich baue, will ich vorher schwarz auf weiß Garantien sehen und die entsprechenden Ingenieursgutachten. Von dem schmutzigen Staub, der hier aufgewirbelt wurde, wird mit Sicherheit einiges an meiner Werft hängenbleiben.«

»Tut mir leid.«

»Mir auch«, sagte Spearman, dann war die Leitung tot.

Ich schleppte mich in die Kabine zurück. Von dem Gespräch hatte ich nichts anderes erwartet. Eigentlich hätte ich mich bedrückt fühlen müssen, tatsächlich aber empfand ich so etwas wie Freude darüber, daß diese neuerliche Sabotage haargenau ins Muster paßte. Ich hatte das dringende Bedürfnis, mich hinzulegen und mal richtig zu schlafen. Was ich auch tat.

Auf der Nachtfähre nach Plymouth schlief ich noch mehr von meinen Kopfschmerzen weg. Sally war mich abholen gekommen. Als ich durch die Gepäckhalle ging, stand sie neben einer Säule am anderen Ende und sah mehr denn je wie eine ägyptische Tempelskulptur aus. Sie lächelte, aber unter ihren glücklichen grünen Augen waren schwarze Schatten. Ich küßte sie auf die Wange.

»Ich bin froh, daß du wieder da bist«, sagte sie sachlich, als wir ins Auto kletterten. »Du siehst erbärmlich aus.«

Ich blinzelte in den Rückspiegel. Das Gesicht, das zurückblinzelte, war das gewohnte: struppiges Haar, eingesunkene Augen, Fledermausohren und so. Nur daß diese Version hier aussah, als habe man sie erst zwei Wochen ausgehungert, dann mit Kalk übertüncht und unter den Augen mit grüner Farbe beschmiert. Die Augen selbst hatten ein ungesund glasiges Aussehen.

»Halb tot«, sagte ich.

»Genau.« Sie schlängelte sich geschickt durch den morgendlichen Verkehr. »Was ist passiert?«

Mittlerweile hatte ich Übung darin, solche Fragen zu beantworten. Ich berichtete. Ihr weißes Gesicht fuhr zu mir herum, und der Peugeot machte einen heftigen Schlenker, haarscharf am Kühler eines Lasters vorbei.

»Du könntest jetzt tot sein!« staunte sie.

»So war's wohl gedacht«, antwortete ich. »Ich hatte ja auch gerade rausgefunden, daß jemand *Aesthete* sabotiert hat.«

Das hatte ich ihr eigentlich etwas behutsamer beibringen wollen, aber mein Hinterkopf schmerzte, und in meinen Ohren dröhnte es noch immer, und außerdem gehörte Sally nicht zu den Menschen, die Wichtiges behutsam serviert zu bekommen wünschten. Diesmal blieb der Peugeot in der Spur.

»Und wie?« fragte sie mit leiser kalter Stimme.

Ich erzählte.

»Genau wie bei *Ae*«, sagte sie. »Warum?«

»Hältst du es für denkbar, daß Amy ein Boot sabotiert, um ihren Mann umzubringen und für Pollitt frei zu sein?«

»Was?« Sie lachte. »Amy könnte nicht mal 'ne Glühbirne auswechseln.«

»Und Pollitt? Um sich selbst freie Bahn zu schaffen bei Amy?«

»Nicht ganz sein Stil, oder? Das hieße doch, daß *er* dich niedergeschlagen hat.« Sie schwieg einen Moment. »Er kann's gar nicht gewesen sein, weil er nämlich auf einer Sauftour war. Er hat vorletzte Nacht offenbar ins Röhrchen pusten müssen, unten auf der Küstenstraße.«

»Wirklich?« Aber ich war nicht allzu interessiert.

»Er fuhr dreimal so schnell wie erlaubt. Ich schätze, es war Amys Schuld. Sie macht einen Trottel aus ihm. Die Polizei hat ihn angehalten, weil sein einer Scheinwerfer nicht brannte, und da ist er ihnen direkt vor die Füße geplumpst.« Sie bog in die A 303 ein und drängte einen Morris an den Rand des Kreisels.

»Was ist, was hast du?«

Stumm starrte ich durch die Windschutzscheibe. Aber ich sah nicht den dichten Verkehr, der sich über die zweispurige Fahrbahn wälzte, sondern war in Gedanken wieder bei Spearman, in der Dunkelheit, wo ich ein Auto in die Parkbucht der Liebespaare hatte einbiegen sehen. Ein Auto, bei dem ein Scheinwerfer nicht brannte. Vielleicht wußte Pollitt doch mehr, als ich dachte.

Sally wollte mich zu Dr. Allison bringen. Aber der Kopfschmerz war zu einem dumpfen Pochen geworden, und auch die meinen Denkapparat umhüllende Watteschicht schien mittlerweile etwas durchlässiger. Daher bat ich sie, mich am Büro abzusetzen. Sie schaute kurz zu mir rüber und sah wohl einen überzeugenden Grund, mir nicht zu widersprechen, denn sie tat, worum ich gebeten hatte.

Ich rief beim *Yachtsman* an. Pollitt war nicht da, es hieß, er sei vermutlich in Pulteney. Deshalb fragte ich Chiefy, ob er ihn gesehen hatte. Chiefy, der trotz seiner Wortkargheit stets genau wußte, was vorging, berichtete, Frank Millstone habe Hector ein Büro unten am Hafen überlassen. Dann fragte Chiefy was mir passiert sei, und ich erzählte ihm, daß ich von den Pierstufen in mein Beiboot gefallen und in den Kanal hinausgetrieben sei. Er sagte nicht, was für ein Glück ich hätte, daß ich noch lebte, wohl weil er annahm, daß ich das wußte. Als Chiefy weg war, ging ich Pollitt besuchen. Sein kleines Büro lag über einem Schiffsausrüster. Als ich eintrat, saß er an der Schreibmaschine.

Er schaute sich um, spannte den Bogen aus und legte ihn behutsam mit der beschriebenen Seite nach unten auf den Schreibtisch. Dann lächelte er breit, sagte: »Soso, Charlie!«, stand auf und kam mit ausgestreckter Hand auf mich zu. »Sie sehen ja aus, als kämen Sie gerade aus dem Krieg zurück!«

Er aber auch. Sein Gesicht schimmerte grünlich, und seine Alkoholfahne konnte man auf zehn Fuß riechen. Seine Hand fühlte sich kalt und feucht an. »Stimmt«, sagte ich. »Saublöde Geschichte.«

»Wirklich? Das müssen Sie mir erzählen.«

»Ich bin die Piertreppe runtergefallen, als ich gerade ins Beiboot steigen wollte«, sagte ich. »Letzte Nacht, bei ablandigem Wind. Bin erst mitten auf dem Kanal wieder aufgewacht.«

»Mitten auf dem Kanal?« Sein Erstaunen klang echt. Aber es war auch eine erstaunliche Geschichte.

Ich berichtete von meinem Leidensweg und beobachtete dabei sein Gesicht in der Hoffnung auf irgendeinen Anhaltspunkt. Aber ich fand keinen.

»Da haben Sie aber Glück gehabt«, sagte er, als ich fertig war. Steckte ein doppelter Sinn dahinter?

»Stimmt. Hab' gehört, Sie hatten Scherereien vorletzte Nacht?«

»Ach so, ja. Die Polizei hat mich geschnappt.«

»Ziemlicher Schock«, meinte ich.

»Na ja, Sie wissen, wie's ist. Ich hatte im ›Lobster Pot‹ zu Abend gegessen, und auf dem Rückweg stoppten sie mich dann.«

»War Amy mit im Wagen?«

»Nein, ich setzte sie ...« Er unterbrach sich. »Wieso wissen Sie überhaupt, daß ich mit Amy essen war?«

»Ich hab's erraten.«

»So eine verhurte Nymphomanin«, sagte Pollitt. Er setzte sich wieder an seinen Schreibtisch, zog eine halbleere Whiskyflasche heraus und trank. Als er hochschaute, hatte er einen lauernden Gesichtsausdruck.

»Geht Sie aber nichts an, Agutter. Was wollen Sie eigentlich?«

»Höflichkeitsbesuch«, sagte ich.

»Wie geht's Ihrem Vertrag mit Archer?« fragte Pollitt.

»Prima.«

»Da hab' ich aber was anderes gehört.«

»Von Archer haben Sie gar nichts gehört.«

»Von Archer nahestehenden Quellen.«

»So nahe wie Amy?«

Er stieß sich vom Schreibtisch ab und kam auf mich zu. Aber er war nicht in Form und halb betrunken, deshalb packte ich ihn und setzte ihn auf seinen Stuhl zurück.

»Sie sind nicht ganz auf der Höhe, Hector«, sagte ich. »Jetzt schreiben Sie mal Ihre nette Geschichte da zu Ende und hauen sich danach in die Falle.«

Er sackte in sich zusammen. »Sie liebt Archer nicht«, sagte er. »Sie war nur betrunken, neulich nachts im Sommerhaus. Weiter nichts. Und Sie – sehen Sie sich mal lieber vor. Der Captain's Cup rückt näher, und die Leute im Komitee lesen meine Kolumnen.«

»Immer sachte, Hector«, sagte ich. Und ließ ihn dort in dem schäbigen kleinen Büro auf seinem Holzstuhl zurück, die mit wohlfeilen Indiskretionen gefüllten Manuskriptseiten vor sich auf dem Tisch.

Ich kehrte in mein Büro zurück und rief Sally an. »Mach dich fertig«, sagte ich »Wir gehen aus, zum Mittagessen.«

»Wohin?«

»In den Lobster Pot, die Kochkünste unserer Freundin Pat Forsyth testen. Wir treffen uns da in zwanzig Minuten.«

Ich kam als erster an. Früher hatte die Kneipe mal »The Angel« geheißen, aber im Zuge der Millstone-Invasion hatte die Brauerei dann Fischernetze unter die Decke gespannt, getrocknete Seesterne an die Wände genagelt und Pat Forsyth die Lizenz für das Restaurant erteilt. Das Essen war mittelprächtig bis schlecht, aber an einem Tomatensaft konnte sie nichts verderben, deshalb bestellte ich einen.

Johnny Forsyth kam mit einem Sandwich in Händen aus der Küche.

»Hallo, Charlie«, sagte er. »Hab' meiner Frau gerade einen kleinen Snack stiebitzt. Ich hörte, du hattest einen Unfall?«

»Faszinierend, wie schnell Neuigkeiten hier die Runde machen.«
Er schaute beleidigt drein. »Man wird doch wohl mal fragen dürfen.«
»Tut mir leid«, sagte ich. »Ich bin eben ein Griesgram. Nimm einen Drink mit uns.«
Er grinste mich an. »Nein, danke«, sagte er. »Muß Millstone heute nachmittag ein Bild malen. Dazu brauche ich einen klaren Kopf. Ach, da ist ja Sally!« Er beobachtete Sallys graziösen Gang, als sie durch die Gaststube kam. Ich spürte seinen Blick auf uns ruhen, als wir uns leise unterhielten, und bestellte gekochte Krabben an der Bar. Schließlich sagte er laut: »Bis dann«, und ging hinaus.
Sally und ich setzten uns an einen Tisch. Es waren noch ein paar Gäste da, aber das Restaurant war weit davon entfernt, gut besucht zu sein. Das war es selten.
»Ich frage mich, wie die hier überhaupt auf ihre Kosten kommen«, überlegte ich.
»Sie scheinen immer am Rande des Bankrotts zu stehen.«
»Rede doch mal mit Pat«, schlug ich vor. »Frag sie, ob Amy und Pollitt vorletzte Nacht den ganzen Abend hiergewesen sind.«
Sally schaute mich fest an. »Essen wir deswegen hier zu Mittag?«
»Bitte«, sagte ich.
Sally stand auf. »Wenn du meinst?« Sie verschwand im Küchenbereich. Zwanzig Minuten später kam sie mit unseren gekochten Krabben zurück. »Pat sagt, sie sind den ganzen Abend hier gewesen«, sagte sie.
»Schade.«
»Außer daß Pollitt mal telefonieren fahren mußte und etwa eine Dreiviertelstunde weg war. So nach neun. Amy hat sich inzwischen an die Bar gesetzt und mit Pat unterhalten. Dann kam Pollitt zurück, und sie haben weitergegessen.«
»Hat sie irgend etwas Auffälliges an ihm bemerkt?«
»Er war betrunken und hat sich mit Amy gestritten. Kein Wunder.«
Sally schwieg kurz. »Ich hab' Pulteney immer für den schönsten Ort der Welt gehalten. Erinnerst du dich, was wir für Spaß hatten, Hugo, du und ich und Ed Beith? Jetzt ist mir alles vermiest, und es gehen Dinge vor, die niemand versteht.« In ihren grünen Augen schwammen Tränen. »Selbst die Krabben hier sind ungenießbar.« Schaudernd schob sie den Teller weg und holte tief Luft. »Charlie, ich muß los.«
»Ich bringe dich nach Hause.«
»Nein«, sagte sie. »Das brauchst du nicht. Ist schon okay.«
Sie stand auf und ging.
Ich zahlte. Pat Forsyth lächelte mich künstlich an. Sie war eine un-

glückliche Frau, die sich gern als geduldiges Opfer unseliger Umstände gerierte; näher betrachtet erwies sich ihr Kummer jedoch als Lappalie.

Mein Kopf schmerzte. Ich war müde und hatte alles satt. Also fuhr ich gemächlich den Hügel zum Haus hinauf, wo schon Aspirin auf mich wartete.

Auch wenn's zunächst vielleicht logisch klang – ich glaubte trotzdem nicht, daß Pollitt vom Abendessen mit Amy weg und eine Meile bis zur Werft gefahren war, mir eine über den Kopf gezogen, mich ins Beiboot verfrachtet und dann Wind und Wellen überlassen hatte. Dazu besaß er gar nicht die Kraft. Und nicht den Mumm.

Es war ein schöner Nachmittag. Der Himmel leuchtete blau, und eine leichte Brise aus Südwest trieb die Wolken zu einer Schafherde zusammen. George Evans, der Briefträger, kam spät wie immer und duckte sich unter dem Geißblattgehänge des Gartentors durch.

Er sagte freundlich guten Tag, ich aber ertappte mich, daß ich selbst ihn mißtrauisch musterte und dachte: Warst du es, der mir bei Spearman eins über den Kopf gehauen hat?

»Sie sehen nicht gut aus«, sagte George.

»Überarbeitet«, log ich und sah ihm nach, als er pfeifend die Straße runterging. Ich glaubte zwar nicht, daß Pollitt ein Saboteur und Räuber war, aber ansonsten gab es jede Menge Möglichkeiten; alle hier in Pulteney konnten Agutter auf dem Kieker haben. Ich fühlte mich ihnen wehrlos preisgegeben.

Ich ging ins Haus, rief Scotto an und bat ihn, *Sorcerer* für einen kurzen Törn am Nachmittag bereitzumachen. Viel lieber hätte ich mich ein paar Tage ins Bett gelegt. Aber die Startpistole wartete nicht, und wir mußten mit *Sorcerer* trainieren. Ich konnte mich ja immer noch an Bord in die Koje verholen und ein Nickerchen machen. Außerdem würde mich auf *Sorcerer* wenigstens niemand zusammenschlagen.

Ich hatte noch zehn Minuten, deshalb rasierte ich mich schnell und ging danach zu meinem Vater hinüber. Die Pflegerin las in der Küche die *Daily Post*. Sie setzte ihr breites Lippenstiftlächeln auf.

»Heute geht's ihm sehr gut«, sagte sie. »Der Arzt hat ihm ganz neue Tabletten gegeben, und er hat noch nie so viele Besucher gehabt.«

Er saß unter seinem Schottenplaid im Lehnsessel am Fenster. In den knochigen Fingern zitterte die Llyod's List. Er erkannte mich und legte die Liste zur Seite. »Es war ein paar Tage sehr still hier«, raunzte er. »Wo warst du?«

»In Frankreich«, sagte ich.

»Ach Gott, mein Gedächtnis«, klagte er. »Archer hat mir's ja gesagt.«

»Archer?«

»Ganz Pulteney weiß es.« Er kicherte. »Was für ein Tölpel du bist – die Stufen runter ins eigene Beiboot zu fallen. Ha!« Seine mit Leberflecken gesprenkelte Hand klatschte ausgelassen auf die Armlehne. Dann schaute er mich von der Seite an, wie er es die seltenen Male zu tun pflegte, wenn er mir etwas anvertrauen wollte. »Jedenfalls schön, dich zu sehen. Die Sache klang gar nicht gut.«

»Das war sie auch nicht.« Wenn Hector zu irgend etwas taugte, dann zum Gerüchteverbreiten.

»Charlie«, sagte er, »hast du Geldsorgen?«

Ich war betroffen. Wir sprachen selten über Finanzielles. »Warum fragst du?«

Er zupfte nervös an seiner Decke. »Frank Millstone war hier«, sagte er. »Behauptete, du stündest vor dem Bankrott. Und daß du verkaufen müßtest. Du weißt doch, er will aus diesem Haus ein Hotel machen. Er will mir für meine Hälfte ein Angebot unterbreiten, ein anständiges Angebot, damit ich für den Rest meiner Tage ausgesorgt hätte.« Aufgeregt zerknüllte er die Decke zwischen seinen Fingern. »Stehst du vor der Pleite, Charlie?«

Ich sagte: »Nein. Du brauchst dir überhaupt keine Sorgen zu machen.« Aber innerlich war ich stinkwütend.

Er packte meine Hand und schüttelte sie. »Sei bloß vorsichtig«, sagte er, und in den wäßrigen Augen las ich Zuneigung und Furcht. »Jetzt erzähl mir mal, was es Neues gibt.«

Wir schwatzten fünf Minuten, dann ging ich hinaus und rief Millstone von der Halle aus an.

»Frank«, sagte ich, »was soll das, hier bei uns aufzukreuzen und meinen Vater einzuschüchtern, damit er Ihnen das Haus verkauft?«

Millstone sagte kalt: »Er ist volljährig.«

»Und ihm zu erzählen, ich stünde vor der Pleite?«

»Das war nicht übertrieben«, sagte Millstone. »Sie stecken in großen Schwierigkeiten, Charlie.«

»Sie haben vielleicht noch nicht gehört«, sagte ich, »daß ich bei den Ausscheidungsrennen zum Captain's Cup eines meiner Boote für Sir Alec Breen segeln werde.«

Millstone gluckste sein fettes, fröhliches Lachen. »Na, dann sehen Sie mal zu, daß Sie auch gewinnen«, sagte er.

Ich legte auf.

Schwester Bollom, den Mund zu einer schmalen roten Linie zusammengepreßt, beobachtete mich. Sie hatte wohl das Gefühl, daß irgend etwas in diesem Haus nicht stimmte.

Als ich die Garagentür aufmachte, gab ich meiner Phantasie die Sporen. Warum hatte Frank Millstone ausgerechnet gestern meinem Vater wieder mal ein Angebot gemacht? Weil er über meine Finanzen Bescheid wußte? Oder hatte er Grund anzunehmen, dieser lästige Charlie Agutter sei nun aus dem Weg, und zwar endgültig? Ich stieg ins Auto, und meine Hand glitt zum Zündschlüssel. Doch dann zog ich die Hand, die fast schon am Zündschloß war, zurück, stieg nochmals aus und suchte unter der Motorhaube und dem Wagenboden nach ungewöhnlichen Anhängseln. Aber ich sah nur die übliche Mischung aus Rost und Öl. Als ich zwischen den gelben Ginsterbüschen auf die Straße fuhr, kehrte dieses Gefühl der Verwundbarkeit wieder zurück. Natürlich konnte ich mich immer noch an Inspektor Nelligan wenden. Vorausgesetzt, er glaubte mir, konnte er mit meinen Beweisen effektive Ermittlungen wegen Mordes aufnehmen?

Zu beiden Seiten der sanft schwankenden Pier lagen flach und schnittig die Rennyachten. Der Anblick dieser Boote und der beißende Wind erinnerten mich daran, warum ich hier war: um eine Regatta zu gewinnen. Nein, dachte ich, nicht Nelligan. Nur du und ich, du mordende Bestie, wer immer du bist.

*Sorcerer* lief mit einer Rennbesatzung von zehn Mann. Die Welt der Hochseeregatten ist klein, und daher kannte ich die vier schon, die mit dem Boot gekommen waren: Da war erstens Dike, der Vorschoter mit dem obszönen T-Shirt, das direkt mit seinem scheinbar halslosen Kopf verwachsen schien; dann Fallen-Joe, der angeblich aus der Gegend von Burnham-on-Crouch stammte, was sich aber schwer überprüfen ließ, da nur wenige ihn jemals sprechen hörten; und George, besser bekannt als Winschen-Walter, der enorme, bis zu den bloßen braunen Knien herabbaumelnde Arme hatte. Diese drei hockten mit dem bärtigen Dopppelgänger Heinrichs des Achten namens Al Scotto an Deck. Wenn man sie so sah, wurde einem klar, warum Masttrimmer, Winschenkurbler und andere hochqualifizierte Deckshände gemeinhin unter dem Sammelbegriff Gorillas figurieren.

Der eher intellektuelle Teil der Crew bestand aus Morrie, einem Spezialisten in Segeltrimm, ferner aus Dough Mitchell, Taktiker und Navigator und zweimaliger Weltumsegler; aus Nick Thwaite, der uns eigens von der Segelmacherei Capotes geschickt worden war, um zu gewährleisten, daß wir bei den neuen Segeln wirklich das Beste vom

Besten bekamen; ferner Crispin Hughes-Affrick, im Vorjahr Weltmeister bei den Flying Dutchmen, zuständig fürs Großsegel und Ersatzrudergänger – und ich, Rudergänger und Skipper der Yacht *Sorcerer*, einer hundertprozentigen Tochter der Breen-Holding.

Wir tauschten höfliche Begrüßungsfloskeln aus, wie es sich für Gentlemensegler ziemt, und hielten dann eine eingehende Besprechung ab, wie es sich wiederum für großzügig subventionierte Amateure ziemt. Scotto war der einzige, der als Full-time-Bootsnigger ein Gehalt bezog. Alle anderen mußten sich mit Freiflügen, aufwendigen Spesen und schnellen Mietwagen bescheiden. Oder wie ich mit der moralischen Schützenhilfe des Eigners.

Die Qualifikationen zum Captain's Cup, einer internationalen Regattaserie, begannen im Frühsommer. Unter den Bewerbern wählte die Jury drei Teams mit ihren Booten aus, die für England segeln sollten. Die meisten unserer in- und ausländischen Konkurrenten trainierten schon seit Weihnachten. Im Vergleich zu ihnen waren wir nicht nur spät dran, sondern auch eine zusammengewürfelte Crew. Als Pluspunkte konnten wir verbuchen, daß die *Sorcerer* anständig getrimmt war und daß die Gorillas einander kannten. Jetzt ging es mehr um letzte Feinheiten und das Aufeinander-Einspielen. Dazu brauchten wir natürlich Glück. Viel Glück.

An jenem Tag hatte ich zunächst heftige Kopfschmerzen und ziemlich krause Gedanken. Aber es wehte eine frische Brise, und obwohl alles noch ein bißchen lasch lief, weil es uns an Routine fehlte, wurde unser Potential doch schon erkennbar. Nach drei Stunden war mein Kopf wieder klar und die *Sorcerer* so in meine Gedanken integriert wie damals auf dem Reißbrett. Es mußte noch etliches geändert werden: erstens hatte sie einen geraden Kiel, brauchte aber einen elliptischen; eigentlich hätte ich sie auch gern mit meinem neuen Ruder versehen, aber das schien im Moment nicht angebracht. Jedenfalls rief ich über UKW in meinem Büro an, und Ernie holte *Sorcerers* Originalpläne aus der Schublade und begann einen elliptischen Kiel zu zeichnen.

Wir liefen unter Spinnaker zurück, der sich groß, rot und golden und mit *Sorcerers* Merkurstab vor dem Horizont blähte. Als ich diese Wolke von Segel sah und das scharfe Zischen unseres Kielwassers hörte, verspürte ich für einen Moment unbändige Lebensfreude. Doch dann fiel mir ein, daß jemand dort drüben, zwischen den grünen Klippen an Backbordbug, mir an den Kragen wollte. Die Freude verebbte.

Als wir in den Hafen motorten, rief ich die Crew zusammen.

»Morgen fahren wir zunächst wieder hinaus«, sagte ich. »Dann holen wir sie aus dem Wasser und lassen ihr bei Spearman einen neuen Kiel verpassen. Das wird zwei Tage dauern. Dienstag geht's also zurück ins Wasser. Scotto, einen Moment noch, bitte.«

Als die Crew in alle Himmelsrichtungen ausgeschwärmt war, sagte ich zu Scotto: »Riesenbitte: Bleib beim Boot, geht das?«

»Was dachtest du denn?« fragte Scotto.

»Ich meine wörtlich: bleib bei ihr. Sie kommt in einen Schuppen, und der wird abgeschlossen. Trotzdem möchte ich, daß du sie nicht aus den Augen läßt. Schlaf an Bord. Okay?«

Scotto starrte mich an. »Ach du Schande«, sagte er. Dann zuckte er die Achseln. »Du bist der Boß. Aber was ist eigentlich los?«

»Sabotage«, sagte ich. »Schließ hier ab und komm auf einen Sprung mit zu Spearman.«

Neville Spearman war in seinem Büro, und neben ihm am Zeichenbrett stand Johnny Forsyth. Vor ihnen lag ein Satz Pläne. Oben stand der Name *Crystal*.

»Was habt ihr denn mit der vor?« fragte ich. »Läßt Ed Beith sie nochmals umbauen?«

Forsyth grinste selbstzufrieden mit seinen weit auseinanderstehenden Zähnen. »Ed?« meinte er. »Nein. Wir wollten sie gerade – nur mal ein bißchen anschauen. Du könntest ihr unter Umständen auf dem Wasser begegnen.«

»Die fällt doch auseinander«, sagte ich. »Wie ich hörte, löst sich der Rumpf auf.«

»Nicht mehr«, sagte Forsyth. »Ich hab' ihn wieder hingekriegt.« In seiner Stimme schwang echte Überzeugung mit. »Du wirst noch staunen, Charlie.«

»Na gut«, sagte ich. »Hast du zwei Minuten für mich, Neville?«

Spearman kam um seinen Schreibtisch herum und setzte sich vor ein wahres Arsenal von Fotos: Fischerboote, Zollbarkassen und Yachten, alle bei ihm gebaut. Die Haut um seine Augen war dunkel vor lauter Überarbeitung. Er schien nicht sonderlich erfreut, uns zu sehen.

»Ist leider persönlich, Johnny«, sagte ich.

Forsyth steckte die Hände in die Taschen und stapfte zur Tür.

»Was ist so persönlich?« fragte Spearman.

»Ach, du weißt doch, wie alles hier gleich die Runde macht«, sagte ich. Spearman nickte ohne große Überzeugung. Ich hatte das Gefühl, daß mit dem Erwerb der *Sorcerer* meine Aktien bei ihm nicht gestiegen waren.

»Dein Büro hat angerufen«, sagte er. »Der Kiel geht morgen früh von Wolverhampton ab.«

Wir sprachen eine Viertelstunde über den Kiel. Als ich dann Meville sagte, daß Scotto an Bord schlafen würde und *Sorcerer* in einem verschließbaren Schuppen untergebracht werden sollte, wurde er womöglich noch mißtrauischer.

Zum Schluß sagte ich: »Ich bin einfach außer mir wegen *Aesthetes* Ruder. Tut mir leid, wenn du dadurch Ärger hattest.«

»Mir auch«, sagte Neville. »Und das bekommt mir nicht.«

»Die Bolzen waren aus Titan.«

»Sie sind trotzdem gebrochen. Wirklich, Charlie, es sieht ganz so aus, als hättest du Scheiße gebaut bei deinen Berechnungen.« Er zog seinen Schreibkram zu sich heran, das Thema war beendet. »Bring sie morgen rüber«, sagte er. »Wir holen sie sofort raus und fangen gleich an.« Er wandte sich wieder seinen Papieren zu, und ich war entlassen. Noch vor drei Wochen hätte er für ein Gespräch mit mir alles andere stehen und liegen lassen.

Draußen vor der Werft sagte Scotto: »Ich bewache das Boot, Spearman guckt dich an wie einen Aussätzigen – also, was ist los?« Er musterte mich, die Hände in den Jeanstaschen, sechseinhalb Fuß groß und drei Fuß breit, mit seinen blaßblauen Augen. Ich dachte einen Moment nach. Was man braucht, wenn man Opfer eines Mordversuchs war, sind Leibwächter. Warum also nicht?

»Laß uns was trinken«, sagte ich

Wir fuhren zur »Mermaid«. Scotto bestellte Lager und ich eine Halbe Bass. Dann erzählte ich ihm, was sich in der vorletzten Nacht wirklich zugetragen hatte.

»Uff«, sagte Scotto, als ich fertig war. »Und wofür sollte das gut sein?«

»Sportlermätzchen«, sagte ich. »Als ich zur Olympiade in Montreal war, hat ein einfallsreicher Mensch frühmorgens frischen Lack auf mein Boot gepinselt. Damit, wenn wir es über den Kies ins Wasser zogen, jede Menge Steinchen am Rumpf klebenblieben und wir ein bißchen langsamer wurden. Zum Glück bekamen wir es noch rechtzeitig spitz und konnten den Lack wieder abwischen. Beim Captain's Cup geht's um einen Haufen Geld, kein Wunder, daß die Sitten da ein bißchen rauher werden. Na ja. Ich fahre jetzt für ein paar Tage nach Irland, und wenn ich zurückkomme, muß ich mir was überlegen. Inzwischen bist du für *Sorcerer* verantwortlich.«

Scotto schlürfte sein Bier. »Soll ich meine Pistole mitnehmen?«

»Du hast eine Waffe?«

»Ich gehörte zur bewaffneten Wache auf der *Australia II*, 1983 in Newport. Ich hab' die Pistole mit aus USA rausgeschmuggelt.«

»Nimm nur einfach eine Eisenstange. Aber halt die Augen offen.«

Scotto schien enttäuscht. Doch bald heiterte sich seine Miene wieder auf. »Na dann«, sagte er. »Auf in den Kampf!«

Am nächsten Morgen probten wir vor allem Segelmanöver, und es lief gut. Nach dem Festmachen hielten wir noch Manöverkritik, dann brachte Scotto die Yacht hinüber zu Spearman. Ich fuhr nach Hause, packte meine Reisetasche, fuhr nach Plymouth und nahm die Brymon-Airways-Maschine nach Cork.

## 17

Nach der Landung schnappte ich mir einen Mietwagen und fuhr zum »Shamrock Hotel« in Kinsale. Am nächsten Morgen stand ich früh auf und nahm meine Kopfschmerzen mit zum Frühstück hinunter. Der Speiseraum war kalt und leer bis auf das bläulich-graue Licht der See. Gedankenverloren zerkrümelte ich die Cracker im Brotkorb und fragte mich, wo ich anfangen sollte. Dann begannen die Urlauber aufzutauchen, Väter mit schweren Tränensäcken, gezeichnet von den Bieren der letzten Nacht, und ihr herüberwehender Zigarettenqualm trieb mich in die nächste Telefonzelle.

Ich mußte bei Hegarty beginnen und konnte nur hoffen, daß ihm die Wahrheit wichtiger war als sein eigener Ruf. Wenn das zutraf, war er allerdings in der Welt des Regattasports eine Ausnahme.

Doch meine Sorge war unbegründet.

»Himmel, ist doch klar«, sagte er, als ich ihn fragte, ob ich kommen und ein paar seiner Leute befragen durfte. »Ich setze dich an einen Schreibtisch, dann kannst du fragen, wen du willst und was du willst. Wir sagen einfach, daß du Aufträge für uns hast und uns vorher ein bißchen auf den Zahn fühlen willst. Könntest uns übrigens wirklich welche geben.«

»Den nächsten Auftrag, der anfällt«, sagte ich und meinte es ernst.

Der Schreibtisch, den er mir zugesagt hatte, stand in einem kleinen grünen Büro. Der erste, mit dem ich sprach, war Sheehy, der Werkmeister. Klein, mit zuckenden Händen und schlurfendem Schritt, erweckte er den Eindruck hochgradiger Nervosität, bis man seinen steten Blick unter den rotblonden Augenbrauen wahrnahm. Sheehy war über alle Bootsbewegungen in der Werft informiert.

»*Ae*«, sagte er. »Die hatten wir aus dem Wasser geholt. Die Kielbolzen und die Ruderaufhängung habe ich selbst überprüft. Alles war in Ordnung. Das müßte Donnerstag abends gewesen sein, vor dem Wochenende, an dem das Ruder dann abging.« Er blies Rauch auf seine quadratischen, zuckenden Hände.

»Wo stand sie die Nacht über?«

»In der Halle, aufgepallt«, sagte Sheehy. »Wir haben sie am folgenden Tag zu Wasser gelassen.«

»Wann genau haben Sie das Ruder überprüft?«

»Müßte so gegen fünf Uhr nachmittags gewesen sein. Es war so fest gespannt wie 'ne Trommel.« Er schüttelte den Kopf und wandte den Blick kein einziges Mal ab. »Schon verdammt seltsam, daß Titanbolzen gebrochen sein sollen. An einem einzigen davon hätte man 'ne Dampflok heben können.«

Als er gegangen war, marschierte nach und nach die ganze Werft auf, und ich bat alle, Sheehys Bericht zu bestätigen, was sie auch taten, und gegebenenfalls eigene Beobachtungen hinzuzufügen. Niemand wußte etwas von Bedeutung. Aber schließlich waren die meisten von ihnen Schreiner oder Maler oder Takler und sahen im Jahr Hunderte von Booten.

Durchs Obergeschoß wurde ich vom Konstruktionsleiter, einem blonden Holländer, geführt. Die Schuppen, in denen die Boote gestrichen wurden, schaute ich mir mit White an, einem verschrumpelten Alten, der sich nach jahrelangem Umgang mit Lösungsmitteln fast die Seele aus dem Leib hustete. Zuletzt kamen die Takelschuppen an die Reihe. Dort war ein gewisser Dennis mein Gesprächspartner; er hatte dunkles, tief in die Stirn wachsendes Haar und einen verkrüppelten Finger, vermutlich als Folge eines Unfalls mit einem Elektrogerät. Es war eine wirklich schöne Werft und völlig sicher. Aber ich war ja nicht hier, um die Aussicht zu bewundern.

Mein letztes Interview hatte ich mit Garrett, dem Wächter, einem braunen Männchen in filzigem braunem Regenmantel und riesigen Stiefeln.

»Wann fängt Ihr Dienst an?« fragte ich.

»Abends um sechs«, sagte Garrett. »Aber einen Teil der Zeit bin ich beschäftigt.«

»Wie das?«

»Die Archäologische Gesellschaft«, sagte Garrett. »Wir treffen uns jede Nacht in der Marine-Bar.« Er schaute mich scharf an. »Und wir trinken dabei Limonade, falls Sie das wissen wollten.«

»Wollte ich«, sagte ich. »Und wie stellen Sie sicher, daß niemand in die Werft gelangt?«

»Ich binde den Hund los«, sagte Garrett.

»Ist das ein bissiger Hund?«

»Der würde Ihr Bein fressen und trotzdem hinterher zu Hause um sein Frühstück betteln«, sagte Garrett sachlich.

»Erinnern Sie sich daran, daß er sich jemals anders benahm als sonst?«

»Nur an diesem Samstag abend, als die *Ae* mit dem kaputten Ruder reinkam.«

»Davor nie?«

»Nie.«

»Aha.« Es sah ganz so aus, als sei mein Blitzbesuch in Irland pure Zeitverschwendung gewesen. Ich unternahm noch einen letzten Versuch. »Aber bevor das Boot mit dem kaputten Ruder reinkam, hat er sich nie merkwürdig verhalten?«

»Kann ich nicht beurteilen«, sagte Garrett.

»Ich verstehe«, sagte ich. »Nun...«

»Ich kann es deshalb nicht beurteilen, weil ich vorher noch nie das Vergnügen der Bekanntschaft mit diesem Hund hatte.« Garrett plusterte sich zu seiner vollen Vier-Fuß-elf-Zoll-Größe auf. »Weil ich bis dahin nämlich im Besitz des vorigen Hundes war. Brian hieß er. Zwei Tage, bevor Sie die Probleme mit dem Ruder hatten, lag Brian eines Morgens kalt und steif im Hof. Vermutlich vergiftet. Aber das Vieh war ja auch echt ein Menschenfresser. Hat mich also nicht überrascht, das.«

Ich starrte ihn an. Er musterte mich so voller Triumph, als sei ich ein rivalisierender Archäologe, den er soeben in einer Debatte geschlagen hatte.

»In welcher Nacht ist er vergiftet worden?«

Garrett zählte an den Fingern nach. »Das müßte Donnerstag gewesen sein.«

»Und Sie haben in der Werft nichts Auffälliges bemerkt?«

»Hab' ich nicht.«

»Sehr gut«, sagte ich. »Dank für Ihre Hilfe.«

»Überhaupt nicht der Rede wert. Kann ich jetzt gehen?«

»Können Sie.«

Er drehte sich um und ging. Donnerstags war also Hundevergiftungsnacht in Crosshaven. Aus meinen Aufzeichnungen erstellte ich eine Tabelle, was jeder einzelne Werftangehörige wann getan hatte. Und nun würde ich jeden von ihnen, es waren dreiundzwanzig, bei sich zu Hause aufsuchen und die Geschichten der Ehemänner anhand der Aussagen ihrer Ehefrauen überprüfen müssen. Jede Abweichung konnte von Bedeutung sein, vorausgesetzt, der Saboteur war wirklich ein Werftangestellter. Da hatte ich mir einiges vorgenommen.

Aber wie es so geht – es kam ganz anders.

Um sechs Uhr steckte Billy Hegarty den Kopf durch die Sperrholztür und fragte, wie ich vorankäme. Ich sagte es ihm. Er zuckte mit den Schultern und lud mich zum Abendessen in Kinsale ein. Ich lehnte ab unter dem Vorwand, ich hätte noch zu arbeiten. Ich merkte ihm an, daß er in meinen Nachforschungen keinen Sinn sah. Um halb sieben fuhr ich zur Marine-Bar, aß ein paar Lachsbrötchen und trank eine Halbe Murphy's, das beste Stout in ganz Irland. Dann lief ich zurück zum Parkplatz, stieg ein und suchte mir die erste Anschrift auf meinem Notizblock. Sie war in Crosshaven Village.

Ich ließ den Motor an und fuhr zur Hauptstraße hinauf. Irgend etwas drückte gegen meinen Rücken. Ich setzte mich anders, aber der Knubbel ging nicht weg. Er drückte noch stärker. Vom Hintersitz sagte eine Stimme: »Fahr weiter! Tu, was dir gesagt wird, dann passiert dir vielleicht nichts.« Mir stockte das Herz. Auf einmal wurde die Welt ganz still. »Links abbiegen, dort hinter dem Briefkasten«, befahl die Stimme.

Ich bog links in eine enge Straße ein, die in steilen Windungen einen mit Eichen bestandenen Berg hinaufführte. Mein Blick schweifte zum Rückspiegel. Der Sitz hinter mir war leer. Der Kerl mußte am Boden kauern.

»Immer hübsch nach vorn gucken.« Die Stimme klang seltsam gequetscht und hatte einen nordirischen Akzent. An ihr stimmte etwas nicht.

»Wer sind Sie?« fragte ich, krampfhaft bemüht, meine Stimme möglich fest klingen zu lassen.

»Stell keine Fragen, dann kriegst du auch keine Märchen zu hören. An der Backsteinmauer da nach rechts.«

Der Eichenwald öffnete sich etwas und gab die Einmündung eines Feldwegs frei. Es ging weiter durch ein Dornendickicht. In der Ferne blitzte kurz ein Zipfel See auf, dann lag ein von violetten Blumen überwucherter Erdwall vor uns. Mein Mund war staubtrocken.

»Jetzt nach links«, sagte die Stimme. Wir drehten dem Meer das Heck zu und fuhren auf Rhododendronbüsche zu, hinter denen Säulen und vom Gestrüpp fast zugewachsene Fensterhöhlen auftauchten – die

Ruine eines großen Hauses. »Mach keine Faxen und nimm die Flossen hoch!« Ich stieg aus. Der Wind seufzte in den Bäumen. Die Luft war milde, und es roch nach Irland – nach Farn und frischem Regen. »Da rein«, sagte die Stimme. Ich wandte mich dem Haus zu, sah den Kerl aber noch aussteigen. Und was ich sah, ließ mir das Blut in den Adern gerinnen. Dieser Mensch hier gehörte zu den vermummten Terroristen, die in West-Belfast den Särgen folgten: schwarze Strumpfmaske, schwarze Wollhandschuhe, in den Händen eine abgesägte Schrotflinte mit halbautomatischer Nachladung.

Ich fragte: »Ist das politisch?«

»Maul halten«, sagte er. Und wieder schien mit dem Akzent etwas nicht zu stimmen. Der Mann zündete sich umständlich eine Zigarette an und steckte sie durch den Mundschlitz der Maske. Es sah lächerlich aus. Meine Angst legte sich für einen Augenblick, und ich begann klarer zu denken. Die Leute in England glauben immer, daß die IRA ihre freie Zeit damit zubringt, den Süden mit Raub und Einschüchterungsaktionen zu drangsalieren. Ich war aber oft genug in Irland gewesen, um zu wissen, daß die IRA anderes zu tun hat, als harmlose Privatleute zu behelligen.

In der Strumpfmaske hatte sich Rauch verfangen, und der Mann mußte husten. Ich lächelte.

»Was gibt's da zu grinsen?« blaffte er.

Ich lachte, weil der nachgemachte Belfast-Akzent seine wahre Herkunft aus dem County Cork verriet. Der Mann warf die Zigarette weg und gestikulierte mit der Flinte; da bekam ich es wieder mit der Angst zu tun. Die Knarre jedenfalls sah echt genug aus.

»Was wollen Sie?« fragte ich.

»Weniger von solchen Kerlen wie dich«, sagte der Mann. »Ein paar Typen gefällt es nicht, daß du deine Nase in Sachen steckst, die dich nichts angehen.«

»Welche Typen«?

»Geht dich auch nichts an«, sagte er. Die schwarz behandschuhten Finger spielten nervös am Flintenkolben. Ich schaute genauer hin. Einer seiner Finger sah irgendwie seltsam aus. »Dies ist die erste und letzte Warnung.«

»Verstehe.«

»Und jetzt laß die Luft aus den Reifen«, sagte er, wobei er ein Metallwerkzeug aus der Tasche zog und es mir vor die Füße warf. Ich hob es auf und schraubte die Ventile los. Zischend sackten die Reifen in sich zusammen. »Komm uns nicht wieder in die Quere!« Er richtete die Mündung auf meine Füße.

Ich beobachtete sie halb verängstigt, halb belustigt und dachte: Dieser IRA-Amateur weiß nicht, was er macht. Er hat nicht mal den Schraubenschlüssel zurückverlangt.

Das Krachen der Flinte haute mich fast um. Er feuerte einen weiteren Schuß ab, der die Erde zwischen uns aufpeitschte. Ich warf mich hinters Auto. Im Schlaf gestörte Tauben flatterten erschreckt auf, und ein Fasan stieß einen Alarmruf aus. »Laß dich nie wieder hier blicken, du Scheiß-Engländer«, sagte der Maskierte. Ich kroch, am ganzen Körper fliegend, noch weiter hinter das Auto. Mochte er auch ein jämmerlicher Amateur sein, seine Flinte jedenfalls war geladen gewesen. »Ich hab' dich gewarnt!« Den abgesägten Lauf noch immer auf mich gerichtet, ging er rückwärts auf die Rhododendronbüsche zu und verschwand darin.

Ich sah ihm vom Auto aus nach, einen dicken Stein in der Faust. Er kam, ein Moped schiebend, hinter dem Gebüsch hervor und richtete, das Fahrzeug an die Hüfte gelehnt, die Waffe auf mich. »Bleib, wo du bist«, sagte er. »Und mach keine Zicken.« Das klang etwas resigniert und schon nicht mehr so ganz nordirisch. Er stand vielleicht fünfundzwanzig Fuß von mir entfernt. Ich schwieg abwartend. Die Vögel begannen sich wieder zu beruhigen. Dieser Mann war eine Schlüsselfigur, den konnte ich nicht einfach so ziehen lassen.

Er begann das Moped zu schieben und hielt dabei die Flinte mit einer Hand auf mich gerichtet. Ich hoffte, daß es tatsächlich so schwer war, wie es aussah. Als er sich etwa zwanzig Yards entfernt hatte, stieg er breitbeinig auf, hängte sich die Flinte um und begann wie wild in die Pedale zu treten. Ich rannte ihm nach, den Stein wie einen Rugbyball umklammert. Es roch nach Benzin. Ich war noch sechs Fuß hinter dem Mann, als der Motor hustete und zu laufen begann. Da schleuderte ich ihm den Stein mit meiner ganzen Kraft in den Rücken. Er traf ihn zwischen den Schulterblättern, als das anfahrende Moped mit dem Vorderrad gerade in eine tiefe Furche geriet, und er flog im hohen Bogen über die Lenkstange. Ich rannte weiter. Die letzten beiden Schritte legte ich im Sprung zurück, und als ich mit beiden Beinen auf seiner Magengrube landete, sah ich das Weiße seiner Augen in den Maskenschlitzen kreisen. Mit einem Zischen entwich die Luft aus ihm, und die Flinte flog ins Gebüsch. Ich zog sie raus und richtete sie auf ihn. Der Mopedmotor stotterte und blieb stehen.

Zusammengeklappt wie ein Taschenmesser lag er da und würgte, während im Wald wieder Frieden einkehrte. Im Blätterdach gurrten die

Tauben, und über den aufgesperrten Mund des Mannes huschten tanzende Lichtflecken. Bei der unsanften Landung war einer seiner Handschuhe aufgerissen, so daß ein verkrüppelter Finger sichtbar wurde. Der halbe Nagel fehlte, wohl als Folge eines Unfalls mit einem Elektrogerät. Demnach war das hier Lenny Dennis, der mich nachmittags bei Hegarty durch den Takelschuppen geführt hatte.

Nach einer Weile rollte er sich auf den Rücken und schaffte es schließlich mit einiger Mühe, sich aufzusetzen.

»Nehmen Sie die Strumpfmaske ab, Mr. Dennis«, sagte ich, und er gehorchte. Sein Gesicht war rot gedunsen, und sein Blick irrte wie der eines Hundes in der Lattenkiste herum.

»Wie lange sind Sie schon Mitglied der IRA?« fragte ich, aber er fluchte nur. »Vielleicht sollten wir schnell mal zur Polizei fahren und ihr erzählen, was hier vor sich gegangen ist?« schlug ich vor. »Bei der sind Sie jedenfalls sicherer als bei den Provos. Denn mit Leuten, die nur mal Provo spielen wollen, gehen die echten Provos verdammt grob um.« Er fluchte noch mehr. »Oder Sie erzählen mir einfach, warum Sie dieses Spielchen hier inszeniert haben. Dann entscheide ich, was ich mit Ihnen mache.«

Diesmal fluchte er nicht, sondern starrte mich nur störrisch und wütend an. »Wird's bald?« drängte ich. »Oder wollen wir bergab marschieren und mit Billy Hegarty reden?«

»Hegarty?« fragte er. Seine Stirn war plötzlich voller Schweißperlen.

»Und anschließend mit der Polizei. Überlegen Sie sich's!« Er überlegte es sich. Schließlich sagte er: »Und wenn ich's Ihnen erzähle?«

»Wenn Sie tun, was ich Ihnen sage, reden wir nicht mehr davon.«

Forschend suchte er in meinem Gesicht nach Garantien. Ich weiß nicht, ob er sie fand, jedenfalls begann er zu reden. »Mich hat ein Typ angerufen und gefragt, ob ich diesen verdammten Hund vergiften würde«, sagte er.

»Wer war das?«

»Hatte noch nie von ihm gehört. Jedenfalls war's ein Engländer.«

»Wie kam er auf die Idee, daß Sie Hunde vergiften würden?«

»Er wußte, daß ich Geld brauche. Angeblich hatte er Kreditauskünfte über mich eingeholt.«

»Kreditauskünfte? Wie ist er denn an die gekommen?«

»Weiß der Himmel. Ich hatte ein schlechtes Jahr beim Wetten, und meine Frau ist mit unserer Scheckkarte Amok gelaufen«, jammerte er.

»Der Mann versprach mir zweihundert Piepen auf die Hand. Außerdem hab' ich das bissige Vieh immer gehaßt.«

»Und der andere Hund?«

»Für den hatte ich kein Gift mehr, da hab' ich ihm ein paar Schlaftabletten von meiner Frau gegeben.«

»Wie hat der Engländer Sie bezahlt?«

»In Scheinen. Mit der Post.«

»Und Sie haben ihn ganz bestimmt nie gesehen? Weshalb sollte ich Ihnen das glauben?«

»Himmel aber auch«, sagte er. »Ich hab' den Umschlag hier.« Er zog ein zerknülltes Papier aus der Tasche. Ich schaute ihm ins Gesicht, es war dumm und ratlos.

»Okay«, sagte ich. »Und dieser IRA-Mummenschanz? Was sollte der?«

»Sie haben rumgeschnüffelt«, sagte er. »Ich wollt' Ihnen einen Schrecken einjagen.«

»Das war also Ihre eigene Idee«, sagte ich. »Die Anregung dazu ist nicht übers Telefon gekommen?«

»Nein.« Er stierte auf seine Füße und sah aus wie ein Mann, der auf dreibeinige Pferde setzen würde und wirklich eine Frau hatte, die finanziell Amok lief.

»Noch was?«

Er schüttelte den Kopf.

»Denn sollten Sie was vergessen haben, helfe ich Ihnen damit auf die Sprünge.« Ich hob die Flinte.

Wieder schüttelte er den Kopf. Ich glättete den Umschlag auf dem Flintenkolben und las. Dennis' Anschrift auf dem Kuvert war mit Schreibmaschine geschrieben; abgestempelt war der Brief in Brundoyle, County Longford. »Das mit dem Auto können Sie dann dem Menschen von der Verleihfirma selbst erklären«, sagte ich. »Ich nehme das Moped. Und wenn Ihr Engländer wieder anruft, sagen Sie ihm, Sie würden ihn zurückrufen. Kriegen Sie seine Nummer raus und rufen Sie mich dann sofort an.« Ich fummelte die Patronen aus den Läufen und schleuderte die Flinte dann tief in die Rhododendronbüsche. »Und bitten Sie den lieben Gott, daß ich finde, was ich suche.« Er starrte mich einen Moment an und schniefte. Seine Augen waren rot, und über sein Gesicht liefen Tränen. »Die Flinte gehört meinem Bruder«, jammerte er und stolperte wie ein aufgeregter Hund in die Büsche, um sie zu suchen.

Ich stieg auf sein Moped und fuhr weg.

## 18

Ich fuhr mit dem Moped bis Cork und ließ es auf dem St. Patrick's Quay stehen, wo ein Mr. Flynn sich erfreut zeigte, mir einen Opel Kadett mit Unfallschaden zu leihen. Es war schon dunkel, als ich mich durch die scheußlichen Vororte nördlich von Cork schlängelte, und der Opel war kaum auf der Straße zu halten. Aber meine Laune war so blendend wie das Fernlicht der Entgegenkommer. Ich hatte eine weitere Spur! Gewiß, es war eine Schmalspur, aber der Umschlag war ein Computerausdruck, und der Auftraggeber des Hundevergifters hatte Zugriff zu Kreditauskünften.

Laut Karte besaß Bundoyle zwischen ein- und zweitausend Einwohner, und das hieß, daß dort nur sehr wenige Industrieunternehmen überhaupt groß genug sein konnten, um sich einen Textverarbeiter leisten zu können oder Zugang zu Kreditauskünften zu haben.

Das Nest lag ein paar Meilen nordöstlich von Longford. Nach der Karte hätte ich in etwa vier Stunden dort sein müssen, doch der Opel und die schlechten Straßen machten einen mehr als sechsstündigen Trip daraus. Um zwei Uhr nachts genehmigte ich mir in einer Parkbucht eine erquickende Schlafpause von drei Stunden. Gegen acht Uhr fuhr ich bei grauem Nieselregen, der die Sicht auf zweihundert Yards begrenzte, durch flaches grünes Sumpfgebiet. Schemenhaft tauchte eine Betonmadonna aus dem Nebel auf, dann eine Doppelreihe grauer Zementhäuser, eines mit Guinness-Reklame. Ich war todmüde und hatte einen Bärenhunger. Der Pub, an dem ich hielt, sah mir mehr nach Spelunke aus und schien geschlossen zu sein. Trotzdem stieg ich aus und hämmerte an die Tür. Nach ein paar Minuten öffnete mir eine dicke Frau in einem karierten Herrenbademantel. Und weitere zehn Minuten später saß ich im feineren Teil des Lokals vor einer großen Kanne mahagonibraunen Tees und vertilgte ein getoastetes Sandwich, das kurioserweise nicht nur mit Käse und Schinken, sondern auch mit Kartoffelbrei belegt war.

Als die dicke Frau den Tisch abräumen kam, zeigte ich ihr den Umschlag. Sie hatte keine Ahnung, von wem er stammen könnte.

»Wir werden Thomas fragen«, sagte sie und zapfte sich ein kleines Glas Stout aus dem Hahn. Gerade wollte ich fragen, wer das denn sei, als draußen Bremsen quietschten und ein Mann mit Schildmütze den Kopf zur Tür reinsteckte.

»Hier ist deine Telefonrechnung, Gott behüte dich«, sagte der Briefträger.

»Komm rein, Thomas«, rief die dicke Lady. »Dieser englische Gentleman hat ein Rätsel für dich.«

Ich zeigte ihm den Umschlag. Mit Kennermiene legte er den Kopf schräg. »Einer von diesen Nadeldruckern, ganz klar. Ich würde sagen, daß er von Curran's stammt.«

»Curran's Electric«, erklärte die Gastwirtin. »Sie verkaufen Kühlschränke.«

»Ein paar Meilen außerhalb der Stadt, direkt an der Landstraße«, sagte der Briefträger.

»Wer führt den Laden?«

»Ein Mr. White.«

»Und Mr. Curran?«

»Den gibt's gar nicht. Das ist nur so ein Name.«

»Gut«, sagte ich. »Dann fahr' ich mal los und statte Mr. White einen Besuch ab.«

»Der ist aber gar nicht da«, sagte der Briefträger bestimmt. »Weil nämlich seine Tochter in England Semesterferien hat.«

»Aha«, sagte ich, verblüfft über den Grad seines Wissens. »Trotzdem fahr' ich auf alle Fälle mal hin.«

»Klar«, sagte der Briefträger.

Curran's war einer dieser weißen, am Stadtrand gelegenen Betonkästen, auf die jetzt der Regen nieselte. Ich stellte den Wagen zwischen die beiden einzigen Autos auf dem Parkplatz, drückte gegen eine Tür mit dem Schild »Empfang« und gelangte in einen kleinen Raum mit einer Sitzbank, ein paar Zeitschriften und dem Foto eines Lastwagens im Gebirge. Die Empfangsdame blickte auf und lächelte. Sie saß an einem Computer. Ich trat vor ihren Schreibtisch. »Ist Mr. White da?« fragte ich und ließ den Blick über ihre Briefe gleiten. Ihr Schriftbild war durchweg dasselbe wie auf meinem Umschlag.

»Mr. White ist in England«, sagte die Empfangsdame. Sie war hübsch: dunkles Haar, römische Nase, und der ruhelose Blick einer reinrassigen Stute. »Worum geht's, bitte?«

»Ach, um Geschäfte«, sagte ich vage. »Kreditauskünfte.«

»Ja, das macht Mr. White bei uns.«

»Können Sie mir vielleicht sagen, wo er in England zu erreichen ist?«

»Aber gewiß.« Ihre Finger hämmerten auf die Tastatur, der Drucker kreischte, dann schob sich ein Papierbogen aus dem Schlitz. »Da haben wir's«, sagte sie.

»Vielen Dank.« Ich verabschiedete mich. Die Adresse war in London. Aber was mein Herz laut gegen die Rippen pochen ließ, war die

Auflistung der Geschäftsleitung am unteren Rand des Bogens. Sie begann mit »F. Millstone, Geschäftsführer«.

Leicht euphorisch, wenn auch ausgelaugt, kam ich zu Hause an. Das einzige Lebenszeichen dort war der vom Trakt meines Vaters herüberdringende schwache Sagrotangeruch. Auf meinem Tisch lag in seiner altmodischen, dürren Krakelschrift eine Nachricht: *Millstone hat angerufen. Er sagt, er wird so lange versuchen, unser Haus zu kaufen, bis einer von uns beiden aufgibt. Er ist furchbar lästig. Könntest du nicht mit ihm reden? Ich bin hinterher immer ganz erschöpft.*

Mein Vater war nicht der einzige, der erschöpft war. Nach einer Tasse Kaffee rief ich die Londoner Nummer von Curran's Electric an. Der Mann, der antwortete, hatte einen irischen Akzent.

»Mr. White?« fragte ich.

»Am Apparat.«

»Ich komme gerade von Curran's Electric«, sagte ich. »Mein Name ist Charles Agutter. Sagen Sie, Mr. White, interessieren Sie sich fürs Segeln?«

»Segeln?« fragte White. »Nein. Wir verkaufen Elektrogeräte. Was wünschen Sie?«

»Ist unter Ihrer Belegschaft ein Engländer?« fragte ich.

»Nein. Wir sind alle... Aber warum wollen Sie das wissen?«

»Weil jemand, der über Ihre Firma an Kreditauskünfte herankommt, Leute bestochen hat, damit sie Hunde vergiften. Und dieser Jemand verschickt den Lohn dafür in Umschlägen von Curran's Electric und hat einen englischen Akzent. Was sagen Sie dazu, Mr. White?«

»Soll das ein Scherz sein?« Die Empörung in seiner Stimme war echt. »Wer sind Sie, Mr. Agutter, und was wünschen Sie?«

»Dies ist eine Ermittlung wegen Mordes«, sagte ich.

»Mord?«

»Sagen Sie mir eines...« Ich bemühte mich, meine Stimme möglichst drohend klingen zu lassen. »Gab es letzte Woche in Ihrer Abteilung irgendwelche ungewöhnlichen Vorgänge?«

»Gab es nicht«, sagte er scharf. »Wir hatten gerade Besuch vom Vorstand, und alles wurde als absolut regulär und sauber befunden.«

»Soso.« Ich schwieg. »Mr. Millstone war auch dabei?«

»War er«, sagte White.

»Ich werde ihm Grüße von Ihnen ausrichten«, sagte ich. »Schönen Dank für Ihre Hilfe.« Damit legte ich auf.

Der Rest des Vormittags verging mit allerlei Kleinarbeit an der *Sorcerer*, und um halb eins ging ich hinunter zu Scotto und schaute mir ihren neuen Kiel an. Scotto war am Wochenende alles andere als untätig gewesen. Besondere Vorkommnisse hatte es keine gegeben.

»Was rausgefunden in Irland?« fragte Scotto.

»Ja.« Ich erzählte ihm von Curran's Electric.

»Und was hat das zu bedeuten?«

»Keine Ahnung«, sagte ich. »Der Anruf bei Dennis könnte aus England gekommen sein. Und das Geld könnte einer der Direktoren anläßlich der Vorstandssitzung abgeschickt haben, insbesondere Frank Millstone.«

Scotto stopfte zwei Krabbenbrötchen auf einmal in den Mund und runzelte die Stirn.

»Aber warum sollte er das Ruder beschädigen? Er war doch selbst mit auf dem verfluchten Kahn.«

»Wahrscheinlich hat er nicht so große Probleme erwartet. Vielleicht rechnete er zwar damit, daß das Ruder versagte, aber nicht mit einer so gefährlichen Situation. Bei unserem Rock 'n Roll vor dem Leuchtturm sagte er was sehr Interessantes: Er hätte nie gedacht, daß ich so dicht rangehen würde.«

Scotto brütete vor sich hin. »Du meinst also, daß er's war?«

»Nicht er persönlich«, sagte ich.

»Dann hat er Pollitt dazu gekriegt?« Er schob zwei Brötchen nach und spülte sie mit Bier runter.

»Warum?«

»Keinen blassen Schimmer«, sagte ich. Zwar hatte ich so meine Vermutungen, aber noch war keine überzeugend genug. »Fahren wir kurz rüber zu Millstone?«

»Okay.«

Ich rief ihn vorher an, und Georgina war am Apparat, seine Sekretärin. Ich kannte sie seit fünfundzwanzig Jahren.

»Er ist gerade in einer Besprechung, Charlie«, sagte sie. »Aber er wollte dich sowieso sprechen. Er hätte dich nachher angerufen.«

»Ach ja?«

»Würde es dir um zehn nach zwei passen?«

»Ja.«

Millstones Haus lag auf dem Südhang eines Hügels, von dem man einen Blick über ganz Pulteney hatte. Es bestand aus Beton, Stahl und großen Glasflächen und kauerte in einer von einer hohen Mauer umgebenen riesigen Gartenanlage. Die Tore waren verschlossen. Ich meldete mich über die Sprechanlage, dann fuhren wir zwischen wundervoll gemähten Rasenflächen zum Haus.

Ich war schon etliche Male hier gewesen – geschäftlich; denn ich gehörte nicht zu den Kreisen, in denen Frank privat verkehrte. Und jedesmal hatte ich Unbehagen empfunden in diesem sterilen Haus ohne Gesicht. Der Mann, der uns die Tür öffnete, war so groß wie Scotto und hatte harte Augen. Georgina bot uns Kaffee an.
Um Punkt 2 Uhr 10 stand Frank Millstone, mit einem Bademantel bekleidet, in der Tür seines Büros. Sein Haar war naß und sein Lächeln breit und falsch. Er übersah Scotto und sagte: »Kommen Sie rein, Charlie.«
Ich sagte zu Scotto: »Es dauert nicht lange«, und ging ins Büro. Hinter einem mit vier Telefonen und einem Computer bestückten Schreibtisch ließ sich Franks massige Gestalt in einen Sessel sinken. »Diese Yachtklub-Party also, die lassen wir besser vergessen und vergeben sein«, sagte er.
Das überhörte ich. Ich hatte mir bereits zurechtgelegt, wie ich vorgehen würde.
»Mein Vater sagt, Sie belästigen ihn wegen unseres Hauses.«
»Ich äußerte mein Kaufabsicht.«
»Wollten Sie mich deswegen anrufen?«
»So ist es.«
»Also: Das Haus ist nicht zu verkaufen. Wie er Ihnen schon sagte. Und wie ich Ihnen mehrfach sagte.«
»Charlie...« Er schnurrte meinen Namen wie eine fette Katze, und seine Augen in dem Spinnennetz schmolzen förmlich. »Charlie, wir wollen doch kein böses Blut zwischen uns. Tut mir leid, daß es mit Ihren Rudern nicht klappen will. Ebenso, daß es mit Ihrem Vertrag mit Archer nicht zum besten steht. Glauben Sie bitte nicht, ich stünde nicht auf Ihrer Seite. Ich bat Sie hierher, weil ich Ihnen helfen möchte.«
»Ich wüßte nicht, daß ich Hilfe bräuchte.«
Er zog ein Blatt Papier zu sich heran. »Ihr Konto ist weit überzogen, Charlie. Und dann sind da etliche Darlehen zu tilgen. Auch müssen Sie Ihren Vater unterhalten. Und Sie haben kein Einkommen.«
»Schlau von Ihnen, das rauszufinden«, sagte ich. »Wie machen Sie so was?«
Er lachte und wischte mit seinen großen, harten Händen über die Schreibtischplatte.
»Das nennt man Kreditauskunft«, sagte er.
»Ach, wirklich?« fragte ich sanft.
»Ihnen bleibt in diesem Sommer also nur Alec Breen mit seinem alten Boot.«

»Es ist ein gutes Boot.«

Aber er war nicht zu bremsen. »Ich mache Ihnen einen Vorschlag«, lächelte er. »Ich möchte aus Ihrem Haus ein nettes Hotel machen, natürlich ganz exklusiv. Ich biete Ihnen zweihunderttausend Pfund dafür, und Ihr Daddy kann drin wohnen, solange er möchte. Okay?«

Es war ein verlockendes Angebot. Zweihunderttausend Pfund hätten eine Menge meiner Probleme gelöst. Das Dumme war nur, daß die meisten dieser Probleme von eben diesem Kerl verursacht waren. Ich hatte mich noch nie gern erpressen lassen.

»Das Haus ist nicht zu verkaufen«, sagte ich. »Jetzt sogar noch weniger als vorher, weil ich nicht mit Leuten verhandle, die meinen kranken Vater fast zu Tode ängstigen.«

Millstones Blick wurde ernst. »Wissen Sie«, sagte er, »als ich nach Pulteney kam, war es ein schmutziges kleines Nest, das meilenweit nach Fisch stank. Das alles habe ich geändert. Es war mein Lebenswerk. Andere sammeln Gemälde, ich habe versucht, aus Pulteney ein Städtchen zu machen, in dem die Leute sich wohl fühlen.«

»Sehr nobel«, sagte ich. »Nur schade, daß Sie nicht erst die Leute gefragt haben, die hier lebten.«

»Denken Sie doch praktisch«, sagte Millstone.

»Wie ich denke, müssen Sie schon mir überlassen.«

»Ich fürchte, daß Sie auf den Konkurs zusteuern«, sagte Millstone ernst. »Und dann bekomme ich Ihr Haus sowieso. Sollten wir uns nicht lieber freundschaftlich einigen?«

Ich war müde und gereizt, und die Scheinheiligkeit dieses Mannes widerte mich an. Wut stieg in mir hoch. Ich konnte mich nicht länger beherrschen.

»Nennen Sie es vielleicht Freundschaft, meine Boote zu sabotieren?« fragte ich.

Sein Lächeln war wie weggeblasen. Er runzelte die Stirn. Jetzt lag kein Funkeln mehr in seinen Augen, sie waren hart und matt wie Kieselsteine.

»Ihre Boote wurden nicht sabotiert«, sagte er. »Die Ruder sind gebrochen, weil sie Fehlkonstruktionen waren.«

»Und nicht etwa, weil jemand, der ein Auge auf mein Haus geworfen hat, mich in die Pleite treiben möchte?«

Millstone stand auf und beugte sich über den Schreibtisch. »Sie stehen zur Zeit stark unter Streß, Charlie. Andernfalls würden Sie hier wohl kaum Dinge andeuten, die Ihnen das Genick brechen könnten – wenn ich Sie recht verstehe.«

Ich spürte, wie es mir vor Wut in den Schläfen pochte. Wortlos ging ich zur Tür.

Millstone sagte: »Ich will Ihr Haus, Charlie. Wenn ich aber noch mehr solcher Anschuldigungen von Ihnen höre, dann belange ich Sie, bis Sie Ihren letzten Cent verloren haben!« Ich warf die Tür hinter mir zu.

Georgina begleitete Scotto und mich zum Hauptportal.

»Wie ich höre, haben Sie ein Boot für den Captain's Cup«, sagte sie. »Herzlichen Glückwunsch.«

Es konnte nichts schaden, ein wenig auf den Busch zu klopfen. »Und Frank kauft Ed Beiths Boot, wie ich höre.«

Georgina schaute sich um und legte einen Finger auf die Lippen. »Nicht so laut«, sagte sie. »Das ist vertraulich. Sie verhandeln noch.« Sie meinte wohl, Millstone selbst habe es mir erzählt.

»Schöner Pool«, sagte Scotto, als wir durch die Halle gingen. Ich schaute in den Wintergarten mit seinem von Palmen und weißen Marmordelphinen umstandenen türkisblauen Schwimmbecken. Am Rand räkelte sich in einem Mini-Bikini, der die milchweiße Haut der Rothaarigen und ihre kleinen spitzen Brüste voll zur Geltung brachte, Amy Charlton.

»Kleines Bad vorm Mittagessen, Amy?« fragte ich. »Sie kommen viel rum in diesen Tagen, wie?«

Sie schaute hoch. »Ach, verpiß dich, Agutter.«

Als wir zu unserem Auto gingen, fuhr ein blauer Mercedes vor. Jack Archer stieg aus, adrett und gepflegt wie immer, in der Hand einen schweinsledernen Aktenkoffer.

»Ach, hallo, Charlie«, sagte er. Sein quadratisches braunes Gesicht lächelte, aber ich fand, daß er irgendwie besorgt aussah. »Ich wollte dich sowieso anrufen. Tut mir leid, daß die Untersuchung der *Aesthete* neulich so ungünstig ausgefallen ist. Ich... Also, wenn sich die Lage nicht aufgrund irgendwelcher Umstände noch ändert, muß ich drangehen, ein paar dieser Konstruktionsaufträge anderweitig zu vergeben. Das verstehst du doch? Natürlich, wenn es mit der *Sorcerer* sehr gut läuft...«

»Segelst du bei den Qualifikationsrennen mit?« fragte ich, nur um das laute Pochen meines Herzens zu übertönen. Diese Absage hatte ich schließlich erwartet, aber nun traf sie mich doch hart.

»Für Frank«, sagte er. »Falls er noch ein Boot kriegt.«

»Er wird bestimmt sein Bestes tun«, sagte ich, aber es klang nicht ganz so ironisch, wie es gemeint war.

Als wir den Hügel hinunterfuhren, fragte Scotto: »Wie reimt sich das alles zusammen?«

»Millstone will mein Haus«, sagte ich. »Und Archer läßt mich nicht länger Boote für ihn entwerfen. Der Bankdirektor aber will meinen Kopf. Und meine einzige Chance, da wieder rauszukommen, ist der Captain's Cup. Ob das klappt?«

»Natürlich klappt das«, sagte Scotto. Ich hätte seinen Optimismus gern geteilt.

Während der Fahrt dachte ich an Amy. Ich war mir nun ganz sicher, daß sie mit der ganzen Geschichte zu tun hatte. Sie hatte erst Henry mit Pollitt und Pollitt dann mit Archer betrogen. Betrog sie nun Archer mit Millstone? Aber welchen Stellenwert, wenn überhaupt, hatte der brave Charlie Agutter in ihrem komplizierten Liebesleben? Ich beschloß, abends bei Sally vorbeizufahren. Sie kannte Amy gut, vielleicht hatte sie eine Erklärung. Und dann würde ich Ed Beith aufsuchen. Es war sicher interessant zu erfahren, wie seine Verhandlungen mit Frank standen.

Bis zum Spätnachmittag war ich mit Scotto und ein paar Helfern damit beschäftigt, die *Sorcerer* wieder aufzuriggen. Bei Einbruch der Dunkelheit rief ich Sally an, es hob aber niemand ab. Also beschloß ich, erst einen Abstecher zu Ed zu machen.

Schnell fuhr ich aus Pulteney hinaus. Es war inzwischen dunkel geworden und der Himmel über den Hügeln mit Sternen übersät. Unmittelbar vor mir leuchtete rötlich der Lichtschein einer Stadt. Ich runzelte die Stirn. Da war doch gar keine Stadt! Am Wegweiser mit der Aufschrift: »Nach Lydiats Manor – Privatstraße« bog ich links ab. Der Schein ging von einem schmutzigen Rot in ein gleißendes Orange über. Ich trat das Gaspedal durch und preschte mit quietschenden Reifen die Steigung hoch und weiter den langen Weg hinunter, der ins Tal führte.

Das Tal brannte. So sah es zunächst jedenfalls aus. Aber als sich meine Augen an den grellen Schein gewöhnt hatten, wurde mir klar, daß es nicht das ganze Tal war, nur Eds Anwesen. Lediglich das Wohnhaus am Rand des Flammenmeers war unversehrt; aus seinen Fenstern fiel warmes Lampenlicht. Ich fuhr durchs Gatter, an brennenden Ställen vorbei, und hielt auf der Kiesauffahrt direkt vor dem Wohnhaus. Ein Mann rannte mich fast um, in jeder Hand einen Eimer Wasser, und seine schweißnasse Stirn glänzte rot im Feuerschein. Die Hitze war höllisch. An der Hausfassade wirbelte dichter Rauch empor, und ich rang nach Luft. Es stank nach versengten Federn. Da erst wurde mir die ganze Tragweite dieses Infernos bewußt, und ich blieb einen Augenblick wie erstarrt stehen.

Durch das Prasseln des Feuers drang gellend mein Name. An der Ecke der aus Stein gebauten Stallungen standen zwei Menschen. Hinter ihnen jagte eine Feuerspritze einen völlig unzulänglichen Wasserstrahl in den nächsten Flammenherd. Ich ging auf die beiden zu. Es waren Ed Beith, der, die Hände in den Overall-Taschen, unentwegt den Kopf schüttelte, und Sally.

Ed sagte: »Tag, Charlie, wie geht's?« als wären wir auf einer Cocktailparty. Sally schaute mich an und dann wieder in die Flammen, deren flackernder Schein schwarze Schatten in ihr Gesicht malte. Ich fragte mich, was sie hier machte.

»Eimer!« sagte ich.

Ed hob überrascht die Brauen.

»Eimer?« fragte er. »Ach so, Eimer.«

Als habe er nur auf dieses Stichwort gewartet, rannte er zu den Ställen hinüber. Wir folgten ihm und schnappten uns ein Dutzend Eimer. Inzwischen waren etliche Arbeiter da und Nachbarn, durch den Feuerschein alarmiert. Sofort entstand, am Wasserhahn im Kuhstall beginnend, eine Eimerkette, und während die Flammen zuckten und tanzten und die hochstiebenden Funken über die rotglühende Ruine von Eds Truthahnstall wirbelten, schütteten wir unsere Eimer in den Rand des Flammenteppichs. Aber der Stall war aus Holz, und wir hätten ebensogut versuchen können, das Meer mit einer Teetasse leerzuschöpfen. Vier weitere Löschfahrzeuge kamen angerast, und ein Feuerwehrmann bat uns höflich, zurückzutreten. Die Eimerkette geriet ins Stocken und kam dann ganz zum Stillstand. Ed dankte allen Helfern und sagte: »Viel können wir sowieso nicht machen. Gehen wir was trinken.«

Wir gingen in die Küche. Sie schien noch winziger als sonst. Ed zog eine Flasche Champagner aus dem Kühlschrank, verteilte ihren Inhalt auf drei Gläser und reichte Sally und mir je ein Glas.

»Trinken wir auf einhunderttausend Weihnachtsbraten«, sagte er. »Alle verbrannt. Einfach so.« Er nahm einen tiefen Zug.

Sally musterte ihn verstohlen.

»Hör mal«, sagte ich. »Können wir nicht wenigstens verhindern, daß sich das Feuer noch weiter ausbreitet?«

»Hat es doch längst getan.« Eds Stimme nach zu urteilen hatte er schon vorher getrunken. »Meine kleinen Piepmätze saßen in schön trockenen Holzhäuschen auf Sägespänen. Die sind das einzige, was brennt. Das Haus selbst ist ziemlich sicher.« Er klopfte an die Küchenwand. »Stein. Saubere Arbeit.«

»Es tut mir schrecklich leid für dich«, sagte ich.

Ed zuckte die Achseln und ließ sich auf einen Holzstuhl fallen. »Und keine Versicherung! Gottlob waren sie noch jung. Arme Piepmätze.«

»Keine Versicherung?« fragte ich.

»Nein. Hunderttausend Piepen den Bach runter.« Der Gedanke schien ihn ziemlich zu deprimieren.

Sally stand neben ihm, in sich gekehrt und abgespannt. Vor dem gedämpften Prasseln im Hintergrund wirkte das Ticken der Uhr gespenstisch laut. Ed saß da und stierte geistesabwesend den silbernen Salzstreuer auf dem Tisch an. Dann streckte er die Hand aus, angelte sich das Telefon und wählte.

»Frank Millstone, bitte«, sagte er. »Hallo, Frank. Bleibt's dabei, daß Sie die *Crystal* kaufen wollen?«

Ich sprang auf. »Ed«, rief ich, »Moment mal!«

Sally packte meine Hand. »Bleib sitzen und sei still«, sagte sie heftig. »Das ist nicht deine Sache.«

Aus dem Hörer drang murmelnd eine blecherne Stimme. »Fein«, sagte Ed. »Alles klar. Mit Segeln und allem. Schicken Sie mir den Vertrag zu.« Sein Gesicht war angespannt und grau, als er auflegte. Er griff sich sein Champagnerglas und trank es leer. »So«, sagte er. »Was braucht man eine Versicherung, wenn man ein Boot zu verkaufen hat?«

Ein rußgeschwärzter Kopf erschien in der Küchentür. »Der Wind hat gedreht«, sagte der Mann. »Das Feuer droht auf die Scheunen überzugreifen.«

»Ich komme«, rief Ed und rannte hinaus. Ich lief ihm in den Hof nach. Gierig fraßen die Flammen sich immer weiter den Hügel entlang, auf die alten Stein- und Schindelgebäude zu, in denen Eds Maschinen untergebracht waren.

»Hol'n Schlauch!« schrie Ed. »Irgendeinen Schlauch und bespreng die Holzverschalung!«

Der Rauch nahm mir fast den Atem, und die Hitze spannte meine Gesichtshaut. Ich rannte zum Wasserhahn, schraubte den Schlauch fest und begann die Planken zu besprengen. Drin wurde ein Traktor angelassen, dann sah ich Ed mit ihm herausrattern, ihn weiter oben parken und zurückrennen, um den nächsten Traktor zu holen. Aus der Holzverschalung quoll dichter Rauch. Es war sengend heiß. Als ich mich umdrehte, stand Sally, einen Schal vors Gesicht gebunden, neben mir.

Ich fragte: »Was führt Amy im Schilde?« Ich mußte schreien, um das Prasseln zu übertönen.

»Wer führt was?«

»Amy. Sie hat die Finger in dieser Sache.«

Sally rief: »Nein. Das kann sie gar nicht.«

»Sie hat sich von Pollitt besteigen lassen und von Archer. Und heute saß sie bei Millstone und sah aus wie ein Stück des Mobiliars.« Krachend sackte eine Wand in sich zusammen.

»Ich sage dir doch«, schrie Sally, »daß es sie juckt. Hat nichts weiter zu bedeuten.«

»Es werden Leute umgebracht«, sagte ich, »und es geschehen Dinge wie hier, alles in ihrem Dunstkreis.«

»Ach, halt doch den Mund!« schrie Sally.

Verblüfft starrte ich sie an, und der Wasserstrahl schoß zischend zu Boden. Sie rief etwas, aber ich konnte sie nicht verstehen. In dem brennenden Schuppen stürzte eine Wand ein. Die Flammen schlugen uns entgegen, und ich warf mich auf Sally und zerrte sie aus der Gefahrenzone in die Dunkelheit. Zwei Feuerwehrleute rückten mit einem großen Schlauch an. Wir blieben im Schatten liegen, wo wir uns fallen gelassen hatten, und ich spürte, daß sie am ganzen Körper zitterte.

»Bist du verletzt?«

»Nein.« Ihre Stimme schwankte. »Aber ich habe genug!«

»Schon gut«, sagte ich besänftigend.

»Nichts ist gut, verdammt noch mal!« Panik drohte sie zu überwältigen. »Ihr spielt mit euren verfluchten Booten und nehmt euch dabei so furchtbar ernst. Aber das hier ist kein Spiel mehr, Charlie, es ist euch über den Kopf gewachsen. Und Hugo, den ich so sehr geliebt habe, ist dadurch umgekommen. Henry auch. Und jetzt versucht jemand, dich zu töten. So wie Eds arme Viecher. Die hat jemand verbrannt, damit er die *Crystal* verkaufen muß, so ist's doch, oder?« Sie lachte schrill. »Du suchst keinen Saboteur, sondern einen Irren. Aber bilde dir bloß nicht ein, daß dieser Irre anders ist als du. Er ist auch nur so ein Kind, das Regatta spielt und die Kontrolle verloren hat. Aber ich bin kein Kind mehr.«

»Moment«, sagte ich.

»Nein«, sagte sie. »Der einzig Normale von euch ist Ed. Er verkauft sein Boot und macht diesen Irrsinn nicht mehr mit. Er segelt aus Spaß, aber er weiß, wann es kein Spaß mehr ist. Nur darum geht's. Warum überläßt du den Fall nicht der Polizei?«

»Sally...« Ich versuchte, sie am Arm zu packen. »Es stimmt nicht, was du da sagst.«

»Laß mich doch zufrieden!« schrie sie. »Mir reicht's! Ihr seid alle übergeschnappt!«

Vom Truthahnstall kam ein berstendes Krachen, ein Funkenregen wirbelte in den Nachthimmel. Ed Beith rief: »Hierher, Charlie!« Seine Silhouette zeichnete sich vor den Flammen ab, und ich sah, daß er sich bemühte, einen Anhänger mit Wassertank anzukoppeln. Ich rannte zu ihm hinüber, um ihm zu helfen. Auf halbem Weg drehte ich mich nach Sally um, aber sie war verschwunden. Ich rannte weiter, auf den roten Feuerschein und den widerlichen Gestank versengter Federn zu. Nie im Leben hatte ich mich so einsam gefühlt.

Rußgeschmack auf der Zunge, in Schlammpfützen watend, so brachten wir die Nacht herum. Ein Übergreifen des Feuers auf die Schuppen konnten wir verhindern; gegen Morgen war der Brandherd unter Kontrolle, und ich fuhr nach Hause, um mich für ein paar Stunden aufs Ohr zu legen. Als ich wach wurde, rief ich Sally an, sie hob aber nicht ab. Ich machte mir Kaffee mit einer Extraration Zucker. Vielleicht versuchte ich mich so über die Tatsache hinwegzutrösten, daß das Gefühl der Nähe, wie wir es in Kinsale füreinander empfunden hatten, verschwunden war.

Gegen 8 Uhr 30 stand ich in *Sorcerers* Cockpit, während wir zu unserem täglichen Training ausliefen.

# 19

Langsam wurde ich munterer. Das Boot lief gut mit dem neuen Kiel, und die Crew war dafür, daß sie drei freie Tage hinter sich hatte, gar nicht schlecht. Wir brachten den kalten, grauen Tag damit zu, gegen die kurze See südlich der Teeth anzuboxen. *Sorcerer* lag nun leichter im Wasser und segelte mehr denn je wie ein riesiges Dinghy. Genau das hatte ich bezweckt.

Erst auf dem Rückweg, als Wind und Dünung uns heimwärts schoben und das Redeverbot gelockert war, kam ich dazu, ein paar Worte mit Scotto zu wechseln.

Crispin, seines Zeichens Ersatzrudergänger, stand an der Pinne, während Scotto und ich, die Beine luvwärts hängend, auf die wolkenverhangene Küste starrten. »Schon gehört, daß Millstone die *Crystal* gekriegt hat?« fragte er.

Die Geschwindigkeit, mit der Gerüchte die Runde machten, verblüffte mich immer wieder. »Ja, hab' ich gehört.«

»Kein übler Schlitten, diese *Crystal*.«

»Wir können sie schlagen.«

Scotto tätschelte *Sorcerer* mit seiner Riesenpranke.

»Natürlich können wir das.«

Womit die großen Kinder wieder bei ihrem Lieblingsspiel waren. Ich stand auf. »Gut«, sagte ich. »Alles klar für ein letztes Manöver.«

Die vom Wind geröteten Gesichter, die sich mir jetzt zuwandten, blickten alles andere als begeistert drein; es war ein langer harter Tag gewesen.

»Von der Fahrwassertonne zum Hafenfeuer«, befahl ich. »Wir probieren jetzt den Triradial aus.«

Die Fahrwassertonne, ein roter Korb mit Glocke, markierte das äußere Ende der Fahrrinne nach Pulteney, ein Relikt aus längst vergangenen Zeiten, als Pulteney noch von den großen Pötten meines Vaters angelaufen wurde. Jetzt diente sie Yachten, die auf dem Rückweg schnell noch eine Show abziehen wollten, als willkommene Ansteuerungsmarke. Außerdem war sie genau eine Seemeile vom Leuchtfeuer am Molenkopf entfernt, so daß Konkurrenten, die das Manöver vom Yachtklub aus beobachteten, sich ein recht gutes Bild von der Geschwindigkeit eines Rivalen machen konnten.

Die Tonne kam an Steuerbord in Sicht. Als der rot und golden gemusterte Ballon zusammenschnurrte, füllte sich das kleinere Segel, und *Sorcerers* Bug stieg aus dem Wasser, bis an der Großschot ein Luvwinkel von 100 Grad anlag. Niemand sprach ein Wort, als sich das Cockpit zur Seite neigte und das Wasser vorbeizuschießen begann. *Sorcerer* krängte leicht, das Wasser flitzte unter ihr durch und zerstob am schnittigen Heck zu einem fächerförmigen Sprühregen, was bedeutete, daß das Boot Höchstgeschwindigkeit lief. Durchs Rigg ging ein Ächzen, als die Yacht noch einen Knoten zulegte. Der Rumpf erzitterte leicht, dann war sie oben.

Die Geschwindigkeit von Rennyachten wurde früher durch die Länge ihrer Wasserlinie begrenzt. Eine Yacht wirft vorn eine Bugwelle und achtern eine Heckwelle auf und segelt – unfähig, ihre eigene Bugwelle zu übersteigen – in dem dazischen entstehenden Wellental dahin. Die theoretische Höchstgeschwindigkeit für *Sorcerers* Wasserlinie von dreiundvierzig Fuß betrug weniger als neun Knoten, aber das hatte ihr offenbar niemand gesagt, denn sie surfte wie ein flach geschleuderter Kieselstein übers Wasser, ohne Bugwelle, hinter dem Heck ein zischendes V, während die Lognadel um die vierzehn Knoten tanzte.

»Donnerkeil«, sagte Scotto.

In fünf Minuten waren wir am Hafenfeuer.

»Segel klar zum Bergen!«

»Hat ja gar nicht gelohnt, sie hochzuziehen«, sagte einer der Trimmer, und alles lachte – teils weil die Spannung sich nun gelöst hatte, teils weil es das erste Mal war, daß wir *Sorcerer* dermaßen hatten abrauschen sehen. Plötzlich waren wir nicht mehr bloß eine gute Crew in einem alten Boot, sondern eine gute Crew in einem Boot mit Siegerpotential.

Ich hob das Doppelglas und richtete es auf die Terrasse des Yachtklubs. Dort standen trotz des kühlen Windes etliche Leute. Als ich das Glas seitlich schwenkte, blickte ich in zwei auf mich gerichtete Linsen. Die Gestalt, zu der sie gehörten, füllte ihren Blazer fast zum Platzen aus. Ich winkte, und Frank Millstone setzte schnell sein Glas ab und wandte sich den neben ihm Stehenden zu. Ich erkannte Hector Pollitt, Jack Archer und Johnny Forsyth. Johnny sagte etwas, vermutlich über *Sorcerer*, und sie schüttelten lachend den Kopf. Aber Millstone lachte nicht, sondern trank aus und verschwand schnell durch die Terrassentür. Hinter den Fenstern sah ich das helle Gesicht einer Frau: Amy.

Als wir durch die Fahrrinne zur Marina motorten, rief ich die Crew zusammen. »Bis zu den ersten Qualifikationsrennen haben wir noch zwei Wochen«, sagte ich. »Wir trainieren ab sofort jeden Tag. Jetzt, da sich gezeigt hat, was mit dem neuen Kiel aus ihr rauszuholen ist, wollen wir sie jeden Tag zum Surfen bringen wie eben. Aber das Boot ist natürlich nur der eine Faktor. Wenn ihr die Finger vom Alkohol laßt, euch aus Keilereien heraushaltet und euch am Riemen reißt, dann werden wir's schaffen.«

Grinsen und ernsthaftes Nicken.

Freiflugscheine und Spesen waren nur die Glasur, der eigentliche Kuchen für die Crew war der Sieg. Siegen war das einzige, worüber sie keine Witze rissen, und dieser Wille zum Sieg war es, was sie von anderen Menschen unterschied. Unmenschlich mochten manche das nennen. Oder kindisch.

Ich blieb noch, um mit Scotto zu reden, sobald die anderen aufgeklart und sich verdrückt hatten.

»Halt mir gut die Augen offen«, bat ich.

»Was ist los?«

Ich holte tief Luft. »Ich glaube, daß jemand in Eds Truthahnstall

Feuer gelegt hat, damit er sein Boot verkauft.«

»Du meinst Millstone?«

Ich zuckte mit den Schultern. »Würde der so was machen?«

»Keine Ahnung«, sagte Scotto.

»Aber wer könnte es sonst gewesen sein?«

Es gab mehrere Möglichkeiten. Hector Pollitt war eine davon, Amy eine andere. Irgend jemand, der alles riskieren würde, nur damit Millstone ein Boot bekam.

»Schalte die Polizei ein«, schlug Scotto vor.

»Noch nicht«, sagte ich. »Dann bekommen die Zeitungen Wind davon, und Hegarty ist die meisten seiner Kunden los. Und wenn es zum Prozeß käme, würde Millstone sich für viel Geld einen Staranwalt nehmen. Damit wäre die Sache abgeschmettert, mangels Beweises.«

»Wenn das keine Beweise sind?« sagte Scotto.

»Das Gericht will mehr. Was wir haben, sind bisher nur Indizien.«

Scotto schüttelte den massigen Kopf. »Wir müssen ihn also in der Qualifikation schlagen.«

Ich versuchte, ihm zuzulächeln, spürte aber, daß ich nur ein gequältes Grinsen zustande brachte. »Ich hab' da so eine Idee. Wenn wir von den Ausscheidungsrennen das erste gewinnen, kann ich der Sache nachgehen.«

»Wir werden es versuchen«, sagte Scotto. »Hast du schon einen Plan?«

»Erzähl ich dir später«, sagte ich. Die Idee war so scheußlich, daß ich selbst kaum daran denken mochte.

»Muß ich immer noch an Bord schlafen?« fragte Scotto.

»Ich fürchte, ja.«

»In diesem elenden Salzsumpf da unten?«

»Du wirst's überstehen.«

Er nickte. »Könnte ich Georgia mit runternehmen?«

»Warum nicht? Allerdings ein bißchen eng für zwei, diese Kojen.«

»Das kriegen wir schon hin.« Scotto schwieg. »Sie hat Indianerblut in sich. Ihre Vorfahren haben's in Kanus gemacht, im Stehen.«

Ich lachte und sprang auf die Mole. Vom Parkplatz aus fuhr ich ganz automatisch zu Sallys Haus. Doch dann fiel mir die vergangene Nacht ein, und ich wendete in der Toreinfahrt und fuhr zurück nach Pulteney.

Kinderspiele, die mit Tränen enden ... Aber diesmal sollten es nicht Sallys Tränen sein und auch nicht meine. Sondern Millstones.

## 20

Zu Hause schenkte ich mir einen großen Whisky ein und beschloß nach einem kurzen Blick auf den Anrufbeantworter, mir zunächst das Salz abzuspülen und ihn erst danach abzuhören. Ich nahm mein Whiskyglas mit nach oben und stand wohl zehn Minuten unter der Dusche, drehte das Wasser so heiß, wie ich es gerade eben noch ertragen konnte, und versuchte, nicht auf die Rufe hinter der anderen Tür zu achten. Mein Vater schien einen schlechten Tag zu haben.

Meine Kehle war noch wund vom Rauch. Ich wollte ein bißchen herumtelefonieren, zu Nacht essen und um zehn Uhr in der Falle liegen. Nach dem Duschen zog ich meine bequemste Trainingshose und in Erinnerung an alte Zeiten ein *Aesthete*-T-Shirt an und ging dann, rosig, frisch und vom Whisky und der heißen Dusche leicht benebelt, ins Wohnzimmer hinunter.

Die meisten Anrufe stammten von Zeitungsleuten. Die einzig wichtige Nachricht war die von Sally – nämlich Schweigen –, und danach kam die Nachricht von Breen. Seine Sekretärin bat um Rückruf. Ich wählte die genannte Nummer, und eine Frauenstimme sagte, man erwarte mich zum Abendessen. Sie gab mir eine Adresse zwischen Marlborough und Newbury und legte auf. Ich setzte mich hin, den Kopf für etliche Minuten in die Hände gestützt. Dann warf ich mich in den Blazer plus Yachtklubkrawatte und schleppte mich zur Garage.

Zwei Stunden später glitt ich über die sauber eingefaßten Wege Hampshires und dachte, daß es nur noch eine Frage der Zeit sein konnte, bis auch hier die Bewohner ihr Gebiet mit Zäunen und Wachposten umgaben, um sich den Kontakt mit der Außenwelt zu ersparen.

Breens Haus, niedrig, langgezogen und stellenweise mit Holz verschalt, lag in einem makellosen Garten mit künstlichem See und einem Hubschrauber-Landeplatz daneben. Breen erwartete mich unter der Balkendecke eines mit Chintzmöbeln vollgestopften Raumes. Er trug einen khakifarbenen Safaridreß, trank etwas, das wie Coca-Cola aussah, und kaute auf der obligaten Zigarre. Doch schien er sich unbehaglich zu fühlen in diesem Meer von Chintz; endlich mal ein Raum, dachte ich, den nicht er dominiert. Er stellte mich einer kleinen blassen Frau vor, die offenbar einen für viel Geld umgearbeiteten Seidenpyjama trug.

»Meine Frau Camilla«, sagte er. »Charlie Agutter, der die *Sorcerer* in der Qualifikation vor dem Captain's Cup segelt.«

Sie mußte einmal wunderschön gewesen sein, aber jetzt sah sie müde aus vom Nichtstun. »Captain's Cup?« fragte sie. »Was ist das?«

»Eine Regattaserie für internationale Boote«, sagte ich. »Ein halbes Dutzend Wettfahrten und drei längere Hochseeregatten.«

»Ich verstehe leider überhaupt nichts vom Segeln«, sagte sie.

Zum Abendessen gab es Steaks und eine Flasche sehr guten Burgunder, von dem Breen nichts trank. Seine Frau stellte mir Fragen, deren Beantwortung sie offenbar nicht interessierte. Ich fragte mich, warum man mich hergebeten hatte. Hatte ich dadurch, daß ich Breen gegenüber in Lymington Gewalt angewendet hatte, sein Schneckenhaus zerbrochen und ließ er mich nun deshalb mehr an seiner Privatsphäre teilhaben? Aber Breen war nicht der Mensch, der andere in sein Privatleben einschloß, deshalb ging es bei diesem Abendessen auch so formell und steif zu wie bisher noch bei keinem unserer Treffen. Seine Frau bekam bald Kopfschmerzen und zog sich zurück. Nachdem sie gegangen war, steckte Breen sich eine weitere Zigarre an, deutete auf den langen Eichentisch mit all dem benutzten Silber und sagte: »Gehen wir nach nebenan.«

Ich folgte ihm zu einer massiven Eichentür, die er erst aufschließen mußte. Der Raum dahinter war ein in Grün und Taubengrau gehaltenes Büro mit einem klobigen Eichenschreibtisch, auf dem ein Computerterminal und ein Telefon standen. Hier fand Breen zu seiner Sicherheit zurück, die ihm in all dem Chintz abhanden gekommen war.

»So«, sagte er. »Wie geht's voran mit *Sorcerer*?«

Ich berichtete über den Erfolg mit ihrem neuen Kiel, und er schien erfreut. »Sonst noch was?« Ich sagte, daß ein neues Großsegel von Nutzen wäre. »Wohl auch noch aus diesem Kevlar-Zeugs?« fragte er. »Kostet zweimal soviel wie Dacron und hält halb so lange.«

Ich setzte zu Erklärungen an.

»Ich weiß. Es verzieht sich nicht, und vielleicht können Sie damit noch einen fünfundzwanzigstel Knoten mehr rausholen. Aber vielleicht auch nicht. Wer je den Spruch erfand, daß Segeln heißt, unter einer kalten Dusche zu stehen und Hunderter zu zerreißen, der hatte völlig recht. Nur hätte er sagen müssen: Tausender.« Erregung glomm in seinen Augen auf, und ich war überrascht. Er wurde ja richtig gesprächig! »Wenn Sie ein Großsegel brauchen, dann lassen Sie's kommen. Aber gewinnen Sie auch schön damit.« Sich in seinem schwarzen ledernen Drehsessel zurücklehnend, blies er eine Rauchwolke zur Decke. »Und jetzt berichten Sie mal von der Konkurrenz.«

Ich ging die Liste der Bewerber durch und gab Erläuterungen zu den Booten und den Crews. Je länger diese Unterredung dauerte, desto klarer wurde mir wieder einmal, welche Eigenschaften es waren, die Breen so sehr von der Masse abhoben. Er hatte überhaupt keine Skrupel, geradezu nervtötend hartnäckig zu werden. Wie es ihm auch nichts ausmachte, sich selbst noch die langatmigsten Erklärungen anzuhören. Wenn er ein Thema abhandelte, dann setzte er sich so lange mit ihm auseinander, bis er es verdauen konnte.

Wir brauchten drei Stunden, um die ersten elf Konkurrenten durchzugehen, und niemals erlaubte er auch nur die kleinste Abweichung vom Thema. Als wir mit dem elften durch waren, schnitt er das Ende einer neuen Zigarre ab.

»Damit bleiben *Sorcerer* und Millstone«, sagte er. »Sagen Sie, Charlie, warum haben Sie sich Millstone bis zuletzt aufgehoben?«

»Ohne besonderen Grund«, sagte ich etwas verlegen.

»Ich werde Ihnen jetzt eine beleidigende Frage stellen«, sagte Breen. »Haben Sie Angst vor Frank Millstone?«

Ich war wirklich beleidigt. »Nein.«

»War vielleicht schlecht ausgedrückt. Beunruhigt er Sie?«

So klang es schon besser. »Ja«, sagte ich. »Er beunruhigt mich. Aber nicht mehr lange.«

»Wieso?«

»Weil ich ihn lebendigen Leibes grillen werde, und danach werde ich ihn der Polizei übergeben.«

»Charlie«, sagte Breen, »ich mag Sie. Ich mag auch Ihre Prioritäten. Aber weswegen ich Sie heute abend hierher gebeten habe: um Sie daran zu erinnern, daß das erste Ausscheidungsrennen schon sehr bald startet und daß Sie mein Angestellter sind. In dem Rennen laufen dreizehn Boote, Charlie, nicht zwei. Und Sie sollen als erster ankommen.«

»Ja.«

»Ich halte auch viel von Zuckerbrot, Charlie. Wenn Sie dieses Rennen gewinnen, können Sie mir einen 150-Fuß-Schoner entwerfen und mir Ihr Honorar dafür nennen. Ich werde dann auch meinen Einfluß auf Archer geltend machen, damit er Ihnen den Vertrag zurückgibt. Falls Sie verlieren, wird's nichts mit dem Schoner oder meiner Unterstützung bei Archer, aber Sie bleiben wenigstens auf den Beinen. Wenn Sie aber an Land jetzt Händel mit Millstone anfangen und damit meinen Gewinnchancen schaden, dann können Sie Ihre Beine vergessen, weil ich Ihnen dann nämlich den Arsch absägen werde. Klar?« Sein Blick war alles andere als amüsiert. Er schien den ganzen Raum auszufüllen. »So. Es ist nach Mitternacht, und Sie brauchen Ihren

Schlaf. Sehen Sie jetzt zu, daß Sie heimkommen.«

Ich sah zu, daß ich heimkam, ganz wie befohlen. Ich war erschöpft, aber es fiel mir überhaupt nicht schwer, wach zu bleiben.

Wer immer meine Boote sabotierte und Feuer auf den Farmen meiner Freunde legte, war bisher nach seinem Zeitplan vorgegangen. Ab jetzt aber würde ich den Zeitplan bestimmen.

Dummerweise würde sich mein Plan nachteilig auf Breens Chancen für den Cup auswirken, das hatte er ganz richtig gesehen.

Am nächsten Morgen fuhr ich nach Portsmouth, um den ersten Teil meines Plans in die Tat umzusetzen. Als ich Pulteney verließ, sah ich in einer Parkbucht einen grünen Cortina mit offener Motorhaube stehen. Ein Mann mit langen dünnen Beinen beugte sich über den Motor. Ich bremste und hielt, denn es war Johnny Forsyth. Seine Hände waren ölverschmiert, und er sah verdrießlich aus.

»Dämlicher Verteiler«, sagte er. »Tut's nicht mehr.«

»Wohin willst du?« fragte ich.

»Zum Hamble«, sagte er.

»Steig ein.«

Im Auto sagte er: »Sah dich gestern abend an der Hafentonne, als ihr reingekommen seid. Sie läuft ja gut.«

»Ja. Segelst du übermorgen?«

»Auf *Crystal*. Ich hatte schon für Ed Beith an ihrem Rumpf gearbeitet. Und jetzt bleibe ich für Millstone dabei.«

»Was hast du mit ihr angestellt?«

»Nur Kleckerkram.« Johnnys aknenarbiges Gesicht blieb auf die Straße gerichtet, die Augen waren ein schmaler Spalt, und er verzog keine Miene. »Bißchen Arbeit am Rigg. Und den Rumpf muß ich noch glätten.«

»Reicht das?«

»Sie wird prima laufen.« Die schmalen Augen wandten sich mir zu. »Sehr schnell. Bestimmt 'ne echte Konkurrenz für dich.« Er lachte, den Mund zu einem lippenlosen Strich verzogen. »Ich mache im Rennen den Taktiker.«

Dabei beließen wir es. Ich setzte ihn am Hamble ab, ging zu einem Alarmanlagen-Spezialisten, um mir ein paar Prospekte und Preislisten geben zu lassen, und holte Forsyth auf dem Rückweg wieder ab. Ich ließ ihn an der Marina aussteigen. Er sagte: »Danke«, aber ich sah an ihm vorbei, denn Archers Mercedes stand zwei Autos weiter. Er saß im Wagen. Und Amy auch. Sie küßten sich, sehr lange und sehr wild.

Forsyths Augen folgten meinem Blick. Er wurde rot, und seine Augen verengten sich. »Nutte!« sagte er.

»Wie?« fragte ich zusammenzuckend.

Er wandte sich wieder mir zu, mit einem falschen Lächeln. »Ach nichts«, sagte er. »Ich muß los.«

Ich kehrte zur Pier und dem Beiboot zurück, das mich zu *Sorcerer* brachte. Chiefy fuhr mich, wir sprachen aber nicht weiter. Ich dachte nach. Breen wollte, daß ich das Rennen gewann, und nur bis dahin reichte sein Interesse. Für mich war ein solcher Sieg aber nur der erste Schritt, um herauszufinden, wer da versuchte, mich zu ruinieren. Wenn ich dabei Breen ins Gehege kam, dann war das einfach Pech. Pech für wen? Für mich – mit ziemlicher Wahrscheinlichkeit.

Die nächsten beiden Wochen verliefen gut. Tüftelnd und probierend brachten wir das Boot wieder zum Surfen, und mit jedem Mal schien es ein bißchen einfacher zu gehen. Das Ganze war inzwischen zu einer gut eingespielten Routine geworden: vor dem Morgengrauen aufstehen, Manöver mit der Crew, segeln bis zur Dämmerung oder auch länger, danach Bootsarbeiten und Änderungen an der Ausrüstung bis spät in die Nacht. Zehn Tage später machten wir unsere ersten Nachtfahrten. Alles in allem war es gute, konzentrierte Arbeit.

Am siebzehnten Abend verabschiedete ich mich von Scotto und Georgia, die an Bord schliefen, und fuhr vor Erschöpfung wie betäubt nach Hause. Ich verkroch mich gleich in meinen Trakt, duschte, kochte mir ein Ei und setzte mich hin. Und dann weiß ich nur noch, daß es rabenschwarze Nacht wurde, bis das Telefon klingelte und ich merkte, daß ich noch immer im Sessel saß.

»Was?« fragte ich mit lauter Kleister im Mund.

Es gab ein Geräusch, als versuche jemand mit Gewalt Geld in den Telefonschlitz zu zwängen.

»Charlie? Hier ist Georgia.«

»Georgia?« Es war zwei Uhr nachts.

»Kannst du bitte gleich rüberkommen?« fragte Georgia.

»Wo bist du?« Sie schien außer Atem, als sei sie gerannt.

»In der Marina. Scotto ist verletzt. Bitte komm gleich.«

Ich fuhr sofort los. Durch die Straßen zogen graue Nebelschwaden, und der Kies am Parkplatz der Marina war feucht. Ich stolperte zu den Anlegestegen. Aus einem Kajütfenster schimmerte gelbes Licht. Der Nebel schien nicht nur außerhalb, sondern auch innerhalb meines Kopfes zu wabern. »Wer ist da?« Eine gebückte Gestalt tauchte aus der

Dunkelheit auf.

»Ich, Charlie.«

Die Gestalt richtete sich auf, und dann sagte Georgias Stimme: »Gott sei Dank, daß du da bist!« Als der Schein einer Laterne den Nebel durchdrang, sah ich, daß sie drei Strickjacken übereinander und einen Baseballschläger in der Hand trug.

»Wo ist Scotto?«

Wir kletterten an Bord, das Deck schaukelte ganz leicht. Durch das Luk drang krächzend Scottos Stimme. »Georgia?« Er stöhnte vor Schmerzen auf. Erst als mich eine Welle der Erleichterung durchflutete, wurde mir bewußt, daß ich unwillkürlich das Schlimmste befürchtet hatte.

Er lag auf den Bodenbrettern der Kajüte, was kein sehr bequemer Platz war. Vergleichbar etwa einem klammen Glasfasersarg, an dessen Wänden, von nackten Glühbirnen schneeweiß beleuchtet, Kondenswasser herunterrann. Er war mit einem Schlafsack zugedeckt, und seine Haut wirkte jetzt gelb, nicht mehr braun.

»Was ist passiert?«

Scotto grinste, aber es war nur ein schwacher Aufguß. »Bin auf den Rücken gefallen«, sagte er.

»Schauen wir mal«, sagte ich. »Beweg deine Zehen.«

»Nichts kaputt«, sagte Scotto. »Hier.« Er schwang mit Elan ein Bein hoch, mit dem Erfolg, daß seine Gesichtsfarbe von Gelb in Grau überging und ihm der Schweiß auf die Stirn trat.

»Dreh dich mal um«, sagte ich.

»Ich bin völlig in Ordnung«, sagte Scotto und drehte sich mühsam auf den Bauch. Über seinen großen braunen Rücken liefen rechts und links der Wirbelsäule breite rote Striemen. Ich tippte einen davon an.

»Au«, sagte Scotto.

»Also, was war los?« fragte ich.

»Jemand hat mich durch die Luke runtergeschubst.«

»Ach so«, sagte ich, als ob das jeden Tag passierte. »Du solltest dich in der Unfallstation röntgen lassen.«

Scotto berichtete: »Ich hörte, wie jemand übers Deck kam, und ging raus, ganz harmlos und freundlich. Danach weiß ich nur, daß ich ein Knie gegen die Brust kriegte, und dann ging's abwärts.« Er schwieg einen Moment. »War wohl kurz weggetreten«, sagte er. »Aber Georgia sprang mit dem Baseballschläger nach oben.«

»Da rannte jemand auf dem Steg davon«, sagte Georgia.

»Der ist ganz schön geflitzt, wenn man's überlegt.«

»Was überlegt?«

»Ich hab' ihm doch einen Schwinger verpaßt«, sagte Scotto. »Aber mit der Hand, mit der ich mich eigentlich hätte festhalten müssen. Ich hab' ihm tüchtig eine mitten auf die Schnauze gegeben.«

»Wie willst du das wissen, wenn du ihn nicht sehen konntest?«

»Weil ich seinen Gebißabdruck auf meinem Handgelenk habe.«

»Toll«, sagte ich. »Jetzt brauchen wir bloß jemanden mit dem passenden Gebiß zu finden.«

»Der Kerl ist im Auto abgehauen«, sagte Georgia. »Ich hab' den Motor gehört.«

Ich seufzte müde. »Georgia, ich bleibe an Bord. Kannst du Scotto ins Krankenhaus bringen? Nimm meinen Wagen.«

Gemeinsam schafften wir es, ihn auf die Beine zu stellen und zum Auto zu schleppen. Dann kehrte ich auf die *Sorcerer* zurück. Ich ging unter Deck, zog mir Scottos Schlafsack über die Kleider und legte mich auf eine Koje. Einen Moment noch hörte ich die kleinen Wellen leise an den hohlen Rumpf plätschern, dann war ich eingeschlafen.

Ich fing gerade an, etwas sehr Schönes zu träumen: Sally und ich flogen in einem Doppeldecker über ein Gebirge. Der Motor des Doppeldeckers fing zu klopfen an. Das Klopfen wurde lauter und lauter. »Wir müssen tiefer gehen«, überschrie ich das Rauschen des Windes. Durch ein Wolkenloch wurde ein Landeplatz sichtbar, ein Betonfleckchen in Briefmarkengröße zwischen grauen Felsen. Aber das Flugzeug gehorchte mir nicht. Das Klopfen war mittlerweile ohrenbetäubend. Ich öffnete die Augen. Es war immer noch dunkel, und draußen klopfte jemand an den Rumpf.

»Was ist?« Ich war wie tot. »Wer ist da?«

»Ich, Georgia.«

»Wie spät ist es?«

»Gegen drei. Charlie, du mußt sofort kommen!«

Ich glitt aus der Koje und krabbelte den Niedergang hoch. Georgia leuchtete mir mit einer Taschenlampe. »Komm mit zum Krankenhaus.«

»Was ist denn los?«

»Scotto ist übergeschnappt und läuft Amok.«

»Dann kühl ihn runter.«

»Nein. Er will, daß du kommst.«

»Oh.« Schon stand ich auf der Pier. »Ach, Menschenskind, nein. Ich muß doch beim Boot bleiben.«

»Das mach' ich schon.«
»Du ganz bestimmt nicht.«
»Doch. Ich habe Scottos Revolver.«

Ich fühlte das dringende Bedürfnis, mich auf die Pier zu setzen und zu weinen. »Fahr ins Krankenhaus zurück.«

»Ich bleibe«, sagte Georgia. »Wenn was ist, schreie ich.«

Meine Arme waren wie Blei, und mir war immer noch zum Weinen zumute. Ich sagte: »Aber erschieß mir niemanden«, und schleppte mich an Land.

Der BMW war heiß und stank nach verbrannter Kupplung. Ich fuhr, wie hypnotisiert auf die weiße Mittellinie starrend, in Richtung Pulteney und sang lauthals um wachzubleiben. Trotzdem streifte ich einen Zaun und beulte mir die Fahrertür ein.

Immerhin wurde ich dadurch wach. Zehn Minuten später bog ich auf den Parkplatz des Krankenhauses von Pulteney ein.

Dunkel und ruhig lag das langgestreckte weiße Gebäude da. Das einzige Lebenszeichen war das kalte Licht der Notaufnahme. Den Bereitschaftsdienst versah eine einzige Nachtschwester. In dringenden Fällen rief sie den diensthabenden Arzt an, der dann verschlafen hierherkurven mußte. Ich kletterte aus dem Auto und ging hinein.

In dieser Nacht war der diensthabende Arzt ein schmächtiger schüchterner Mann mit dicken Augenbrauen, der die seltsamen Verirrungen der Einwohner von Pulteney nicht schätzte. Aber er sah kein bißchen verschlafen aus. Stramm stand er, die Fäuste in die Seiten gestemmt, da und rief: »Schwester! Ich habe gesagt, Sie sollen die Polizei anrufen!«

»Da antwortet niemand«, sagte Hilda Hicks, eine pummelige, unerschütterliche Krankenschwester aus Alt-Pulteney.

»Kann ich behilflich sein?« fragte ich.

»Ah...« Der Arzt ging prüfend um mich herum. »Wer sind Sie? Mr. Agutter, richtig. Schwester, wählen Sie den Notruf.«

Aber Hilda, die sich nichts entgehen lassen wollte, blieb. »Was gibt's für Probleme?« fragte ich.

»Ein Australier mit Rückgratprellungen ist im Ambulanzraum durchgedreht«, sagte der Arzt, und seine Augenbrauen zuckten. »Er wiegt über zwei Zentner und hat die größten Wirbel, die ich je gesehen habe.«

»Neuseeländer«, sagte ich. »Irgendwelche Quetschungen?«

»Sieht nicht so aus«, sagte der Arzt, einen Schritt zurücktretend.

»Aber wir wissen nicht, was dem anderen fehlt«, sagte Hilda.

»Guten Abend, Charlie.«

»Abend, Hilda. Welchem anderen?«

»Dem anderen, dem er nachgerannt ist. Der sich jetzt im Ambulanzraum eingeschlossen hat.«

»Aha. Vielleicht sollte ich mal nachschauen. Mit der Polizei können wir im Moment noch warten.«

Von oben kam in bestem Neuseeländisch eine wüste Schimpfkanonade.

»Das ist er«, sagte der Arzt.

»Ich erkenne ihn an der Stimme.« Ich rannte die Treppe hinauf. »Scotto!«

»Charlie! Wird auch höchste Zeit, Mann!« Die Tür ging auf. Scotto hatte kein Hemd an. Sein gewaltiger Oberkörper war zur Hälfte mit Elastikbinden bandagiert, die in einer Wuling endeten, gerade so, als hätte Scotto sich mitten im Bandagieren losgerissen. Sein Gesicht war gelbgrau.

»Was zum Teufel ist hier los?« fragte ich.

Er deutete auf eine Innentür. »Dieser Schweinehund ist da drin!«

»Welcher Schweinehund?«

»Ich wurde gerade bandagiert, als er reinkam und zwei Zähne wieder eingesetzt haben wollte. Ich versuchte, ihm ein paar Fragen zu stellen, da haute er ab.«

»Ist es der, dem du eine verpaßt hast?«

»Ich weiß nicht. Aber er schien nicht allzu erbaut, mich zu sehen. Nicht wahr, du Fatzke da drin?«

»Nun mal sachte«, sagte ich. Inzwischen waren auch Dr. Harris und die Schwester im Raum. »Hier ist Charlie Agutter«, sagte ich, zu der verschlossenen Tür gewandt. »Wenn Sie rauskommen, stellen wir Ihnen ein paar Fragen, und dann können Sie gehen. Aber wenn nicht, rufe ich die Polizei, und Sie kriegen gewaltig eins auf die Nuß, klar?«

»Verpiß dich, Agutter«, sagte eine Stimme hinter der Tür. Sie war hoch und voll panischer Angst. Ich kannte diese Stimme.

»Dann kommen wir jetzt rein!«

Es folgte ein Schweigen, in dem man hörte, wie drinnen ein Fenster geöffnet wurde.

»Wahrschau!« brüllte Scotto, nahm Anlauf und warf sich mit der Schulter gegen die Tür. Krachend fiel sie nach innen, und er mit ihr. Er stöhnte vor Schmerzen.

Mit einem Satz über ihn hinwegspringend, stand ich am Fenster.

Um das schmucklose Gebäude lief ein schmaler Sims, auf dem Hector Pollitt, sich an einer Regenrinne festhaltend, zehn Meter über dem Asphalthof balancierte.

»Na, kommen Sie mal lieber wieder zurück, Hector«, sagte ich betont ruhig.

Er fuhr herum und schaute mich an. Das Blut an seinem Kinn wirkte schwarz in dem indirekten Licht, das von unten heraufdrang.

»Laßt mich in Frieden!« schrie er, halb von Sinnen vor Angst.

»Ganz ruhig«, sagte ich. »Kommen Sie zurück, Hector. Niemand will Ihnen was tun.«

»Von wegen!« sagte er sarkastisch. Er stand etwa drei Meter entfernt.

»Scotto wird Sie nicht anrühren, und ich auch nicht. Also kommen Sie zurück.«

»Frag ihn, was er auf der *Sorcerer* zu suchen hatte«, brüllte Scotto von hinten.

»Kommen Sie«, sagte ich sanft. »Nur ein paar Schritte. Wir wissen, daß Sie nichts verbrochen haben. Es geschieht Ihnen nichts. Sie kriegen auch die ganze Story für Ihre Zeitschrift.«

Wie zwei Monde so groß war das Weiß seiner Augen. Und ich roch, daß er getrunken hatte.

»Sie sind doch ein netter Kerl, Hector«, log ich, »nur einfach ein bißchen in schlechte Gesellschaft geraten. Aber das ist jetzt alles vorbei.« Ich kletterte aufs Fensterbrett und hielt ihm die Hand hin. Ich sah, daß seine Knie zitterten. Er streckte mir die Hand entgegen.

»Es waren ja nicht Sie, der mich in der Marina zusammengeschlagen hat«, sagte ich ruhig. »Wer hat Ihr Auto benutzt?« Und schon verfluchte ich mich selbst.

Denn Pollitt erstarrte zu Eis, und ich sah, wie er die Augen verdrehte. Sie blitzten im Mondlicht auf. Er zog seine Hand zurück, packte die Dachrinne und hangelte sich an ihr weiter. Als er das überstehende Ende der Rinne erreicht hatte, hörte ich mich: »Nein!« schreien, denn das Blech begann sich unter seinem Gewicht zu biegen. Langsam, entsetzlich langsam, kippte Pollitt nach hinten ab. Ich sah seinen blutverkrusteten Mund im fahlen Licht schwarz schimmern, als er, sich noch immer an die nachgebende Dachrinne klammernd, rückwärts ins Leere stürzte.

Er schrie auf, und der Schrei endete in einem fürchterlichen Krachen. Am ganzen Körper fliegend, beugte ich mich aus dem Fenster. Dort unten, im kalten Lichtschein, war der Schatten meines Oberkörpers und noch etwas anderes: ein Mensch. Aber seine Gliedmaßen waren gespreizt wie die Arme eines Seesterns. Und noch nie hatte ich den Kopf eines Menschen in so scheußlichem Winkel zum Körper liegen sehen. Die Augen waren auf mich gerichtet und weit aufgerissen, aber sie sahen nichts mehr. Hector Pollitt vom *Yachtsman* hatte seine letzte Story geschrieben.

## 21

Sekundenlang standen wir zusammengedrängt an diesem Fenster, Dr. Harris, Hilda und ich, bis der Arzt, seinem professionellen Reflex gehorchend, die Treppe hinunterjagte, dicht gefolgt von der Schwester. Scotto hatte sich mittlerweile halb aufgerichtet und stöhnte noch immer vor sich hin.

»Nur einen Moment«, sagte ich. »Bin gleich wieder da.«

»Wo willst du hin, zum Teufel?« bellte er.

»Laß mal«, sagte ich, rannte zum Parkplatz, schaltete die Scheinwerfer des BMW ein und stieß mit quietschenden Reifen zurück. Ich hörte noch, daß mir jemand nachschrie, aber das kümmerte mich nicht. Ich war jetzt hellwach. Der Asphalt unter den Rädern sirrte, doch ich war in Gedanken ganz woanders. Ich war wieder in der Werft, in jener Nacht, als die *Aesthete* abgeborgen worden war, und sah mich im Dunkeln zwischen den aufgepallten Booten umherkriechen, während ein Auto in einer Parkbucht hielt, dessen einer Scheinwerfer nicht brannte: Pollitts Wagen, in dem er wenig später wegen Alkohol am Steuer geschnappt worden war. Aber hatte Pollitt auch in der Parkbucht schon am Steuer gesessen? Als ich ihn vor fünf Minuten fragte, war er erschrocken gewesen. Zu Tode erschrocken. Trotzdem konnte ich mir Pollitt einfach nicht als Saboteur und Killer vorstellen. Hatte in jener Nacht jemand anderer am Steuer gesessen? Jemand, vor dem Pollitt solche Angst hatte, daß er sich hoch über asphaltierten Parkplätzen an Dachrinnen entlanghangelte?

Die Reifen quietschten durch die Kurven, und die Scheinwerfer verschwammen im grauen Nebel. Ich sah die Einfahrt zur Marina erst im letzten Augenblick und nahm sie mit der Breitseite. Auf *Sorcerer* brannte noch Licht. Ich sprang an Bord. Drohend richtete sich Georgia im Cockpit auf.

»Nicht!« schrie ich. »Ich bin's!«

Sie ließ die Hände sinken. »Charlie«, sagte sie. »Was war bloß los?«

Ich nahm ihr den Revolver aus der Hand und schleuderte ihn so weit ich konnte ins nebelverhangene Wasser. »In zwei Minuten ist die Polizei hier«, sagte ich. »Räume alles auf und erzähle keinem was.«

Dann rannte ich zum Auto und raste zum Krankenhaus zurück. Nach meiner Uhr war ich zwanzig Minuten weggewesen. Schon von weitem sah ich Blaulichter durch den Nebel zucken. Der Parkplatz schien voller Streifenwagen. Ich stieg aus und ging zur Notaufnahme.

Der Polizeibeamte im Flur fragte: »Kann ich Ihnen helfen, Sir?«

»Ich war dabei, als es passierte.«

»Als was passierte, Sir?«

Ich sagte es ihm.

»Wenn Sie mir bitte folgen wollen?« Er war die Liebenswürdigkeit in Person.

Ich folgte ihm in ein Büro mit verschlissenen Kunststoffmöbeln. Scotto saß da, bleich wie ein Leichnam im grünlichen Neonlicht. Da war auch der Arzt. Und Inspektor Nelligan.

»So so«, sagte Nelligan. Er schwieg, um sich eine Player anzuzünden. »Mr. Charles Agutter. Gerade sagte ich, daß ich gern wüßte, wo Sie hingefahren sind. Wo sind Sie hingefahren?«

»Zurück zum Boot«, sagte ich. »Ich wollte der Person an Bord sagen, was los war, und daß es – spät werden könnte, bis ich zurückkomme.«

»Wie wahr.«

Nelligan drehte sich um und sprach leise mit einem Uniformierten, der darauf den Raum verließ.

»So. Würden Sie mir nun sagen, was hier vorgefallen ist? Ich glaube, Sie kennen Mr. Hector Pollitt. Oder kannten, besser gesagt.«

»Hat Mr. Scott Sie noch nicht informiert?«

»Ich habe überhaupt nicht geredet. Mit niemandem«, sagte Scotto.

»Genau.« Nelligan stieß eine Rauchwolke aus. »Ziemlich unkooperativ. Möchte nur wissen, warum.«

»Ganz einfach«, sagte ich. »Mr. Hector Pollitt hat unschöne Dinge über mich geschrieben. Das habe ich Mr. Scott erzählt. Als Mr. Scott dann mit Mr. Pollitt aneinandergeriet, hat Mr. Scott – ähem – für mich Partei ergriffen.«

»Jetzt wollen wir die Dinge doch nicht verharmlosen«, sagte Nelligan. »Wir haben hier einen Toten, und als er abstürzte, war Mr. Scott hinter ihm her.«

»Moment mal«, sagte ich. »Scotto war im Zimmer an der Tür, als

Pollitt draußen von einem Sims fiel, von dem ich ihn zu retten versucht hatte. Der Arzt und die Schwester können das bestätigen.«

Nelligan sagte: »Trotzdem, Mr. Scott verfolgte ihn noch. Und dann wüßte ich gern, wie er zu diesen Prellungen gekommen ist.«

»Er ist einen Niedergang hinuntergefallen. Ist das etwa gesetzlich verboten?«

Nelligan zündete sich am Stummel seiner Zigarrette eine neue an. »Vielleicht sollten Mr. Agutter und ich mal unter vier Augen reden. Wenn Sie uns bitte entschuldigen wollen?« Als alle gegangen waren, wischte er sich etwas Zigarettenasche vom Jackenärmel und sagte: »Gewiß, Mr. Agutter, wir könnten Ihren Freund wegen Hausfriedensbruchs, vielleicht sogar wegen Gewaltanwendung belangen. Aber ist es das wert?« Er schwieg und schaute fragend einer Rauchwolke nach. »Natürlich nicht. Und nicht einmal, weil es den Behörden kostbare Zeit stiehlt. Aber wir haben hier einen Toten, der einige häßliche Dinge über Sie geschrieben hat. Diesem Toten fehlen zwei Vorderzähne, und Ihr Maat hat Gebißspuren auf der Hand. Der Arzt sagt, daß beides zusammenpaßt. Und kaum ist's passiert, rasen Sie in die Nacht hinaus.«

Ich fragte: »War es Pollitt, der Ihnen damals sagte, daß ich ein Verhältnis mit meiner Schwägerin hätte?«

»Als ich Sie das erste Mal aufsuchte, meinen Sie? Ja, das war er.« Er schwieg erneut und blickte auf seine Lackschuhe. »Ich habe da so ein schreckliches Vorurteil, Mr. Agutter. Ein Vorurteil gegen Leute, die das Gesetz selbst in die Hand nehmen. Wenn Ihnen jemand übel will, warum sagen Sie's mir nicht, damit wir mit gesetzlichen Mitteln gegen ihn vorgehen können?«

Ich lachte ihm in das fahle, weichliche Gesicht.

»Hier geht's um Hochseesegeln«, sagte ich. »Und das Gesetz des Hochseesegelns lautet: ›Wenn's dir weiterhilft, dann tu's!‹«

»Ah«, sagte Nelligan zerstreut, »sehr nobel. Wollen Sie damit sagen, daß drei Mann tödliche Unfälle hatten, damit jemand eine Regatta gewinnen kann?«

»Nein«, sagte ich.

Er sah jetzt überhaupt nicht mehr zerstreut aus. Seine Augenbrauen senkten sich wieder; er wirkte hart und aggressiv. »Sie haben eine Menge Feinde in dieser Stadt, Mr. Agutter, mächtige Feinde. Ich persönlich habe für Ihre Clique nichts übrig. Aber mein Job ist es, für die Einhaltung der Gesetze zu sorgen, und das werde ich auch tun. Sie sollten also Ihre Streitigkeiten nach den geltenden Gesetzen regeln, und ich meine die Gesetze Englands, nicht die des Dschungels. Verstanden?«

Es war fünf Uhr morgens, und ich begann vor Erschöpfung zu zittern. Mochte dieser neue, energische Nelligan auch absolut ernst zu nehmen sein, ich hatte kein Vertrauen zu ihm. Er stand zwischen mir und demjenigen, der meine Ruder sabotiert und meinen Bruder umgebracht hatte; er stand zwischen der *Sorcerer* und dem Cup. Ich würde beides, die Sabotage und den Mord, auf meine Weise regeln.

»Kann ich jetzt gehen?« fragte ich.

»Oh«, sagte Nelligan, nun wieder zerstreut, »aber selbstverständlich.«

»Und Mr. Scott?«

Nelligan breitete ergeben die Hände aus.

Ich brachte Scotto zur *Sorcerer* zurück. Der Morgen graute, und der letzte Polizeiwagen verließ gerade den Parkplatz.

Georgias Gesicht war noch voller Entrüstung. »Leibesvisitation«, sagte sie. »Und jedes einzelne Segel aus dem Sack gezerrt. So ein Mist!«

»Was haben sie gefunden?«

»Nichts. Was dachtest du denn?«

»Oh, das Übliche. Skelett im Schrank und so. Schon besser, daß die Knarre im Bach liegt. Kannst du noch beim Boot bleiben? Scotto will bei mir zu Hause baden. Ich nehme ihn mit, und du kannst ein Schläfchen machen, sobald er dich ablösen kommt.«

»Und danach wirst du dich vielleicht zu ein paar Erklärungen bequemen?«

Ich lachte, fuhr mit Scotto nach Hause, duschte und rasierte mich. Ich seufzte meinem Spiegelbild zu. Mein Gesicht hatte etwa dieselbe Farbe wie der Rasierschaum, und die Tränensäcke sahen aus wie blaue Hängematten. Für jemanden, der wie ich seine acht Stunden Schlaf braucht, war ich geradezu unmenschlich lange aufgeblieben. Scotto saß zusammengesunken in einer Ecke des Zeichenraumes. Er stank nach Einreibemitteln. »Du willst wirklich mitsegeln?« fragte ich. »Aber erst trinken wir mal Kaffee.«

Er zuckte die Achseln und stöhnte auf vor Schmerz.

»Glaubst du«, fragte ich, als ich mit der Kaffeekanne aus der Küche kam, »daß Pollitt an Bord auftauchte, weil er was im Schilde führte?«

»Warum sonst?«

»Hattest du Licht an?«

»Ja.«

»Und wenn er nur gekommen war, um zu reden?«
»Ich hatte nichts mit ihm zu bereden.«
»Vielleicht dachte er, daß ich an Bord sei.«
Scotto trank schweigend seinen Kaffee. »Tja ...«
»Vielleicht wollte er mir was sagen?«
Scotto nickte schwerfällig mit seinem riesigen Kopf. »Dann hätte ich ihm vielleicht gar nichts tun sollen.«
»Zu spät«, sagte ich. »Und vielleicht hatte er ja auch wirklich was Schlimmes vor. Fahren wir los?«

Aber bei mir dachte ich: Pollitt hatte allen Grund, stinksauer auf Amy zu sein. Und wenn er nun etwas über Amys Liebhaber rausgefunden hatte und so betrunken war, daß er es mir erzählen wollte?

Auf dem Weg zur Marina ging mir das Bild seines fahlen, schreckverzerrten Gesichts nicht mehr aus dem Kopf.

Gegen 11 Uhr 30 war die offizielle Vermessung für das Rennen beendet und *Sorcerer* aufgeslippt. Scotto fing an, das Unterwasserschiff mit dem Druckschlauch zu bearbeiten, sorgsam darauf bedacht, daß auch nicht ein einziges Krümelchen haften blieb. Und wir anderen wieselten umher, schrubbten, ölten und achteten darauf, daß die *Sorcerer* nicht ein Gramm mehr an Gewicht enthielt, als sie unbedingt mußte. Soviel Betriebsamkeit war durchaus angebracht, aber natürlich war auch etwas Aberglaube dabei. Immerhin: Nach meiner Erfahrung wurden Regatten zu 90 % durch Können, zu 9 % durch Glück und zu 1 % durch Aberglaube gewonnen. Das mag nicht gerade viel erscheinen, aber bei Hochseerennen, die an die hundert Stunden dauern, kann ein Prozent schon bedeuten, daß man das Feld anführt.

Um zwei Uhr hatten wir eine abschließende Crew-Besprechung, ich gab letzte Instruktionen und bat alle, um 8 Uhr am Steg zu sein. Dann fuhr ich nach Hause.

Zuerst schaute ich nach meinem Vater. Er beobachtete vom Erker aus gerade Segler durchs Fernglas, fluchte in einer Tour und haute dabei die ganze Zeit mit der Faust auf die Armlehne seines Rollstuhls.

»Hallo«, sagte ich. Er rollte herum. »Morgen ist Regattatag; es geht los mit der Qualifikation.«

»Welche Regatta?« wollte er wissen.

»Captain's Cup. Morgen und Dienstag sind wir auf der Olympiabahn in der Bucht. Dann kommt ein Hochseerennen, die Duke's Bowl, am Dienstag in einer Woche.«

»Ja«, sagte er. »Hab' dich durchs Glas gesehen. Hast das Boot fein zum Laufen gebracht. Junge. Gib den Lahmärschen da draußen Saures!« Wie eine Klaue streckte er den Arm zum Fenster hinaus.

»Mach ich.«

»Du siehst wirklich geschafft aus«, sagte er. »Leg dich aufs Ohr. Und viel Glück.« Er fummelte in den Taschen seines scheußlich grell karierten Morgenrocks.

»Lassen Sie mich mal«, sagte Schwester Bollom.

»Finger weg! Das mich' ich selber.« Zischend sog sie die Luft durch die Zähne und trat einen Schritt zurück. Er fand, was er gesucht hatte. »Hier«, sagte er. »Für dich. War mein erstes selbstverdientes Geldstück. Häng's an deine Uhrkette.«

»Danke«, sagte ich.

»Und mach diesen Millstone fertig.«

»Hat er dich wieder belästigt?«

»Mr. Millstone hat kurz vorbeigeschaut«, sagte Schwester Bollom. »Er war wieder ganz reizend, nicht wahr, Captain Agutter?«

»Scheren Sie sich zum Teufel!« schrie mein Vater mit erstaunlicher Kraft.

»Schon gut«, sagte sie und stelzte von dannen.

Mein Vater zog unter der bis auf den Boden hängenden Tischdecke eine Flasche Whisky hervor. »Der verfluchte Millstone wollte wieder das Haus kaufen. Sagt, es wär' unsere letzte Chance.« Ich fragte mich, was er damit wohl gemeint hatte. »Einen Nerv hat der Schweinehund ... Hab' ihn rausgeschmissen. Gar nicht schlecht, der Whisky. Hat Chiefy mitgebracht«, sagte er. »Hol nicht extra Gläser.«

Seine braungefleckten Hände zitterten, als er die Flasche an die Lippen führte. Er nahm einen ordentlichen Schluck und gab sie dann mir. »Auf die Agutters aus Pulteney«, sagte er.

»Die Agutters aus Pulteney«, sagte ich.

»Und nun solltest du dich verholen.«

Ich klopfte ihm auf die Schulter. Es war, als tätschelte ich ein Skelett. »Auf Wiedersehen.«

In meinem Wohntrakt drüben zog ich ein Schnürband durch das Geldstück und hängte es mir um den Hals. Ich kam mir zwar ein bißchen komisch dabei vor, aber im Grunde war ich gerührt. Dann rief ich bei Breen im Büro an. Es dauerte eine Weile, bis ich durchkam, vermutlich saß er in seinem Hubschrauber.

»Wir sind soweit klar«, sagte ich.

»Großartig.« Im Hintergrund war verschwommen ein Heulton zu hören.

»Dürfen wir Sie an Bord erwarten?«

»Nicht beim Olympischen Dreieck. Ich komme aber zum Hochseerennen, der Duke's Bowl.«

»Vergessen Sie nicht, Tabletten gegen Seekrankheit mitzunehmen.« Er lachte. »Hab' heute mit Peregrine Ashley gesprochen«, sagte er. »Er ist Mitglied im Auswahlgremium und meint, daß wir 'ne gute Chance haben. Aber er ist auch der einzige, der das meint.« Peregrine Ashley war ein ehemaliger U-Boot-Kommandant, zäh wie Leder und ein wahnsinniger Snob.

»Ach, übrigens, ich hätte gern einen Bericht über diese Geschichte von heute nacht. Ein Toter, das schätze ich gar nicht. Schicken Sie mir am besten ein Telex. Sagen wir, bis spätestens morgen?«

Ich ärgerte mich mächtig über dieses Ansinnen, und die Kombination von Erschöpfung und Whisky tat ein übriges. Deshalb sagte ich: »Dafür hab' ich keine Zeit. Wenn Sie 'nen Privatdetektiv brauchen, heuern Sie einen an. Und inzwischen können Sie mich mal.« Damit legte ich auf und starrte den Hörer an. Ich weiß noch, wie ich dachte: Mein lieber Mann, du wirst doch etwas nervös, Agutter. So spricht man eigentlich nicht mit seinem Chef. Aber dann dachte ich: Verglichen mit dem, was ich mit seinem Boot vorhabe, ist es nun wirklich nicht schlimm, den Hörer auf die Gabel zu knallen. Und goß mir noch einen Whisky ein.

Ich starrte auf das Telefon. Draußen im Garten pustete der Wind die Blütenblätter von den letzten Tulpen, und in Pulteney hatte das übliche beschauliche Nachmittagstreiben eingesetzt. Ich fühlte mich ausgeschlossen, zum Stillstand verurteilt. Was konnte ich tun? Etwas hätte ich lieber als alles andere getan, aber ich traute mich nicht.

»Feiger Hund«, murmelte ich. Dann griff ich doch zum Hörer und wählte Sallys Nummer. Aber das Telefon tutete nur und begann mir schließlich ganz hohl in den Ohren zu klingen, gerade so, als sei die Leere in ihrem Haus hörbar.

Danach fühlte ich mich noch einsamer und immer weniger dazu imstande, die schärfsten und auch niederträchtigsten Segler Englands auszutricksen. Wenn man sich so fühlte, gab's eigentlich nur eines: sich in die Falle zu hauen. Also tat ich das.

Am nächsten Morgen war ich sehr früh auf den Beinen, ging durch die ruhigen Straßen hinunter zum Kai und arbeitete eine Stunde lang angestrengt an *Nautilus'* Muring, um für später eine kleine Überraschung vorzubereiten. Als ich zum Frühstück wieder zu Hause war, stand die Küchenuhr auf 7 Uhr 15.

## 22

Die Rennflaggen der Konkurrenzboote wehten steif aus, als ich eine Stunde später die Mole hinunterging, hier und dort Bekannte begrüßte und die fieberhaft arbeitenden Crews taxierte. Der Wind reichte aus, um die Fallen zum Singen zu bringen, aber heulen würden sie nicht: West Stärke fünf, hatte es morgens im Seewetterbericht geheißen. Ich hatte noch den Geschmack das starken schwarzen Kaffees auf der Zunge, den ich mir zum Frühstück gemacht hatte; dazu drei Eier mit Schinken und Bratkartoffeln, zwei Scheiben Toast mit Honig und eine Orange hinterher. Eigentlich hatte ich zum Essen gar keine Lust gehabt, mein Magen war wie zugeschnürt, aber wenn ich nicht aß, konnte es infolge zu niedrigen Blutzuckerspiegels zu Komplikationen kommen. Und bei einem solchen Rennen gab es da draußen schon genug Unsicherheitsfaktoren. Es war unsinnig, Risiken einzugehen, die sich vermeiden ließen.

Überall wurde ich mit verstohlenen Blicken bedacht. Aufstieg und Fall des Charles Agutter und seine noch wacklige Wiederauferstehung waren ein Thema ersten Ranges, sowohl bei den Regattateilnehmern als auch bei den Zuschauern und Presseleuten, die sich in den letzten Tagen in Pulteney eingenistet hatten. Das war auch nicht weiter erstaunlich. Für diejenigen, die es nicht besser wußten, hatte Charlie Agutter vor einigen Wochen seinen Bruder getötet. Und nun fuhr er mit einem etwas ältlichen Boot Regatta und riskierte Kopf und Kragen. Wäre ich Journalist gewesen, hätte auch ich das vielleicht für eine gute Story gehalten. Da ich aber Charlie Agutter war, machte es mich nervös.

*Sorcerer* sah richtig unternehmungslustig aus. Ich kam als letzter an Bord; so hatte ich es auch geplant, denn die Crew war jetzt wirklich zusammengeschweißt, und ich wollte, daß sie sich schon wie zu Hause fühlte, bevor ich eintraf. Auch Scotto war da; von seinem Verband war unter dem weiten Ölzeug nichts zu sehen. Ich fragte: »Wie geht's?« und er schaute mich an, als redete ich irre. Wenn Scotto sich selbst gegenüber nicht zugab, daß er behindert war, dann würde er auch nicht wie ein Behinderter kämpfen. So einfach war das. »Schon gut«, sagte ich. »Irgendwelche Probleme?«

Es gab keine. *Sorcerer* war so gut in Form wie noch nie.

»Leinen los«, sagte ich. »Flaggen, Scotto.«

Scotto ging zum Schapp, machte sich an der Flaggleine zu schaffen, und dann stiegen die beiden Flaggen das Achterstag hoch – die Nr. 1

des Royal Ocean Racing Club und darunter die von allen Captain's-Cup-Booten geführte C-Flagge. Sie knatterten laut in der steifen Brise, als wir die Fahrrinne hinuntermotorten. Das Fahrwasser wurde breiter.

»Genua zwei«, sagte ich.

Die See vor uns war grau, hin und wieder von Schaumstreifen durchzogen. Der Wind blies hart und flach an der Küste entlang. Niemand an Bord sprach, außer mir.

»Großsegel«, rief ich.

Die Winschenkurbler mit ihren mächtigen Armen und Schultern machten sich an den Kaffeemühlen zu schaffen, und schon stieg das weiße und ockerfarbene Kevlarsegel flink am Mast empor.

»Genua setzen.«

Die Trimmer schielten, die Schoten regulierend, auf die Anzeigegeräte. *Sorcerer* fiel sanft ab und steuerte, Fahrt aufnehmend, dem weiten grauen Horizont entgegen. Die Crew begab sich auf ihre Plätze – Taktiker Dough mit seinem Schreibbrett und ich nach achtern ans Ruder, ein Mastmann, ein Fallenmann sowie Crispin, der Ersatzrudergänger und jetzt an der Großschot, ins Cockpit. Zu ihnen gesellten sich noch die Gorillas: Scotto und Dike, der Vorschiffmann. Wir saßen alle in Luv, auf der hoch aufragenden Seite des Bootes, und lutschten Traubenzuckertabletten. Die Crew starrte auf die graue See und die fernen Dreiecke der Segel neben dem Boot der Rennleitung, das nur ein winziger schwarzer Fleck war. Am Ruder spürte ich, wie das Boot vor ungeduldiger Lebendigkeit förmlich vibrierte. Taktiker Dough knipste an den Schaltern der Digitalanzeige neben seinem Sitz herum und peilte, hin und wieder etwas mit wasserfestem Stift auf seinen Block kritzelnd, durchs Fernglas nach den fernen Segeln aus. Es war ein trügerischer Frieden, der rechte Moment, um noch einmal ruhig Atem zu schöpfen, bevor aus Segeln Kampf wurde.

Wir fuhren, durch Wind und Wasser unseren Weg ertastend, ein paar Wenden, um uns einzuspielen, und waren zunächst alle überreizt. Trimmer Nick setzte die Genuaschot zu steif durch, und ich fluchte schärfer als nötig. Aber nach zehn Minuten hatten wir uns so weit abgekühlt, daß jeder zur gewohnten Konzentration zurückfand. Ich gab meine Anweisungen – Backstage regulieren, Schoten auffieren, Gewicht verlagern –, aber wenn man mich später gefragt hätte, was ich da sagte, ich hätte es nicht zu wiederholen vermocht. Jetzt war ich ein Teil des Bootes.

»Gleich kommt der Fünf-Minuten-Schuß«, sagte Dough. »Wir nehmen die rechte Seite der Startlinie.«

Der erste Schenkel der Olympiabahn ist eine Am-Wind-Strecke, was die Manöver vor dem Start kompliziert macht. Alle streben danach, schon beim Startschuß mit Höchstgeschwindigkeit schnurstracks über die Linie zu rauschen. Theoretisch hört sich das auch gut an: Man startet jeweils ganz rechts oder ganz links, weil sich der Blick der Leute auf dem Startschiff nicht immer als unbedingt zuverlässig erwiesen hat. Wenn man ganz rechts, mit dichtgeholten Schoten und Steuerbordwind startet, hat man Wegerecht über die anderen Boote; startet man dagegen ganz links, weit ab vom Boot der Rennleitung, ist man vom großen Pulk frei und hat mehr Manövrierraum. In der Praxis ist das Ganze allerdings nicht so einfach.

Wir segelten zwischen den knicksenden Masten und glänzenden Bootsrümpfen hindurch bis auf fünfzig Yards an das Minensuchboot heran, auf dem die Regattaleitung saß.

»Fünf Minuten«, sagte Dough, und noch während er sprach, pufftte aus einem der Geschützrohre ein weißes Rauchwölkchen, und der Großteil unserer Konkurrenten fiel ab. Am Steuer von *Crystal* sah ich Archer, in dessen kurzgeschnittenem braunem Haar der Wind wühlte. Er sah mich auch, ließ es sich aber nicht anmerken.

Regattareglement gilt ab dem Fünf-Minuten-Schuß. Die Manöver vor dem Start sind dermaßen kompliziert, daß für sie eigene Wegerechtsbestimmungen festgelegt wurden, die natürlich von jedem bis aufs äußerste strapaziert werden. Durch offensives Segeln kann man seine Gegner meilenweit von der Startlinie abdrängen oder aber dafür sorgen, daß sie noch vor dem Startschuß über die Linie gehen, was für sie genauso schlecht ist. So lavierte ich uns also, während Dough mir taktische Vorschläge ins Ohr murmelte, durch das Gewirr der um gute Startpositionen kämpfenden Boote hindurch, ein Auge ständig auf die im Zehn-Sekunden-Takt weiterklickende Digitalanzeige gerichtet. Bei drei Minuten zehn Sekunden vor dem Start rief Dough: »Wahrschau!« Ich hörte Wellen gegen unsere Bordwand schwappen und sah direkt hinter uns einen silbernen Rumpf durchs Wasser schneiden.

»Keine Wende mehr«, sagte Dough. »Kollisionsgefahr.«

»Will uns über die Linie drängen«, murmelte ich. »Dem geben wir's.« Laut rief ich: »Klar zur Wende!«

Der Wind trug ihren Warnruf von achtern zu uns herüber, aber ich ignorierte ihn und fiel ab, bis das Vorliek des Großsegels leicht zu zittern begann. Das silberne Boot kam unter dem aufgeregten Geschrei seiner Crew direkt auf uns zu.

»Jetzt!« brüllte ich. »Jetzt« war eines unserer Codewörter und bedeutete halsen, also mit dem Heck und nicht – wie bei der Wende – mit dem Bug durch den Wind drehen. Der Baum kam über. Noch zwei Minuten, meldete die Anzeige. Wir trieben nach Steuerbord ab. Nach vielleicht dreißig Sekunden brachte ich *Sorcerer* wieder hoch an den Wind. Die Startlinie mit dem Boot der Rennleitung lag genau vor uns, dazwischen war freies Wasser, und Wegerecht hatten wir obendrein. Vor uns an Backbord kämpfte das Boot, das versucht hatte, uns auszumanövrieren. Es hielt auf die Startlinie zu, war aber zu früh und zu weit am unteren Ende.

»Keine Protestflagge«, sagte Dough. »Noch nicht.«
»Die mußten nicht Kurs ändern. Wir lagen klar voraus.«
»Stimmt. Trotzdem haben wir Glück gehabt.«

Das Startboot kam näher, lang, grau und hoch. Bei diesen Aufbauten konnte der Wind einem überraschende Streiche spielen. Ich wollte also nicht zu nahe heran.

»Wahrschau!« rief Dough.

Ich hatte es schon gesehen. Backbord voraus kam, auf Steuerbordbug und mit dichtgeholten Schoten, ein Pulk von fünf Booten heran, angeführt von *Crystals* grün-orangefarbenem Rumpf. Sie waren auf Kollisionskurs.

»Die werden wenden«, sagte ich. »Prei sie an.«
»Raum!« schrie Scotto. Archer war vielleicht einhundertzwanzig Fuß entfernt. Er blickte kurz zu uns hin und schaute dann wieder starr nach vorn. Die Boote hinter ihm wendeten.

»Sauhund«, sagte Dough. »Den schneiden wir mitten durch.«

Als ich über Deck nach vorn peilte, sah ich dort, wo normalerweise freies Wasser hätte sein müssen, *Crystals* Rumpf und ockerfarbenes Kevlar. Ich hatte Wegerecht, und Archer wußte es. Ich hörte mich selbst schreien, aber den Kurs änderte ich nicht. Ich sah schon die Stelle, an der wir kollidieren würden, spürte, wie *Sorcerer* leicht innehielt, als sie für einen Augenblick in den Abwind von *Crystals* Segeln geriet, und dieses kurze Zögern war vermutlich unsere Rettung. Mit einem Abstand von zwei Zoll zog *Crystals* Heck an unserem Bug vorbei, und von drüben starrten sie uns aus runden Kinderaugen an, außer Johnny Forsyth, der wie immer sein übles Regattagrinsen aufgesetzt hatte.

»Schweine«, sagte Dough.

Zehn Fuß vom Minensuchboot entfernt wendete der grün-orangefarbene Rumpf. Baum und Genua kamen über. Sie lagen jetzt auf einer Höhe mit uns und in Luv, so daß der durch sie gestörte Wind in unsere Segel fiel.

»Abwarten«, sagte ich.

Und es kam, wie es kommen mußte. In der Abdeckung durch das Minensuchboot standen *Crystals* Groß und Genua plötzlich back, sie stolperte für den Bruchteil einer Sekunde, Dough sagte: »Null«, über unseren Köpfen krachte der Startschuß, und wir schossen über die Linie, der Meute voran, Archers Bug ein paar Fuß hinter unserem Heck. Als ich mich umdrehte, sah ich seinen Vordecksmann am Luk hantieren, seine Crew draußen auf der Luvkante hocken und über ihnen die Vorlieks in *Sorcerers* Abwind killen. Hinter ihnen in Lee drängelte sich, ein heilloses Chaos von Segeln und Rümpfen, der Rest der Flottille.

»Er wird wenden müssen«, sagte Dough.

»Kümmere dich nicht um ihn«, sagte ich. »Auf geht's zur Bahnmarke.«

Die Luvtonne lag ein paar Meilen südlich von Beggarman's Head am westlichen Ende der Bucht von Pulteney. Es war gerade Stillwasser, so daß wir die Tide bis zum Einsetzen der Ebbe noch nicht mit in unser Kalkül einzubeziehen brauchten. Bis dahin mußten wir die Marke schon gerundet haben. Ich konnte sie, ein riesiges orangefarbenes Luftkissen, vor den dunklen Klippen der Landspitze gut ausmachen.

Dough und ich wußten, was wir jetzt zu tun hatten. Die restlichen elf Yachten waren ein einziger Pulk aus steil aufragenden Masten. Die besten von ihnen lagen zehn Sekunden hinter uns, zwei von ihnen hatten Protestflaggen am Achterstag flattern. *Crystal* segelte eine Viertelmeile entfernt über Steuerbordbug. Noch während ich hinschaute, wendete sie auf Backbordbug. Zwischen ihr und uns war jetzt reichlich Raum.

»Wenden«, sagte Dough. Wir fuhren eine Wende und noch eine. Wir liefen jetzt über Backbordbug, etwas rechts von der Loxodrome, der gedachten geraden Linie zwischen dem Startboot und der Luvmarke. *Crystal* lag etwa hundert Yards leewärts. Zwischen unseren beiden Booten war immer noch reichlich Raum. Der Rest der Flotte hatte es offenbar nicht so eilig, uns zu folgen.

»Und noch mal«, sagte Dough. Ich wartete, um wirklich ganz sicher zu sein. Dies würde ein sehr kurzer Schlag werden, und die Wende mußte genau an der richtigen Stelle kommen. Auf Archers Vordeck in Lee war emsige Geschäftigkeit ausgebrochen, er ließ Genua Nummer 1 setzen. Meiner unmaßgeblichen Meinung nach lag er zu weit in Lee, er hatte sich schlicht verrechnet. Ich ließ Wind- und Richtungsanzeiger nicht aus den Augen. An der gewünschten Position rief ich:

»Klar zur Wende! Ree!«

Ich sah Archer den Kopf heben und zu uns herüberschauen. Da mußte ich mich beherrschen, um ihm nicht zuzuwinken, denn wir waren soeben in die erwartete Winddrehung geraten, wo der Westwind durch die Huk von Beggarman's Head etwas nach Süden abgelenkt wurde und für uns raumte. Wir würden also, statt bis zum Runden der Marke noch eine Wende fahren zu müssen, sie auf dem augenblicklichen Bug anliegen können. Das Schöne an einem solchen Windknick ist, daß er sich nur auf eng begrenztem Gebiet auswirkt; von diesem hier hatte noch keines der restlichen Boote etwas abbekommen. Ich sah *Crystals* Bug leicht anluven; auch sie profitierte jetzt von dem Raumer, doch war der Wind dort schwächer, weil Archer sich zu weit in Lee, fast schon in Abdeckung der Landspitze befand.

Etwa fünf Minuten blieben wir auf dieser schmalen Bahn der südwestlichen Brise, und in diesen fünf Minuten fielen die restlichen Boote weit zurück. Nur Archer schaffte es, uns auf den Fersen zu bleiben, und lag jetzt zwanzig Sekunden hinter uns.

Sauber rundeten wir die erste Bahnmarke, und der Triradial füllte sich knisternd wie ein Ballon. Wir machten uns bereit für den ersten Raumschotschenkel. Der Wind war zwar nicht stark genug, um aus *Sorcerer* ein Surfbrett zu machen, aber ihre alten Knochen wurden prächtig mit der Dünung fertig, so daß ich mich etwas entspannen konnte – nicht zu sehr allerdings. Da der erste Am-Wind-Schenkel immer harte Arbeit bedeutet, erliegt man leicht der Versuchung, danach bei raumem Wind nachlässig zu werden.

Ich hatte gerade achteraus geschaut. Die anderen Boote waren, Archer an der Spitze, nun ebenfalls um die Luvmarke gelangt, aber noch zu weit entfernt, um uns ernstlich ins Gehege zu kommen. Mein Blick wanderte den Mast hinauf, vor dem sich der riesige Spinnaker blähte, und ich stutzte. Ich wußte zunächst gar nicht recht, warum; es war mehr eine Ahnung. Jedenfalls schaute ich schärfer hin, und in genau diesem Moment passierte es auch schon.

Was ich da oben im Masttopp gesehen hatte, war dünn wie ein Faden, der genau da abstand, wo das Steuerbord-Achterstag im Masttoppbeschlag endete. Ich konnte gerade noch »Wahrschau!« rufen, als es einen Knall gab, das Boot schwer rollte, der Triradial einfiel und der Baum krachend überkam. Ich mußte mich zwingen, nicht die Augen zu schließen. Wenn man unter vielen Methoden die beste suchte, um einen Mastbruch zu bewerkstelligen, dann war es zweifellos diese hier.

Mit flappenden Segeln und einem gebrochenen Steuerbord-Achterstag lagen wir im Wind. Das Achterstag stützt den Mast von hinten und gibt ihm außerdem die zum richtigen Trimm erwünschte Biegung. Scotto stand im Heck und starrte den im Wasser nachschleppenden Draht an.

»Wach auf!« sagte ich. Er hatte zwei ganze Sekunden verloren.

»Setz irgendein Vorsegel«, sagte er.

Ich schrie nach der Genua und betete, daß er wußte, was er tat, denn andernfalls würde unser Mast gleich zu einem hübschen Korkenzieher werden. Die Meute hatte uns eingeholt. Die Genua rauschte aufwärts und füllte sich. Als ich wagte, wieder auf das Achterstag zu schauen, war statt der zwei Drähte, die von beiden Seiten des Hecks zum Masttopp führten, nur der eine da. Aber die Trimmtalje saß am noch stehenden Backbord-Achterstag wie ein Hahnepot und verlief schräg zu dem freigewordenen Pütting. Sie war stark durchgesetzt und sicherte den Mast.

»Triradial!« schrie ich und legte Ruder.

## 23

Sie fiel ab wie ein Dinghy, und die Mienen der Männer im Cockpit wurden starr, als die Belastung jetzt auf das geflickte Achterstag kam. Der Wind füllte den Triradial, und mit angehaltenem Atem warteten wir auf den Knall. Aber er kam nicht, und von da an machten wir uns keine Gedanken mehr. Schließlich steckten wir mitten in einer Regatta.

Wir standen jetzt weit leewärts der Loxodrome. Erstaunlicherweise hatte der ganze Zwischenfall keine zwanzig Sekunden gedauert. Die meisten Boote lagen noch hinter uns, aber unsere Überlegenheit hatten wir eingebüßt. Immerhin waren wir nach wie vor in Führung, und als der Wind in die Segel griff, luvte ich etwas an. So preschten wir auf Steuerbordbug quer über den Kurs der restlichen Flotte, die Genua gegen die Reling gedrückt, und fielen erst ab, als die an Deck gemalten Peilstriche anzeigten, daß wir die nächste Bahnmarke mit dem Wind runden konnten, der *Sorcerer* am besten behagte. Nur ein Boot stand in Luv von uns, und das war *Crystal*. Mit Braßfahrt drosch sie auf Teufel komm raus durch die Seen, der Bahnmarke entgegen. *Sorcerer* derart zu belasten, durfte ich nicht wagen, jedenfalls nicht mit einem Achterstag weniger.

Ich tat es trotzdem.

Dieser Raumschotschenkel war fast ein Dragsterrennen. Ich blieb so dicht an *Crystal*, wie ich es eben verantworten konnte, um die Tonne vor ihr und auf der Innenseite der Bahn zu runden, weil Archer mir dann Raum zum Halsen geben mußte. Aber wenn *Sorcerer* sich nicht voll verausgabte, lief *Crystal* ihr davon. Und noch machte *Sorcerer* keinerlei Anstalten, loszulegen. *Crystal* rückte näher heran.

An der Leemarke halsen die Boote, gehen also mit dem Heck durch den Wind. Ein riesiges Segel voll Wind, das mit aller Wucht von der einen auf die andere Seite übergeht, bedeutet normalerweise keine übermäßige Belastung für das Boot; immerhin ist es dann beruhigend, wenn das Achterstag absolut intakt ist. Aber ich mußte es langsamer angehen lassen. Scotto konnte Gedanken lesen.

»Die haben uns im Visier«, sagte er. Ich schaute hinüber.

Ein paar hundert Fuß graues Wasser, dann *Crystals* Deck, und unter ihrem Baum die schwarzen Kreise eines Fernglases.

»Die kommen runter, um uns abzudecken«, sagte Dough. »Noch zwei Minuten bis zur Marke.«

»So lange können wir nicht vorn bleiben.«

»Können wir sie nicht ausluven?«

Die Antwort kam von *Crystal* selbst. »Mast querab!« hallte es übers Wasser.

»Die haben recht, verflucht«, sagte Dough. *Crystal* hatte jetzt die Überlappung vollzogen, und damit durften wir nicht mehr durch Anluven vor ihrem Bug versuchen, sie abzudrängen. »Auf zur Bahnmarke.«

»Schau, wie sie davonzieht«, sagte ich. Ein dunkler Böenstrich huschte übers Wasser heran, den Archer elegant mitnahm und der ihn mit dem Steven an meinen Peillinien vorbei vor unseren Mast brachte.

»Bleib innen«, sagte Dough.

Ich versuchte es in der Hoffung auf die berühmten zwei Bootslängen vor der Tonne, in denen Archer mir Raum würde geben müssen. Aber er lag zu weit vorn. Seine Halse kam wunderbar weich, und seine Hecksee spuckte zischend Gischt über unseren Bug. Als wir die Tonne rundeten, war er schon daran vorbei. Doch der Rest der Flotte lag weit hinter uns, also war noch nicht alles verloren.

»Deck ihn ab«, sagte Dough. »Los.«

Die Wirbelschleppe eines mit raumem Wind auf Steuerbordbug segelnden Bootes reicht etwa hundert Fuß weit nach Backbord voraus. Wir luvten an, hielten uns links von der Loxodrome und versuchten, *Crystal* den Wind zu stehlen. Forsyth stand mit kantigem Gesicht und besorgter Miene unter dem Baum. *Crystals* Kielwasser machte einen leichten Schlenker nach links.

»Bleib dran«, sagte Dough.

Wir konnten uns jetzt ein kleines Boot-gegen-Boot-Rennen leisten, denn der Rest der Flotte lag fünf bis zehn Sekunden hinter uns. Ich luvte an, und die Trimmer holten die Lose dicht. Ein schmaler Schatten kam aus dem Auge des Windes gekrochen und verdunkelte die Seen.

»So, Freunde«, sagte ich, »jetzt geben wir's ihnen.«

Als der Böenstrich uns erreicht hatte, legte ich ganz behutsam Ruder, und zum ersten Mal an jenem Tag durchlief *Sorcerer* ein Zittern; sie richtete sich auf und begann, Gischt nach achtern sprühend, zu surfen. Wir holten gegen Archer so schnell auf, daß er gar nicht merkte, was geschah. Als er begriff, war es zu spät, und seine Segel begannen schon in dem von uns gestörten Wind zu killen. Er preschte weiter auf die Marke zu, und wir blieben Seite an Seite mit ihm – innen.

Unsere Crew saß auf der Luvseite, die Beine durch die Reling nach außen gehängt. Dough und ich duckten uns auf der Leeseite der Plicht und beobachteten den Spalt von zwanzig Fuß Breite, der uns von *Crystal* trennte. Sie begann wieder Fahrt aufzunehmen, bis sie in die von uns verwirbelte Luft geriet und erneut zurückfiel. Da waren wir wieder gleichauf. Ich hätte zu gerne gegrinst, beherrschte mich aber, denn ich wollte unsere Rivalen nicht unnötig provozieren. Gerade jetzt mußten wir ruhig Blut bewahren, denn falls Archer die Beherrschung verlor und einen illegalen Luvkampf begann, war die Kollision da. Dann wurden wir vermutlich beide disqualifiziert, oder aber wir mußten ein Ausweichmanöver fahren und hinterher protestieren. Aber ich wollte einen sauberen Sieg, Boot gegen Boot, und nicht im nachhinein endlose Querelen mit der Regattaleitung. Also konzentrierte ich mich auf die Segel, den Wind und die ferne orangefarbene Bahnmarke und ignorierte die Augenreihe an *Crystals* Luvreling.

Von Archer war fast nur der Kopf sichtbar, weil sein Boot so stark krängte. Im Rigg heulte der Wind, und wenn es weiter auffrischte, würden wir die Segelfläche verkleinern müssen. Dann auf einmal hörte ich noch ein Geräusch. Jemand schrie, doch es war nicht Archer. Archer sah nur angeekelt aus, aber neben ihm stand mit hochrotem Kopf Johnny Forsyth und bewegte die Lippen. Ich konnte nicht verstehen, was er schrie, aber ich sah ihn zu uns herüberstarren und war überrascht über die Wut in seinem Gesicht. Archer schüttelte den Kopf, Forsyth fuchtelte mit den Armen, dann verschwand sein Kopf hinter dem Kajütaufbau.

Dough machte ein Pokergesicht, aber seine Stimme vibrierte vor unterdrückter Schadenfreude. »Sieht ganz so aus, als wären Taktiker und Rudergänger sich nicht einig da drüben«, sagte er.

Ich nickte eher desinteressiert. Wir mußten die Blockade bis zur Leetonne durchhalten, das war alles.

»Wie weit noch?« fragte ich.

»Sorry«, sagte Dough und begann seinen Countdown. *Crystal* nahm erneut mehr Fahrt auf und fiel erneut zurück.

»Noch fünf Längen«, sagte Dough.

Wieder zog *Crystal* davon, wurde von unserem Abwind gebremst und sackte zurück. Nur fünf Fuß von uns entfernt krachte und polterte sie durch die Wellen, und zwischen den beiden glänzenden Rümpfen zischte die See wie ein Wildwasserkanal.

»Zwei Längen«, sagte Dough.

Ich legte Ruder, und mit beigeholten Schoten rauschte der Triradial herunter. Die Trimmtalje am Achterstag ächzte, als Scotto sich mit seinen mächtigen Schultern in die Winsch legte, und die Nadeln der Am-Wind-Anzeige blieben an ihren Markierungen stehen.

»Exzellent«, sagte Dough, und ich warf einen raschen Blick achteraus.

Archer hatte uns an der Bahnmarke schnell ausweichen müssen. Er stand zwar in Lee, hatte aber seine Überlappung verloren.

»Das hat ihn weggepustet«, sagte Dough.

»Paß auf, ob er die Protestflagge setzt.« Ich entspannte mich etwas und ließ den Blick zwischen dem Vorliek des Großsegels und dem Am-Wind-Anzeiger hin- und herschweifen.

»Noch nichts«, sagte Dough zwei Minuten später. »Die anderen sind auch 'rum.«

»Jetzt wär's auch zu spät«, sagte ich. »Wir sind klar.«

Aber eine Sache ist es natürlich, in Führung zu liegen, und eine ganz andere, sie auch zu halten.

Beim ersten Am-Wind-Kurs war der Unterschied nicht so groß gewesen wie später auf dem Raumschots-Rückweg. Auf dem zweiten Am-Wind-Schenkel hielten wir uns zwischen dem Wind und der Flotte, blieben stets in Tuchfühlung mit Archer, dieselben Manöver wie er fahrend. Wieder rundeten wir die Luvtonne, und erneut bauschte sich der Spi wie ein Ballon.

»Die luven an, um uns abzudecken«, sagte Dough. »Paß auf.«

Stille herrschte an Deck, diese besondere Stille, die auf Vorm-

Wind-Kursen immer eintritt. Zwar bläst der Wind noch genauso stark, aber das Boot hat dieselbe Geschwindigkeit wie er, und die daraus resultierende Windstille kann ungeheuer trügerisch sein. Deshalb geschieht auf Vorm-Wind-Kursen immer alles mit katastrophaler Plötzlichkeit. *Crystal*, die vor dem Wind besonders schnell lief, war dabei, gegen uns wieder aufzuholen. Langsam zwar, aber stetig. Dough hämmerte auf sein Anzeigegerät und kniff vor Konzentration die Augen zusammen, und ich wartete darauf, daß der Computer in seinem Schädel endlich ein Ergebnis ausspuckte.

»Wir schaffen es«, sagte Dough. »Außer wenn dieser Schweinehund uns abdeckt.«

»Dann werden wir ihn stoppen müssen.«

Wir liefen beide eher raumschots als platt vor dem Wind, denn so segelt man schneller, auch wenn man dann etliche kurze Halsen statt einer geraden Strecke fährt. Der Trick dabei ist, diese Zickzackbahn möglichst schmal zu halten und dabei gleichzeitig die Konkurrenz daran zu hindern, einem den Wind zu stehlen.

*Crystal* war fünfzig Meter hinter uns. Als ich zu ihr hinschaute, brach gerade die Sonne durch die Wolken, und über ihrem Bug blähte sich ein schmales Band zu einem mächtigen Ballon auf, gold und blau, und in der Mitte ein riesiger Kristall. Das sah wahrhaft schrecklichschön aus, dieses turmhohe, vollbrüstige Segel über ihrem messerscharfen Steven, unter sich die glitzernde Bugwelle.

»An Steuerbord«, sagte Dough unnötigerweise. Ich hatte kaum eine halbe Sekunde hinübergeschaut, schließlich verbringen siegreiche Rudergänger nicht ihre Zeit damit, die Konkurrenz zu bewundern. »Laß uns besser halsen.«

Ich rief: »Jetzt!« und zog das Ruder ganz leicht nach Lee. Der Baum peitschte auf die andere Seite, auf dem Vordeck wurde der Spinnakerbaum eingepickt, und das riesige Segel ging sanft über.

»Wahrschau achtern«, sagte Dough. »Sie decken uns gleich ab.«

»Jetzt«, rief ich. Wieder halsten wir Baum und Spinnaker. Jedes Mal, wenn der Großschotmann neu trimmte, mußten die Vordeckmänner den Spibaum neu justieren und die Winschenkurbler viele Meter dünner Spischoten und Achterholer bewältigen. Bei einer Halse rauscht unheimlich viel Wind durch unheimlich viel Tuch.

»Die haben auch gehalst«, sagte Dough.

»Jetzt!« rief ich, und wir brachen aus. Aber *Crystal* folgte uns. Den letzten Bahnschenkel legten wir wie zwei Jagdflugzeuge im Kurvenkampf in synchronem Zickzack zurück. Den Gorillas lief der Schweiß von der Stirn, aber ein gewisser Rhythmus hatte sich eingestellt. Das war's, worauf ich gewartet hatte.

»Jetzt, jetzt!« schrie ich bei der zehnten Halse.

Getrappel auf dem Vordeck, schweißnasse Hände griffen nach dem Spinnakerbaum. Der Großbaum kam über. Der Spinnaker war erst vier Fuß weit zur anderen Seite übergegangen, als Dough sagte: »Die hinten können uns jetzt abdecken.«

»Ja«, schrie ich lauter als nötig. Denn der Spinnaker kam schon wieder zurück, und der Großbaum auch. Zum ersten Mal, seit wir die Bahnmarke gerundet hatten, segelten *Crystal* und *Sorcerer* auf verschiedenem Bug.

»Das«, sagte Dough ehrerbietig, »nennt man eine Scheinhalse.«

Zu dem Schluß mußte auch Johnny Forsyth gekommen sein, denn sein Wutgebrüll drang bis zu uns herüber. *Crystals* Bug tauchte in die Wellen, und sie fuhr ihre zweite Halse hinter uns her, aber das brachte nichts mehr. Sie war jetzt abgehängt und hatte keine Chance.

Zwanzig Sekunden später ertönte der Zielschuß für uns.

»Großartig«, sagte Dough. Alle redeten wir durcheinander, nicht laut, sondern mit einer gewissen ruhigen Zufriedenheit. Uns standen noch etliche Rennen bevor, deshalb war kein Anlaß zu überschäumender Begeisterung. Aber immerhin hatten wir soeben ein gutes Rennen geliefert.

»Super«, sagte Scotto und reichte mir einen Becher heißer Fleischbrühe. »Denen haben wir's gezeigt.«

Ich schlürfte die Bouillon und merkte, daß ich zitterte. Das dampfende Getränk bildete in meinem Bauch einen heißen Klumpen, gegen den das Spritzwasser noch kälter wirkte.

»Soll ich sie heimbringen?« bot Scotto an.

Ich schüttelte den Kopf. »Mir geht's prima.« Aber das war ein Bruch mit der Tradition, deshalb schaute Scotto entgeistert drein.

»Wie geht's deinem Rücken?« fragte ich.

»Großartig.«

»Prima gemacht, das mit dem Achterstag.«

Er nickte, während er zusah, wie die anderen Boote jetzt über die Ziellinie gingen. »Morgen bringe ich das in Ordnung.«

Wenn du wüßtest, Scotto, dachte ich. Ich drehte mich um, starrte in den öden grauen Tunnel aus Wolken und See, aus dem der Wind hervorheulte wie ein hungriger Geist, und sprach leise mit Hugo. Ich sagte ihm, was ich an diesem Abend zu tun beabsichtigte. Wir waren siegreich auf dem Heimweg, aber *Sorcerer* würde morgen keine Rennen fahren.

## 24

Nach alter Tradition liefen Boote, die von einer Regatta zurückkamen, immer am Molenkopf von Pulteney vorbei. Diese Sitte stammte noch aus den Zeiten, als die Regattateilnehmer ihre Boote an Bojen vermurt im Hafen liegen hatten. Die Mole war dann immer voller Zuschauer, die darauf brannten, die Helden mit Beifall zu überschütten und die weniger Erfahrenen, die ihre Bojen verpaßten, mit schadenfrohen Kommentaren zu bedenken. Heute hatten die meisten Yachten einen Liegeplatz am Steg der Marina, und auf den flotten internationalen Rennziegen ignorierte man derlei Höflichkeitsbezeigungen ohnehin. Ich aber legte ausgesprochen Wert auf diese Tradition, denn zum einen mochte ich das alte Pulteney sehr viel lieber als das neue, und zum anderen paßte sie vorzüglich in meinen Plan. Am Molenkopf drängte sich eine dichte Menschenmenge. Als die Gestalten etwa Stecknadelgröße erreicht hatten, nahm ich mir Doughs Fernglas und verspürte einen Moment immenser Freude, denn ich sah Sally und neben ihr, ungeduldig auf die Armlehnen seines Rollstuhls klopfend, meinen Vater. Hinter ihm, das breite Gesicht verdrossen und mürrisch, stand Schwester Bollom.

»Großer Bahnhof«, sagte Scotto grinsend.

Ich nickte, aber meine Freude legte sich, weil mir einfiel, was mir gleich bevorstand. Aber es war nicht zu ändern. Ich konnte jetzt direkten Kurs anliegen. Inzwischen hatte sich die gesamte Crew in der Plicht eingefunden, und *Sorcerer* zog unter Groß und Genua bei halbem Wind mächtig davon. Die Boote im Hafen wurden größer, und dann waren wir schon mitten unter ihnen. Wenn ich über Deck peilte, konnte ich an Steuerbord voraus neben dem Vorstag *Nautilus'* flaschengrünen Rumpf mit dem Goldstreifen ausmachen. Ich biß die Zähne zusammen.

Die Menge auf der Pier jubelte und winkte. Ich ließ das Steuerrad durch die Finger gleiten. Unser Kielwasser schwappte gegen die vermurten Boote. Sorry, liebe Leute, dachte ich und stemmte mich ins Ruder.

*Sorcerers* Bug schwang herum und war nun auf das Stückchen offener See jenseits des Molenkopfes gerichtet. Und genau in dem Moment geschah es dann auch: Das Ruderrad ruckte so heftig, daß es mir aus den Händen sprang, und wirbelte dann dermaßen herum, daß die Speichen zu einem flirrenden Kreis verschwammen, bis es mit einem scheußlichen Rumpeln jäh stehenblieb.

»Zum Teufel, was ist ...« sagte Scotto.

Ich hängte mich ins Ruder, aber es saß total fest. Über uns schlugen die Segel.

»Bin in eine dieser blöden Muringtrossen geraten«, sagte ich. »Klariert das Ruder.«

Über uns begann der Mast sich häßlich vor den grauen Wolken zu biegen. Gleichzeitig fing das Ruder an, sich wieder etwas zu bewegen. Ich rief meine Anweisungen, ein plötzlicher Ruck, und *Sorcerer* kam frei.

»War wirklich 'ne Trosse«, sagte Scotto.

Da hatte er allerdings recht, aber diese Trosse hatte ich selbst in aller Herrgottsfrühe im rechten Winkel zu *Nautilus'* Muringkette ausgebracht. Als Rudergänger hatte ich soeben Präzisionsarbeit geleistet: so über diese Trosse zu laufen, daß nur das Ruder, nicht der Kiel, hineingeriet, und es auch noch so zu deichseln, daß das Blatt wirklich hängenblieb und nicht darüber wegglitt.

»Alles okay?« fragte Scotto.

Wir passierten den Molenkopf. Die Menge jubelte und winkte wieder, außer meinem Vater, der indigniert den Kopf schüttelte, und Schwester Bollom, die pikiert dreinschaute. Sally lächelte. Aber es kam mir so vor, als gelte ihr Lächeln weniger mir als dem Boot.

»Nein«, sagte ich zu Scotto und übergab ihm das Ruder, damit er selbst das Vibrieren spürte, das von einem verbogenen Ruderschaft herrührte.

»Wir müssen sie rausholen«, sagte ich. »Mit der Regatta morgen wird es nichts. Wenn ich den Kerl finde, der uns da Fußangeln ausgelegt hat, bringe ich ihn eigenhändig um.«

Aber nur so hatte ich einen Vorwand schaffen können, *Sorcerer* aus dem Wasser zu holen, und aus dem Wasser mußte sie, weil ich nur so beweisen konnte, wer der Urheber all der plötzlichen Todesfälle rund um Pulteney war. Trotzdem, sehr edel fühlte ich mich nicht.

In der Marina ließen wir sofort einen Kran kommen und *Sorcerer* aus dem Wasser holen. Scotto und ich stellten uns unter ihren Rumpf und besahen, während Wasser auf uns heruntertropfte, den Schaden. Der Ruderschaft war verbogen, nur um fünf Grad, aber das reichte.

Eine Reparatur war sinnlos, wir brauchten einen neuen Schaft, und bis wir den hatten, würden mindestens vierundzwanzig Stunden vergehen – genau, wie ich beabsichtigt hatte. Ich gab den Werftleuten entsprechende Instruktionen, ließ Scotto das Abmontieren des Ruders überwachen und zog los, um Breen anzurufen.

»Gut«, sagte er. »Sie haben gewonnen.«

»Haben Sie schon gehört, was danach passiert ist?«

»Was?« Seine Stimme wurde unvermittelt kühl. Ich berichtete und hörte förmlich sein Gehirn am anderen Ende der Leitung ticken: Zeit, Kosten, Nachteile.

»Sie werden ein Rennen verpassen. Kein Drama. Ist sie bis zur Duke's Bowl fertig?«

»Ja.«

»Na schön. Und jetzt berichten Sie mal über die Konkurrenz.«

Ich segelte das ganze Rennen für ihn noch einmal durch. Schließlich sagte er: »Gut.« Das klang erfreut. »Lassen Sie das Boot an Land, so lange Sie's für richtig halten. Die Duke's Bowl ist in einer Woche?«

»In acht Tagen.«

»Also veranlassen Sie alles Erforderliche. Ich werde mich hinter den Kulissen umhören, mal sehen, wie das Auswahlkomitee die Sache sieht. Ciao.«

Ich zwängte mich aus der Telefonzelle und ging zum Kran zurück. Das Ruder war schon abgenommen, die Crew stand unschlüssig in dem kalten Schuppen herum.

»Trinken wir was in der ‹Mermaid›«, sagte ich. »Scotto, du kannst bei mir mitfahren.«

»Und was wird mit dem Boot?« fragte Scotto.

»Das können wir ruhig hierlassen«, sagte ich. Wir stiegen ins Auto. »Solange sie an ihr arbeiten, passiert ihr nichts.«

Er zuckte die Achseln. Dann schaute er mich an, schaute wieder weg und blickte mich erneut an. »Wie konnte das passieren, daß du in das Ding gerauscht bist?«

»Welches Ding?«

»Na, die Muringtrosse. Charlie – hast du das absichtlich gemacht?«

»Tja, also ... Ja, hab' ich.«

»Verrätst du mir, warum?«

»Weil ich *Sorcerer* aus dem Wasser haben wollte. In dieser Saison hat jemand zwei meiner Boote sabotiert – bisher. Beide waren Cup-Anwärter. Ich rechne damit, daß dieser Jemand auch *Sorcerer* sabotieren möchte, und das will ich ihm leichtmachen. Das Boot geht also eine Woche nicht ins Wasser, und wir werden diese Tatsache entsprechend verbreiten: eine einmalige Chance für den Saboteur.«

»Bist du denn total verrückt?« fragte Scotto.

»Und wie«, sagte ich.

Wir hielten vor der »Mermaid«. »Ich setz' dich hier ab. Bin in zwanzig Minuten zurück.«

In der Marina erwartete mich vor dem Büro ein rothaariger Mann. Neben ihm standen zwei Metallkoffer, die so aussahen wie die Alukästen, in denen Fotografen ihre Geräte herumschleppen. Wir schüttelten uns die Hände und gingen in Neville Spearmans Büro.

Neville war spürbar entgegenkommender zu mir, wenn auch nicht überschwenglich. Was so ein Sieg doch alles vermochte! Vermutlich war dieser Agutter seiner Meinung nach wieder auf dem Weg nach oben, hatte es aber bis zum Gipfel noch ziemlich weit. Wenn wir die Qualifikation und womöglich sogar den Cup gewannen, würde er fast einen Kniefall vor mir machen – nicht wegen seiner sportlichen Einstellung, sondern weil ein Cup-Sieger namens Agutter sehr gut wäre für seine Werft, gut für die Beschäftigungslage, gut für die Publicity und gut für die Preise.

»Das ist Mr. Brewis«, sagte ich. »Ein Spezialist in Alarmanlagen.«

Spearman sagte: »Angenehm«, aber seine umschatteten Augen blickten wachsam und argwöhnisch.

»Wir würden auf *Sorcerer* gern eine Alarmanlage installieren«, sagte ich.

»Alarmanlage? Wir haben unsere eigenen Sicherheitsvorkehrungen.«

»Was nichts daran geändert hat, daß neulich nachts die Polizei in die Werft ausrücken mußte.«

»Ich glaube, Sie sind etwas – übervorsichtig«, sagte Spearman. »Wo kämen wir hin, wenn all meine Kunden solche Heulbojen an Bord hätten?«

Mr. Brewis hüstelte. »Das steht nicht zu befürchten«, sagte er. »Mr. Agutter denkt eher an elektronische Sensoren, die über Funk mit einem Monitor unter Deck verbunden sind. Sie würden selbstverständlich mit äußerster Diskretion montiert.«

»Er meint, daß wir keiner Menschenseele was davon erzählen«, sagte ich. »Ich werde *Nautilus* herbringen, wir nehmen uns ein paar Arbeiten an Deck vor und lassen dabei unten den Monitor einbauen. Vielleicht können Sie mir einen Liegeplatz am äußersten Rand geben, wo wir nicht so auffallen?«

»Nun aber mal halblang«, sagte Spearman, und ich merkte, Charlie Agutters Wiederauferstehung war noch nicht so weit gediehen, daß er schon jetzt mit Sonderwünschen kommen durfte. »Ich weiß nicht ...«

»Es ist leider unbedingt nötig«, sagte ich. »Und ich muß Sie bitten, mit niemandem darüber zu reden. Wirklich mit niemandem.«

Es herrschte Schweigen, während Spearman das Pro und Contra einer Zusammenarbeit mit Agutter erwog.

»Na ja, wenn Sie darauf bestehen?« brummte er schließlich. »Aber ich weiß wirklich nicht, wohin das alles noch führen soll.«

»Das ist eben das Pulteney von heute. Ziemlich scheußlich, wie?«

Spearman schüttelte den Kopf. Aber hinter den dunklen Augenhöhlen rechnete er sich vermutlich aus, daß das Pulteney von heute ihn teure Yachten bauen ließ und nicht Fischerboote, deren Eigner noch um den letzten Penny feilschten.

»Alles klar, Mr. Brewis«, sagte ich. »Ich komme gleich nach.« Der Spezialist erhob sich und ging mit seinen Koffern hinaus. Als ich mit Spearman allein war, sagte ich: »Ich will ganz offen sein, Neville. Außer dir, mir und Brewis weiß nur Scotto von dieser Alarmanlage, und Scotto ist keine Klatschtante. Sollte also jemand Wind von dieser Sache bekommen, dann weiß ich, wer geplaudert hat.«

Er schaute mich lange schweigend an. Dann fragte er: »Warum schmeiße ich dich eigentlich nicht gleich raus?«

Ich überließ es ihm, die Antwort darauf zu finden, erzählte ihm aber zur Sicherheit von Breens Angebot, von mir einen 150-Fuß-Schoner bauen zu lassen, wenn ich den Cup gewann. »Und daran wärst du doch sicher interessiert, wenn du Zeit dazu hättest?«

Genauso hätte ich einem Hai ein Filetstück mit der Frage anbieten können, ob er Zeit habe, es zu verspeisen. »Wenn man das erste Rennen gewinnt, hat man noch nicht den Cup in der Tasche«, sagte er immerhin.

»Aber wenn du nicht mitmachst, habe ich gar keine Chance.«

Er seufzte. »Gut«, sagte er dann. »Doch wenn auch nur andeutungsweise ein Problem auftaucht, rufe ich die Polizei.«

»Okay«, sagte ich. »Wie lange braucht ihr für den Ruderschaft?«

»Bis nach dem Wochenende«, sagte er

»In Ordnung. Und noch eine Änderung: Mir gefällt das doppelte Achterstag nicht. Mein Büro wird dir die Details für ein einfaches Achterstag durchgeben.«

Damit ging ich zu Mr. Brewis.

## 25

Es war für mich nicht gerade eine Strafe, ein paar Tage auf *Nautilus* zu wohnen. Sie war eine recht geräumige alte Dame, und ich ließ mich mitsamt meinem Reißbrett häuslich in der Achterkajüte nieder. Ab und zu fuhr ich mit ihr und der Crew zum Training hinaus. Scotto steckte tagsüber in *Sorcerers* Elektronik und nachts in der Vorderkajüte. Der Bildschirm der Alarmanlage wurde im Salon untergebracht.

Nach zwei Nächten begann ich mich zu fragen, ob überhaupt noch etwas geschehen würde. Es war genausogut möglich, daß nun, da *Nautilus* in der Marina lag, jede Feindaktion unterblieb.

Am achten Abend war ich zur Telefonzelle hinaufgepilgert, um Sally zu erreichen. Aber wie in letzter Zeit üblich, meldete sich niemand. Ich hätte sie gern besucht, konnte aber die Marina nicht verlassen. Niedergeschlagen trottete ich durch den Nebel und musterte mißmutig die Wellblechschuppen und den rostigen Drahtzaun. Es war ein trüber, kalter Abend, und die Marina sah aus wie ein Gefangenenlager. Ich fühlte mich auch wie ein Gefangener. In *Nautilus'* Kajüte brannte Licht. Ich fädelte mich durchs Luk in den Salon, wo Scotto und Georgia am Mahagonitisch Karten spielten. Georgia sagte hallo, und wir schwätzten ein bißchen. Ich fragte nach Sally. Georgia sagte, sie sei bei Ed Beith und helfe ihm, die Brandschäden zu beseitigen. Das gab mir einen feinen Stich, der ganz nach Eifersucht schmeckte, und ich stand auf, um uns ein paar Drinks zu machen. Mir genehmigte ich etwas mehr Whisky als üblich, um den Schmerz zu betäuben.

Sie fragten mich, ob wir Poker spielen wollten, aber ich lehnte ab, warf mich auf eine Koje und nahm mir ein Buch vor, ohne recht zu wissen, was ich las. Der Whisky stieg mir zu Kopf. Der Salon war in mildes Licht getaucht, und ich gab mich Meditationen hin, über die Unbequemlichkeit moderner Rennboote im Vergleich zu dieser alten Lady mit ihrem soliden Mahagoniausbau und den gemütlichen Sitzpolstern. Ich stand nur auf, um noch eine Schaufel Kohlen nachzulegen. Der Ofen in der Ecke bullerte vor sich hin, und ich setzte mich gleich wieder, um in die Flammen zwischen den schwarzen Brocken zu starren. Das Murmeln der Kartenspieler hinter mir wirkte einschläfernd, und die Augenlider wurden mir schwer.

Ich schnüffelte. Mit meinem nächsten Atemzug roch ich Benzin.

»Wonach riecht es hier?« fragte ich.

»Nach Benzin«, sagte Scotto.

Ich schaute immer noch in den Ofen. Irgend etwas stimmte hier nicht. Die Luft über der Platte flimmerte, als sei sie sengend heiß. Der Benzingeruch wurde erstickend. Die Kajüte leuchtete rot auf, und ein gewaltiger Knall fegte mich rückwärts gegen den Kartentisch. Nun roch es nach versengtem Haar, und meine Gesichtshaut spannte sich. Die Kajüte war eine einzige Flammenwand. Georgia schrie gellend. Auf den Bodenbrettern wälzte sich ein unförmiger Feuerball, und ich dachte: Das ist Scotto. Ich riß den Feuerlöscher aus der Halterung, schlug den Knopf ein, und dicke weiße Schaumknäuel quollen über Scotto. Die Flammen gingen aus. Dann war der Feuerlöscher leer.

Ich brüllte: »In die Vorderkajüte!«, packte Scottos Handgelenke und zerrte ihn durch die Tür. Immer noch loderten überall Flammen, aber nicht mehr auf Scotto.

Ich schnappte mir den zweiten Feuerlöscher und schrie: »Raus durch die Luke, Georgia.« Dann riß ich die Tür zum Salon wieder auf.

Dort brannte jetzt die Mahagonitäfelung. Die weißen Schaumbälle legten sich auf die Flammen und geboten ihnen kurz Einhalt, dann aber loderten sie erneut auf. Ich warf die Tür zu. Georgia hatte inzwischen das Vorderluk geöffnet, gottlob hatte ich es unverriegelt gelassen. Scotto hing halb draußen und paddelte mit den Beinen in der Luft. Ich stellte sie ihm auf eine Koje, und von dort aus gelangte er mit Georgias Hilfe an Deck. Die Luft draußen schien mir eisig. Ich ließ das Luk zufallen. Leise stammelte Scotto: »Was zum Teufel, was zum Teufel . . .«

Ich sagte mehr zu mir selbst als zu ihm: »Jemand hat uns einen Plastikbeutel mit Benzin ins Ofenrohr gesteckt.«

Georgia hatte ihr Takelmesser rausgezogen und schnitt Scotto die Kleider vom Leib. Es war jetzt fast dunkel, doch aus *Nautilus'* Oberlichtern zuckte ein roter Feuerschein.

»Bring ihn an Land«, rief ich Georgia zu. »Und hol Hilfe.«

Ich griff mir die am Mast festgelaschte Pütz, füllte sie mit Hafenwasser und strebte zum Niedergang. Als ich über Deck rannte, kam aus dem Salon ein eigenartiges Geräusch.

Ich konnte kaum einen klaren Gedanken fassen. *Nautilus*, meine letzte materielle Verbindung zu Hugo, war im Begriff, mir zu entgleiten. Das Geräusch im Salon klang fremd, hatte nichts mit *Nautilus* zu tun. Ich riß die Tür auf. Flammen loderten mir entgegen wie aus einer Hochofenesse. Ich schüttete mein bißchen Wasser in das Inferno, und nun schrillte dieses Geräusch unmittelbar vor mir. Das Boot hatte keine Chance. Nicht die geringste. Und mit der Erkenntnis, daß *Nauti-*

*lus* dem Untergang geweiht war, kam mir eine weitere: Dieses Jaulen, das ich erst jetzt bewußt analysierte, war der Warnton der auf *Sorcerer* installierten Alarmanlage. Einen Moment stand ich wie angewurzelt da. Das Jaulen brach abrupt ab. Das Prasseln der Flammen erfüllte die Nacht, und ich hörte Scottos und Georgias Schritte über den Steg davoneilen. Von oben, wie aus einer anderen Welt, drang hell und klar das Scheppern von *Nautilus'* Fallen im Wind. Da wußte ich, was ich zu tun hatte.

Ich füllte den Eimer erneut mit Wasser, schüttete es mir über den Kopf, riß die Axt aus der Halterung am Kajütschott, lief zurück an Deck und tauchte ins Vorluk ab. Die Hitze war mörderisch. Ich spürte, daß die Haut meiner Hand am Messinggriff der Toilettentür kleben blieb. Doch was mich trieb, war stärker als der Schmerz. Der WC-Raum war ein rabenschwarzes Loch, aber ich hatte ihn selbst konstruiert und kannte ihn in- und auswendig.

Ich schlug mit der Axt drauflos, hörte der Klirren der Toilettenschüssel, spürte Widerstand, als die Schneide auf Kupfer traf, und hackte immer weiter. Es kam mir vor wie eine Ewigkeit, denn die Hitze wurde schnell unerträglich. Ich wußte, daß ich in einer von Flammen umzingelten Falle steckte, aber ich hackte und hackte. Endlich stieß ich auf die gewünschte Stelle und spürte, wie durch das demolierte Ventil ein Wasserstrahl gegen meine Beine spritzte. Wenn ich *Nautilus* versenkte, konnte ich vielleicht wenigstens ihren Rumpf retten. Dann stürzte ich in die Vorderkajüte. Die Kojen darin brannten schon lichterloh, und der beißende Rauch nahm mir den Atem. Wie ein Schachtelteufel schnellte ich aus dem Luk, kauerte draußen einen Moment auf allen vieren und bellte mir den Hustenreiz aus dem Leib, der nach Verbrennungsofen schmeckte. Als ich aufschaute, sah ich, daß Scotto und Georgia erst hundert Yards entfernt waren. Demnach war ich zu meiner Verblüffung offenbar nur zwei Minuten unter Deck gewesen. Ich richtete mich auf und wankte auf den Steg. Auf dem Parkplatz schnarrte ein Anlasser. Ich blickte scharf hin. Neben meinem und Scottos Wagen war es das einzige Auto, aber zu weit weg, so daß ich nur verschwommene Umrisse ausmachen konnte. Jedenfalls eine Limousine.

»Das ist er«, sagte ich halblaut und begann zu rennen«.

Das Laufen war eine Qual, aber meine Wut besiegte den Schmerz, und ich rannte weiter, obwohl meine Kehle wie rohes Fleisch brannte und mein Gesicht sich anfühlte, als sei es gehäutet. Wieder wimmerte der Anlasser. Will er nicht, du Bestie? dachte ich, als ich über den

Kies des Parkplatzes stolperte. Wenn er nur nicht anspringt!

Aber er sprang an. Mir rann Schweiß in die Augen. Ich sah den dunklen Schatten aus der Reihe schwenken, hörte Räder durchdrehen, und dann preschte der Wagen ohne Licht durchs Werfttor. Ich riß die Fahrertür meines BMW auf. Er sprang sofort an, und ich trat den Gashebel durch, als der Wagen vor mir die Straße erreichte und nach links abbog.

Ich war vielleicht dreißig Sekunden hinter ihm und noch immer zu weit weg, um sein Nummernschild zu erkennen. Seine Rücklichter flackerten, dann war er hinter einer Kurve Richtung Pulteney verschwunden. Als ich in den Rückspiegel schaute, sah ich unten am Steg der Werft ein anderes Licht flackern, auch dieses rot, aber rauchverhüllt. Mit der Wut der Verzweiflung drückte ich mich in den Sitz und folgte dem hinter der Kurve verschwundenen Wagen.

Er war schnell, dieser Hund. Ich hatte den Gashebel bis unten durchgetreten, und der alte BMW vibrierte förmlich vor Anstrengung, aber ich holte nicht auf. Zwei Löschzüge rasten vorbei, also hatte Georgia inzwischen telefoniert. Unmittelbar vor Pulteney bog der andere Wagen hinter einer reetgedeckten Bauernkate nach rechts ab. Mit quietschenden Reifen schlitterte ich hinterher. Es war eine enge Straße, doch ich kannte sie gut. Sie schlängelte und wand sich wie ein Aal, aber ich fuhr mit schlafwandlerischer Sicherheit immer weiter, dachte nur an das Auto vor mir, in dem der Mann saß, der Hugo ermordet und *Aesthete* sabotiert hatte, der Mann, der schuld war am Tod des jämmerlichen kleinen Pollitt und der vorhin eine Plastiktüte mit Benzin in *Nautilus'* Ofenrohr gesteckt hatte, um sich in der allgemeinen Aufregung ungestört an *Sorcerer* zu schaffen zu machen.

Die Straße wurde jetzt gerade. Ich nahm die letzte Kurve mit der Breitseite, streifte die Böschung, das Steuer ratschte durch meine verbrannten Hände, ich schrie auf vor Schmerz, ließ das Rad los, und der BMW schlitterte gegen die Leitplanke. Fluchend setzte ich zurück und trat wieder aufs Gaspedal.

Am Ende der Geraden, hinter einer Anhöhe, gingen die zwei Rücklichter vor mir abrupt aus. Ich fuhr bis zur Kuppe. Unter mir spannten sich die Lichterketten Pulteneys. Ich wußte, daß die Straße jetzt gut einsehbar abwärts führte, um dann in die Fore Street zu münden. Die Scheinwerfer des Wagens vor mir tanzten als gelbe Kegel den Hügel nach Pulteney hinunter. In der Fore Street holte ich etwas auf, aber der Kerl bog, das Verbotsschild mißachtend, nach rechts in die Quay Street ein. Ich raste wie ein Irrer hinterher. Ein bleicher Fußgänger rettete sich in einen Torbogen. Mein eigenes Haus flitzte vorbei. Dann waren wir auf dem Naylor's Hill und bogen links auf die Straße nach Plymouth ab.

Ich warf einen Blick auf die Benzinuhr: leer. Es waren nur noch für drei Meilen Benzin im Tank. Fluchend drückte ich das Gaspedal wieder runter und fuhr an der für die nächsten zwanzig Meilen letzten Tankstelle vorbei. Das Auto vor mir raste weiter. Ich schaltete meine Scheinwerfer aus. Der Mond war aufgegangen, und ich kannte die Straße gut genug, um nach der weißen Mittellinie zu fahren.

Nach zwei Meilen verlangsamte der Kerl vor mir die Fahrt, wohl weil er glaubte, er hätte mich abgehängt. Ich nahm Gas weg, als er in die Straße nach Brundage einbog. Sie war eine Sackgasse. Die Leute, die dort lebten, waren pensioniert oder arbeiteten auf dem Land und hatten sehr wenig mit Pulteney zu tun. Mit einer Ausnahme: Amy.

Ich ging jede Wette ein, daß Amy und der Brandbombenspezialist sich jetzt ein Weilchen miteinander beschäftigen würden. Also wendete ich, fuhr zurück zur Tankstelle und ließ volltanken. Das Mädchen an der Zapfsäule starrte meine rußgeschwärzte Kleidung, mein blasenübersätes Gesicht an und blickte schnell wieder weg. Ich stieg ein und fuhr nach Brundage.

In Amys Haus brannte Licht, und in der Auffahrt stand ein Wagen, den ich kannte. Ein blauer Mercedes. Er glänzte im Schein der Hauslampe, außer an den Stellen, wo er mit Schlamm bespritzt war. Archers Wagen. Ich faßte die Kühlerhaube an: heiß. Vielleicht eine Minute stand ich reglos neben diesem Wagen. Dann ging ich vorsichtig über den Rasen auf die Haustür zu. Sie stand offen. Drin hörte ich eine Frau schreien. Ich begann zu laufen, sprintete durch die Tür und stand in einer Halle mit Parkettfußboden und rotem Perserteppich.

Ich hatte mich getäuscht, als ich es für ungefährlich hielt, Amy mit dem Brandstifter allein zu lassen.

Sie lag mit dem Gesicht auf dem Teppich, Arme und Beine weit von sich gestreckt. Sie trug eine weiße Seidenbluse und einen schwarzen Samtrock mit langem Schlitz, der ihre gutgeformten Beine sehen ließ. Der Kragen ihrer Bluse war blutverschmiert.

Das war zunächst alles, was ich in Sekundenschnelle erfaßte, als ich durch die Tür sprang. Dann nahm ich aus den Augenwinkeln eine Bewegung wahr und duckte mich, aber zu spät, um einem großen schweren Gegenstand auszuweichen, der mich mit voller Wucht zwischen den Schulterblättern traf und umwarf, so daß ich flach auf dem Boden neben Amy landete.

Dort lag ich, sah Sterne und unter mir das Bucharamuster. Dann hörte ich, daß draußen ein Wagen angelassen wurde. Ich kroch zur Tür, aber alles, was ich sah, waren verschwindende Rücklichter. Ich wankte zurück, um nach Amy zu schauen.

Sie atmete recht ordentlich. Das meiste Blut kam aus einer Platzwunde an ihrem Hinterkopf. Ich ging ans Telefon und bestellte einen Krankenwagen.

Als ich aufgelegt hatte, kehrte ich zu ihr zurück, um zu sehen, was ich noch für sie tun konnte. Dabei schaute ich ihr zum erstenmal ins Gesicht.

Ich holte tief Luft und noch einmal Luft und murmelte dann etwas sehr Häßliches. Amys Gesicht, dieses hübsche, auf Männer so anziehende Gesicht, sah aus, als sei ein Lieferwagen darübergerollt: die Augenhöhlen schwarz, die Nase platt. Und überall Blut, mehr als ich zunächst gedacht hatte. Der Teppich unter ihr war völlig blutverschmiert. Ich rannte in die Küche, griff mir Handtücher, eine Schüssel voll Wasser und Eis aus dem Kühlschrank, lief zurück, kniete mich neben Amy und begann behutsam, sehr behutsam, das Blut abzutupfen. Als das Gröbste entfernt war, wickelte ich das Eis in ein Handtuch und legte es als kalte Kompresse auf ihre gebrochene Nase.

Sie bewegte die Lippen, aus ihren Mundwinkeln quoll Blut. Sie murmelte etwas zwischen Zähnen, die vermutlich eingeschlagen waren.

»Nicht sprechen«, warnte ich.

»Er hat mich geschlagen.«

»Wer?« Ihre Augen schwollen zu und waren nur noch Schlitze. »Archer?«

Sie sagte: »Sally...«

»Was ist mit Sally?«

»Ist zu Sally gefahren.«

Ihr Kopf rollte zur Seite, und sie schloß die Augen. Ich stürzte zum Telefon und wählte Sallys Nummer. Es klingelte lange und so hallend, als stünde es in einem leeren Raum. Archer oder wer immer am Steuer des Mercedes saß, konnte noch nicht bei ihr sein. Und Sally selbst war offenbar nicht zu Hause.

Nachdem ich es fünfzehnmal hatte klingeln lassen, wählte ich Ed Beiths Nummer. Er meldete sich gleich.

»Sally?« fragte er. »Ja, sie hat mir hier beim Aufklaren geholfen. Ist vor zehn Minuten losgefahren.«

»Wohin?«

»Nach Hause.« Ed strahlte wie immer Ruhe aus. Aber wieso auch nicht? Er wußte ja nicht, was am anderen Ende der Leitung vor sich ging.

Von weitem hörte ich die Sirene des Krankenwagens heulen und lief zur Tür. Weiß glänzend lagen die Marmorstufen vor mir. In der Mitte sprang mir ein roter Fleck ins Auge: Blut. Heute nacht war offenbar überall Blut, und es würde noch mehr werden, wenn ich mich nicht beeilte. Aber dieses Blut redete zu mir, und ich blieb stehen. Es war ein Fußabdruck, der nach draußen, zur Auffahrt hin zeigte.

Ich stellte meinen Fuß daneben. Ich habe Schuhgröße neun, der Abdruck aber war gut zwei Zoll länger. Die Sohle gehörte zu einem von Seglern besonders gern getragenen Decksschuh.

Die Sirene des Krankenwagens kam näher, und ich kroch hinter einen Rhododendron. Die Sanitäter sprangen heraus, liefen ins Haus, und ich hörte noch, wie einer der beiden »Großer Gott!« sagte. Dann schlich ich durchs Tor zu meinem Wagen und fuhr mit quietschenden Reifen zur Hauptstraße.

Am Steuer überspülte mich eine Welle der Erschöpfung. Ich hatte höllische Schmerzen, überall. Ich bog von der Hauptstraße ab und in den Weg ein, der zu Sallys Haus führte. Mein Herz klopfte im Hals. Wenn sie nun schon heimgekommen war? Würde er sie ebenso traktieren, wie er Amy traktiert hatte?

Mein Fuß drückte noch stärker aufs Pedal. Die nächste Kurve nahm ich zu scharf und mußte gegensteuern.

Vor mir tauchten Rücklichter auf. Ich scherte aus, um sie zu überholen, und war schon halb an dem Wagen vorbei, als ich sah, daß es Archers Mercedes war. Ich schaute über die Mauer hinüber zu Sallys holzverschaltem Haus. Drin brannte Licht. Er mußte hier draußen gewartet haben, bis sie vorbeikam, und startete jetzt seinen Angriff. Den Fahrer konnte ich nicht identifizieren. Aber er erkannte meinen Wagen genauso, wie ich seinen erkannt hatte, denn er scherte in meine Richtung und ich in seine aus. Krachend prallten die beiden Wagen gegeneinander. So schleuderten wir an der Eichenreihe entlang, die zu Sallys Haus führte. Ich gab Gas, er auch. Ineinander verhakt schossen beide Wagen die enge Straße hinunter. Was passieren würde, war klar.

Sallys Toreinfahrt wurde zu beiden Seiten von massiven Granitpfosten flankiert. Ich fuhr direkt auf den rechten zu. Hart stieg ich auf die Bremse und versuchte auszubrechen, aber der Mercedes hielt mich fest. Der Steinpfosten raste mit fünfzig Stundenmeilen auf mich zu. Ich schaltete in den zweiten Gang zurück und drückte aufs Gas. Alle beide schlitterten wir seitwärts, aber die Vorwärtsbeschleunigung war noch zu stark. Mit kreischenden Reifen und dreißig Meilen pro Stunde knallte ich an den Pfosten.

Der Sicherheitsgurt hielt. Die Beifahrertür kam mir entgegen. Es roch nach ausgelaufenem Benzin. Der Mercedes röhrte auf, wendete und jagte zurück zur Straße. Ich drehte meinen Zündschlüssel. Nichts.

Die Tür ließ sich nicht öffnen. Stöhnend wegen der Brandwunden wälzte ich mich durchs Fenster. Der Wind seufzte in den Eichen. Sallys Peugeot stand in der Auffahrt, aus dem Küchenfenster fiel Licht.

Ich taumelte über den Kies und hämmerte gegen die Haustür.

## 26

Der Wind wurde stärker und ließ die Kronen der Eichen wie mondsüchtig schwanken. Meine Augen wollten partout nicht offenbleiben. Als die Tür aufging, fiel ich mit ihr nach innen, und zum zweiten Mal in dieser Nacht stieg mir Teppichgeruch in die Nase. Das ganze Haus schien erfüllt vom Gesang eines verrückt gewordenen Chors, von knackendem Holz, rüttelnden Fenstern, schlagenden Türen, klopfenden Leitungen. Einen Moment lag ich nur da, total wirr im Kopf, dann merkte ich, daß Sally wie von fern meinen Namen rief. Ich richtete mich auf alle viere auf.

»Dein Gesicht...« sagte sie.

Ich ließ mich auf einen der harten Stühle in der Diele fallen.

»Was hast du bloß gemacht?«

Nur mit Mühe gelang es mir, den Blick auf sie zu richten. Meine Augen waren wie verkrustet. Auch mein Gesicht und meine Hände schmerzten, und mein ganzer Körper schien eine einzige Brandwunde zu sein, besonders qualvoll an den Stellen, wo der Pyromane mich mit einem Stuhl niedergeschlagen hatte und wo ich mit dem Auto gegen den Pfosten gefahren war.

»Kommt vom aufregenden Leben«, sagte ich.

»Was war denn los?«

»Später. Telefon?«

Ich rief im Krankenhaus an und bekam Schwester Hilda an den Apparat. »Oh, Charlie«, sagte sie. »Jetzt war doch dieser Scotto schon wieder hier! Mit häßlichen Verbrennungen.«

»Wie ernst?« fragte ich, einen im Sterben liegenden gehäuteten Scotto vor dem geistigen Auge.

»Er durfte schon wieder nach Hause«, sagte Hilda. »Mit dieser netten Georgia.«

»Mir wurde gesagt, daß auch Amy Charlton bei Ihnen ist«, sagte ich. »Wie geht's ihr?«

»Schlecht«, meinte Hilda. »Sie schläft. Georgia bat mich, Ihnen diese Nummer durchzugeben, falls Sie anrufen.« Sie nannte sie mir. Als ich dort anrief, war Georgia am Apparat.

»Scotto geht's gut«, sagte sie. »Kaum zu glauben, aber ihm hat's die Kleidung weggebrannt und weiter nichts. Außer den Wimpern.«

»*Nautilus?*«

»Gesunken. Ausgebrannt. Aber den Rumpf hast du gerettet. Es tut mir so leid, Charlie.«

»Mir auch«, sagte ich. »Kann Scotto segeln?«

»Frag ihn«, sagte sie.

Scotto kam an den Apparat. Vermutlich lagen sie zusammen im Bett. Bett – was für ein wunderbares Wort!

»Bist du verletzt?« fragte ich.

»Nicht sehr«, sagte Scotto.

»Kannst du morgen segeln?«

»Na klar«, sagte er.

»Könntest du ganz früh rausfahren und *Sorcerer* von oben bis unten durchchecken? Laß dir von den anderen helfen.«

»Natürlich. Dike schläft heute nacht an Bord, nur für alle Fälle.«

»Ich komme zu euch, sobald es geht. Scotto, der Kerl war auch auf der *Sorcerer*, nachdem er aus *Nautilus* eine Fackel gemacht hatte. Die Alarmanlage hat mich gewarnt.«

»Tatsächlich?« Das klang schon weniger zuversichtlich. Wenn man ein Boot lahmlegen will, gibt es dafür jede Menge Möglichkeiten, aber man kann nur schwer herausfinden, wie es gemacht wurde – bis einen dann die Havarie überrascht. Was uns bei den Cup-Ausscheidungen nicht gerade helfen würde.

»Entschuldige, wenn ich frage«, sagte Scotto. »Aber du bist hinter diesem Kerl hergerast. Hast du ihn erwischt?«

»Er hat mich erwischt«, sagte ich. »Und das ist die zweite Sache, die ich mit dir besprechen wollte. Bitte keinerlei Kontakte mit Frank Millstone oder Archer oder sonstwem von *Crystals* Crew.«

»Okay«, sagte Scotto. »Ach, und ... ähem ... Das hast du gut gemacht, das mit dem Feuerlöscher.«

»Ich bitte dich. Tut mir leid, daß du ... ähem ... kurz k. o. warst.«

Ich legte auf. Sally starrte mich an.

»Kinderspiele«, sagte ich.

»Ach, hör auf«, wehrte sie ab. »Was war los?«

Ich erklärte es ihr, während ich eine weitere Nummer wählte.

»Er war auf dem Weg zu mir?« fragte sie.

»Richtig.«

»Aber warum bloß?«

»Ich habe gehofft, daß du mir da weiterhelfen könntest.«

Es tutete, und dann sagte eine Stimme: »Polizei.« Ich ließ mich mit Nelligan verbinden und fragte: »Wollen Sie den Burschen, der sich an den Rudern zu schaffen gemacht hat?«

»Niemand hat sich daran zu schaffen gemacht, das ist erwiesen.«

»Na schön. Wie wär's dann mit Brandstiftung und versuchtem Mord?«

»Oh.« Er schien beeindruckt. »Und zu wem gehe ich da am besten?«

»Sie könnten zum Beispiel mit Jack Archer anfangen. Er wird bei Millstone sein. Vielleicht fragen Sie ihn mal, wer heute nacht seinen Wagen gefahren hat. Und dann könnten Sie Mrs. Charlton im Krankenhaus besuchen. Sie hat eine Gehirnerschütterung. Fragen Sie Amy doch mal, wie sie dazu gekommen ist.«

Ich hörte ihn ein Streichholz anreißen, um sich eine Zigarette anzuzünden.

»Millstone und Mrs. Charlton gehören nicht gerade zu Ihren Freunden. Sind Sie sicher, daß Sie jetzt nicht ein bißchen rachsüchtig sind? Ich will Ihnen was sagen: Wir schicken morgen früh einen Mann zu Mr. Millstone.«

Ich war zu erschöpft, um lange mit ihm zu diskutieren. »Er ist eben doch recht einflußreich, wie?«

»Gute Nacht«, sagte Nelligan und legte auf.

Sally führte mich in die Küche. »*Nautilus* ist ausgebrannt, an *Sorcerer* hat sich jemand zu schaffen gemacht«, rekapitulierte sie. »Amy ist niedergeschlagen worden. Dein Auto kannst du abschreiben. Was wird gespielt, Charlie?« Sie betupfte mein Gesicht mit einem nassen Tuch, das im Handumdrehen schmutzig wurde. »Was geht bloß vor?«

Ihr ägyptisches Gesicht tanzte vor mir auf und ab, und ihre langen grünen Augen blickten ernst, während sie sich meiner linken Wange annahm, was höllisch schmerzte.

»Irgend jemand will mich nicht in der Qualifikation haben«, sagte ich. »Welche Schuhgröße hat Archer?«

Sie runzelte die Stirn. »Keine Ahnung. Acht, neun?«

»Nicht zwölf?«

»Zwölf bestimmt nicht.«

»Nein.« Das Denken fiel mir zunehmend schwerer.

»Ich meine, daß jemand zunächst nur versucht hat, mich aus dem Captain's Cup zu drängen. Aber mittlerweile hat er soviel Gefallen an der Gewalt gefunden, daß er ein gemeingefährlicher Irrer geworden ist.«

»Aber warum hat er Amy zusammengeschlagen?«

»Vielleicht hat er mit ihr geschlafen. Wie so mancher andere. Aber er wurde eifersüchtig.«

»Und warum hatte er's auf mich abgesehen?«

»Genau da komme ich nicht weiter.«

»Millstone?« fragte sie.

»Nicht ausgeschlossen. Er hat große Füße, okay. Und er haßt die Agutters. Trotzdem...«

Plötzlich bekam ich im Sitzen keine Luft mehr. Ich stand auf. Und nun stürzte alles zugleich auf mich ein, die Verbrennungen und die Schmerzen, die Trauer um meinen Bruder und mein Boot und der unerträgliche Gedanke, dem Täter so nahe zu sein und doch keine Gewißheit zu haben. Der Holztisch, die Stühle, die Bilder an den Wänden kippten um, schrumpften ein und flogen davon. Ich wurde ohnmächtig.

Ich hatte einen fürchterlichen Traum, der mich wieder in *Nautilus'* Kajüte zurückversetzte. Die Flammen ergossen sich wie Lava über mich, und ich kämpfte verzweifelt mit dem klemmenden Luk. Aber es ließ sich einfach nicht öffnen. Der Schmerz wurde unerträglich, und ich schrie gellend um Hilfe. Da erwachte ich von meinem eigenen Schrei.

In einem Zimmer, dessen gedämpftes Licht vom jungen Laub der Eichen vor dem Fenster grün gefiltert wurde, lag ich in einem großen Bett. In Sallys Bett. Meine rechte Hand steckte in einem hübschen weißen Verband; mein Gesicht war mit irgendeiner Schmiere bedeckt.

»Guten Morgen«, sagte Sally. Sie saß an einem Sekretär am Fenster und schrieb.

»Guten Morgen.« Ich saugte das Licht förmlich in mich hinein. Alles war wieder freundlich und ruhig, denn während ich schlief, hatten sich die einzelnen Teile wie von selbst zu einem Puzzle zusammengefügt. Ich wußte, was gespielt wurde und warum, und wer dahintersteckte. Und nun, da ich es wußte, konnte ich die Sache auch in einer Weise anpacken, die Hugo gutgeheißen hätte.

Ich versuchte mich aufzusetzen. Aber meine Selbstzufriedenheit wurde augenblicklich von einer Schmerzwelle hinweggespült.

»Ja«, sagte Sally und schaute mich ruhig an. »Der Arzt meint, daß du ins Krankenhaus gehörst. Aber ich habe ihm gesagt, daß wir dich hier pflegen werden.«

»Was ist los mit mir?« fragte ich.

»Du hast Verbrennungen an Gesicht und Händen, Quetschungen und vermutlich eine Gehirnerschütterung.«

»Toll.« Ungeachtet des jammernden Protests meiner Rückenmuskeln setzte ich mich auf. Ich schmeckte immer noch Rauch auf der Zunge. »Wie spät ist es?«

»Elf Uhr. Der Doktor meinte erst, du lägest im Koma; nur dein Schnarchen paßte nicht dazu.«

Ich schaute mich suchend um. »Wo sind meine Kleider?«

»Hab' ich weggepackt.« Sie grinste. »Du wirst sie ein paar Tage nicht brauchen.«

»Heute ist Regatta«, sagte ich. »Die Duke's Bowl. Ich muß los.«

»Niemand ist unersetzlich.«

»Ich schon. Heute schon.« Ich schwang die Füße aus dem Bett. Bis auf die Verbände war ich im Adamskostüm.

»Meine Kleider. Bitte, Sally. Oder ich muß so fahren.«

Sie seufzte. Die Heiterkeit war aus ihrem Blick verschwunden. Sie ging nach nebenan und kam mit einem Bündel zurück, das sie aufs Bett warf. Dann setzte sie sich wieder und schaute zu, wie ich mich anzog, nahm mein Ächzen und Stöhnen hin, ohne mir zu helfen.

»Ich mache Frühstück«, sagte sie schließlich.

»Könntest du im Krankenhaus anrufen?« bat ich. »Versuch herauszufinden, wie es Amy geht und ob sie sich an was erinnern kann.«

Sie nickte und ging die Treppe hinunter.

Ich brauchte fünf Minuten, um mir die Schuhe zuzubinden, die sie mir hingestellt hatte. Die Schuhe hatten Hugo gehört. Als ich zur Tür ging, wurde es sogar noch schlimmer. Ich setzte mich wieder aufs Bett und fragte mich, wie ich eine Regatta von Pulteney nach Cherbourg überleben sollte, die in vier Stunden starten würde. Und damit war ich in Gedanken bei Breen, der in anderthalb Stunden hier ankommen sollte. Da angelte ich mir einen Stuhl und schaffte es, den Raum zu durchqueren, indem ich den Stuhl vor mir herschob und mich an seiner Lehne festhielt. So gelangte ich bis zur Treppe, wo ich, ans Geländer geklammert, nach unten tappte.

Bis ich in der Diele angelangt war, hatten meine Muskeln sich soweit erwärmt, daß ich ohne Stütze weiterschlurfen konnte. Ich schleppte mich in die Küche, wo Sally gerade Eier in die Pfanne schlug.

»Wie geht's Amy?«

»Sie haben ihr eine Beruhigungsspritze gegeben. Als sie eingeliefert wurde, redete sie nur unzusammenhängendes Zeug. Nach dem, was mir Hilda sagte, hat sie keinen Namen genannt.«

Sie stellte mir Eier mit Speck und Toast hin, und ich spülte alles mit starkem Kaffee runter.

»Hugo konnte auch immer solche Unmengen verdrücken vor einer Regatta«, sagte sie, und ihr Blick ging in weite Ferne. »Komisch, daß einem gerade die Kleinigkeiten zu schaffen machen.« Einen Moment hingen wir schweigend unseren Gedanken nach. »Charlie, nicht wahr, du schnappst den, der das alles getan hat?«

»Ja«, sagte ich, und die Überzeugung in meiner Stimme war echt. »Wie sieht mein Wagen aus?«

»Ein Nachbar hat ihn mit dem Traktor aus dem Weg gezogen«, sagte sie. »Den kannst du gleich auf den Autofriedhof bringen lassen.« Ich rief den Schrotthändler an. Und dann führte ich ein weiteres Telefongespräch, diesmal mit Neville Spearman. Wir wechselten harsche Worte, Neville und ich, aber schließlich sagte er mir, was ich wissen wollte. Dann humpelte ich zu Sally zurück und bat: »Könntest du mich vielleicht zur Marina fahren?«

Als wir in die Fore Street einbogen, fragte sie: »Und was ist, wenn – wenn er wiederkommt?«

»Er kommt nicht.«

Dicht an dicht drängten die Yachten sich an den Stegen, und wie in einem Ameisenhaufen wimmelte es von Menschen, die ihre mit Proviant und Zubehör vollgepackten Karren geschäftig hin- und herschoben.

Ich sah *Sorcerers* dreifache Salinge und auf einem der äußeren Liegeplätze ein Stückchen von *Crystals* Sieben-Achtel-Rigg mit der flatternden Rennflagge.

»Bist du sicher?« fragte sie.

»Völlig sicher.«

Auf der Mole war ein Kombi mit dem Schriftzug »*Crystal*« vorgefahren. Archer und Johnny Forsyth stiegen aus und kamen, einen großen Segelsack zwischen sich schleppend, über den Steg heran.

»Mast- und Schotbruch«, sagte Sally, beugte sich vor und küßte mich auf den Mund – vielleicht, um mich nicht auf die gelbeschmierte Wange küssen zu müssen. Aber vielleicht auch nicht.

Mit einem Spazierstock, den ich mir von ihrem Garderobenständer gegriffen hatte, humpelte ich die Pier entlang. Der Wind pfiff durch die Riggs der vermurten Yachten, und ich fühlte mich gleich viel wohler. Fast konnte ich wieder normal laufen. Geradezu fürsorglich halfen sie mir an Bord der *Sorcerer*.

»Donnerkeil«, sagte Scotto bei meinem Anblick. »Du siehst ja wirklich scheußlich aus.«

»Du bist auch nicht gerade ein Bild der Gesundheit«, sagte ich.

Er hatte keine Augenbrauen mehr, und über der Stirn war sein ganzes Haar weggesengt. Er trug ein T-Shirt mit langen Ärmeln, Motorradhandschuhe und dicke Bandagen an den Beinen.

Er gab *Sorcerer* einen Klaps mit der behandschuhten Rechten, stöhnte aber wütend auf. »Wir haben sie durchgecheckt«, sagte er.

»Und? Was habt ihr gefunden?«

»Nichts«, sagte er. »Alles in Ordnung.«

»Dann müssen wir eben lossegeln und hoffen, daß sie uns draußen nicht aus dem Leim geht.«

»Vielleicht konnte dieser Misthund ja wirklich nichts mehr an ihr linken«, sagte Scotto.

Ich legte den Kopf zurück und schaute auf zu diesem straffgespannten Spinnennetz aus Stahl und Aluminium, das sich schwankend von den jagenden Wolken abhob.

»Und wenn's was oben im Rigg ist?«

»Daran haben wir auch schon gedacht.« Scottos Zuversicht schwankte etwas. »Jedenfalls hab' ich ein paar Ersatzteile mitgebracht.«

Ich grunzte. Da zum Neuaufriggen keine Zeit blieb, konnten wir nicht viel machen. Aber Ersatzteile nutzen einem kaum, wenn der Mast erst von oben gekommen ist.

»Guten Tag, meine Herren«, ließ sich eine Stimme von der Pier vernehmen. Klein, untersetzt und ganz businesslike stand Breen vor uns: makelloser Blazer, tadellose Bügelfalten, das krause Haar sorgfältig onduliert, die aus dem rosigen Gesicht ragende Zigarre direkt auf uns gerichtet. Er sprang leichtfüßig an Bord, nahm dem Chauffeur den Seesack ab und stieg unter Deck. Einen Moment überkamen mich ungute Erinnerungen, denn das letzte Mal, daß ich Breen auf einem Boot gesehen hatte, war in Kinsale gewesen. Aber mit derlei Gedanken gewann man keine Regatta.

Steifbeinig kletterte ich ebenfalls nach unten und zwängte mich in mein wasserdichtes Zeug. Breens Zigarrenqualm verpestete die Luft.
»Rauchen nur an Deck, wenn Sie nichts dagegen haben«, sagte ich.

Breen schaute mich scharf an, nahm dann aber die Zigarre aus dem Mund und schnippte sie durchs Luk nach draußen.

»Sorry«, sagte ich.

»Sie sind der Skipper«, sagte er. »Hier bestimmen Sie.« Automatisch fuhr seine Hand in die Tasche, wo er seine Zigarren hatte. »Sie kommen wohl gerade aus einer Schlacht?«

»Ich habe nur Ihre Interessen wahrgenommen«, sagte ich, und mein Lächeln tat weh, so schief war es. »Aber jetzt müssen wir zusehen, daß wir das Boot klarkriegen. Ich erzähle Ihnen alles später.«

»Gewiß«, sagte er und hatte, ehe er sich's versah, schon wieder eine Zigarre aus der Tasche gezogen. Als er den Blick über Segelsäcke, Schapps, Herd, Kojen und Funkgerät schweifen ließ, hatte ich den Eindruck, daß er sich in diesem nüchternen weißen Raum etwas fehl am Platz fühlte. Er stakste den Niedergang hoch, und ich folgte ihm etwas energischer, begann, mich auf das zu konzentrieren, was Dough auf seinem Notizblock stehen hatte. Scotto, der sich wegen seiner Bandagen und Handschuhe etwas schwerfällig bewegte, warf die Festmacherleinen los und dirigierte Sorcerers Bug in den Wind, der von der französischen Küste her kurze graue Seen heranschob.

# 27

Die Duke's Bowl ist die erste vom National Ocean Racing Club ausgerichtete längere Hochseeregatta der Saison. An ihr nehmen Yachten aller aller Klassen teil, deren Unterschiede durch entsprechende Vorgaben und Ausgleichsformeln kompensiert werden; sie ergeben sich aus dem nach dem Vermessungssystem errechneten Rating, dem Geschwindigkeitswert. Es kann also durchaus geschehen, daß ein Oldtimer, der Stunden nach dem als ersten eingelaufenen Boot ankommt, trotzdem das Rennen gewinnt.

In einem Pulk von Booten aller Größen und Formen, vom stolzen Oldtimer aus Holz über GFK-Fahrtenkreuzer bis hin zu 80-Fuß-Rennschlitten, deren Feintrimm dem einer Stradivari glich, drängten wir hinaus. Vielversprechende Cup-Anwärter waren massiv vertreten. Ich winkte einigen Bekannten zu. Dann ertönte der erste Zeitschuß, und das Winken hörte auf, denn nun wurde es ernst, bitter ernst. Hinter dem rot-weiß-blauen Rumpf von *Flag,* einem amerikanischen Maxi, den der Sound Yacht Club für das in einigen Monaten laufende Lancaster Great Circle Race angemeldet hatte, entdeckte ich *Crystal.* Sie wirkte, das war nicht zu leugnen, ungemein kampflustig. Ich sah sie wenden und hinter *Flags* Bug wieder auftauchen – einer von Archers Lieblingstricks. Als mein Blick zurückwanderte zu unserem Deck, spürte ich, daß Breen mich beobachtete.

Ich wußte, warum.

Ich bat ihn nach achtern und sagte: »Wußten Sie, daß irgend jemand von *Crystal* versucht hat, sich letzte Nacht an Ihrem Boot zu schaffen zu machen?«

Sein Blick und seine Zigarre zielten genau zwischen meine Augen. »Und was haben Sie dagegen getan?«

»Wir haben den ganzen Morgen gesucht, aber nichts gefunden. Könnte irgendwo im Rigg sein.«

Augen und Zigarre machten einen Schwenk nach oben. Und da bemerkte ich zum ersten Mal, daß sich unter der rosigen Haut seines pausbackigen Gesichts ein trutziger Unterkiefer verbarg, dem Rammbug eines Kriegsschiffes nicht unähnlich. Breen musterte das Rigg etwa dreißig Sekunden lang, dann sagte er: »Es wird also was zu Bruch gehen, meinen Sie.«

»Mit der Möglichkeit müssen wir rechnen.«

»Und was schlagen Sie vor?«

»Regatta zu segeln, bis was hops geht.«

Breens Blick war in die Ferne gerichtet. Unbewegt wie eine Osterinselfigur stand er da, während die blasse Sonne die See mit kaltem Blau färbte und das Kielwasser der Rennboote unruhig flirren ließ.

»Charlie«, mahnte Dough neben mir.

»Entschuldigen Sie mich bitte«, sagte ich höflich zu Breen.

Dann überließ ich mich der Regattastimmung, und die Welt schrumpfte, bis sie nur noch aus den Ausschlägen der Meßgeräte bestand und aus den bizarren Spitzengebilden des Kielwassers der anderen Boote und aus Doughs im Zehn-Sekunden-Takt gemurmeltem Countdown.

Der Fünf-Minuten-Schuß fiel, und vor der imaginären Linie zwischen den beiden Booten der Rennleitung verschmolzen die weißen Dreiecke zu einem durchgehenden hellen Band.

Am rechten Boot verpuffte ein weißes Rauchwölkchen, dem im Bruchteil einer Sekunde der Klang des Startschusses folgte. Zusammen mit drei weiteren Booten rauschten wir an der rechten äußeren

Bahnbegrenzung über die Startlinie. *Crystal* lag irgendwo hinten im Gedränge an der linken Seite. Aber ich hatte jetzt keine Zeit, mir Gedanken über *Crystal* zu machen, denn die ganze Strecke bis zum westlichen Ende der Teeth hinunter steckten wir in einem erbitterten Hin und Her von Wendemanövern gegen unsere Mit-Starter. Wir rundeten die erste Bahnmarke als fünfte. Ich legte mit der gesunden Hand Ruder, bis der Kompaß sich auf 118 Grad eingependelt hatte. Der Wind frischte auf, und die Vorschoter mußten das Vorsegel gegen die Genua 3 auswechseln. Vom grauen Horizont her kamen graue Wellen auf uns zu marschiert, und obwohl der Wind kalt schien, war ich vor Konzentration ganz naß geschwitzt.

»Crispin«, sagte ich. »Übernimm mal bitte.«

Eher unbewußt hatte ich die ganze Zeit gespürt, daß Breen sich nicht wie ein Eigner verhielt. Normalerweise gibt es zwei Typen von Eignern: den extrem Hilfsbereiten, der eilfertig immer zupacken will und sich dabei ständig in losen Leinen verheddert, und den unentwegten Lächler, der sich in die äußerste Ecke verzieht und jeden, von dem er auch nur einen Blick erhaschen kann, wie ein Honigkuchenpferd angrinst. Breen saß zwar still, aber er lächelte nicht.

Er zog mich heran und fragte: »Haben Sie nach dem letzten Rennen den Mast neu geriggt?«

»Nein«, sagte ich.

»Ich bekam eine Rechnung für ein Achterstag.«

»Ja«, sagte ich. »Uns ist eines gebrochen, daraufhin habe ich das geändert und statt des doppelten ein einfaches Achterstag montieren lassen.«

Breen sagte: »Also, wenn ich ein Boot sabotieren wollte, würde ich's bei einem nagelneuen Teil versuchen. Wie würden Sie ein Achterstag sabotieren?«

Der Bug tauchte in eine Welle und schleuderte Gischt zu uns nach achtern. Sie platschte Breen mitten ins Gesicht, aber er verzog keine Miene.

»Ich würde es lösen«, sagte ich, »würde ihm an einer Stelle eine Kinke verpassen, und dann würde ich es wieder durchsetzen. Auf diese Weise hätte man ein Achterstag, das so fest ist wie ein Faden Nähgarn. Und das Ganze würde kaum fünf Minuten dauern.«

»Nun?« fragte Breen.

»Nun«, sagte ich und suchte mit Blicken die sich bis in siebzig Fuß Höhe spannende Drahttrosse ab. »Warum eigentlich nicht, zum Teufel?« Ich winkte Scotto herbei. »Wir brauchen einen Freiwilligen«, sagte ich. »Und ein paar von deinen Ersatzteilen.« Scotto zog los, um sie zu holen. Ich sagte zu Breen: »Es muß nicht unbedingt das Achterstag sein. Sind Sie sicher, daß Sie nicht aufgeben wollen?«

»Den Teufel will ich«, sagte Breen mit geradezu erschreckender Vehemenz. »Es ist das erste Mal seit fünf Jahren, daß ich mal weg bin von einem Telefon. Bringt mir dieses Achterstag in Ordnung, und wenn wir den Mast verlieren, dann verlieren wir ihn eben.«

»Gut«, sagte ich fast ehrfürchtig. »Sie sind der Eigner.«

*Sorcerers* Crew segelte zwar noch nicht lange zusammen, aber davon war jetzt wahrhaftig nichts zu spüren. Innerhalb von drei Minuten war Dike, der Vorschotmann, wie ein Orang-Utan in den Mast hochgeklettert, während Al, der Winschkurbler, mit weit ausholenden Schultern die Fallwinsch mit der Sicherheitsleine betätigte.

»Wenn es noch eines Beweises bedurfte, daß der Mensch vom Affen abstammt, dann haben Sie ihn hier«, sagte Dough.

Breen drehte sich um und starrte ihn an. Und dann lachte er erstaunlicherweise. Es war das erste Mal, daß ich Breen lachen sah. Ich mochte ihn dieses Lachens wegen, mochte ihn unheimlich, denn letzten Endes war es sein Geld, das hier auf dem Spiel stand, und außerdem war das Ganze nicht ungefährlich, wenngleich Dike jetzt den gefahrvollsten Teil übernommen hatte. Ihm schien das indessen nichts auszumachen. Er sang lauthals, als er das Reservestag am Masttoppbeschlag befestigte, und brüllte Flüche zu Scotto herunter, der zwischen Ersatzstag und Pütting eine provisorische Verbindung herstellte. Und dann sang er wieder, lauter obszönes Zeug, als er das alte Achterstag zu uns an Deck herunterließ. Als er gerade niederenterte, bohrte sich *Sorcerer* in eine siebte Welle und wurde abgebremst. Wie eine Spinne aus dem Netz schnellte Dike ins Leere und landete im Großsegel. Al ließ ihn abwärts rauschen, und schon hakte Dike sich aus und kam nach Achtern gewatschelt.

»Saubere Arbeit«, sagte Breen.

Dike grinste ihn an, mehr Lücken als Zähne zeigend. »Dann wollen wir uns mal das Stag anschauen.« Er ließ den Nirodraht durch seine schwieligen Hände gleiten und hielt, als er etwa bei der Hälfte angelangt war, plötzlich inne. »Sieh mal an«, sagte er, »da haben wir's.« Es war nur eine winzige Unebenheit. Dike wurde nachdenklich. »Windstärke?« fragte er.

»Sechs, in Böen sieben.«

Dike wiegte den Kopf auf dem zu kurzen Hals. »Mann, o Mann«, sagte er. Dann schaute er, angestrengt nachdenkend, wieder nach vorn.

»Da hat er aber Glück gehabt«, meinte Scotto. »Der Mast hätte jeden Moment von oben kommen können.«

»Vielen Dank«, sagte ich zu Breen.

»Keine Ursache«, meinte der. Seine Augen glitzerten vor Erregung, und erst jetzt fiel mir auf, daß er seit zehn Minuten keine Zigarre mehr im Mund gehabt hatte. Nun schnitt er eine an und beugte sich in die Plicht hinunter, um die Flamme vor dem Wind zu schützen. Als er sich wieder aufrichtete, sah er mich düster an. »So«, meinte er. »Und jetzt sollten Sie mir endlich erzählen, was hier gespielt wird.«

Wir hockten uns auf die Luvkante und starrten, die Beine außenbords hängend, zum Rest der Flotte hinüber, die durch die grober werdende See auf die noch weit entfernte Küste Frankreichs zuhielt. Nun erzählte ich Breen alles und ließ nichts aus bis auf ein Detail: daß ich bei *Sorcerers* verbogenem Ruderschaft etwas nachgeholfen hatte.

Als ich fertig war, sagte Breen: »Er hat Ihnen also gedroht, Sie bankrott zu machen, wenn Sie ihm Ihr Haus nicht verkaufen. Und er hatte die Stirn, Ihren alten kranken Vater einzuschüchtern. Außerdem bedient er sich, um seine Interessen zu fördern, eines Handlangers, der Mord, Brandstiftung, Bedrohung und schwere Körperverletzung auf dem Gewissen hat. Sie vermuten, daß Millstone davon weiß, seinen Handlanger aber, solange er ihm nützlich ist, nicht anzeigen wird. Aber warum, zum Teufel, haben *Sie* ihn nicht angezeigt, Charlie?«

Ich wartete, bis die nächste Welle unter uns durchgelaufen war.

»Das werde ich tun, sobald wir dieses Rennen gewonnen haben«, sagte ich. »Mit fairen Mitteln. Das bin ich irgendwie meinem Bruder schuldig. Und noch ein paar anderen Leuten.« Wie meinem Vater und Sally, meinem alten Freund Ed Beith und all den anderen Einwohnern von Pulteney, die erst aus ihrem Dornröschenschlaf erwacht waren, als Millstone schon mitten in ihren Wohnstuben stand.

»Verständlich«, sagte Breen. »Eine Vendetta, die mein Geld kostet, schätze ich eigentlich nicht, aber wenn Sie gewinnen, wollen wir dieses Mal eine Ausnahme machen.«

Der Wind drehte bald nach Einbruch der Dunkelheit auf West, und wir holten den Reacher heraus. Es war nicht ungefährlich, bei dieser groben See soviel Tuch zu führen. Crispin und ich mußten uns häufig ablösen – nicht nur, um fit zu bleiben, sondern auch wegen der körperlichen Anstrengung, die es bedeutete, unter diesen Bedingungen das Ruder zu halten. *Sorcerer* preschte durch die Wellen, daß zwischen den Relingsstützen, deren Fuß durchs Wasser schnitt, die Gischt schäumte. Sie knarrte und ächzte, und im Rigg stimmte der Wind schaurige Akkorde an. Zunächst war es erregend. Aber der kalte, nasse, heulende Wind pustete das erregende Gefühl, sehr schnell und gefährlich zu segeln, bald hinweg. Was blieb, war eine grimmige Entschlossenheit, die nächsten zwanzig Stunden durchzustehen, eine Entschlossenheit, die durch das Reizwort *Crystal* verstärkt wurde.

Das weiße Blinkfeuer von Cap La Hague südöstlich von uns, bei Windstärke acht und hochgehender See, rundeten wir um vier Uhr morgens die Bahnmarke. Die Maxis waren schon herum, von den Ausscheidungskämpfern für den Cup waren wir die dritten. Vor uns lagen das Joe-Grimaldi-Boot *Ariel* und *Crystal*. Archer hatte mit ihr die Tonne zwanzig Minuten vor uns gerundet.

Ich übergab an Crispin. »Ich mache ein Nickerchen«, sagte ich. »Sir Alec, warum legen Sie sich nicht auch hin?«

Er hatte in der Dunkelheit, nur durch das Glimmen seiner Zigarre auszumachen, die ganze Zeit am Heck gesessen. Dieses Glimmen wanderte einmal nach links und einmal nach rechts, weil er den Kopf schüttelte. »Ich bleibe hier«, sagte er. »Den Spaß will ich mir nicht entgehen lassen.«

Es hatte zu regnen begonnen. Spaß? dachte ich, als ich in die nasse Kajüte hinunterstieg und meine schmerzenden Glieder in der feuchten Koje zusammenrollte. Spaß konnte man es auch nennen.

Am Morgen hörte ich den Seewetterbericht: Windstärke sieben, auf acht zunehmend. Draußen an Deck war es inzwischen hell geworden, ein schmutziggraues Licht mit flach übers Wasser peitschendem Regen aus Südwest. Ich übernahm von Crispin, der sich dankbar nach unten verdrückte.

*Sorcerer* gab unter Groß und Triradial ihr Bestes. Sie flog auf einem Gespinst aus Gischt dahin, als hätte sie Flügel, und die Lognadel zitterte meist zwischen zwölf und vierzehn Knoten.

»Holen wir *Crystal* ein?« fragte ich Dough.

»Schwer zu sagen«, meinte er. »Wir müssen abwarten, bis wir sie sehen können.«

Bei dem Regen betrug die Sichtweite keine fünfhundert Meter. Nach dem zu urteilen, was wir von den Konkurrenzbooten sahen, hätte dies ein Solo-Trip sein können.

Breen hockte noch immer am Heck. »Noch nicht genug?« fragte ich. Er grinste mich mit seiner feucht vor sich hin glimmenden Zigarre an. »Hauptsache, ihr schnappt sie«, sagte er.

Es hörte zu regnen auf, und Dike brachte Würstchen, Bohnen, Eier und Porridge in blechernen Henkeltöpfen nach oben. Der Wind stand durch. Die Wolkendecke riß langsam auf. Über UKW wurde gemeldet, daß *Ariel* den Mast verloren und das Rennen aufgegeben hatte.

Um sechs Minuten vor zwölf brüllte Dike vom Vorschiff: »Da ist sie!«

An Steuerbord voraus, etwa eine Meile entfernt, tauchte ein weißes Segel und ein grün-orangefarbener Spinnaker auf. Breen sprang auf und stöhnte, weil seine steif gewordenen Gelenke schmerzten.

»Faßt sie«, knurrte er.

»Das wird vielleicht nicht ganz einfach«, murmelte ich.

Durchs Fernglas war leicht zu erkennen, daß *Crystal* mit ihrem Schwerwetterspi gut und schnell lief. In ihrem Cockpit erkannte ich acht Personen; Archer, klein und struppig, stand am Ruder.

»Die hat was drauf«, sagte Breen.

»Ja.«

Unter einem langen Sonnenstrahl, der sich durch das wogende Grau gebohrt hatte und das Ölzeug der Crew grellgelb färbte, leuchtete *Crystals* Rumpf hell auf. Aber ich hatte weniger die Crew im Auge als vielmehr die eine Bordwand, wo hinter den Wantenpüttings ein im Sonnenschein silbrig glänzender, dünner Strahl pulsierte – ein Wasserstrahl.

»Die lenzen ja«, sagte ich.

Dough und Scotto griffen zum Fernglas. »Sie haben zwei Leute runtergeschickt«, stellte Scotto fest. »An die Pumpen. Sie muß Wasser machen.«

»Und ab geht's, ab geht's, ab geht's«, sagte Dough.

Das ingrimmige Machtgefühl, das einen beim ersten Anblick von Rivalen überkommt, die lange Zeit außer Sicht gewesen sind, ist kaum zu beschreiben. Diesmal perlte es mir mehr denn je wie Champagner durch die Adern.

Das schien auch *Sorcerer* zu spüren. Wie ein Vollblut beim Hindernisrennen hob sie sich vorn, kam mit dem Vorschiff halb aus dem Wasser und warf sich von Wellenkamm zu Wellenkamm mit jener wundervollen, vermeintlichen Schwerelosigkeit, bei der man eher zu fliegen als zu segeln scheint.

Zu beiden Seiten schleuderte ihr Bug ganze Wasserwände hoch.

Von *Crystals* Cockpit aus mußten wir ein erhabener Anblick sein. Oder ein furchterregender. Denn wir holten auf, Meter um Meter. Nach zehn Minuten hatte auch Breen es bemerkt. Sprühwasser rann ihm übers Gesicht, der dichte graue Haarschopf war naß angeklatscht, aber er murmelte, mit der Faust aufs Deck hauend, unablässig: »Schneller! Schneller!«

»Land in Sicht«, meldete Dough.

Es klarte auf, obwohl der Wind kaum nachgelassen hatte. Hinter der weißgestreiften See lag flaches grünes Land. Zwischen uns und diesem Land schoben sich vier Segelpyramiden in Schräglage voran: die von *Crystal* und drei späten Maxiracern. Und ein Schleier weißen Wassers stob dort, als falle Sprühregen in umgekehrter Richtung, gen Himmel.

»Die Teeth«, sagte Scotto zu Breen und deutete hinüber.

In der nächsten halben Stunde kamen wir bis auf eine halbe Meile an *Crystal* heran. Sie lenzten immer noch. Jetzt konnte ich die Gesichter der Crew im Profil ausmachen: Archer am Ruder, neben ihm Millstone und Johnny Forsyth. Ihre Bewegungen wirkten fahrig. Ich sah, wie Archer mit den Schultern zuckte und, das Ruder loslassend, die Hände gen Himmel hob. Und ich sah, daß Johnny Forsyth aufstand und seinen Platz einnahm. Dann verschwand Archer von der Bildfläche.

»Weiter, weiter, weiter«, drängte Breen hinter mir.

Jetzt krochen ein paar Leute auf *Crystals* Vorschiff. Wir sahen einen schmalen Segelstreifen aufwärtslaufen und sich zu einem mächtigen orange-goldenen Ballon aufblasen.

»Ich kann's nicht glauben«, sagte Scotto. »Der große Spi. Bei Windstärke acht?«

Einen Augenblick wurde *Crystal* von ihm emporgetragen, und das Wasser unter ihrem Bug erstrahlte in leuchtenden Regenbogenfarben.

»Der reißt ihnen doch glatt weg«, sagte Scotto. »Die müssen ja bekloppt sein.«

Eine Bö traf uns und düste, die Wellen verdunkelnd, weiter in Richtung *Crystal*.

»Entweder das, oder sie kentern«, sagte Dough.

Wir wurden von einer weiteren Bö gebeutelt. Die erste war inzwischen bei *Crystal* angelangt. Sie reagierte mit einem schwerfälligen Rollen, richtete sich aber wieder auf und legte sich erneut weit nach Lee über.

»Verdammt, die Todesrolle«, sagte Scotto.

Aber sie kam wieder hoch; ihr Mast fuhrwerkte über den Himmel wie ein umgekehrtes Pendel.

Dann traf sie die zweite Bö. Ich sah Forsyths weißes Gesicht. Der Spi erschauerte leicht und spannte sich dann wie ein Trommelfell.

Jetzt legte sie sich über, langsam, fast träge. Und richtete sich nicht wieder auf.

Eine grüne Welle schob sich zwischen unsere beiden Boote. Auf Zehenspitzen stehend und vor Entsetzen schreiend, versuchten wir, über ihren Kamm zu sehen. Aber erst vom nächsten Wellenberg aus sahen wir sie. Oder das, was von ihr übrig war.

Sie lag, den Mast im Wasser, flach auf der Seite. Scotto sagte: »Die kommt nicht wieder hoch.«

Und so war es auch. Einen Moment hob sich der Mast unschlüssig in den Himmel, nasse Segelfetzen hinter sich herziehend, doch dann legte er sich erschöpft, als gebe er sich geschlagen, wieder aufs Wasser.

Scotto sagte: »Sie sinkt.«

An Bord herrschte entsetzte Stille, dann schrie ich: »Weg mit dem Reacher!« und ließ das Ruder wirbeln.

Fünf Minuten später tanzte an Steuerbord voraus eine Rettungsinsel vor unserem Bug; in, auf und neben ihr hingen zehn Mann. Wir holten einen nach dem anderen an Bord. Von Millstone, das Gesicht blauschwarz vor Bartstoppeln, rann das Wasser, und er schwieg bedrohlich. Johnny Forsyth zitterte, war leichenblaß und hatte unter den Augen grünliche Säcke, die bis zu den hohlen Wangen reichten. Der Rest der Crew stand unter Schock, war in sich gekehrt und verfroren. Der einzige, der immer noch redete und darauf bestand, als letzter an Bord zu kommen, war Archer. Ich reichte ihm eine Hand, er setzte den Fuß in die Schlinge und zog sich an Bord.

»Unter Deck mit euch«, sagte ich, »wärmt euch auf.«

Archers Gesicht war so weiß wie die Gischtstreifen der See, und seine Augen funkelten vor Wut. »Charlie«, begann er. Breen kam näher, um zuzuhören. Von unten drang Scottos Stimme herauf, der über Funk den Schiffbruch und unsere Rettungsaktion meldete. »Ich muß dir mitteilen, daß dieses verfluchte Boot einfach auseinandergefallen ist.«

»Wir haben's gesehen.« Ich schaute zu *Crystal* hinüber. Sie lag jetzt tief im Wasser. Während ich noch hinsah, kam der silberne Mast auf einer Welle hoch, als wolle er sich doch noch aufrichten; aber es folgte nur eine Explosion von Blasen, der Mast tauchte unter, und dann war keine Yacht mehr da.

Archer starrte auf das bißchen Treibgut, das einzige, was von *Crystal* übriggeblieben war, und redete immer weiter – mit sich selbst, nicht mit uns.

»Das Deck hat sich vom Rumpf gelöst. Seit Cherbourg mußten wir lenzen. Dann sagt dieser Armleuchter Millstone noch, wir sollen den großen Spi setzen, weil ihr uns einholt. Ich sage, sei doch kein Narr, aber er sagt, er ist der Eigner, und damit hat er ihr dann das Deck endgültig abgezogen. Gottlob hatte ich Zeit, die Jungs, die unten an den Pumpen saßen, noch hochzuholen und die Rettungsinsel zu Wasser zu lassen.« Er lachte, es war mehr ein kurzes Bellen. »Ich hab' die Rettungsinsel klargemacht, noch während der Spi hochging.«

Ich beruhigte ihn. »Schon gut, Archer, nun sieh erst mal zu, daß du dich aufwärmst.« Ich übergab das Ruder an Crispin und sagte zu Breen: »Würden Sie eine Minute mit runterkommen? Es dauert nicht lange.«

Unter Deck war es wie in einer Sauna mit defekten Heißwasserrohren. *Crystals* Crew saß in Decken gehüllt und zitterte. Dike teilte Kaffee aus. *Sorcerer* schlingerte unter meinen Füßen, holte schwer über und stabilisierte sich dann. Die Jungs an Deck hatten sie wieder zum Laufen gebracht. Scotto machte auf UKW noch immer lautstark Meldung über den Unglückshergang. Ich wartete, bis er fertig war, ging dann nach vorn und setzte mich, Rücken gegen den Mast, auf den Kajütboden.

## 28

»So«, sagte ich. »Das also ist das Finale. Vor fast zwei Monaten hat jemand mein Boot *Aesthete* sabotiert und meinen Bruder getötet.«

»Ach, um Himmels willen«, sagte Millstone.

»Ruhe«, befahl ich. »Hören Sie lieber zu. Zwei Boote haben Schiffbruch erlitten, ein Boot ist ausgebrannt, und an diesem Boot hier ist vor dem Rennen manipuliert worden.« Ich warf Millstone einen kurzen Blick zu. Sein Gesicht war eine weiße, wütende Maske. »Und drei Leute sind tot: mein Bruder Hugo, Henry Charlton und dieser arme Irre Hector Pollitt, der mit dem Teufel paktiert hat und dabei umkam.«

Alle Blicke waren jetzt auf mich gerichtet. Die Crew schaute verständnislos drein. Aber Archer wußte, wovon ich sprach. Auch Millstone. Und Forsyth. »Irgend jemand hat uns den Krieg erklärt. Mir und Leuten, die mir nahestanden«, sagte ich. »Zuerst dachte ich, das Gerücht, ich könne nicht mal ein Boot für eine Kahnpartie konstruieren, sei in der Hoffnung verbreitet worden, mich geschäftlich zu ruinieren. Damit Frank Millstone mein Haus kaufen konnte. Dann dachte ich, es sollte verhindert werden, daß ich's in die Cup-Regatta schaffte.

Aber schließlich und endlich, nachdem man mir eine über den Kopf gehauen hatte und Amy Charlton ins Krankenhaus gebracht werden mußte, weil ihr letzte Nacht jemand des Gesicht demoliert hatte ...«

»Was?« fragte Millstone. »Amy?«

»Gebrochene Nase«, sagte ich. »Eingeschlagen. Hätte noch schlimmer ausfallen können, aber zufällig kam ich gerade zur Tür herein, so daß dieser Irre verduftete. Jedenfalls, als ich Amy sah, wußte ich, daß alles vielleicht wirklich mal mit mir, dem Regattageschäft und meinem Haus angefangen hatte, aber daß der Täter später absolut auf eigene Rechnung arbeitete und seine ganz persönlichen Gründe hatte. Gründe, die außer ihm niemand verstand, weil er nämlich total verrückt geworden war ... Wahrschau!«

Johnny Forsyth war aufgesprungen. »Agutter«, schrie er, »ich hätte dich schon vor Jahren umbringen sollen!«

Ganz klar sah ich sein Gesicht vor mir, grün und schmutzig weiß, und diesen sich in einem schauerlichen Grinsen sichelförmig spannenden, lippenlosen Mund. Sein Arm holte nach hinten aus. Ich duckte mich, aber nicht schnell genug, denn irgend etwas traf mich an der Schulter, und ich landete auf dem Kajütboden. Man hörte Schreie, und es roch nach Gas. Ich sah, wie Forsyths Füße den Niedergang hoch und durch das Luk verschwanden. Der Pantrykocher lag neben mir, wo er gelandet war.

»Dreht das Gas ab!« schrie ich. Archer, der am Niedergang saß, stellte es direkt an der Flasche ab. An Deck hörte man Fußgetrappel. Ich preschte die Stufen hoch und hinaus.

Es war sehr hell an Deck, einen Moment stand ich geblendet da. Als ich wieder etwas erkennen konnte, sah ich Scotto und Forsyth an der Leereling kämpfen. Scotto hielt Forsyth an der Öljacke fest. Forsyths Faust schnellte vor und landete in Scottos Magengrube. Die andere Hand aber, gespannt wie eine Feder, hob sich, um Scotto das Genick zu brechen. Jetzt war keine Zeit zum Nachdenken. Ich trat Forsyth mit aller Kraft in die linke Kniekehle, sein Gesicht fuhr verblüfft herum, *Sorcerer* schlingerte, und er taumelte zurück. Der Relingsdurchzug federte ihm von hinten gegen die Beine, und mit einem Salto rückwärts ging er über Bord.

Über uns schlugen die Segel, weil Crispin in den Wind geschossen war. Forsyths Kopf tauchte auf und verschwand wieder. Fünfzig Meter achteraus wurden die Wellen vom westlichen Ausläufer der Teeth zerfetzt. Der Kopf tauchte erneut auf und wurde von einer Welle emporgetragen, bis seine Augen auf einer Höhe mit meinen waren.

Er stierte mich an. Ich sah das Weiße um seine Pupillen und konnte so deutlich, als schaute ich in klares Wasser, auf den Grund seiner Seele sehen. Er machte eine Schwimmbewegung auf das Boot zu. Dann schien er seine Meinung zu ändern und trat Wasser. Und schließlich schüttelte er den Kopf und drehte ab. In einem Wellental verlor ich ihn aus den Augen. Ich kroch zum Ruder und tastete nach dem Anlasserknopf des Motors. Eine Hand hielt mein Gelenk fest: Millstones.

»Es ist besser so«, sagte er.

»Besser für wen?« Ich stieß ihn hart beiseite.

Aber Johnny Forsyths Kopf war jetzt nur noch ein schwarzer Punkt auf den Wellen. Er war zu weit entfernt, um aus eigener Kraft an Bord zu gelangen, wenn wir ihn nicht holten. Und von sich aus kam er nicht mehr, das wußte ich jetzt.

Johnny Forsyth schwamm auf das Riff zu.

Während ich ihm nachschaute, lief eine Welle unter ihm hindurch, und er verschwand dahinter, kam mit der nächsten Welle, immer noch schwimmend, wieder hoch, und als er ganz oben war, brach die Welle und riß ihn mit sich fort. Mit einem Gewirr wild paddelnder Arme und Beine schwoll die Welle an, wurde weiß und brach an den schwarzen Teeth. Die Gischt wurde fünfzig Fuß hoch geschleudert, bis sie, vom Wind mitgerissen, zu einer feinen, glänzenden Nebelwand verwehte.

Die Regatta wurde zu unseren Gunsten entschieden. Nelligan saß mit dabei, als die Rennleitung nach Anhörung der Zeugen ihre Entscheidung fällte. Danach durfte ich gehen und wanderte wie benommen durch das milde Abendlicht. Sally wartete. Und Ed Beith. Und Scotto und Georgia, Sir Alec Breen und Archer. Archer schlängelte sich zu mir durch.

»Charlie«, sagte er, »es ist ganz klar, daß es bei dem Vertrag bleibt.«

»Danke«, sagte ich. Er lächelte mich an, es war sein übliches Public-Relations-Lächeln, voller Charme, aber ohne Tiefgang. »Also, ich zieh' schon mal los und schreibe dir gleich den entsprechenden Brief.«

»Fein«, sagte ich.

Damit entschwand er in seine Welt der Cocktailpartys und der artigen Höflichkeiten, stets darauf bedacht, den Journalisten das Passende zu sagen. Wir gingen zum Haus hinauf, und ich brachte Whisky und stellte ihn auf den schmiedeeisernen Tisch im Garten. Von Breens Zigarre stiegen kleine blaue Rauchkringel auf bis zu den Schwalben, die am blauen Himmel herumflitzten. Alles atmete tiefen Frieden, und diesmal war es keine Ruhe vor dem Sturm.

»So«, sagte Sir Alec. »Und was hatte das alles nun zu bedeuten?«

Ich sagte: »Es ist ganz einfach. Forsyth fand, ich hätte zuviel Arbeit und er zuwenig. Er hatte sich in die Idee verrannt, daß er, wenn er meinen Ruf ruinierte, meine Verträge bekommen könnte.«

»Waren derlei Hoffnungen begründet?« fragte Breen.

»Nicht im geringsten. Trotzdem ... Wußten Sie, daß Archer ihn gebeten hatte, ihm mal ein paar Entwürfe für einen Fahrtenkreuzer vorzulegen? Das ist natürlich völlig legitim und war auch nicht Archers Schuld, aber jedenfalls bestärkte es Johnny in seinen Hirngespinsten.«

»Fang doch ganz von vorne an«, sagte Scotto, trank sein Glas aus und goß sich nach. »Mir auch«, sagte Georgia und hielt ihm ihr Glas hin.

»Forsyth hatte die Bolzen an *Aesthetes* Ruder ausgetauscht. Das kostete Hugo und Henry das Leben und mich tatsächlich meine Verträge. Als ich euch dann zu diesem PR-Trip nach Irland einlud, wollte er nicht riskieren, daß alle seine Anstrengungen umsonst waren. Deshalb hat er auch noch *Aes* Ruder sabotiert.«

»Aber wie?« fragte Breen.

»Auf die ganz krumme Tour. Er hatte mal auf Hegartys Werft gearbeitet, einen Trawler umgebaut. Von da her kannte er einen gewissen Lenny Dennis und wußte, daß der ständig Spielschulden hatte. Außerdem hat Johnny, wie ihr wißt, für Millstone eine ganze Menge Dinge erledigt. Kurz nach *Aesthetes* Schiffbruch fuhr Millstone zu seiner jährlichen Inspektionsreise nach Irland, wo er eine Firma besitzt, Curran's Electric. Und Johnny fuhr mit, um für den Empfangstrakt im Fabrikgebäude ein Schiffsbild zu malen. Bei diesem Besuch hat er Dennis bestochen und ihn instruiert, den Wachhund auf Hegartys Werft zu vergiften.«

»Da haben wir also den schlafenden Hund«, sagte Ed Beith. »Hat dieser Bursche Dennis auch den schmutzigen Job mit dem Ruder übernommen?«

»Nein«, sagte ich, »das machte Forsyth selbst. Und hier kommt nun Amy ins Spiel. Denn Amy hatte ein Verhältnis mit Forsyth ...«

»Unter anderem«, sagte Sally.

»Unter anderem, ganz richtig. An dem Wochenende, als wir in Irland waren, haben auch Amy und Forsyth sich dort getroffen, und zwar in einer Hütte der Küstenwache am Strand von Crosshaven. Donnerstag nacht hat Forsyth an *Aes* Ruder die Bolzen ausgetauscht, und

Amy ist ihm vermutlich am Freitag nachgereist. Am Samstag war Amy mit Hector Pollitt zum Abendessen, und während sie aßen und hinterher was auch immer trieben, ging Forsyth zur Werft zurück und ersetzte die gebrochenen Aluminumbolzen durch gebrochene Titanbolzen.«

»Das hätte das Ende von Charles Agutters Karriere sein sollen«, sagte Ed.

»Ganz recht. Aber nun kommt Millstone ins Spiel. Er hatte mich nie gemocht und war geradezu versessen darauf, mein Haus zu kaufen. Ist er vermutlich noch immer. Und er dachte, daß meine Ruder zu Bruch gingen, weil sie wirklich einen Konstruktionsfehler hätten. Also setzte er Pollitt auf mich an, der ihm eine Zeitlang ein sehr ergebener Pressesprecher gewesen war. Ich dachte zuerst, daß Pollitt oder Frank Millstone selbsr die Ruder sabotiert hätten, aber dann fand ich, daß der Job für Pollitt eine Schuhnummer zu groß war und für Millstone persönlich zu schmutzig. Also mußte ich woanders suchen. Dann besorgte Sir Alec uns die *Sorcerer*, wir bargen *Aesthete* aus den Teeth, und ich ging mitten in der Nacht zu Spearman, um einen Blick auf das Wrack zu werfen. Dummerweise hatte Johnny aber gehört, wie ich Chiefy gegenüber auf dem Bergungsschlepper von Sabotage geredet hatte. Da hat er mir in der Werft aufgelauert. Zu der Zeit mußte Pollitt schon ein Verdacht gekommen sein, daß Forsyth nichts Gutes im Schilde führte. Aber Pollitt fürchtete sich vor Forsyth. Johnny hatte Ärger mit dem Auto und ließ sich von Pollitt fahren. Er wies ihn an, in einer Parkbucht in der Nähe der Werft zu warten, während er mich niederschlug und dann im Beiboot auf große Fahrt schickte.«

»Er muß verrückt gewesen sein«, sagte Scotto.

»War er auch«, sagte ich. »Er sah sich als ein von den reaktionären Kräften Pulteneys im allgemeinen und von mir im besonderen unterdrücktes Opfer. Er haßte Sally, weil er sie häufig mit mir sah, und er haßte mich, weil ich ihm seiner Überzeugung nach Arbeit wegnahm; er haßte Ed Beith, weil er unser beider Freund war, und Amy, weil sie mit jedem verkehrte, der Hosen trug. Als Pollitt am nächsten Morgen erwachte, begriff er, daß er Mitwisser eines Mordversuchs geworden war: natürlich das letzte, was er wollte. Er brauchte eine Weile, bis er seinen ganzen Mut zusammengekratzt hatte und mich besuchen fuhr. Er dachte, daß ich auf *Sorcerer* sei. Statt dessen geriet er an Scotto, und Scotto hat ihm eine verpaßt, weil er dachte, der Kerl wollte sich an *Sorcerer* zu schaffen machen. Forsyth muß Pollitt ganz massiv bedroht haben, denn als ich Pollitt gegenüber erwähnte, ich hätte sein

Auto in der Nacht, als ich niedergeschlagen wurde, in der Nähe der Werft gesehen, bekam er solche Angst, daß er mit der Dachrinne abstürzte.«

Ich nahm einen Schluck Whisky. Eigentlich hätte ich müde sein müssen, statt dessen fühlte ich mich wie befreit. Breen musterte das Ende seiner Zigarre und sagte: »Fahren Sie fort.«

»Nun fing Forsyth an, durchzudrehen«, sagte ich. »Begonnen hatte er mit einer – wie er fand – kleinen Sabotage. Aber nun, nachdem er mich niedergeschlagen und im Beiboot ausgesetzt hatte und der einzige Zeuge tot war, glaubte er, sich praktisch alles erlauben zu können. Und zu der Zeit brannten auch bei Millstone die Sicherungen durch, weil ich ihm gesagt hatte, was ich von seinen Methoden hielt, mit denen er mich zum Verkauf meines Hauses bewegen wollte. Forsyth wußte, daß Frank wegen *Crystal* verhandelte, und sah nun die Chance, diesem Mann, dessen Ziele sich mit seinen eigenen deckten – nämlich Agutter mattzusetzen –, zu zeigen, was er doch für ein guter Bootsbauer war. Forsyth hat dir doch seinerzeit ein paar dicke Rechnungen für die Reparatur von *Crystal* geschickt, nicht wahr, Ed? Die waren so hoch, daß du schon Schwierigkeiten hattest, sie zu bezahlen.«

»Genau«, sagte Ed. »Dieser Halsabschneider! Dabei hat's dem Boot nicht mal gutgetan.«

»Um also die Sache endgültig für sich zu entscheiden, schleicht er zu dir rüber und steckt den Truthahnstall in Brand, so daß du das Boot an Millstone verkaufen mußt. Millstone zieht also mit *Crystal* in die Regatta und ist halb krank vor Ehrgeiz, weil er um jeden Preis gewinnen will. Nur – im ersten Rennen wird er von uns geschlagen. Was Millstone sehr ärgert. Und ihr könnt euch vorstellen, was das für Forsyth bedeutet. Ich weiß nicht, wessen Idee es war, aber jedenfalls wird beschlossen, unser Boot ein bißchen langsamer zu machen. Da war *Sorcerer* gerade mit einem verbogenen Ruderschaft aus dem Wasser geholt worden.«

Ich blickte zu Breen hinüber und dann zu Scotto. Scottos rechtes Augenlid zuckte kaum merklich.

»Forsyth leiht sich also Archers Wagen und legt einen Kinken in unser Achterstag. Aber er macht einen schweren Fehler. Er hat nämlich von seinem Vertrauten Spearman erfahren, daß auf *Sorcerer* eine Alarmanlage installiert worden ist. Um uns abzulenken, deponiert er auf *Nautilus* eine Brandbombe. Ich bin sicher, daß Millstone nichts davon ahnte. Millstone hielt Johnny für einen Allround-Jobber, der für eine Pfundnote alles tat, nicht aber für einen wahnsinnig gewordenen

Psychopathen. Aber da er schon bei der geplanten Feme-Aktion mit Johnny unter einer Decke gesteckt hatte, konnte er ihn jetzt nicht anzeigen, denn dann hätte Johnny bestimmt gesungen. Und das wußte Johnny natürlich, weshalb er sich praktisch unbesiegbar vorkam. Denn letztlich kann man in Pulteney wohl kaum mächtiger sein, als wenn man Frank Millstone in der Hand hat. Also fuhr Johnny zu Amy, um sie für ihren losen Lebenswandel zu bestrafen. Und danach wollte er zu Sally, um sie dafür zu bestrafen, daß sie einen Agutter geheiratet hatte und den Agutters sehr zugetan war. Da kam ich gerade dazu. Den Rest kennt ihr.«

Es herrschte Schweigen. Dann fragte Sally leise. »Wie hast du das alles herausgefunden?«

»Indem ich Fragen stellte. Endgültig heraus kam es erst durch Neville Spearman. Ich fragte mich, warum Forsyth sich die Mühe gemacht hatte, *Nautilus* in Brand zu stecken, wenn er doch nichts von der Alarmanlage auf *Sorcerer* wußte. Davon wußten nur Spearman, Scotto und ich. Na ja, und gestern morgen vor dem Rennen habe ich Neville dann angerufen, und er hat zugegeben, daß er Johnny davon erzählt hat. Er wisse nicht, warum er's nicht hätte tun sollen, Johnny sei praktisch sein Partner.«

»War«, sagte Scotto.

Breen stieß eine Rauchwolke aus. »Wirklich enorm, was für Glück Sie hatten«, sagte er. »Ich meine, daß *Sorcerers* Ruderschaft sich gerade in so passendem Moment verbog.«

Es klirrte. »Schiet«, sagte Scotto. »Hab' ich doch mein Glas fallenlassen.«

»Ich hol' dir ein neues.« Ich ging ins Haus.

Als ich zurückkam, sprachen sie über Millstone. »Daß man den nicht belangen kann«, sagte Sally. »Es ist einfach nicht zu fassen.«

»Gewissermaßen schon«, sagte Breen. »Ich glaube, daß der Yachtklub heute eine Sitzung hat, und ich weiß auch, was auf der Tagesordnung steht.«

»Ach?« sagte Ed Beith. »Wie das?«

»Ich hab' das über ein paar Bekannte arrangiert«, sagte Breen, das rundliche Gesicht in dicke Rauchwolken gehüllt. »Ich hab' ihnen gesagt, daß ich Zeuge war, wie Millstone Charlie daran hinderte, Forsyth bei den Teeth mit dem Motor zu Hilfe zu kommen. Und ich gab ihnen einige – Hintergrundinformationen.« Er schaute auf die Uhr. »Warum machen wir nicht einen kleinen Spaziergang?«

Wir gingen die Quay Street hinunter, durch mein Büro und auf den

Kai. Es war ein wunderschöner Abend. Die Wolken über Beggarman's Point waren goldgerändert, und über den Booten im Hafen kreischten die Möwen. Breen bog nach links ab, auf das Gebäude des Yachtklubs zu. Auf der Terrasse nahmen ein paar Leute einen Drink. Die Brise war völlig eingeschlafen, nicht einmal die rote Flagge am Fahnenmast bewegte sich mehr. Hoch oben auf der Klippe schlug die Kirchturmuhr gerade acht. Ein roter Jaguar kam den Kai entlang, am Steuer saß starr geradeaus blickend Frank Millstone.

Er parkte neben dem Eingang zum Yachtklub und ging hinein. Ich sah, wie er die Glastür innen aufdrückte, in der Halle stehenblieb und mit jemandem sprach, den ich nicht erkennen konnte.

Dann kam er wieder raus, und nun sah ich es. Es war der Kommodore, der wütend den Kopf schüttelte. Seine Stimme hallte über den ganzen Kai.

»Hinaus!« schrie er. »Oder ich rufe die Polizei.«

Millstone ballte die Faust und hob sie. Dann ließ er sie wieder sinken und riß die Tür des Jaguars auf. Mit quietschenden Reifen schoß der Wagen an uns vorbei und die Fore Street hoch.

»Hm«, sagte Breen. »Meine Freunde ahnten schon, daß etwas in dieser Art geschehen würde. Das Komitee hat ihn ausgesperrt.«

Ich setzte mich auf einen Poller. Sally schaute zu mir herunter, das dunkle Haar wehte ihr um die hohen Backenknochen, und ihr Blick war belustigt. Sie hielt Ed Beiths Hand, und so mußte es wohl auch sein. Ich wußte, daß sie jetzt dasselbe dachte wie ich: Alle Yachtklubs der Welt konnten uns gestohlen bleiben. Pulteney war wieder unser Zuhause, nur darauf kam es an.

»Wollen wir im Klub noch was trinken?« fragte Breen.

»Nein, vielen Dank«, sagte ich. »Lieber in der ‹Mermaid›. Da ist das Bier besser.«

Sam Llewellyn

# Ein Leichentuch aus Gischt

Roman

*Für Claud und Patricia*

Wir hatten seit zwei Stunden gepokert, Ed, Alan und ich. Das Wetter draußen war immer schlechter geworden, und während wir im mattgelben Schein der Kajütbeleuchtung spielten, hatten die Wände des Trimarans zu den Klängen des im Rigg orgelnden Windes zu vibrieren begonnen; die Bewegungen meiner Koje waren in ein schweres, träges Wiegen übergegangen.

»Ich schau' mal nach dem Anker«, sagte Ed. Der Wind fauchte herein, als er die Luke aufschob. Ich sah seinen Stiefeln nach, die den Niedergang hochstapften, um draußen an Deck zu verschwinden.

Ich war durchfroren und hundemüde, und außerdem hatte ich Kopfschmerzen von der dumpfen Luft hier unten. Alan warf mir einen nervösen Blick zu.

»Halb so wild«, sagte ich und stand auf. Gebückt zog ich mir die Kapuze über und stolperte hinter Ed her.

Als ich den Kopf durch die Luke steckte, konnte ich nur einen Zipfel schiefergrauer See und das hufeisenförmige Klippenband erkennen, dann peitschte mir der Wind den Regen so heftig in die Augen, daß sie vor Schmerz zu tränen begannen. Ardmore Harbour liegt, vor Westwinden durch eine Landzunge aus schwarzem Granit geschützt, an der Südküste Irlands. Für einen Trimaran, der Probleme hat und vor Anker einen Südweststurm abreiten muß, ist es ein ganz annehmbarer Platz, vorausgesetzt, daß der Sturm nicht auf Süd dreht. Annehmbar. Aber nicht angenehm. Von Südwesten her kamen schmutziggraue, von Schaumstreifen durchzogene Wellen anmarschiert, die mit einem kurzen übellaunigen Grollen gegen die Steven prallten, unter den Hecks wieder hervorkamen und sich weiterwälzten, um als weiß wirbelnde Brecher gegen den Strand und gegen die Curragh Rocks zu branden.

Der Trimaran *Street Express* bestand aus einem zwischen zwei mit kräftigen Querträgern verbundenen Auslegern befindlichen Mittelrumpf. Zwischen den Trägern war Netzwerk gespannt. Ed, ein kleiner gedrungener Mann in gelbem Ölzeug, arbeitete sich vorsichtig zum

Bug des Mittelrumpfes vor, um einen Blick auf die Ankerleine zu werfen, die zu einer zehn Faden langen Kette und dem in sechzig Fuß Tiefe liegenden 100-Pfund-Anker lief. Zwischen den Klippen blinkten gelb und freundlich die Lichter von Ardmore. Drüben an Land saßen die Leute jetzt um ihr Torffeuer und lauschten, froh, nicht auf der kalten grauen See draußen sein zu müssen, dem im Schornstein jaulenden Wind. Mir schwappte Wasser ins Gesicht und lief durch die Kapuze und den Pullover über meine Brust. Ich wäre auch gern dort drüben gewesen.

»Was schätzt du?« fragte Ed.

»Müßte okay sein«, sagte ich. Sein Kopf auf dem dicken kurzen Hals nickte. Ich fädelte mich durchs Luk zurück. Die Ruhe in der Kajüte unten vermittelte ein trügerisches Gefühl von Behaglichkeit, das aber nicht lange anhielt. Alan hockte zusammengekauert auf seiner Koje. Aufmunternd grinste ich ihn an. Er war noch neu beim Hochseesegeln.

»Alles in Ordnung?« Auch er grinste, aber seine braunen Spanielaugen suchten Zuspruch.

»Bestens«, sagte ich. »Und falls die Leine bricht, haben wir immer noch einen netten weichen Strand.«

Er lachte, aber es klang gezwungen.

Ed kam zurück, schälte sich aus dem Parka und sagte: »Der Wind wird stärker.« Er sah überanstrengt aus, und sein flaches, zerknautschtes Gesicht hatte, seit wir vor einer Woche in Pulteney an der Südküste Englands aufgebrochen waren, vor Anspannung noch ein paar Falten mehr bekommen. *Street Express* hatte ihn vierhunderttausend Pfund seines sauer verdienten Geldes gekostet, und solche ausschließlich für Regatten konstruierten Trimarane sind nicht dafür konzipiert, in offenen Gewässern vor Anker einen Sturm abzureiten.

Aber *Street Express'* Großfall hatte sich nachmittags dermaßen durchgescheuert, daß praktisch nur ein Faden davon übriggeblieben war, was bedeutete, daß das Großsegel jede Minute runterkommen und dem Boot damit seinen Hauptantrieb nehmen konnte. Wenn so etwas passiert, ist es ein Gebot der Vernunft, eine möglichst geschützte Stelle anzulaufen und den Anker auszubringen.

Später lag ich in der einem Sarg nicht unähnlichen Vorderkoje und horchte auf den Wind, der mit entfesselter Wut am Mast rüttelte. Ich habe mich oft genug auf See herumboxen lassen, um unter allen nur denkbaren Umständen sofort einschlafen zu können; doch hier vor Anker wurde *Street Express'* Bug jedesmal, wenn er von einer Welle emporgehoben wurde, von der Ankerleine, als sei sie viel zu kurz, mit einem solchen Ruck wieder zurückgezerrt, daß die Schiffsbewegungen immer gröber und unangenehmer wurden. Endlich, nach etwa einer Stunde, glitt ich in eine ruhigere, stillere Welt hinüber, weit fort von diesem Boot. Doch dann wurde ich plötzlich wach.

Die abrupten Bewegungen hatten sich geändert; sie waren dem langen, gleichmäßigen Gieren eines großen Bootes gewichen, das sich ohne Rudergänger fortbewegt. Ich schrie: »Ed!«, wühlte mich aus dem Schlafsack und zwängte mich in der nassen Dunkelheit in meine Stiefel. Die Luke flog krachend auf, und Ed sprintete an Deck. Im Niedergang stieß ich mit Alan zusammen. Er hatte sein Ölzeug schon an. Ich hörte Ed schreien: »Ankerleine gebrochen, alle Mann an Deck!« Nein, dachte ich, vom Schlaf noch ganz benommen, unmöglich. Ankerleinen brechen nicht einfach so, jedenfalls nicht, wenn sie nagelneu sind. *Street Express* gierte und kam ins Gleiten, und mein Herz begann wild zu hämmern, denn möglich oder nicht, mir war klar, daß es stimmte. Als ich den Kopf durchs Luk steckte, platschte mir eine Welle mitten ins Gesicht. Ich spuckte das bittere Salzwasser wieder aus.

»Schnell, ein Segel!« schrie Ed. »Ein Segel her!«

Es war rabenschwarz, als ich an Deck stolperte. Achteraus, wo eigentlich Ardmore hätte liegen müssen, waren keine Lichter mehr zu sehen. Das Boot war herumgeschwojt, so daß der freundliche gelbe Schein nun an Backbord war und alles andere als freundlich wirkte. Er war bedrohlich. Ich stolperte weiter, Alan hinterher, und fing an, die Bändsel des Großsegels zu lösen. Langsam gewöhnten meine Augen sich an die Dunkelheit. Ich konnte einen Schatten ausmachen; es mußte Ed sein, der hastig das Schwert nach unten kurbelte. *Street Express* schien sich etwas ruhiger und weniger ziellos zu bewegen. Ich riß die letzten Bändsel weg. Mein Blick irrte immer wieder zu den gelben Lichtern dort drüben. Sie überzogen die silbrigen Nebelschleier zwischen ihnen und uns mit einem goldenen Hauch. Aus dem Nebel kam ein Geräusch, ein dumpfes schweres Grollen, das man nicht nur hören, sondern förmlich fühlen konnte, weil es sich als hartes Pochen im Brustkorb fortsetzte: die Brandung.

Ed stand jetzt am Ruder und steuerte uns ostwärts, parallel zum Ufer. Seit dem Einbruch der Nacht kam der Wind aus Süden und stand direkt auf den hufeisenförmigen Hafen. Wie alle Regattaboote hatte auch *Street Express* keinen Motor. Wir würden rauskreuzen müssen. Zum Kreuzen braucht man ein Großsegel. Um das Großsegel hissen zu können, braucht man ein Großfall. Und in das, was von unserem Großfall noch übrig war, hatte ich kein großes Vertrauen. Aber es war alles, was wir hatten.

Alans Gesicht glich einem furchtsamen weißen Mond, als ich mich in die Winschkurbel stemmte.

»Was ist passiert?« schrie er.

»Wir ziehen das Groß hoch«, schrie ich zurück.

Wir waren verflucht noch mal zu dicht am Ufer, *das* war passiert. Der Schweiß rann mir übers Gesicht, während ich kurbelte. Das Großfall hielt. Knatternd lief das Segel die Mastschiene empor und beruhigte sich wieder. Während ich keuchend weiterkurbelte, stieg das Deck des Trimarans wie ein Fahrstuhl aufwärts und zog, wenn er die Rückseite einer Welle wieder hinunterrutschte, meinen Magen nach oben. Aber wir segelten! Vor Erleichterung atmete ich tief durch.

Der Tri sackte in ein Wellental. Am Ende dieser Talfahrt folgte das markerschütternde Krachen eines Aufpralls. Das Deck sackte mir unter den Füßen weg, und ich schlug, mit dem Gesicht nach unten, lang hin. Als ich mühsam wieder auf die Beine gekommen war, schmeckte ich Salz und Blut im Mund. *Express* erklomm eine weitere Welle und wirkte nun leichter, fast leichtsinnig. Worauf sie auch geprallt sein mochte, es mußte ihr das Schwert weggerissen haben. Eds Stimme mischte sich mit dem Tosen der Brecher; er schrie bei seinem Kampf mit dem Wind. Als der Rumpf erneut aufknallte, wußte ich, daß er diesen Kampf verlieren würde.

»Leuchtraketen!« Ich spuckte Blut aus und schlängelte mich nach achtern, um die Seenotausrüstung aus dem Cockpit zu holen. Ich zerrte einige Leuchtraketen aus der Verpackung und zog an der Zündschnur. Zischend flog der Feuerball in den schwarzen Himmel und färbte die Wellenkämme blutrot.

Die Brecher hatten sich verändert. Dies waren nicht die langen Wellen, die sauber auf einen sandigen Strand liefen. Wir waren am Ufer entlanggesegelt, als wir auf die Felsen brummten. Und hier war kein Strand mehr. Dies waren die tosenden Brecher, die sich bilden, wenn Urgewalt das Wasser vorantreibt, um gegen Felsen zu branden. Wieder hatte *Street Express* Grundberührung, und dieses Mal rammte der Aufprall mir die Zähne in den Kopf. Ich wußte verdammt gut, daß sie nach vier weiteren solcher Brecher direkt an den Curragh Rocks zerschellen würde. Plötzlich hatte ich große Angst.

Alan schrie mit überkippender Stimme nach der Rettungsinsel.

Aber dafür war keine Zeit mehr. Wer jetzt noch lebend hier rauskommen wollte, der mußte springen, mußte von den Brechern freikommen, fort von den Klippen, und zum Strand hinüberschwimmen. Ich schrie Alan zu: »Nein, Schwimmwesten! Wir müssen schwimmen!« Er rollte mit den Augen, und ich sah das Weiße um seine Pupillen. Aber ich konnte nicht hören, was er antwortete. »Schwimmen«, schrie ich wieder und kletterte nach achtern. Wir machten jetzt Wasser, und die Bewegungen des Rumpfes waren wie die eines Leichnams, der seit einer Woche im Teich gelegen hatte. »Spring«, schrie ich Ed ins Ohr.

Eds Stimme war überraschend hoch und zerschnitt das Tosen von Wind und Wasser wie ein Rasiermesser. »Nein!« schrie er.

»Du krepierst hier!« schrie ich.

»Nein!« rief Ed wieder.

*Express* erklomm eine Welle und rutschte seitlich wieder herunter. Ich hing in der Reling und biß die Zähne zusammen, wie um den Aufprall abzufangen. Dieses Mal hatte es den Backbordausleger erwischt, und außer dem Krachen hörte ich auf dem Vorschiff einen Schrei. Alans Schrei. Etwas Hohes und Schwarzes kippte gegen den düsteren Himmel und stürzte um wie ein gefällter Baum. Der Mast.

»Alan!« schrie ich. Es kam keine Antwort. Ich packte Ed vorn am Pullover und bekam sein gesamtes Gewicht zu spüren. Ausladend und fest stand er da. Und wehrte sich. Der Rumpf schüttelte sich unter meinen Füßen, als das Mastende aufschlug wie ein Rammbock. Eine Welle rollte heran. Ihr Kamm war hell, und ich sah die Gischt zwanzig Meter weit als weiße Fahne über das Ufer stieben. Das war die letzte Chance.

Ich riß Ed, so hart ich konnte, an mich. Eine seiner Fäuste traf meinen Oberarm, und er versuchte mit aller Kraft, sich mir zu entwinden. Als er stärker zerrte, ließ ich plötzlich los und gab ihm zweimal hintereinander einen Stoß. Der Heckkorb traf ihn genau in den Kniekehlen, und er stürzte achteraus ins Wasser. Ich holte tief Luft. Reingestoßen zu werden ist einfacher, als selbst reinzuspringen. Dann sprang ich.

Das Wasser war so kalt, daß mir fast die Luft wegblieb. Sechs Fuß entfernt strampelte Ed. Ich konnte gerade noch: »Zum Strand!« rufen, bevor ich eine Welle in den Mund bekam. Dann schälte ich mich aus meiner schweren Jacke, streifte die Stiefel ab und begann an den Wellentälern entlangzuschwimmen. Dabei versuchte ich, mich eher seewärts zu halten, weg von diesen tödlichen Strudeln und dem gegen die Klippen brandenden Schwell. Ich weiß nur noch sehr wenig von diesem Kampf. Einmal, von einem Wellenkamm aus, der wohl höher war als die anderen, versuchte ich, nach Alan Ausschau zu halten. Aber ich sah nur einen weißen Schaumteppich, aus dem sich drohend die schwarzen Klauen der Felsen reckten. Vor dem weißen Teppich erkannte ich ein Gebilde, das einem riesigen schwarzen Insekt gleich auf die Klippen zujagte und unter dem Trommelwirbel der Brandung verschwand: *Street Express*.

Später, schon außerhalb der Brecher, sah ich auf hellen Sand scheinende Straßenlampen. Ich war unsagbar erschöpft, und der Kontrast dieses Bildes reichte, um mich fast zum Weinen zu bringen. Kaum fünfzig Meter entfernt lag die Uferpromenade eines betulichen Städtchens, wo Leute ihre Autos parkten, um die Zeitung zu kaufen. Und zwischen ihnen und mir tobten diese vernichtenden Wassermassen. Mein Brustkasten schmerzte, meine Beine schienen aus Blei, und ich wurde immer schwerer. Als die nächste Welle unter mich durchlief, drehte ich mich zum Strand hin und begann zu schwimmen. Die Welle schwoll an, und für einen Augenblick war es wunderbar friedlich: kein Wind, kein Geräusch als das des Wellenkamms, der drohend über mir hing. Und dann stürzte er donnernd auf mich herab. Es war, als rotierte ich in einer Waschmaschine. Ich hatte nichts zum Atmen, nur Sand und Wasser. Es wirbelte mich durch Schaum, der zum Atmen aus zuviel Wasser und zum Schwimmen aus zuviel Luft bestand. Ich sank. Lärm und Chaos wichen zurück, besiegt von einem roten Tosen in mir. Eine Welle zog mich hinunter. Wieder strampelte ich, und mein Fuß stieß auf Sand. Nach ein paar Hopsern schleppte ich mich durch blasse Schaumzungen auf festen Boden.

Der Strand war hart und naß. In den Wasserlachen, die sich in den Abdrücken meiner Hände bildeten, spiegelten sich die Straßenlampen. Der Sand wurde trocken und wunderbar warm. Ich legte mich hin. Die Leuchtziffern meiner Uhr verschwammen mir vor Augen. Es war erst zehn Minuten her, seit ich in *Street Express*' Kajüte aufgewacht war, aber mir kam es vor wie ein ganzes Leben. Weiter hinten, am weißen Saum der Gischt, kroch eine Gestalt auf den Sand, klein und stämmig: Ed. Meine Beine schmerzten, als ich aufstand. Außer Ed war niemand weiter zu sehen. Ich wankte zu ihm hinüber und fragte: »Wo ist Alan?«

Er schüttelte den Kopf. Von seinem Kinn rann Wasser. Vom Parkplatz her ertönten Rufe. Scheinwerferlicht huschte über Strand und Brandung. Flache weiße Fischerboote drängten aus der kleinen Bucht, um mit flackernden Fackeln jenseits der Brandung zu suchen. Ihr Strahl beleuchtete Wasser und Tang, nassen Sand und Treibholz. Aber keinen Alan.

Das Rettungsboot von Youghal boxte sich durch die hohen Seen jenseits der Landspitze. Am Strand hatte sich eine Menschenmenge eingefunden. Jemand brachte mich zu einem Cottage, gab mir trockene Kleidung und sprach mit dem freundlichen gutturalen Akzent der Bewohner West-Waterfords auf mich ein. Ich weiß nicht, was ich antwortete. Ich wollte nur wieder an den Strand zurück. Der Strom kenterte, und im fahlen Licht der Morgendämmerung begannen die Suchscheinwerfer zu verblassen. Männer und Frauen standen in kleinen Gruppen am Strand herum. Als es tagte, zeichneten sich die mit Trümmern übersäten schwarzen Klippen deutlich ab. Einige dieser Stücke waren noch wiederzuerkennen: ein Stumpf des Großbaums, eine zerschmetterte Thermosflasche, ein Karo-Bube der Pokerkarten. Jetzt, da die Curragh Rocks Ed Bonifaces Boot zerschmettert hatten, hätte man das meiste davon durch den Schlitz eines mittelgroßen Briefkastens stecken können. Entgeistert starrte ich auf das Schauspiel, als ich hinter mir ein Geräusch hörte. Ich drehte mich um. Es war Ed, der am Strand auf und ab wanderte. »Schweinehunde«, sagte er. »Diese Schweinehunde!«

Ich wollte weder mit Ed noch mit sonst jemandem reden. Ich wollte nur die dumpf grollende See beobachten und Ausschau nach Alan halten, der immer noch draußen war. Aber schließlich suchte schon das Rettungsboot nach ihm, und außerdem waren acht bis zehn Fischer draußen. Al war jetzt seit sechs Stunden im kalten Wasser. Selbst mit einer Schwimmweste mußte er mittlerweile ertrunken sein.

Ed stand unter Schockeinwirkung, sein Blick war geistesabwesend. Jemand, der viel größer war als er, hatte ihm einen Pullover und eine lange Hose geliehen und Whisky gegeben. Ich roch es an seinem Atem. Mit hochgezogenen Schultern stand er neben mir am Strand und schaute auf die See.

»Was für eine verdammte Scheiße«, sagte er. Ich nickte und dachte, er meinte Alan. Aber ich irrte mich.

»Ich habe die Versicherungsmakler angerufen«, sagte er. »Sie wollen eine Untersuchung einleiten.« Mit seinem überdimensionierten

Stiefel kickte er ein Wrackstück zu Seite. »Eine Untersuchung!« Der Wind heulte noch immer, die See wogte noch immer. Und Alan war noch immer nicht da. »Die Ankerleine bricht im Sturm und auf Legerwall, aber die wollen eine Untersuchung«, sagte Ed. »Vermutlich denken sie, ich hätte die Leine gekappt und den Knaben umgebracht, um die Versicherungssumme zu kassieren. Was glauben die eigentlich, wer ich bin? Ein mordlüsterner Irrer?«

»Vielleicht lebt er ja noch«, sagte ich. Ed antwortete nicht. Wir wußten beide, daß es keinen Alan mehr gab.

»Eine halbe Million Pfund«, sagte Ed. »Eine halbe Million. Alles.« Er deutete auf die Reste seines Bootes, die über die schwarzen Felsen verstreut waren wie Konfetti nach einer Hochzeitsfeier. Dann packte er meinen Arm. »Wir segelten schon. Und du hast mich über Bord gestoßen!«

Wie betäubt vor Müdigkeit stand ich da und schaute ihn an, sah die häßlichen Falten, die Erschöpfung in sein gedunsenes Gesicht gegraben hatte. Er sprach von Geld, dabei trieb irgendwo da draußen ein Toter. Ed war einer meiner besten Freunde, aber später passierten dann eine Menge seltsamer Dinge.

An diesem grauen Morgen zuckte ich nur die Achseln. Er wollte noch etwas sagen, aber ich wandte mich um. Mittags flaute der Wind ab, und der Atlantik wogte jetzt als weite blaue Fläche herein. Ich stand auf dem hellen Sand und beobachtete die Fischerboote, die, noch immer suchend, in Begleitung weißer Möwen in der ganzen Bucht umherfuhren. Aber sie fanden keine Spur von Alan.

Bei Einbruch der Dunkelheit ging ich los und holte Ed aus einem Pub. Ich brachte ihn nach Cork, und am nächsten Morgen bestiegen wir eine Maschine nach Plymouth.

## 2

Die Brymon Twin Otter ging steil auf die Landebahn des Flughafens von Plymouth hinunter und rollte an alten Schulflugzeugen vorbei zum Betonfeld vor den Hangars. Von allen Flughäfen der Welt rechnete man in Plymouth bestimmt am allerwenigsten damit, wichtigen Leuten in die Arme zu laufen. Doch als der Mann im Blazer mit dem roten Stoppelbart sich von der Kaffeebar auf der anderen Seite der Zollabfertigung löste, wurde mir klar, daß dies die Ausnahme von der Regel war.

»Hallo, Ed«, sagte er. »Hallo, Jimmy.« Wir grüßten artig zurück. Alec Strong war stellvertretender Chefredakteur des *Yachtsman*, und kluge Profisegler waren so höflich zu ihm wie möglich.

»Was höre ich denn da für Geschichten?« fragte Alec, bemüht, Anteilnahme auf sein sommersprossiges Gesicht zu zaubern, und ließ das Gummiband von seinem Notizblock schnellen.

»Wir haben vor Ardmore geankert«, berichtete Ed heiser. »Die Ankerleine ist gebrochen. Wir mußten in den Bach springen. Alan Burton hat's nicht bis zum Strand geschafft.« Ich sagte nichts, wünschte mir nur, woanders zu sein, weit weg von Alecs kratzendem Kugelschreiber.

»Soso, die Ankerleine«, sagte er. »Irgend 'ne Idee, wieso?«

»Überhaupt keine«, sagte Ed. »Sie war nagelneu. Überdimensioniert.«

»Wie konnte es dann passieren?«

»Durchgescheuert«, sagte Ed. »Ich hab' sie später am Strand gefunden.«

Alec runzelte die Stirn, sein Kugelschreiber malte Fragezeichen. »Dieser Alan Burton – nie von ihm gehört.«

»Gut möglich«, sagte Ed. »Ein Freund von einem Freund. Ist nur mitgesegelt. War erst zum drittenmal an Bord.«

»Armer Hund«, sagte Alec. Ed sah ihn mit seinen rotgeränderten Augen scharf an, sagte aber nichts. »Höchste Zeit für einen Drink«, murmelte er schließlich und stiefelte zur Bar. Ich bückte mich nach meinem Gepäck.

Strong plierte auf seinen Notizblock. »Sie haben dieses Jahr Ihr eigenes Boot, nicht wahr, James?«

»Ja«, sagte ich.

»Dann sind Sie und Ed also demnächst Konkurrenten.« Ich starrte ihn an. Sein Grinsen gab schiefe gelbe Zähne frei.

Ich antwortete: »Sie wollen jetzt natürlich nicht andeuten, was Sie da gerade angedeutet haben.«

Sein Grinsen verschwand. »Nein«, sagte er. »Natürlich nicht.«

»Sie wissen sehr gut, daß Ed ein alter Freund von mir ist. Wir sind oft zusammen gesegelt, und als er mich fragte, ob ich ihm beim Trimmen seines neuen Bootes zur Hand gehen könne, habe ich zugesagt. Weil er mein Freund ist. Und wenn ein Freund Hilfe braucht, dann hilft man ihm.« Sein Kugelschreiber raste über das Papier. »Kapiert?« fragte ich. »Ja«, sagte er. An sich war er kein schlechter Kerl, nur eben ein typischer Journalist. Immerhin hatte er jetzt genug Takt, um etwas beschämt auszusehen.

Allerdings nicht lange. »Trotzdem«, sagte er. »Sie und Ed sind doch beide verdammt erfahrene Segler. Zusammen dreimal um die Welt ... Und jetzt landen Sie auf den Klamotten in Irland, weil die Ankerleine nicht hält. Also, ich meine, haben Sie sie denn nicht gecheckt?«

»Sie war nagelneu«, sagte ich.

»Was ist also passiert?«

»Durchgescheuert«, sagte ich. »Wie Ed schon berichtete.«

Er starrte auf seinen Notizblock, und sein fuchsiger Bart wippte auf und ab, als er an seinen Lippen kaute. »Wissen Sie was?« fragte er. »Wenn ich von der Versicherung wäre, dann würde ich Ihnen jetzt ein paar Fragen stellen.« Er lächelte, um seinen Worten den Stachel zu nehmen. Aber ich lächelte nicht zurück. »Ich habe so einiges über Eds Geschäfte gehört. Na?«

»Keine Ahnung«, sagte ich. »Da fragen Sie ihn am besten selbst.«

Eds Drink war nur eine kurze Angelegenheit gewesen, denn er steuerte schon, mit seinen gelben Stiefeln durch einen Wust von Bonbonpapier und Plastikbechern watend, zielstrebig durch die gefliese Halle.

Schnell ging Strong hinter ihm her, doch bevor er ihn einholen konnte, war Ed schon durch die Glastür und in einem Taxi verschwunden; das Taxi fuhr den Hügel hinunter auf die Innenstadt zu.

»Nun ja«, sagte Strong. »Der arme Teufel will vermutlich zu seiner

Bank. Wie ich höre, sind Sie ebenfalls auf der Suche nach einem Sponsor für Ihr neues Boot?«

»Das ist richtig.«

»Ob diese Geschichte Ihre Suche erleichtert?«

Ich schaute in sein rotgekräuseltes Gesicht und in die stechend blauen Augen und dachte, du weißt ganz genau, daß sie's nicht tut. Aber ich sagte nur: »Es war ein tragischer Unfall.«

»Lausige Publicity«, sagte er. »Wirklich ein Riesenpech.«

»Aber 'ne gute Story«, sagte ich. »Sofern die Rechtsberater Ihre Version absegnen.«

»Aber ich bitte Sie!« Er sah beleidigt aus. »Denken Sie, ich würde so was drucken?«

Ich lächelte ihn an. Es war ein Lächeln, das mir weh tat, so falsch war es. Natürlich würde er, wenn er erst herausfand, daß die Versicherung schon eine Untersuchung eingeleitet hatte, sich die Story nicht entgehen lassen.

Er grinste zurück, winkte und ging auf die Telefonzelle zu. Ich sah Eds Taxi nach. Vielleicht war er wirklich auf dem Weg zur Bank. Nach seinen neuesten Gepflogenheiten zu urteilen, glaubte ich allerdings eher, daß sein Besuch seinem Lieblingscroupier galt.

Mein Jaguar stand im Parkhaus: ein 1960er Mark, 3,8 Liter, mit Speichenrädern. Das bevorzugte Fluchtauto britischer Bankräuber und mein zweites Zuhause. Der Anblick seines schwarzglänzenden Lacks wirkte wie ein Elixier auf mich, ebenso der Geruch des Innenraumes, als ich die Tür öffnete: nach Leder, Öl und Nußbaumholz. Ich versank im Sitz, und als beim Anlassen die beiden Auspufftöpfe aufröhrten, war mir, als hörte ich die Stimme eines alten Freundes. Es tat gut, einen alten Freund zu haben, der sich nicht verändert hatte – im Gegensatz zu Ed.

Ich kannte Ed nun seit zehn Jahren, und er war wirklich ein guter Freund. Wir hatten viel zusammen gesegelt, unter anderem die TWO-STAR, das Transatlantikrennen für eine Zweiercrew. Es gehörte viel dazu, um am Ende einer TWOSTAR noch immer Freunde zu sein, doch mit Ed war es kein Problem gewesen. Er besaß den dröhnenden Charme der ewig jugendlichen Dicken und war – von Frauen über gutes Essen und Zigarren bis hin zu gelegentlichen Trinkgelagen – kein Kostverächter. Wirkliche Exzesse aber hatte es bei ihm nie gegeben. Man spürte immer, daß hinter all seiner Jovialität noch ein anderer Ed steckte, ein schlanker, vernünftiger Erwachsener, der lachend

Distanz hielt zu dem verfressenen fetten Knaben. Ed war ein zäher und engagierter Regattaskipper. Und er gewann Rennen.

Später lief es dann nicht mehr so recht.

Sein Vater war gestorben, ein graugesichtiger Patriarch vom East End, neunzig Jahre alt, der täglich dreißig Zigarren rauchte und seine Familie mit bitterem Sarkasmus regierte. Ed hatte immer behauptet, nicht auf seinen Vater zu hören, aber nun, da er nicht mehr da war, vermißte er ihn.

Dann gab es noch einen Bruder namens Del, der in Essex lebte. Del war ein harter Knochen, der gern ein paar Pfund riskierte. Er hatte Ed mit seinen Freunden bekannt gemacht, und so hatte Ed entdeckt, daß Poker zu den Dingen gehörte, die seinem Leben bisher gefehlt hatten. Die anderen waren Roulette und Hunderennen. Jetzt ging das Gerücht, seine Spierenfabrik in Plymouth, die Gull Spars, stecke in Schwierigkeiten.

Ich bog von der A 38 auf die Landstraße ab, die sich in südöstlicher Richtung, nach Pulteney und der See zu, durch saftiggrüne Hügel schlängelte. Ed war ein guter Gewinner, aber wenn er erst zu verlieren begann, dann wand er sich wie ein Aal. Bei aller Loyalität mußte ich mir eingestehen, daß der Schiffbruch der *Street Express* auch ein versuchter Versicherungsbetrug sein konnte.

Fünf Meilen vor der Küste tauchten die ersten Landhäuser auf, protzige Anwesen mit neuen Reetdächern, blumenbepflanzten Steintrögen, weißgestrichenen Toren und schmiedeeisernen Gittern. Pulteney rückte näher.

Als ich vor fünfzehn Jahren nach Pulteney kam, war es ein schmutziges, verkommenes Fischernest gewesen. Seine Industrie hatte aus Yeos Fischhandel bestanden sowie aus den paar rostigen Frachtern der Agutter-Reederei, aus einigen Kohlenhändlern, zwei Schiffsausrüstern und der Spearman-Werft. Dort hatte man von glasfaserverstärktem Kunststoff zwar schon gehört, nicht aber über die entsprechenden Konstruktionspläne verfügt, um mit dem Zeug auch arbeiten zu können. Wegen dieser Werft war ich nach Pulteney gekommen. Ich wollte Schiffe aus Holz bauen lernen, und so musterte ich an der Universität ab und heuerte beim alten Joe Spearman für zwei Pfund die Woche an. Mit meiner gesamten irdischen Habe erstand ich ein Haus, ein 750 Pfund teures, baufälliges Anwesen. Dann zog Joe Spearman sich zurück, und sein Sohn Neville übernahm die Werft, ein sauertöpfischer, knickeriger Mensch. Er schätzte es gar nicht, daß ein Studierter in seinen Bootsschuppen herumturnte, und nach einer Weile schmiß er mich raus. Ich fand einen Job bei Captain Agutter, einem harten, aber humorigen alten Piraten, dem die Reederei gehörte und der seinerzeit noch in dem alten weißen Haus auf halber Höhe über dem Dorf lebte. Für ihn fuhr ich drei Jahre zur See, und als ich zurückkam, hatte Pulteney ein neues Gesicht.

Der Jaguar schnurrte die Fore Street hinunter, vorbei an den Blumentrögen mit den Lorbeerbäumchen und den frischgestrichenen Erkerfenstern der Ferienhäuser. Das neue Pulteney war das, was in Reiseprospekten gern als Paradies für Yachtsportler bezeichnet wird. Es gab nun zwei Delikatessenläden und ein Studio für Innendekoration in der Fore Street; aus den Lagerhäusern am Kai hatte man Schiffsausrüster und Souvenirläden und Büros für Yachtkonstrukteure gemacht, und die steilen Gassen der Stadt – einige noch mit Kopfsteinpflaster und für den Verkehr gesperrt – waren voller Wochenendhäuser und Ferienapartments. Die Menschen, die vor der Invasion der Spekulanten diese Häuser bewohnt hatten, lebten heute in den grauen Betonklötzen des sozialen Wohnungsbaus auf der anderen Seite vom Naylor's Hill.

Ich fuhr am weißgetünchten Granit der Pier und am neuen vornehmen Yachtklub vorbei. Dicht an dicht drängten sich die Yachten im Hafen. Das blaue Wasser kräuselte sich unter der Brise, die die rote Nationalflagge am Klubmast auswehen ließ. Weiter draußen erhob sich ein anderer Mastenwald: die Marina, die Neville Spearman der flachen Salzmarsch an der Mündung des River Poult abgeluchst hatte. Bei Spearmans Firmenschild bog ich nach links ab und folgte dem gewundenen schmalen Weg, der durch ein grünes Tal und nach etwa einer Meile zu meinem Haus führte. Wie die meisten Häuser in und um Pulteney bestand es aus Stein. Aber im Gegensatz zu den meisten war es in einen quadratischen Gebäudekomplex integriert, der von seinem früheren Besitzer, einem Bauern, der sein Vermögen als Proviantlieferant der Marine in den Napoleonischen Kriegen gemacht hatte, ursprünglich als Viehstall gedacht war.

Ich hielt vor der Einfahrt und ging durch das alte Tonnengewölbe in den Hof. Nach meiner Fahrenszeit bei Agutter hatte ich mich als Möbelschreiner selbständig gemacht. Aber ich segelte damals schon viel und fand es immer schwieriger, daneben Zeit zum Schreinern zu finden. Da ich ohnehin die Hälfte meiner Zeit in den großen Hafenstädten der Welt zubrachte, begann ich, gesuchte Edelhölzer aufzukaufen und zu verschiffen. Und so verwandelte sich meine Werkstatt in einen Holzlagerplatz.

Heute schätzen Leute, die Bescheid wissen, daß Pulteney Rare Woods zu den fünf besten Holzhandelsfirmen Großbritanniens zählt. Daß Pulteney Rare Woods chronisch knapp bei Kasse war und derzeit knapper denn je, darüber wußten die Leute allerdings nicht Bescheid. Ich ging an einem Stapel Mahagonistämme, die jenseits von Beggarman's Head von einem Frachter gefallen und an Land gespült worden waren, vorbei ins Haus zu unserer wöchentlichen Gesellschaftersitzung.

Der Sitzungsraum hatte ein großes dreiflügeliges Fenster, von dem aus zwischen den Hügeln ein Zipfel See zu erkennen war. Den großen Tisch hatte ich selbst gemacht und die Stühle, die ihn umstanden, ebenfalls. Wenn man es recht bedachte, war das einzige in diesem Raum, das ich nicht selbst gemacht hatte, nur Harry Blake, mein Geschäftspartner. Er trug wie üblich einen dreiteiligen Anzug und starrte mich vorwurfsvoll an, denn ich kam drei Minuten zu spät.

»Guten Abend, Herr Präsident«, sagte Harry mit unüberhörbarer Ironie. »Irgendwie verletzt?«

»Bin über Bord gefallen«, sagte ich kurz.

»Ich hörte davon«, sagte Harry und trommelte auf seinem Rechner herum. Er war kahlköpfig, trug grundsätzlich Fliegen und hatte einen Knospenmund. »Was wird aus uns, wenn dir was zustößt?«

Ich lächelte ihm zu. »Du wirst das schon machen.« Harry hatte ständig das Gefühl, daß Pulteney Rare Woods eine erfolgreichere Firma sein könnte, wenn ich nur Ordnung in mein Privatleben brächte. »Aber nicht doch«, sagte er ohne Überzeugung. »Okay, James, was hast du für Holz eingekauft?«

Ich schob das Einkaufsbuch über den Tisch, und er ließ den Blick darüber gleiten. »Ich könnte fünfmal soviel verkaufen«, sagte er.

»Jetzt ist aber nicht die richtige Jahreszeit dafür.«

»Ist mir klar«, sagte Harry. »Aber was soll ich unseren Kunden nun sagen?«

»Harry, wir haben die gleiche Menge Holz auf Lager wie letztes Jahr. Und lauter gute Ware.«

»Wir brauchen mehr«, sagte Harry.

Es war die alte ermüdende Leier. »Mehr ist aber nicht zu bekommen«, sagte ich.

»Dann sollten wir unsere Prinzipien ändern.«

»Nein.« Einer der Gründe, warum sich Pulteney Rare Woods einen guten Namen gemacht hatte, war der, daß ich nur Bäume aufkaufte, die zum Fällen wirklich alt genug waren. Viele der Holzhändler, mit denen ich ständig zu tun hatte, hätten es am liebsten gesehen, wenn ich alles abroden ließ, was zu kriegen war. Nur wäre mein Lager dann voll grüner Hölzer gewesen, die schlechtes Material abgaben. Doch genau das war Harrys Absicht. Er wollte es über die Menge schaffen und die Konsequenzen auf die Landschaft und die Schreiner abwälzen.

»Wenn das so ist«, sagte Harry, »dann habe ich hier etwas für dich zum Lesen.« Er übergab mir einen dicken braunen Umschlag.

»Jetzt gleich?« fragte ich.

»Später reicht auch noch.« Harry straffte seinen Knospenmund zu einem schmallippigen Lächeln über scharfkantigen Zähnen, einem Lächeln, das mir nicht gefiel.

Ich stopfte den Umschlag in meine Tasche und ging hinaus. »Ed Boniface hat angerufen«, sagte Vera, die Sekretärin. »Schon sechsmal.«

»Wenn er wieder anruft, stell ihn zu mir ins Haus durch«, sagte ich und ging rasch über den Hof.

## 3

Mill House ist kein besonders prächtiges Anwesen. Aber ich finde, daß es in den fünfzehn Jahren, die ich mittlerweile darin wohne, zu einer angemessenen Bleibe für einen Witwer mit Tochter geworden ist.

Ich ging durch die Halle in den Wohnraum. Dort brannte ein Kaminfeuer, und auf dem Tisch lagen neben einer Vase mit rot-gelben Papageientulpen die *Financial Times* und der *Yachtsman*. Das war die persönliche Note einer Frau. Diese Frau steckte nun ihren Kopf durch die Tür: blaugraues Haar, Hängebacken, leuchtendblaues Make-up über freundlichen braunen Augen.

»Hallo, Rita«, sagte ich.

»Ich muß sofort los«, sagte Rita. Das sagte sie schon seit acht Jahren, seit sie bei mir arbeitete. »Steak und Bohnen sind im Kühlschrank, Mae kommt mit dem Sechs-Uhr-Bus. Ich bin schon weg.«

»Grüß Georg.«

Georg war ihr Mann, sie wohnten auf Naylor's Hill. Ohne Rita hätten Vater und Tochter Dixon aus Büchsen gegessen und wären in Lumpen herumgelaufen. Ich schaute ihr durchs Fenster nach, wie sie schwer in die Pedale ihres Fahrrads trat. Der Anblick stimmte mich fast weich.

Das Schrillen des Telefons zerriß die Luft. Ich nahm ab.

»Jimmy«, sagte Ed Boniface. Seine Stimme war rauh und etwas undeutlich. Ich sah ihn vor mir, wie er im schmuddeligen Wohnraum seiner bescheidenen Doppelhaushälfte in einem Vorort von Plymouth saß. Ed war ein Bootsnarr, alles andere interessierte ihn nur in dem Maß, wie es seiner Segelbesessenheit diente. Im Moment hatte er vermutlich ein schmieriges Wodkaglas vor sich und rauchte mit grauem Gesicht und wirrem Haar eine Zigarre nach der anderen. Er war nicht gerade ein Adonis, besonders wenn er getrunken hatte. Aber man sucht sich seine Freunde schließlich nicht nach Schönheit aus. Nur wäre Ed nicht länger mein Freund, wenn Alan wegen eines Versicherungsbetrugs ertrunken sein sollte, dachte ich.

»Hör zu«, sagte Ed. »Da ist was faul an der Sache.«

Ich sagte: »Ed, ich will die Wahrheit wissen. Was ist vorgefallen?«

Er hustete. »Jetzt werd' bloß nicht komisch«, sagte er. »Du denkst, es war ein Versicherungsschwindel und ich hätte die Leine gekappt? Aber so war's verflucht noch mal nicht!«

»Gut«, sagte ich. »Wie war's dann?«

»Hätte ich vielleicht versucht, noch aus der Bucht zu segeln, wenn's ein Versicherungsbetrug gewesen wäre?« Seine Stimme klang scharf und fürchterlich krächzend. »Ich bin doch nicht blöd, mein Junge. Wäre ich dann nicht früher in die Rettungsinsel gegangen und hätte das Boot an den Strand treiben lassen? Du mußtest mich doch über Bord werfen, weißt du das nicht mehr? Nein«, sagte er, und ich hörte, wie er an seiner Zigarre zog, »es war dieser Schurke von Alan.«

»Alan?« In Gedanken war ich wieder dort draußen, sah den Mast wie einen gefällten Baum runterkommen, hörte den jäh verstummenden gellenden Schrei vorn am Bug.

»Er hat die Leine gekappt«, sagte Ed. »Sie war nagelneu. Er war an Deck, kurz bevor sie brach. Ich hörte ihn . . .«

»Jetzt hör aber auf«, sagte ich. »Welcher Idiot würde bei einem Sturm auf Legerwall die Ankerleine kappen? Und außerdem haben wir doch gesehen, daß sie durchgescheuert war.«

»Er kann's mit 'nem Messer gemacht haben«, sagte Ed halsstarrig. »Er hatte seine Gründe.«

»Das müssen aber verdammt schwerwiegende Gründe gewesen sein«, sagte ich. Wie beispielsweise eine halbe Million Pfund von der Versicherung. Ed war eine Spielernatur, ein Regattanarr. Wenn er verlor, dann hatte eben jemand anderer die Schuld. So war er nun mal. Das konnte man ihm ebensowenig zum Vorwurf machen wie einem Leoparden sein geflecktes Fell.

»Hat man ihn gefunden?« fragte ich.

»Nein«, sagte Ed. »Ich sage dir, Jimmy, er ist's gewesen. Ich hab' Beweise.«

Die Eingangstür flog krachend auf. Ich glaubte nicht, daß Ed stichhaltige Beweise hatte. »Okay«, sagte ich. »Okay, Ed. Du, ich muß Schluß machen.«

»Ja«, sagte Ed. »Hör zu . . .«

Aber ich legte den Hörer auf über seiner beginnenden Geschichte. Mae kam herein. Sie wurde an ihrem nächsten Geburtstag zwölf. Sie hatte kurzes blondes Haar und trug den grünen Rock und die weißen

Socken ihrer Schule. Ihre großen grauen Augen wurden kaum merklich schmaler, als sie mich am Tisch sitzen sah, wie immer, wenn sie sich freute.

»Hallo«, sagte sie und gab mir einen Kuß. »Ich hab' von deinem Unfall heute morgen in der Zeitung gelesen.«

»Nicht weiter tragisch«, sagte ich. »Glaub nur nicht alles, was du in diesen Blättern liest.« Sie lächelte ihr reserviertes Erwachsenenlächeln. Seit dem Tod ihrer Mutter war sie oft allein. »Schönen Tag gehabt?« fragte ich.

»Zwei Stunden Französisch«, sagte sie. »Und eine Drei in dieser dämlichen Mathearbeit.« Sie schnitt eine Grimasse und sah plötzlich doch aus wie ein kleines Mädchen mit abgeschürften Knien. Ich grinste sie an und schlug vor: »Wir könnten nach dem Abendessen ein bißchen spazierengehen.«

»Toll«, sagte sie.

Das Telefon klingelte. Ihr Gesicht wurde wieder verschlossen. Sie haßte das Telefon aus dem einfachen Grund, weil es mich gewöhnlich aus ihrem Leben riß. »Geh nur«, sagte sie. Als ich den Hörer abnahm, verließ sie den Raum.

Es war Charlie Agutter, der Sohn von Captain Agutter. Charlie war ein guter Freund, ein exzellenter Yachtdesigner* und häufig mein Partner bei geschäftlichen Operationen, die entweder eine brillante Innovation oder eine haarsträubende Dummheit wurden, je nachdem, ob sie von mir oder von Harry ausgebrütet waren.

»Schön, daß du noch lebst«, sagte Charlie. Er sprach schnell und hatte eine clevere Stimme. »Wir haben deinen Mast aufgeriggt. Würde es dir passen, wenn wir heute abend mal raussegeln und ihn testen?«

»Klar.« Wir verabredeten uns in der neuen Marina von Pulteney. Dann fiel mir meine Verabredung mit Mae ein, und ich ging zu ihr hinauf.

Sie lag in ihrem rosa Schlafzimmer und hatte mir den Rücken zugewandt. Im Lautsprecher sang Elvis Presley *Love Me Tender*. Sie las ein Buch und drehte sich nicht um, als ich hereinkam.

Ich schaute ihr über die Schulter und sagte: »Ich muß heute abend noch segeln gehen. Willst du mitkommen?«

»Nein«, sagte sie flach und ausdruckslos. »Ich wäre sowieso nur im Weg.«

---

\* siehe Llewellyn: *Laß das Riff ihn töten*, Ullstein Buch Nr. 22067

Ich öffnete den Mund, um zu protestieren, doch dann schloß ich ihn wieder, weil sie recht hatte. Ich schob die Hände in die Hosentaschen und starrte auf mein Foto über ihrem Bett. Das Foto starrte zurück. Es war auf dem Rasen der Royal Yacht Squadron in Cowes aufgenommen. Pulteney hatte damals gerade das Champagne Cruise Match gewonnen, und ich war Rudergänger gewesen. Ich grinste auf dem Foto, jeder Zoll ein strahlender Sieger, mit flachem Gesicht unter dem Panamahut hervor. Ein dickes Plaster verlief von der Nase zur rechten Backe, wo ich gegen den Baum gerammt war. Aber nun stand ich da und fühlte mich leergebrannt und hoffnungslos und von diesem Foto so weit weg wie vom Mond.

Wieder klingelte das Telefon. Ich sagte: »Ich nehme besser ab«, und schlüpfte hinaus.

Aber ich nahm nicht ab. Ich saß in der Küche, schlang Steak und Bohnen in mich hinein und ließ es klingeln. Das Klingeln verstummte. Die Babysitterin kam und ging schnurstracks zum Fernseher. Das Telefon fing wieder an zu klingeln. Ich nahm ab, legte wortlos wieder auf und wählte dann die Nummer des Polizeireviers in Ardmore.

»Haben Sie Mr. Burton gefunden?« fragte ich die gutturale Stimme am anderen Ende der Leitung.

»Haben wir nicht«, sagte die Stimme. »Und wahrscheinlich werden wir auch nicht. Wir haben doch Ihren Namen und Ihre Anschrift?«

»Haben Sie«, sagte ich und dachte an das leblose Etwas, das irgendwo da draußen im Wasser trieb. »Haben Sie den Anker?« Es gab eine kurze Pause. »Nein. Was sollen wir mit dem Anker?« fragte die Stimme dann. »Sehen, was mit der Trosse los war«, sagte ich. »Das wollte der Versicherungsmann auch«, meinte die Stimme.

»Also haben Sie ihn gefunden?«

»Der Taucher sagt, daß die Sicht dort unten miserabel ist«, berichtete die Stimme. »Aber sie wird bestimmt bald besser.«

Ich dankte ihm und ging hinunter in die Eingangshalle. An der Tür rief ich einen Gruß nach oben, doch Mae antwortete nicht.

Es war ein warmer Abend. Die Sonne stand noch hoch am wolkenlosen blauen Himmel, und von Westen her wehte eine leichte Brise. Aber als ich in den Jaguar stieg, fröstelte ich. Nach drei Versuchen sprang der Wagen an. Ich brauchte unbedingt neue Zündkerzen. Ich setzte unnötig heftig zurück und wendete. Als die Reifen über das Kopfsteinpflaster quietschten, flatterten die Tauben vom Dach hoch. Im Rückspiegel schrumpfte das Haus mit seinem sauber gemähten Rasen, mit seinen den grauen Stein einrahmenden Stecheichen, in die sich die gelben Tupfen einiger Flechten mischten, zu einem Postkartenbild zusammen. Eine richtige Idylle, aber vielleicht empfand ich gerade deswegen meine innere Leere besonders stark.

An der New Pulteney Marina war der Parkplatz noch halb leer, die Saison hatte gerade erst begonnen. Im Juli würde er zum Bersten voll sein, und auf den Stegen würde das übliche Gedränge von Proviantwagen und harten Männern herrschen, die gekommen waren, um ihre Boote über den Kanal zu knüppeln; nicht zu vergessen die weniger harten Männer, die gekommen waren, um auf ihrem teuren Spielzeug Gin Tonic zu trinken.

Die gleich am Anfang des ersten Stegs liegenden Yachten waren indessen kein Spielzeug. Dort ragten die über vier Salingspaare abgestützten Masten in den Himmel, die für ihre Höhe so gefährlich schlank aussahen. Ich ging schneller, und meine gedrückte Stimmung besserte sich etwas. Die Boxen, wo all diese schlanken Masten gen Himmel ragten, hießen generell nur »die Arena«. Neville Spearman hatte nämlich vor nicht allzu langer Zeit verkündet, daß Hochleistungs-Rennyachten einen Nachlaß auf die Liegegebühr bekämen, sofern sie gleich am Eingang der Marina in einer Art Ghetto zusammenblieben. Das würde, so rechnete er, die Schaulustigen anziehen, aus denen dann Stammgäste seiner Eisdiele und der Snack-Bar würden. Und es konnte ferner gewisse Dunkelmänner davon abhalten, sich mit Schraubenziehern über die teuren Beschläge teurer Kreuzeryachten herzumachen.

Der Grund, warum mein Boot dagegen am äußersten Ende des letzten Stegs lag, war der, daß es einfach zu groß war, um irgendwo sonst dazwischen zu passen. Ich lief über die Pontonplanken zwischen der doppelten Reihe messerscharfer Epoxybuge und an mit dicken Winschtrommeln bestückten schnittigen Decks vorbei: Eintonner, die Klasse I der Hochsee-Rennyachten und einige der schnellsten Segelboote überhaupt. Der Wind pfiff durch die Riggs, es war ein vertrautes Geräusch. Diese Art von Booten hatte meinen Ruf begründet. Ihre Designer hatten über den Regattaformeln gebrütet, hatten nächtelang über Computerzeichnungen gehockt; ihre Eigner hatten hunderttausende von Pfund ausgegeben, um sie aus spinnwebfeiner Kohlefaser mit Hartschaum, einem ursprünglich für Raumfähren entwickelten Verbundmaterial, bauen zu lassen; ihre Crews hatten trainiert, bis sie Blut und Tränen schwitzten – und all das, um aus ihnen die schnellsten jemals übers Wasser flitzenden Rennmaschinen zu machen. Das Boot aber, das ich gemeinsam mit Charlie Agutter und Scotto Scott gebaut hatte und das da mit steil aufragendem Mast am Ende des Stegs lag, dieses Boot konnte doppelt so schnell segeln wie alle anderen hier an der Pier.

Charlie schaute auf und winkte mir zu. Ich ging an den spitzen Silberbugen mit dem schwarz eingelassenen Schriftzug *Secret Weapon* vorbei und hob meinen Seesack über die Reeling. Dann schwang ich mich selbst an Bord.

# 4

*Secret Weapon* war ein Katamaran. Im allgemeinen sind Katamarane entweder kleine schnelle Rennmaschinen oder aber größere, eher klobige Fahrtensegler. *Secret Weapon* war keines von beiden. Sie bestand aus zwei sechzig Fuß langen und je vier Fuß breiten Kevlar-Epoxy-Schwimmern, die durch drei vierzig Fuß lange dünne Kohlefaserträger mit strömungsgünstigem Profil zusammengehalten und von einem durchgelatteten Großsegel angetrieben wurden, als dessen Vorderkante ein drehbarer Flügelprofilmast diente. Der Mast stand im vorderen Drittel einer Nacelle, auf der Babystag, Mastspur und Winschen sowie ein Steuerrad und ein paar Kojen untergebracht waren. Die Zwischenräume der Konstruktion waren mit Netzwerk ausgefüllt. *Weapon* war eine gigantische Rennmaschine und konnte ohne weiteres eine Geschwindigkeit von dreißig Knoten erreichen, womit sie nur noch Bruchteile von der gesegelten Weltbestzeit trennten. Ihr Deck hatte fast die Größe eines Tennisplatzes. Trotzdem wog sie nur die Hälfte des am Liegeplatz nebenan festgemachten ultraleichten Vierzig-Fuß-Monorumpfes, hatte aber doppelt soviel gekostet. Eintonner werden nach komplizierten Rennformeln gebaut. Bei Mehrrumpfbooten gibt es jedoch für den Konstrukteur nur *eine* Regel: etwas zu konstruieren, das schneller läuft als alles andere auf dem Wasser.

»Wir sind startklar«, sagte Charlie, ein hagerer Mann mit struppig abstehendem schwarzem Haar. Er hatte hohe Backenknochen und dunkle Ränder unter den Augen.

»Dann also los«, sagte ich.

Charlie ließ den in seiner Halterung am Steuerbordschwimmer sitzenden 30-PS-Evinrude an, während ich an allen vier Ecken die Leinen loswarf. Der aufheulende Motor übertönte das Klappern und Scheppern der Fallen. Ich schoß die Festmacherleinen auf und stopfte sie in ihre Taschen am Trampolin. Rückwärts glitt *Secret Weapon* aus ihren Liegeplätzen – wegen ihrer 40-Fuß-Breite brauchte sie gleich zwei auf einmal. Ihre Steven waren auf die Molenköpfe gerichtet, als ich nach achtern ging, um mich neben Charlie zu stellen.

»Böse Geschichte, das in Irland«, sagte Charlie und kniff die Augen zusammen, weil er den Katamaran durch die nur fünfundfünfzig Fuß breite Einfahrt der Marina manövrierte.

»Stimmt«, sagte ich.

Charlie war im allgemeinen nicht sehr gesprächig. »Hat man den Mann schon gefunden?« fragte er.

»Nein.«

»Übel.«

»Ja.« Normalerweise wird ein Ertrunkener nach vierundzwanzig Stunden angeschwemmt. Aber da an der Südküste Irlands unzählige Lachsnetze ausgebracht sind – einige legal, die meisten illegal –, war es gut möglich, daß es noch ein Weilchen dauerte, bis er wieder auftauchte, wenn überhaupt.

»Wie ist Ed eigentlich an ihn geraten?«

»Ein Freund von einem Freund«, sagte ich. »Keine Ahnung. Ed hat's mir nicht gesagt, und ich hab' nicht gefragt.«

»Armer Hund«, sagte Charlie. »Was war das für ein Boot?«

»*Street Express?* Ein prima Boot. Sehr schnell. Gut am Wind.«

Ed hatte mich gebeten mitzukommen, weil er beim Eintrimmen meine Meinung hören wollte. So war das bei uns: Wenn man nicht gerade in einer Regatta steckte, half man einander aus. Doch sobald der Startschuß ertönte, gab's kein Pardon mehr.

Charlie schüttelte den Kopf. »Verdammtes Pech«, sagte er. »Auch wenn's für uns vielleicht ganz gut ist. Ich meine, ein Konkurrent weniger.« Grinsend schaute er mich von der Seite an. »Höchstwahrscheinlich wird jemand sagen, du hättest die Strippe selbst durchgesäbelt.«

Ich grinste ohne sonderliche Begeisterung zurück. Der Gedanke war schon dem *Yachtsman* gekommen.

Charlie nickte und schielte auf den Windmesser. Eine Segelregatta kann zu einem Spiel werden, bei dem man nur so gut ist wie die letzte Story, die über einen in der Zeitung erschienen ist. Ich hatte *Secret Weapon* mit einer Hypothek auf mein Haus und durch entsprechende Entnahmen aus der Firma bezahlt. Charlie besaß eine Viertelbeteiligung, die er mit seiner Arbeit als Konstrukteur des Bootes abgegolten hatte. Und *Secret Weapon* hatte einen unbändigen Heißhunger auf Ausrüstung. Um sie am Laufen zu halten, brauchten wir jemanden, der genug Geld besaß, um diesen Heißhunger stillen zu können.

Charlie ließ das Ruder durch die Finger gleiten. »Der Mast gefällt mir nicht.«

»Dann checken wir ihn mal durch.« Ich hatte genug von Tod, Unheil und Telefonanrufen. Ich wollte die Erregung des Segelns mit *Secret Weapon* spüren, wollte mich im Labyrinth endloser Detailarbeiten verlieren, die uns in zwei Wochen zur Dreiecksregatta nach Cherbourg führen sollten, danach zur längeren Waterford Bowl im Kanal und schließlich zum Round-the-Isles-Rennen, das nur Charlie und ich, nonstop um die Inseln Großbritannien und Irland, bestreiten würden.

»Übernimm mal«, sagte Charlie.

Wir waren jetzt im Fahrwasser. Die kleinen Wellen unseres Kielwassers kräuselten den weichen braunen Spiegel des River Poult und brachen sich mit einem leisen Glucksen an dem schmutzigbraunen Marschengras, das den Uferschlick säumte. Ein paar Graureiher flogen schwerfällig auf. Die Tide zog uns kräftig mit, denn es war ablaufendes Wasser. Allmählich wich das Ufer zurück, und die Farbe des Wassers ging von Braun in Blau über.

Wenig später waren wir allein auf schiefergrauer See. Hinter uns an Steuerbord erstreckte sich Pulteney mit dem Beggarman's Head und Danglas. Fünf Meilen seewärts lagen die wie eine Hecke parallel zur Küste laufenden, aber bei diesem Tidenstand unsichtbaren Riffe der Teeth, durch deren schwarze Fänge ölig der Schwell schwappte. Wir liefen unter Motor direkt gegen den Wind; ich stand am Ruder, während Charlie das Großsegel hochzog. Es rauschte gewaltig; ein lattenverstärktes Segel wird durch lange Kevlar-Epoxy-Stäbe versteift, so daß es nicht wie ein konventionelles Segel im Wind killt. Als die Fock am Vorstag emporlief, kippte ich den Außenborder hoch. Charlie kam zu mir nach achtern, ihm stand der Schweiß auf der Stirn. *Secret Weapon* war ein ziemlicher Brocken für zwei Mann. Aber daran mußten wir uns gewöhnen, denn die Waterford Bowl und das Round the Isles waren beides Regatten für eine Zweiercrew und würden weitaus härter werden, als hier vor Pulteney herumzuplanschen.

Ich holte die Großschot dicht, mit der Hand zunächst, bis es zu schwer wurde. Als das Boot Fahrt aufnahm, betätigte ich die Hydraulik des Feintrimms, mit der die letzten Fuß eingekurbelt wurden. Eine Bö verdunkelte das Wasser, und schon preschten wir los. Wäre *Secret Weapon* ein Einrumpfboot gewesen, so hätte sie erst gekrängt und wäre dann abgerauscht. Doch *Secret Weapon* war so breit, daß sie die einwirkenden Kräfte kaum durch Krängen ableiten konnte. Die plötzliche Bö wurde unvermittelt in Beschleunigung umgesetzt, was einen solchen Druck auf die Kniekehlen ausübte, daß sie einen achteraus zu katapultieren drohte. Im nächsten Moment zischte der Kat durch die Dünung und entriß den blauen Wellen weiße Gischtfahnen. Ich drehte das Ruder einen Strich weiter nach Steuerbord. Das Deck neigte sich leicht: nun war *Secret Weapon* trotz ihrer Breite in Schräglage gegangen, und die Anzeige des Speedometers machte einen Satz. Wieder spürte ich diesen Schub, als der Luvrumpf sich aus dem Wasser hob, bis er die Wasseroberfläche nur noch antippte, während die andere Seite fast unterschnitt, so daß die Widerstand bietende Fläche nur noch halb so groß war. 21 Knoten zeigte das Log an, dann 22, 23. Das Kielwasser hinter uns zischte; es hörte sich an, als zerrisse jemand Papier. Charlie ging nach vorn. Der Wind zerzauste sein struppiges Haar, als er den Mast wie durch die Kimme eines Gewehrs anvisierte.

»Nimm mal Power raus«, sagte er. »Der zittert ja wie 'n Spaghetti.«
Ich fierte leicht auf, und mein Herz sank tiefer. *Secret Weapons* Bewegungen wurden etwas stabiler.

»Was stimmt da nicht?« fragte ich.

»Er biegt sich in den obersten zwölf Fuß um etwa einen Fuß nach Lee durch«, sagte er. »Da reicht schon ein bißchen mehr Druck, damit er von oben kommt.«

Ich schaute an der schier himmelhohen Spiere hinauf. Der Mast war bei Gull Spars, Ed Bonifaces Firma, hergestellt. Wie Silber funkelte er auf seiner ganzen Länge. Er hätte auch ebenso aus Silber sein können bei dem Heidengeld, das er gekostet hatte.

»Schauen wir mal, ob wir ihn nicht doch irgendwie stabilisieren können«, sagte Charlie. Also probierten wir herum. Wir versuchten alle nur möglichen Kombinationen, gaben Lose oder holten Fallen, Diamantstage, andere Stage und Wanten dichter, und mein Herz sank immer tiefer. Inzwischen war es dunkel geworden. Charlie setzte sich auf den Kajütaufbau und fragte: »Was meinst du?«

Ich blickte zum Masttopp auf. Jetzt, da ich mich daran gewöhnt hatte, an ihm hinaufzuschauen, sah ich ganz deutlich, daß er sich im dunklen Blau des Himmels nach Lee durchbog. Ich holte tief Luft.
»Ed hat was falsch gemacht«, sagte ich. »Wir brauchen doch mehr Verstagung. Also ab in die Werft.«

»Scheibenkleister«, sagte Charlie. »Wir sollten uns jetzt auf Cherbourg vorbereiten, statt hier mit zusammengeschusterten Spieren rumzudümpeln.«

Ich nickte. Cherbourg war das erste große Testrennen, und wir hinkten zeitlich ohnehin schon arg hinterher. Schräg achteraus zog das Hafenfeuer von Pulteney vorüber; es warf zuckende rote Blitze gegen die warmen gelben Lichter der Stadt und durchzog das schwarze Wasser wie mit langen Blutstreifen. Charlie ging nach unten und holte eine Flasche Whisky herauf. Ich trank einen Schluck, aber er wärmte mich nicht. Meine Gedanken waren von unserem Mast zurück nach Ardmore gewandert, zu Alans Schrei, als dieser schreckliche Metallmast auf ihn stürzte.

»Vielleicht findest du ja einen Sponsor bei diesem Ringelpietz morgen«, sagte Charlie.

»Morgen?«

»Morgen ist doch großer Zirkus in Pulteney«, sagte er.

»Stimmt ja«, sagte ich und versuchte etwas Mut zu schöpfen. Die Einladung hatte auf dem Kaminsims gelegen: ›Terry Tanner und World Wide Promotions laden die Mitglieder des Pulteney Yacht Club zu einem Treffen mit potentiellen Sponsoren an Bord der *Hecla* ein.‹

So was kam hin und wieder vor. Regel Nr. 26, nach der es Einrumpfbooten noch untersagt war, den Namen eines Sponsors zu tragen, fand auf Mehrrumpfboote keine Anwendung. Und folglich beschloß von Zeit zu Zeit jemand, daß Segler mal wieder mit Geschäftsleuten zusammenkommen mußten, und gab eine Party, auf der alle viel tranken und große Pläne schmiedeten, aus denen dann meist nichts wurde. Diesmal war Terry Tanner von den World Wide Promotions der Veranstalter. World Wide schien überall mit drinzustecken – im Tennis, im Boxsport, beim Springreiten und überhaupt bei allen Dingen, die nicht nur Spaß machten, sondern viel Geld brachten. Der Promoter Tanner war in den letzten Monaten auch in anderen englischen Häfen gewesen, an Bord einer Motoryacht, die mit Champagner und soviel Banknoten beladen war, daß man einen Haifisch hätte ausstopfen können.

»Nach dem, was ich gehört habe, machen die nicht bloß die üblichen Vergnügungsreisen auf Spesenkonto«, sagte Charlie. »Sondern es scheint tatsächlich viel Geld dahinterzustecken.«

Das hatte auch ich gehört. »Dann sollten wir vielleicht eine kleine Show für sie abziehen«, sagte ich.

»Du meine Güte«, sagte Charlie plötzlich. Im blitzenden Hafenfeuer konnte ich erkennen, daß er achteraus schaute. Ich drehte mich um.

Ein Schiff lief ein. Ein Schiff, wie man es in südenglischen Hafenstädten nicht alle Tage sieht. Es schien geradewegs aus Porto Cervo zu kommen, des Aga Khan Yachthafen auf Sardinien. Schicht um Schicht wuchs es in die Höhe wie ein riesiger Hochzeitskuchen. Es war auch so weiß. Und in jeder Schicht funkelten Lichter, die sich wie Diamanten im Wasser spiegelten. Auf den Vor- und Achterdecks strahlten sechs Scheinwerfer gen Himmel und löschten mit ihren breiten Lichtkegeln die Sterne aus.

»Mich laust der Affe«, sagte Charlie. »Die wollen nach Pulteney. Wer zum Teufel ist das?«

Ich richtete das Fernglas auf den hell erleuchteten Bug, als er in etwa einer Meile Entfernung vorüberglitt. »*Hecla*«, sagte ich.

Der River Poult umfing uns mit seinen schlammigen Armen. Jetzt war Niedrigwasser, und vom Ufer drang der Geruch nach Modder und Schlick zu uns herüber.

»Tja«, sagte ich. »Ich glaube, wir verschieben unseren Plan und legen den Mast erst übermorgen.«

# 5

Charlie fuhr zuerst nach Hause. Ich justierte noch die Steuerkabel, und als ich eine halbe Stunde später die Rampe hinauflief, sah ich, daß in Spearmans Büro Licht brannte. Eine Tür ging auf.

»James«, sagte eine Stimme, »sind Sie das? Haben Sie eine Minute Zeit?« Die Stimme klang gespielt herzlich. Neville Spearman hatte eher Ähnlichkeit mit einem primitiven Rechenapparat als mit einem Menschen aus Fleisch und Blut; jedenfalls schien er sich in Gegenwart anderer nie ganz wohl in seiner Haut zu fühlen.

»Aber sicher«, sagte ich und folgte ihm in sein Büro. Es hatte früher mal aus einem Tisch in der Ecke des Schuppens bestanden, auf dem sich Papierstöße und Kaffeebecher um den Platz stritten. Aber nun, da Neville seine farbbekleckten Overalls gegen maßgeschneiderte Jakken und teure Jeans eingetauscht hatte, zierten einige Sessel das Büro, und ein Panoramafenster bot einen herrlichen Blick auf die sich an der Pier drängenden Yachten. Die Wand hinter dem Schreibtisch war mit Bildern bedeckt, lauter Schiffe, von schweren Trawlern bis hin zu federleichten Eintonnern. Auf zwei Fotos stand ich am Ruder und war dabei, Regatten zu gewinnen.

»Wie geht's?« sagte Neville und fuhr fort, ohne meine Antwort abzuwarten: »Schon einen Sponsor gefunden?«

»Nein«, sagte ich.

»Hab' in der Zeitung von dieser Geschichte gelesen«, sagte er. »Der dritte Mann wird immer noch vermißt, wie?« Seine Backen hingen in kleinen Fleischfalten herab. »Schlecht, das Ganze. Schlechte Publicity.«

»Das erzählen mir alle anderen auch.« Mir war klar, warum Neville mich sprechen wollte. Und das hatte nichts mit Mitgefühl für Alan Burton zu tun. »Was gibt's?«

Neville zog mit klobigen Fingern ein Blatt Papier zu sich heran. Zwar konnte er seine Füße in teure Bootsschuhe stecken, seine Hände aber konnte er nicht austauschen. »Ihre Rechnung hier«, sagte er, »ist inzwischen verdammt hoch.«

Ich atmete einmal tief durch. »Neville«, sagte ich, »Sie wissen so gut wie ich, daß uns das Ding jedesmal, wenn wir es nur um die Bucht segeln, fünfhundert Pfund an kaputter Ausrüstung kostet. Als wir den Kat auf Kiel legten, haben Sie mir einen großzügigen Überziehungskredit zugesagt.«

»Einen großzügigen Kredit, ja«, sagte Neville. »Aber von Gratiszubehör war keine Rede.«

Ich überhörte das. »Dafür segeln wir raus, gewinnen Rennen in einem außergewöhnlichen Boot und sorgen dafür, daß jeder erfährt, es wurde bei Spearman gebaut. Damit alle kommen und ihr Boot bei Ihnen gebaut haben wollen. Denen können Sie dann Gott weiß was abverlangen.«

»Na ja«, sagte Neville, und seine Augen hinter dem schwarzen Brillenrahmen sahen ganz glasig aus vor Habgier. »Das ist alles schön und gut. Große Rosinen, aber eben keinen Sponsor. Ich bin Geschäftsmann und muß aufpassen.«

»Neville«, sagte ich, »wollen Sie sich drücken?«

»Aber nein«, sagte er. »Ich verhandle nur neu, das ist alles. Ich gebe Ihnen von jetzt an dreißig Tage. Wenn Sie dann nicht zahlen, muß ich das Boot pfänden.«

»So ist das also.« Ich hielt die Armlehnen so fest umklammert, daß meine Hände zu schmerzen begannen.

»Viel Glück in Cherbourg«, sagte Neville

Es war elf Uhr, als ich schließlich zu Hause ankam. Ich schickte die Babysitterin heim und machte mir in der Küche ein Schinkensandwich. Ich fing gerade an zu essen, als das Telefon klingelte. Es rauschte und knisterte in der Leitung, und die Stimme am anderen Ende klang verschwommen.

»Mr. Dixon?« fragte sie. »Hier Polizeirevier Ardmore.«

Den Mund voller Brot und Schinken, sagte ich hallo.

»Die Taucher haben den Anker jetzt gefunden«, berichtete er. Ich hörte auf zu kauen. »War durchgescheuert. Tatsächlich.«

»Durchgescheuert?« fragte ich.

»Der Herr von der Versicherung dachte, daß die Leine vielleicht gekappt worden wäre«, meinte der Polizeibeamte.

»Wirklich?«

»Damit müßte für Sie nun alles klar sein«, sagte er. »Ich dachte, Sie wüßten es vielleicht gern sofort. War eine schreckliche Sache, wirklich.«

»Stimmt«, sagte ich.

Dann war die Leitung tot.

Ich wählte Eds Nummer, es nahm aber niemand ab. Da ging ich zu Bett. Eigentlich hätte ich erleichtert sein müssen. Statt dessen schlief ich schlecht. Die ganze Nacht träumte ich von einem riesigen Versicherungsbetrug, in den Ed Boniface und Neville Spearman verwickelt waren und bei dem auch ein Sponsor vorkam. Da krachten Masten herunter, und ich hörte Alans letzten Schrei. Um sechs Uhr wachte ich mit Kopfschmerzen auf. Ich ging in die Küche hinunter. Laut drang das Ticken der großen Wanduhr durch die morgendliche Stille.

Auf dem Tisch lag noch der braune Umschlag, den Harry mir am Vortag übergeben hatte. Ich nahm mir eine Tasse Kaffee und machte ihn auf. Sein Exposé war betitelt: ›Pulteney Rare Woods – Expansionsstrategie.‹ Diese Strategie sollte darauf hinauslaufen, daß wir beide noch je einhunderttausend Pfund in die Firma steckten. Dann sollten wir einen Vertrag mit Brasiliens Forstämtern schließen und beide sehr reich werden, indem wir brasilianische Regenwälder in Fernsehschränke verwandelten. Ich nahm einen Filzstift, schrieb »unter keinen Umständen!« quer über die erste Seite, schob die Blätter in den Umschlag zurück und legte ihn in den Postausgangskorb in der Diele. Dann trank ich meinen Kaffee aus und begann mich etwas besser zu fühlen.

Um acht Uhr brachte ich Mae zum Schulbus und ging zur Marina hinunter. Ich versuchte Ed von Nevilles Büro aus anzurufen, aber wieder nahm niemand ab.

Eine leichte südliche Brise brachte die Fallen der Boote im Hafenbecken zum Scheppern. Charlie arbeitete schon auf *Weapons* Deck. Neben ihm stand Scotto, ein Hüne von Neuseeländer, den es vor fünf Jahren nach Pulteney verschlagen hatte und der geblieben war. Scottos Füße hatten länger auf Yachten als an Land gestanden. Er war gemeinhin als Bootsnigger bekannt, das heißt, er verdiente sich seinen Lebensunterhalt dadurch, daß er sich um die Rennmaschinen reicher Leute kümmerte. Außer für reiche Leute arbeitete er auch für Charlie. Und jetzt beratschlagten wir gemeinsam, wie man eine Schiffsladung voll Industrieller am besten davon überzeugen könnte, daß *Secret Weapon* ihnen mehr Publicity einbringen würde, als sie überhaupt verkraften konnten.

Dann ging ich ins Büro zurück.

Auf meinem Schreibtisch lag ein Memo von Harry. Es lautete: »Ich werde meinen Anwalt konsultieren.« Ich schickte es zusammen mit seinem Exposé an meinen Anwalt. Mittags warf ich mich in meinen alten weißen Anzug, stülpte den Panamahut über und ging, ganz siegessicherer Showman, zur Marina zurück. Charlie war schon da, auch er trug einen weißen Anzug.

»Ich komme mir vor wie der letzte Trottel«, sagte er.

»Du bist nicht der einzige«, sagte ich.

Scotto traf mit Noddy und Dike ein, zwei Gorillas aus Pulteney, die schon beim Einsegeln der *Weapon* mit von der Partie gewesen waren. Die drei sahen eindrucksvoll und albern aus in ihren weißgepinselten Stahlhelmen aus US-Beständen. Sie warfen die Leinen los. Wir brummten durch die Bucht auf die offene See zu. Noddy und Dike rackerten sich schwitzend mit dem Großsegel ab. Ich spürte die südliche Brise an meinem Panamahut zerren, als wir, den grünen Uferstreifen an Steuerbord lassend, auf raumen Kurs gingen. Der Kai von Pulteney kam in Sicht, ein langer schmaler Strich aus grauem Mauerwerk, und dahinter die schlagsahneweißen, über die Toppen geflaggte *Hecla*. Durchs Fernglas konnte ich die Köpfe von Leuten ausmachen. Sie nahmen ihre Drinks auf dem Promenadendeck.

»Okay«, sagte ich. »Auf geht's!«

Wir kurbelten das Großsegel hoch, und ich richtete die Steven auf das Ende der Pier. Der Luvschwimmer hob sich im Wasser, während der in Lee der flachen blauen See sprühende Gischtfahnen entriß. Häuserzeile um Häuserzeile schien Pulteney uns näherzukommen und schräg über unseren Köpfen hängenzubleiben.

»Gut so«, sagte Charlie neben mir.

Scotto packte ein Bündel Feuerwerkskracher in einen Eimer. Eine gewaltige Detonation donnerte, gefolgt von einem ebenso gewaltigen Echo, gegen die steilen Häuserwände der Stadt. Die braunen Gesichter auf dem Promenadendeck wurden weiß, als sie sich nach uns umdrehten. Ich ließ das Ruder wirbeln, und *Secret Weapon* flitzte mit zwanzig Knoten und einem fliegenden Rumpf an der Hafeneinfahrt vorbei, während Scotto und die Gorillas in Lee vom Baum standen und salutierten. Ein paar Hochrufe wehten von der *Hecla* zu uns herüber.

»Das ist gelungen«, sagte Charlie.

»Sehr publikumswirksam jedenfalls«, sagte ich und dann, zu Scotto gewandt: »Nehmt diese dämlichen Stahlhelme lieber ab, ehe ihr damit über Bord geht und sie euch versenken. Dann gehen wir hinüber.«

Fünf Minuten später kletterten Charlie und ich die Eisenleiter zur Pier hoch.

Als wir über den roten Teppich der Gangway zur *Hecla* hinaufstiegen, fing oben jemand an zu klatschen. Ein zweites Händepaar fiel ein und noch eins. Unter lebhaftem Applaus hielten wir unseren Einzug. Ich lüftete den Panamahut und gab ihn dem hübschen Knaben in weißem Matrosenanzug am Kopf der Gangway.

»Prima Entrée«, sagte ich zu Charlie.

»Verdammt peinlich«, murmelte er zwischen den Zähnen.

Wir machten Verbeugungen, grinsten und hofften, bald an die Bar geführt zu werden. Ein schmaler Mann mit lockigem blondem Haar und einem Saint-Laurent-Blazer löste sich aus der Menge und kam mit einer Flasche und zwei Gläsern auf uns zu. »Gut gemacht«, sagte er mit hoher, affektierter Stimme. »Super. Hier bringe ich Ihnen einen Drink.« Er schenkte die Gläser voll, reichte jedem von uns eines und schaute durch seinen Wimpernvorhang zu uns empor. Seine Augen waren kobaltblau. »Sie sind James Dixon und Charlie Agutter«, sagte er. »Und ich bin Terry Tanner.« Das klang stolz. »Sie haben uns fast die Show gestohlen«, sagte er.

»Wir sahen Sie letzte Nacht einlaufen«, sagte ich. »Das war nun wirklich eindrucksvoll.«

»Hm«, sagte er und nippte an seinem Glas. »Klappern gehört zum Handwerk, meinen Sie nicht? Und es zahlt sich aus.« Er wirkte so absurd affektiert, daß ich mich mit Gewalt daran erinnern mußte, daß dieser Mann *der* Terry Tanner war, über den ich gerade im »Who's Who« nachgelesen hatte: Hobbies Bridge und Geldverdienen, Vorstandsvorsitzender der an der Börse gehandelten World Wide Promotions, geschätzter Umsatz im letzten Jahr 270 Millionen Pfund.

»Und ich hab' da auch jemanden«, sagte er, »der schon ein klitzekleines bißchen an Ihnen interessiert ist.« Er blickte sich forschend um und deutete auf einen kleinen rundlichen Herrn in dunklem Anzug. »Mr. Ernest von der Bulk Filing. Charlie, vielleicht sprechen besser Sie mit ihm. James ist, glaube ich, etwas zu groß für ihn. Das ist einschüchternd, Sie verstehen.«

Charlie nickte und ging zu Mr. Ernest hinüber. »Aber nicht für mich«, sagte Tanner. »Ich steh' auf große Leute.« Er tätschelte eine braune Hand auf seiner rechten Schulter. Der Mann hinter ihm war noch einen Fuß größer als ich. Er hatte kurze schwarze Haare, einen enormen schwarzen Schnurrbart und trug eine Halskette mit einem goldgefaßten Haifischzahn als Anhänger. »Das ist Randy«, sagte Tanner. »Randy produziert Schaltplatten. Er segelt auch. Und er paßt auf mich Glückspilz auf. Nun denn, mit wem könnte ich Sie bekannt machen?« Forschend schaute er sich um, und ich tat es ihm nach. Es war, als mustere man die Lobby eines kalifornischen Hotels. Von der Decke hing ein Kronleuchter, und die Wände waren in Weiß und Gold gehalten. Eine riesige Freitreppe schwang sich zum nächsten Deck empor.

»Was für ein Schiff!« sagte ich.

»Ist es nicht *himmlisch*?« fragte Tanner. »Ich habe es aber nur gechartert. Es gehört Dag Sillem. Er steht da drüben, ein unheimlich wichtiger Mann. Geld, Macht – er hat's wirklich weit gebracht im Leben. Und ein Sportsnarr dazu; er war mal Motorradweltmeister.« Tanner deutete auf eine um einen Roulettetisch stehende Gruppe in der Ecke. »Der mit dem graumelierten Haar. Den Motorsport hat er aufgegeben, aber seinen *frisson* mag er immer noch.«

Sillem war groß, hatte einen gebeugten Rücken und sah schüchtern aus. Aber ich hielt mich nicht lange mit ihm auf, weil ich den Mann erkannt hatte, der neben ihm stand. Als meine Augen auf ihm ruhten, schaute er auf, und unsere Blicke trafen sich. Rotgeränderte Augen in einem grauen Gesicht, widerspenstige Haare über kahlen Stellen, gelbe Finger, die eine Zigarre umklammert hielten: Ed Boniface. Schwankend kam er auf uns zu. »Jimmy, altes Haus«, säuselte er, Whisky- und Tabakdunst verströmend. Er hatte Zigarrenasche auf dem Jackenrevers.

»Ich habe versucht, dich anzurufen«, sagte ich. »Es gibt Neuigkeiten von der Polizei in Ardmore.«

»Oh«, sagte er. Hinter den geschwollenen Lidern wirkte sein Blick geistesabwesend. »Hast du? Ich auch. Und von diesen Versicherungsfritzen hab' ich auch gehört.« Sein Gesicht verzog sich zu einem häßlichen Grinsen.

Terry gab leise einen irritierten Laut von sich und sagte: »Wir sehen uns noch.«

»Und was haben die Versicherungsleute gesagt?« fragte ich.

»Sie behalten sich die endgültige Beurteilung bis zum Abschluß der Untersuchung vor«, sagte er. »Mit anderen Worten, ich kriege kein Geld, weil sie immer noch denken, daß ich das Scheißding losgeschnitten habe. Und das zu Beginn der Rennsaison und mit den guten Chancen, die ich hatte! Bei Sturm und auf Legerwall und mit mir selbst an Bord. Jetzt frag' ich dich: Was sagt man dazu?«

Ich schaute ihn an, er war ein Bild des Jammers. Seine Schuhe waren schmutzig, seine Krawatte war zerknautscht, und durch die quer über den Kopf gebürsteten Haare schimmerten die kahlen Stellen. Ich grinste, klopfte ihm auf die Schulter und schüttelte den Kopf. Natürlich würde kein auch nur halbwegs normaler Mensch auf diese Weise die Versicherung betrügen. Aber Ed trank viel, spielte viel, und nach allem, was ich hörte, ging es ihm geschäftlich schlecht. In seiner Lage konnte ein Mensch vor Verzweiflung leicht einen ungeschickten Schritt tun, um eine halbe Million Pfund zu verdienen.

»Was macht dein Mast?« fragte er, als könne er Gedanken lesen und wolle das Thema wechseln.

»Der macht uns Sorgen«, sagte ich.

»Oh«, sagte er. Die Fettwülste um seine Augen verengten sich, und einen Moment fand ich, daß er verschlagen aussah. »Dann wollen wir ihn uns mal anschauen«, sagte er. »Bring ihn morgen zu mir rüber, okay?«

»Danke«, sagte ich.

»So«, sagte Ed. »Und jetzt will ich noch ein bißchen an das gute alte Rouge et Noir gehen – du weißt schon. Bis dann, mein Junge.« Er kehrte zurück zur anderen Seite des Salons. Ich sah ihn an der Bar haltmachen und sich ein großes Glas Whisky geben lassen. Dann wühlte er sich zu Dag Sillems meliertem Haarschopf vor, und das Rouletterad begann sich klappernd zu drehen.

Die Unterhaltung wurde lauter. Die Männer sahen blendend aus: Geldadel mit gepflegtem Teint und glitzernden Frauen. Die Segler waren rauher, vom Wetter gegerbt, und neigten dazu, die Gesichter beim Sprechen zu verziehen. Ich unterhielt mich mit John Dowson, einem grinsenden bärtigen Bären von Mann, der einen neuen Katamaran gebaut hatte. Wie es aussah, würde er *Secret Weapons* Hauptrivale werden, nun, da es *Street Express* nicht mehr gab. Doch eigentlich grinsten heute abend nicht viele Segler. Zwischen diesen weißen und goldenen Wänden hing ziemliche Spannung.

Terry Tanner stellte sich neben mich.

»Tut mir leid, ich mußte kurz weg. Nett, Sie zu sehen, John.«

John Dowsons Barthaare stellten sich auf, als er grinste. Tanner drehte sich zu mir um. »John ist nämlich mein Schützling«, sagte er, und seine kobaltblauen Augen suchten Ed Boniface drüben am Tisch.

»Ist Ed das nicht auch?« fragte ich.

Er schaute mich an, die Augen wie blaue Kieselsteine. »Gewesen«, sagte er. Und dann, viel leiser: »Ich glaube, daß Ed ein sehr dummer Junge war.«

»Was heißt das?« fragte John.

»Nichts«, sagte Tanner. »So, jetzt wollen wir James mal ein bißchen herumreichen.«

Ich investierte eine halbe Stunde in die Industriebosse. Alle sagten, daß sie sehr beeindruckt seien von dem, was sie gesehen hatten. Aber keiner bot uns Geld.

»Keine Sorge«, sagte Tanner. »Sie müssen erst mal bekannt werden. Lassen Sie sich nur ordentlich sehen. Den Rest machen wir schon.« Er lächelte und zwinkerte mir zu. Aber ich hatte gesehen, wie diese kobaltblauen Augen plötzlich hart werden konnten, und wußte nicht recht, wie ich das »wir« interpretieren sollte.

Draußen auf dem Promenadendeck unterhielt Charlie sich noch immer mit Mr. Ernest. Als unsere Blicke sich trafen, zwinkerte er mir zu und machte verstohlen die Andeutung eines Siegeszeichens. Ich wollte gerade zu ihnen gehen, als eine Stimme hinter mir sagte: »Sehr eindrucksvoll.«

Ich drehte mich um. Der Mann, der gesprochen hatte, war klein, hatte schwarzes, sich über den Ohren kräuselndes Haar, eine Hakennase und schwarze Augen. Er wirkte wie eine Mischung aus Zigeunerprimas und Pirat. »Sie machen sehr gute Publicity«, sagte er mit stark französischem Akzent.

»Danke«, sagte ich.

»Aber Publicity allein reicht nicht, um zu gewinnen.« Sein Lächeln war breit, blendend weiß und roch nach Gauloises. »Sie haben keine Chance.«

»Ach?« meinte ich. Sein Lächeln war eher eine aggressive Grimasse, stellte ich fest.

»Jean-Luc«, mahnte eine Frauenstimme mißbilligend.

Ich schaute die Frau an, die da gesprochen hatte. Sie war braungebrannt und dunkelhaarig; ihr Gesicht hatte die klassische ovale Form der Französinnen, aber ihre Augen waren hellblau. Ein faszinierendes Gesicht. Ich spürte, daß ich sie anstarrte. Kühl hielten die blauen Augen meinem Blick stand.

»Ich seid doch alle blutige Anfänger«, sagte der Dunkelhaarige.

»Sind wir das?« fragte ich und riß den Blick von der Frau los. »Und was sind Sie?«

»Ich bin Jean-Luc Jarré«, sagte der kleine Mann, und sein Brustkorb schwoll an, so stolz schien er darauf zu sein.

»Ich habe von Ihnen gehört«, sagte ich.

Bei Regatten wird auf dem Wasser zwar hart gekämpft, an Land jedoch kommen die meisten Skipper gut miteinander aus. Jean-Luc Jarré indessen war bekannt für seine Aggressivität, sowohl auf dem Wasser wie auch an Land. Er hatte nicht wenige Rennen gewonnen.

»Wir werden uns also in Cherbourg ein Match liefern«, sagte ich.

Jarré steckte sich eine neue Gauloise zwischen die breiten, dünnen Lippen. »In derselben Regatta segeln – vielleicht. Ein Match liefern wohl weniger.« Er drehte sich um und stolzierte davon wie ein Zwerghuhn in einem Stall voller Truthähne.

Mein Blick traf den seiner Begleiterin. Sie betrachtete mich ruhig und lächelte, ein intelligentes, etwas schiefes Lächeln, und zuckte die Achseln. Dann drehte sie sich um und ging ihm nach. Ich schaute hinter ihnen her. Jean-Luc war nicht eben umwerfend, sie aber war die schönste Frau, die ich je gesehen hatte.

Sie war mit Jarré aufs Promenadendeck gegangen. Er blieb stehen, um mit jemandem zu sprechen, und sie stieg die zur Brücke führende Treppe hinauf und verschwand hinter einer Tür. Ich folgte ihr. Die Brücke war so groß wie die eines Minensuchbootes, eine richtige Schiffsbrücke. Bis auf das Summen des Generators war alles still. Am großen Kompaß hatte ich sie eingeholt.

»Entschuldigen Sie . . .« sagte ich.

Sie drehte sich um. »Ja?« Sie hatte eine Augenbraue hochgezogen.

Nun, da ich neben ihr stand, hatte ich nicht die geringste Ahnung, was ich sagen wollte. »Ich muß zu einem Interview mit dem Kapitän«, informierte sie mich.

»Sie sind Journalistin?«

Sie ging auf die Mannschaftstreppe zu. »Natürlich«, sagte sie. Wieder bedachte sie mich mit diesem etwas linkslastigen Lächeln. »Vielleicht können wir uns nachher unterhalten?«

»Natürlich«, sagte ich.

Der Raum, den sie betrat, mußte die Kapitänskajüte sein. Als ich mich umdrehte, um zu gehen, kam ein Besatzungsmitglied in einer dieser lächerlichen schneeweißen Uniformen mit gebeugtem Kopf die

Treppe heraufgestapft. Irgend etwas an dem Mann erregte meine Aufmerksamkeit. Er hob den Kopf, und bevor er mich sehen konnte, trat ich schnell zurück. Dieses Gesicht kannte ich. Ich kannte es gut. Es hätte eigentlich zwischen Tang treiben oder aufgedunsen in einem Lachsnetz in Irland hängen müssen. Bestimmt aber gehörte es nicht auf eine Millionärsyacht im Hafen von Pulteney.

## 6

Das Gesicht gehörte Alan Burton. Einen Moment stand ich wie vom Donner gerührt. Aus der Ferne drangen Partygeräusche herüber, und über uns kreischten die Möwen. Alan ging, ohne mich zu sehen, zur anderen Seite der Brücke, wo er sich Kopf an Kopf mit Randy, Terry Tanners riesigem Wächter, über eine Seekarte beugte.

Ich hatte mich mittlerweile mit ein paar Tatsachen abgefunden: *Street Express'* Ankertrosse war durchgescheuert, Alan war tot, und Ed stand in dem Verdacht, seine Versicherung betrügen zu wollen. Wenn Alan aber nicht tot war, dann waren auch andere Mutmaßungen dieser Art unhaltbar. Oder, einfacher gesagt, die Vermutung lag nahe, daß es Alan gewesen war, der Ed in diese Geschichte hineingezogen hatte und dann geflüchtet war, weil er die Konsequenzen fürchtete.

Ich fragte: »Alan?«

Randy blickte auf. »Der Zutritt zur Brücke ist nur Besatzungsmitgliedern gestattet, Sir«, sagte er.

Alan erkannte mich. Seine braunen Spanielaugen wurden rund und weiß. »Ach du Scheiße«, sagte er.

Ich fragte: »Was zum Teufel ist in dich gefahren, Alan? Ist dir eigentlich klar, daß Ed Boniface dich für tot hält? Und daß in Irland die Polizei nach dir sucht?«

Darauf antwortete er nicht. Sein Gesicht war rot, und er schaute mich nicht an. »Ich kam irgendwie an Land«, sagte er leise. »Da waren furchtbar viele Leute. Ich war völlig durcheinander. Irgend jemand nahm mich mit nach Cork, und ich ging zum Hafen runter. Da lag die *Hecla*. Randy sagte, ich könne einen Job an Bord kriegen. So bin ich zurückgekommen. Aber jetzt ist's zu spät. Und ich hab' nie ... Also, ich meine, ich hab' nicht gewußt, daß ihr glaubt, ich wäre tot.«

»So?« fragte ich. »Das willst du nicht gewußt haben?« Ich war wahnsinnig wütend. »Liest du vielleicht keine Zeitungen? Hörst du keine Nachrichten?«

Er sagte nichts. Sein Gesicht blieb rotfleckig und düster, seine Unterlippe zitterte.

»Hör zu«, sagte ich und ging zu ihm. »Ed Boniface ist hier an Bord.« Am Kartentisch blieb ich stehen. »Das mindeste, was du tun könntest, ist mit ihm reden.«

In seinen Augen blitzte es panisch auf. »Nein«, sagte er. »Nein!« Und dann tat er etwas, das mich überraschte.

Er schlug mich hart in die Magengrube. Als ich am Boden lag, hagelte es Fußtritte. Ich bekam keine Luft mehr, trotzdem schaffte ich es irgendwie, mich seitlich wegzurollen. Ich sah Alans Gesicht, das jetzt blaß und eher verängstigt als wütend war und vor Anstrengung zu einer Grimasse verzogen. Seine Schultern schnellten vor, als sein Stiefel meine Rippen traf und mich in einer halben Rolle wieder auf die Füße katapultierte. Meine Finger bekamen die Kante des Kartentischs zu fassen. Ich hatte immer noch nicht genügend Luft in den Lungen, und daher war ich langsam.

So gewahrte ich zwar Randys Faust, die auf meinen Kopf zuschnellte, hatte aber nicht die Kraft, ihr auszuweichen. Ich sah Sterne und merkte, daß ich rückwärts auf die Treppe zutaumelte. Ich griff nach dem Handlauf, verfehlte ihn aber; der Boden sackte mir unter den Füßen weg, und ich schlug mit der Schulter auf eine Stufenkante. Durch die Schmerzwelle hörte ich Randy sagen: »Nimm das Beiboot.« Eine Tür schlug. Eine Frauenstimme sagte: »Großer Gott!« Ich kroch die Stufen wieder hoch, als Randy und Alan durch die Tür verschwanden. Dabei schaute ich auf. Es war die Frau, die mit Jean-Luc Jarré gekommen war, die schöne Französin.

»Ihre Nase blutet«, sagte sie. »Was ist passiert?«

Mein Kopf wurde etwas klarer. Ich zog mich hoch und wankte zur Brückennock, an die frische Luft. Sie kam hinterher. »Sie sollten sich setzen«, sagte sie. Ich lächelte sie nur an, mit steifen und geschwollenen Lippen. Unten auf der Pier war Alans weißgekleidete Figur zu sehen.

»Haltet den Mann!« schrie ich. Die Köpfe auf der Pier und auf dem Promenadendeck fuhren herum. »Haltet ihn!« Eine peinliche Stille trat ein.

Alan beugte sich über einen Poller, an dem ein Motorboot festgemacht war, und warf die Leine los. Ich raste, mich zwischen ein paar Industriebossen durchzwängend, die Brückentreppe hinunter und boxte mich durch die Menschenmenge am Kopf der Gangway. Scheinwerfer huschten über den Kai. In meinem Kopf hämmerte es. Bis ich die Gangway hinuntergelaufen war, war Allan schon an Bord des Beibootes, an dessen Heck ein starker Außenborder blubberte. Eine häßliche Kluft schmutzigen Hafenwassers tat sich zwischen uns auf. Von den dort unten festgemachten Kähnen hatte keiner auch nur die geringste Chance, das Boot der *Hecla* einzuholen.

»James!« ertönte eine Stimme über mir, und ich schaute auf. Charlie Agutter beugte sich über das weiße Schanzkleid der *Hecla*. »Nimm die *Weapon!*« Er schwenkte etwas durch die Luft: ein tragbares UKW-Funkgerät.

Ich machte kehrt und rannte, durch eine Öllache schlitternd, die Kaitreppe wieder hinauf. Ein hoher, nach achtern geneigter Mast, an dem schon ein Segel hochlief, hielt von See her auf die Pier zu. Scotto kam rückwärts heran, den Bug im Wind, der brausend ins Großsegel faßte. Verdammte Zucht, dachte ich, er wird noch gegen den blöden Kai brummen. Aber mich beherrschte der Gedanke an das Motorboot, das etwa eine Kabellänge entfernt mit schäumender Bugwelle davonraste. *Secret Weapons* Backbordschwimmer war noch fünf Fuß vom Kai entfernt, und bis zum Trampolin hinunter sah es verdammt tief aus, aber irgendwelche Skrupel waren mir auf *Heclas* Brücke herausgeboxt worden. Also sprang ich, prallte auf, drehte einen Salto, und Scotto brüllte etwas. Ein kurzes Knattern des Vorsegels, das abrupt verstummte, sobald es sich füllte, und schon rauschten wir los. Japsend rappelte ich mich hoch. Scotto stand am Ruder.

»Danke«, sagte ich und übernahm. Das Motorboot flitzte eine Viertelmeile vor uns, hart auf die flachen blauen Wellen aufschlagend, der Fahrrinne hinter dem westlichen Ende der Teeth zu.

»Was war los?« fragte Scotto.

»Der Kerl versucht abzuhauen«, sagte ich. »Es ist Alan. Wir müssen ihn einholen.«

Der Blick, mit dem Scotto mich bedachte, sagte stumm, daß er es idiotisch fand, mit Segelyachten Jagd auf Motorboote zu machen. Aber ich kurbelte mit der Hydraulik das Großsegel dicht und hielt auf das Beiboot zu. *Weapon* nahm Fahrt auf und begann sein Kielwasser zu zerteilen. Aber der Tender hatte einen starken Motor. Er wurde immer kleiner.

»Der ist weg«, sagte Scotto. »Mit dem Mast packen wir's nicht.«

*Secret Weapons* Log zeigte achtzehn Knoten an. Mein Herz hämmerte wie wild, und die Stelle, wo ich mit der Schulter auf die Treppenkante geprallt war, schmerzte höllisch. »Los«, sagte ich. Blaues Wasser schoß unter dem Trampolin vorbei. »Schneller.«

Aber wir fielen zurück. Eine See klatschte gegen den Backbordrumpf, und die überkommende Gischt durchnäßte meinen weißen Anzug. »Gib der Polizei über UKW durch, daß dieser Schweinehund Alan da vorn einiges über Ed Bonifaces Schiffbruch weiß.«

Ungläubig schaute Scotto mich an. Dann ging er hinunter, und kurz darauf hörte ich das Rauschen des Senders. »Hafenmeisterei, hier ist der Katamaran *Secret*...«

»Warte noch«, sagte ich. Mein Herz pochte hart gegen die Rippen. Das Beiboot hatte gedreht und uns jetzt die Breitseite zugewandt. Sein Fahrer stocherte, über das Heck gebeugt, mit dem Bootshaken im Wasser herum. »Der hat was in die Schraube gekriegt«, sagte ich. »Das werden wir ihm höchstpersönlich klarieren.«

Der weiße Rumpf wurde größer. Wir waren jetzt gut drei Meilen von Pulteney entfernt. An Backbord, etwa eine Meile weiter draußen, nagten die Teeth an dem von Süden anrollenden Schwell.

»Den haben wir«, sagte Scotto.

Das Beiboot lag jetzt wieder mit dem Heck zu uns, aber es kam langsamer voran als vorher. Irgend etwas behinderte es offenbar immer noch. Sein Heck wurde immer größer. *Weapon* zischte weiter, ein Riesenvogel, der Alan Burton mit zwanzig Knoten nachsetzte. Der klatschnasse weiße Anzug klebte mir am Körper.

Scotto spähte nach Backbord, wo das Wasser in gefährlichen weißen Federbüschen durch die Teeth stob. »Auf in den Kampf«, sang er.

»Ich steige zu ihm über«, sagte ich. »Wenn wir längsseits sind, fall zu seinem Bug ab. Aber halte den Rettungsring bereit, falls ich vorbeispringe.«

»Nimm lieber Dike mit«, sagte Scotto. Dike war klein und hatte keinen Hals, dafür aber so lange Arme, daß er sich an den Knien kratzen konnte, ohne sich vorzubeugen.

»Okay«, sagte ich und stieg nach Lee hinunter, zum Sprung bereit. Das Gefühl von Geschwindigkeit da unten war beängstigend. Hinter meinen Füßen schossen Wasserfontänen hoch. Das Heck des Beiboots lag nur noch fünfzig Fuß voraus. Ich roch die blauschwarzen Schwaden aus seinem Auspuff.

Jetzt drehte Alan mir das Gesicht zu. Wir waren so dicht heran, daß ich das Weiße um seine Pupillen erkennen konnte.

»Wahrschau!« brüllte Scotto.

Plötzlich wandte das Beiboot uns nicht mehr das Heck, sondern seine Backbordseite zu. Ich rannte am Leerumpf entlang und spürte, wie sich der Luvschwimmer noch mehr aus dem Wasser hob, als Scotto anluvte, so hoch er konnte, und zur riesigen Fläche des Großsegels hinaufschielte, das vor dem blauen Himmel pendelte. »Er hat genau in den Wind gedreht«, schrie Scotto. »So kriege ich ihn nicht.«

Der Wind stand von der offenen See herein. Der Bug des Beiboots drosch, Gischt hochschleudernd, durch die Wellentäler. Aber zwischen Alan und der offenen See lauerte eine Fläche wirbelnden Schaums, von der ein häßliches Grollen zu uns herüberwehte: die Teeth.

Der Tender hielt mit fünfundzwanzig Knoten auf das Riff zu. Scotto hatte unseren Motor angeworfen. *Secret Weapons* Steven schwangen herum, und schwere Wassermassen ergossen sich prasselnd aufs Vorschiff. Selbst unter Motor war es hoffnungslos, Alan einholen zu wollen.

Das Motorboot war nun am Saum der Brandung angelangt und hielt weiterhin, Wände von Gischt aufwerfend, wenn es die Wellenberge erklomm und in die Täler hinunterkrachte, genau in den Wind. Ich stand wieder bei Scotto hinten. »Verdammte Zucht«, sagte Scotto. »Der will da durch.«

»Halte dich bereit, den Rettungskutter zu alarmieren«, sagte ich. Dike tauchte in die Kajüte ab. Das Beiboot verschwand in einem Wellental am Rand des Mahlstroms. Mir stockte der Atem. Als es wieder auftauchte, rief Scotto etwas Unverständliches hinüber. Alan drehte um 90° nach Steuerbord.

Das Hindernis mußte sich von der Schraube gelöst haben, denn er kam jetzt schnell voran. Gischt aufwerfend jagte das Boot durch den wirbelnden Schaum über die Brecher. Ein besonders steiler krachte darauf nieder, und ich hatte kurz den Eindruck, das Beiboot von oben zu sehen, Alan Burton wie eine Spinne in einer Ecke verkeilt, das Deck weit nach Steuerbord überliegend. Es war unmöglich und grotesk. Er hätte schon längst kentern müssen, so wie er mit zwanzig Knoten durch die wilde Brandung übers Riff torkelte. Aber er kenterte nicht. Wir fielen ab. Die Segel begannen wieder zu ziehen, und *Weapon* setzte sich in Bewegung.

»Der schafft's«, sagte Scotto.

»Laß das mit dem Rettungskutter«, rief ich Dike zu.

Das Beiboot gelangte ans Ende der langgezogenen Teeth. Stampfend und schlingernd näherte es sich dem Fahrwasser an ihrem westlichen Ende. Es bewegte sich jetzt schnell und sicher.

»Der ist total irre«, sagte Scotto.

Er hatte recht. Aber irre oder nicht, es hatte jedenfalls geklappt. Das Beiboot schoß eine letzte See empor, hob ab und kam wieder auf – mit einem Knall, der bis zu *Weapon* zu hören war. Dann grub es das Heck in die Dünung und hielt, sich stabilisierend, auf die offene See zu.

Wir sahen die plumpe Silhouette, hinter dem Heck ein zischendes V, mit einer langen seltsamen Drehung in die Kurve gehen und hinter Danglas Head verschwinden. Wäre Alans Können am Ruder ebenso groß gewesen wie sein Glück, dann hätte er Weltmeister werden können. Aber wie die Dinge standen, war er nur ein armer Tropf, der einfach unheimliches Glück gehabt hatte.

Scotto setzte mich am Kai ab. Die klatschnasse Hose schlotterte mir um die Beine, als ich an *Heclas* Gangway und den Büros oder Läden der Schiffsausrüster vorbei, hinter dem Schuppen des Rettungskutters zu einem mit Dachpappe gedeckten Häuschen ging. Vor der halbgeöffneten Tür saß ein stämmiger Mann mit weißem Haar und mahagonifarbener Haut und blies Tabakrauch auf das Netz, das er gerade flickte.

»Chiefy«, sagte ich.

Zwei hellblaue Augen blickten zu mir hoch, aber Chiefy Barnes' Finger hielten nicht einen Augenblick inne mit der Arbeit. »Mr. Dixon«, nickte er.

Chiefy Ames war Bootsführer des Rettungskutters von Pulteney. Zwar schien er nur selten irgend etwas oder irgend jemanden im besonderen anzuschauen, aber seinem Blick entging nichts.

»Ob man rauskriegen könnte, wo das Beiboot landet?« fragte ich.

»Auf dem Grund des Meeres, wenn er so weitermacht«, sagte Chiefy. »Aber lassen Sie mich mal rumhören. Und danach können Sie mir vielleicht erklären, was da los war.« Er ging in den Bootsschuppen, auf dessen Dach eine hohe Antenne saß, und sprach in sein Mikrophon. Als er wieder herauskam, gab ich ihm die erwünschte Erklärung und bedankte mich, daß er getan hatte, worum ich ihn gebeten hatte, und kletterte zum Kai hinauf.

# 7

Die Menschenmenge auf *Heclas* Promenadendeck war kleiner geworden. Charlie kam auf mich zu und fragte: »Was hatte das Ganze zu bedeuten?«

Ich erklärte es ihm.

Er sagte: »Ich fürchte, das war alles ein bißchen zuviel für Mr. Ernest.«

»Nicht zu ändern.«

»Pech«, sagte Charlie.

Ich arbeitete mich zum Spielzimmer vor, in dem jetzt niemand mehr saß. Meine Schuhe hinterließen nasse Abdrücke auf dem weißen Auslegeteppich. Hinter dem goldgefaßten Geländer der zum oberen Salon führenden Treppe ging eine Tür auf, und Terry Tanner kam heraus, dicht gefolgt von Randy. Dieser hatte die Daumen in die Schlaufen seines Gürtels gehakt, an dem er ein großes Bootsmesser trug. Für einen Augenblick konnte ich durch die geöffnete Tür fünf oder sechs Männer an einem filzbezogenen Tisch sitzen sehen. Sie hielten Spielkarten in der Hand, und in der Mitte des Tisches lag ein Stapel bunter Chips.

»Ich möchte Sie sprechen«, sagte ich zu Tanner.

Seine kobaltblauen Augen waren hart wie Feuerstein, und sein Gesicht wirkte häßlich und schwammig unter dem gepflegten Teint.

»Ich wüßte gern, was Alan Burton hier auf diesem Schiff gemacht hat.«

Tanner hob eine Augenbraue. Es hätte mich interessiert, ob er sie in Form zupfte. »Wer ist Alan Burton?«

»Der Mann, der gerade in Ihrem Beiboot geflüchtet ist. Er war auf der *Street Express*, als sie strandete. Er galt als vermißt, vermutlich tot.«

»Wie seltsam«, sagte Tanner gleichgültig. »Wirklich, ich habe überhaupt keine Ahnung. Um Crewangelegenheiten kümmert sich Randy. Nun, Randy?«

Randys Gesicht war kreidebleich zwischen dem gestutzten Haar und dem schwarzen Schnauzbart. »Wir haben uns vor einiger Zeit kennengelernt«, sagte er. »In einer Bar. Wollen Sie wissen, in welcher?«

»Nein«, sagte ich.

»Wir verstanden uns. Dann traf ich ihn wieder in Cork, er suchte einen Job. Ich habe ihn angeheuert. Wo liegt das Problem?« Seine rechte Hand fuhr zum Schaft seines Messers, und er machte einen Schritt auf mich zu.

»Randy«, sagte Tanner, und es klang, als würde er einen Hund zurückpfeifen.

»Warum haben Sie mich zusammengeschlagen, als ich ihn erkannte?«

»Er wollte nicht mit Ihnen sprechen. Er ist mein Kumpel. Was für ihn gut ist, ist auch gut für mich.«

»Sehr loyal«, sagte ich. »Und dann haben Sie ihm geraten zu verduften?«

»Er hat mir von diesem Schiffbruch erzählt«, sagte Randy. Auf seinen dicken Lippen bildeten sich Speicheltröpfchen und verfingen sich in seinem Schnurrbart. »Er sagte, daß er nichts mit Ihnen zu tun haben wollte. Daß Sie und dieser Ed zwei Irre wären. Alan ist ein sehr empfindsamer Mensch.« Er hob die Hände, sie sahen aus wie die Greifer eines Baggers.

Tanner legte ihm eine Hand auf den Arm. »Okay, Randy«, sagte er. »Vielen Dank.« Er schaute mich mit seinen kobaltblauen Augen an. »Zufrieden?«

»Ich habe noch eine andere Frage«, sagte ich. »Mir fiel ein, daß *Street Express'* Ankerleine vielleicht doch nicht einfach durchgescheuert war. Daß Alan vielleicht mit dem Messer ein bißchen nachgeholfen hatte. Und daß er durchdrehte und weggelaufen ist. Und daß Sie ihm halfen, hier zu entkommen, weil Sie vielleicht mehr darüber wissen. Ist es nicht so?«

Randys rechte Hand wanderte wieder zu seinem Bootsmesser, aber Tanner grub die Finger in seinen tätowierten Bizeps.

»Ich muß schon sagen«, meinte Tanner, »das ist eine ziemlich verleumderische Anspielung.« Er lächelte, ein hartes, gepreßtes Lächeln, das nicht zu seinen Augen paßte. »Aber auch verständlich. Ed Boniface ist ein alter Freund von Ihnen, nicht wahr? Und ... Nun ja, Ed hat zur Zeit eine Menge Probleme am Hals, und da käme ihm die Versicherungssumme für *Street Express* gerade recht. So ist es doch, nicht?«

Ich sah ihn fest an. Er wußte natürlich genau, daß auch mir dieser

Gedanke schon gekommen war. »Die Sache ist damit nicht zu Ende«, sagte ich.

»Nein, ganz gewiß nicht«, sagte Tanner.

Die Goldkettchen und die weiß-goldenen Wände verursachten mir plötzlich akute Klaustrophobie. Wortlos verließ ich den Raum. Als ich die Gangway hinunterstieg, dachte ich an Alan Burton. Auf der *Street Express* war er so schüchtern gewesen, daß es fast unecht wirkte. Ein Schlappschwanz. Ich konnte mir gut vorstellen, daß er in Ardmore durchgedreht und das Weite gesucht hatte. Später ließ er sich nach Cork mitnehmen, wo ihn Randy aufgegabelt hatte. Ich dachte an Alans rotes, fleckiges Gesicht, an die mürrische Unterlippe, die er vorschob wie ein Kind mit schlechtem Gewissen. Er hatte durchgedreht, und es gab keinen Grund, warum er heute nicht wieder durchgedreht haben sollte.

Ich ging den Kai entlang, bedrückt von der Vorstellung, daß ich einen Narren aus mir gemacht hatte. Was ich jetzt wollte, war ein Drink. Deshalb ging ich in den Yachtklub und stiefelte zur Bar hoch, wo ich einen Brandy bestellte. Ich hatte gehofft, gerade hier einen Moment allein sein zu können, denn die meisten vernünftigen Leute von Pulteney pflegten ihren Drink in der »Mermaid« zu nehmen. Aber ich hatte mich geirrt.

»Hallo, alter Knabe!« rief eine Stimme von der Bar.

Ich drehte mich um. Es war Ed, der mir mit einer Zigarre in der schmuddeligen Hand zuwinkte. Sein brauner Anzug war dermaßen befleckt, daß er fast wie ein Kampfanzug wirkte. Neben ihm stand ein hochgewachsener, braungebrannter Mann mit einer Brille, fast so groß wie Fensterscheiben, und grauem, wie elektrisiert abstehendem Haar.

»Das ist Mort Sulkey«, sagte Ed und tätschelte ihm die Schulter. »Public-Relations-Chef von Orange Cars. Wir haben uns hierher verholt, um uns nach der Party noch etwas zu unterhalten.«

Ich grinste nicht besonders überzeugend und schüttelte Sulkeys breite, knochige Hand.

»Ich mag Ihr Boot«, sagte Sulkey und überging Eds Bemerkung. »Hab's von der *Hecla* aus gesehen. Tolles Entrée. Rufen Sie mich doch mal an, vielleicht kommen wir irgendwie zusammen.« Er übergab mir seine Karte.

»He«, sagte Ed, »ich war gerade dabei, dem alten Mort das neue Boot zu erklären, das ich bauen werde.«

»Ja«, sagte Mort mit einem Lächeln, das große weiße Zähne freigab. »Faszinierend. Hören Sie, ich muß jetzt los. Halten Sie mich auf dem laufenden, okay?« Er hob die Schulter, auf der Eds Hand lag, und die Hand glitt herunter. »Jimmy, Sie rufen mich an, ja?« Er drehte sich um und war schnell durch die Glastür verschwunden.

»Oh, Scheiße«, sagte Ed. »Genau dahin wollte *ich* ihn bringen.«

Ich fragte: »Wußtest du, daß Alan Burton auf der *Hecla* war?«

»Hab's gehört«, sagte Ed. »Und dann ist er wie ein Hase gewetzt, nicht? Das ist höchst interessant. Spendierst du uns 'nen Whisky, Jimmy?«

Ich bestellte einen. »Warum interessant?«

»Weil es zu ein paar Dingen paßt, die ich gerade überprüfe.«

»Zum Beispiel?«

Der Whisky kam, er stürzte ihn durstig hinunter. »Erzähl' ich dir später.«

»Ein paar Dinge solltest du mir lieber gleich erzählen«, sagte ich. »Zum Beispiel, wie Alan überhaupt zu dir kam. Und dann könntest du mir auch erklären, wie du darauf kommst, daß er die Ankerleine gekappt hat. Und wieso ich nicht glauben soll, daß du sie gekappt hast, damit du die Versicherungssumme einstecken kannst.«

Er wandte mir das Gesicht zu, sein Blick war leer und gequält. Er lachte, aber es klang wie das Knarren einer Kellertür. »Die Versicherungssumme einstecken?« fragte er. »Du scherzt wohl! Hab' gerade wieder mit ihnen gesprochen. Der Versicherungsmakler sagt, daß die Untersuchung einige Zeit dauern wird, vielleicht ein Jahr. Und daß, falls Alan die Leine gekappt hat, mir keine Versicherung der Welt auch nur einen müden Pfennig zahlen wird, weil Alan zur Crew gehörte und es sich folglich um einen selbstverursachten Schaden handelt.« Er trank seinen Whisky aus und schob dem Barmann das Glas zu. »Noch mal dasselbe«, sagte er und dann, zu mir gewandt: »Ich vermute, daß ich Alan gerichtlich belangen könnte. Es geht ja auch nur um 'ne halbe Million.« Wieder lachte er.

»Schon gut«, sagte ich. »Dann wirst du also beweisen müssen, daß Alan die Leine im Auftrag eines andern gekappt hat. Wie hast du ihn überhaupt kennengelernt?«

»Er kreuzte bei mir auf und fragte, ob er mitkommen darf«, sagte Ed. »Und ich dachte, na gut, warum nicht.«

»Einfach so?«

»Siehst du«, sagte Ed. »Das fragst du dich jetzt auch. Wer weiß? Jedenfalls untersuche ich die Sache. Und ich mache Fortschritte.

Nichts für ungut, mein Junge, aber das möchte ich gern noch für mich behalten.«

Jetzt wurde ich ärgerlich. »Es ist mir egal, was du möchtest, schließlich geht es auch um meinen Ruf. Noch vor drei Monaten konntest du fragen, wen du wolltest, von allen Skippern warst eindeutig du der Favorit. Und schau dich jetzt an! Wenn du dich nicht gerade bei den Buchmachern ruinierst, hängst du in Kneipen rum. Du bist die meiste Zeit blau, und nie willst du einen Fehler gemacht haben. Versuche bloß nicht, mir zu erzählen, daß du dich nur so aufführst, weil dein Boot im Eimer ist. So hast du dich schon ziemlich lange vorher aufgeführt.« Ich wußte, daß ich jetzt zu weit ging, aber wer A sagt, muß auch B sagen. »Du benimmst dich wie ein verwöhnter Lausebengel, Boniface, und bringst alle Leute gegen dich auf. Warum?«

Ärger glomm in seinem Blick auf. Eine Sekunde ähnelte er wieder dem alten Ed Boniface, mit dem ich auf dem Atlantik gesegelt war. Dann sackte sein Kopf wie der einer müden alten Schildkröte zwischen die Schultern zurück.

»Mein alter Herr ist gestorben«, sagte er. »Und dann dieses verfluchte Boot. Es fertigzubauen, kostete 'n Heidengeld. Ich hab' alles verpfändet. Du weißt ja, wie das ist.«

Ich wußte es. »Aber das hast du früher auch schon gemacht«, sagte ich. »Warum willst du jetzt mit einem Mal das Handtuch werfen?«

»Weil das nicht alles ist«, sagte Ed. »Na ja, ich hab' ab und zu gewettet, und es hat nicht immer geklappt. Aber das ist nicht das Hauptproblem.« Er schwieg und starrte mit glasigem Blick die Flaschen hinter der Bar an, das Gesicht eine Maske der Hoffnungslosigkeit.

»Was ist es dann?«

»Was ist was?«

»Das Hauptproblem.«

»Ach so.« Er schaute mich an, seine Augen schwammen vor Whisky. »Damit befasse ich mich gerade.«

»Womit?«

»Es ist kein Scherz«, sagte er, »sondern unfair und gemein, wenn so ein Schwein dich anruft und sagt, jetzt zahl' mal, sonst passiert was.«

»Erpressung?«

»Um Geld«, sagte Ed. »Viel Geld.« Sein Kopf fuhr herum, er schien erst jetzt zu merken, wo er überhaupt war. Mit einem Schluck trank er seinen Whisky aus. »Wir kommen morgen nach dem Essen und holen deinen Mast. Übermorgen abends kriegst du ihn zurück.

Vielleicht kannst du uns dabei kurz zur Hand gehen. Wir treffen uns um neun, okay?« Leicht schwankend steuerte er dem Ausgang zu.

Ich folgte ihm auf die Straße und sah seinen Ford Capri im Zickzack die Fore Street hinunterkurven. Dann ging ich zur Marina, um mit den anderen den Mast zu legen.

Bei der Arbeit fragte ich mich, was mit Ed Boniface wirklich los sein mochte. Je länger ich darüber nachdachte, desto mehr war ich davon überzeugt, daß die ganze Story über Alan Burton, der Eds Ankerleine gekappt haben sollte, pure Phantasie war. Es sah schon bedenklich nach Verfolgungswahn aus.

Ich arbeitete den ganzen Nachmittag. Als ich um sechs heimkam, war es still im Haus, abgesehen vom blechernen Ton des Plattenspielers in Maes Zimmer. Ich schälte mich aus meinem ruinierten weißen Anzug und stellte die Dusche an. Wie Nadeln stach das Wasser und trieb mir das Salz aus der Haut. Als ich mich abtrocknete, verstummte die Musik, und Mae kam herein. Sie wirkte müde und quengelig.

»Da hat jemand angerufen«, sagte sie. »Eine Frau mit einem komischen Akzent. Sie hat gesagt, sie meldet sich noch mal.«

»Fein.«

Sie hatte die Hände in den Jeanstaschen vergraben und starrte durchs Schlafzimmerfenster auf den Hof. Sie sah einsam aus. Es war auch wirklich kein Leben für ein Mädchen, so ohne Mutter und mit einem Vater, den sie am Tag nur zehn Minuten zu sehen bekam.

»Wollen wir ein bißchen spazierengehen?« fragte ich.

Sie schaute mich von der Seite an. »Du wirst schon noch einen Grund finden, es nicht zu tun.«

»Diesmal lege ich den Telefonhörer neben den Apparat«, sagte ich. »Hol das Fernglas, wir gehen zum Sumpf hinunter.«

Strahlend rannte sie los, um das Fernglas zu holen, das ich ihr zum letzten Geburtstag geschenkt hatte. Zögernd schaute ich das Telefon an und ließ dann den mobilen Apparat in meine Tasche gleiten.

Der Sumpf war das Marschengebiet westlich der Poultmündung. Mae hüpfte und tanzte, als wir über den Kiesstrand liefen, auf dem die Seeschwalben nisteten. Weiter hinten, im Dickicht von Schilf und Trauerweiden, wimmelte es von Enten und Stelzvögeln. Es war ein schöner klarer Abend, und Mae lag, ihr Fernglas vor den Augen, in einem Nest aus getrocknetem Schilf. Ein gedrungener Vogel mit stumpfen Flügeln kam vor dem dunklen Himmel herangeflogen und durchstöberte das Erdreich.

»Schau mal«, flüsterte sie.

»Eine Wiesenweihe«, sagte ich.

»Nein«, sagte sie, »die ist dicker. Eine Kornweihe.«

Ich schaute durch mein eigenes Fernglas. Der Vogel hatte einen schwarzen Schleppschwanz und keine Streifen. »Du hast recht«, sagte ich.

So lagen wir und beobachteten den Vogel bei seiner gründlichen Erforschung des dunkelgrünen Grases. Plötzlich breitete er die Flügel aus und verschwand. Der Wind trug den dünnen Todesschrei eines Kaninchens zu uns herüber.

»Phantastisch«, sagte Mae. »Die sind unheimlich selten, außer im Winter.« Ihr Gesicht war rosig, und ihre Augen glänzten. Ich lächelte ihr zu.

Das Telefon in meiner Tasche begann zu piepsen. Maes Lächeln erstarrte.

»Entschuldige«, sagte ich und antwortete.

Es war Chiefy Barnes. *Heclas* Beiboot hatte an der alten Pier in Seaham festgemacht.

»Danke, Chiefy«, sagte ich. »Ich fahre gleich los.«

## 8

Je weiter ich nach Westen kam, desto mehr trübte es sich ein. Binnen einer halben Stunde begann es zu regnen, ein starker Dauerregen, der die Berge auslöschte und die Scheibenwischer des Jaguar zum Dauerwimmern brachte. Über See war Seaham etwa dreißig Meilen entfernt, aber auf der Straße mochten es an die sechzig sein. Bis ich endlich auf die Pier fuhr, war es neun Uhr geworden und fast ganz dunkel. Das Leuchtfeuer am Kopf der Pier spiegelte sich mit zuckenden roten Blitzen in den trüben Pfützen.

Es roch nach Fisch. Seaham ist ein großer Fischereihafen oder jedenfalls nicht kleiner als die anderen Fischereihäfen an der englischen Südküste. Von den Masten und Ladebäumen der längs der neuen Pier festgemachten Trawler tropfte der Regen und grub unzählige kleine Krater in das schwarzgraue ölige Wasser des Hafens.

Weit und breit war niemand zu sehen bei diesem Regen. Nur meine platschenden Schritte waren zu hören, als ich, die Festmacherleinen der Fischerboote, Stakkähne und Motorboote meidend, über die abgetretenen Steine der alten Pier tappte. An ihrem Ende brannte ein Licht. Als ich näher kam, schritt ich schneller aus, denn das Licht fiel aus dem Kajütfenster eines flachen Motorbootes: *Heclas* Tender. Ich ballte die Fäuste in der Tasche meines Ölzeugs, als ich die Stufen hinunterstieg. Laut trommelte der Regen auf das Kunststoffdeck. Ich sprang ins Cockpit und rüttelte heftig an der Kajütstür. Das Deck schwankte unter meinen Füßen. Meine Kehle war trocken: Endlich würde ich ein paar Antworten bekommen.

Niemand antwortete. Ich rüttelte erneut.

Der Regen peitschte das ölig schwarze Wasser. Wie eine dunkle Felswand ragte die Kaimauer vor mir auf und verdeckte die Lichter der Stadt. Nichts rührte sich.

Ich drehte den Türknauf und betrat die Kajüte. Ich sah eine Koje mit braunbezogenen Kissen. Faltenlos. Es war eine tipptopp saubere, nette kleine Kajüte, die kaum benutzt worden war. An der Decke brannte eine elektrische Glühbirne. Auf dem Boden stand Wasser.

Mißmutig und durchnäßt trat ich wieder in den Regen. Es sah ganz so aus, als sei Alan in die Stadt gegangen. Ich kletterte auf das Backdeck. Das Boot war vorn und achtern mit zu den Pollern hochführenden Festmachern belegt. Alles ganz normal.

Ich ging zum Bugkorb und ließ den Blick schweifen. Plötzlich prikkelte es mir wie Nesselstiche im Nacken.

Es war nicht alles normal.

Wenn man an einem Kai längsseits festmacht, dann belegt man an den Pollern. Dann ist es absolut unüblich, auch noch den Anker auszubringen. Aber selbst wenn man so idiotisch ist, es doch zu tun, dann läßt man die Kette durch eine Ankerklüse am Steven laufen. Warum also lief diese hier über den Bugkorb ins Wasser?

Ich bückte mich, packte sie und zog.

Der Anker war schwer. Zu schwer für ein Boot dieser Größe. Ich zerrte mit aller Kraft, aber er kam nicht. Die Kette ließ sich nicht weiter heraufholen. Ich belegte sie an der Klampe am Vordeck und beugte mich über den Bugkorb. Zuckend fuhr der rote Lichtstrahl des Leuchtfeuers übers Wasser, als ich nach unten schaute.

Zwei Augen starrten zurück.

Ich schrie auf und fuhr zurück bis zum Kajütaufbau. Mein Herz hämmerte wie eine Maschinenpistole. Ich atmete ein paarmal tief durch, dann ging ich über das fahle GFK-Deck wieder nach vorn und schaute erneut hinunter.

Die Augen waren noch da. Das Gesicht war leichenblaß, außer wenn der Lichtstrahl des Hafenfeuers es mit einem freundlichen Rosa überzog. Die Gliedmaßen hoben sich hell von dem dunklen Wasser ab, da sie in Weiß gekleidet waren, in das Weiß der *Hecla*-Uniform. Aber ich brauchte nicht erst die Uniform zu sehen, um den Toten zu erkennen.

Es war Alan Burton. Die Ankerkette war um seinen rechten Arm gewickelt. Er atmete nicht und würde auch nie wieder atmen.

Es wurde Mitternacht, bis ich das Polizeirevier wieder verlassen konnte. Alan war, als ich ihn fand, seit einer Stunde tot gewesen. Als ihnen endlich einleuchtete, daß ich wohl kaum, vom Pulteney Yacht Club kommend, früh genug in Seaham eingetroffen sein konnte, um die Tat zu begehen, sagten sie mir, daß er einen großen Bluterguß am Hinterkopf hatte, der wohl zum Bugkorb passe. Er sei, so lautete ihre Theorie, mit dem Arm in eine Schlinge der Kette geraten, als er dabei war, den Anker zu stauen. Dann sei er auf dem nassen Deck ausgerutscht, der Anker sei über Bord gegangen und habe Alan umgerissen, so daß er mit dem Kopf gegen den Bugkorb schlug. Danach habe er denselben Weg wie der Anker genommen.

Für die Polizei in Seaham war das, zumindest bis weitere Untersuchungsergebnisse vorlagen, eine schlüssige Erklärung. Ein Unfall, wie er dauernd vorkomme, sagten sie. Aber als ich den Jaguar aus der Stadt und auf der langen, kurvenreichen Straße nach Pulteney steuerte, überlegte ich, daß sie dabei zwei Dinge nicht berücksichtigt hatten. Zum einen war es höchst ungewöhnlich, sich mit einem Anker abzuplagen, wenn man bereits an einem netten, soliden Kai festgemacht hatte; und zum anderen war Alan um sein Leben gerannt, nachdem er mich aus Gründen, die noch zu klären waren, niedergeschlagen hatte.

Es wurde eine fürchterliche Nacht. Jedesmal, wenn ich die Augen schloß, sah ich Alans bleiches Gesicht vor mir und diese hervorquellenden Augen, die mich im Schein des Hafenfeuers anstarrten. Als Mae am nächsten Morgen in mein Bett gekrochen kam, drückte ich sie heftig an mich.

»Hör auf«, sagte sie. »Du zerquetschst mich ja.«

Ich las ihr noch eine Geschichte vor und dachte, wie nett und einfach alles hätte sein können. Schließlich setzte sie sich im Bett auf und bürstete sich die Haare.

»Ach, übrigens«, sagte sie, als wir später zum Frühstück hinuntergingen, »diese Ausländerin hat wieder angerufen.«

Als ich meinen Kaffee trank und dabei die Post durchsah, liefen Spechtmeisen an den Bäumen draußen hinauf und hinunter. Die Sonne schien, das Gras leuchtete smaragdgrün, und die Tautropfen funkelten wie Diamanten. Aber die Titelseite der Western Morning News war grau und schwarz, und in der rechten unteren Ecke stand: EIN TOTER IM HAFEN VON SEAHAM. Ich hörte auf, den Rasen anzustarren, und dachte wieder an Alan Burton und all die schrecklichen Dinge, die passierten, sobald er mit Ankern zu hantieren begann.

Nachdem ich Mae zum Bus gebracht hatte, klingelte das Telefon. Eine Frauenstimme war am Apparat.

»Agnès de Staël«, sagte sie, aber ich hatte sie schon erkannt. »Es tut mir leid, daß wir gestern keine Zeit mehr hatten, miteinander zu reden.«

Ich sagte: »Ich wollte Ihnen danken, daß Sie gerade zur rechten Zeit auf die Brücke kamen.«

Sie lachte. Es war ein gutes, festes Lachen. »Keine Ursache«, sagte sie. »Ich wollte Sie fragen, ob wir uns treffen können. Vielleicht sollten wir zusammen essen gehen?«

»Gern«, sagte ich. »Worüber möchten Sie denn mit mir sprechen?«

»Über Sie und Ihr Boot. Ich schreibe für *Paris Weekend* und denke, es interessiert unsere Leser, daß ein Engländer ein Boot besitzt, mit dem er einen Franzosen das Fürchten lehrt.«

»Soll das heißen, daß Ihr Freund Jarré nervös wird?«

Sie lachte wieder. »So könnte man es nennen. Jedenfalls wäre es klug von ihm.«

»Okay«, sagte ich. »Solange Sie das auch drucken.«

»Ich denke darüber nach«, sagte sie. »Wann würde es Ihnen passen? Ich komme mit dem Zug.«

Mein Terminkalender war auf Wochen hinaus voll. Aber seit der letzten Nacht fiel es mir schwer, das Leben nur als eine Kette von Verabredungen zu sehen. Der Gedanke an Agnès wärmte mich wie ein durch Wolken brechender Sonnenstrahl.

»Übermorgen«, sagte ich. »Ich hole Sie am Bahnhof ab.«

Unmittelbar vor dem Mittagessen stellte meine Sekretärin einen merkwürdigen Anruf durch. Aber da von den Leuten, die mir Holz verkaufen wollten, ziemlich viele merkwürdig waren, hatte sie strikte Anweisung, jeden durchzustellen, der nicht gerade aus einer Irrenanstalt anrief. Dieser Anruf schien vom Münzfernsprecher einer Kneipe zu kommen, denn ich hörte Stimmengewirr im Hintergrund, und der Mann am anderen Ende mußte schreien, um sein eigenes Wort verstehen zu können.

»James Dixon?« fragte er.

»Am Apparat.«

»Hier spricht Arthur Davies«, sagte er. »Ich weiß nicht, ob Sie sich an mich erinnern. Ich hatte einen Katamaran, letztes Jahr, den *Lauderama de Luxe*.«

»Ich entsinne mich«, sagte ich. Davies Boot war schnell gewesen, aber er hatte es noch vor Saisonende verkauft, und ich hatte ihn aus den Augen verloren.

»Ich möchte mit Ihnen sprechen.«

»Worüber?«

»Ich habe kein Kleingeld mehr«, sagte er. »Hören Sie, ich lebe an Bord der *Edwina* in den Bristol Docks und bin jeden Tag zu Hause. Es ist eine blaue Sloop, ein Folkeboot.«

»Ich habe sehr viel zu tun«, sagte ich.

Die Leitung war tot. Er mußte wirklich kein Kleingeld mehr gehabt haben.

Ich erinnerte mich vage an Arthur Davies, einen düsteren Mann aus Wales, der seine Probleme vor jedem ausbreitete, der nur lange genug sitzenblieb und zuhörte. Wenn er wirklich auf einem Folkeboot wohnte, mußte er in Schwierigkeiten stecken, denn diese Boote waren klein und niedrig und nicht eben luxuriös. Das Wahrscheinlichste war, daß er ein neues Projekt starten wollte und glaubte, ich könne ihm dabei helfen. Ich machte mir eine Notiz, mal bei ihm vorbeizuschauen, sobald ich wieder in Bristol war. Dann versuchte ich erneut, Alans ertrunkenes Gesicht zu verdrängen, das sich dauernd zwischen mich und die Baumstämme schob, die ich kaufen wollte.

## 9

*The Bunch of Grapes*, ein Pub in Plymouth, war wirklich kein edles Etablissement. Die Inneneinrichtung bestand zum größten Teil aus Plastik und zerschossenen Flaggen aus dem Falklandkrieg, und seine Gäste waren zumeist tätowierte Gentlemen von der Werft nebenan. Andererseits waren feine Pubs derzeit ohnehin nichts für Eds Nerven, vor allem, wenn er vier große Whisky intus hatte. Sein Bruder Del, der neben ihm stand, schien für diese Pinte wie gemacht. Er hatte die gleichen schlaffen Gesichtszüge wie Ed, doch einen Körper, der so groß war wie meiner.

Ich gab eine Runde aus. Ed sagte: »Ich muß mal pinkeln«, und verschwand schwankend durch die entsprechende Tür.

Del begann: »Hm, Mr. Dixon ...«, und schob sich näher an mich heran. »Eddy ist im Moment nicht der Allerhellste. Hat eine ganze Menge Ärger gehabt.«

»Ich weiß«, sagte ich.

»Und ich weiß, daß Sie ihm ein guter Kumpel sind«, sagte er. »Deshalb wollte ich Ihnen nur sagen – na ja, also, geben Sie nicht zuviel auf all das.«

»Auf was?«

»Auf die Geschichte mit dem Kerl, der an Eds Schiffbruch schuld sein soll.« Er schüttelte den Kopf. »Der war's nie und nimmer. Es ist nur so, daß Eddy das alles sehr hart trifft – und, na ja, Sie wissen, wie's ist. Wenn jemand genug unter Druck steht, fängt er an, sich Dinge einzubilden. Ed kommt schon in Ordnung, wenn er Zeit genug hat, sich wieder abzukühlen.«

Ich schaute Del an. Er konnte nichts dafür, daß er aussah wie ein Taxifahrer, der mir gerade den doppelten Fahrpreis abknöpfen wollte. Immerhin war es ein Glück für Ed, daß er jemanden hatte, der zu ihm hielt. Er würde es brauchen können.

Ed kam von der Toilette zurück, sein Lächeln war starr.

Ich fragte: »Hast du das von Alan gehört?«

»Der kleine Schleimscheißer«, sagte Ed. »Was ist mit ihm?«

Ich erzählte, wie ich Alan in Seaham gefunden hatte.

»Verdammt noch mal!« sagte Ed, als ich fertig war. »So ein armer Irrer.«

»Wo warst du gestern abend?« fragte ich.

»Ich?«

Del stellte langsam sein Bier ab. Vom Koksfeuer im Kamin puffte ein Schwefelschwaden in die Bar.

Ich sagte: »Die Bullen werden bald an deine Tür klopfen und dir noch mehr Fragen stellen. Du hast doch allen Leuten erzählt, daß Alan deinen Schiffbruch verschuldet hat, oder? Das wäre dann dein Tatmotiv.«

»Scheiße!« Ed fuhr sich heftig mit den dicken Fingern durch das struppige Haar. »Also, ich meine ... Die denken doch nicht, daß es Mord war, oder?«

»Die Untersuchung läuft«, sagte ich.

»Wir waren bei *Millie's*«, sagte Del. »Den ganzen Tag gestern, nachdem Eddy von Pulteney zurück war.«

»Was ist *Millie's*?«

»Ein Klub unten im Barbican«, sagte Ed kurz angebunden.

Den Klub konnte ich mir vorstellen: doppelte Whiskys schon zur Teezeit, Karten, Samtvorhänge, in denen sich der Rauch festgesetzt hatte. »Komm, gehen wir.«

Wir gingen zum Parkplatz hinaus.

Ed kletterte mit Del ins Fahrerhaus seines alten Lastwagens. Ich folgte ihnen im Jaguar. Wir fuhren durch die leeren Straßen von Plymouth, über die Tamarbrücke und nach Saltash hinein. Eds Scheinwerfer beleuchteten alte Zeitungen, die der Wind vom Fluß gegen den Maschendrahtzaun drückte. Ein schmuddeliger, unerfreulicher Ort, der Trostlosigkeit ausstrahlte. Der Lastwagen fuhr dicht an das mit Stacheldrahtrollen bekränzte, zweiflügelige Tor heran. GULL SPARS stand auf einem abgeblätterten Schild.

Ed sprang von der Beifahrerseite aus herunter und strauchelte. Das Tor war mit einer Kette an einem Metallschloß abgesperrt. Er fummelte an dem Schloß herum und bekam es nicht auf. Dann ging er zum Lastwagen zurück und holte etwas aus dem Fahrerhaus. Er hat die falschen Schlüssel erwischt, dachte ich, er ist wirklich sehr betrunken.

Schließlich winkte Ed uns durch und schloß das Tor wieder hinter uns. Wir fuhren zur Rückseite eines langen Flachdachschuppens, dessen großes Schiebetor ebenfalls mit einem Metallschloß versperrt war. Wieder mußte Ed sich daran zu schaffen machen, ehe wir hineinfahren konnten.

Die Masten lagen auf Gestellen und glänzten mattsilbern im Licht unserer Scheinwerfer.

»Hier«, sagte Ed und verschwand in der Dunkelheit.

Sie hatten eine neue Saling und einen Mastkragen zur Verstärkung angebracht. Es sah vernünftig aus, trotzdem wollte ich es mir genauer ansehen.

»Können wir Licht machen?« fragte ich.

»Lieber nicht«, sagte Ed. »Elektrizitätsrechnung, du weißt schon. Hier ist eine Taschenlampe.« Ich nahm sie und inspizierte meinen Mast. Er sah prima aus.

Wir hievten ihn auf den Lastwagen, wo Ed und ich ihn festbanden. Als wir fertig waren, war Del verschwunden.

»Verflucht aber auch«, sagte Ed. »Vermutlich ist er zum Pub hinübergegangen.«

Plötzlich gellte draußen ein Schrei auf. Wir hörten über Asphalt trappelnde Stiefel und dann ein leises Stöhnen.

»O nein«, sagte Ed.

Ich rannte durch das Schiebetor. Neben einer Mülltonne hoben sich zwei dunkle Figuren ab. Die eine stand über die andere gebeugt, die flach auf dem Bauch lag. Der Stehende war Del. Ich leuchtete die auf dem Boden liegende Person mit der Taschenlampe an. Es war ein Mann in blauer Uniform. In der Blutlache neben seinem Kopf lag eine blaue Schildmütze.

»Du Vollidiot!« sagte ich. »Das ist ein Wachmann.«

»Paß bloß auf, wen du einen Vollidioten schimpfst«, sagte Del. »Nichts wie weg.« Er drehte sich um und rannte in den Schuppen zurück.

Ich starrte auf den Wachmann nieder. Sein Gesicht war leichenblaß, und die Lippen gaben seine Zähne frei. Das sah aus, als fletsche er noch im Schlaf das Gebiß. Ich bückte mich und fühlte ihm den Puls. Er schlug. Der Mann stöhnte. Ich trat zurück. Und erst, als ich durch das Schiebetor ging, besah ich mir im Schein der Taschenlampe das Metallschloß.

Es war durchgeschnitten. Als Ed es öffnete, hatte er nicht mit einem Schlüssel herumgefummelt, sondern mit einem Bolzenschneider.

Mein Herz fing an, ganz gräßlich zu pochen. »Ed!« schrie ich, und meine Stimme hallte durch den Wellblechschuppen. »Was zum Teufel wird hier gespielt?«

»Tu mir den Gefallen und schrei nicht so«, sagte Ed. »Gestern ist der Konkursverwalter gekommen und hat die Schlösser ausgetauscht. Du willst doch deinen Mast zurückhaben, oder? Dann laß uns jetzt abhauen, bevor der Bulle da aufwacht.«

Ich öffnete den Mund, um zu protestieren. Da wurde mir klar, daß ich bis zum Hals mit in der Sache drinsteckte.

Wir fuhren los, ohne die Lichter einzuschalten. Es waren keine Polizeiwagen zu sehen. An der nächsten Telefonzelle hielt ich an und bestellte einen Notarzt zu den Gull Spars. Hinter Plymouth überholte ich rasend vor Wut den Lastwagen und fuhr wie ein Irrer über die Landstraße nach Pulteney zurück.

Langsam beruhigte ich mich. Man konnte es auch anders betrachten: Ed hatte versucht, mir auf seine Weise zu helfen, und aus seiner Sicht hatte er das einzig Richtige getan.

Wir hoben den Mast mit einem von Nevilles Gabelstaplern vom Lastwagen. Del fuhr.

»Der gute alte Del«, sagte Ed, als er ihm zusah, wie er den Mast behutsam auf die Böcke bugsierte. »Ist von Essex runtergekommen. Hat beim Blackwater ein kleines Geschäft machen können.«

»Wirklich?«

»Ja«, sagte Ed. »Also, bis bald.«

»Ed«, sagte ich. »Ich muß mit dir reden. Du brauchst Hilfe.«

»Ich?« sagte er. »Ach wo. Kein bißchen.«

Del ließ den Motor an, und Ed kletterte ins Fahrerhaus. Ich lief zur Telefonzelle der Marina und rief das Allgemeine Krankenhaus von Plymouth an. Dem Wachmann gehe es zufriedenstellend, sagte man mir. Wer denn anrufe? Ich legte auf. Der Lastwagen rollte über den Parkplatz, und seine Rücklichter bogen auf die Küstenstraße ein. Ich hatte nicht einmal Zeit gehabt, Ed auf Wiedersehen zu sagen.

Am nächsten Morgen fuhr ich, krampfhaft bemüht, nicht auf die Polizeiwagen an den Verkehrskreiseln zu achten, nach Exeter, um Agnès de Staël vom Bahnhof abzuholen. Ich kam an, als ihr Zug gerade einlief. Sie stieg aus einem Erster-Klasse-Abteil und trug einen kurzen engen Rock und eine dunkelgrüne Jacke, die teuer und genau richtig aussahen, französisch halt. Der Kontrolleur verwandte mehr Zeit darauf, Agnès zu inspizieren als ihre Fahrkarte, und ich konnte es ihm nicht verdenken.

Als sie meinen Wagen sah, sagte sie: »Aber der ist ja wundervoll!« und ihre Miene erhellte sich.

Ich begann mich etwas weniger müde zu fühlen und fuhr schnell und gut zum Mill House, wo der Jaguar um elf Uhr seine lange schwarze Kühlerhaube über den mit Unkraut durchsetzten Kies schob. Es war ein wunderbarer Tag, und die Bienen summten um das Geißblattgehänge über der Eingangstür.

»Wirklich wunderschön«, sagte sie. »Und so friedlich.« Sie bedachte mich mit einem leicht spöttischen Blick und ihrem schiefen Lächeln.

Ich lachte. »Das überrascht Sie?« fragte ich.

»Ich habe selbst auf dem Lande gelebt«, sagte sie.

Ich schaute in den Holzhof hinüber. Ich hatte mir einen Tag freigenommen. Vermutlich saß Harry schmollend dort drüben. Ich ging in die Küche, kochte Kaffee, und wir tranken ihn auf der Terrasse in der Morgensonne. »So«, sagte ich. »Und wie lautet nun die Story?«

Sie hatte ihre Jacke ausgezogen. Darunter trug sie ein schwarzes ärmelloses T-Shirt und eine Bernsteinkette, deren Perlen schimmernd den warmen Braunton ihrer Haut betonten.

»Wie ich höre, sind Sie gut«, sagte sie. »Auch Ihr Boot sah gut aus, vorgestern. Sie könnten einigen Franzosen ziemlich zu schaffen machen. Ich möchte also ein bißchen mehr über Sie herausfinden.« Sie lächelte, auf beiden Seiten diesmal. Ihre Augen waren unglaublich blau.

Ich schenkte Kaffee nach, und sie fragte nach meinem Boot, was daran neu sei, welchen Typ ich vorher gesegelt hätte, wie meine Pläne für die Zukunft aussähen. Es waren die üblichen Fragen, und sie wußte das genausogut wie ich. Dieser Umstand knüpfte ein eigenartiges Band zwischen uns. Schließlich klappte sie ihr Notizbuch zu und sagte: »Wie ich höre, haben Sie finanzielle Probleme.«

Plötzlich fühlte ich mich in der Defensive. »Die pflegt jeder zu haben, der ein Boot unterhält, das dreihunderttausend Pfund kostet«, sagte ich.

»In London sagt man, daß Sie einen Sponsor suchen.«

»Das ist richtig«, sagte ich. »Wer sagt das?«

»Ich schreibe auch über Terry Tanner«, sagte sie. »Und über seine Freunde.« Sie schaute beim Sprechen in ihre Tasse, und das dunkle Haar hüllte ihr Gesicht in Schatten.

»Er mag mich nicht, fürchte ich.«

»Das sollte Sie nicht kümmern.« Sie sagte es mit einer Schärfe, die fast erschreckend wirkte. In das darauffolgende Schweigen drang nur das Summen der Bienen und das Zwitschern der Schwalben, die in ihre unters Dach gebauten Nester segelten.

»Warum sagen Sie das?« fragte ich.

»Er ist ein *maquereau*«, antwortete sie. »Ein Zuhälter. Lebt von anderer Leute Arbeit und tut selbst überhaupt nichts.«

»Er findet Sponsoren für arme Segler«, sagte ich.

»Ha!« Klirrend setzte sie ihre Tasse ab. »Ich weiß! Schon mal von Bobby Jacquot gehört?«

»Natürlich.« Jacquot war einer von Frankreichs großen Regattaseglern gewesen. Vor achtzehn Monaten war sein Katamaran *Dion* gekentert im Atlantik gefunden worden, zwei Tage nach dem Start des Grand Banks Race. Von Jacquot keine Spur.

»Bobby hatte Tanner beauftragt, ihm einen Sponsor zu finden«, sagte Agnès. »Dessen Geld traf aber immer mit Verspätung ein. Tanner hatte immer was davon abgezwackt, ein bißchen hier, ein bißchen dort, und hat viel zuviel Spesen berechnet. Außerdem war *Dion* ein Ungetüm, schnell, aber schwierig. Gefährlich. Nun, der Konstrukteur hatte eine Idee für eine Vorrichtung, mit der er sich nach dem Kentern hätte wieder aufrichten lassen. Aber Terry Tanner sagte nein, der Sponsor wolle das nicht. Also segelte Bobby ohne diese Vorrichtung los.« Sie hatte sich etwas vorgebeugt. »Vielleicht hätte sie ihn gerettet, vielleicht auch nicht. Aber das ist jedenfalls typisch Tanner.«

»Wenn Sie so denken, warum schreiben Sie dann über ihn?«

Sie zuckte die Achseln. »Er ist interessant zu beobachten. Seine Clique ist eng verschworen. Sie spielen Karten und gehen zusammen essen wie ein Haufen Schuljungen. Und dann sind wieder einige darunter, die überhaupt nicht dazu passen – wie John Dowson. Daß er von Orange Cars gesponsert wird, hat Terry arrangiert. John wirkt wie ein großer Zottelbär zwischen diesen aalglatten Leuten.«

»John?« fragte ich. »Er hat einen Sponsor?«

»Für Cherbourg«, sagte sie. »Die Dreiecksregatta. Sein Boot wird *Orange* heißen. Wenn er's gut macht, werden sie ihn auch für die Waterford Bowl und das Round the Isles sponsern.«

»So ein Glückspilz«, sagte ich.

Sie schaute mich an und lächelte. »Ich sehe das anders«, sagte sie. »Würden Sie sich von einem Mann wie Tanner sponsern lassen?«

»Von jedem, den ich fände«, sagte ich. Der Schatten der Sonnenuhr stand auf zwölf. »Können Sie zum Mittagessen bleiben?«

»Gewiß«, sagte sie. »Ich habe weiter nichts vor.«

»Hätten Sie Lust, heute nachmittag zu segeln?«

»Gern.«

Wir brachten die Kaffeetassen ins Haus. Auf dem Weg durch den Wohnraum blieb sie vor dem Rosenholztisch mit der *trompe-l'œil*-Einlegearbeit stehen.

»Ein Juwel, dieses Haus«, sagte sie. »Sehr hübsch. Haben Sie es geerbt?«

»Nein«, sagte ich, »gebaut. Ich habe auch den Tisch gemacht.« Ich war erfreut, und die Freude machte mich kurz angebunden.

»Sie sind wirklich ein talentierter Mann«, sagte sie. »Ich glaube, wer Sie sponsern wird, hat viel Glück.«

Ich lächelte sie an, flüchtig, denn bei Komplimenten fühle ich mich unbehaglich. »Hätten Sie etwas dagegen, wenn meine Tochter mit uns zum Essen kommt?« fragte ich.

»Natürlich nicht.« Agnès hatte ihre Schuhe ausgezogen und trocknete das Geschirr ab, das ich im Spülbecken der Küche abwusch. Und ich merkte, daß ich in ihr eher eine Freundin als eine Journalistin sah. Da rief ich mich zur Räson. Vorsicht, dachte ich, Agnès de Staël ist als Journalistin gekommen. Es wäre höchst unklug, sie für irgend etwas anderes zu halten.

## 10

Auf dem Weg zum Yachtklub holten wir Mae ab, die vom Reitunterricht kam und rosig strahlte. Es gab einen kurzen gefährlichen Augenblick, als sie Agnès zum erstenmal sah, aber Agnès meisterte die brenzlige Situation geschickt. Sie bekam Maes Pferd zu sehen, unterhielt sich beim Mittagessen im Yachtklub mit ihr und brachte es fertig, daß Mae sich ernstgenommen, interessant und erwachsen fühlte. Als wir unseren Kaffee tranken, kam Charlie Agutter durch den Speiseraum geschlendert, allein wie immer.

»Ich hasse diesen Yachtklub«, sagte er und starrte einen zigarrerauchenden Börsenmakler so giftig an, daß der nervös auf seinem Stuhl hin und her zu rutschen begann. »Die Tide kentert um halb zwei.«

Wir fuhren mit zwei Wagen zur Marina. Dort angekommen, gingen Charlie und ich etwas voraus.

»Wie ist der Mast?« fragte ich.

»Er steht«, sagte er. »Und ist okay. Ich habe ihn schon getrimmt. Wer ist deine Begleiterin?«

»Eine französische Journalistin«, sagte ich.

»Hm.« Charlie verabscheute und verachtete Journalisten.

»Agnès ist in Ordnung«, sagte ich. »Sie bringt in ihrer Reportage etwas über das Boot. Sponsoren mögen das.«

»Wie läuft's denn mit der Sponsorenschaft?«

»Ich suche noch immer.«

»Schon ein Lichtblick?«

»Eigentlich nicht.«

»Was ist mit diesem Alan?«

»Die Verhandlung ist übermorgen«, sagte ich. »Sie meinen, es sei ein tragischer Unfall gewesen.«

»Aha.« Charlie warf mir einen Blick zu. »Meinst du das auch?«

»Ich bin kein Detektiv«, sagte ich. »Ich weiß nicht, was es sonst gewesen sein könnte.« Schweigend gingen wir weiter.

»Ed ist pleite«, sagte er schließlich.

»Ich hab's gehört.«

»Und außerdem hat er Ärger. Die Polizei ist hinter ihm her.«
»Oh«, sagte ich.
Wir schwiegen beide. Man brauchte kein Sherlock Holmes zu sein, um zu wissen, hinter wem die Polizei außerdem noch her sein würde, wenn sie erst den Eigentümer des gestohlenen Mastes gefunden hatte.

Hohl hallten unsere Schritte über den Steg. Ich schwang mich auf das Trampolin und hievte Mae an Bord. Agnès und Scotto folgten. Eine dicke dunkelgraue Wolke wälzte sich seewärts und gab die Sonne frei; das Hafenwasser glitzerte, als der Außenborder aufheulte. Ich stand am Ruder und richtete *Secret Weapon* so aus, daß ich sie mit ihren vierzig Fuß Breite glatt durch die Einfahrt in den draußen einsetzenden Ebbstrom manövrieren konnte. Im silbernen Wasser der Sandbank an der Poultmündung tauchten Seeschwalben. Wir zogen die Segel hoch.

Scotto kam nach achtern und trimmte die Schoten, während ich behutsam Ruder legte. Sanft nahm *Secret Weapon* Fahrt auf, mit der für sie typischen Beschleunigung, die einen immer leicht in die Knie gehen ließ. Automatisch kompensierte ich, die Füße weit auseinander, und wartete gespannt, daß vom Mastfuß, wo Charlie stand, ein Warnruf käme. Doch er kam nicht. Charlie und Scotto mühten sich mit Niederholer, Fall und Schot ab, um die Belastung des Großsegels zwischen Mast und Rigg zu verteilen. Das Segel wurde ein großer weißer Flügel, das Boot begann zu ziehen. Ich spürte den Luvschwimmer sich heben, spürte die ungeheuren Zugkräfte, die härter und präziser wirkten als je zuvor. Wie Rauchschwaden flog die Gischt von unserem Leeheck. Charlie hielt mit Siegergeste den Daumen hoch. Mae kroch neben Agnès aufs Netz und sagte: »Huiii!«

Ich wußte genau, wie sie sich fühlte. »Okay«, sagte ich zu Scotto, bemüht, meine Stimme ganz unbeteiligt klingen zu lassen. »Jetzt wollen wir mal sehen, was sie alles kann.«

Und dann nahmen wir den Kat in die Mangel. Jedenfalls ich, während Charlie Agutter wie ein Hexenmeister über seinen Instrumenten saß und die neue Spiere einer eingehenden Analyse unterzog. Scotto turnte herum und änderte nach Charlies Kommandos alles mögliche – etwas mehr Zug am Diamantstag, einen halben Zoll weniger am Niederholer, ein paar mehr am Schwert bei raumem Kurs. Wenn wir uns erst durch die Cherbourg-Dreiecksregatta und die Waterford Bowl hindurchgesegelt hatten, würde das Bild klarer, würden die Konturen schärfer werden. Denn bis wir beim Round the Isles über die Startlinie gingen, mußten wir genau wissen, wie und warum *Weapon* was am besten machte.

Etwa anderthalb Stunden später sagte Scotto plötzlich: »Nanu, wer kommt denn da?«, und deutete mit einem langen behaarten Arm nach Südwesten, wo eine dünne weiße Spitze die scharfe Linie der Kimm unterbrach. Mae hatte die besten Augen. »Der hat ein gestreiftes Großsegel«, sagte sie. »Ach nein, es ist durchgelattet wie unseres.«

Ich hob das Fernglas vor die Augen. Das Boot war noch weit weg, man sah nur sein Großsegel, hellblau und weiß, mit einem großen orangefarbenen Kreis in der Mitte. Selbst auf diese Entfernung konnte ich erkennen, daß es hohe Fahrt lief.

»Das ist ein Multi«, sagte ich zu Agnès, die sich neben mich gestellt hatte. »Wissen Sie, wie man steuert?« Ich deutete auf den Buckel von Danglas Head. »Halten Sie auf dieses Land da zu.« Ich wechselte mit Scotto einen schnellen Blick, und er nickte. Er würde ein Auge darauf haben, daß Agnès nicht in Schwierigkeiten geriet. Ich ging nach vorn und zog mich am Stag hoch, um besser sehen zu können.

Das seltsame Boot kam näher, ich konnte schon sein messerscharfes Kielwasser erkennen. Es war ein großer Kat, der in sauberen Schlägen vor dem Wind kreuzte, wobei sein Luvschwimmer das Wasser nur gerade eben küßte. Der Rumpf war leuchtend orangefarben.

»Soso«, sagte ich. »Das ist also John Dowson.«

Dowson hatte hart gearbeitet. Seine neuen Sponsoren mußten stolz auf ihn sein. »Das ist die Konkurrenz«, rief ich Agnès nach achtern zu. »Ich schätze, er will mein neues Boot sehen.« Ich spürte das Deck überholen, als wir auf einen konvergierenden Kurs gingen, hörte den Großschottraveller rattern. Ich lief nach achtern, um wieder das Ruder zu übernehmen, und hielt inne.

Einen Katamaran zu steuern ist einfach – nicht aber, das Beste aus ihm herauszuholen. Der Trimm von Schoten, Traveller und Schwertern gegen die Kraft des Ruders muß wie bei einer Duellpistole genau ausbalanciert sein. Agnès stand, die Füße weit auseinander, am Rad; die lächerlich großen, umgekrempelten Jeans flatterten ihr um die Beine, und ihr schwarzes Haar flog im Wind. Ich spürte bis in die Fußspitzen hinunter, daß *Secret Weapon* genau richtig getrimmt war, daß sie halb segelte und halb flog. Und als ich nach Dowsons Segel schaute, war mir klar, daß sich unsere Kurse optimal kreuzten.

Scotto murmelte zwischen den Zähnen: »Sie steht nicht zum erstenmal am Ruder.«

Agnès sagte: »Ich hab' eine TWOSTAR mit Bobby Jacquot gesegelt.«

Ich starrte sie an. Jacquot war verheiratet gewesen. Und er war mit seiner Frau gesegelt ...

»Ja«, sagte sie. »So ist das.«

Sie lachte dieses ironische schiefe Lachen und deutete auf das Ruder. »Übernehmen Sie wieder.«

Ich schüttelte den Kopf und blieb, auf die Gischtfahnen gefaßt, die vom Backbordbug übers Wasser fegten, am Traveller stehen. *Secret Weapon* näherte sich John Dowson mit großer Geschwindigkeit. Als wir auf eine halbe Meile heran waren, gingen wir über Stag. *Secret Weapon* nahm die Kurve wie ein Abfahrtsläufer und überschüttete das Deck mit einem Schwall Gischt. Ich ging ans Ruder und brachte uns so dicht an den Kat heran, daß zwischen ihm und uns kaum vierzig Fuß tanzender grüner Wellen waren. Dowson stand achtern. Neben ihm erkannte ich Mort Sulkey und Dag Sillem. Also ein Ausflug für die Herren Sponsoren. Er schaute grinsend zu uns herüber, und der Wind zauste seinen Bart.

»Schönes Boot!« rief er uns zu.

»Deins ist auch nicht schlecht«, rief ich zurück.

Und keiner von uns beiden meinte ehrlich, was er sagte. Wir übten uns in der Kunst des Gewinnens mit allen gerade noch erlaubten Mitteln. Er bückte sich, um an seiner Großschot etwas zu richten, und während er sich bückte, mußte er wegschauen. Er sah also nicht, wie ich grinste. John war berüchtigt als Kämpfer und bekannt für seinen Hang zur Selbstüberschätzung. Außerdem war es nie zu früh, sich ein kleines Rennen zu liefern.

»Kleinen Schrick ins Groß«, sagte ich zu Scotto.

Seine Hand wanderte zum Hydraulikhebel, und er gab der Schot sechs Zoll Lose. Die als Trimmkontrolle im Großsegel befestigten Bänder hatten bisher starr und steif gestanden. Nun begannen die oberen in der Verwirbelung unruhig zu flattern, als die Strömung im gefierten Segel abriß. Ich spürte, wie wir an Fahrt verloren. Dowson richtete sich auf. Sein Luvschwimmer grub nur eine dünne Furche ins Wasser. Sein Boot sah aus, als würde es auf Schienen dem fernen Landbuckel mit der grauen Häuseransammlung Pulteneys zubrausen. Langsam, fast unmerklich zunächst, begann er davonzuziehen.

Mae drehte sich zu mir um und sah mich mit großen Augen entsetzt an. »Aber er gewinnt ja«, sagte sie. »Mach ihn fertig!«

»Das versuche ich gerade.«

Scotto zwinkerte ihr zu.

Dowson lag jetzt klar voraus. Ich sah, wie er die Hand hob und uns gönnerhaft zuwinkte, als er vor uns anluvte und die großen Rümpfe seines Kats wie zwei Zerstörer Seite an Seite abzischten. »Da drüben steht jetzt ein sehr selbstsicherer Mann, der uns gerade vor seinen Sponsoren überholt hat«, sagte ich. »Und das Gute bei so selbstsicheren Leuten ist, daß sie sich nicht ganz so anstrengen wie andere, Mae.«

Agnès lächelte. Der Wind hatte ihre Wangen gerötet. »Sehr geschickt«, sagte sie. Ihr Blick wanderte von *Orange* zum südlichen Horizont mit der Kette der Teeth. Sie waren schwarze, in Zahnfleisch aus Schaum steckende Hauer.

»Warum, meinen Sie, ist dieser Alan vor Ihnen weggerannt?« fragte sie.

Ich grunzte, wollte jetzt nicht an Alan denken.

Ihr Gesicht war ernst, als sie den Blick am Riff entlangwandern ließ. Es erstreckte sich über vier Meilen von Ost nach West und hatte außer an seinem westlichen Ende, wo die Fahrrinne verlief, keine Durchlässe. »Er muß verrückt gewesen sein«, sagte sie. »Oder fürchterliche Angst gehabt haben.«

Ihre Augen ruhten jetzt auf mir, sanft und vertrauensvoll. Kein Wunder, daß sie so gut ist in ihrem Job, dachte ich. Wie könnte ein Mann ihr nicht alles, was er wußte, über alles, was sie wissen wollte, erzählen? Plötzlich wurde ich ärgerlich. Wenn ich diese Regatten gewinnen wollte, dann mußte ich mich auf mich selbst verlassen und mich konzentrieren. Und nicht mit Journalisten reden, ganz gleich, wie gut ich mit ihnen auskam.

»Da kann ich nur mutmaßen«, sagte ich.

»Sie wollen nicht darüber sprechen.« Plötzlich war ihr Gesicht starr und gespannt.

»Genau«, sagte ich und bereute es sofort.

Aber es war zu spät. Sie schaute fort, hüllte sich in eine undurchdringliche gallische Zurückhaltung.

»Bringt ihn wieder zum Fliegen«, drängte Mae, die nur halb verstand.

»Agnès«, sagte ich. »Sie machen das.«

Also flogen wir, und keiner sagte etwas. Mit dem letzten Rest der Tide gelangten wir in die Marina zurück.

An Land trieb der Wind feinen Sand durch die Luft, und die aufgebockten Boote standen wie Dinosaurier vor dem Abendhimmel.

Agnès sagte: »Ich muß zurück.«

»Zurück?« Also kein Dinner. Nun ja, die Quelle Dixon war versiegt, und man konnte kaum von ihr erwarten, daß sie noch länger hier herumhing.

»Ich muß den Text schreiben«, sagte sie. »Zwar würde ich gern noch bleiben, aber...« Sie schaute zur Seite, die Augen hinter dicken schwarzen Wimpern verborgen. »Redaktionsschluß. Ob Sie mich bitte zum Bahnhof bringen?«

Ich fuhr sie nach Exeter. Mae sagte ihr sehr herzlich auf Wiedersehen, was für meine Tochter ganz untypisch war.

In Exeter setzte ich Agnès in den Zug, er war praktisch leer. Ich legte ihre Tasche ins Gepäcknetz.

Sie sagte: »Auf Wiedersehen.« Ihre blauen Augen waren wieder groß und sanft. »Und vielen Dank. Es war ein sehr schöner Tag.« Sie nahm meine Hand. »Ich würde mich freuen, wenn wir uns wiedersehen könnten.« Und bevor ich mich versah, hatte sie mich auf den Mund geküßt.

Ihre Lippen waren weich und schmeckten nach ihrem Lippenstift. Der Schaffner ging schon am Zug entlang und warf die Türen zu. Mae schaute erschreckt durchs Autofenster nach mir aus. Wäre sie nicht dagewesen, vielleicht wäre ich im Zug geblieben und hätte den Jaguar stehengelassen, wo er stand.

So aber stieg ich aus und schaute wie in Trance zu, als die Haifischnase des Zugs sich aus dem Bahnhof schob.

»Sie mag dich«, sagte Mae.

»Wie kommst du darauf?« Diese Frauen, dachte ich. Haben doch alle die gleiche Wellenlänge, selbst wenn sie erst elf sind.

»Weil du Lippenstift am Mund hast«, antwortete Mae.

»Magst du sie?« fragte ich und rubbelte.

»Sie ist in Ordnung«, sagte Mae. »Wirst du sie wiedersehen?«

»Das weiß ich nicht«, sagte ich. »Ihre Reportage hat sie ja nun fertig.«

»Du solltest aber«, sagte Mae. »Was gibt's zum Abendessen?«

Wir aßen Spaghetti Bolognese, und ich las ihr wieder eine Geschichte vor. Dann lief ich im Haus umher und zwang mich, nicht ins Büro hinüberzugehen und zu arbeiten. Vor dem Rosenholztisch im Wohnraum blieb ich stehen. Ich wußte, daß meine Gedanken nicht da waren, wo sie eigentlich sein sollten. Sie waren im Zug nach Paddington, bei Agnès de Staël.

Die nächsten beiden Tage vergingen wie im Nebel. Mae war zu einer Freundin gefahren, wo sie über Nacht blieb, und ich nutzte die freie Zeit, einen Bestand Lindenstämme und hundertjährige Sitka-Spruce zu kaufen. Außerdem mußte ich nach Seaham zur Verhandlung, um im Fall Alan Burton auszusagen. Für die Polizei war die Sache ein tödlicher Unfall. Der Untersuchungsrichter sagte ein paar nette Worte über meine Initiative. Die Polizei war an dem Fall nicht weiter interessiert; einer der Beamten berichtete, es sei hier schon der dritte Fall von Ertrinken in diesem Jahr, und man schien sich darüber einig zu sein, daß die See eben ein häßlicher und gefährlicher Aufenthaltsort war, woran sich nicht viel ändern ließe. Während der Sprecher der Geschworenen seine Überzeugung äußerte, daß mehr Rettungsringe aufgehängt werden müßten, ließ ich den Blick zur Galerie schweifen. Ein Zuschauer sah mich an: dumpfe schwarze Augen in papierweißer Haut über einem rabenschwarzen Schnauzbart: Randy, Terry Tanners Leibwächter.

Als ich das Rathaus verließ, knuffte mich jemand so hart in den Rücken, daß es schmerzte. Ich drehte mich um. Es war Randy. Ich roch sein schweres Aftershave. Er lächelte unangenehm und gehässig.

»Vorsicht«, sagte er, und seine Pranke wanderte zum Griff des großen Messers, das in seinem mit Nägeln beschlagenen Gürtel steckte. »Ich vergesse nicht, was Sie Alan angetan haben.« Seine Lederhose knirschte, als er weiterging und sich rittlings auf seine am Bordstein wartende Kawasaki setzte. Der Auspuff röhrte Gestank in den Säulengang, als er gasgebend davonpreschte.

Ich schaute ihm nach und machte mich auf den Heimweg. Auf halber Strecke hatte ich ihn schon vergessen.

Am nächsten Morgen war der Poststapel in meinem Eingangskorb von einem Fuß auf einen Zoll geschmolzen, und ich genehmigte mir gerade eine Tasse Kaffee, als Harry hereinspazierte. Er trug einen dunklen Anzug mit gelber Weste. Draußen schien die

Sonne in das von den Schleifmaschinen hochgewirbelte Sägemehl. Er sah klein, erbost und beunruhigt aus.

Ich bot ihm einen Stuhl und eine Tasse Kaffee an. Er nahm den Stuhl und lehnte den Kaffee ab.

»So«, sagte er und rückte näher an meinen Schreibtisch. »Wir müssen also die Anwälte da reinziehen?«

»Das war deine Idee«, sagte ich. »Ich will brasilianisches Holz nicht ins Angebot aufnehmen.«

»Okay«, sagte Harry. »Wenn das so ist mit unserer Zusammenarbeit, dann wünsche ich nach den Bedingungen unseres Gesellschaftervertrages ausgezahlt zu werden.«

»Du hast also schon mit einem Anwalt gesprochen«, sagte ich. »Wie hoch ist dein Anteil?«

»Ich habe mit einem Betriebsprüfer gesprochen«, sagte er. »Hier.«

Harry war in dem Jahr, als meine Frau mich verlassen hatte und nach Amerika gegangen war, mein Partner geworden. Da war mein Leben eine einzige Katastrophe und ich selbst pleite gewesen. Als er seine Anteile erwarb, war es mir wie Regen in der Wüste vorgekommen. Doch als sich alles eingespielt hatte, wurde mir klar, daß wir völlig verschiedene Vorstellungen darüber hatten, was gute Geschäfte waren. Immerhin gab es so etwas wie ein Sicherheitsnetz, denn wenn einer von uns beiden die Zusammenarbeit irgendwann als unerträglich empfand, dann konnte ich ihn laut Gesellschaftervertrag nach entsprechender Bewertung jederzeit auszahlen.

Ich überflog das Papier, das er mir hingeschoben hatte. Falls ich alles, was ich besaß, verpfändete, falls ich das Boot am Ende des Jahres verkaufte und dann noch bei jeder Regatta, die ich mitsegelte, einen Preis gewann, dann hatte ich durchaus eine Chance, wieder Herr meines eigenen Schicksals zu werden. Wenn nicht, war Harry berechtigt, an einen Partner seiner eigenen Wahl zu verkaufen.

»Wer ist denn dein Kandidat?« fragte ich.

»Neville Spearman«, sagte er.

»Ich habe sechzig Tage, um das Geld aufzutreiben.«

»So ist es«, sagte er.

»Okay, du kannst anfangen, dich nach einem anderen Job umzuschauen«, sagte ich.

»Kommt Zeit, kommt Rat«, sagte Harry mit affektiertem Lächeln. Ich dachte an meine Unterredung mit Neville, und plötzlich wurde mir klar, daß er und Harry diese Sache schon vor langer Zeit abgesprochen haben mußten.

»Also eine regelrechte Verschwörung«, sagte ich.

»Ich treffe nur Vorsorge für den Fall eines Falles«, sagte er und schürzte die Lippen. Er wußte, was ich von Neville hielt und wie hoch ich bei ihm in der Kreide stand.

Hinter ihm ging die Tür auf. Ein Mann in Anorak und mit Hornbrille betrat, gefolgt von einem Polizisten, den Raum.

»Jenkins, Kriminalpolizei Plymouth«, sagte er. »Sie sind sicher Mr. James Dixon.« Er schaute Harry an. »Wer sind Sie?«

Harry stellte sich vor. Unbeeindruckt blickte Jenkins ihn durch seine dicken Brillengläser an.

»Was hat das zu bedeuten?« fragte Harry.

»Eine persönliche Angelegenheit Mr. Dixons«, sagte Jenkins.

»Ah. Oh. Verstehe«, sagte Harry und sah aus wie ein Schwein, das die Trüffeln gefunden hat. »Viel Glück, Jimmy.«

Inspektor Jenkins setzte sich auf die Kante des Stuhls, den Harry freigemacht hatte. Er hatte ein großes, fades Gesicht und feindselige Augen hinter seinen Brillengläsern.

»Mr. Dixon«, sagte er. »Uns ist mitgeteilt worden, daß beim Einbruch in eine Fabrik in Saltash ein von Ihnen in Auftrag gegebener, aber unbezahlter Mast gestohlen worden ist. Dabei ist ein Wachmann niedergeschlagen worden. Er erlitt eine Gehirnerschütterung. Wir untersuchen diesen Fall, Mr. Dixon. Sie sind bestimmt in der Lage, uns dabei zu helfen.«

Ich sagte: »Das bin ich nicht.«

»So«, meinte Jenkins. Sein Blick wanderte an der Decke entlang und blieb in der linken oberen Ecke hinter meinem Kopf stehen. Er hatte einen Rasierschnitt auf der Backe. »Schwerer Diebstahl und Körperverletzung, Mr. Dixon. Darauf steht bis zu fünfzehn Jahren Zuchthaus.«

»Sie scherzen wohl?« Aber innerlich sagte ich: Ed Boniface, du Irrer, tu mir nie mehr einen Gefallen, nie mehr. »Sehen Sie, Herr Inspektor, mein Mast war dort zur Reparatur. Er wurde irgendwann am Mittwoch abend auf einem Firmenlastwagen der Gull Spars zurückgebracht. Ist das schwerer Diebstahl?«

»Wer brachte ihn zurück?« fragte Jenkins.

»Ich war nicht dabei.« Und noch während ich das sagte, fragte ich mich, warum ich log, um Ed Boniface zu decken.

Jenkins stand auf. »Sie können mir also nicht helfen, und Sie waren nicht dabei«, sagte er. »Ist das alles, was Sie mir zu sagen haben?«

»Ja.«

»Aha«, sagte Jenkins und beugte sich vor. Seine Brillengläser waren verschmiert. Er zog einen Notizblock hervor. »Was haben Sie am Mittwoch abend gemacht?« fragte er.

Ich überlegte schnell. Eine der Eigenheiten des *Bunch of Grapes* war, daß es zu den Etablissements gehörte, deren Pächter und Kundschaft keine Veranlassung sahen, eng mit der Polizei zusammenzuarbeiten. »Ich hatte zu tun«, sagte ich. »Hier im Büro. Und anschließend ging ich nach Hause.«

»Gut, Mr. Dixon«, sagte er. »Ich werde das überprüfen lassen. Gründlich.«

»Tun Sie das«, sagte ich. »Es war niemand hier außer mir.«

Er schaute von seinem Notizblock auf und rieb sich die rotgeäderte Backe. »Wie praktisch.« Damit stand er auf, steckte umständlich die Hülle auf seinen Füllfederhalter und verstaute ihn in der äußeren Brusttasche seines Anoraks.

Das Telefon klingelte. »Lassen Sie sich nicht stören«, sagte Jenkins und blieb, wo er war. Allmählich mochte ich Inspektor Jenkins immer weniger.

Ich nahm den Hörer ab.

»Wallace«, sagte eine harte dünne Stimme. »Konkursverwalter von Gull Spars. Wie ich höre, sind Sie im Besitz eines Teils unseres Eigentums.«

»Ihres Eigentums?«

»Ganz richtig«, sagte die Stimme. »Ich bin von den Gläubigern der Firma beauftragt, die Vermögensmasse zu verwerten. Sie haben auf Ihrem Boot einen Mast, auf den noch fünftausend Pfund ausstehen.«

»Was meinen Sie mit ausstehen?«

»Sie stehen in unseren Büchern als Forderung.«

»Hören Sie«, sagte ich. Meine Magengrube schien seltsam leer, und mein Hirn arbeitete auf Hochtouren. Ich wußte, was da passiert war. Ed hatte mich nicht nur zum Komplizen bei einem schweren Diebstahl gemacht, er hatte mich auch als Hebelarm benutzt, um Geld aus seiner Firma zu ziehen. Er hatte den Mast für gut zehntausend Pfund, ein Drittel des normalen Preises, gebaut und auf seinen Gewinn verzichtet. Ich hatte ihn vor zwei Monaten bezahlt. In seinen Büchern mußte er diese Summe als Einnahme aufgeführt haben, während er in

Wirklichkeit fünf Riesen abgezwackt und in die eigene Tasche gesteckt hatte.

»Ich höre«, sagte die Stimme.

»Ich möchte mit Mr. Boniface sprechen«, sagte ich.

»Das ist nicht mehr sein Problem«, sagte die Stimme. »Die Polizei hat schon mit Boniface gesprochen.«

»Sie ist jetzt gerade auch bei mir«, sagte ich. »Was für ein Zufall.«

»Eigentlich nicht«, sagte die dünne Stimme. »Ich habe sie geschickt.«

Immerhin ein Trost, dachte ich, während ich in Jenkins' Brille schaute. Denn das bedeutete, daß Jenkins noch im dunkeln tappte. Er wußte nichts. Noch nicht.

»Also dann«, sagte die Stimme. »Ich schicke unseren Kassierer bei Ihnen vorbei. Fünftausend Pfund bis heute nachmittag um vier oder unseren Mast zurück, bitte. Ach ja, und keine Schecks.«

»Warten Sie ...«

»Kein Geld, kein Mast«, sagte die Stimme. Dann war die Leitung tot.

»Schlechte Nachrichten?« fragte Jenkins. »Tut mir leid.« Er lächelte zum erstenmal an diesem Morgen und ging zur Tür hinaus.

Ich stützte den Kopf in die Hände. Harry wollte seinen Anteil an Neville Spearman verkaufen. Er wußte, daß Neville und ich uns nicht ausstehen konnten. Trotzdem würde Neville mein Partner werden und mich auszahlen müssen, damit ich nicht bankrott ging. Harry würde dann meinen Platz in der Firma einnehmen. Gemeinsam würden sich die beiden durch die Regenwälder dieser Welt fressen wie ein Preßlufthammer durch eine Kuchenglasur. Ich aber würde nicht nur meinen Holzhandel verlieren, sondern zu allem Überfluß Tür an Tür mit ihnen leben müssen. Der Teufel sollte mich holen, wenn ich das zuließ! Der Teufel sollte mich auch holen, wenn ich mich zum Komplizen bei schwerem Diebstahl machen ließ. Und schließlich sollte der Teufel mich holen, wenn ich zehn Tage vor dem Cherbourg-Rennen einen Mast hergab, den ich voll bezahlt hatte.

Ich riß den Panamahut von seinem Haken hinter der Tür und stülpte ihn über. Auf dem Weg zur Garage fiel mir ein, daß es kein gutes Zeichen war, wenn ich schon jetzt Mühe hatte, fünftausend Pfund zusammenzukratzen, obwohl ich sechzig Tage später die fünfzigfache Summe aufbringen mußte, um Harry auszuzahlen. Aber ich verbannte diesen Gedanken und fuhr zur Marina hinunter, wo ich mit Charlie zum täglichen Training verabredet war.

»Boje voraus!« schrie Scotto vom Bug her. Sie dümpelte vor uns in der langen schwarzen Dünung, die Markierungsboje eines Hummerkorbes mit achteraus treibender Leine, der die nach fünfzehnjährigem Überfischen am Südrand der Teeth noch übriggebliebenen Hummern anlocken sollte.

Ich ließ das Rad durch meine Finger gleiten. Der Schwimmer hob sich hoch aus dem Wasser, als ich anluvte. Die Boje schoß vorbei.

Charlie Agutter schaute zu mir rüber und sagte: »Dies ist ein Boot und kein Flugzeug.«

»'tschuldigung«, sagte ich. »Ich hab' nicht aufgepaßt.«

»Was ist los?« fragte Charlie.

»Um vier Uhr wollen sie den Mast holen«, sagte ich. »Hast du deinen Paß dabei?«

»Nicht auf dem Boot.«

»Hab' gerade nachgedacht«, sagte ich. »Ich kann nicht bezahlen. Also muß ich mal kurz ins Ausland.«

Ernst schaute er mich aus seinen dunkelumränderten Augen an. »Soll das ein Scherz sein?«

Ich erzählte ihm die Geschichte mit Ed. »Hast du eine bessere Idee?«

»Nett von dir, Ed so zu decken«, sagte er. »Ich bin nicht sicher, ob ich das auch gemacht hätte.«

»Natürlich hättest du.«

Er zuckte die Achseln. »Ich kann trotzdem nicht so einfach weg.«

»Ich nehme *Weapon*«, sagte ich, »und werde mich von drüben mit Ed in Verbindung setzen und ihm sagen, daß er die Sache in Ordnung bringen soll.« Ich schaute auf die Uhr. »Zwei Uhr fünfundvierzig. Ich muß jetzt meine Siebensachen packen.«

Um drei Uhr schob uns der Außenborder, unterstützt von der Flut, in die Fahrrinne zurück. Charlie stand neben mir. Wir näherten uns dem langen, mit Metallpfosten bestückten Kai vor der Spearman-Werft.

Am Kopf der Pier standen, über das rostige Eisengeländer gebeugt, drei Männer. Ihr Bild spiegelte sich in dem braunen Wasser. Sie waren blaß und dicklich und trugen Lederjacken. Das Trio sah nicht so aus, als sei es gekommen, um all die schönen Boote hier zu bewundern.

Der Konkursverwalter von Gull Spars hatte es wirklich eilig gehabt. Charlie schaute erst sie und dann mich an. »Was jetzt?«

Ich schwieg zunächst. Aber ich wußte, daß es nur eine Möglichkeit gab. »Ich werde mit ihnen reden«, sagte ich. »Schaff du die *Weapon* von hier weg.«

Er schaute das Boot an und dann die Bucht. Ich wußte, was er dachte: Das Boot war sechzig Fuß lang und die Fahrrinne nur siebzig Fuß breit. »Lieber du als ich«, meinte er.

»Festhalten«, befahl ich. Dann legte ich das Ruder hart nach Steuerbord. *Weapons* Steven drehten ab von den Männern auf der Pier und bohrten sich sanft in den Schlick des unbefestigten Ufers. Auf dem Vorschiff fuhr Scotto herum, ich rief ihn nach achtern.

*Weapons* Steven saßen fest, und mit den Hecks lag sie in der Fahrrinne. Unter ihr lief der kräftige Flutstrom. Ich hielt den Atem an. Zoll um Zoll drückte die Tide die Achterschiffe stromaufwärts. Als Scotto nach achtern kam, hoben sich die Buge leicht an.

»Geh auf UKW«, sagte ich. »Ich rufe dich an.«

Ich rannte nach vorn und sprang vom Backbordbug in den weichen braunen Moder. Die Hecks lagen jetzt stromaufwärts. Ich stemmte die Schulter gegen den Rumpf und schob mit aller Kraft. Langsam gab er nach. Ich drehte weiter und schob, hinterherwatend, bis *Weapon* wieder flott war.

Nun lag sie mit dem Bug genau im Tidenstrom. Der Motor heulte auf, als Charlie den Gang einlegte; dann nahm sie, hinter jedem Heck ein großes, sich kräuselndes V, langsam Fahrt auf Richtung See. Die Männer auf der Pier schrien und winkten, und ich stapfte durch den Schlamm zum Ufer hoch und ihnen entgegen.

»Mr. Dixon?« fragte der größte von ihnen.

Ich deutete auf die kleiner werdende *Weapon*. »Das ist Dixons Boot«, sagte ich und ging zu meinem Jaguar.

Auf dem Heimweg war mir völlig klar, daß ich verrückt sein mußte. Aber ich hatte keine andere Wahl gehabt.

Ich setzte mich in der düsteren Eingangshalle auf einen dieser harten Lederstühle, in die vernünftige Leute sich nur setzen, wenn sie jemanden erwarten oder mit dem Gedanken an Selbstmord spielen. Mein Gesicht sah mich aus dem Spiegel gegenüber an. Ich sah aus, als hätte ich zwölf Boxrunden mit einem Känguruh hinter mir.

Das Telefon begann zu läuten. Ich nahm ab.

»Mr. Dixon?« fragte die wohlbekannte Stimme. »Wallace von Gull

Spars. Wollen Sie nicht endlich aufhören, uns zum besten zu halten und zu bezahlen, was uns ...« Ich knallte den Hörer auf und nahm ihn dann von der Gabel.

Der UKW-Sender in meinem Büro reichte bis gut über die Bucht. Ich setzte mich an den Schreibtisch und rief *Weapon*. Charles' Stimme drang durch den Äther. »Wir sehen uns in anderthalb Stunden«, sagte ich. »Fünf Meilen genau südlich von Beggarman's Head.«

Ich bat Rita, Mae von der Schule abzuholen und ein paar Tage auf sie aufzupassen. Dann nahm ich Paß und Seesack und rannte zur Eingangstür. Als ich sie öffnete, stand Agnès de Staël auf der Schwelle.

»James«, sagte sie. »Ich ...«

»Keine Zeit«, sagte ich. »Ich muß weg.«

»Wohin?«

»Nach Frankreich.«

»In London wird erzählt, daß Sie bankrott sind«, sagte sie. »Und daß Sie Ihr Boot verlieren.«

»Wer sagt das?« fragte ich.

»Tanner. Und seine Leute.«

»Zum Kuckuck, woher wollen die das wissen?«

»Sie hatten einen Mann namens Spearman dabei.«

»Also, es ist gelogen«, sagte ich. »Es geht nur um den Mast.«

Vielen Dank, Neville, dachte ich. Dieser smarte Hund bereitete schon unsere Partnerschaft vor, indem er Nachrichten verbreitete, die James Dixons Marktwert herabsetzen sollten.

»Aber Sie haben Probleme.«

»Keine Zeit«, sagte ich. »Später.«

Sie stampfte mit dem Fuß auf. »*Merde*«, sagte sie. »Sie sind ein Idiot.«

»Tut mir leid, aber ich muß sofort nach Frankreich. Sofort.« Ich rannte zum Jaguar. Er sprang nicht gleich an. Fluchend zog ich erneut den Starter. Die Beifahrertür schlug, und als ich mich umdrehte, saß Agnès neben mir.

»Dann komme ich eben mit«, sagte sie.

Ich legte die Stirn auf das kühle Holz des Steuerrads und schaute sie von der Seite an. »Einfach so?« fragte ich.

Mit vorgeschobenem Unterkiefer saß sie da und sah aus wie eine zweite Johanna von Orléans. »Okay«, sagte ich. »Warum nicht?«

Eine halbe Stunde später zogen wir in Chiefys tadellos gepflegtem Hummerboot an Pulteneys Hafen vorbei. Es bohrte seinen Bug in die

Wellentäler der kurzen grauen Kabbelsee, die der Wind draußen aufgebaut hatte. Der Wetterbericht versprach Windstärke fünf, auf sechs zunehmend. Chiefy unterhielt sich mit Agnès, für die er sogar sein gewohntes Mißtrauen gegen die Franzosen aufgegeben hatte.

Wir hatten das westliche Ende der Teeth passiert. Es war Stauwasser, aber hier draußen setzte ein starker Schwell, und die schwarzen Felsen zermalmten die Wellen zu weißem Schaum. Chiefys Boot torkelte voran. Er steckte seine Pfeife an und bereicherte den schwarzen Dieselqualm noch mit dem Gestank seines Tabaks. Auf und nieder wogte der graue Horizont, während wir die Wellenkämme erklommen und in die Täler hinuntersackten.

»Da ist sie ja«, sagte ich nach etwa fünfunddreißig Minuten.

*Weapon* schnitt mit einem dreifachen Reff im Großsegel und einem Taschentuch von Fock weiße Schienen in die Wasserfläche.

»Können Sie da längsseit gehen?« fragte Agnès zweifelnd.

Chiefy lächelte unschuldig. »Weiß nicht. Ich will's versuchen.« Er war seit siebzehn Jahren Skipper des Rettungsbootes von Pulteney. Wenn er wollte, konnte er in einem Hurrikan beim Fliegenden Holländer längsseit gehen.

Wir brachten Fender aus, aber sie waren überflüssig. Chiefy hielt sein Boot in acht Zoll Entfernung von *Secret Weapons* Steuerbordschwimmer. Schnell und elegant ging das Übersetzen vonstatten. Charlie blickte Agnès streng an, als wir ihr herüberhalfen. Scotto sagte: »Netter Abend für 'ne kleine Segelpartie«, und schielte skeptisch zum westlichen Horizont. Dann waren sie alle auf Chiefys Boot, und ich stand an *Weapons* Ruder; Agnès kurbelte die Fockschot dicht. Der Kompaß pendelte sich auf 125 Grad ein. Achteraus wurde Chiefys Boot immer kleiner und mit ihm der Küstenstreifen. Wir stülpten die Kapuzen unseres Ölzeugs über und schnitten in der einsetzenden Abenddämmerung lange weiße Furchen in die See.

## 12

Erregend ist wohl das richtige Wort dafür, wenn man mit so kleiner Besatzung und dem Gerichtsvollzieher auf den Fersen in die Dunkelheit hineinsegelt. Es wäre in jedem Boot erregend gewesen. In *Secret Weapon* jedoch ließ es einem förmlich die Haare zu Berge stehen. Die in langen Bewegungen von Süden her anrollenden Seen waren nun, da wir uns außerhalb der Teeth befanden, noch länger geworden. Das einzige Anzeichen für unsere Geschwindigkeit war das Hafenlicht von Pulteney, dessen weißer Blitz hinter dem Horizont so schnell verschwand, als hätte man ihn mit Blei beschwert. Es herrschte eine ziemliche Wuling, bis wir schließlich so weit waren, daß wir Positionslichter setzen konnten. Und dann war es ziemlich unbequem; wir hatten bis auf eine Aluminiumdecke für Seenotfälle kein Bettzeug und außer etwas Brot und Butter, die ich mir in der Küche noch schnell geschnappt hatte, und einer Schokolade, die Agnès aus ihrer Handtasche zauberte, nichts zu essen. Neben dem kleinen Gaskocher stand ein Glas mit Pulverkaffee, und hinter dem Sendegerät hatte Charlie noch eine halbe Flasche Whisky verstaut. Aber ich hatte andere Sorgen als das Essen.

Wir stürmten in den Kanal hinaus. Der Wind stand durch, weil ein Tief über die Nordsee rollte. Als Agnès mit unserer Position nach oben kam, dachte ich, sie hätte sich verrechnet. Sie war alles andere als erfreut, als ich ihre Werte überprüfte. Doch wir hatten tatsächlich in den ersten drei Stunden über sechzig Seemeilen zurückgelegt.

Die Nacht wurde zu einer brausenden, tobenden, rumpelnden Schlittenfahrt. *Weapons* schlanke Schwimmer rissen lange Schaumstreifen von den Seen. Ihre vollen Profile hoben die Steven aus dem Wasser, bevor sie sich in die Wellen graben konnten, und der geringste Ruderdruck reichte aus, um *Weapon* zu verstehen zu geben, was man wollte. Die Lichter der nach Westen laufenden Schiffe glitten schnell vorüber, und der Mond schwamm wie ein goldenes Kanu in einem schwarzen Fluß mit Ufern aus Wolkenbänken.

Wir aßen Brot und Schokolade, tranken Kaffee mit Whisky und unterhielten uns.

»Wer hat dir eigentlich erzählt, daß ich mein Schiff verlieren werde?« fragte ich Agnès.

»Das war Randy. Er mag dich nicht. Ich glaube, er war ein Freund von diesem Alan Burton. Also hat es ihn gefreut zu hören, daß du Schwierigkeiten hast.«

»Typisch«, sagte ich. »Aber wie hat er's erfahren?«

»Er hört jeden Klatsch und Tratsch. Er spielt oft Karten mit den Leuten da oben«, sagte sie. »Und beim Spielen unterhalten sie sich, außer wenn die Einsätze sehr hoch sind.«

»Wer sind ›sie‹?« Es war schwer vorstellbar, daß Neville Karten spielen sollte. Geld zu verlieren mußte für ihn gleichbedeutend sein mit dem Ausbruch von Peulenpest.

»All die Leute, die um König Terry herumschwänzeln«, sagte Agnès. »Wenn ich nur an sie denke, stehen mir schon die Haare zu Berge.«

Ich betrachtete sie, wie sie in ihrem Ölzeug auf der anderen Seite des Cockpits im Mondlicht saß. Es gab ein paar Dinge, die ich herausbekommen mußte über Terry, Randy und deren Freunde.

Ich sagte: »Glaubst du, daß Randy diesen Alan wirklich erst in der Nacht von Ed Bonifaces Schiffbruch getroffen hat?«

Sie zuckte die Achseln. »Ein seltsamer Mensch, dieser Randy. Er sagt nie viel, spielt nur Karten, liest Bodybuilding-Zeitschriften und tut, was Tanner ihm sagt. Ich ahne nicht, was er denkt.«

»Vielen Dank, daß du mitgekommen bist«, sagte ich.

»Danke mir nicht, bevor du den Grund erfahren hast«, sagte sie.

»Welchen Grund?«

»Das sag' ich dir morgen.«

Um Mitternacht ließ der Wind etwas nach. Ich schüttelte die Reffs aus dem Großsegel. Drohend reckte sich das weiße Kernkraftwerk von Kap Hague aus der See. Im Morgengrauen blitzte hell und groß sein Feuer zu uns herüber, und hinter einem Nebelschleier driftete Alderney an Steuerbord vorbei. Der Wind fiel jetzt vorlicher ein und schralte weiter, aber die Flut zog uns mit.

Gegen sechs tauchte Agnès mit einer Tasse Kaffee, Brot und Schokolade an Deck auf. Ich döste auf dem Trampolin, die warme Sonne im Gesicht, während sie uns an den Schneckenfühlern der Halbinsel von Cherbourg entlang, an Fischerbooten, Handelsschiffen und den plumpen Befestigungsanlagen vorbei durch den Morgendunst manövrierte. Im äußeren Hafenbecken angelangt, wehte der typisch französische Geruch nach frischem Brot und Abwässern zu uns herüber. Ich richtete mich auf und spritzte mir mit eiskaltem Seewasser den Schlaf auf den Augen. Dann warf ich die Maschine an und dirigierte *Secret Weapon* durch die graue Granitschnauze der Mole in die vor Masten strotzende Marina. Wir glitten auf einen Liegeplatz neben einer Reihe anderer großer Multis. Auf ihren Rümpfen prangten in leuchtenden Farben die Firmenembleme der Sponsoren, und schmerzlich wurde ich mir *Weapons* leerer Rumpfwände bewußt. Als wir festmachten, hatte sich eine Zuschauermenge auf der Mole eingefunden. Ein neues Mehrrumpfboot ruft in Frankreich immer lebhaftes Interesse hervor.

»Okay«, sagte Agnès, als wir aufgeklart hatten. »Jetzt gehen wir frühstücken. Und reden ein bißchen ausführlicher, ja?«

Cherbourg ist entgegen seinem Ruf gar keine schlechte Stadt. Eines seiner Glanzlichter ist das Restaurant *Drenec*, direkt gegenüber dem Handelshafen. Es ist kein Restaurant neuen Stils, bei dem draußen der Name des Küchenchefs prangt wie der eines Filmstars auf einem Kinoplakat. Ich hatte noch in alten Mono-Tagen eine ganze Menge von Monsieur Drenecs Champagner getrunken.

Monsieur Drenec besaß einen riesigen, traurig herabhängenden Schnauzbart und war mit den Gebräuchen von Rennseglern bestens vertraut. Er begrüßte mich mit einem festen Händedruck, ließ seinen Blick über Agnès gleiten und verbeugte sich. Dann holte er drei Gläser und eine Flasche Calvados, und wir stießen feierlich miteinander an. Danach kam unser Frühstück. Aber nicht etwa Kaffee mit Brötchen und Konfitüre, sondern Eier mit Schinken und für jeden eine Baguette.

»Nicht schlecht«, sagte Agnès. »Dein Geschmack in Restaurants gefällt mir.« Sie strich sich das Haar aus den Augen, es war durch das Salzwasser ganz kraus geworden. Nun sah sie aus wie eines von Botticellis Modellen. »Das hier erinnert mich ...« Sie verstummte, einen Augenblick war ihr Gesicht geistesabwesend und in sich gekehrt.

»An was?« sagte ich.

»Ach, nichts weiter.« Sie schaute auf ihre Hände nieder und nestelte an dem Einwickelpapier eines Zuckerwürfels herum. »Nur – in solche Lokale ging ich oft mit Bobby. Uns beschäftigte dasselbe Thema: Wie wir einen Sponsor dazu überreden konnten, uns Geld zu geben, damit Bobby in Regatten mal wieder ein paar Boote zu Bruch fahren konnte.«

Sie lächelte mich an, mit beiden Seiten ihres Mundes. Ihre blauen Augen waren klar und direkt. Mir war seltsamerweise, als würde ich sie schon mein ganzes Leben kennen.

»Das war immer ein Problem. Bobby war nicht besonders gut darin, Männern in Maßanzügen um den Bart zu streichen. Ähnlich wie du.« Sie hatte das Zuckerpapier sauber zusammengefaltet und schnickte es mit einem rosa Fingernagel über den Tisch. »Das war, bevor mein Vater starb. Mein Vater war einer jener Männer in Maßanzügen und mochte Bobby nicht. Er hätte ihm ohne weiteres helfen können, aber er wollte nicht. Ich weiß noch, wie verbittert ich darüber war.« Jetzt lächelte sie nicht mehr. »Nun ist er tot. Sie sind beide tot. Und ich habe nachgedacht. Ich weiß, wie es ist, wenn man Leuten davonlaufen muß, denen man Geld schuldet. Und du bist kein Narr, egal was die Leute in London sagen. Daher möchte ich deine *patronne* werden.«

»*Patronne?*«

»Ich fuhr gestern zu dir nach Pulteney, um dir das zu sagen. Ich will eine Bankbürgschaft für dich übernehmen.«

Ich stellte mein Glas auf dem weißen Spitzentischtuch ab. »Was willst du tun?«

»Ein Bürgschaft übernehmen«, sagte sie. »Dann macht dir keiner mehr Scherereien wegen irgendwelcher Schulden. Und damit kannst du auch versuchen, ein paar Rennen zu gewinnen, statt dich mit Gläubigern herumzuschlagen.«

Ich sagte: »So einfach ist das nicht.«

»Nur, bis du einen Sponsor findest.«

»Aber vielleicht finde ich nie einen.«

»Ich denke doch«, sagte sie. »Bitte sag ja.«

»Nein«, sagte ich. »Das kann ich nicht.«

»*Merde*«, sagte sie, und ihre schlanken braunen Hände klatschten wütend neben den Teller auf das Tischtuch. »*Monsieur macho* will von einer Frau kein Geld annehmen, wie? Aber laß dir von mir sagen, daß wir über dieses Stadium lange hinaus sind. So was hört da auf, wo jemand gut ist. Und du bist gut. Warum also nicht?« Ihre Hand kam über den Tisch und blieb auf meiner liegen. Sie war kühl und trocken, ohne Ringe, eine wunderschöne Hand. Was eine solche Hand vermochte...

Ich sagte: »Das Boot ist nur ein Teilproblem. Da gibt es eine ganze Menge mehr. Ich möchte nicht darüber sprechen.«

»Weil ich Journalistin bin?«

»Zum Teil.«

»Spreche ich denn jetzt wie eine Journalistin mit dir?« fragte sie leise.

Ich holte tief Luft. Und dann hörte ich mich plötzlich reden und wußte, daß ich ihr jetzt Dinge erzählte, die ich niemandem jemals hätte erzählen sollen, am allerwenigsten einer Journalistin. Aber ich konnte nicht aufhören. Es ging nicht um Geld oder Häuser, um Boote oder Firmen.

»Ich war verheiratet«, sagte ich. »Wir hatten eine Tochter, Mae. Dann schloß meine Frau sich einer Sekte an, das war Anfang der siebziger Jahre. Sie ging nach Amerika, mit einem Mann. Sie nahmen Mae mit. Damals war sie drei.« Jetzt war ich wieder in der Küche von Mill House, wo der Verputz noch immer nicht gestrichen war, und las die auf dem Tisch liegende Nachricht: »Gerry und ich gehen fort. Wir nehmen Mae mit, weil wir wollen, daß sie in sich selbst ruht und ein wunderbarer Mensch wird. Du wirst das nie verstehen, also versuch's gar nicht erst.«

Zwei Monate später erfuhr ich, daß sie bei einem Busunglück in Wyoming ums Leben gekommen waren. Von Mae hörte ich nichts, also fuhr ich in die Staaten, um nach ihr zu suchen. Sie lebte in einem sogenannten Center, und ich durfte sie fünf Minuten lang sehen. Ich ging von dort geradewegs zu einem Rechtsanwalt. Ein Jahr später bekam ich sie zurück, aber dieses Jahr war alles andere als ein Spaß.

»Seitdem ist Mae in psychotherapeutischer Behandlung«, fuhr ich fort. »All das hat mich dermaßen viel Geld gekostet, daß ich Harry als Partner in meine Firma nehmen mußte. Ich habe es immer schon schwierig gefunden, Menschen zu vertrauen. Seitdem aber ist es mir praktisch unmöglich.«

Ich schwieg. Das Tischtuch war schweißnaß an der Stelle, wo ich es zerknüllt hatte. Das Kinn auf die Hand gestützt, schaute Agnès mich an und schwieg. Ich schaute fort.

»Also schreib das«, sagte ich.

»Nein, natürlich nicht«, sagte sie und lächelte; es war ein Lächeln, das von ihren Augen ausging und ihr ganzes Gesicht überzog. Es blies die düstere Vergangenheit wie Spinnweben hinweg. »Mir kannst du vertrauen.«

Ich sagte: »Das tue ich. Aber dein Geld nehme ich nicht.«

»Hör mal«, sagte Agnès. »Ich würde es dir doch nicht anbieten, wenn ich's nicht könnte. Wie alle Engländer hast du von Frankreich nicht viel Ahnung. Geh doch mal raus, halte ein Taxi an und frag nach den Staëls, ob die überhaupt merken würden, wenn sie einhunderttausend Pfund weniger hätten.« Sie saß da und lächelte mich an wie eine Katze.

Ich sagte: »Okay, etwas kannst du für mich tun. Du kannst die Konkursverwalter von Gull Spars anrufen und ihnen sagen, daß du für die fünftausend Pfund bürgst, falls Ed Boniface in dieser Sache nicht eine Erklärung abgibt, die zur Zufriedenheit aller Betroffenen ausfällt. Und sag ihnen, daß du Journalistin bist.« Dann beugte ich mich über den Tisch, nahm ihr Gesicht in beide Hände und küßte sie. Ihre Lippen öffneten sich unter meinen. Es dauerte länger, als wir beabsichtigt hatten. Als wir uns voneinander lösten, lehnte sie sich zurück und schaute mich mit schillernden Augen ernst an.

Aber nur einen Moment. »Also, dann sitz jetzt nicht einfach so da«, sagte sie. »Ich schicke diesen Leuten sofort ein Telgramm. Und du bestellst Champagner.«

Später brachen wir in die Stadt auf, wo wegen der bevorstehenden Regatta emsiges Treiben herrschte. Unten im Yachtklub drängten sich Menschen, deren in die Sonne blinzelnde Gesichter normalerweise von Postern in Cafés oder aus Hochglanzmagazinen lächelten. An einem Tisch saß Jean-Luc Jarré mit einigen aus seiner Crew. Er schaute hoch. Seine glühenden schwarzen Augen blieben nur einen Moment an mir hängen und wanderten gelangweilt weiter. Aber dann sah er Agnès, und seine Augen kehrten zu mir zurück. Diesmal waren sie überrascht. Dann hob er grüßend eine Hand mit einer teuren goldenen Armbanduhr. Agnès lächelte mir entschuldigend zu, berührte meine Hand und sagte: »Busineß.« Sie ging zu Jarré hinüber und war bald darauf in ein angeregtes Gespräch mit ihm vertieft.

Ich war etwas benommen durch den plötzlichen Übergang von Intimität zu Geschäftigkeit. Am anderen Ende der Bar betrachtete ein graubärtiger Mann die Flaschen im Regal. Ich stellte mich hinter ihn. »Na, John«, fragte ich, »wie geht's?«

Er drehte sich langsam zu mir um. »Prächtig«, sagte er.

Er sah aber gar nicht prächtig aus. Ich erlebte ihn zum erstenmal ohne sein übliches Grinsen. Normalerweise war er gesund und frisch, jetzt hingegen wirkte sein Gesicht hager und eingefallen, und seine Augenlider hatten rote Ränder.

»Du gehst doch ins Rennen?« fragte ich.

»Ja.« Seine Stimme klang flach und ausdruckslos.

»Und die Sponsoren behandeln dich gut?«

So etwas wie Enthusiasmus glomm in seinen Augen auf, um gleich wieder zu verlöschen. »Sehr gut«, sagte er. »Sehr großzügig.« Er nippte an seinem Kaffee und musterte gleichgültig das hübsche Mädchen, das hinter der Bartheke Bier zapfte. Dann wandte er mir entschlossen den Kopf zu. »Du warst doch bei Ed, als er *Express* verlor?«

»Ja.«

»Was ist passiert?«

»Was du gelesen hast«, sagte ich. »Ankerleine gebrochen.«

»Wieso? Hat dieser Spinner von Alan sie durchgeschnitten?«

»Durchgeschnitten?« fragte ich. »Warum hätte er sie durchschneiden sollen?«

»Hab doch ein bißchen Phantasie.« sagte er. »Ed hat überall herumposaunt, daß es kein Unfall war.«

»Ed war ziemlich durcheinander«, sagte ich.

»Ja«, sagte Dowson mit Nachdruck. »Ich weiß, wie er sich fühlt.«

»Was meinst du damit?«

Plötzlich drehte er sich um und nahm sein Glas hoch. »Ach, nichts«, sagte er. »Nichts. Laß uns noch einen trinken. Weißt du, wo Ed steckt?«

»Zu Hause.«

»Da hab' ich's versucht«, sagte er. »Vergeblich.«

»Was ist los, John?«

»Frag nicht«, sagte er. Sein Gesicht war weiß unter dem dichten Bart. »Frag lieber nicht.«

Er warf eine Handvoll Francs auf die Bartheke und schob sich an den vielen Gästen vorbei zum Ausgang.

Müde lehnte ich mich an die Bartheke, schaute der Fähre zu, die sich wie ein riesiger Hochzeitskuchen an ihren Anleger manövrierte, und dachte, daß manche Leute sich doch sehr seltsam betrugen. Es war sonst gar nicht Johns Art, in Rätseln zu reden, jedenfalls nicht bisher. Es war eher ein Verhalten, wie ich es mittlerweile von Ed Boniface erwartete.

## 13

An diesem Abend fuhr Agnès nach Paris zurück. Nach dem Wochenende kamen Charlie und der Rest meiner Crew mit der Fähre an. In den darauffolgenden Tagen konnten wir kaum etwas anderes tun als zwanzig Stunden am Tag schuften, um das Boot regattaklar zu machen. Die Rennen von Cherbourg bestanden aus einer Serie von drei kurzen Regatten um außerhalb des Hafens gelegene Tonnen sowie aus dem Küstenrennen, einem Hundert-Meilen-Dreieckskurs.

Wir trainierten hart, und ich hielt die Augen offen. Schließlich bestand für mich kein Zweifel mehr daran, daß *Weapon* gewinnen konnte.

Charlie Agutter war nicht so optimistisch. Drei Tage vor dem Rennen segelten wir mit einundzwanzig Knoten am Fort vorbei auf die Reede. Unser Trimm wurde immer besser.

Ich sagte: »Wir können es schaffen.« Aber was ich meinte, war: Wir *müssen* es schaffen.

Charlie schnitt eine Grimasse, die seine Falten noch vertiefte. Seine Nase hatte zuviel Sonne abbekommen. »Ja«, sagte er. »Zweifellos. Dazu müssen wir lediglich an dreizehn Franzosen, zwei Belgiern und drei Engländern vorbeisegeln, die samt und sonders dick gesponsert werden und die beste Ausrüstung haben, die man für Geld überhaupt kriegen kann.«

Trotzdem schlief ich gut nach der letzten Skipperbesprechung am Vorabend des Rennens. So ging es mir immer: Der Kleinkram ist es letztlich, der einen so schlaucht. Wenn der große Tag erst da ist, ist es zu spät, sich über irgend etwas Gedanken zu machen, das nicht gerade akute Lebensgefahr bedeutet.

Der Morgen dämmerte, als ich in der Marina eintraf. Das Café hatte schon geöffnet und roch wunderbar. Ich bestellte einen großen *café au lait*, holte mir die Regattaanweisungen im Büro der Wettfahrtleitung und ging zum Boot hinunter. So ohne Segel und in der Box klangen die großen Hohlräume der Rümpfe wie Kesselpauken. Ich tauchte nach unten ab und stellte den Seewetterbericht der BBC an:

Portland, Plymouth, Wight, westliche Winde Stärke fünf bis sechs. Gute Sicht. Ich trug alles ins Logbuch ein, das Ritual wirkte besänftigend, es war Teil jedes Regattamorgens. Dann zog ich die Seekarte raus und verbrachte eine halbe Stunde am Decca-Gerät.

Der Kurs verlief am nördlichen Ufer der Halbinsel von Cherbourg in westlicher Richtung, an Kap Hague und Alderney vorbei zu einer Wendemarke vor den Casquets. Dann führte er nordöstlich fünfundzwanzig Meilen in den Kanal hinaus, um die CH-1-Tonne herum zurück zur Ziellinie. Für ein Inshore Race war es geradezu ein Witz. Aber die Menschenmenge auf dem Wellenbrecher konnten Start und Zieldurchgang gut verfolgen und würde auf ihre Kosten kommen. Es war ein netter Public-Relations-Gag und zudem eine gute Gelegenheit, sich an die längeren und härteren Rennen, die uns noch bevorstanden, zu gewöhnen. Außerdem wurden sie mit größerer Crew gesegelt, von der sich draußen immer einige der mit Sicherheit auftretenden Kinderkrankheiten des Bootes annehmen konnten, während die späteren Regatten nur von Charlie und mir bestritten wurden.

Über den Backbordschwimmer dröhnten Schritte. Als ich den Kopf hinausstreckte, um Scotto zu begrüßen, fuhr heulend der Wind durchs Rigg.

»Donnerkeil«, sagte Scotto und deutete mit einer breiten Hand auf den Wellenbrecher. »Die nehmen das ja wirklich ernst.«

Die Steine wurden von der Zuschauermenge völlig verdeckt. Dahinter waren die Übertragungswagen der Fernsehstationen erkennbar. Charlie Agutter drängte sich durch die Menschenschar, eine schlanke Silhouette mit einem kleinen roten Seesack über der Schulter. Er enthielt bestimmt sein Ölzeug und eine Flasche Whisky für Notfälle. Jean-Luc Jarré ging mit einem aus seiner Crew vorbei. Der sagte etwas, und Jarré schaute mit verächtlich gekräuselten Lippen zu mir herüber und lachte.

Inzwischen waren auch meine anderen Crewmitglieder eingetroffen: Noddy, Slicer und Dike, unsere Gorillas, stapften wie Ringer an dem kleinen Trupp Fotografen vorbei, die ihre Kameras auf Jarré gerichtet hielten. Sie sagten schnell hallo, federten auf das Trampolin hinunter und fingen sofort an zu arbeiten. Solange man sie mit genügend Fleisch und Bier fütterte, machten sie jede Schweinearbeit, je härter, desto lieber. Jetzt gingen sie vor den Mast und fingen an, die großen Segelsäcke aus den Schnapps zu ziehen und nach achtern zu schleifen, um das Gewicht zu verteilen. Die Navigation würde Charlie besorgen, und ich ging noch mal den Kurs mit ihm durch. Dann traf unser Schleppboot ein. Die Gorillas warfen Vor- und Achterleinen los, *Secret Weapon* glitt in die Fahrrinne und zwischen den vermurten Booten hindurch. Es wehte eine steife Brise. Selbst auf Reede war das Wasser so kabbelig, daß die Boote unruhig tänzelten wie Pferde, die Jagdhunde wittern. Gegen den Wellenbrecher klatschte weiße Gischt.

»Heiß Großsegel«, sagte ich. »Zwei Reffs.«

Noddys und Slicers breite Schultern kurbelten an der Winsch, und das ocker-weiße Segel lief die Mastschiene hinauf. Wir hatten den Außenborder mitsamt seiner Halterung abgenommen. Der Mann im Schleppboot war stämmig, trug einen blauen Overall und einen kurzen schwarzen Bart. Wie die meisten seiner Landsleute hatte er sehr wenig übrig für englische Boote.

Ich legte Ruder, um den Bug genau in den Wind zu bringen. Dike kurbelte an der Großschotwinsch, das Segel füllte sich.

»Schwert!« rief ich.

Noddys breiter Rücken beugte sich über die Talje, mit der das Schwert im Leeschwimmer heruntergelassen wurde. Es war deutlich zu spüren, daß *Secret Weapon* sich stabilisierte, als das Kevlar-Schaum-Profil durchs Wasser schnitt.

»Fock!«

Als das Vorsegel am Vorstag hinaufschoß, schaute ich mich kurz um. Das Schleppboot hatte mitten im Abdrehen innegehalten, sein Rudergänger starrte hinter uns her. Langsam und widerstrebend hob er eine Hand und winkte.

»Der ist beeindruckt«, sagte Charlie.

»Hol dicht Fockschot!« brüllte ich. Die Fock kam bei. Die Gorillas hätten sie ohnehin dichtgeholt, aber sie brauchten ein bißchen Gebrüll. Es schärfte ihre Sinne für die jeweiligen Dringlichkeitsstufen.

Ich blickte auf die Uhr der Instrumententafel im Lukensüll. »Noch fünfundvierzig Minuten bis zum Start«, sagte ich. »Wir laufen uns ein bißchen warm.« Ich mußte die Stimme heben, um den Wind zu übertönen, der weiße Streifen von der grauen Wasserfläche riß. »Wir fahren jetzt gleich ein paar Manöver! Als erstes: Spinnaker!«

Der Spisack wartete auf dem vorderen Trampolin. Das große bunte Segel schlängelte sich aus dem Sack und bauschte sich vor der Fock. Die Fock kam runter.

»Noch mal die Fock!«

Die Fock ging hoch, der Spinnaker kam herunter. Der normannische Wind war kalt, aber nach vier Segelwechseln glänzten die Gesichter der Männer vor Schweiß.

Wir übten noch ein halbes dutzendmal Vorsegelwechsel und schlugen zuletzt wieder die Fock an. Inzwischen standen wir drei bis vier Meilen nördlich der Stadt. Jenseits des Wassers lag Cherbourg mit seinen Befestigungsanlagen, Kränen und Schornsteinen, und dazwischen zogen die Mehrrumpfboote ihre Schneisen durchs Wasser, leuchtende Farbkleckse auf der bleigrauen See, und bereiteten sich, jedes auf seine Weise, für den entscheidenden Augenblick vor. Drüben am Fährhafen verließ gerade eine Motoryacht mit bürohaushohen Aufbauten den Kai.

»Das ist die *Hecla*«, sagte Charlie.

»So?« Ich konzentrierte mich jetzt, und mein eingeengter Horizont bestand ausschließlich aus dem Startfeld.

»Zehn Minuten«, sagte Scotto.

»Auffieren«, sagte ich und brachte das Vorstag in Deckung mit einem Turm hinter dem südlichen Ende der Startlinie. *Secret Weapon* zog, um eine gute Ausgangsposition bemüht, mit der wachsenden Menge anderer Mehrrumpfboote mit. Der Turm wurde größer. Frisch strich der Wind über meine rechte Wange. An Steuerbord achteraus setzte *Banque Armoricaine* sich in Trab. Sie war ein Sechzig-Fuß-Trimaran, der im letzten Jahr gut abgeschnitten hatte. Aber jetzt war sie ein Jahr alt, und für ein Mehrrumpfboot ist das viel. Ich dachte an Arthur Davies, der in den Bristol Docks auf seinem Folkeboot lebte. Er hatte im letzten Jahr gegen *Banque Armoricaine* gekämpft und dabei den Fehler begangen, nicht zu gewinnen. Mit Neville und Harry auf den Fersen war das eine Blöße, die ich mir nicht geben durfte.

Jetzt erkannte ich die Zieltonne, ein im Wasser auf und ab hüpfendes orangefarbenes Gebilde. Ein Hubschrauber ratterte wie eine riesige Libelle ziemlich dicht über unsere Köpfe hinweg, damit die Fotografen uns möglichst gut vor die Linse bekamen.

»Drei Minuten«, sagte Scotto.

»Recht so.« Das war Charlie Agutter. Wir liefen jetzt mit dichtgeholten Schoten auf direktem Kurs zum rechten Ende der Startlinie. Unanfechtbar. »Keine Überlappung.«

Ich verkniff mir einen Blick über die Schulter. *Banque Armoricaine* hatte kein Wegerecht, solange sie keine Überlappung hergestellt hatte. Sie mußte entweder von irgendwoher noch mehr Fahrt kriegen oder aber hinter unserem Heck abfallen.

»Zwei«, sagte Scotto.

Ich konnte die Gesichter der Leute auf der Mauer erkennen, gegen deren Fuß die Wellen klatschten.

»Prima«, sagte Charlie, und dann: »Wahrschau, *Banque* kommt auf.«

»Traveller«, sagte ich zu Scotto.

Er kurbelte. Wir fielen ganz leicht ab. *Weapons* Leeschwimmer schnitt unter, als der Wind stärker ins Großsegel griff. Ich spürte den Stoß der Beschleunigung.

»Immer noch klar voraus. Sie kriegt uns nicht«, sagte Charlie.

»Eine Minute«, kam es von Scotto.

Die orangefarbene Zieltonne war unangenehm nahe am Steuerbordsteven. Unter meinem Hemd prickelte der Schweiß. Ich mußte unsere Fahrt beibehalten, wenn ich *Banque* gegenüber klar voraus bleiben wollte. Aber ich wollte natürlich auch keinen Frühstart mit Strafrunde heraufbeschwören. Unter meinen Füßen schoß das Wasser durch, und der Steuerbordrumpf wollte abheben. Die Tonne glitt auf uns zu.

»Zu früh«, sagte ich gepreßt. »Zu früh.«

»Zehn Sekunden«, sagte Scotto. »Neun. Acht.« Es klang besorgt.

»*Banque* ist abgefallen«, meldete Charlie.

Ich riß Scotto die Schot aus der Hand. Das Segel öffnete sich etwas, das Boot wurde eine Idee langsamer und stabilisierte sich. Unter dem Baum durchspähend, sah ich zwei weitere Boote auf die Linie losstürmen.

»Dichtholen«, sagte ich zu Scotto.

Er beugte sich vor und kurbelte. »Zwei, eins«, sagte er. »Startschuß!« Einen Fuß von unserem Steuerbordbug entfernt schoß die Tonne vorbei.

»Klar zur Wende«, sagte ich. »Re«, und legte Ruder.

*Secret Weapon* begann zu drehen und einen großen Schaumbogen durchs Wasser zu ziehen. Das Vorsegel tobte. Und das tat auch die Menschenmenge zweihundert Meter entfernt an Backbord.

Der Baum wippte, und das Großsegel flog auf den anderen Bug hinüber. Die Winschen bimmelten ihren langen Gesang. Der Luvrumpf hob sich, und Gischt sprudelte achtern heraus wie Schaum aus einer frisch entkorkten Champagnerflasche.

»Klasse«, sagte Charlie Agutter.

Und *Weapon* stürmte, die Flottille anführend, in den Kanal hinaus.

## 14

Der gegen den starken Ebbstrom stehende Wind warf eine üble steile See auf. Ich holte aus mir heraus, was nur ging, duckte mich hinter die Sprayhood, wenn ich nicht die durchs Wasser schneidenden Vorsteven beobachtete und die Wasserwände, die aus Baumhöhe aufs Trampolin herunterschossen. Noddy bekam eine voll in den Nacken und fluchte laut, aber ich achtete nicht darauf, sondern konzentrierte mich jetzt auf die Silhouette von Omonville, die sich unter dem Unterliek der Fock schemenhaft abzeichnete. Diese ersten vier Meilen am Wind waren übel und kosteten uns Fahrt, aber letztlich ließen sie auch die anderen langsamer werden. Nur zwei Trimarane gewannen an Boden, da sie ihre höhere Am-Wind-Geschwindigkeit nutzen konnten. An Backbord sank das Land immer tiefer. Die beiden Trimarane zogen mächtig an. Einer von ihnen war hellgrün. Sein Großsegel hatte ein stark gerundetes Achterliek, wodurch es irgendwie bucklig wirkte. Das war die *Ville de Jaugès* von Jean-Luc Jarré. Er drehte sich nach uns um, und ich sah seine Zähne in einem arroganten Lächeln weiß blitzen. Lässig hob er die Hand. Der grüne Bug seines Bootes tauchte in ein Wellental und schleuderte Gischtfahnen achteraus. Von seinem Deck winkte mir jemand zu.

»Oh«, sagte Charlie. »Das ist doch Agnès. Was macht die Dame denn bei *ihm*?«

Ich hatte nicht einmal gewußt, daß sie wieder in Cherbourg war, und fühlte Enttäuschung in mir aufsteigen, die in Ärger umschlug. »Holt mir verflucht noch mal dieses Großsegel dichter«, sagte ich und ignorierte die Pütz voll Seewasser, die mir ins Gesicht klatschte. Die Küste wurde immer flacher. Noch eine Stunde bis Niedrigwasser; die Seen wurden länger und die Schiffsbewegungen eleganter. *Secret Weapon* nahm die Wellen jetzt in einer langen gleichmäßigen Schraubbewegung, anstatt sie mit den Vordersteven zu zerhacken. Wieder zogen wir an.

»Da kommt John«, sagte Charlie.

Ich warf einen schnellen Blick über meine linke Schulter. Hinten im

Kabbelwasser war ein Pulk von Segeln zu erkennen, vermutlich das Gros der Flotte; John Dowsons orangefarbene Rümpfe hielten sich gut im vordersten Drittel der Meute.

*Secret Weapon* steckte ihren Leeschwimmer in die Wellen und begann, auf einen etwa 20 Grad von Kap-Hague-Leuchtfeuer abliegenden grauen Punkt zuzumarschieren. Die Trimarane vor uns zogen jetzt weniger schnell davon, nicht weil sie ihre Fahrt verlangsamt hätten, sondern weil der Tidenstrom hier draußen mit mindestens zwei Knoten lief, und das bekamen wir alle zu spüren. Wer zuletzt lacht, lacht am besten, Jarré, dachte ich. Doch dann bremste ich mich. Die vor uns liegende Strecke war noch lang.

»Sie läuft prima«, meinte Scotto.

Ich nickte. Das tat sie wirklich. Aber es wäre vermessen gewesen, in der ersten halben Stunde des ersten Rennens schon selbstgefällig zu werden. Und besonders, wenn die erste Wendemarke vor den Casquets lag und zwischen ihr und uns der nördliche Rand der Alderney-Gezeitenschnelle lauerte.

Prüfend wanderte mein Blick zum Netz hinunter. Auf jemanden, der vom Segeln keine Ahnung hatte, mußte das Chaos an Leinen dort wie ein Teller Spaghetti wirken. Für mich war es indessen das Nervengeflecht eines gutgetrimmten, schnellaufenden Bootes, auf dem alles dort war, wo es hingehörte. Niemand sprach, man hörte nur das Zischen des Wassers und die durch die Seen dreschenden Steven. An Backbord versank das Land. Die Flotte blieb beisammen. Wir befanden uns nördlich der Loxodrome, der kürzesten Entfernung zwischen Cherbourg und der Wendemarke bei Alderney.

Ich sagte zu Charlie: »Wollen wir nicht auf den anderen Bug gehen?«

Er schüttelte den Kopf. »Zu starke Tide«, sagte er. Ich nickte und spürte meinen Kragen am Hals scheuern. Ebbe und Flut machen aus dem Kanal einen Salzwasserfluß, der viermal am Tag seine Richtung wechselt. Die Halbinsel von Cherbourg ragt weit in diesen Fluß hinein, ein langer schmaler Vorsprung, der sein möglichstes tut, um den südlichen Arm der Strömung mit einer Art Deich zu versehen. Die Tide reagiert darauf mit Beschleunigung. Bei Springtiden kann der Strom zwischen Alderney und Kap Hague neun Knoten erreichen. Wer wissen möchte, wie es ist, rückwärts zu segeln, der sollte es an dieser Stelle ausprobieren.

Also blieben wir die ganze Zeit auf Steuerbordbug, während das

Kap vorbeiglitt und die Lücke breiter wurde. Eine Regenbö fiel ein und umschloß uns in einem grauen Raum mit Wänden aus Wasser. Der Wind frischte auf. Der Seegang wurde gröber, und die Kämme begannen wegzuwehen. Wassermassen wirbelten über das Netz und zerstoben an jedem Vorsprung zu Gischt.

»Teufel aber auch«, sagte Scotto und rieb sich das Salz aus den Augen.

Ich kroch hinter die Sprayhood und versuchte mich zu konzentrieren. Nun vermißte ich meine Schutzbrille. Nach der Instrumentenanzeige betrug unsere Fahrt über Grund nur acht Knoten. »Das ist nicht berühmt«, rief ich Charlie über das Grollen der See hinweg zu.

»Wart's nur ab«, sagte er, und sein dünner Mund verzog sich zu einem Grinsen.

Der auf mein Ölzeug trommelnde Regen begann nachzulassen. Die Bö trieb, Schleppen aus Regen über die bleigraue See schleifend, ostwärts weiter, und ein breiter Sonnenstrahl blinkte über das Wasser.

»Sehr gut«, sagte Scotto.

Im Süden, wo Kap Hague und Alderney vor einer halben Stunde noch verschwommen und fern gelegen hatten, beleuchtete die Sonne jetzt einen hohen grünen Landbuckel.

»Alderney«, sagte Charlie und duckte sich, um einer nach achtern fegenden Gischtfontäne auszuweichen. »Zu deiner Information, die Geschwindigkeit über Grund beträgt jetzt mit zweieinhalb Knoten Schiebestrom 10,5 Knoten. Kurs zur Wendemarke 265 Grad.«

»Die kann ich nicht anliegen«, sagte ich.

Wir plagten uns hoch am Wind über Steuerbord ab, liefen aber zu weit nördlich. Der Rest der Flotte achteraus blieb dicht unter Alderney, das vorderste Boot lag drei Minuten hinter uns. Aber sie konnten die Tonne direkt anliegen, während wir dazu erst einen Schlag und dann noch einen würden machen müssen und damit Zeit verloren.

»Alles prima«, sagte Charlie.

Der Himmel vor uns riß auf, der Sonnenstreifen wurde breiter und färbte das Meer leuchtend grün. Eine Bö düste, das Wasser verdunkelnd, auf uns zu. Ich sah die noch immer vor uns liegenden Trimarane anluven, um sie zu erwischen. Wir blieben ihnen auf den Fersen. Wir kriegen dich, Jarré, dachte ich.

»Der Wind schralt«, meldete Charlie.

Als der Böenstrich uns erreicht hatte, kam er nordwestlich, nicht westlich ein. Wir wendeten direkt in ihn hinein und hatten nun Kurs auf die weißen Häuser von St. Anne; die Flotte war größtenteils eine Meile achteraus an Backbord.

»Wart's ab«, wiederholte Charlie.

Die nächste Bö kam genau aus Norden. Ich luvte an, und Scotto justierte den Traveller. Das Kielwasser zerriß wie Seide, als der Luvschwimmer abhob und wir vorwärtsschossen. Nach dieser Bö sprang der Wind zurück, aber jetzt konnten wir die Tonne an Backbord anliegen, und der Rest der Boote war sonstwo.

Das Leuchtfeuer der Casquets tauchte an Backbord auf; die blauen Seen wurden an den knorrigen Klippen zu sahnigem Schaum zermalmt.

»Wind läßt nach«, sagte Charlie.

Ich sagte: »Nummer zwei, bitte.« Dike lief übers vordere Netz und holte die große Genua aus ihrem Sack. Hinter ihm erhob sich, groß und orange, die vom Tidenstrom schräg gedrückte Wendemarke. Ich peilte das Vorstag an und fiel einen Strich ab, um durch hohe Fahrt den Schwung für die lange Drehung zu vergrößern, die den Wind auf unsere andere Seite, die Tonne nach Steuerbord und uns etwa 170 Grad ostnordöstlich von unserem gegenwärtigen Kurs bringen würde. Die Tonne glitt auf uns zu und schoß vorbei. Ich gab Stützruder, als der Baum überkam, und fühlte den Ruck, als die große Genua am Vorstag emporstieg. Der Kompaß tanzte einen Moment hin und her und pendelte sich dann auf den Kurs ein, den Charlie mir ansagte.

»Da kommt der Rest«, sagte Charlie.

Der Wind hatte nur kurz Atem geholt. Wieder verdunkelte eine Bö nordwestlich von uns das Wasser. Sie fiel mit einem Puffen ein, das man deutlich hören konnte, und schon zog *Secret Weapon* los wie ein Wellenreiter. Ihr Luvschwimmer strich nur leicht über die Seen, während der Leeschwimmer ein Hahnenkamm-Heckwasser aufwarf, als seien wir ein Motorflitzer. Bei halbem Wind war sie ein sehr, sehr schnelles Boot. Die Trimarane vor uns schienen sich rückwärts auf uns zuzubewegen, wie an Gummistropps befestigt. Im Fernglas konnte ich erkennen, daß Jarré sich nach uns umdrehte. Jetzt grinste er nicht mehr. Dafür aber Charlie wie ein Schimpanse. Hätte ich es darauf angelegt, so hätte ich mitten zwischen den Trimaranen hindurchziehen können. Aber das hätte bedeutet, aus *Secret Weapon* wirklich das Allerletzte herauszuprügeln. Sie war noch neu und wurde letztlich erst eingesegelt. Ich rief mir ins Gedächtnis, daß wir nur in einem Testrennen für das weit wichtigere Round the Isles waren. Wir wollten

Jarré nicht mit Vollgas überholen, das würde ihn noch mehr schmerzen.

»Hört den Seewetterbericht ab«, erinnerte ich Scotto. Der Tidenstrom war stark. Ich konzentrierte mich ganz darauf, *Secret Weapon* stetig und ohne Show am Laufen zu halten, behutsam zu den Trimaranen aufzuschließen in diesem flach über die See fegenden starken Wind. Wir loggten zwischen zwanzig und fünfundzwanzig Knoten.

Die Flotte begann sich zu zerstreuen. Sturmtaucher flitzten neben uns her. Noddy kramte seine berühmten Salami-Tomaten-Sandwiches hervor und hockte sich mit Scotto und Dike in Luv auf das Netz. Wenn Böen einfielen, konnte man unter dem Kiel des Schwimmers immer das Tageslicht sehen. Die Wettervorhersage versprach noch mehr Böen, aber das bedeutete nicht viel. In einem so kurzen Rennen wie diesem war die beste Wettervorhersage noch immer die Beobachtung, die man selbst machte. Es war genau die Art von Rennen, wie Ed sie liebte: raume Kurse, aggressive Taktik, die Konkurrenz ständig vor Augen. Ich fing selbst an, Gefallen daran zu finden, außer wenn ich an Agnès auf Jarrés Boot dachte.

Zwei Stunden später wippte die CH-1-Tonne am Horizont auf und ab, genau an der von Charlie prophezeiten Stelle. Die Flotte war jetzt etwas dichter zusammengerückt, bereit für das Gerangel um eine gute Ausgangsposition zum Runden der Wendemarke. Weiter luvwärts segelte John Dowson mit drei oder vier anderen, und in Lee waren fünf Franzosen auszumachen.

»Vorsicht«, warnte Charlie.

»Die sind zu weit hinten«, sagte ich. »Liefern sich ein kleines Privatrennen.«

Er nickte. Wir waren direkt auf der Loxodrome, dem kürzesten Weg zur Wendemarke. Wieder schaute ich nach dem orangefarbenen Klecks auf John Dowsons Segel aus. Irgend etwas da hinten machte mich nervös. Es war mehr als nur das Empfinden, daß eigentlich alles zu glatt lief. Ich spürte ein Prickeln im Genick wie oft, wenn sich etwas Entscheidendes ankündigte.

Und es passierte zwei Minuten später. Ein breiter dunkler Böenstreifen huschte übers Wasser zu den Booten um *Orange* hin. Ich sah ihre Luvschwimmer abheben, die Segel sich neigen, weißes Wasser über ihre Leeschwimmer gurgeln, sah, wie sie allesamt lospreschten.

»Das kriegen wir gleich auch«, sagte Scotto.

Aber ich wußte nur zu gut, daß das nicht stimmte. *Orange* holte stetig auf in ihrem privaten Rennen und machte sich ihren eigenen Wind. Plötzlich waren wir, die wir bisher zu den ersten drei Booten gehört hatten, die Hälfte der Strecke zwischen uns und dem Pulk zurückgefallen.

Wir brauchten etwa zehn Sekunden, um zu entscheiden, was zu tun war. Jetzt konnten wir nicht mehr auf Nummer Sicher gehen. Jarré war etwa auf gleicher Höhe mit uns; sein leuchtendgrüner Rumpf zischte unmittelbar vor uns über die Wellenkämme. Aber das Problem war jetzt Dowson. Ich wollte nicht von John Dowson geschlagen werden.

»Nimm ein Reff raus«, sagte ich zu Scotto. Das Segel rauschte, als er und Dike Schot und Niederholer bedienten und das Fall hochkurbelten.

Jarré hatte seine Kapuze zurückgeschlagen; seine schweren Augenbrauen bildeten einen dicken schwarzen Balken über seiner Hakennase, als unser Backbordrumpf an seinem Leeschwimmer auftauchte.

»Paß auf«, sagte Charlie. »Von dem hört man üble Geschichten. Der könnte glatt die Regattaregeln vergessen und vor dir anluven.« Geschichten oder nicht, ich schaute nicht Jarré an, sondern Agnès. Sie sah zu uns herüber, ihr dunkles Haar wehte wie eine Fahne im Wind. Sie lächelte. Ich gab einen Schrick in die Schot. Wasser zischte über *Secret Weapons* Schwimmer, und sie schoß durch Jarrés Wirbelschleppe. Sobald ich konnte, luvte ich wieder an. *Weapon* hob ein Bein aus dem Wasser und glitt auf die Boje zu.

»Teufel«, sagte Scotto. »Da konnte er nicht mehr viel machen.«

Mit einer Schräglage von fünfzehn Grad rundeten wir die Tonne. Krachend setzte der Rumpf wieder ein, als der Wind bei der Halse das Heck packte. Die Gorillas keuchten und schwitzten, bemüht, auf dem bockenden Trampolin zwischen den Vorschiffen das Gleichgewicht zu halten, während sie arbeiteten.

Als wir den neuen Kurs anliegen hatten, blähte der Spinnaker sich nicht minder voll als beim Training morgens vor der Regatta, und wieder zogen wir los. Nun waren die Anführer der Meute um die Wendemarke verteilt, und noch der langsamste von ihnen lief immerhin 22 Knoten. Aber ich war hinter Dowson her. Um die Tonne kreischten Möwen. Ich hatte den Eindruck, daß sie uns auslachten.

Das Speedometer zeigte 26 Knoten an. Wir befanden uns effektiv in Gleitfahrt. Der Kat wirkte jetzt ganz anders. Hatte er vorher sanfte und ausbalancierte Bewegungen gehabt, so war er nun ein an der

Grenze zum Chaos lavierendes Ungeheuer. Ich hatte eine Hand am Rad und die andere am Großschotschlitten. Unter diesen Bedingungen wäre es keine sehr gute Idee gewesen, auch nur mit der Wimper zu zucken.

Das Geräusch des Kielwassers war ein harsches Tosen, weit weg. Das unter dem Trampolin durchschießende Wasser war nur ein verwischtes Blau. Die Sonne schien, und vermutlich spielten Regenbogen in unserer Bugwelle, aber ich hatte keine Zeit hinzuschauen, sondern hielt, leicht luvwärts der Loxodrome segelnd, das eine Auge auf den Kompaß und das andere auf die Turbulenzfäden gerichtet.

Jetzt war nicht mehr daran zu denken, diesen ersten Test eher lässig zu absolvieren. Jetzt gab es nur noch das Heulen des Riggs, das Zischen und Dröhnen der großen hohlen Schwimmer und dazu diese Segel vor uns, die größer und größer wurden, bis sie querab standen, und die Gesichter drüben, die alles andere als glücklich zu uns herüberblickten. Nun war niemand mehr vor uns, und das Boot querab hatte eine große orangefarbene Scheibe im hellen Segel: John Dowson. Ich sah das Weiße seiner Augen, als er zu uns herüberschaute. Er rief etwas; sein Großsegel erbebte, als sie das Reff ausschütteten und seine Trimmer das Kopfbrett bis zum Topp hochkurbelten. Er fiel leicht hinter unser Heck zurück, während das Segel emporstieg. Doch sobald er es oben hatte, setzte er uns nach.

Wir gerieten in ein kurzes Flautenloch. Er bekam nichts davon ab und holte jetzt auf. Ich sah den Kiel seines Luvschwimmers sich aus dem Wasser heben und erkannte den Widerschein von Schwert und Ruder auf der blauen Fläche. Wir lagen jetzt so dicht nebeneinander, daß ich seinen Bart im Wind flattern sah. Das Log zeigte achtundzwanzig Knoten an. Seite an Seite jagten wir an Fermanville vorbei und auf die grauen Mauern von Cherbourg zu. Die Möwen waren verschwunden, an ihrer Stelle schwirrten nun Flugzeuge und Hubschrauber über uns. Motorboote voller Kameraleute kamen uns entgegen und scherten aus. Hinter ihnen zeichnete sich *Hecla* gegen die City ab. Achteraus strebten die restlichen Boote der Ziellinie entgegen. Einer der Trimarane preschte, zwei Rümpfe aus dem Wasser gehoben, auf seinem Lee-Ausleger dahin.

Sponsoren wollen, daß ihre Boote Schlagzeilen machen. Es gibt verschiedene Möglichkeiten, Schlagzeilen zu machen, aber die beste ist immer noch, zu gewinnen.

Die Zuschauer auf den grauen Mauern von Cherbourg wurden größer. Einige winkten. Wir waren noch zwei Meilen von der Ziellinie entfernt: nur ich und John Dowson; dann erst kam der Rest, zwanzig Sekunden hinter uns.

Ich konnte Johns Heckwasser jetzt genauso laut hören wie unser eigenes. Seine beiden Steven, die ich aus dem rechten Augenwinkel wahrnahm, schnitten durchs Wasser wie zwei orangefarbene Messer. Aber ich wußte, daß sie zurückfielen. Ich mußte mir die größte Mühe geben, um mich weiter zu konzentrieren und nicht triumphierend zu grinsen. Bis zum Schluß durchhalten! Es sind mehr Rennen durch Selbstzufriedenheit als durch schlechte Seemannschaft verloren worden.

Ich sah Charlie gelassen die recht voraus aufragende Zieltonne betrachten. Da konnte ich es mir nicht verkneifen, mich ganz schnell umzudrehen, wie weit wir vorn lagen. *Oranges* Steven waren drei Bootslängen achteraus, aus dem Wasser gehoben der eine, gleitend der andere, wie zwei durch den vorderen Träger verbundene Torpedos. Auf dem Trampolin mühte sich einer von Johns Gorillas mit dem Vorsegel ab. Und dann sah ich noch etwas anderes. Etwas, das mir den Atem nahm, bis ich meinte, mein Herz bliebe stehen.

Ich sah den Hauptträger an Steuerbord dicht am Mast dünner werden und dann wie eine Papphöhre zusammenklappen. Der vornüberkippende Mast fiel auf den rechten Bug, der Rumpf unterbrach jäh seinen Gleitflug und krachte aufs Wasser. Dann war Gischt zwischen ihnen und uns, aber nicht so viel, daß ich nicht zwei kleine, rotgekleidete Figuren durch die Luft hätte segeln sehen. Neben mir stöhnte Charlie: »Großer Gott!«

Eine der Figuren landete im blauen Wasser. Sie kam wieder hoch. Ich öffnete den Mund, um zu rufen. Unmittelbar dahinter jagte ein Trimaran heran und versuchte auszuweichen, aber bevor ich einen Schrei ausstoßen konnte, flitzte sein Backbordschwimmer genau über die Stelle, wo der Kopf gewesen war. Das war alles, was ich sehen konnte. Ich hörte Schreie und das Krachen von Kunststoffrümpfen. Ich legte hart Ruder, und *Secret Weapon* kam, die Wrackteile mit ihrem Heckwasser besprühend, in einem großen Bogen herum und im Wind zum Stehen.

»Ich springe«, schrie ich Charlie zu und hechtete nach dem treibenden Etwas, das einst *Orange* gewesen war.

Das Wasser war sehr kalt, aber es drang nicht durch meinen Overall. Ich schwamm um den Bug des mir nächsten Rumpfes. Vor mir tauchte ein roter Ärmel auf, mitten in einem Gewirr von Stahltrossen, wo der Mastfuß gewesen wäre, wenn es noch einen Mast gegeben hätte. Ich kraulte zu dem Arm. Der war mit einer Schulter verbunden und die Schulter mit einem Kopf. John Dowsons Kopf.

Ich schrie: »John!« und packte ihn. Er hatte sich in Drähten verfangen, und seinen Anzug blähte die darin eingeschlossene Luft. Sein Kopf hing schlaff herab. Aus seinem Mund quoll Blut in stetem Strom.

Ich schob einen Arm unter seine Achsel, klammerte mich mit dem anderen an *Oranges* gebrochenen Hauptträger und hielt seinen Kopf über Wasser. Jetzt waren überall Boote. Ich schrie nach einem Bolzenschneider, jemand reichte mir einen. Wir kappten die Drähte, die John nach unten zogen, und hoben ihn so behutsam wie möglich in ein Schlauchboot.

»Kommen Sie«, sagte ein Mann in einem Motorboot. »Ich bringe Sie zu Ihrem Schiff.«

Als ich *Oranges* Träger packte, um in das Boot zu klettern, griff ich in etwas Schleimiges. Ich sah hin. An meiner rechten Hand, wo der Daumen in die Handfläche übergeht, klebte eine viskose Masse. Ich wischte sie am Hosenbein meines Overalls ab, kletterte ins Motorboot und ließ mich zu *Weapon* zurückbringen. Allmählich löste die Menge sich auf. Der verunglückte Trimaran trieb mit dem Heck voran ab, bis ein Boot der Marina ihn in Schlepp nahm.

*Orange* dümpelte, ein mastloser Koloß, schwerfällig hin und her. Im Fernglas sah ich, wie zwei Gestalten in roten Overalls in ein Motorboot gezerrt wurden. Von der Mole drangen schrill französische Martinshörner zu uns herüber, als Krankenwagen sich ihren Weg durch die Menge bahnten. Das Schlauchboot näherte sich dem Land. Auf seinem Wulst erkannte ich etwas Langes und Rotes. Das Schlimmste aber war, daß die Motorboote *Orange* noch immer umkreisten und die Leute an Bord die Köpfe übers Dollbord reckten, als ob sie etwas suchten.

Ich wußte, was sie suchten.

*Orange* hatte fünf Mann Besatzung gehabt. Zwei waren herausgefischt worden, das hatte ich gesehen, und dazu der verletzte John. Den Mann auf dem vorderen Trampolin hatte ich, seit der Mast auf ihn gestürzt war, nicht mehr gesehen. Auch nicht den Kopf, über den der Tri hinweggerast war.

Fünf Minuten später kam eine Barkasse der französischen Marine aus der Hafeneinfahrt. Die Männer in schwarzen Taucheranzügen legten gerade die Gurte für die Flaschen an. Sie stiegen auf *Oranges* Wrack und sprangen von da aus ins Wasser, hatten aber keine Chance mehr, irgend etwas zu finden, das sich gelohnt hätte. Denn es war zehn Minuten her, seit der Kat zerbrochen war, und niemand kann zehn Minuten lang die Luft anhalten. Nicht einmal ein Gorilla.

Mir war übel. Charlie und Scotto sahen grau und abgespannt aus. Von der Mole drang das gedämpfte Murmeln der Menschenmenge zu uns herüber. Meine rechte Hand schmerzte. Ich wischte sie wieder am Overall ab.

»Kommt«, sagte ich. »Laßt uns in die Marina fahren.«

## 15

Auf dem Rückweg wurde kaum ein Wort gesprochen. In der Welt der Rennsegelei kennt jeder jeden, und die Leute von der *Orange* waren unsere Freunde gewesen. Wir hörten Scotto unten im Rumpf in den Pausen eines knisternden und rauschenden Redeschwalls mit seinem neuseeländischen Französisch Meldung machen. Er kam hoch, als Noddy gerade am Schleppboot längsseits ging.

»Sieht so aus, als würden sie das Rennen zu unseren Gunsten entscheiden«, berichtete er.

Ich nickte, sorgsam darauf bedacht, uns glatt zwischen den Betonmauern der Marinaeinfahrt durchzumanövrieren. Oben standen ein paar Zuschauer, einer von ihnen winkte. Niemand von uns winkte zurück.

»Das ist fair«, nickte Noddy.

Natürlich war es nur fair, wenn uns der Sieg zugesprochen wurde. Aber ich hatte jetzt wie wir alle wichtigere Dinge im Sinn als Regatten. Scotto berichtete: »John Dowson ist im Krankenhaus.«

»Was hat er?«

»Innere Verletzungen.«

Ich dachte an das Blut, das aus seinem Mund gequollen war. Charlie sagte leise: »Du hättest nicht mehr tun können, Jimmy.«

Wir waren jetzt in der Marina und gingen längsseits an den Steg. Als wir vorn und achtern festgemacht waren, fragte ich: »Habt ihr gesehen, was passiert ist?«

Charlie schüttelte den Kopf.

»Der vordere Beam ist geknickt«, sagte ich.

»Das gibt's doch nicht!« sagte Charlie. »Ich möchte wissen, wer den gebaut hat.«

»English Aviation«, sagte ich. »Aus Kohlefaser.«

»Oh ...« Charlie griff sich eine Spring und belegte sie. »Dann hätte er nicht knicken dürfen.«

»Nein. Aber er ist«, sagte ich.

Charlie sagte: »Das war verdammtes Pech.« Sein Blick wanderte nach unten und blieb an meiner rechten Hand hängen. »Was hast du denn mit deiner Hand gemacht?«

Ich schaute sie an. Die Haut war rot und gereizt, an einigen Stellen hob sie sich in Blasen ab. Es tat so weh, als ob ich mich verbrannt hätte.

»Keine Ahnung.« Ich begann mich aus meinem Overall zu pellen. »Ich fahre zum Krankenhaus. Charlie, kannst du hier aufklaren?«

»Solange du mir die Presse vom Leib hältst«, sagte er.

Als ich an Land ging, war das Klicken der Auslöser beinahe ohrenbetäubend. Ich zwängte mich zwischen den Reportern durch und schnappte mir gegenüber dem Yachtklub ein Taxi.

»*Le blessé*«, sagte ich.

»Ah«, sagte der Fahrer und fuhr an.

Das Krankenhaus lag in einer schmutzigen Straße noch im Hafenbereich. Der Arzt, der an den Empfang runterkam, war noch jung. Er hatte dunkles Haar, eine fahle Gesichtsfarbe und etliche Kugelschreiber in der Brusttasche seines weißen Kittels stecken. »Sind Sie ein Freund des Engländers?« fragte er mit starkem Akzent. Er war offensichtlich der Vorzeigeanglist des Hospitals.

Ich nickte. »Wie geht es ihm?«

Der Arzt zuckte die Achseln und schaute sich um. Mit einer Kopfbewegung bedeutete er mir, ihm in eine ruhige Ecke zu folgen. »Sehr schlecht«, sagte er. »Wir fürchten, daß er nicht überlebt. Es ist gerade ein Priester bei ihm. Vielleicht möchte er Sie, seinen Freund, sehen?«

Seine Gummisohlen quietschten, als ich ihm durch die stillen, nach Äther riechenden Flure folgte.

John lag in einem Einzelzimmer. Verfilzt breitete sich sein Bart auf dem grünen Kittel aus, den man ihm angezogen hatte. Viele Schläuche waren an ihm befestigt, aber er hatte die Augen offen.

»John«, sagte ich und fuhr mir mit der Zunge über die Lippen; sie schmeckten salzig. Es war unvorstellbar, daß wir noch vor anderthalb Stunden fast Schulter an Schulter gemeinsam auf See gesegelt waren.

Seine Augen blieben regungslos. Ich ging näher an ihn heran, damit er mich erkennen konnte. Er blinzelte und fragte: »Wer?«

»James. James Dixon. Dir geht's ziemlich mies, wie?« fragte ich und kam mir dabei wie ein Idiot vor.

»Mies«, krächzte er. »Was war denn?«

»Dein Hauptträger ist gebrochen«, sagte ich.

»Scheiße«, sagte er. »Erklärung.« Auf seinen Lippen stand weißlicher Schaum.

»*Erklärung?*«

»Schweine«, murmelte er kaum verständlich. »Erklärung. Auf Tisch...« Er stöhnte auf.

»Wie bitte?« fragte ich. Mein Gesicht war angespannt, weil ich ihn zu verstehen suchte. Sein Gesicht war ebenfalls angespannt, weil er schreckliche Schmerzen litt.

»Frau«, sagte er. »Helen.«

»Ja?«

»Sag Helen, liebe dich.« Dann schrie er.

Es war der laute, entsetzliche Schrei eines Mannes, der so furchtbar leidet, daß er weinen will, der aber einen starken Willen hat und sich nicht nachgibt. Der Arzt trat herzu und drückte auf die Klingel an der Wand. Ich tätschelte Johns Arm und sagte: »Alles wird gut.«

Er packte meine Hand. Die seine hatte sehr große harte Schwielen an den Fingerwurzeln, und er quetschte mir die Knochen zusammen. Ich konnte sie knirschen hören. Jedenfalls dachte ich zunächst, daß es meine Knochen wären. Dann aber schaute ich in sein Gesicht und sah, daß es seine Zähne waren. Ein starker Krampf durchfuhr ihn, und das Knirschen verstummte: sein Griff lockerte sich. Das Zimmer war plötzlich voller Leute, die mich in den Korridor hinausdrängten. Ich wartete und starrte aus dem Fenster auf den riesigen Komplex der Marinewerft, wo die Matrosen in ihren Wachhäuschen saßen, und auf die heimtückisch funkelnde See dahinter.

Der Arzt kam aus Johns Krankenzimmer.

»Er ist tot«, sagte er. »Ob Sie seine Familie anrufen? Das wäre vielleicht persönlicher. Oder möchten Sie es lieber dem Priester überlassen?«

»Ich mache das«, sagte ich und folgte ihm mit schwerem Schritt zum Telefon.

Ich kannte Johns Frau Helen. Sie war untersetzt, kraushaarig und interessierte sich mehr für ihre drei Kinder als für Johns Boote. Als ich ihre Nummer wählte, war mir klar, welche Bombe ich jetzt gleich in ihr Leben werfen würde.

Sie nahm es ziemlich gefaßt auf. »Ich komme bei dir vorbei, sobald ich zurück bin«, sagte ich.

»Das wäre nett«, antwortete sie, und ich wußte, daß sie die Tragweite der Nachricht noch gar nicht erfaßt hatte; in ihrer Welt, in der mein Besuch nett wäre, gehörte auch, daß John nächste Woche zurückkehrte und wir alle zusammen draußen auf dem Rasen sitzen und mit Champagner auf die Regatten in Frankreich anstoßen würden.

Ich fragte: »Soll ich sonst noch jemanden verständigen?«

»Ich rufe meine Schwester an«, sagte sie. »Vielen Dank.« Jetzt schwankte ihre Stimme zum erstenmal, und ich wußte, daß sie gleich losweinen würde. Ich blieb am Apparat für den Fall, daß ich noch irgend etwas für sie tun konnte. Aber sie hatte aufgelegt.

Der Arzt sagte: »Tut mir leid. Es war ein schrecklicher Unfall.«

Jetzt spürte ich, wie erschöpft ich war; mich schmerzte jeder Knochen meines im Kanal arg gebeutelten Körpers, und in meiner Hand pochte es unangenehm. Ich fragte den Arzt: »Könnten Sie sich das mal ansehen?«

Er führte mich in einen kleinen Behandlungsraum und schaute sich die Verletzung an. »*Corrosif*«, sagte er. »Sind Sie mit einer starken Säure oder Lauge umgegangen?«

»Nein.«

Er strich ein Gel auf die Hand und verband sie. »Das wird noch eine Weile weh tun.«

Ich nickte. Die Berührung mit dem Gel erinnerte mich an etwas anderes. Als ich zwischen den Wrackteilen der *Orange* herumgeschwommen war, hatte meine Hand ihren geknickten Querträger berührt – oder den Schleim darauf. Und ich dachte an noch etwas: an den Strand vor Ardmore, an die zerschmetterte *Street Express*, deren Ankerleine gebrochen war; und an Alan Burtons ertrunkenes Gesicht, rosa angestrahlt vom Hafenfeuer in Seeham.

»Könnte es auch ein Abbeizer gewesen sein?«

»Abbeizer?«

*»Décapant?«*

»Ach so. Ein starkes Abbeizmittel. Ja.«

»Vielen Dank«, sagte ich.

Ich kletterte in eines der Taxis vor dem Krankenhaus und bat den Fahrer, zur Marina zu fahren. Dann fing ich an zu zittern. Ich zitterte noch immer, als ich an Bord ging, um *Secret Weapon* zu checken. Aber sie hatten ordentlich aufgeklart. Ich brauchte einen Drink, deshalb ging ich hinüber in den Yachtklub und bestellte mir einen Calvados. Von der Terrasse aus sah ich zu, wie der Wind das Wasser noch im Hafen aufwühlte, und dachte an das, was John Dowson für so wichtig gehalten hatte, daß er unmittelbar vor seinem Tod noch darüber sprechen mußte: seine Frau. Und die Erklärung auf dem Tisch.

Und ich dachte an Ed Boniface, an sein feistes, verschlagenes Gesicht, als er mir, an die Bartheke des Pulteney Yacht Club gelehnt, erzählen wollte, was irgendein Idiot ihm am Telefon gesagt hatte.

Vor allem aber dachte ich an John Dowsons Hand, die meine fast zerquetscht hatte, und an den entsetzlichen Krampf seiner Muskeln, als er starb.

Ich zitterte immer noch. Ich winkte dem Kellner und bestellte noch einen Calvados. *Oranges* vorderer Querträger war eingeknickt wie eine Papprohre. Ich hatte die Bruchstelle berührt und jetzt eine Verätzung an der Hand. Eine Verätzung durch ein Abbeizmittel. Wenn man Abbeizer auf die Art von Polyesterharz gab, das die Kohlefaser in John Dowsons Querträger verband, dann schmolz das Harz wie Wachs. Ich fand es sehr schwer vorstellbar, daß der Abbeizer rein zufällig in die Nähe des Trägers geraten sein sollte.

Ein Schatten fiel auf meinen Tisch, Alex Strong vom *Yachtsman*. »Das Rennen wurde also zu Ihren Gunsten entschieden«, sagte er. »Herzlichen Glückwunsch.«

»Danke.« Hinter dem kleinen fuchsroten Bart wurden seine schlechten Zähne sichtbar. Ich hatte noch weniger Lust, mit ihm zu sprechen, als je zuvor.

»Was ist geschehen?« fragte er.

»Darüber wird's vermutlich eine Untersuchung geben«, antwortete ich.

Er sah betroffen drein. Alec war kein schlechter Kerl, vielleicht empfand er sogar wirklich Betroffenheit. »Mein Gott«, sagte er, »was für ein Pfusch.«

»Der vordere Beam«, sagte ich. »Steuerbords vom Mastfuß. Ich hab's gesehen.«

Alec nickte, und seine fuchsigen Brauen verdeckten fast seine kleinen aufmerksamen Augen. »Es heißt, es war ein Laminierfehler. Muß es gewesen sein. Schließlich war er aus Kohlefaser. Und Kohlefaser bricht nicht.«

»Diese hier hat's getan«, sagte ich.

Er schüttelte den Kopf. »Was für ein Schlamassel«, sagte er. »Was für ein elender Schlamassel. Sie müßten den Kat mal sehen.«

»Wo liegt er?«

»Drüben an der Gare Maritime, ich komme gerade von dort. Waren noch ein paar andere Leute da. Und die Sponsoren. Die sahen regelrecht krank aus, kann ich Ihnen sagen.«

»Ja«, sagte ich. Aasgeier, dachte ich. Lungern um eine Leiche herum, die noch warm ist. Ich stand auf. »Ich will mir das mal anschauen.«

»Oh«, sagte Alec. »Könnte ich ein Interview mit Ihnen machen? Irgendwann, wenn Sie mal 'ne halbe Stunde übrig haben?«

»Aber sicher.« Auf dem Weg zum Taxi machte ich mir klar, daß ich nun Prioritäten setzen mußte. Eine davon war, daß James Dixon, der siegreiche Skipper, jetzt mit der Presse reden, daß er sich auf gewinnende Weise ins rechte Licht rücken mußte.

Aber erst vor einer Stunde hatte ich die letzten Zuckungen eines Mannes gespürt, der sein Leben aushauchte. Und daneben schien alles andere trivial. Selbst Seeregatten.

# 16

Unter anderen Umständen hätte mir die Taxifahrt vielleicht Spaß gemacht. Der Fahrer erkannte mich sofort und bestand darauf, mir heftig die Hand zu schütteln. An den Cafétischen an der Place Divette lasen alte Männer mit Baskenmützen die Spätausgabe der *Óuest France* mit meinem auf der Tielseite prangenden Konterfei. Im Licht, das durch das Laub der Platanen grün gefiltert wurde, sahen die hochragenden Rümpfe auf dem Zeitungsfoto gefährlich aus, wie große Insekten in einem Fiebertraum. *Deux Morts!* verkündeten die Schlagzeilen. Nun waren es *drei* Tote.

Auf dem Kai, unter einem wohl hundert Fuß in den blauen Abendhimmel ragenden grauen Kran, war *Oranges* Leiche aufgebahrt. Ich schob die Hände in die Taschen und ging um den Kat herum. Die Rümpfe hatten einander die Steven zugewandt, so daß sie x-beinig wirkte. Der verdrehte Großmast lag quer darüber. Hatte das Boot in der Zeitung noch wie eine stieläugige Grille ausgesehen, so hatte es jetzt Ähnlichkeit mit einem Insekt, das gerade zertreten worden war. Die Püttings waren von den Tauchern mit Bolzenschneidern gekappt worden, aus ihren Öffnungen tropfte Wasser. Ich trat zwischen den Schwimmern hindurch und sah mir die Querträger an. Von dem Kohlefaserlaminat blätterte das Gelcoat ab. Unwillkürlich faßte ich den vorderen an, aber da war keine Spur mehr von diesem Schleim, den ich zuvor gefühlt hatte. Er mußte bei der Schleppfahrt abgespült worden sein. Der Beam war jetzt zu übel zugerichtet, um noch irgendwelche Spuren des Abbeizers aufzuweisen, der den Bruch verursacht hatte.

Trotzdem wußte ich Bescheid. Ich wußte, daß John Dowson knapp bei Kasse gewesen war, als er *Orange* hatte bauen lassen. Deshalb war die Kohlefaser mit Polyester- und nicht mit Epoxidharz gebunden worden. Drei Leute waren tot. Sie starben, weil jemand einen durch Abbeizer löslichen Plastikbehälter mit ein paar Litern eben dieses Abbeizmittels gefüllt und irgendwann vor Beginn des Rennens den hohlen Träger geöffnet hatte, um den Behälter bis zur Höchstbelastungsstelle unmittelbar neben dem Mastfuß zu schieben. Der Abbeizer sollte sich durch den Behälter fressen und im Träger zu einer Zeitbombe werden, die allmählich eine Schwachstelle in die Trägerwand ätzte. Die gewaltige Belastung eines solchermaßen verwundeten Querträgers durch einen Mast, der zuviel Tuch trug, und durch die Bewegungen der Rümpfe im Seegang hatten den Rest besorgt.

Da stand ich vor dem Wrack. Die Sonne war herausgekommen, aber mir war kalt.

Plötzlich wünschte ich mich fort davon, wünschte mich unter die Platanen an der Place Divette, weit weg von diesem schauerlich zerschlagenen Gerippe mit seinem Chemiegeruch nach Salz und Plastik.

Also ging ich zum Hotel zurück und duschte, sehr lange und sehr heiß. Dann zog ich mir den Hut tief in die Stirn und machte mich auf den Weg, um hinter einer Zeitung versteckt noch mehr Calvados zu trinken.

Die Zeitung vertrat die Meinung, daß unser Sieg nur ein Zufall war, und stellte allerhand Spekulationen über die möglichen Ursachen des Trägerbruchs an. Ich saß im Unterwasserlicht des grünen Laubs und versuchte einen Entschluß zu fassen.

Vernünftigerweise hätte ich zur Polizei gehen müssen. Aber nun, da der Träger so lädiert war, gab es praktisch kaum noch Beweise. Vor dem Rennen waren jede Menge Leute auf all den Booten gewesen, auch auf Dowsons Kat. Praktisch jeder hätte zu jeder beliebigen Zeit den Querträger öffnen und den Behälter mit einem Bootshaken hineinschieben können. Dieser Jemand konnte vorher genau ausprobiert haben, wie lange der Abbeizer brauchte, um einen bestimmten Plastikbehälter zu zerfressen. Er hatte eine lautlose Zeitbombe konstruiert, die sich selbst auffraß und keinerlei Spuren hinterließ.

Und dann war da noch etwas. Wenn die Polizei erst anfing, hier herumzuschnüffeln, würde sie auch etwas über meine Verbindung zu Ed Boniface erfahren. Der wegen schweren Diebstahls gesuchte Ed Boniface würde bestimmt keine großen Anstrengungen unternehmen, um sich den Beamten zu stellen, mich aber hatten sie. Ich war vor meinen Gläubigern davongerannt. Das würde die Polizei nicht allzusehr für mich einnehmen, vor allem, wenn man zu diesem Umstand noch den Verdacht addierte, daß ich einen gestohlenen Mast in Empfang genommen hatte.

Bevor ich etwas unternahm, mußte ich deshalb Ed finden und mit

Johns Frau sprechen, um zu sehen, welche Erklärung auf seinem Tisch lag. Danach konnte ich den Fall dann der Polizei überlassen.

Ich hörte einen Stuhl scharren. Als ich über den Rand meiner Zeitung schielte, saß Agnès vor mir.

Sie gratulierte mir. »Das habt ihr toll gemacht.« Sie hatte bei dem Rennen viel Sonne abbekommen, sah braun und phantastisch gut aus.

»Vielen Dank.« Ich wußte nicht, was ich als nächstes sagen sollte.

Sie strich sich das Haar aus dem Gesicht. »Es tut mir so leid um John Dowson.«

Ich zuckte die Achseln. Ich wollte sagen: Komm, laß uns abendessen gehen, nur du und ich, dann können wir uns über alles unterhalten. Aber seit ich Johns Boot gesehen hatte, war nichts mehr einfach. Ich konnte niemandem trauen. Nicht einmal mehr Agnès.

Deshalb fragte ich: »Was hast du auf Jarrés Boot gemacht?« Es kam schroffer heraus als beabsichtigt.

»Für eine Reportage recherchiert«, sagte sie.

»Worüber?« Ich war unfähig, meinen Argwohn zu verbergen.

Sie blickte auf mich nieder und lächelte, schien sogar etwas geschmeichelt zu sein. »Jean-Luc hat große Probleme mit seinem Sponsor«, sagte sie. »Der Sponsor findet, daß er nicht oft genug gewinnt. Das ist ein sehr interessantes Thema.« Sie deutete auf eine kleine Gruppe an einem der anderen Tische. »Ich wollte gern wissen – wir alle wollten gern wissen –, ob du vielleicht ein Glas mit uns trinkst? Und vielleicht mit uns zu Abend ißt?«

Ich schaute zu dem Tisch hinüber. Ein halbes Dutzend Männer saßen da und ebenso viele Frauen, alle jung und braungebrannt. Jarré war auch da. Gelächter drang scheppernd über die Terrasse zu mir. Ich legte meine Hand auf ihre. »Ein andermal«, sagte ich. »Ich bin einfach nicht in der Stimmung.«

»Wann du möchtest«, sagte Agnès. Sie drehte ihre Hand nach oben, und ich spürte, wie ihre warmen trockenen Finger meine drückten. Eine Minute wohl saßen wir so da, im stillen Auge des Sturms.

»Tja«, sagte sie schließlich tapfer, »ich bin im Dienst. Ich muß zurück.«

»Ah«, machte eine Stimme hinter mir. »Da sind Sie ja, Jimmy.«

Es war Alec vom *Yachtsman*. »Kann ich meine halbe Stunde jetzt haben?«

Agnès küßte mich zum Abschied auf die Wange, ich setzte mich wieder und wappnete mich für das bevorstehende Interview.

Alex lächelte schelmisch mit seinem fuchsigen Bart. »Sehr schöne Frau, diese Agnès«, meinte er. »Die Franzosen ziehen immer die hübschesten Puppen an Land, nicht wahr?«

»Wieso?«

»Sie war ein halbes Jahr mit Jarré liiert.« Er hielt inne und schaute mich an. »Oje, haben Sie das etwa nicht gewußt? Da bin ich ja mitten ins Fettnäpfchen getreten.« Er gluckste wie ein Rhinozeros, das einem soeben den Fuß zerquetscht hat. »Also nun, wie war das mit dem Rennen?«

Ich antwortete ihm irgend etwas, aber meine Augen irrten immer wieder zu dem Tisch mit den Franzosen hinüber. Einmal traf ich dabei auf Jarrés Blick, er hatte mich kalt angestarrt. Als er gewahr wurde, daß ich zurückstarrte, wurde aus dem eisigen Blick ein Grinsen, und er hob grüßend seine braune Affenhand mit der goldenen Armbanduhr.

Nach einer halben Stunde brach die Gruppe auf. Agnès drehte sich um und winkte. Ich bemerkte, daß sie und Jarré dicht nebeneinander zum Taxistand neben dem Brunnen gingen. Und daß er, als sie darauf warteten, die Straße zu überqueren, ihre Hand nehmen wollte. Sie zog sie fort, und er sah drein wie ein schmollender Zigeuner. Ob das nun zu meinen Gunsten auszulegen war oder nicht, wußte ich nicht, jedenfalls fand ich es irgendwie ermutigend. Eigentlich war es der einzige Lichtblick des ganzen Nachtmittags.

Ich aß überhaupt nicht zu Abend, sondern ging in die kleine Hotelbar, bestellte ein paar Calvados und meditierte. Meine Hand fing ziemlich stark an zu schmerzen, so daß ich den Verband abnahm, damit etwas Luft herankam. Um halb zehn machte ich mich auf den Weg zur Pressekonferenz drüben im Yachtklub, wo ich mit der Crew verabredet war.

Dutzende von Reportern hielten mir Dutzende von Mikrophonen vors Gesicht und richteten unzählige Kameralinsen auf mich. Sie stellten mir unzählige Fragen darüber, was man als Sieger so empfand. Ich sagte es ihnen. Ich empfand den Sieg als Rechtfertigung für all die Arbeit, die Charlie und ich in dem Wellblechschuppen geleistet hatten, als Rechtfertigung für all die Zeit, die ich damit zugebracht hatte, Geld zusammenzukratzen, um ein Boot bauen zu können, das noch ein bißchen leichter und noch ein bißchen schneller war als die anderen. Der Sieg bewies, daß das letzte Jahr nicht vertan worden war.

Was ich ihnen nicht sagte, als die Blitzlichter zuckten und die Reporter riefen, war, daß meine Hand schmerzte, daß mein Kopf vom vielen Calvados benommen war und ich mich krank fühlte. Krank nicht nur deswegen, weil Agnès mit Jarré zusammen war, sondern auch deswegen, weil irgend jemand hatte ganz sichergehen wollen, daß John Dowson nicht gewann, und deshalb sein Boot sabotierte.

Als die Reporter abzogen, sagte eine Stimme hinter mir: »Entschuldigen Sie...« Die Stimme war sanft und hatte einen leicht nordeuropäischen Akzent. Als ich mich umdrehte, blickte ich mitten auf eine blaue Krawatte mit kleinen orangefarbenen Bällen darauf. Und als ich den Blick an der Krawatte aufwärts wandern ließ, stieß ich auf das freundliche Lächeln und die blaßgrauen Augen Dag Sillems.

»Hallo«, sagte Sillem. »Nett, Sie wiederzusehen, Jimmy.«

Behutsam schüttelte ich ihm die Rechte und versuchte, den verätzten Teil meiner Hand dabei auszusparen. Ein Fotograf, den ich vorher nicht gesehen hatte, zoomte uns, aber Sillem winkte ab, und er zog von dannen. Ich merkte, daß Sillem trotz seiner behutsamen, fast schüchternen Art eine Autorität ausstrahlte, die alles und jeden in seine Schranken verweisen konnte.

»Es war eine Freude, Ihnen heute bei der Regatta zuzusehen«, sagte Sillem. Er sprach leise, und doch übertönte er das allgemeine Stimmengewirr.

»Danke«, sagte ich. Aus den Augenwinkeln beobachtete ich, daß Jarré und Agnès aufbrachen.

»Schlimm für den armen John.«

»Ja.«

Er seufzte. »Nun, ich bin sicher, daß Sie das erst verarbeiten müssen. Noch können Sie darüber nicht sprechen, vermute ich.« Seine Stimme war ruhig, nett und ganz natürlich. Sie wirkte wie Baldrian zwischen all diesen aufgeregten, gestikulierenden Reportern.

»Stimmt«, sagte ich. »Ich war bei ihm, als er starb. Ich habe auch seine Frau verständigt.«

»Danke«, sagte Sillem. »Ich danke Ihnen vielmals. Das ist ja das Schlimme an diesem Sport. Als Sponsor fühlt man sich... Na ja, Sie wissen schon – verantwortlich.«

»Das sollten Sie nicht«, sagte ich.

»Mag sein.« Er seufzte erneut und schob sich die blonde Stirnlocke aus den Augen. Dabei sah er eher wie ein Lehrer aus als wie der Verkaufsdirektor einer Automobilfirma. »Sagen Sie, haben Sie eigentlich keinen Sponsor?«

»Noch nicht.«

»Aber ... Verzeihen Sie ... Ich habe gehört, daß Sie einen brauchen?«
»Das ist richtig.«
»Hm«, machte er. »Aha.« Wieder strich er seine Stirnlocke zurück. Seine sanften grauen Augen blickten traurig. »Unser Projekt endet zwar mit dieser Tragödie, ich meine, mit John ... Aber ich könnte mir vorstellen, daß Sie jetzt das schnellste Boot auf dem Wasser haben. Vielleicht ... Nun ja, ich muß das mit Mort Sulkey, meinem PR-Direktor, besprechen.« Er grinste. »Ich bin sicher, daß Terry Tanner ohnehin versuchen wird, Sie an mich zu verschachern.«
»Er hat überhaupt nichts mit mir zu tun. Außerdem glaube ich, daß er mich nicht mag.«
»Es ist eher sein Freund Randy, der Sie nicht mag«, sagte Sillem. »Aber das sollte Sie nicht kümmern. Wir werden es keinem von beiden erzählen.« Er holte eine Zigarre aus der Blazertasche und rollte sie zwischen seinen langen, knochigen Fingern. »Wissen Sie, ich gebe heute abend eine kleine Party an Bord der *Hecla*. Wollen Sie nicht kommen?«
»Ja, gern.«
»Gut. Ich fürchte, Terry und Randy werden auch da sein.« Er lächelte, ein präzises holländisches Lächeln. »Aber dann können wir zusammen mit Mort überlegen, was zu tun ist.«
»Gewiß«, sagte ich.
»Also bis später?«
»Bis später.«
Scotto kam rüber, er hatte irgendwo eine Dose Bier aufgetrieben. »Agnès hat eine Nachricht für dich hinterlassen«, sagte er. »Sie ist heute abend auf der *Hecla* und möchte gern, daß du auch kommst.«
»Ich bin gewissermaßen schon da«, sagte ich. Lärm und Calvados setzten mir hart zu, im Ohr hatte ich immer noch Johns Todesschrei. Mir war wahrhaftig nicht nach Partys zumute.
Aber Agnès ... Und Dag Sillem. Und Sponsoren ...
»Wollen wir ein Taxi nehmen?« fragte Scotto.
Ich brauchte frische Luft. »Ich laufe lieber«, sagte ich.
Cherbourg ist abends wie tot. Meine Schritte hallten von den Häusern aus dem achtzehnten Jahrhundert wider, die es hier im Hafengebiet in Mengen gab. Der Mond war zu einer schmalen Sichel geschrumpft und hing in einem Geflecht aus Sternen. Vermutlich war es eine schöne Nacht. Und eigentlich hätte ich mich so stark fühlen müs-

sen, als könnte ich die Sterne vom Himmel holen. Statt dessen trottete ich, die Hände in den Taschen, nachdenklich vor mich hin. Dowson war ein Mann ohne Feinde gewesen. Warum hatte irgend jemand sein Boot sabotiert? Das Ganze ergab einfach keinen Sinn.

Irgendwann verlief ich mich und stand schließlich im Schatten eines aufgebockten Fischerbootes, eines Hecktrawlers oder Schleppnetzfischers, der wie ein Wolkenkratzer vor den Sternen aufragte. Ich schaute auf die Mondsichel nieder, die sich zitternd in den paar Fuß Wasser auf dem Grund eines großen Trockendocks spiegelte. Im Dock stand, mit riesigen Holzbalken abgestützt, ein Schiff. Ich stand nur da und starrte in die dunklen Schatten.

Überall waren Geheimnisse. Wütend spuckte ich ins Dock hinunter, der Speichel sank hell im Mondlicht in die Tiefe. Ich hörte das Klümpchen auf dem öligen Wasser aufschlagen. Dann war es still, bis auf das Rauschen des Windes und das Geräusch meines Atems, der heiß und laut durch die Alkoholwindungen meines Kopfes flutete. Irgend etwas berührte mein Fußgelenk. Ich zuckte zusammen und wollte mich umdrehen. Aber die Berührung wurde zum festen Griff und riß mich von den Beinen. Mit den Füßen nach oben und dem Kopf nach unten flog ich über das Geländer in die Tiefe. Plötzlich starrte ich auf das Docktor und schrie mit weit offenem Mund. Die Sterne kreisten um mich herum, und ich fiel tiefer, immer tiefer. Ich konnte gerade noch denken, Gott, hoffentlich ist genug Wasser da unten, um meinen Fall zu bremsen, da war mein Kopf schon wieder unten, und ich sah den öligen Widerschein des Mondes und schwimmende Flaschen und Holzstücke. Schließlich prallte ich mit der Schulter auf, mit einem Schlag, der mir den Schädel zu spalten schien.

## 17

Vermutlich schrie ich noch immer, als ich unten aufschlug; jedenfalls muß mein Mund offengestanden haben, denn er füllte sich mit Wasser, das nach Salz, Diesel und Klärschlamm schmeckte. Ich begann, mit Armen und Beinen um mich zu dreschen. Einmal stießen meine Beine an etwas Hartes; es mochte der Boden oder auch das Docktor sein. In dem Moment bekam ich große Angst. Das heißt, Angst ist weit untertrieben, Panik trifft die Sache schon besser. Ich schlug mit allen Gliedern um mich und versuchte zu schreien, doch sofort drang diese eklige Brühe wieder in meinen Mund. Mein Kopf kam über Wasser, krachte mit einem Höllenschmerz gegen einen Holzbalken, und dann ging ich wieder unter. Diesmal dachte ich an meine Tochter. Arme kleine Mae. Womit hatte sie eine Mutter verdient, die nach Amerika durchbrannte, und einen Vater, der sich in ein Trockendock von Cherbourg werfen ließ?

Wieder tauchte ich auf, aber jetzt konnte ich etwas klarer denken. Vor meinem geistigen Auge stand ein Bild des Docktors. Seine Innenseite bestand aus schweren Gitterträgern. Die müßte man normalerweise hinaufklettern können.

Als ich hochschaute, ragte das Docktor vor mir auf, und seine schwarze Oberkante schnitt den sternenübersäten Himmel ab. Ich schwamm auf sie zu. Meine rechte Schulter schmerzte höllisch, wo ich gegen den Balken geprallt war, doch ich ertastete das Tor mit meiner linken Hand. Da war ein Gitterträger. Ich klammerte mich an ihn. Meine Knie waren wie Pudding. Mein Herz hämmerte dermaßen, daß ich dachte, mir würden die Adern in der Stirn platzen.

Allmählich konnte ich wieder normal atmen. Der Schmerz in der Schulter wurde erträglicher, und ich begann zu überlegen. Ich befand mich in einem Trockendock. Darin gab es neben dem Tor Leitern oder Stufen für die Arbeiter. Ich brauchte also nur diese Stufen zu finden und sie hinaufzusteigen. So einfach war das.

Es sei denn, daß derjenige, der mich reingestoßen hatte, oben auf mich wartete.

Ich lehnte mich zurück und suchte mit dem Blick das Stück Himmel zwischen dem eingedockten Schiff und den Dockwänden ab. Nichts rührte sich. Die Sterne glitzerten wie ferne kalte Augen. Vielleicht waren es nicht die einzigen Augen dort oben. Ich meinte noch andere zu spüren, versteckt, aber höchst gefährlich. Nein, dachte ich. Stell dich tot. Langsam und überaus vorsichtig kroch ich hinter einen der Gitterträger. Außerhalb des Wasser war es kalt, und das Tropfen meiner Kleidung hallte hohl von den Dockwänden wider.

Hoch oben schlug irgendwo eine Tür. Dieses Geräusch brachte mein Herz wieder zum Hämmern, denn es bedeutete entweder, daß derjenige, der mich hier reingestoßen hatte, woanders hingefahren war – oder daß er Gesellschaft bekommen hatte. Womit es Zeugen gab. Wenn einen jemand um Mitternacht in ein Trockendock befördert, dann sind alle Zeugen automatisch Komplizen.

Es gab noch eine dritte Möglichkeit, aber die fiel mir in dem Moment nicht ein. Ich kroch hinter dem Gitterträger hervor und begann, mich langsam seitlich am Docktor vorzuarbeiten. Der Schmerz in meiner Schulter wurde zu einem pulsierenden Klopfen. Das Tor war riesig. Ich hielt kurz inne, um Atem zu schöpfen, dann tastete ich mich weiter an dem Träger entlang. Da erst hörte ich das Geräusch, und nun wurde mir klar, welche dritte Möglichkeit ich eben nicht in Betracht gezogen hatte: Die schlagende Tür konnte auch zum Pumpenhaus gehört haben.

Das nun folgende Geräusch war eher fühlbar als hörbar: ein hochfrequentes Vibrieren, dem ein brodelndes Rauschen folgte. Als ich über die Schulter hinunterschaute, wußte ich schon, was ich zu sehen bekommen würde.

Das mondbeschienene Wasser im Dock war nun nicht mehr glatt. An seiner Oberfläche bildeten sich große sprudelnde Blasen. Und das stehende Wasser zwischen Dockmauer und Bordwand des Schiffes wurde zu einem Wirbel, der wie in einer gigantischen Badewanne zu kreisen begann. Noch bevor mein Herz wieder zu jagen anfing, spürte ich schon das an meinen Fersen zerrende Waser, das mir im Nu bis an die Knie reichte. Ich schaute hoch, aber alles, was ich sah, war der nächste Gitterträger über mir. Die glitschigen Holzbohlen des Tors boten keinen Halt, und die nächsten Stufen, wenn es solche gab, mußten sich etwa dreißig Fuß rechts befinden.

Das Wasser reichte mir jetzt bis zur Taille. Mit kleinen seitlichen Trippelschritten versuchte ich, mich auf dem Träger zu halten, aber ich wußte, daß ich das nicht mehr lange durchhalten konnte.

Der Strom wurde reißend. Ich rutschte mit den Füßen ab, und dann fegte das Wasser mich weg, mitten in diesen kochenden Kessel hinein.

Die Schleusentore müssen zwei Quadratmeter groß gewesen sein. Als sie völlig offenstanden, ließen sie einen gigantischen Sturzbach herein, der zum größten Teil aus Ärmelkanal bestand. Unter derartigen Umständen fließt Wasser nicht nur horizontal, sondern auch vertikal und diagonal und wird zu einem Inferno aus Strudeln und Wirbeln. Ich wiege neunzig Kilo, aber diese Strömung riß mich mit wie einen dünnen Zweig, rollte mich um und um und warf mich gegen harte Widerstände, die ich nicht identifizieren konnte. Es war, als kämpfte ich mit verbundenen Augen in einem Ring voller boxender Riesen. Ich sah nur dunkelrote Nebelschleier, und mein Mund war voller Salzwaser. Die Stöße, die mich beutelten, schienen allmählich von immer weiter her zu kommen; etwa vom Ende eines riesigen schwarzen Tunnels, dem ich entgegenrollte. Dann bekam ich wieder einen Schlag ab, ins Gesicht diesmal, und viel härter als alle anderen. Unwillkürlich riß ich abwehrend die Arme hoch und stieß gegen Holz. Wie heißt es doch so schön: Ein Ertrinkender greift nach jedem Strohhalm. Ich weiß nicht, ob das zutrifft. Jedoch weiß ich nun mit Bestimmtheit, daß ein Mensch, der in einem Trockendock gerade zu Mus püriert wird, nach einem Balken greift. Ich umklammerte diesen Balken mit Armen und Beinen und preßte mich an ihn, als wollte ich ihn lieben. Erst als mir auffiel, daß ich wieder mühelos atmen konnte, wurde mir klar, daß mein Kopf und meine Schultern jetzt über Wasser ragten. Ich hatte es nur nicht eher gemerkt, weil es absolut finster war. Und weil ich bestenfalls nur halb bei Bewußtsein war. An diesen Balken geklammert, erlangte ich mehr oder weniger das Bewußtsein zurück.

Das Wasser stieg immer noch. Als es meinen Hals erreicht hatte, gelang es mir, mich am Balken noch etwas in die Höhe zu ziehen. Aber mir war klar, daß das nicht endlos so weitergehen konnte. Zum einen fühlten meine Arme sich so taub an, als gehörten sie mir gar nicht, und zum anderen hatte ich jetzt begriffen, warum die Dunkelheit so intensiv war. Das Holz, an das ich mich klammerte, war nämlich einer der Balken, die das eingedockte Schiff abstützten, und statt des Himmels sah ich in Wirklichkeit den Schiffsrumpf.

Ich konnte nur hoffen, daß die Stelle, wo der Stützbalken gegen die Bordwand traf, gut oberhalb der Schwimmwasserlinie lag.

Dem war aber nicht so.

Das Wasser stieg immer noch. Und ich zog mich immer weiter hoch. Fünf Minuten später stieß ich mit dem Kopf gegen Metall. Ich war am Ende angelangt.

Und immer noch stieg das Wasser.

Ich ließ den Balken los, das Wasser zog mich mit. Ich schwamm mit bleischweren Bewegungen und schluckte eine Menge Wasser. Die Strömung schien nicht mehr ganz so reißend zu sein. Um mich herum wirbelten große Holzstücke. Ich versuchte mich an eines zu klammern, aber es rammte ein anderes und quetschte mir die Finger. Der Schmerz war nur eine weitere Pein unter vielen; es lohnte nicht, deswegen zu schreien, denn das hätte bedeutet, noch mehr Seewasser in meine wunde Kehle zu bekommen.

Das Wasser war nun wirklich viel ruhiger. Die Dockmauern kamen mir jetzt auch niedriger vor. Es dauerte ziemlich lange, bis ich begriff, warum das so war. Dann endlich hatte ich es erfaßt: Der Wasserspiegel war gestiegen. Er war im Dock jetzt auf einer Höhe mit dem Ärmelkanal draußen. Was bedeutete ...

Ich sah mich um. Hinter mir reckte sich die dunkle Bordwand in den sternflimmernden Himmel. Das Schiff schwamm.

Daß das Dock geflutet war, hatte für mich einen großen Vorteil. In der nun trägen Strömung konnte ich an der glitschigen Betonmauer entlangschwimmen, bis ich fand, wonach ich suchte: die in eine Furche in der Wand eingelassene Eisenleiter. Meine Schulter schmerzte dermaßen, daß ich aufstöhnte, als ich nach der ersten Sprosse griff. Dann begann ich zu klettern.

Es können nur etwa zehn Sprossen gewesen sein, aber mir kamen sie vor wie zehntausend. Allmählich bekam ich Routine: schmerzender Arm hoch, festhalten. Gesunder Arm hoch, Klimmzug. Rechter Fuß hoch, linker Fuß hoch. Das Wasser floß mir aus den Kleidern. Mir lief auch etwas aus der Nase, vermutlich Blut. Aber ich war der wirbelnden Tiefe entkommen. Auf der Betonmauer vor mir glänzte das fahle Mondlicht, ich grinste es an. Ich war so erfreut, es zu sehen, daß ich es mit etwas mehr Kraft abgeschleckt hätte wie ein Hund.

Noch drei Sprossen lagen vor mir. Dann zwei. In meine Schulter schien sich ein glühender Dolch zu bohren. Eine Sprosse. Ich hangelte mich hoch und schob mich mit Kopf und Schultern über den Rand der Dockmauer. Vor meinen Augen ragten zwei dunkle Säulen empor. Mein Herz machte einen Satz, als ich erkannte, was das war.

Beine.

Eines von ihnen schnellte vor. Dann traf mich etwas Hartes an der Schläfe. Meine Beine streckten sich, meine Hände verloren ihren Halt; in meinem Kopf dröhnte das Blut, und ich stürzte ab. Im Sturz hörte ich eine Stimme. Eine Stimme, die nicht mehr menschlich zu nennen war. Es war wie der letzte Schrei eines tödlich verwundeten Tieres. So einen Schrei hatte ich heute schon einmal gehört. Da war er von John Dowson gekommen.

Dieses Mal kam er von mir.

## 18

Es war kalt und schwarz und rann für alle Ewigkeit in mich herein. Es drang mir in Nase und Mund und lief die Kehle hinunter. Es war bitter und beißend. Aber bald schon, so nach einem Jahr oder zwei, war es so weit weg, daß es keine Rolle mehr spielte. Was blieb, war ein großes leeres Loch, wo es so etwas wie ein Oben und Unten, ein Ist oder War, ja auch nur ein Etwas nicht mehr gab. Es nahm jeden Winkel des Universums ein und schickte mir Schlaf.

Schlaf.

Irgendwo, Meilen entfernt, bearbeitete jemand eine Pauke mit einem Hammer. Das Geräusch war fern, aber überaus ärgerlich. Denn jeder Schlag brachte mir Schmerz und Übelkeit und zog mich immer weiter heraus aus dieser friedlichen dunklen Grube. Das Dröhnen wurde lauter, es war jetzt ein Hämmern, das ich auch fühlen konnte. Die Schatten wirbelten hoch, und jetzt wußte ich, daß mir jemand die Rippen zusammendrückte. Kräftig. Übelkeit stieg in mir auf. Ich mußte mich furchtbar übergeben.

Der Preßlufthammer auf meinen Rippen machte Pause. »Ah«, sagte eine Stimme über mir, »*ça va mieux, hein?*«

Wieder wurde mir schlecht. Ich versuchte mich zu bewegen, aber es ging nicht. Meine Kehle und Lungen waren wund wie rohes Fleisch. Ich versuchte zu stöhnen. Das gelang mir, mit Mühe. Zwei Hände packten mich an den Schultern und zogen mich hoch.

»*On arrive*«, sagte die Stimme.

Im Schwarz des Himmels tanzte ein seltsames blaues Licht. Ich wußte nicht, was es war. Ein Gesicht beugte sich über mich. Ich konnte es kaum erkennen, aber es sah ernst aus und zerfurcht und war nicht glattrasiert. »*Reste tranquille*«, sagte der Mann; es war dieselbe Stimme, die ich zuvor gehört hatte. Er roch nach Alkohol und Tabak. Mir wurde übel davon. Wieder mußte ich mich übergeben.

Dann standen noch mehr Gesichter mit glänzenden Helmen um mich herum. Das Stimmengewirr war unsagbar anstrengend. Irgendjemand hob mich auf eine Trage, und ich dachte: Krankenwagen,

Krankenhaus. Ganz kurz dämmerte mir, daß ich einen Unfall gehabt hatte und daß der Mann mit der Alkoholfahne mich gerettet hatte. Ich hob eine Hand und versuchte, »*merci*« zu sagen, doch die Hand sackte herab, und ich verlor das Bewußtsein.

Als ich wieder zu mir kam, lag ich auf dem Rücken und blickte zu einer blaßgrünen Decke auf. Das Atmen schmerzte jetzt weniger, aber mein Körper fühlte sich an, als hätte mich jemand einen Monat lang verprügelt. Und was am meisten weh tat, war das, woran ich mich plötzlich fast lückenlos erinnerte.

Da lag ich, starrte die Decke an und sah die Finsternis mit all ihren Höllenqualen wieder vor mir. Neben mir sagte eine Männerstimme: »*Bonjour, Monsieur Dixon.*«

Ich versuchte ihm zu erklären, daß ich nicht Französisch konnte. Aber meine Stimme gehorchte mir nicht, und alles, was ich herausbrachte, war ein schauerliches Krächzen.

»Ich spreche englisch«, sagte der Mann. Ich drehte den Kopf und schaute ihn an. Er hatte einen Schnauzbart und trug einen dunklen Anzug. »Ich muß Ihnen ein paar Fragen stellen«, sagte er. »Ich bin von der Polizei in Cherbourg.«

»Wasser«, krächzte ich.

Er reichte mir ein Glas und half mir beim Trinken. Es schmeckte kühl und köstlich.

»Es wundert mich, daß Sie dieses Zeug überhaupt noch runterbekommen nach den Mengen, die man Ihnen letzte Nacht davon ausgepumpt hat«, sagte er.

»Arrrh«, machte ich.

»Sie hatten Glück«, sagte er. »Oder besser, Sie hatten irrsinniges Schwein. Wenn Monsieur Duchesne, der Wachmann, nicht von seinem Schuppen auf dem Weg zum *Café du Menhir* gewesen wäre und Sie im Dock gesehen hätte, dann lägen Sie jetzt in einer anderen Abteilung dieses Krankenhauses. In einer Schublade.«

Das Wasser wirkte wahre Wunder. »So war's auch gedacht«, sagte ich.

»Aber warum wollten Sie Selbstmord begehen? Und dann mit dieser Methode! Sie ist doch, nun ja, also, vielleicht etwas – grotesk«, sagte der Polizist mit dem Schnauzbart.

»Nicht Selbstmord«, krächzte ich. »Jemand wollte mich ermorden.«

Die dünnen schwarzen Augenbrauen des Polizisten bildeten einen

Doppelbogen auf seiner Stirn. »Vielleicht sollten Sie mir die ganze Geschichte mal von Anfang an erzählen«, sagte er.

Ich erzählte, langsam. Als ich fertig war, sagte er höflich: »Sie haben ein ausgezeichnetes Gedächtnis.«

»Stimmt«, sagte ich.

»Vor allem für einen Mann, der einige Schläge auf den Kopf bekommen und viel Alkohol getrunken hat. Das Krankenhaus hat nämlich eine Blutprobe gemacht.«

Ich fühlte wieder Erschöpfung in mir aufsteigen. »Worauf wollen Sie hinaus?«

Der Polizist hob die flachen Hände. »Eigentlich nur darauf: Ich frage mich, ob man, um jemanden umzubringen, so lange wartet, bis das Opfer betrunken ist und an einem Trockendock vorbeiwandert, damit man es dann hineinstoßen kann.« Er lächelte, was überhaupt nicht zu seinen ernsten dunklen Augen paßte. »Meiner Erfahrung nach wählen Mörder lieber einfachere Methoden.«

Mein Kopf schmerzte dermaßen, daß ich nur die Achseln zucken konnte, aber selbst das tat höllisch weh. »Wollen Sie damit sagen, daß ich mir das alles nur ausgedacht habe?«

Das Polizist lächelte. »Warum nicht? Nach viel Calvados kann man schon seltsame Dinge tun.« Er stand auf. »Und herzlichen Glückwunsch zu Ihrem Sieg, Monsieur.«

Aha, dachte ich, ein Polizist, der das Problem vom Tisch haben will. »Danke«, sagte ich. »Sie werden den Fall nicht weiterverfolgen?«

»Wir haben keine Beweise«, sagte er und ging.

Die anderen mußten draußen gewartet haben. Charlie und Scotto kamen herein, gefolgt von Agnès. Charlie und Scotto standen etwas verlegen herum, Agnès lächelte. Ich konnte ihr ansehen, daß ich kein erfreulicher Anblick war. Scotto war da direkter. »Mannomann«, sagte er, »was siehst du schauerlich aus!«

»So fühle ich mich auch«, sagte ich.

»Was ist passiert?« fragte Charlie.

»Kann mich nicht erinnern.« Ich war einfach zu erschöpft, um das Ganze noch einmal durchzukauen.

»Du bist in ein Trockendock gefallen«, sagte Scotto. »Sie glauben, daß du sternhagelvoll warst. Daß du aber vorher noch das Wasser angedreht hast.«

»Ach«, sagte ich. »Glaubt ihr das auch?«

Es herrschte Schweigen. Charlie schaute mich sonderbar an. »Was willst du damit sagen?« fragte er.

»Müde«, sagte ich. »Später.« Er war schon ein cleverer Bursche, dieser Charlie.

Agnès trat an mein Bett. Meine Augenlider waren bleischwer, aber ich sah, daß auf ihrem Haar ein paar Sonnenstrahlen tanzten. Sie nahm meine Hand und setzte sich neben mich. »Jimmy«, sagte sie, »hat dich jemand da reingeworfen?«

Ich schaute sie an. Ihr Gesicht kam und ging, war mal klar, mal verschwommen. Ein Teil von mir sagte: Sie ist die Geliebte von Jean-Luc Jarré, sie ist Journalistin, rede kein Wort. Aber ein anderer Teil, der größere, widersprach: Dieser Frau kannst du alles sagen. Und so antwortete ich: »Ja.«

Ich hörte, wie sie zischend Luft ausstieß, spürte den Druck ihrer Finger und dachte: Sie macht sich Sorgen. Immerhin etwas.

# 19

Als ich das nächste Mal aufwachte, waren sie alle gegangen. Der Schmerz war einer allumfassenden Steifheit gewichen, was vorzuziehen war, da es bedeutete, daß mein Kopf wieder klar denken konnte.

Ich hatte Glück, noch am Leben zu sein.

Neben meinem Bett stand ein Telefon. Ich wählte Maes Nummer. Sie antwortete beim zweiten Läuten.

»Daddy...« Ihre Stimme klang heiser. »Ich habe dich im Fernsehen gesehen.«

»Geht's dir gut?« fragte ich.

»Du hörst dich krank an«, sagte sie. »Ich habe gesehen, wie du diesem Mann nachgesprungen bist. Du warst phantastisch.«

»Danke. Geht's dir gut?«

»Ja«, sagte sie. »Wann kommst du zurück?«

»Bald«, sagte ich. »Sei nett zu Rita.«

»Ich kann's nicht abwarten, bis du endlich wiederkommst«, sagte sie.

»Sei schön brav.«

Nachdem wir eingehängt hatten, legte ich mich zurück und aalte mich in der Vorstellung, daß Mae sehnsüchtig darauf wartete, mich wiederzusehen. Aber ich aalte mich nicht lange. Ich wußte, daß ich aufstehen und ganz schnell mit dem sprechen mußte, der mich aus dem Dock gefischt hatte. Und dann mußte ich herausbekommen, was zum Teufel da gespielt wurde.

Ich schaute auf die Uhr. Zwei.

Ich schwenkte ein Bein nach dem anderen über die Bettkante. Das kostete mich etwa fünf Minuten und ein ziemliches Gestöhne. Meine Kleider hingen in einem Schrank, jemand hatte sie oberflächlich gesäubert. Bis ich sie angezogen hatte, waren weitere fünf Minuten vergangen. Als ich mich gerade fragte, wie ich am besten meine Schuhe anbekäme, trat eine Krankenschwester ein. Ich deutete auf meine Füße. Ihre Augenbrauen wanderten nach oben, und ihr Mund wurde ganz rund.

»*Non!*« schrie sie. »*Non! Au lit!*«, und deutete auf das Bett.

Ich schüttelte den Kopf, ergriff meine Schuhe und ging auf den Flur. Stirnrunzelnd wich sie zurück.

Im Flur fing der Boden auf halbem Wege wie ein Trampolin zu wippen an. Ich lehnte mich gegen die Wand und dachte, daß an dem, was die Krankenschwester gesagt hatte, vielleicht doch etwas dran war. Als das Wippen aufgehört hatte, kam ich immerhin bis in den Fahrstuhl. Die Fahrstuhltür ging langsam zu, als ich meine Krankenschwester mit zwei anderen herbeirennen sah. Aber da hatte ich schon auf den Knopf zum Erdgeschoß gedrückt. Ich taumelte auf die Straße. Da stand ein Taxi. Ich bat den Fahrer, mich zum *Café du Menhir* zu bringen, ließ mich halb in den Sitz zurückfallen und japste, als hätte ich soeben einen Fünf-Meilen-Sprint hinter mich gebracht. Mein Gesicht im Rückspiegel war weiß, außer an den Stellen, wo es schwarz und rot war. Auf dem linken Backenknochen war eine Kerbe. Für Holz hatte sie nicht die richtige Form, sie war zu tief eingeschnitten. Weil sie von einem Schiff gemacht worden war.

Das *Café du Menhir* war ein kleiner Fuselschuppen mit einer zerbrochenen Fensterscheibe, in dem lauter alte Männer saßen und Calvados tranken. Ihre Stimmen klangen wie Sandpapier. Monsieur Duchesne war ein Mann mit roter Kartoffelnase und etwa sechzig, der offenbar die meiste Zeit seines Lebens im *Menhir* zubrachte. Mit dem durchgeweichten Banknotelbündel in meiner Jackentasche spendierte ich ihm einen Drink, und dann bestand er darauf, daß ich einen Calvados mit ihm trinke. Wir tranken auf meine restlichen acht Leben. Dann fragte ich ihn, ob er in der letzten Nacht jemanden im Dockraum hatte rumlungern sehen.

Seine kleinen rotgeäderten Augen huschten von den Gesichtern der Stammgäste zu dem mit Fliegenschmutz besprenkelten Foto General de Gaulles über der Bar. Nein, sagte er, niemanden. Er hatte gehört, daß die Schleuse aufging, und war heruntergerannt, um nachzusehen. »Diese Lausebengel, Sie wissen schon, die machen so was.« Er sei ein alter Mann und zum Schuppen sei es ein weiter Weg. Ich könne Gott danken, daß er mit seiner Taschenlampe und seinem Bootshaken gekommen sei und mich gesehen habe. *Eh bien*.

Ich trank meinen Calvados aus und musterte de Gaulles Nase. Als mir der Drink wärmend durch die Glieder fuhr, sah ich einen im Wasser zappelnden Ertrinkenden vor mir und den alten Duchesne, der mit einem Bootshaken nach ihm angelte. Und ich versuchte, mir das unterdrückte Kichern und Prusten von beobachtenden Kindern vorzustellen. Aber das hatte es nicht gegeben. Es war kein Kinderstreich, einen Menschen in den Tod stürzen zu wollen und gegen seinen Kopf zu treten, wenn er sich gerade wieder herauszog.

Ich ließ mir Duchesnes Adresse sagen, gab ihm einen Klaps auf den Rücken und ging hinaus, bevor er seine Story noch einmal erzählen konnte. Dann bat ich den Taxifahrer, mich zum Yachtklub zu bringen. Die ganze Fahrt über dachte ich an John Dowson, an Alan und Ed. Es sah ganz so aus, als seien sie Mitglieder eines Klubs, in dessen erlauchten Kreis ich soeben aufgenommen worden war.

Als ich mühsam die Betonstufen zur Terrasse hinaufstieg, dachte ich wieder daran, welch ungeheures Glück ich gehabt hatte. Der Partylärm war bis auf die Treppe zu hören. Auf einem quer über die Terrasse gespannten Transparent stand: SOYEZ LES BIENVENUS MULTICOQUISTES DU MONDE. Oben war die Cocktailparty im vollen Gange, und alles redete durcheinander, aber als ich auf der obersten Stufe erschien, herrschte schlagartig Schweigen. Mein Herz jagte nach dieser Klettertour, und ich mußte mich einen Moment am Geländer festhalten. Ich musterte die starrenden Gesichter: Charlie, Agnès und Scotto; Jarré, finster dreinblickend über seiner Gauloise; die feisten Sponsoren, die sich in Schale geworfen hatten und um Terry Tanner herumschwänzelten. Der trug einen weißen Anzug, hatte, den kleinen Finger abgespreizt, sein Glas erhoben und schaute mit seinen kobaltblauen Augen über dessen Rand zu mir herüber. Er hielt mitten im Schlucken inne. »Du lieber Himmel«, sagte er. »Da hat aber jemand ausgiebig gefeiert!«

Wie ein Pflasterstein polterte dieser Satz in die Stille. Ich hörte jemanden übersetzen, sah einige Franzosen die Augenbrauen heben, die Lippen schürzen und sich abwenden. Meine Augen glitten von einem zum anderen. Einer von euch, dachte ich. Einer von euch war es. Die Unterhaltung wurde wieder lauter. Ich fühlte eine Hand auf meinem Arm.

»Was geht hier gerade vor sich?« fragte ich.

»Die Preisverleihung«, sagte Agnès. Dunkel erinnerte ich mich daran, daß wir eine Regatta gesegelt hatten und uns der Sieg zugesprochen worden war.

»Ach so«, sagte ich, »stimmt ja.«

»Du hast keine Schuhe an«, sagte sie.

Ich legte ihr die Hand auf die Schulter. Unter mir wellte sich der Fußboden wie eine Fahne. »Hab' sie nicht angekriegt.«
Streng schaute sie mich an. »Wie bist du überhaupt aus dem Krankenhaus gekommen?«
»Einfach weggegangen«, sagte ich.
Sie gab einen verzweifelten Laut von sich. »Idiot«, sagte sie. »Ich bringe dich zurück. Jetzt gleich.«
Sie sah besorgt aus, ich sah es ganz deutlich. Ihre Haut war weich und goldbraun. Ich hätte sie gern gestreichelt. »Ich bleibe lieber und hole den Pokal ab«, sagte ich.
»Und den Scheck.« Das war Charlie.
Agnès lächelte plötzlich. Es war, als ginge die Sonne auf. Ich hob den Arm, legte ihn um ihre Schulter und spürte, wie ihr Arm sich um meine Taille schob. Von der anderen Seite der Terrasse starrte Jarré zu uns herüber mit einem Gesicht, das an ein atlantisches Tief erinnerte. Als unsere Blicke sich trafen, schob er sich durch die Menge, packte Agnes am Arm und sagte in schnellem Französisch etwas zu ihr.
Ich streckte meine Hand aus, ergriff das Revers seines Blazers und sagte: »Lassen Sie das.«
Er drehte sich um, ein kleiner Mann, aber das Gift in seinem Gesicht hätte auch für einen großen gereicht. »Sie haben das Rennen also gewonnen«, sagte er. »*Félicitations, mon vieux.* Aber warten Sie nur, bis Sie eines verlieren. Dann werden Sie schon sehen, was passiert, wenn man mit einem Flittchen herumzieht.«
Der Boden schaukelte wieder. Jarrés Pupillen waren weit und schwarz. Rote Äderchen durchzogen das Weiße, und die Haut um seine Augen war gefurcht und angespannt. »Sie haben sehr schlechte Manieren«, begann ich.
Agnès' Griff um meinen Arm wurde fester. »Benehmt euch doch nicht wie die Kinder«, mahnte sie.
Jarré drehte sich zu ihr um. »Sag deinem englischen Freund, daß ich meine Frauen ernst nehme«, knurrte er in klarem Englisch. »Wirklich sehr ernst.« Dann ging er.
Ich schaute ihm nach. Sein hartes Lächeln hatte Ähnlichkeit mit einem Biß. Und ich dachte: Na, du kleiner Marseiller Bandit, ob du deine Frauen so ernst nimmst, daß du deine Rivalen in Trockendocks schmeißt?
»Uff«, machte Charlie Agutter.
»Warum knöpfst du ihn dir nicht vor?« fragte Scotto.

»Laß«, sagte ich. »Er ist ein enttäuschter Mann.«

»Tut mir leid«, sagte Agnès. »Tut mir leid.« Sie war jetzt blaß, und in ihren blauen Augen glitzerten Tränen.

»Er ist nicht nur enttäuscht. Er ist gefährlich.«

Ich nahm ein Glas Champagner von einem vorbeirollenden Servierwagen und reichte es ihr. Blitzlichter blendeten mich, jemand begann in ein Mikrophon zu sprechen.

»Die Preisverleihung«, sagte Agnès.

Die Stimme am Mikrophon sagte: »*Secrète Weapon*. Diiixon.«

Agnès sagte: »Geh hin, Jimmy.«

Ich stieg auf das Podium. Ein kahlköpfiger Mann mit einem verbindlichen Lächeln, das jäh erstarrte, als er die Flecken auf meinem Jackett sah, übergab mir einen kleinen Silberpokal und einen Scheck. Meine Muskeln wimmerten, als ich den Pokal hochhielt. Mein schmutziger Anzug stank nach Hafenwasser. Es folgte ein wahres Blitzlichtgewitter. Ich konnte Scotto und Charlie in der Menge ausmachen; sie wirkten erfreut und stolz. Neben ihnen stand Agnès; auch sie sah stolz aus, vielleicht stolzer, als die Unparteilichkeit einer Journalistin es erlaubte. Doch dann wanderte mein Blick zu den anderen Gesichtern. Terry Tanner und sein großer Wächter Randy hatten ein sportliches Lächeln aufgesetzt. Und ich dachte: einer von euch, ihr gemeinen Hunde. Einer von euch.

Ich ging zur Crew und lehnte mich gegen die Wand. »Wir sollten lieber sehen, daß wir heimkommen«, sagte ich.

Charlie und Scotto schauten mich an. Ich merkte, daß ich sie nicht sehr überzeugte.

»Du gehst überhaupt nirgends hin«, sagte Agnès.

»Ich muß zurück. Ich muß Mrs. Dowson aufsuchen und ihr etliche Fragen stellen.«

»Aber nicht heute abend«, sagte sie. »Heute kommst du mit mir.«

»Ich muß«, sagte ich. Aber aus dem Schaukeln des Bodens war jetzt ein langes, unberechenbares Wogen geworden. Mir wurde übel.

Agnès sagte zu Charlie und Scotto: »Ich nehme diesen Mann mit. Sie können morgen früh im *Hotel Mercure* anrufen und fragen, ob er dann zurücksegeln kann, okay?«

Charlie musterte sie leicht spöttisch mit seinen dunkel umränderten Augen. »Ganz wie Sie wünschen«, sagte er.

»Paßt mir gut auf das Boot auf«, sagte ich. Meine Zunge schien zu groß für meinen Mund. Meine Gedanken waren unendlich langsam, ich war entsetzlich müde. »Warum segelt ihr nicht schon zurück? Und ich fliege.«

»Gemacht«, sagte Charlie.

Ich fühlte eine große, geradezu primitive Erleichterung. Eine *Secret Weapon*, die über den Kanal segelte, war der Gefahr entronnen.

»Und drüben sollte jemand von euch lieber an Bord schlafen.«

»Warum das?«

»Erkläre ich ein andermal«, sagte ich mit einer Stimme, die undeutlich und schwer klang wie die eines Betrunkenen. Der spöttische Ausdruck in Charlies Gesicht war einer gewissen Besorgnis gewichen.

»Komm«, sagte Agnès.

Wir fuhren zu ihrem Hotel. Der Mann am Empfang starrte mich entgeistert an; das *Mercure* gehörte zu den Hotels, dessen Gäste zumeist rasiert sind, über ihren Socken Schuhe zu tragen pflegen und nicht in Trockendocks schwimmen gehen.

Agnès' Zimmer war sauber aufgeräumt; Ölzeug hing hinter der Tür, eine portable Schreibmaschine stand auf dem Tisch, daneben stapelte sich Papier. Sie eilte geschäftig hin und her, während ich, in den Gestank meines Anzugs gehüllt, im Sessel saß und die hinter der großen Fensterscheibe im Wasser tanzenden Lichter betrachtete. Ich hörte, wie die Dusche angestellt wurde, aber mir war, als läge eine Watteschicht um mein Hirn. Aus der Marina gegenüber kam ein Katamaran. Es sah hübsch aus, als sie die Segel hochzogen, und er bewegte sich wie ein Tänzer fast auf Zehenspitzen. Da erst merkte ich, daß es *Secret Weapon* war.

Die Segel stiegen schnell empor. Ich legte die Stirn an das kühle Glas und schaute zu, wie sie seewärts glitten, an der Hafenmole vorbei, wo in der einsetzenden Dämmerung die Feuer gegen den weiten dunklen Horizont blitzten. Agnès kam aus dem Bad zurück. Sie streifte mir Anzug und Hemd ab. Es tat weh. »Puh«, sagte sie. »Du riechst wie ein Abwasserrohr. Schnell unter die Dusche.«

Ich kam auf die Füße und ging unter die Dusche. Gegen die Fliesen gelehnt, ließ ich das Wasser mir die Schmerzen aus Rücken und Schultern hämmern.

Als ich aus der Dusche kam, stand Agnès im Bademantel da. Sie trocknete meinen Rücken ab. Es schmerzte teuflisch.

Ich sagte: »Jarré ... Du lebst mit ihm zusammen.«

Ihre Finger kneteten mein rechtes Schulterblatt.

»Bis vor sechs Monaten«, sagte sie. »Er hat, wie sagt man, mein seelisches Tief nach Bobbys Tod ausgenutzt. Das ist vorbei. Jetzt schreibe ich eine Reportage über ihn. *C'est tout*. Warum stellst du solche Fragen?«

Ich gab keine Antwort. Ich stand mit dem Kopf auf ihrer Schulter da und gab mich ganz meiner Erleichterung hin.

»Und außerdem ist es ziemlich ungezogen, so etwas Privates zu fragen. Bist du eifersüchtig?«

»Natürlich«, sagte ich.

»Dazu besteht keine Veranlassung«, sagte sie. »Und nun solltest du sofort ins Bett gehen.«

Die Laken waren kühl und weich. Mit leerem Kopf lag ich da, bis sie hereinkam. Ihr Haar kräuselte sich wie immer, wenn es naß war, und ihre Haut war tiefbraun über dem Handtuch, in das sie sich gewickelt hatte.

»Ich glaube, es wird Zeit, daß du mir alles erzählst.«

»Du bist Journalistin«, sagte ich.

Sie gab einen kleinen ärgerlichen Ton von sich. »Ich bin deine *patronne*«, sagte sie. »Erzähl mir alles von Anfang an.«

Also erzählte ich. Von Eds Mutmaßungen und John Dowsons vorderem Träger. Das schien keinen Sinn zu ergeben. »Ich habe etwas von der Lauge auf die Hand bekommen.« Ich legte sie aufs Kissen, sie war rot und gereizt und voller Blasen. »Vielleicht haben sie es gesehen oder mit dem Arzt gesprochen und gedacht, daß ich jetzt von der Sabotage weiß. Also schien es ihnen besser, mich verschwinden zu lassen, bevor ich Ärger machen konnte. Ich muß den Arzt fragen, wer wissen könnte, daß ich Verätzungen an der Hand habe.«

Agnès kramte in ihrer Handtasche. »Unnütz«, sagte sie und faltete ein Blatt Papier auseinander.

»Was ist das?«

»Eine Pressemitteilung«, sagte sie. »John Dowson, Tod durch innere Verletzungen. Zwei Crewmitglieder ertrunken. James Dixon, Verätzungen an der rechten Hand.«

»Ah«, sagte ich. Wir schwiegen.

Das Kissen war weich wie eine Wolke. Ich fuhr fort: »John sagte was von einer Erklärung, bevor er starb. Und Ed sagte, daß ihn jemand angerufen hatte.« Das Kissen gewann die Oberhand und sog mich förmlich in sich hinein. »Ich muß Ed aufsuchen«, murmelte ich. »Und Johns Frau.«

Agnès' Hand streichelte meine Schulter. »Ich helfe dir«, sagte sie.

»Aber jetzt mußt du dich ausruhen.« Ihre Finger waren weich wie Seide. Ich hob den Kopf aus dem Kissen. Ihrer lag ganz dicht neben mir. Ich küßte sie und schob einen Arm über sie; ich fühlte ihre glatte Haut, die Spannung ihrer Muskeln und die Rundung ihrer Hüfte. Ihr Atem kitzelte mein Ohr, als sie lachte und sich näher an mich heranschob. Da schlief ich ein.

Als ich wieder erwachte, war heller Tag. Ich blinzelte. An diesem Morgen taten mir die Augen nicht mehr weh. Agnès saß mit aufgestecktem Haar am Tisch und hämmerte auf ihrer Schreibmaschine.

»Ich habe dir Kaffee aufgehoben«, sagte sie und brachte mir eine Tasse. Das durch meinen Körper rinnende Coffein wirkte wie ein Ruf zu den Waffen. Ich rief an der Rezeption an und erfuhr, daß die nächste Maschine nach Plymouth in einer Stunde abging.

»Ich hab' deine Kleider reinigen lassen«, sagte Agnès.
»Ich muß los«, sagte ich. »Wann sehe ich dich wieder?«
»Ich bin bald wieder in England«, sagte sie. »Und rufe dich an.«
»Je eher, desto besser«, sagte ich.

Sie lachte dasselbe Lachen, das ich nachts gehört hatte, kam auf mich zu, legte die Arme um meinen Hals und küßte mich. Dann lehnte sie sich etwas zurück. »Und gib auf dich acht«, sagte sie. »Ich möchte das, was wir begonnen haben, auch gern zu Ende führen.«

Ich ging zur Rezeption hinunter und stieg in das wartende Taxi.

## 20

Helen Dowson lebte in einem viktorianischen Haus an einer langen Straße in Poole. Ich parkte den Wagen in der Auffahrt und humpelte die Stufen zur Eingangstür hinauf. Einziges Lebenszeichen waren zwei überquellende schwarze Mülltonnen, die man vergessen hatte, auf den Bürgersteig zu stellen. Mein Klingeln klang hohl, als sei das Haus leer und ohne Möbel. Ich mußte zweimal läuten, bevor schließlich die Tür aufging.

»Oh«, sagte die Frau. »Ich dachte, es ist die Polizei.«

Ich hatte Helen Dowson zuletzt vor einem Jahr gesehen, beim Start der Rund-um-die-Welt-Regatta. Damals war sie eine dralle, robuste Frau mit schwarzen Löckchen gewesen, die ungeheuer selbstbeherrscht wirkte. Nun schien sie nicht mehr so robust zu sein, und in dem krausen Haar über der Stirn waren einige graue Fäden. Sie hatte geschwollene rote Augen und starrte mich geistesabwesend an. »James«, sagte sie schließlich. »Was möchtest du?«

»Ich bin gekommen...« So hatte ich es mir, Gott weiß warum, nicht vorgestellt. Nun, da ich hier stand, kam ich mir ziemlich ungeschlacht vor. »Ich wollte über John sprechen«, sagte ich.

»Er ist nicht...« Sie hatte sagen wollen, daß er nicht zu Hause sei. Dann wurde ihr klar, was wirklich mit ihm war, und sie begann zu weinen. Ich führte sie ins Haus zurück. Es war elf Uhr morgens, aber die Vorhänge waren zugezogen, und in den Räumen brannte Licht. Der Fußboden der Eingangshalle war mit Büchern übersät. Auf den Treppenstufen lag eine zerbrochene Tischlampe, und über dem Treppengeländer hingen Kleidungsstücke. Sie schubste einen Legostapel mit dem Fuß unter einen Stuhl und führte mich in die Küche, wo sich offenbar seit Tagen niemand mehr um den Abwasch gekümmert hatte. Sie atmete einmal tief durch und setzte sich an den Tisch.

Schließlich sagte sie: »Worum geht's?«

»Ich wollte dir sagen, wie sehr uns das alles erschüttert hat«, sagte ich und dachte, du elender Heuchler, du.

»Danke«, sagte sie. Ich frage mich, wie ich das Gespräch am besten auf Johns ominöse Erklärung bringen konnte, als sie wieder zu reden begann. »Die Kinder sind bei meiner Schwester.«

»Ah ja«, machte ich.

»Sie haben es nicht mehr ertragen«, sagte sie. »Es war einfach zuviel für sie. Ihr Vater ... Das war schon ... Also, du kannst es dir ja vorstellen. Aber jetzt noch diese andere Geschichte ... Also, da ging's nicht mehr.«

»Welche andere Geschichte?« fragte ich.

»Pardon.« Sie versuchte zu lächeln. Es gelang ihr nicht allzu gut, aber es war ein tapferer Versuch. »Einbrecher«, sagte sie. »Gestern, als wir nicht da waren. Sie sind durchs Fenster gekommen. Sie haben alles auseinandergenommen ...« Sie stützte den Kopf auf die Hände.

Ich sagte: »Oh«, und dachte, diese arme, arme Frau. Dann fiel mir etwas ein. »Diese Einbrecher«, sagte ich, »was haben sie mitgenommen?«

»Die Videoanlage«, sagte sie. »Wertvollen Schmuck besitze ich keinen.« Sie hob den Kopf. »In Johns Büro haben sie das unterste nach oben gekehrt.« Wieder versuchte sie in einem Anflug von Tapferkeit zu lächeln. »Wirklich fein abgepaßt von ihnen«, sagte sie und wandte den Kopf wieder ab.

»Gemeine Hunde«, sagte ich halb zu ihr, halb zu mir. »Hm, könnte ich mir das mal ansehen?«

Sie war in einer Verfassung, in der man nicht lange fragt, warum ein flüchtig Bekannter wohl seine Nase in diesen Trümmerhaufen stecken wollte. »Gewiß«, sagte sie ausdruckslos. »Hinten im Flur, erste Tür rechts.«

Das Büro war dunkel. Die Möbel waren pflegeleichter Kunststoff im Holzlook: das Zimmer eines Mannes, der nur selten zu Hause war und auch dann nicht allzuviel auf seine Umgebung gab.

In der Ecke standen zwei grüne Aktenschränke. Ihre Schubladen waren herausgerissen, und der Inhalt lag weit über den Boden verstreut. Im Erker stand ein Schreibtisch. Auch da hatte sich jemand an den Schubladen versucht, sie verschlossen vorgefunden und sich dann mit dem Brecheisen über sie hergemacht. Und zwar gründlich.

Da stand ich nun bis zu den Fußknöcheln in Johns Privatpapieren und hatte nicht die geringste Ahnung, wo ich anfangen sollte. Ich schaute überall nach. Ich kniete mich hin. Zunächst fand ich die Ordner und dann die Blätter, die eigentlich in die Ordner gehörten. Mit den Bankauszügen und den Kreditanträgen war es nicht weiter schwierig. Aber bei anderen Dingen wußte ich beim besten Willen nicht, wo sie einzuordnen waren. Nach einer halben Stunde wurde mir klar, daß ich so nicht weiterkam.

Helen Dowson brachte mir eine Tasse Tee. Ich hatte den Eindruck, daß sie sich verzweifelt Gesellschaft und eine Beschäftigung wünschte. Sie fing an, sich um die Ordner zu kümmern, und ich bemühte mich, den Schreibtisch wieder zusammenzusetzen. Obendrauf war er leer; die Schubladen waren über den Boden verteilt. »Erklärung auf Tisch«, hatte John gesagt. Er mußte seinen Schreibtisch gemeint haben.

»Was suchst du?« fragte sie.

»Eine Erklärung«, sagte ich.

»Was denn für eine?«

Ich schob einen Satz Konstruktionszeichnungen in ihre Papphülse zurück. »Ich weiß nicht.« Dann dachte ich nach. Ich hatte Dowson vor zwei Wochen gesehen, da war er strahlend und guter Dinge gewesen. Erst in Frankreich hatte er so grau und verhärmt ausgesehen. Und in Frankreich hatte er mich gefragt, ob ich wisse, wo Ed sei. Ob er Rechnungen vergleichen wollte?

»Die Vorgänge der letzten vierzehn Tage«, sagte ich. »Allesamt.«

»Ich weiß da nicht so recht Bescheid«, sagte sie, jetzt schon etwas lebhafter.

Zwei Stunden später hatten wir den Fußboden aufgeräumt und alle Schriftstücke wieder in ihre Ordner zurückgeheftet. Damit hatte ich auch, völlig unbeabsichtigt, einen ziemlich klaren Einblick in Johns Leben gewonnen. Er hatte finanziell hart auf der Kippe gestanden. Alle Multieigner balancieren letztlich finanziell auf dem Drahtseil. Bevor Orange Cars als Sponsor auftauchte, war John nahe am Abstürzen gewesen. Aber Orange Cars hatte sich überaus großzügig gezeigt. Er war bestens ausgerüstet für das Round the Isles gewesen.

Die Briefe der letzten beiden Wochen stammten von Versicherungen, Bankdirektoren, Freunden, Geschäftspartnern, alles so harmlos wie der lichte Tag.

»So«, sagte Mrs. Dowson. »Ich mache uns noch einen Tee.« Ihre Stimme klang jetzt eindeutig fester. Ich lächelte ihr zu und trat wieder an den lädierten Schreibtisch.

Er war leer, dafür hatten die Einbrecher gesorgt. Neben ihm lag ein Computer auf dem Boden. Ich erinnerte mich daran, daß John ein begeisterter PC-Fan gewesen war. Dieser hier stammte noch aus den

Pioniertagen der Computerindustrie, und die Einbrecher hatten ihn achtlos hingeworfen. Der ist nicht wert, geklaut zu werden, mußten sie gedacht haben. Ich suchte nach den Disketten. Es waren aber keine da.

Komisch, dachte ich und runzelte die Stirn. Dann kam mir die Erleuchtung: Es war eine Sache, eine ganze Ablage zu filzen. Aber natürlich konnte man den Inhalt der Aktenordner auch auf Disketten speichern. Und das war etwas ganz anderes.

In meinem Nacken begann es zu prickeln.

Ich bückte mich und hob den Computer auf. Der Monitor war noch eingestöpselt. Sein Schalter stand auf Aus, der Schalter des Computers dagegen auf Ein, aber die Betriebsanzeige brannte nicht. Auf gut Glück drückte ich auf die Einschalttaste.

Der Bildschirm leuchtete auf. Der Apparat war die ganze Zeit eingeschaltet gewesen. Nur die Kontrolleuchte war entzwei.

Ich zog einen Stuhl heran und setzte mich mit schmerzenden Oberschenkelmuskeln vor den Apparat. Im Laufwerk befand sich keine Diskette, das Display blieb leer; nur die beiden Symbole der Betriebsanzeige leuchteten und schauten mich an wie ein Augenpaar. Sie hatten die Einbrecher gesehen, aber sie waren ja nur Augäpfel, ohne ein Hirn dahinter. Außer ... »Erklärung auf Tisch«, hatte John gesagt. Aber er hatte so undeutlich gesprochen. Warum hatte ich mich darauf versteift, daß er von seinem Schreibtisch redete? Vielleicht hatte er nicht »Tisch«, sondern »Disk« gesagt – und eigentlich »Diskette« gemeint?

Ich forderte über Laufwerk A das Menü an. Der Apparat teilte mir mit, daß sich in Laufwerk A keine Diskette befinde. Also ging ich auf B über und war auf die Mitteilung gefaßt, daß sich in B ebenfalls keine Diskette befinde.

Statt dessen erschien eine Datei auf dem Bildschirm. John hatte seinen Computer so programmiert, daß er die am meisten benutzten Daten im Speicher behielt.

Ich stand auf und ging hinaus an den Jaguar. Ich hatte eine Diskette im Handschuhfach, von Harry erstellte Verkaufszahlen. Die schob ich in Johns Apparat, löschte die Verkaufszahlen und kopierte seine gespeicherten Unterlagen.

Mrs. Dowson steckte den Kopf durch die Tür. »Tee«, sagte sie. Sie hatte sich das Haar gebürstet und sah wieder aus wie eine robuste, selbstbeherrschte Frau.

Johns Datei war eine Art elektronisches Notizbuch und Terminkalender. Er hatte es sich offenbar zur Gewohnheit gemacht, die wesentlichen Punkte seiner Telefonate peinlich genau aufzuzeichnen. Ich stieß auf zwanzig Seiten allein mit Gedächtnisprotokollen von Telefongesprächen, jedes säuberlich unter dem Namen des Anrufers vermerkt. John war ein methodischer Kopf gewesen. Bei den meisten Gesprächen ging es um geschäftliche Einzelheiten im Zusammenhang mit dem Problem, wie man einen großen Katamaran finanzieren und gut ausgerüstet zu Wasser bringen konnte. Es gab eine ganze Menge Notizen unter dem Stichwort Bank, fast durchweg Bitten um Erhöhung des Überziehungskredits. Dann war der Anruf von Orange Cars vermerkt, mit dem sie ihm die Sponsorenschaft antrugen. Die Summe, um die es ging, belief sich auf zehntausend Pfund, was reichlich bemessen war. Danach hatte er mit Schiffsausrüstern telefoniert und seine Crew instruiert, sie zehn Tage vor der Cherbourg-Dreiecksregatta in Frankreich zu treffen.

Die beiden letzten Notizen waren es, die mein Herz eine Satz machen ließen. Ich starrte den Bildschirm an wie ein Wahrsager, der einer Kristallkugel ihre Geheimnisse zu entlocken sucht. Die erste Notiz lautete: »Arthur Davies betr. Ed Boniface.« Und die zweite: »Männerstimme: 5000 Pfund alte Banknoten. Telefonzelle Cranborne 22 Uhr, 4. Juni.«

Ich ging in die Küche. »Waren Arthur Davies und John befreundet?« fragte ich Helen.

»Davies? Ich glaube nicht.« Sie dachte kurz nach. »Meinst du den, der letztes Jahr ein Boot hatte? Nein. Soweit ich weiß, hat John ihn seit damals nicht mehr gesehen.«

»Aha.« Ich wollte sie nicht an die Vergangenheit erinnern; sie hatte schon genug Probleme mit der Gegenwart. Dennoch blieb noch eine Frage. »Was sagt dir Cranborne?«

»Das ist ein Dorf.«

»Nicht eine Person? Jemand, den John kannte?«

»Es ist ein Dorf«, wiederholte sie. »Fünfzehn Meilen von hier.«

Ich schaute auf meine Hände nieder, die Fingerknöchel traten weiß hervor. Es sah ganz so aus, als habe jemand John aufgefordert, in Cranborne fünftausend Pfund zu deponieren. Genauer gesagt, John hätte eigentlich an dem Tag, als ich ihn in Cherbourg an der Bar gesehen hatte, mit einem Gesicht, das so grau war wie sein Bart, mit Tüten voller Banknoten in Cranborne herumlaufen müssen. Kurz darauf war sein Querträger abgeknickt, weil jemand Abbeizer hineingefüllt hatte. Man brauchte kein Genie zu sein, um daraus zu schließen, daß man John bedroht hatte, um von ihm Geld zu erpressen, und daß John diese Drohung nicht ernstgenommen hatte.

Und dann war da noch Ed.

Ed hatte von Sabotage gefaselt und dunkel durchblicken lassen, daß er irgendwelchen Schurken auf der Spur sei. Andeutungsweise hatte auch er von Erklärungen gesprochen. Doch natürlich hatte ich ihm nicht geglaubt, weil der gute Ed manchen Stuß erzählte, vor allem wenn er ein paar Whisky getrunken hatte. Aber vielleicht hatte Ed doch die Wahrheit gesagt. Und vielleicht steckte hinter diesem Einbruch bei Helen mehr als die übliche Vorortkriminalität.

»Was hat die Polizei dazu gesagt?« fragte ich.

»Ach, weißt du . . .« Sie zuckte die Achseln. »So was kommt doch dauernd vor. Jugendliche. Ein Paar Handschuhe; ein Mauerstein in die Fensterscheibe. Der Videoapparat ist weg, und die Polizei kann nichts machen.«

»Nein«, sagte ich. »Ist mir klar.«

»Es ist nur, weil das Timing ein bißchen grausam war.«

Wieder brachte sie ein tapferes kleines Lächeln zuwege, bevor sie sich hinter ihrer Teetasse verstecken mußte.

Ich nickte und dachte über das Timing nach. Grausam war es zweifellos. Aber auch einleuchtend. Ich nippte an meinem Tee und sann über die Bilder nach, die in mir aufzusteigen begannen.

Man hatte John Dowsons Boot sabotiert, und John war dabei ums Leben gekommen. Der Saboteur hatte natürlich nicht drei Menschen töten wollen, aber es in Kauf genommen. Wie er auch in Kauf genommen hatte, daß Alan in Seaham in die Ankerleine geriet und ich im Trockendock landete, nachdem ich rausgefunden hatte, daß John ermordet worden war. Der Drahtzieher hatte jedenfalls den starken Drang, Schwachstellen zu beseitigen. Eine dieser Schwachstellen war jetzt ich. Und Ed, der vor kurzem dabeigewesen war, ein paar Dinge herauszufinden.

Ich bekam eine Gänsehaut, als sei jemand über mein Grab spaziert.

»Helen«, sagte ich, »ich muß mal dein Telefon benutzen.«

Mit zitternden Fingern wählte ich Eds Nummer in Plymouth, aber da tutete es nur. Ich versuchte es bei allen, die mir einfielen. Niemand hatte ihn gesehen. Als letzte Möglichkeit blieb nur noch sein Bruder Del.

»Nein«, sagte Del. »Keinen blassen Schimmer.«

»Wenn Sie ihn sehen«, drängte ich, »dann sagen Sie ihm, daß jemand hinter ihm her ist.«

»Hinter ihm her ist?«

»Genau das.« Ich legte auf, stieg in den Jaguar und hinterließ eindrucksvolle Gummispuren auf den stillen baumgesäumten Vorortstraßen Pooles.

## 21

In Bristol schien die Sonne. Sie ließ das Wasser des Avon wie dunkles Glas schimmern und tupfte Glanzlichter auf die Fenster der Apartmenthäuser unterhalb des Lifeboat-Museums. Das flußabwärts vom Dampfkran festgemachte Folkeboot hatte schon bessere Tage gesehen; sein dottergelber Anstrich wirkte zwar noch ganz passabel, aber die Kanten der Decksbeplankung waren schwarz, und das graue Rigg schien alt zu sein.

Alt und grau wirkte auch der Kopf, der durchs Luk schaute, nachdem ich aufs Kajütdach gepocht hatte. Arthur Davies hatte ich in Erinnerung als einen schwarzhaarigen adretten Mann. Jetzt war sein Haar weiß geworden, und das über den gestopften Pullover geschlungene Halstuch war an den Ecken ausgefranst. Aber die winzige Kajüte war tadellos sauber und aufgeräumt.

Er gab mir einen Henkelbecher Tee, dessen Teebeutel bestimmt zweimal benutzt worden war, legte die Hände auf die Knie und sagte: »Freut mich, daß Sie gekommen sind.«

»Tut mir leid, daß ich nicht schon früher vorbeigeschaut habe.«

Er lächelte. »Ich stehe heute ziemlich weit unten auf der Liste. Was kann ich für Sie tun?«

»John Dowson«, sagte ich. »Alan Burton. Ed Boniface. Da stimmt was nicht.«

Er hob die dicken schwarzen Augenbrauen. »Wirklich?«

Ich hatte den Eindruck, daß er mich nur bestrafen wollte. »Wirklich«, sagte ich. »Art, Sie hatten letztes Jahr einen Trimaran im Rennen. Und einen Sponsor. Ihre Aussichten waren gut, trotzdem sind Sie ausgestiegen. Ich glaube, Sie sind ausgestiegen, weil man Sie erpreßt hat.«

Jetzt lächelte Davies nicht mehr. Sein Blick war hart und wütend. »Wie zum Teufel haben Sie das erfahren?« Aber es war keine Frage, eher eine Bestätigung.

»Was ist passiert?«

»Ich fand einen Sponsor«, sagte er. »Durch Terry Tanners Vermittlung. Hätte ich den nicht bekommen, wäre ich pleite gegangen. Und dann, etwa eine Woche, nachdem der Scheck eingetroffen war, kam ein Telefonanruf. Ich sollte eine Menge Bargeld in einer Strandbude in Deal lassen, sonst würde meinem Boot etwas passieren.«

»Und das haben Sie getan?«

»Natürlich hab' ich's getan«, sagte Davies. »Das Boot war für mich das Allerwichtigste überhaupt. Sie wissen doch, wie das ist. Wäre ich zur Polizei gegangen, hätte die das entweder überhaupt nicht verstanden, oder die Erpresser hätten mein Boot in ein Wrack verwandelt. Jedenfalls sagten sie das. Deshalb habe ich lieber gezahlt. Ungefähr die Hälfte der Summe, die ich von den Sponsoren bekommen hatte. Das war nicht zuviel.«

»Aber genug«, sagte ich und dachte an John Dowsons Computer: 5000 Pfund in alten Banknoten. Telefonzelle Cranborne.

»Ja, genug«, sagte er. »Denn mit dem, was übrigblieb, konnte ich das Boot nicht am Laufen halten. Tanner wollte Schmiergelder, noch über seine Provision hinaus. Und dann brach ich mir den Arm. Was nicht sehr praktisch ist, wenn man mit einer kleinen Besatzung Regatta segeln soll.«

»Weiß Gott«, sagte ich, »das war Pech.«

»Von wegen Pech«, sagte er. »Ich war eine Woche in Verzug mit einer Teilzahlung. Man stellte mir nach, zog mir eins über den Kopf, und schmetterte einen 100-Pfund-Anker auf meinen linken Oberarmknochen.« Er grinste, aber absolut humorlos.

Ich schüttelte den Kopf und sah wieder den blutroten Schein des Hafenfeuers über Alans totes Gesicht huschen. »Wie reimt sich das zusammen?«

»Ich habe gezahlt«, sagte er. »Und der Sponsor bekam langsam die Nase voll, weil alles mögliche nicht klappte. Er stieg aus, dann kam der Gerichtsvollzieher...« Er deutete auf die winzige Kajüte – eine Koje, zwei Henkelbecher und ein kleines Schapp, dessen ganzer Inhalt aus ein paar Dosen Ölsardinen, drei Eiern und einem halben Laib Brot bestand. »Zum Glück hatte ich wenigstens das hier als Zuhause«, sagte er.

»Haben Sie eine Ahnung, wer's war?«

Sein Mund verzog sich mokant. »Um solche Fragen zu stellen, muß man reich sein.«

Schweigend schaute ich ihn an. Halb dachte ich, du hast einen Rückzieher gemacht, Davies. Aber die andere Hälfte von mir wußte: Wenn jemand mit Forderungen kam, während gerade alles gut lief mit dem Boot, hätte auch ich einfach alles getan, damit nichts zwischen mein Boot und die Ziellinie geriet.

»Noch Tee?« fragte er.

Ich schüttelte den Kopf und sah zu, wie er sich eine Zigarette rollte.
»Hat Ed Boniface Sie mal besucht?« fragte ich.

Er nickte. »Oft.«

»Warum?«

»Aus demselben Grund wie Sie«, sagte er.

»Haben Sie ihn in letzter Zeit gesehen?«

»Jetzt seit zehn Tagen nicht mehr«, sagte er.

»Haben Sie eine Ahnung, wo er stecken könnte?«

Prüfend schaute er auf die dünne Zigarette nieder. »Wenn er nicht zu Hause ist, dann weiß ich's nicht. Sie könnten es mal bei seinem Bruder versuchen.«

»Habe ich schon.«

Er schaute mich mit seinen ernsten walisischen Augen an. »Bei Del ist es immer ratsam, eine Frage mehrmals zu stellen.«

»Wirklich?«

»Komischer Kauz, dieser Del.«

»In welcher Hinsicht?«

Er lachte. »Ich will Sie nicht voreingenommen machen.«

Ich stand auf. »Danke.«

»Schauen Sie mal wieder vorbei«, sagte er. »Wann immer Sie wollen.«

Der Jaguar raste über die Schnellstraße. Ich kam noch vor dem abendlichen Berufsverkehr an London vorbei und erreichte gegen fünf Uhr das Industriegebiet von Essex mit seinen tristen, einförmigen Siedlungen. Um fünf Uhr dreißig steuerte ich die lange schwarze Kühlerhaube an einem abgeblätterten Schild mit der Aufschrift SUNSEA BOAT SALES vorbei und folgte einem mit Schlaglöchern übersäten Weg. Ein dunkler, kräftiger Regen hämmerte Krater in die Wasserpfützen, als ich an dem mit Schindeln und Schlacken gedeckten Schuppen Dels angelangt war.

Es roch nach feuchter, verrottender Dachpappe. Vier Yachten waren in dem Matsch aufgebockt und sahen aus, als stünden sie nur deswegen an Land, weil sie im Wasser sofort sinken würden.

Ein Mädchen mit Kunstfaserkopftuch, unter dem blondgefärbtes Haar hervorsah, kam zur Tür.

»Ich suche Del Boniface«, sagte ich.

Sie schaute unter schwarzverkrusteten Wimpern schräg zu mir hoch. »Der ist mit einem Kunden draußen.«

»Ich warte«, sagte ich. »Was für ein Boot ist es denn?«

»Gaffelkutter«, sagte sie. »Braunes Segel. Ich muß nach Hause.« Sie stakste durch die Pfützen auf die landeinwärts liegende schmuddelige Wohnsiedlung zu.

Ich holte mir einen alten Südwester aus dem Kofferraum und ging zum Kai hinunter. Es war ablaufendes Wasser, und neben der Fahrrinne lugten auf beiden Seiten schwarze Schlickbänke heraus. Hinter den lehmigbraunen Marschen flappte ein rotbraunes Segel. Es wehte kein Wind.

Unterhalb des Kais waren ein paar alte Kajütkreuzer festgemacht. Quer zu ihren Hecks lag ein Boston Whaler mit einem 40-PS-Außenborder. Es war das einzige Boot der Firma SUNSEA, das halbwegs schwimmfähig aussah. Ich sprang hinein, warf den Motor an und die Leinen los. Die Heckwelle des Whalers brach sich als trübbrauner Schaum am Ufer der Fahrrinne, als ich stromabwärts steuerte und den Gashebel durchdrückte.

Ich brauchte zehn Minuten, um zu dem Gaffelkutter zu gelangen. Sein weißer Anstrich blätterte in großen Blasen ab. Ich legte den Leerlauf ein und ging längsseits. Im Cockpit standen zwei Männer. Es roch stark nach Benzin. Der eine der beiden Männer sah jung, frisch und enthusiastisch aus. Der andere war die größere, hagerere Version von Ed: Bruder Del.

Er starrte mich aus feindlichen grauen Augen an. »Was machen Sie da in meinem Boot?« fragte er.

»Ich bin gekommen, um Sie zu retten«, sagte ich. »Wir müssen miteinander sprechen.«

»Retten?« fragte er. »Wir haben uns gerade den Motor...«

»Ich habe genug gesehen«, sagte der enthusiastische junge Mann. »Ein phantastisches Boot.« Seine Stimme zitterte vor Aufregung.

»Ja«, sagte Del Boniface. »Mit ein bißchen Pflege wird sie ein wahres Juwel.«

»Ja«, sagte der junge Mann und nickte weise, »ja.«

Del kam nach vorn, gab die Vorleine über und sprang an Bord des Whalers.

»Bringen Sie sie selbst zurück, Sir, wenn's Ihnen nichts ausmacht«, rief er über die Schulter. Dann schaute er mich wütend an. »Wer glauben Sie eigentlich, wer Sie sind?« fragte er. »Einfach dazwischenzuplatzen, wenn ich gerade ein Boot verkaufe.«

Ich verkniff mir die Antwort, daß er nasses Feuerholz zu sträflichen Preisen verkaufe. »Ich suche Ed«, sagte ich.

»So sagten Sie schon.« Er schaute starr geradeaus. »Am Telefon.«

»Sie haben ihn gesehen. Erst kürzlich.«

»Und wenn?«

»Sie haben mir im *Bunch of Grapes* gesagt, daß Ed sich Dinge einbildet, über Alan Burton und so. Aber das stimmt nicht.«

»Was stimmt nicht?«

»Es war keine Einbildung. Ed will jemand an den Kragen. Das muß man ihm sagen.«

»O ja«, meinte Del zweifelnd. »Und woher soll ich wissen, daß nicht Sie es sind?«

»Du lieber Himmel«, sagte ich. »Ed ist ein alter Freund von mir. Das wissen Sie doch.«

Wasser lief ihm aus dem kurzgeschorenen grauen Haar in die Augen. »Und wenn er Sie nicht sehen will?«

Langsam verlor ich die Geduld. »Wenn Sie mir nicht sagen, wo er ist, werde ich diesem Anfänger da erzählen, was er gerade kaufen will.«

Del schaute erst mich an und dann den Kutter. Er schluckte, und sein Adamsapfel rollte auf und ab.

»Ich hab' Ihnen doch gesagt, daß ich's nicht weiß«, beharrte er.

Ich drehte mich um. Der junge Mann im Cockpit des Kutters hob die Hand und winkte.

»Warum holen Sie nicht ein unabhängiges Gutachten ein?« schrie ich ihm über das Tuckern des Motors hinweg zu.

»Wie bitte?« rief er zurück.

Del sagte hastig: »Moment, Moment. Gehen wir in mein Büro.«

»Schon gut«, rief ich dem jungen Mann zu, der mit geradezu herzzerreißendem Besitzerstolz zurücklächelte.

Wir motorten zurück, und der junge Mann sagte, daß er morgen wiederkommen würde, sobald er mit seiner Bank gesprochen hatte, und gab Del seine Karte. Wir gingen in Dels Bruchbude. Er setzte sich hinter einen mit feuchten Papieren bedeckten Schreibtisch.

»Also, wo ist Ed?« fragte ich.

»Und wenn ich's nicht weiß?«

»Hinter Ihrem Bruder ist jemand her«, sagte ich. »Jemand, der anderer Leute Arme bricht, Boote sabotiert, Leute an Anker kettet oder sie in Trockendocks schubst.«

»Wirklich?«

»Im *Grapes* haben Sie zu mir gesagt, daß Ed nicht mehr er selbst ist. Sie hatten verflucht recht. Er braucht Hilfe. Ich möchte ihm helfen.«

»Das sagten Sie schon. Woher soll ich wissen, ob er gefunden werden will?«

»Schalten Sie doch endlich mal Ihr Hirn ein.« Ich fing an wütend zu werden. »Er ist ständig betrunken. Er ist pleite. Er ist dabei, Sachen rauszufinden, die gewisse Leute lieber für sich behalten würden.«

»Ich suche ihn selbst«, sagte Del.

»Da bin ich auf Ihrer Seite.«

Er schaute mich mit seinen wäßrigen grauen Augen an. »*Ich* bin auf meiner Seite«, sagte er. »Ich kann niemandem trauen.«

»Sagen Sie mir nur, wo Ed ist«, drängte ich.

»Er will nicht, daß es jemand erfährt.«

Ich sagte: »Sie sind zu diskret.«

Er musterte mich vorsichtig. »Das muß man als Yachtmakler auch sein.« Jetzt hatte er einen Anflug von Selbstgefälligkeit im Gesicht, der nicht recht zu seiner Bruchbude, dem Regen und diesen Seelenverkäufern im Schlick draußen paßte. Auch wenn er nicht eben der Hellste war, durfte ich ihn nicht unterschätzen.

»Wo ist Ed? Wenn Sie's mir nicht sagen, gehe ich zur Polizei und erzähle, was Sie mit dem Wachmann gemacht haben.«

»Sie waren auch dabei.«

»Ich bin aus dem Schneider, meine Rechnung ist bezahlt. Aber Sie sucht die Polizei immer noch, wegen schweren Diebstahls.«

Del runzelte die Stirn und streckte die Füße unter dem Preßholztisch aus. Schließlich griff er zum Telefon, wählte und hielt den Hörer wohl eine Minute lang ans Ohr. Dann legte er auf.

»Da antwortet niemand«, sagte er.

Ich war aufgestanden. »Die Adresse.«

»43 Henshaw Street in London«, sagte er. »Es ist eine Art Mietshaus, das ich besitze.« Wieder dieser Anflug von Selbstgefälligkeit: Del Boniface, der große Geschäftsmann.

»Danke«, sagte ich.

Er zuckte die Achseln. »Für Ed doch immer.«

Ich starrte ihn an. Nachdem ich die Adresse wie einen Weisheitszahn aus ihm hatte herausziehen müssen, war diese plötzliche Bruderliebe nicht ganz glaubhaft. Ein seltsamer Mensch, dieser Del.

Er stand auf. »Es war nett, Sie wiederzusehen. Herzliche Grüße an Eddy.« Er war so groß wie ich. Seine grauen Augen blickten zur Seite, und sein Händedruck war fest, aber klebrig. Ich sah noch, wie er zwischen den Pfützen im Gras stand und mir nachstarrte.

## 22

Auf der A 12 hörte der Nieselregen auf, und an einigen Stellen schaute der blaue Abendhimmel hervor. In London hatte der Sommer Einzug gehalten; im Regent Park und in Little Venice hatten die Spaziergänger ihre Hemden ausgezogen und stöhnten unter der feuchten Hitze, die von dem sonnendurchglühten Pflaster aufstieg.

Henshaw Street war eine lange, nördlich der Paddington Station von der M 40 abzweigende Straße mit zweigeschössigen Häusern, die fast unter Plastiktüten und alten Kartons erstickte. Die meisten Fensterscheiben waren kaputt, und nur wenige hatte man irgendwie abgedichtet. Durch die offen Scheibe des Jaguars wehte ein saurer Geruch nach Schmutz und Verwahrlosung zu mir herein, nach ungewaschenen Dingen und Menschen; um etwas zu waschen, braucht man Hoffnung, und Hoffnung schien in der Henshaw Street Mangelware zu sein.

Die Nummer 43 wies Del Boniface nicht gerade als vorbildlichen Hauswirt aus. Durch die rotgestrichene Tür kam an etlichen Stellen die alte grüne Farbe wieder durch, auf den Eingangsstufen lag Müll. Das Flurfenster im Erdgeschoß bestand aus Wellblech.

Ich drückte auf den Klingelknopf.

Drinnen war kein Klingeln zu hören. Vom anderen Ende dröhnte der Lärm der Hochstraße herüber. Eine Frau, an der fünf schmutzige Plastiksäcke baumelten, taperte vorbei, offenbar in eine lautstarke Unterhaltung mit sich selbst vertieft. Ich drückte erneut auf den Klingelknopf. Noch immer rührte sich nichts.

Ich begann mich darauf einzustellen, daß Ed nicht da war und daß damit auch die ganze Herumfahrerei pure Zeitverschwendung gewesen war. »So ein Mist«, sagte ich und gab der fleckigen Tür verdrießlich einen Tritt.

Sie flog auf. Ich ging hinein. Drinnen stank es; es war derselbe Gestank wie auf der Straße, nur stärker, konzentrierter und mit dem Dunst von abgestandenem Alkohol geschwängert. Man konnte kaum atmen.

Ich rief: »Ed?«

Keine Antwort. Die vom Flur abgehenden Türen hatten blinde Metallschilder und Vorhängeschlösser. Eine der Türen ging einen Spaltbreit auf, und ein altes rotes Auge wurde sichtbar. »Maul halten«, sagte eine Stimme.

»Ich suche Ed Boniface«, sagte ich.

»Mir egal«, sagte die Stimme.

Ich kramte in meiner Jackentasche und holte eine Pfundmünze hervor. Das Auge blieb an ihr haften wie der Saugarm eines Oktopus'. »Der is' weggegangen«, sagte die Stimme. Ich schickte mich an, die Münze in meine Tasche zurückzubefördern. »Aber ich weiß, wohin.«

»Wohin?«

Die Tür ging ganz auf. Die Stimme gehörte einer Frau. Ihre Haare schienen aus nasser Plastik zu bestehen, und sie trug einen schmutzigen geblümten Overall. Wo normalerweise Fußknöchel sind, wabbelten bei ihr Fettrollen über den Hauspantoffeln.

»Oh«, sagte sie und fuhr sich mit der grauen Zunge über runzlige Lippen, die durch das Fehlen von Zahnersatz eingefallen waren. »Sie sind ja ein ganz Feiner«, sagte sie. »Wissen Sie was? Es fällt mir immer so schwer, einkaufen zu gehen, mit meinen kaputten Beinen und so.«

»Ed Boniface«, drängte ich.

»Zwanzig Zigaretten und eine Flasche Likör«, sagte sie fest und zog eine schmutzige Literflasche hervor, die mal Limonade enthalten hatte. »Direkt gegenüber.«

Ich rannte an den Stehausschank, an dem es offenbar nur Likör und Zigaretten gab. In ihrer Wohnung saß ich wie auf glühenden Kohlen, mußte aber warten, bis sie sich ein Glas voll eingeschenkt und leergetrunken, eine Zigarette angesteckt und fünf Minuten lang gehustet hatte. »Jemand hat angerufen«, sagte sie. »Hab' gehört, was er sagte. Danach ist Ed weggefahren. Hab' gehört, wie er Howlett's sagte.«

»Howlett's? Bei den Lagerhäusern?«

»Genau. War sein Bruder, der angerufen hat.«

»Sein Bruder?«

»Vor zwei Tagen. Hab' sie am Telefon gehört. Netter Kerl, dieser Del.« Wieder zuckte die Zunge zwischen ihren Lippen hervor wie eine graue Ratte, die aus einem Abflußrohr äugt. »Sie sehen ihm sehr ähnlich, wissen Sie das? Wollense was trinken?«

»Nein«, sagte ich. »Vielen Dank.« Ich rannte an den Jaguar, jagte durch die Henshaw Street, fand eine Telefonzelle und rief einen

Freund an, der ein Maklerbüro am St. Katherine's Dock betrieb. »Howlett's?« fragte er. »Himmel, was für ein Schrottplatz! Was willst du denn dort?«

Ich versicherte, daß ich mich neuerdings auf Schrott spezialisiert hätte, versprach, ihn zu besuchen, wenn wir das Round the Isles gewonnen hatten, und fuhr nach Osten. Mir fiel ein, daß ich Glück hatte, wenn ich beim Round the Isles überhaupt bis an die Startlinie kam, geschweige denn es gewann. Aber dieser Gedanke wurde durch wichtigere verdrängt. Warum zum Teufel hatte Del mir nur die halbe Wahrheit gesagt? Wenn er aus irgendeinem Grund der Meinung war, daß er mich über Eds Aufenthaltsort im unklaren lassen sollte, warum hatte er mir dann nicht von vornherein eine falsche Adresse genannt? Wenn er andererseits wollte, daß ich ihn fand, warum hatte er mich dann nicht direkt zu Howlett's Marina geschickt?

Ich erinnerte mich, wie er den Wachmann niedergeschlagen hatte, und auch an diesen Ausdruck von Selbstgefälligkeit, als er sich als Yachtmakler bezeichnete. Del war ein Schmalspurgehirn; nicht besonders schlau und auch nicht besonders anständig. Vermutlich hatte er mich zur Henshaw Street fahren lassen, weil er nicht genug Phantasie besaß, um mich woanders hinzuschicken. Howlett's Marina war noch weit hinter der Isle of Dogs, einem Block von hohen Lagerhäusern, die jemand in hübsche Apartments für reicher Leute Kinder zu verwandeln beschlossen hatte. Aber die im Scheinwerferlicht aufleuchtenden Schilder, die für Wohnungen direkt an der Uferpromenade und für Yacht-Liegeplätze warben, waren abgeblättert. Es war jetzt fast dunkel; von den Marschen wehte eine kalte Brise gen Osten und trug den Geruch nach Abwässern von der nahen Kläranlage auf die See hinaus. Kein Licht brannte in den Lagerhäusern, und der Wind seufzte in den Lücken, die Spekulanten hatten hineinhacken lassen. Aus einem Schuppen am Hauptgebäude fiel der trübe Schein einer Glühbirne. Als ich näher kam, sah ich, daß es der Schuppen des Wächters war. Ich klopfte. Der Wachmann, ein kahlköpfiger Alter, schaute mich überrascht an.

»Ich suche Mr. Boniface«, sagte ich.

»Oh.« Er schüttelte den Kopf, und der Widerschein der nackten Glühbirne glänzte auf seinem Schädel. »Dachte ich mir. Normalerweise fahren alle Leute einfach so durch.«

»Welches ist sein Boot?«

»*Melody*, Liegeplatz A 10. Sie können's nicht verfehlen. Soviel Auswahl gibt's hier nicht.«

Ich ging über den Betonplatz vor der Marina. Sie schien keinen Deut mehr Erfolg zu haben als die Apartments mit Meerblick für reiche Leute. Es gab mehr freie Liegplätze als festgemachte Boote, und das Wasser gurgelte träge um die Pontons. Ich dachte an die alten Zeiten, als ich mit Ed gesegelt war, hörte ihn lachen, wenn eine klare grüne Welle ihm ins Gesicht klatschte, und fragte mich, was zum Teufel er in dieser Brühe hier trieb. Zu Nr. 10 an Steg A ging es links ab. Aus einem Kajütfenster drang Licht, und draußen war es noch hell genug, um erkennen zu können, daß *Melody* ein alter Motorsegler war. Seine einst weißen Bordwände waren voller Roststreifen und grüner Algenflecken. An seinem Bugkorb hing ein Schild mit der Aufschrift: ZU VERKAUFEN – SUNSEA BOAT SALES. Die Erinnerung an den klaren grünen Atlantik war jetzt ganz frisch und stark. Plötzlich freute ich mich darauf, den guten Ed wiederzusehen.

Ich stieg über die Reling, klopfte an die Tür des Ruderhauses und trat ein.

Es war, als marschierte man geradewegs in eine Wolke aus Alkohol. Das meiste dieses Gestanks kam aus den auf dem Boden herumrollenden Flaschen: Rum, Wodka, billiger Wein. Es war wie auf einem Hausboot: Landanschluß für Strom; ein Telefon. Im Radio spielte James Last. Überall waren Papierfetzen verstreut, die wie riesige Schneeflocken zwischen den Kissen, auf dem Tisch und dem fleckigen braunen Teppich lagen.

Ich rief:»Ed!«

Keine Antwort. Das Boot schaukelte, als ich am Herd vorbeiging; die Radiomusik, das Glucksen der Wellen draußen und das leise Scheppern der schmutzigen Teller im Spülbecken machten die Stille besonders kraß.

Die Vorderkajüte war leer. Eine Achterkajüte gab es nicht, dafür war das Boot nicht groß genug. Ed war nicht da.

Ich öffnete die Tür zum WC.

Ich hatte mich darauf gefreut, den guten Ed wiederzusehen. Und hier war er. Er saß auf der kleinen Klobrille und starrte mich an; starrte mich mit großen hervorquellenden Augen an, die aus seinem schwärzlichen Gesicht heraustraten, über einer Zunge, die ihm grauenvoll aus dem Mund hing. Und er streckte die Arme aus, als wolle er mich um Hilfe bitten. Aber ihm konnte niemand mehr helfen. Denn man hatte Ed Boniface einen Strick um den Hals gelegt und so fest zugezogen, bis er tot war.

## 23

Ich stand wie festgewurzelt und starrte Ed an. An der Bordwand plätscherten die Wellen. Im Radio schmalzte James Last, und ich sagte mir: Dies ist Ed Boniface, und er ist tot, weil du zu spät kamst.

Behutsam streckte ich die Hand aus und berührte sein Gesicht. Es war kalt, aber nicht so kalt wie die Luft. Die Luft, voll Schmutz und Fusel und Tod, drohte mich plötzlich zu ersticken. Ich torkelte aus dem Ruderhaus und übergab mich in das mit Abfällen vorbeischwappende Wasser. Dann drehte ich mich um und stolperte durch den Niedergang zurück nach unten, durchsuchte einen Wust von Papier: aus Yachtzeitschriften herausgerissene Seiten und nie zu Ende geschriebene Briefe, in denen Ed mit krakeliger Schrift um eine Sponsorenschaft ersuchte für Boote, die nie gebaut werden würden. Einen Namen oder anderen Fingerzeig fand ich nicht.

Ich ging zum Telefon und wollte gerade wählen, als ich an die Fingerabdrücke dachte. So unterließ ich es. Auf die Plastikwand hinter dem Telefon waren mit Filzstift einige Telefonnummern gekritzelt. »DHSS« stand vor der einen; »Suzy« vor der anderen. Ganz rechts stand mit grünem Filzschreiber eine Nummer mit der Vorwahl von Essex: Del. Darunter war noch eine Nummer, aber aus London. Ich hob einen Papierfetzen auf und notierte sie mir. Dann ging ich an Deck und ließ Eds Leiche in der Toilette zurück. Der betrunkene, verschlagene Ed war nun, da er tot war, aus meinem Gedächtnis verschwunden; jetzt blieb nur das Bild vom seefahrenden Falstaff zurück, vom guten Kameraden, mit dem ich meine Rennen gewonnen hatte. Und eine wahnsinnige, bohrende Wut stieg in mir hoch auf den, der ihn ruiniert hatte, der sein Boot zerschellen ließ und der ihn schließlich erdrosselt hatte.

Vom Wachhäuschen aus rief ich die Polizei an.

Sie kamen schnell und nahmen mich mit. Vermutlich schafften sie auch Ed gleich weg. Ein Sergeant Potter brachte mich in einen hellgrün gestrichenen Raum und stellte mir eine Menge Fragen. Ich befürchtete schon, irgendein Polizeicomputer würde ihm vielleicht verraten, daß die Kriminalpolizei in Plymouth Interesse an der gemeinschaftlichen Tätigkeit der Brüder Ed und Del Boniface und eines gewissen James Dixon hatte, aber so gut waren sie doch nicht verkabelt. Ed war seit gut zwölf Stunden tot, und nachdem ich mein Alibi beigebracht hatte, verloren sie schnell das Interesse an mir.

Sergeant Potter war selbst Wassersportler, Eigner einer Enterprise auf einem Stausee in der Nähe von Dagenham. Er hatte von meinem Sieg in der Zeitung gelesen und wurde vertraulich. »In Howlett's Marina ist alles mögliche Gesindel zu Hause. Vermutlich hat einer dieser Brüder Ihren Freund für 'ne halbe Flasche Whisky umgebracht.« Er seufzte. »Wenn Sie etwas erfahren, rufen Sie uns bitte an. Ach ja, einer unserer Leute hat Ihren Jaguar zurückgefahren. Prima Wagen.«

Ich sagte, daß ich das auch fände, und ging durch die mit Fichtennadelduft geputzten Flure der Polizeistation in die graue Welt hinaus. Dabei fragte ich mich, warum ich Potter nicht gesagt hatte, was ich wußte. Die Antwort war einfach: weil ich mit dem, der Ed umgebracht hatte, persönlich abrechnen wollte, ohne einen Mittelsmann.

Ich glitt hinters Steuerrad. Der Motor sprang mit seinem üblichen satten Röhren und Prusten an.

Okay, dachte ich, nun will ich mir mal Del vorknöpfen. Ich wollte gerade zum Schaltknüppel greifen, als ich jäh innehielt. Alan war ermordet worden, damit er meine Fragen nicht mehr beantworten konnte; da war ich mir jetzt ganz sicher. Bei Ed war es genauso. Und auch mir hatte schon jemand an den Kragen gewollt. Was, wenn sie versuchten, den Hebel jetzt woanders anzusetzen? Krachend legte ich den Gang ein und preschte los.

Im Morgengrauen fuhr ich durch Pulteney.

Die Reifen wirbelten Kies auf die Blumenbeete neben der Auffahrt. Ich hörte Rita »Wer ist da?« rufen und rannte die Stufen hinauf. In Maes Schlafzimmer war es dunkel. Ich machte Licht. Sie lag mit geschlossenen Augen im Bett, das Haar wie einen Heiligenschein über das Kissen gebreitet.

Sie schlug die Augen auf. »Mae«, sagte ich und preßte sie an mich. »Daddy«, sagte sie. Dann schien sie erst zu sich zu kommen. »Wie spät ist es überhaupt? Du hast dich nicht rasiert. Du riechst.« Aber ich konnte sie nicht loslassen. Sie wand sich in meinen Armen. »Ich bin müde«, sagte sie.

Das war ich auch, erschöpft und zerschlagen. »Ich freue mich so, dich zu sehen«, sagte ich.

»Ich auch«, sagte sie, legte sich aufs Kissen zurück und schlief gleich wieder ein. Es war alles wunderbar normal.

Dann ging ich selbst für zwei Stunden zu Bett. Nach dem Duschen stieg ich in meine Jeans, schnappte mir den Panamahut und trank in der Küche eine Tasse Kaffee. Danach holte ich Mae aus ihrem Spielzimmer, lud sie und einen Koffer ins Auto und fuhr sie zur Quay Street, wo Scotto vor ein paar Jahren ein Häuschen gekauft hatte.

Er lebte mit seiner Freundin Georgia aus Trinidad und ihren gemeinsamen Kindern, kakaobraunen Zwillingen, zusammen. Mae liebte Georgia und die Zwillinge, und Georgia liebte Mae. Sie blieb oft bei ihnen, wenn ich auf Reisen war, aber diesmal mußte sie einen sechsten Sinn haben. Im Auto weinte und quengelte sie.

»Warum fährst du schon wieder weg?« fragte sie.

»Das neue Boot, weißt du«, sagte ich. »Das nimmt noch viel Zeit in Anspruch.«

»Aber nicht in London«, sagte sie. »Dein Gesicht sieht aus, als ob man dich verprügelt hätte. Und als du nachts gekommen bist, hast du schrecklich müde ausgesehen. Was hast du bloß gemacht?«

»Irgendwann erklär' ich's dir«, sagte ich. »So, da wären wir.«

»Ach, Daddy«, jammerte sie. »Es ist diese verdammte Agnès. Du bist mit ihr weggewesen.«

»Ich dachte, du magst sie?«

»Huhu«, weinte sie.

Georgia öffnete das Gartentor. Die Hecke blühte, und auf dem Rasen hüpften, rosa Lutscher schleckend, die Zwillinge umher.

»James«, sagte sie und küßte mich auf die Backe. Dann sah sie den Koffer. »Mae, mein Schatz, bleibst du bei uns?«

»Ich muß ein paar Tage weg«, sagte ich. »Wenn's dir nichts ausmacht?«

»Aber natürlich nicht«, sagte Georgia. »Nimmst du Scotto schon wieder mit? Er ist gerade erst zurückgekommen.«

»Noch nicht«, sagte ich.

»Aber bald, wie?« Sie schaute mich mit ihrem breiten weißen Lächeln an. »Was ist denn mit dir passiert?«

»Bin hingefallen«, sagte ich.

»Paßt bloß auf euch auf.« Das Lächeln war verschwunden, sie machte jetzt ein ernstes Gesicht. »Auf diesen Katamaranen kommen viele Leute zu Schaden.«

»Wir passen auf«, versprach ich. Mae stand schon am Wasserschlauch und wusch einen rosa Lutscher ab, den einer der Zwillinge fallen gelassen hatte. »Ich muß los.«

Ich drehte mich um und winkte. Sie winkten zurück, die kleinen braunen Jungen, Mae mit ihren Shirley-Temple-Locken und Georgia. Hier, mitten in Pulteney, wo jeder jeden beobachtete, war sie in Sicherheit. Im einsam gelegenen Mill House am Ende des Tals mochte das anders sein.

Als ich heimkam, wirkte das Haus leer und stumm. Es war ein unangenehmes Gefühl – als begegne man einem Freund, der einen nicht wiedererkennt. Ich sperrte alle Türen ab und ging in mein Büro.

Die Papierflut auf meinem Schreibtisch war noch gestiegen. Hinter dem Bürofenster wimmerten die Fräsen und Furniersägen. Ich nahm den Hörer ab und wählte Del Bonifaces Nummer. Es antwortete niemand. Daraufhin wählte ich die Nummer, die ich auf dem Motorsegler hinter dem Telefon gefunden hatte.

»Spadina Equity«, sagte eine Frauenstimme.

»Spadina Equity«, sagte ich.

»Ganz recht«, sagte die Frau schnippisch. »Kann ich Ihnen helfen?«

»In den letzten Tagen muß ein Ed Boniface bei Ihnen angerufen haben«, begann ich. »Können Sie mir sagen, mit wem er gesprochen hat?«

»Wir haben 612 Nebenapparate«, sagte die Frau. »Tut mir leid.«

Es war nicht leicht, sich danach wieder an den Schreibtisch zu setzen. Aber ich war fast vierzehn Tage fortgewesen, und so gab's jede Menge zu tun. Ich sonderte erst meine Privatpost aus und verbrachte dann den Rest des Morgens damit, Termine mit Leuten zu machen, die Holz zu verkaufen hatten. Ich legte sie alle auf die Zeit nach der Round-the-Isles-Regatta, weil ich wußte, daß ich dann jedes Pfund, das mir bar zur Verfügung stand, dringend brauchen würde, um Harry auszuzahlen.

Der wußte das natürlich auch. Gegen Mittag steckte er sein pausbäckiges Gesicht durch die Tür und fragte: »Na, wie geht's dem Sparkonto?«

»Prima.« Ich grinste ihn mit einer Zuversicht an, die ich überhaupt nicht empfand. »Hast du schon einen neuen Job?«

Harrys Lächeln besagte, daß er verdammt gut wußte, ich würde die nötige Summe bis zum Ablauf der Frist nie aufbringen können.

Das Telefon klingelte.

»Zum Teufel«, sagte eine Stimme. »Wo steckst du bloß, James? Ich versuche jetzt seit drei Tagen, dich zu erreichen.«
»Überall und nirgends«, sagte ich. »Was gibt's, Charles?«
Charles Lloyd war Makler; aber ein richtiger Makler, wie Del Boniface gern einer gewesen wäre. Charles hatte sich auf schöne, schnelle, teure Boote spezialisiert.
»Ich möchte dein Boot in meine Liste aufnehmen. Du kennst ja meine Meinung über Multihulls.« Ich kannte sie, er fand sie zu schnell, zu gefährlich und zu aufwendig im Bau. In neun von zehn Fällen hatte er recht. »Aber wenn du mit *Weapon* noch ein paar Rennen gewinnst, kann ich sie vom Wasser weg verkaufen.«
»Für wieviel?« fragte ich.
»Es würde dir die Tränen in die Augen treiben«, sagte Charles.
»Also, wieviel?« sagte ich. Er nannte mir eine Summe. Ich sagte: »Sie tränen schon. Aber warum nicht?«
Als ich auflegte, stand Harry noch immer da. Ich wußte aus Erfahrung, daß bei Telefongesprächen in meinem Büro beide Teilnehmer zu verstehen waren. Sein Lächeln war verflogen, er schürzte seinen Knospenmund. Was nicht weiter erstaunlich war, weil ich ihn mit der von Charles genannten Summe nicht nur mit Leichtigkeit würde auszahlen können, sondern sogar noch etwas Taschengeld übrigbehielt. Immer vorausgesetzt, wir gewannen.
»Gibt's noch was?« fragte ich ihn.
»Oh«, sagte er, als hätte ich ihn in seinem Gedankengang unterbrochen. »Nein. Nichts.« Er ging.
Gegen Mittag machte ich meine Privatpost auf. Agnès hatte eine Ausgabe des *Paris Weekend* geschickt. Die Titelseite zeigte *Secret Weapon* mit einem fliegenden Rumpf vor Cherbourg. Wir hockten alle oben in Luv und bleckten die Zähne wie seekranke Affen. Achteraus waren einige Franzosen und John Dowson zu erkennen: ein hübsches, dramatisches Bild.
Ihr Artikel war sogar noch besser. Darin hieß es, daß die französischen Multihullskipper sich lieber in acht nehmen sollten, da in England immer noch der Geist von Dünkirchen lebendig sei, wenn Leute wie James Dixon und Charlie Agutter aus praktisch nichts ein siegreiches Boot bauen konnten. Was würde erst geschehen, wenn die beiden eine Finanzspritze bekämen? Dann mußten sie zu einer echten Bedrohung für die bisher überlegenen französischen Multis werden.
Und so ging es weiter. Natürlich waren auch ein paar Fotos von uns

dabei; ich sah wie ein Schwergewichtsboxer aus, der eine rauhe Nacht hinter sich hatte, während Charlie eher jemandem ähnelte, der den Kampf verpaßt, sich dafür aber die ganze Nacht um den Verletzten gekümmert hat. Jedenfalls sehr ermutigend, das Ganze. Die Doppelseite innen hingegen war weniger erfreulich: eine grobkörnige Großaufnahme von *Orange*, die wie ein Insekt mit gebrochenen Beinen radzuschlagen schien; über ihrem Rumpf, durch die Luft segelnd, ein verschwommener Körper. Ich betrachtete das Bild sehr lange. Armer John, dachte ich. Armer Ed. Dann legte ich die Zeitung in den Ablagekorb. Das Telefon begann zu läuten.

»Mr. Sulkey für Sie«, sagte eine Stimme am anderen Ende der Leitung.

»Jimmy«, meldete sich Sulkey. »Gut, daß ich Sie erreiche.« Die Stimme klang dünn und einschmeichelnd. »Hier ist Mort von Orange Cars. Wir trafen uns neulich im Pulteney Yacht Club.«

»Ich entsinne mich.« Ich sah vor mir ein blasses Gesicht mit schwarzem Haarschopf und Augen, die durch riesige Brillengläser noch vergrößert wurden.

»Hören Sie«, sagte Sulkey, »da steht ein toller Artikel über Sie im *Paris Weekend*. Sie haben noch keinen Sponsor, ist das richtig?«

»Im Moment noch nicht«, sagte ich.

»Fein«, sagte Sulkey. »Im Moment. Hören Sie, Jimmy. Dag Sillem und ich sind von dem Artikel sehr beeindruckt. Es war schade, daß Sie bei der Party in Cherbourg nicht dabeisein konnten. Aber ich hörte, Sie hatten einigen Ärger. Was wir Ihnen neulich sagen wollten, war, daß wir groß ins Europageschäft einsteigen. Als PR-Direktor von Orange Cars ist mir sehr daran gelegen, daß wir in Großbritannien das Beste sponsern, was es überhaupt zu sponsern gibt. Wie Sie wissen, waren wir uns ja schon mit John Dowson einig geworden, bevor ... Also, das war zu schrecklich. Von dem Etat ist noch etwas verfügbar, deshalb wollte ich Sie fragen, ob Sie da einsteigen möchten, wo John aufgehört hat? Was meinen Sie?«

»Soll das heißen, Sie bieten mir an, mich zu sponsern?« fragte ich.

»Genau.« Sulkey lachte nervös und bombardierte mich weiter mit seinen akkustischen Salven. »Kommen Sie also in den nächsten Tagen vorbei, damit wir alles festmachen können. Wir verstehen darunter, daß wir sämtliche Unterhaltskosten für das Boot übernehmen. Großzügig übernehmen. Wir haben noch nie etwas von halben Sachen gehalten.« Er machte eine Pause, vermutlich, um Luft zu holen.

»Ach, und noch etwas: Wir sind großzügig, aber nicht so großzügig, daß wir Maklerprovision zahlen. Terry Tanner sollten wir also vergessen, okay?«

»Damit bin ich sehr einverstanden«, sagte ich.

»Gut. Prima. Super. Phantastisch, mit Ihnen gesprochen zu haben. Jetzt lassen Sie sich nicht weiter aufhalten, denn wir sehen uns ja in diesen Tagen, wenn nicht alle Stricke reißen, hahaha.«

»Auf Wiedersehen.« Ich konnte vor Grinsen kaum sprechen. Seit fünf Minuten schienen mich alle auf Rosen betten zu wollen.

Kaum hatte ich aufgelegt, klingelte das Telefon schon wieder.

»Ah«, sagte die hohe helle Stimme so jovial, als habe ihr Besitzer mich niemals angeschaut wie eine Viper, die überlegte, wo sie ihr Gift am besten einspritzen könnte. »Der Held von Cherbourg.«

»Was wünschen Sie?« fragte ich.

»Ausgezeichnete Nachrichten«, sagte Terry Tanner. »Ich habe einen Sponsor für Sie: Orange Cars.«

»Die haben mich bereits angerufen«, sagte ich. »Und wir sind übereingekommen, auf einen Mittelsmann zu verzichten.«

»Ah«, sagte Tanner. Seine Jovialität war wie weggeblasen. »So ist das also?« Dann, nach einer kurzen Pause: »Es haben schon andere Leute versucht, so was im Alleingang zu machen.«

»Ich dachte, das sei die Regel?«

»Die Zeiten ändern sich«, sagte Tanner. »Die Zeiten ändern sich. Wir leben in einer komplizierten Welt.«

»Es ist doch gar nicht so schrecklich kompliziert, ein Boot zu finanzieren«, meinte ich.

»Das sah John Dowson ganz anders.« Damit legte Tanner auf.

Ich saß da und starrte den Hörer an wie ein Idiot. Meine Euphorie war wie weggeblasen. Ich sah wieder die schwarzen Augen und das leichenblasse Gesicht Randys im Rathaus von Seaham vor mir und das Messer an seinem Nietengürtel.

Da griff ich zum Telefon und rief die Nachrichtenredaktion des *Seaham Journal* an. »Ich bin ein Kollege und wollte fragen«, sagte ich, »ob Sie mir vielleicht die Anschrift der nächsten Verwandten von Alan Burton nennen können, dem Mann, der neulich ertrunken ist?«

Die Stimme des Reporters klang jung und naiv. Er gab mir eine Nummer. Eine halbe Stunde später war ich auf dem Weg nach Bristol, zu Mr. und Mrs. Burton, Alans Eltern.

## 24

Die Muncaster Road war eine lange gesichtslose Straße im Norden von Bristol mit lauter Doppelhäusern. Vor Nummer 111 parkte ein silberner Vauxhall, am Tor blühten ein paar Ringelblumen, und ein übergroßer Kirschbaum breitete seine Zweige über den Vorgarten. Durch das Erkerfenster drang Fernsehlärm, der abrupt verstummte, als ich den Klingelknopf drückte. Dann hörte ich schnelle Schritte an die Tür kommen.

»Ah, der Reporter. Kommen Sie rein«, sagte Mr. Burton, schob den kahlen Kopf vor und schaute links und rechts die Straße entlang. Er war ein rundlicher Mann und bekümmert. Für die Verhältnisse in der Muncaster Road war es wohl schon zu spät, um noch Besucher zu empfangen.

Ich trat ein. Mrs. Burton hatte Tee gekocht; sie mußte den Teewagen schon vorbereitet haben, denn es standen Kekse da, und über der Kanne thronte ein gehäkelter Teewärmer. Auf dem Kaminsims stand ein Foto von Alan; er sah fröhlich aus und trug Krawatte und Blazer seiner Schule.

»Ich würde Ihnen gern ein paar Fragen über Alan stellen«, begann ich.

»O ja«, sagte Mrs. Burton, und ihre Miene hellte sich auf. Sie hatte dieselben Spanielaugen wie ihr Sohn. Ihr Mann schwieg, steckte sich eine Pfeife an und warf ihr einen besorgten Blick zu.

»Ich wüßte gern, wie er überhaupt zum Segeln kam«, sagte ich. »Sehr oft ist er nicht gerade gesegelt, oder?«

»Nein«, sagte Mrs. Burton. »Eigentlich überhaupt nicht.«

»Er hatte einen prima Job«, sagte Mr. Burton. »Bei der Gemeinde. Aber eines Tages kam er nach Hause und sagte, daß er da aufhört.«

»Was für eine Arbeit war das?« fragte ich.

»Er arbeitete im Hafen unten, im Museum. Er war Wartungsmechaniker. Dampfmaschinen, alte Autos, ein richtiger Maschinennarr. Wir dachten, das sei immer noch besser als eine Autowerkstatt.« Mr. Burton paffte eine Rauchwolke in den Raum.

»Aber dann lernte er diesen Kerl da kennen«, sagte Mrs. Burton. »Für den sollte er arbeiten, der Himmel weiß, warum. Aber er hat ihn sehr gut bezahlt.«

»Mußte er wohl«, sagte Mr. Burton. »Das war ja das Problem. Er gab nicht wenig Geld aus, unser Alan.«

»Also, hör mal«, begann Mrs. Burton. Ich merkte, daß ich dem Beginn einer schon öfter geführten Diskussion beiwohnte, und schwieg.

»Man könnte es auch so sagen«, meinte Mr. Burton. »Er gab das Geld mit vollen Händen aus. Karten, Pferde, er konnte es einfach nicht lassen. Und der Himmel weiß, von wem er das alles bekam.«

»Er wurde eben gut bezahlt«, sagte Mrs. Burton. »Von World Wide Promotions.«

»O ja«, sagte ich. »World Wide Promotions.«

»Genau. Die übernehmen Sponsorenschaften und so weiter. Weltweit. Der Assistent des Generaldirektors hatte ein Amt im Museum. Der hat Alan dort entdeckt und ihn für das doppelte Gehalt eingestellt.« Mr. Burton stopfte mit einem komplizierten Werkzeug den Tabak in seiner Pfeife fest. »Ein seltsamer Kerl war das. Mit Bürstenschnitt und einem riesigen Schnauzbart. Ganz in Leder gekleidet.«

»Ach ja«, sagte ich. Vom Kaminsims schaute Alan mit vertrauensvollem Schuljungenblick zu uns herüber. »Wann war das?«

»Vor etwa einem Jahr«, sagte Mr. Burton.

»Wirklich?« fragte ich. Nach so langer Zeit, dachte ich, die richtige Antwort. Verzeihung, Ed. Verzeih mir, daß ich dir nicht von Anfang an glaubte. Ich bitte dich von Herzen um Entschuldigung. Auch wenn dir das jetzt gar nichts mehr nützt.

»Wir haben nie erfahren, was das eigentlich für eine Arbeit war«, sagte Mrs. Burton mit nervösem Lächeln.

Mr. Burton räusperte sich, blickte zur Seite und sagte: »Nun ja, ich glaube, man kann ihm keinen Vorwurf daraus machen.«

Ich schwieg.

»Gibt es sonst noch etwas, das Sie gern wissen möchten?«

Es klang deprimiert und beschämt. Ich spürte, daß er wünschte, ich wäre schon gegangen, damit er seinen Sohn aufs Podest zurückstellen konnte. Sein Sohn, der gute Mechaniker, der einen Job bei der Gemeinde aufgab, um nicht näher beschriebene Dinge für einen Schwulen zu tun, der ihn verdächtig gut bezahlte. Eine Mutter konnte in der Muncaster Road zwar vorgeben, solchen Dingen gegenüber blind zu sein; ein Vater aber konnte das nicht. In diesem spießbürgerlichen kleinen Haus wohnte ein Mann, der seine Illusionen und seinen Sohn verloren hatte.

Ich stand auf. »So«, sagte ich gespielt munter, »ich muß jetzt gehen.« Wir lächelten krampfhaft, ich schüttelte ihre kalten nervösen Hände und fuhr davon.

Randy hatte eine einfachere Methode gefunden, von Terry Tanners Klienten Geld zu bekommen als durch Provisionen. Im letzten Jahr hatte er mit Arthur Davies den großen Schnitt gemacht. In diesem Jahr hatte er Ed gesagt, daß sein Boot sabotiert würde, wenn er nicht zahlte. Ed war dazu nicht in der Lage oder nicht willens gewesen. Deshalb hatte Randy dann Alan losgeschickt, um Schaden zu stiften, wo er konnte.

Aber natürlich konnte nur ein ausgemachter Idiot freiwillig bei Sturm auf Legerwall eine Ankerleine durchsäbeln. Ein ausgemachter Idiot oder jemand, der absolut nichts vom Segeln verstand.

Alan hatte nichts vom Segeln verstanden.

Ich fröstelte. Es war meine Schuld gewesen. Am Abend vor unserem Schiffbruch hatte ich zu ihm gesagt: »Und falls die Leine bricht, haben wir immer noch einen netten weichen Strand.« Er hatte gewissermaßen auf meine Empfehlung hin gehandelt.

Ich bog auf die M 4 ab. Meine aggressive Stimmung schien sich auf den Jaguar zu übertragen. Seine Scheinwerfer bohrten sich als weiße Kegel in die Dunkelheit, und der Tacho kletterte mit der Mühelosigkeit einer Stoppuhr auf 160. Während ich fuhr, dachte ich an das, was Agnès über Randy gesagt hatte: »Er spielt Karten, liest Bodybuildingmagazine und tut, was Tanner ihm sagt.« Komplotte zu schmieden, mit denen Schiffe in Wracks verwandelt wurden, dafür war Randy wohl nicht kreativ genug. Und um Leute zu erpressen auch nicht. Terry Tanner hingegen war äußerst kreativ. Ja, dachte ich, es wurde Zeit, einmal sehr, sehr ernsthaft über Mr. Terry Tanner nachzudenken.

Um sieben Uhr fuhr ich von der Schnellstraße runter und ging in ein Hotel. Ich schlief ein, kaum daß mein Kopf das Nylonkissen berührt hatte. Am Morgen aß ich das traditionelle englische Frühstück aus dänischem Speck, amerikanischem Orangensaft und brasilianischem Kaffee und machte mich auf nach Milton Keynes.

## 25

Auch in Milton Keynes war der Sommer eingezogen, aber es blühten keine Gänseblümchen mehr in dem Rasen, der das immense Firmengelände der Orange Cars begrünte, und an den Backsteinmauern des nüchternen Verwaltungsgebäudes rankten sich auch keine Kletterpflanzen empor. Innen roch es nach neuen Auslegeteppichen und brandneuen Computern. Ich ging durch die fensterlosen Flure zu Mort Sulkeys Büro.

Sulkey saß, alert und frisch, hinter seinem Schreibtisch. Sein schwarzer Haarschopf stand wie elektrisiert vom Kopf ab, und seine schwarz eingefaßte Brille funkelte vor Enthusiasmus, als er um den Schreibtisch kam und mich zu einer Sitzecke führte. »Kaffee«, sagte er zu seiner Sekretärin und schnickte mit den Fingern, als ob er ihnen elektrostatische Funken entlocken wolle, »Kaffee, Kaffee.«

Er kam geradewegs zur Sache. »Gutes Rennen in Cherbourg«, sagte er. »Und ein gutes Boot.« Dann schien er sich zu sammeln. »Schade um den armen John«, sagte er. »Tragisch.« Ich begann zu verstehen, daß John Dowson nun ein abgeschlossener Vorgang war, eine Akte voll höflicher, nüchterner Floskeln, die in die hinterste Ecke des Archivs gehörte, wo sie dem Senkrechtstarter Mort Sulkey bei seinem glatten Weg an die Spitze nicht länger lästig werden konnte. »Aber mit Ihnen haben wir große Dinge vor. Vielleicht sollte ich unsere Firmenphilosophie kurz erklären.«

Ich nickte. Der Kaffee kam, ein wäßriges Gebräu, das in einer Silberkanne und feinen Porzellantassen serviert wurde. »Orange Cars«, sagte er, »ist eine japanische Firma. Mit Fertigungsanlagen in Großbritannien für den europäischen Markt. Wir haben kürzlich Vertriebsverträge mit vier europäischen Ländern abgeschlossen: Frankreich, Deutschland, Österreich, Italien. Unser Sponsorprogramm wählte deshalb den Segelsport, weil wir europaweit mit Sieg, mit High-Tech und mit der Art von Herausforderung assoziiert werden wollen, wie sie für diese Mensch-gegen-die-See-Situationen typisch sind. Nach der Regatta von Cherbourg beispielsweise hatten wir zehn Minuten im Fernsehen, in der Hauptsendezeit! Europaweit. Und jede Menge Berichterstattung in der Presse. John Dowson bekam von uns viel Geld, ganz klar.« Schelmisch lächelnd zeigte er seine langen Zähne. »Aber für dieses Geld hätten wir bestenfalls ein Drittel eines Dreiunddreißig-Sekunden-Werbespots während der Hauptsendezeit kaufen können, und auch das nur in Frankreich.« Er spreizte seine langen makellosen Finger auf der Glasplatte des Kaffeetischs. »Das in eine Sponsorenschaft investierte Geld bringt also hohe Rendite.«

»Und was ist, wenn es mit einem Unfall assoziiert wird?«

Sulkey schaute mich an mit einem Blick, der plötzlich weniger enthusiastisch war und eher der eines hart rechnenden Geschäftsmannes. »Aus unseren Erhebungen geht hervor, daß das durchaus ein Problem ist.« Breites Lächeln. »Aber andererseits, wenn John, ähem, der arme John, diesen – Unfall nicht gehabt hätte, wären wir vielleicht nur in der Hälfte der Sendezeit zu sehen gewesen. Es rechnet sich also, so oder so.«

»Verstehe«, sagte ich.

»Etwas noch . . .« Mort hob die Hände vom Tisch, sie hinterließen Abdrücke auf der Glasplatte. »Wir geben Ihnen Geld, damit Sie mit Ihrem Boot diese Regatten bestreiten können. Wir sind Ihnen und Ihren Zielen voll und ganz verpflichtet. Aber dafür erwarten wir natürlich auch, daß Sie sich uns nicht minder verpflichtet fühlen. Denn Sie ganz persönlich sind der Hebelarm all unserer PR-Bemühungen. Mit anderen Worten: Wir erwarten, daß Sie nett zur Presse sind, daß Sie uns bei repräsentativen Aufgaben zur Seite stehen und mit wichtigen Kunden zusammentreffen.« Er lächelte.

»Etwas sollte klar sein«, sagte ich. »Bei jeder Vereinbarung dieser Art gilt meine erste Verpflichtung meinem Boot und der Regatta. Und die zweite meinem Sponsor.«

»Guten Morgen, Mr. Dixon«, sagte eine neu hinzugekommene Stimme am anderen Ende des Raumes. Ich schaute hoch. Ein Mann kam ruhigen Schrittes auf uns zu. Er war groß und schlank, hatte hellblondes Haar, das ihm in einer Rolle in die Stirn fiel, und ein angenehmes, beinahe reumütiges Lächeln, als ob er sich für sein Zuspätkommen entschuldigen wolle. Mort Sulkey war aufgesprungen. »Dag Sillem, unser Verkaufsdirektor für Europa«, sagte er in einem anderen, fast ehrerbietigen Ton. »Ich glaube, Sie haben sich schon kennengelernt?«

»Gewiß haben wir das«, sagte der hochgewachsene Mann. »In

Cherbourg.« Er hatte einen festen, trockenen Händedruck. Sein holländischer Akzent war weich und fest zugleich. »Mort führt die Gespräche, und ich rücke die Schecks heraus.« Er übergab mir einen Umschlag. »Das ist Ihr Vertrag. Besprechen Sie ihn mit Ihrem Rechtsanwalt, okay?«

»Danke, Dag«, sagte Sulkey.

Sillem schaute auf die Uhr. »Ich muß los«, sagte er. »Jim, Sie sind ein Mann schneller Entschlüsse. Im Geschäftsleben ist so was immer von Vorteil. Wir erwarten den Vertrag also schnell zurück. Einen Scheck zur Bestreitung der ersten Ausgaben haben wir Ihnen schon zugeschickt. Ich denke, Sie werden den Betrag ausreichend finden.« Sein Blick war der eines hochintelligenten Mannes, der die Welt so sah, wie sie war, und der sehr gut wußte, daß der Scheck selbstverständlich ausreichen würde, egal, was ich oder sonstwer dazu sagen mochte.

Als er gegangen war, führte Sulkey mich drei Stunden lang durch die hinter dem Verwaltungsgebäude gelegenen Produktionsanlagen. Die Wände waren hellgrün gestrichen, und das Rattern und Rütteln der Robotschweißer klang wie ein Hallengewitter. Lächelnd und händeschüttelnd dachte ich: Und all das steht hinter meinem Boot.

Wir aßen in der Kantine zu Mittag. Ich lächelte weiterhin, auch nach dem Essen, als ein Designerteam uns in Morts Büro Entwürfe der Firmenembleme zeigte, mit denen man *Secret Weapon* einzudekken gedachte. Wir verabredeten, daß sie dem Boot vor der in zwei Tagen startenden Waterford-Bowl-Regatta einen neuen Anstrich verpassen würden. *Secret Weapon* war tot. Es lebe *Orange II*.

Als wir fertig waren, sagte Mort Sulkey: »Vielen Dank, Jimmy. Sie haben uns viel Zeit geopfert. Und Dank auch für Ihr Engagement unserer Firma gegenüber.«

Ich sah in die ernsten braunen Augen hinter den großen Brillengläsern und fragte mich, was er wohl sagen würde, wenn er wüßte, daß ich drei Engagements eingegangen war, eines mit Orange Cars und zwei mit mir: das Round the Isles zu gewinnen und den Beweis zu erbringen, wer Ed Boniface einen Strick um den Hals gelegt und zugezogen hatte. Und nach den bisherigen Erfahrungen würde ich nicht hinter dieser Person her sein müssen, weil diese Person nämlich hinter mir her sein würde.

## 26

In Pulteney fuhr ich langsam durch die Quay Street, frühen Touristen in unpassenden Shorts ausweichend, die mitten auf der Straße umherschlenderten und Abfall auf den Boden warfen. Ich fühlte mich sehr allein und wünschte mir Gesellschaft.

Georgia stand im Vorgarten ihres Häuschens und goß die Geranien. Mae machte gerade einen Teddy für die Zwillinge fein, und Scotto schälte Kartoffeln fürs Abendessen. Das rührende häusliche Bild ließ mich doppelt empfinden, daß mein Leben eine dürre Hochebene voller Arbeit war, deren Wasserlöcher bitterer schwarzer Kaffee füllte.

Ich legte den Arm um Mae und fragte: »Geht's dir gut?«

Sie schaute mich mit ihren großen grauen Augen so erstaunt an, als könne es einem im Leben überhaupt nicht anders als gutgehen. Plötzlich kam ich mir vor wie ein überängstlicher Narr, daß ich meinem Impuls nachgegeben und sie besucht hatte. Schlimmer noch: Ich fühlte mich besudelt, in Mord, Betrug und schmutzige Erpressung verwickelt.

»Fährst du wieder weg?« fragte sie.

»Morgen ist Regatta«, sagte ich entschuldigend. »Charlie und ich segeln die Waterford Bowl. Von Plymouth nach Frankreich und zurück. Danach werden wir eine Woche wie die Wilden arbeiten und uns auf das Round the Isles vorbereiten. Das dauert vierzehn Tage. Aber danach können wir was Schönes zusammen unternehmen.«

»Wirst du gewinnen?« fragte sie.

»Natürlich.«

Sie grinste mich an; es war ein Grinsen, bei dem mir wieder dankbar bewußt wurde, daß sie trotz allem, was sie durchgemacht hatte, eben doch eine freche kleine Göre war, nicht anders als andere Kinder auch. »Du mußt aber nicht«, sagte sie.

»O doch. Das muß ich«, sagte ich und stand auf. »Gib auf dich acht.«

Sie küßte mich auf die Backe. »Paß du auf dich auf, Daddy«, sagte sie. Dann lief sie trällernd den Zwillingen nach, die sich anschickten, grüne Tusche auf weißes Brot zu schmieren.

»Bleib doch zum Essen«, sagte Scotto. »Ich habe *Weapon* nach Plymouth gebracht. Es ist alles in Ordnung, sie ist startklar.«

»Danke«, sagte ich. »Aber ich möchte sie vor dem Rennen noch einmal von oben bis unten checken, und zwar morgen. Deshalb muß ich von zu Hause noch ein paar Sachen holen.«

»Sie checken?« fragte Scotto. »Aber ich . . .«

»Muß sein«, sagte ich.

»James, haben wir irgendwelche Probleme?«

Scottos braungebranntes, breites Gesicht war ungemein tröstlich. Wieder einmal empfand ich Schuldgefühle: Meine Probleme waren nicht seine Probleme, und es wäre nicht fair gewesen, ihn da reinzuziehen. Also sagte ich nur: »Probleme? Nein. Wir haben einen Sponsor. Morgen ist Regatta. Und in einer Woche das Round the Isles. Alles prima, Scotto, wirklich.«

Dann verließ ich das hellerleuchtete Haus und ging in das freudlose Zwielicht hinaus, wo vielleicht jemand auf mich wartete, um mich zu töten.

Zu Hause schloß ich den Jaguar in der Garage ein und nahm mir aus dem Holzlager eine Handaxt mit. Das Haus war schwarz und leer, und das Laub der Eichen raschelte im Wind. Ich ging durch den Haupteingang, machte überall Licht und durchsuchte das Haus vom Keller bis zum Boden. Dann versperrte ich die Türen, schaltete die Alarmanlage ein und kochte mir Kaffee. Del antwortete noch immer nicht auf Anrufe. Es war alles prima, wirklich.

Am nächsten Morgen fuhren Scotto und ich an den Hochhäusern und Läden von Coxside vorbei in die Queen Anne's Battery Marina. Wir fuhren so dicht wir konnten ans Wasser heran, stiegen aus und fingen an, Proviant, Ersatzteile und Spieren aus dem Kofferraum zu holen. In der Marina drängte sich eine beachtliche Menschenmenge. Als wir den Gepäckwagen beluden, blieben ein paar Leute stehen, um uns zuzusehen. Drei Parkplätze weiter hielt ein roter Ferrari, dem Jean-Luc Jarré entstieg. Er sah aus, als sei er gerade erst wach geworden; er hatte schwere Augenlider, und sein Zigeunergesicht war vom Schlaf noch ganz aufgedunsen.

»Da ist deine Journalistin«, sagte Scotto.

Agnès kletterte aus dem Beifahrersitz des Ferrari. Sie hatte ihr Haar zu einem Pferdeschwanz zurückgebunden und sah frisch und reizend aus. Als sie mich erkannte, lächelte sie und kam herüber. Was, dachte ich mit sinkendem Herzen, hast du in Jarrès Wagen gemacht? Aber ich küßte sie lächelnd auf beide Wangen und sog den Duft ihres Parfüms ein.

»Wollen wir einen Kaffee trinken gehen?« schlug sie vor.

Ich verabredete mich mit ihr und schob den Gepäckkarren an der Zuschauerschar auf dem Steg vorbei. Die Designer von Orange Cars hatten schon *Secret Weapons* Schwimmer neu gestrichen. Jetzt waren sie dabei, die letzten Embleme anzubringen. *Orange II* schaukelte im Wasser wie zwei riesige, durch Kohlefaserholme verbundene Orangensegmente.

»Ein bißchen knallig«, sagte Scotto. »Aber dann bist du wenigstens leichter zu finden, wenn du einen Salto drehst.«

»Vielen Dank«, sagte ich zerstreut. Wenn jemand das Boot sabotieren wollte, dann war mir nicht recht klar, wie ich ihn daran hätte hindern können. Zunächst einmal waren die Designer überall an Bord herumgeturnt und dann die Zuschauer ... Theoretisch konnte jeder von ihnen ein Sägeblatt oder eine Flasche Abbeizer dabeihaben.

Charlie beförderte gerade Segelsäcke auf das vordere Trampolin. Er schaute hoch und winkte mir zu; er hatte die Nacht an Bord verbracht. Ich reichte Scotto das Gepäck hinüber: Ersatzteile, Essen für drei Tage; eine Flasche Whisky für Charlie und vier Päckchen Kaffee für mich. Dann ging ich zum Café der Marina.

Agnès saß an einem Ecktisch und schrieb in ein Notizbuch. Als ich auf den Sitz neben ihr glitt, schloß sie es und küßte mich. »Wo bist du denn die ganze Zeit gewesen?« fragte sie.

»Hab' gearbeitet.«

»Ich habe dich vermißt.« Sie schaute vom Tisch hoch.

»Ich dich auch«, sagte ich und sah sie lächeln; ein Lächeln, das sich wie Sonnenschein über ihr Gesicht legte.

»Warum hast du nicht angerufen?«

»Ich war nicht sicher, ob dir das lieb gewesen wäre.«

»Oh ...« Sie hob die Hände. »Du entsetzlicher Idiot!«

Ich legte einen Arm um ihre Schultern. Sie lehnte sich schwer gegen mich, und für eine Sekunde verschwand alles: die Mörder und der ganze geballte Streß dieses Rennens. Dann zuckte ein Blitzlicht auf, ich schaute hoch und sah Alex Strong vom *Yachtsman* durch seinen kurzen fuchsigen Bart lächeln.

»Schon gut, Agnès«, sagte er. »Ich erzähl's auch nicht Jean-Luc.«

Sein Blick wanderte zum Eingang des Zeltes. »O weh«, sagte er. »Zu spät.«

Da stand, eine Gauloise zwischen den Lippen, Jarré an einen der Pfosten gelehnt und beobachtete uns; das dunkle Gesicht unter dem schwarzen Haarschopf schien völlig ausdruckslos. Agnès lächelte und winkte. Er nickte, als würde er etwas bestätigen, das er schon seit langem wußte, drehte sich um und ging hinaus.

»Entschuldigt mich«, sagte Strong und lief ihm nach.

Draußen spielte eine Blaskapelle »Puppet on a String«, und meine Nerven begannen mit dem Näherrücken des Starts allmählich zu flattern. »Terry Tanner«, sagte ich. »Hast du je gehört, daß er gewalttätig sein kann?«

Sie starrte mich an. »Gewalttätig?« sagte sie. »Nein. Der würde sich nie die Finger schmutzig machen.«

»Und sein Freund Randy?«

»Das haben wir ja gesehen«, sagte sie. »Warum?«

»Alan Burton«, sagte ich. »Er kannte Randy schon seit einem Jahr, nicht erst seit York. Randy hat Alan auf die *Street Express* geschickt.«

»Morgen, James«, grüßte eine Stimme mit leichtem Pulteney-Einschlag. »Alles bereit für das große Rennen?« Neville Spearman beugte sich über den Tisch, das trübselige Gesicht zu einem schiefen Grinsen verzogen.

»So bereit, wie's nur geht«, sagte ich mit einem Lächeln, das sich genauso künstlich anfühlte, wie es aussah.

»Muß schön sein, einen Sponsor zu haben.«

»Und sei es, weil dann die Rechnungen bezahlt werden«, sagte ich. Auch seine waren am Tag zuvor bezahlt worden.

»Harrys Rechnung kommt aber noch«, sagte er.

»Vielen Dank, daß du mich daran erinnerst«, sagte ich.

Er nickte verdrießlich und schlurfte von dannen. Ich schaute ihm nach und dachte an das, was Charles Lloyd, der Yachtmakler, mir am Telefon gesagt hatte. Er habe einen Käufer, wenn wir die Regatten gewannen. Wenn nicht ...

Agnès fragte: »Dann hat also Randy alle diese Leute auf dem Gewissen?«

»Er oder sein Boss.«

»Und was hast du jetzt vor?«

»Zu warten, bis er mir an den Kragen will.« Ich schaute sie an. »Ich muß zurück.«

Sie preßte unter dem Tisch ihr Knie gegen meines. »Gut«, sagte sie. »Aber sei vorsichtig.«

Sie küßte mich zum Abschied, ihre Lippen waren warm und weich. Aber als ich den Kopf hob, driftete der strenge Salzgeruch der See zu mir herüber.

Ich begann, mir einen Weg durch die Menge zu bahnen. Sie war noch größer geworden. Die Blaskapelle kämpfte tapfer gegen das Stimmengewirr an. Knisternd kam eine Lautsprecherdurchsage: »James Dixon ans Telefon!«

Ich machte kehrt und ging auf die leuchtende Fahne über dem Büro der Rennleitung zu.

Es war Dag Sillem, ganz ruhig, ganz holländisch. »Ich möchte Sie nicht stören«, begann er. »Ich wollte Ihnen nur sagen, daß wir alle hier von Orange Cars Ihnen und *Orange* Mast und Schotbruch wünschen.«

Ich sagte »vielen Dank« und druckste herum, um noch irgend etwas Höfliches von mir zu geben, aber meine Kehle schien wie zugeschnürt, ich konnte unmöglich jetzt noch Konversation machen. Mein Blick wanderte durch die offene Vorderseite des Zeltes über das ölige Wasser der Marina zu den Pontons hinüber, wo die bonbonfarbenen Rümpfe der Rennboote sich im Wasser spiegelten. *Weapon* – von nun an *Orange II* – sah schnittig und gefährlich aus.

»Wir folgen Ihnen mit der *Hecla*«, sagte Sillem.

Um zwei Uhr kenterte der Strom. Das Großsegel war angeschlagen und gelattet, und auf *Oranges* gesamter Breitseite prangten leuchtende Aufkleber. Die Sonne war hervorgekommen, und der mit Stärke drei wehende Westwind ließ das Hafenwasser glitzern. Es tat gut, Scotto aufs Schleppboot zu setzen, ein Vorsegel hochzuziehen und ein oder zwei Minuten im relativen Frieden der großen Bucht einfach nur dazusitzen. Charlie und ich gingen das Rennen und die Wettervorhersage noch einmal durch: auf West drehende Winde und folglich raumer Kurs zur Tonne Ch 1 vor Cherbourg. Später dann auf Nordwest drehender Wind, womit der nächste Schenkel zum Wolf-Rock-Leuchtturm vor Land's End hart am Wind zu segeln war und der Heimweg nach Plymouth dann kein Problem mehr sein sollte.

Ich schaute zur Startlinie hinüber, die aus einem Wald von weißen Segeln zu bestehen schien. An die zweihundert Boote drängelten sich hier draußen, Einrumpfboote, Katamarane, Trimarane, und sie alle nahmen Kurs auf den grauen Kanal und dabei in Kauf, sich dort draußen sechsunddreißig Stunden lang herumboxen zu lassen. Die meisten von ihnen machten aus purer Freude am Segeln mit. Unter solchem Druck wie wir standen gewiß nur ganz wenige.

Aber ich verdrängte diese Gedanken, ließ den Blick über die gleißende Wasserfläche schweifen und war bald schon verwoben in ein Netz taktischer Gedankenspiele, die sich einzig darum drehten, wie wir unversehrt, pfeilschnell und vor allen anderen über die Startlinie gelangen konnten.

Dabei war Taktik eigentlich nicht der richtige Ausdruck. Das Gedränge an der Startlinie ähnelte weniger den üblichen Manövern vor dem Start als vielmehr einem Verkehrsstau.

Charlie sagte: »Noch fünf Minuten.« Er schaute von seiner Stoppuhr hoch.

Ich legte Ruder, das Großsegel flappte schwer und träge. Ich schaute zu Charlie hinüber und fragte: »Was meinst du?«

Das schmale Jockeygesicht über dem schwarzen Gummikragen seines Ölzeugs verzog sich zu einem breiten Grinsen. »Na ja«, sagte er. »Es gibt Taktik, und dann gibt's auch noch Terrortaktik.«

»Genau«, sagte ich.

»Wir sind ein gesponsertes Boot«, sagte Charlie. »Und brauchen das, was kaputtgeht, nicht selbst zu bezahlen.«

»Wie weit bis zur Startlinie?«

Er tippte Windgeschwindigkeit und -richtung in den Bordcomputer ein und schielte durch den Peilkompaß. Die schwarze Flüssigkristallanzeige der Stoppuhr spulte ihren Countdown herunter: drei Minuten fünfzehn Sekunden, drei Minuten zehn Sekunden ... »Neun Bootslängen«, sagte Charlie. »Acht. Drei Minuten bis zum Start. Sechs ...« Er beugte sich über die Fockwinsch und kurbelte. Ich betätigte die Hydraulik, um die letzten Zentimeter des Großsegels dichtzuholen. Noch während Charlie kurbelte, legte *Orange II* enorm an Tempo zu. Ich holte den letzten Zentimeter des Großsegels dicht. Er richtete sich auf und sagte: »Null.«

Ich spürte, wie das Ruder hart wurde, als sich der Luvschwimmer hob und *Orange II* mit Wegerecht und dichtgeholten Schoten wie ein Pfeil auf das blau-weiße Schiff der Regattaleitung zuschoß, das an der Luvseite der Startlinie vor Anker lag. Die weißen Segel dort begannen mit erschreckender Geschwindigkeit größer zu werden. Ich schielte zu Charlie hinüber. »Halte etwa einundzwanzig Knoten«, sagte er. »Das ist genau richtig.«

Die Loganzeige veränderte sich: zwanzig, einundzwanzig, und noch immer beschleunigte *Orange*. Ich betätigte ein paarmal kurz die Hydraulik des Niederholers, um den Baum etwas steigen zu lassen und damit im Großsegel eine ganz leichte Verwindung zu schaffen. Die Anzeigebändsel flatterten in der entstandenen Verwirbelung. Die Geschwindigkeit pendelte sich bei einundzwanzig Knoten ein.

»Sie würde gern schneller laufen«, sagte ich.

»Bleib so«, sagte Charlie.

Wir waren nun inmitten der Boote, die sich abseits des großen Pulks befanden, neben einem Katamaran, der sich noch immer abmühte, sein Großsegel hochzubekommen, und einem braven Oldie mit so jämmerlich verzogenen Segeln, daß er schon froh sein mußte, wenn er überhaupt bis zur Startlinie gelangte. Die Kopfbewegung, mit der uns die Crew nachschaute, war so schnell, daß sie sich bestimmt ein steifes Genick holten. Wir stürzten uns in das Gewühl, wo es am dicksten war, ein Getümmel von sich schlängelnden und drängelnden Booten, das sich erst vorn an der Startlinie entwirren würde, wo wir genau mit dem Startschuß klar in Führung gehen wollten.

Charlie hockte jetzt auf dem Leeschwimmer, gewissermaßen im Tal des Trampolin-Abhangs, und beobachtete den für mich von der Fock verdeckten Sektor.

»Vierzig Sekunden«, schrie er.

Das Log zeigte 20.65 kn an und schnellte auf 21.32 kn hoch, als wir aus dem Abwind eines großen Trimarans herauskamen.

»Wahrschau an Steuerbord«, brüllte Charlie. Ich legte leicht Ruder, und der Luvschwimmer hob sich, als der Wind flacher einfiel. Fünf Fuß vom Steuerbordschwimmer entfernt flitzte ein Halbtonner vorbei; an seiner Reling hockten grimmige Männer in farblich aufeinander abgestimmten Overalls. Ich luvte an, spürte, wie das Deck waagrecht wurde, und dann rissen die wieder stabilisierten Schwimmer eine breite Schneise weißen Wassers mitten durch den Pulk der Yachten.

»Zwanzig Sekunden«, sagte Charlie.

In Lee unten drehte die ganze Flottille auf die Startlinie zu, sprungbereit, um am Wind sogleich seewärts zu preschen, während die aus dem Wind herabdriftenden zwanzig bis dreißig Luvboote sich mit einem bequemeren Start abgefunden hatten. Aus ihrer Mitte ragte ein höherer Mast heraus, sein beiges Kevlarsegel hatte eine ausgeprägte Wölbung im Achterliek. Ein paar Boote gaben ihm hastig den Weg frei.

Plötzlich waren so aus einer Flotte zwei geworden, und zwischen ihnen öffnete sich eine breite Bahn freien grünen Wassers. Mitten durch diese Bahn pflügten smaragdgrüne Ausleger, hinter denen das kabbelige Hafenwasser in feinen Gischtwolken aufsprühte: Jean-Luc Jarré.

»Zehn Sekunden«, sagte Charlie.

Ich wußte genau, was Jarré vorhatte, ohne erst lange darüber nachdenken zu müssen. Er wollte zwischen *Orange* und das Komiteeboot preschen, unseren Wind stören und uns auf der gesamten Strecke in den Kanal hinaus abdecken, indem er die gleichen Manöver machte wie wir. Ein Matchrace. Ich betätigte die Hydraulik, nur einmal. Jarré war jetzt fünfzig Meter an Steuerbord. Wenn er diesen Kurs beibehielt, würde er, links und rechts von unserem Mast je einen Ausleger, genau bei uns an Deck landen. Mein Herz hämmerte.

»Fünf«, rief Charlie. »Vier.«

Ich sah, wie der Franzose auf dem vorderen Trampolin merkte, daß er gerade sein Leben riskierte. Aber ich biß die Zähne zusammen und schaute zum Horizont hinter dem Komiteeboot. Dann plötzlich kam Jarrés Baum heraus, der Bug fiel ab, sein Luvausleger schoß drei Fuß hinter uns vorbei und deckte mich mit einem Gischtschauer ein. Vom Komiteeboot puffte ein Rauchwölkchen empor.

»Start!« schrie Charlie.

Wir rauschten über die Linie.

## 27

Jarré hatte hinter unser Heck eingedreht. Nun lag er nicht mehr als drei Sekunden zurück, als sein Luvausleger sich aus dem Wasser hob und sein Bug sich an Backbord achteraus auf uns zuschob.

Aber wir hockten jetzt zwischen ihm und dem Wind auf seiner Steuerbordseite, und von hier aus konnten wir ihn an allem, was er vorhatte, hindern.

Charlie gab mir den Kurs an. *Oranges* Buge schwenkten herum, und das Log kam auf Touren. Das Geräusch unseres Kielwassers war ein langes quirlendes Zischen. Das Wasser unter dem Trampolin schoß türkisblau vorbei, und auf dem von den Hecks sprühenden Hahnenschweif hatte die Sonne Regenbogen gezaubert.

»Scheint gut zu laufen.« Charlie blinzelte in das grelle Licht.

Jarré war nach Lee abgeschwenkt, um aus unserer Wirbelschleppe herauszukommen. Er schien leicht an Fahrt verloren zu haben und mochte jetzt fünfzig Meter leewärts und eine Länge achteraus liegen. Ich sah, wie seine schweren Augenbrauen sich finster zusammenzogen.

Eine Bö jagte übers Wasser. *Oranges* Log machte einen Satz nach oben, und der Bug ihres Leeschwimmers wollte durch den Druck des Segels unterschneiden.

»Der Wind frischt auf«, sagte Charlie. »Ich glaube, wir sollten ans Reffen denken.«

»Nein«, sagte ich. »Noch nicht.« Dieses Tempo war nicht ungefährlich, aber ich wollte erst einen klaren Vorsprung gewinnen, bevor wir anfingen, uns mit *Oranges* Trimm zu amüsieren. Denn sobald wir in die Nähe der großen Meute kamen, mußte uns der verwirbelte Wind all dieser Boote behindern.

An Backbord glitt die Küste von Devon vorüber. Flach, zerklüftet und grau lag Start Point vor uns. Aus seinem Lee kam eine große weiße Motoryacht geschaukelt.

»*Hecla*«, sagte Charlie. »Schnell, ein Lächeln für die Sponsoren!«

Sie lief wie ein schwimmender Häuserblock auf uns zu und hielt sich in sicherer Entfernung von unserem Backbordbug. Ihre schneeweißen Aufbauten spiegelten sich in der von Westen her anrollenden blauen Dünung. Eine kleine Menschentraube stand winkend auf der Brückennock.

Als wir an ihrem Bug vorbeipreschten, warf ich einen schnellen Blick hinüber und konnte Mort Sulkey und Dag Sillem erkennen. Zwischen ihnen stand, eine zu kleine Seglermütze auf den künstlich blonden Locken, Terry Tanner. Das Champagnerglas in seiner Hand funkelte, als er es grüßend hob. Dann fegte wieder eine Bö übers Wasser, und ich mußte mit Ruder und Schot jonglieren, um *Oranges* Leebug hoch- und ihren Luvschwimmer runterzudrücken. Als ich wieder aufschauen konnte, standen *Heclas* weiße Aufbauten schon weit achteraus. Ich dachte flüchtig an Terry Tanners erhobenes Champagnerglas und hoffte, daß es kein Abschiedsgruß gewesen war.

Draußen im Kanal schoben sich schiefergraue Wolken vor die Sonne und mattierten das leuchtende Türkis der Wellen zu einem stumpfen Grau. Wir verkleinerten die Segelfläche und refften erneut, als der Westwind weiter auffrischte. Für uns konnte das Wetter gar nicht besser sein; Jarré hatte es lieber leichter. Er wurde achteraus immer kleiner, um schließlich hinter der Kimm zu verschwinden. Bleib nur da, wo du bist, du Schweinehund, dachte ich.

Wir schafften es nicht in fünf Stunden zur ersten Bahnmarke, es wurden knapp sechs; im Schnitt hatten wir also neunzehn Knoten geloggt. Die Lichtglocke von Cherbourg war noch verschwommen sichtbar, als wir Tonne Ch 1 bei Einbruch der Dunkelheit um fünf vor neun rundeten. Weiß blinkte das Feuer von Kap Hague zu uns herüber. Der Wind hatte noch mehr aufgefrischt und kam nun aus Nordwest; das Tief zog also direkt über uns hinweg. Sobald wir die Tonne gerundet hatten, begann eine elende Schinderei. Die Seen, mit denen *Orange* auf raumem Kurs so glatt und elegant fertig geworden war, kamen nun aus einem grauen Horizont gestürmt, knallten uns gegen den Vorbeam und zerstoben zu harter Gischt, die wie Schrotkugeln übers Deck prasselte. Jarré blieb nicht lange hinter uns. *Ville de Jaugès* hatte wie alle Trimarane ein besonderes Faible für Am-Wind-Kurse, er konnte jetzt höher anluven und mehr Fahrt laufen als wir. Über UKW erfuhren wir, daß er die Tonne einundzwanzig Minuten nach uns gerundet hatte. Ich saß am Kartentisch. Hier unten klang das Krachen, mit dem die Schwimmer nach ihren

Höhenflügen wieder aufschlugen, besonders laut. Mir war klar, daß Jarré, wenn der Wind so blieb, noch auf halber Strecke zum Lizzard an uns vorbeiziehen würde.

Er überholte uns, das beige Segel in den grauen Morgenhimmel gereckt, um sechs Uhr zwanzig. Grimmig knüppelten wir weiter; zumindest war uns sonst niemand auf den Fersen. Gegen neun Uhr drehte der Wind nach Nord, wo wir ihn auch haben wollten, aber bockbeinig wie er war, erstarb er zu einem lauen Lüftchen, so daß wir unter vollem Groß und mit einem Mylardrifter gen Cornwalls Spitze schlichen.

Jarrés Segel war nur noch ein blasser Fingernagel am westlichen Horizont. Außer Gegenwind und starkem Seegang ist eine leichte Brise das, was Trimarane am liebsten haben. Schließlich versank er hinter der Kimm, und mein Herz sank mit ihm. Es war sieben Uhr abends geworden, als der grüne Buckel des Lizzard im Nordosten auftauchte, ein wunderschönes Bild, aber uns stand beiden nicht der Sinn nach malerischen Anblicken. Allerdings war ich bei der klaren Sicht auf die hochaufragende Küste ziemlich sicher, daß es nicht lange so wunderschön bleiben würde, und begann wieder Hoffnung zu schöpfen. Ich hatte recht. Um zehn nach sieben verdunkelte eine erste Bö die See an Steuerbord. Ihr folgte eine weitere und dann noch eine. Zehn Minuten später wurden wir mit vierundzwanzig Knoten durch heftige Regenschauer gejagt, von einem Wind, der mit Stärke sechs direkt am Großbaum entlangfuhr. Der Leuchtturm auf dem Wolf Rock wuchs von Stecknadel- zu Bleistiftgröße empor und wurde dann zu einer Pfeffermühle. Schließlich winkten uns die Leuchtturmwärter hoch oben auf der Galerie zu, und ich hörte die Wellen an den grauen Granit klatschen, als wir halsten und wieder auf den Lizzard zuhielten, um auf direktem Wege nach Hause zu rauschen.

Zwischen den grauen Regenwänden vor uns tauchte wieder das helle Segel der *Ville de Jaugès* auf und rückte Zoll um Zoll näher. Charlie, der gerade den Spinnaker trimmte, drehte sich zu mir um und brüllte mir über das Intercitytosen des Heckwassers hinweg zu: »Jetzt haben wir den Halunken!«

Ich luvte einen Strich an, war drauf und ran, uns zwischen Jarré und den Wind zu katapultieren, als er sich zu uns umdrehte, sich vorbeugte, um anzuluven, und vor unserem Bug zur Seite schwenkte. Aber wir waren sowieso schneller als er. Und es sah ganz so aus, als sei ihm das soeben klar geworden, denn er stoppte mitten beim Anluven und fiel wieder ab.

»Paß auf!« schrie Charlie mit vor Konzentration verzerrtem Gesicht und beobachtete den Spinnaker. »Paß auf!«

Ich paßte auf. Die Gefahr, daß Jarré plötzlich anluvte und mich zwang, an seinem Heck vorbei nach Lee zu schwenken, war immer noch gegeben. Aber bei diesem Tempo konnte er sich eigentlich nur zurücklehnen und alles auf sich zukommen lassen. Der Spalt zwischem unserem Leeschwimmer und seinem Luvheck wurde schmaler. Dann war überhaupt kein Spalt mehr da, und wir zogen, Seite an Seite, dicht nebeneinander weiter. Als ich auf die zwanzig Meter zischenden Wassers schaute, die uns trennten, sah ich, daß Jarré seinen Crewman Le Bart anbrüllte. Sein riesiges Großsegel wurde unruhig, als wir zwischen ihn und den Wind kamen. Er verlor abrupt an Fahrt.

Charlie visierte ihn an, als wir vorbeizogen. »Mast querab!« brüllte er.

Dann war Jarrés Mast auf einer Höhe mit unserem Ruder, so daß er als Leeboot nicht länger das Recht hatte, anzuluven und uns zu behindern. Wir waren in Sicherheit, der Gefahr entkommen, daß er plötzlich auf unseren Leeschwimmer zu aufdrehte. Ich atmete auf.

Zu früh.

Ich sah Jarrés Schultern sich über das Ruder beugen, sah seinen Luvschwimmer mit einem Satz auf uns zuhalten und hörte im selben Moment Charlie schreien. Für den Bruchteil einer Sekunde konnte ich nicht glauben, was da geschah. Das war kein Defensivmanöver, wie es die Regattaregeln jetzt von ihm forderten, es war der eindeutige Versuch, uns zu rammen.

Ich riß das Ruder herum, und das Heckwasser hinter uns klang, als wir nach Luv schossen, als würde mit einer Axt Holz zersplittert. Jarrés Heckwasser tränkte mich, als sein Vordersteven hinter unserem Heck vorbeijagte. *Oranges* Deck steilte sich auf, weil sie Fahrt verlor und der Wind ihr von vorn in die Segel griff. Ihr Luvschwimmer tanzte zehn Fuß über dem Wasser. Ich hechtete nach dem Großschotschlitten und riß die Schot heraus. *Oranges* Baum krachte ans Ende der Schiene mit einer solchen Wucht, daß der Kat sich von oben bis unten schüttelte.

»Spinnakerschot!« rief ich.

Aber es war zu spät. Die große bunte Blase fiel kurz ein, bauschte sich mit einem harten Knall wieder auf, und dann schien der graue Himmel durch die aufgeplatzte Mittelnaht. Der Riß wurde größer, franste an den Enden aus, nahm die ganze Fläche dessen ein, was eben noch der Bauch gewesen war, dann zerfetzte der Wind unseren Spinnaker endgültig und wirbelte die Streifen übers Waser.

Wir kurbelten das Großsegel wieder dicht, stellten den Autopilot an, rannten nach vorn, zogen japsend Genua I hoch, und bis wir alles wieder unter Kontrolle hatten, lief uns unter dem Ölzeug der Schweiß herunter, Jarré lag eine gute Meile vor uns. Ohne Spi hatten wir keine Chance, ihn einzuholen. Und wir besaßen nur einen einzigen Spinnaker.

»Übernimm mal«, sagte ich zu Charlie, und er stellte sich ans Ruder. Ich holte die Protestflagge aus dem Schapp und setzte sie oben im Achterstag. Meine Finger flogen dermaßen vor Wut, daß ich sie kaum vorheißen konnte.

»Hast du so was schon mal erlebt?« fragte ich.

»Nein«, sagte Charlie.

»Dadurch haben wir diese Scheißregatta verloren.«

»Tja«, sagte Charlie. »Bis das Komitee unseren Protest angehört hat.«

»Wir haben keine Zeugen«, sagte ich.

»Ach, komm«, sagte Charlie. »Das Ganze war doch einfach unglaublich.«

»Eben«, sagte ich.

Im sternsprühenden dunklen Firmament schwamm ein Archipel aus feuerrot umrandeten Wolken. Wir gingen als dritte über die Ziellinie.

## 28

Als wir von Scotto an den Ponton geschleppt wurden, ließ sich auf *Ville de Jaugès* niemand blicken. Während Scotto und Charlie aufklarten und die Latten aus dem Großsegel zogen, schrieb ich unseren Protest nieder und brachte ihn ins Büro der Wettfahrtleitung. Inzwischen trafen weitere Boote ein. Ein Bote vom Büro kam und teilte uns mit, daß das Protestkomitee jetzt zusammentreten würde, wenn es uns recht sei. Und ob es uns recht war!

»Versprich dir nicht zuviel«, sagte Charlie, als wir hineingingen.

Ich konnte vor Wut nicht antworten.

Als wir rauskamen, war alles noch schlimmer.

Scotto wartete. »Wie ist's gegangen?«

»Keine Zeugen«, sagte Charlie. »Unser Wort gegen ihres. Keine Beweise. Im Zweifel für den Angeklagten. Dem Protest ist nicht stattgegeben worden.«

»Scheiße«, sagte Scotto.

Ich konnte nicht mal mehr fluchen. Ich steckte die Hände in die Taschen und ging zum Parkplatz. Vom großen Zelt am Kopf der Mole drang Musik zu uns herüber. Charlie sagte: »Laß uns was trinken gehen.«

Wir duschten in der Marina, zogen uns um und gingen zum Zelt.

Ich schäumte noch immer vor Wut. Unter der Decke brannten bunte Glühbirnen, und ein paar Leute tanzten. Ich begegnete Charles Lloyd, dem Makler, in Blazer und RORC-Krawatte, der auch gerade hineingehen wollte. Er zuckte die Achseln, spreizte die Hände und grinste mich mitleidig an. »Schade«, sagte er.

»Ich habe die Entscheidung angefochten«, sagte ich.

Er nickte und grinste erneut; sein übliches Berufsgrinsen. Aber sein Blick war schon woanders. Ein Geschäft war den Bach runtergegangen, jetzt mußte er sich ums nächste kümmern.

Mein Herz war schwer wie Blei. Ich schaute mich um, da sah ich Jarré. Er saß in der Ecke an einem großen runden Tisch und drehte den Kopf für die Kameras hin und her. Neben ihm standen zwei Journalisten. Auch Agnès war da und hörte dem Interview zu, das er Alec Strong gerade zu geben geruhte.

Agnès lächelte, als sie mich sah, und stand auf. Diese Bewegung unterbrach den geradezu übersprudelnden Jarré in seinem Selbstlob. Als er mich erkannte, wurde sein Blick für einen Moment reglos und hart, und wir starrten uns an, Auge in Auge. Dann sagte er: »Nehmen Sie einen Drink mit uns, James.«

Ich schüttelte den Kopf und wagte vor Wut nicht zu sprechen. Er zuckte die Achseln und wandte sich wieder seinem Interviewer zu.

Agnès berührte meine Hand. »Pech, James.«

Laut sagte ich: »Mit Pech hat das nichts zu tun. Monsieur Jarré hat versucht, mich zu rammen, und beim Ausweichmanöver hat's mir den Spinnaker zerrissen.«

Plötzlich herrschte Totenstille am Tisch.

»Das wirst du beweisen müssen«, sagte Agnès ruhig. Mir blieb förmlich der Mund offenstehen. Ich suchte in ihrem Blick nach einem Zeichen der Zuneigung, die ich zuvor wahrgenommen hatte, heute morgen oder in ihrem Hotelzimmer in Cherbourg. Aber der Blick blieb hart wie Eis.

»Charlie hat's gesehen«, sagte ich.

»Jimmy«, sie seufzte. »Ich hätte dich für klüger gehalten.« Damit drehte sie sich um und setzte sich zu den anderen.

Jarrés Stimme zerschnitt die Stille. »Der bessere Mann hat gewonnen, mein Freund«, sagte er in übertriebenem Oxfordenglisch und blies mir den Rauch seiner Gauloise ins Gesicht.

Ich stand einen Moment da, sah Agnès' Hinterkopf, sah Alex Strong wie wild in seinem Notizblock kritzeln und legte ihr die Hand auf die Schulter. Sie schüttelte sie ab und hakte sich bei Jarré unter. Er drehte sich um und küßte sie auf den Nacken.

Ich wandte mich ab und ging. Mir blieb nichts anderes übrig. Scotto fuhr mit mir nach Pulteney zurück. Es nieselte, trotzdem fuhr ich sehr schnell. Wir schwiegen. Es ist die alte Geschichte, dachte ich. Dasselbe war mir damals mit Maes Mutter passiert. Ich hatte mich einem Menschen geöffnet, hatte meine Zurückhaltung aufgegeben, und schon bekam ich die Quittung dafür.

»Blöde Franzmänner«, sagte Scotto irgendwann. Ich nickte innerlich kochend und quietschte mit durchgedrücktem Gashebel durch die Kurven.

Im Hafenwasser von Pulteney spiegelten sich die Lichter des Yachtklubs; vermutlich wurde dort gerade zu Abend gespeist. Die Tischgespräche mochten sich um das drehen, was der gute Johnny an der Luvmarke verzapft oder was dieser Dixon abends in Plymouth nach der Waterford von sich gegeben hatte. »Laß uns was trinken gehen«, sagte ich und hielt auf dem Kopfsteinpflaster vor der *Mermaid*.

In der Kneipe hing der übliche dicke Mief, und Chiefy Barnes stand, ein Glas Rum und eine halbe Maß vom Faß vor sich, wie immer in seiner Ecke. Hätte ich weniger Schmerzen und weniger Wut gehabt, wäre es vielleicht ganz nett gewesen. So aber spendierte ich Scotto eine Halbe vom Faß und mir selbst einen großen Rum. Dann fingen wir wieder an, über das Boot zu sprechen.

Das müssen wir mindestens eine Stunde lang getan haben, in der Scotto und ich uns gegenseitig weitere Drinks spendierten. Allmählich legte sich eine Nebelschicht um den Schmerz. Irgendwann standen wir draußen in der Nacht, und das weiße Blinkfeuer des Hafens zuckte über den nassen Granitkai. Scotto sagte etwas davon, daß er mich nach Hause bringen würde, und ich sagte ja, und dann setzte er mich vor meinem Tor ab, und ich lief durch den Regen die Einfahrt zum Mill House hoch.

Der Regen hatte eine ernüchternde Wirkung, er brachte die Erinnerung an Ed und John zurück. Mit der übertriebenen Vorsicht des Betrunkenen schlich ich behutsam über den gemähten Rasen neben der Auffahrt. Der Regen schluckte das Geräusch meiner Schritte. An der Biegung, die das letzte Stück der Auffahrt vor dem Haus verdeckte, blieb ich stehen. Mein Atem ging schwer, und der Rum ließ meinen Puls hart und langsam pochen. Hinter einer der Stecheichen stand jemand.

Er stand ganz dicht am Stamm, so dicht, daß er unsichtbar gewesen wäre, wenn man nicht wie ich ein fachmännisches Auge für die Form eines Baumes hatte. Also gut, du Schweinehund, dachte ich. Im Schatten der Bäume bewegte ich mich vorwärts. Der Regen trommelte auf die Blätter, und würziger Modergeruch stieg zu mir hoch. Ich ging die Sache sehr langsam und sehr, sehr ruhig an. Die Figur unter dem Baum verlagerte ihr Gewicht und bewegte sich etwas. Ich fragte mich, wie lange dieser Mensch wohl schon gewartet haben mochte. Ich stand jetzt sechs Fuß hinter ihm und hielt den Atem an. So, dachte ich. Jetzt.

Ich schob die Schulter vor, stürmte los und traf ihn mitten im Rücken. Er fiel um wie eine Schießbudenfigur. Es knackte, als der Kopf auf einen Stein schlug. Ich rappelte mich hoch. Die Figur lag noch am Boden; sie war viel zu leicht umzustoßen gewesen. Ich rannte zur Haustür, fummelte mit dem Schlüssel herum und drehte das Licht an. Dann rannte ich zu der Gestalt unter dem Baum zurück.

Das Licht warf die Schatten langer schwarzer Wimpern auf gerundete braune Wangen, an denen regennaß ein paar Haarsträhnen klebten. Das Gesicht war so entspannt wie im Schlaf.

Es war das Gesicht von Agnès de Staël.

Ich trug sie ins Haus und legte sie im Salon auf das Sofa. Ihre Lider zuckten. Sie öffnete die Augen und schloß sie wieder.

Ich begann so heftig zu zittern, daß ich mich setzen mußte.

»Agnès...«

Sie stöhnte. Ich holte tief Luft und setzte mich neben sie. Meine Finger fanden eine große Beule hinter ihrem rechten Ohr. Wieder öffnete sie die Augen. Sie lächelte. Es war das schönste Lächeln, das ich jemals gesehen hatte.

Ich sagte: »Es tut mir leid. Ich dachte...« Aber ihr Blick war sonderbar.

Plötzlich erinnerte ich mich, daß ihr Haar naß war und auch ihr Regenmantel, und so brachte ich sie nach oben und legte sie in mein Bett. Dann sagte ich: »Ich hol' dir Wasser.«

Sie lächelte wieder. »Tasse Tee«, sagte sie.

Auf dem Weg zur Küche fiel mir plötzlich wieder alles ein. Ich nahm die Axt und ging von Raum zu Raum. Es war niemand da. Dann machte ich Tee und trug das Tablett zu ihr hoch.

Ich beobachtete sie, wußte nicht, was ich sagen sollte. Sie verzog das Gesicht. Die Tatsache, daß sie das Gesicht verziehen konnte, ließ mich aufatmen. »Schreckliche Kopfschmerzen«, sagte sie.

»Soll ich einen Arzt holen?«

»Nein«, sagte sie und stützte sich mühsam auf einen Ellbogen. »Ich mußte einfach herkommen nach dem, was heute abend vorgefallen war.«

»Oh«, sagte ich. Jetzt fiel mir das Zelt wieder ein und Jarré. Plötzlich waren es nicht mehr wir beide, sondern ich und Agnès, die Fremde.

»Tut mir leid«, sagte sie. »Ich habe dir bestimmt sehr weh getan. Aber es mußte sein, weil Jarré glauben sollte, daß ich auf seiner Seite stehe.«

Ich dachte an den schwarzen Lockenkopf, der sich zu ihr heruntergebeugt hatte, um sie auf den Nacken zu küssen. »Wirklich?«

Sie schluckte zwei Aspirin. »Er hat mir alles erzählt«, sagte sie. »Er war richtig stolz auf sich.«

»Alles erzählt?« Ich hatte seit achtundvierzig Stunden nicht mehr geschlafen, und das machte sich plötzlich bemerkbar.

»Er hat einen Deal gemacht«, sagte sie. »Hör mal, interessiert es dich überhaupt? Es tut nämlich weh zu sprechen.«

»Einen Deal?«

»Er fand sich sehr schlau. Dein Geschäftspartner Harry hat ihm fünftausend Pfund geboten, wenn er das Rennen gewinnt.«

»*Harry!*« Es dauerte einen Moment, bis ich es ganz erfaßt hatte. »Aber Jarré hat doch einen Sponsor.«

»Nicht mehr. Mit dem hat er einen Riesenkrach gekriegt, und der Sponsor ist ausgestiegen. Folglich braucht er Geld – um es auf sich selbst setzen zu können. Auf seinen Sieg beim Round the Isles. Und weißt du, bei wem er wettet? Bei Del Boniface. Dann macht er das große Geld und hat keine Probleme mehr.«

»Würdest du dem Protestkomitee von diesem – Deal – berichten?«

»Natürlich«, sagte sie. »Ich hab's sogar heimlich auf Band aufgenommen, während er's mir erzählt hat.«

Ich starrte sie an. Sie starrte zurück, mit großen, blauen, unschuldigen Augen. »Genial«, sagte ich.

»Weißt du, Jean-Luc ist wahnsinnig eifersüchtig auf dich.« Sie lächelte, es lag sogar etwas Eitelkeit in diesem Lächeln. »Dazu hat er natürlich auch Grund. Aber all das ist heißblütig«, sagte sie, als könne sie Gedanken lesen. »Nicht so kaltblütig, wie dich ins Trockendock zu werfen.«

Ich nickte.

Ihr Gesicht sah plötzlich eingefallen und müde aus.

»Schlaf jetzt«, sagte ich. »Ich liebe dich.«

»Bloß weil ich für dich schnüffle«, murmelte sie, dann fielen ihr die Augen zu.

Ich kletterte auf die andere Seite des Bettes und dachte, wie absolut blödsinnig es war, daß ich immer nur dann Gelegenheit bekam, mal richtig zu schlafen, wenn Agnès gerade da war und ich weiß Gott lieber was anderes getan hätte. Ich dachte daran, was Charles Lloyd wohl sagen würde, wenn er den Spruch des Protestkomitees hörte, nachdem ich denen das Tonband vorgespielt hatte. Und ich dachte an Del Boniface und an seine Wetten. Dann schlief ich ein.

Ich war an einen Eisberg gebunden, im Sturm. Ich zitterte entsetzlich, und dieses Zittern erregte die Aufmerksamkeit einer großen Möwe mit blauen Augen. Das waren Terry Tanners Augen, und ich wußte, daß die Möwe jetzt jeden Augenblick beginnen würde, mich in Stücke zu hacken. Sie warf den Kopf zurück und fing an zu kreischen, ein schreckliches Geräusch. Und das Geräusch hörte und hörte nicht auf; es verursachte mir Kopfschmerzen und ließ mich immer stärker zittern.

Es war das Telefon. Steif zog ich den rechten Arm unter meinem Körper hervor und griff nach dem Hörer. »Ja«, sagte ich ganz benommen. »Was gibt's?« Meine Uhr stand auf 3.15.

». . . Tonbandmitteilung«, sagte eine Stimme im Hörer. »Hören Sie genau zu. Dies ist eine Tonbandmitteilung.« Die Stimme war ein monotones elektronisches Geschwätz. Benommen versuchte ich, das Problem zu erfassen, aber es gelang mir nicht. Die Stimme sagte: »Beginn der Durchsage: Wickeln Sie zehntausend Pfund in gebrauchten Zehnpfundnoten in eine schwarze Mülltüte. Bringen Sie das Päckchen morgen nach Morley Harbour, Norfolk. Legen Sie es um zehn Uhr abends unter die Persenning der Jolle *Ayesha*. Sie liegt rechts vom Graben, zum Wasser hin gesehen. Danach fahren Sie wieder weg. Sie werden beobachtet. Benachrichtigen Sie nicht die Polizei, sonst bringen Sie Ihr Boot in Gefahr.« Die Stimme schwieg. Ich saß wie erstarrt da. Das Blut in meinen Adern schien gefroren, denn ich konnte nicht einmal mehr zittern, und meine Kehle war durch den Schock wie ausgedörrt. »Warten Sie«, sagte ich dümmlich, aber die Stimme antwortete ungerührt: »Ich wiederhole jetzt die Mitteilung.« Ich drückte auf den Aufnahmeknopf des Anrufbeantworters, und die Stimme schnarrte die Nachricht noch einmal herunter. Zum Schluß sagte sie: »Denken Sie an Edward Boniface. Denken Sie an John Dowson. Und denken Sie an Ihr Boot.«

Ich schaute zu Agnès hinüber, sie schlief noch. Ich rannte die Treppe hinunter, rief das Fernamt an und sagte: »Ich möchte einen Anrufer ermitteln lassen.«

»Tut mir leid, so etwas machen wir nicht«, sagte die Dame von der Vermittlung gelangweilt.

Ich wollte gerade Streit anfangen, da dachte ich: Nein. Die Telefonvermittlung könnte die Sache der Polizei übergeben, und die Polizei . . .

*Denken Sie an Ihr Boot.*

Ich wählte Scottos Nummer. Er war sofort am Apparat.

»Wie geht's Mae?« fragte ich.

»Prima«, sagte Scotto. »Sie schläft. Irgendwas nicht in Ordnung, Jimmy?«

»Doch, alles«, sagte ich. Einen Moment war ich versucht, Scotto ins Vertrauen zu ziehen. Er wäre mir ein guter Verbündeter gewesen. Aber dann überkam mich meine alte Neurose, die Krankheit der Skipper: letztlich hängt alles an einem selbst.

»Wenn's ihr nur gutgeht«, sagte ich.

»Aber ja«, sagte Scotto mit einer Stimme, die bei aller Fröhlichkeit nicht sein Erstaunen verbarg. »Also, gute Nacht dann.«

»Danke«, sagte ich. »Gute Nacht.«

Ich legte auf, setzte mich lange an den Schreibtisch und starrte in die Dunkelheit. Die Schatten der Morgendämmerung hüllten mich ein, kalte Schatten, die mich in einer neuen Furcht erschauern ließen. Es war nicht die Furcht, die man empfand, wenn das Boot einen Schwimmer aus dem Wasser hob oder rückwärts eine Welle heruntersurfte und das Ruder zu knacken begann. Es war die Furcht des Seiltänzers, der über dem Abgrund schwebt und weiß, daß Seitenwind ihn der Ewigkeit zuführen wird.

Nach einer Weile stand ich auf und ging durch das dunkle Haus. Es hatte aufgehört zu regnen, das einzige Geräusch war der Wind in den Stecheichen. Ich machte mir Kaffee und setzte mich an den Küchentisch.

Der Kaffee half. Der Schock verebbte, und ich begann zum Ticken der Küchenuhr wieder konstruktiv zu denken. Keine Polizei, sie bedeutete nur Zeitverlust. Ich hatte eine Regatta zu segeln und konnte es mir nicht erlauben, das Boot in Gefahr zu bringen. Das war bei Arthur Davies, Ed Boniface und John Dowson nicht anders gewesen.

Ich aß eine Kleinigkeit und begann einige Vorbereitungen zu treffen. Während der Morgen sich in den Garten stahl und die Schwarzdrosseln zu singen begannen, schrieb ich Agnès einen Brief, empfahl sie Scottos Fürsorge und gab Scotto detaillierte Anweisungen über die für das Round the Isles zu treffenden Vorkehrungen. Dann warf ich den Jaguar an und raste gen Osten.

## 29

Es war ein schneidend kalter, klarer Morgen, aber bis ich in Essex eintraf, hatte der Himmel sich bewölkt, und von der Nordsee kam ein dünner Nieselregen herein. Die Schlaglöcher auf dem Weg zu Del Bonifaces Schuppen füllten sich mit Wasser. Hinter seinem Schuppen erstreckten sich die graugrüne Marsch und der braune Schlick bis an das trübe schwarze Wasser hinaus. Vor dem Schuppen, in dem müllbedeckten Hof, lag Fäulnis ausschwitzend Dels vom Zahn der Zeit arg angenagter Warenbestand.

Diesmal war Del da. Ich ging an der Strohblonden vorbei direkt in sein Büro. Es roch nach ungewaschenen Hemden. Er stand auf und fragte: »Kann ich Ihnen ...« Dann erkannte er mich, und das schmierige Grinsen erlosch. Finster blickte er mich an. »Was wollen Sie?«

»Ihr Bruder ist ermordet worden«, sagte ich. »Wollen Sie wissen, wer es war?«

»Ich weiß, wer es war«, sagte er. »Einer von diesen Saufbrüdern.«

»Falsch«, sagte ich. Die Art, wie ich es sagte, ließ ihn schnell auf seinen Stuhl zurücksinken. »Die alte Frau in der Henshaw Street hat gehört, wie Sie mit Ed telefonierten. Sie haben ihm gesagt, daß er dort ausziehen soll. Warum?«

»Der Raum war vermietet«, sagte Del.

»Kann sein. Aber mich würde doch interessieren, warum Sie mich zur Henshaw Street schickten und nicht zu Howlett's Werft.«

»Ich war eben zerstreut«, sagte Del.

Ich ging auf ihn zu, stützte meine Hände auf die schmuddelige Schreibtischplatte und starrte auf ihn hinunter. Seine Augen wanderten zu mir hoch. Er war selbstgefällig, dieser Del, aber schlau war er nicht.

»Ich frage nochmals«, sagte ich. »Und diesmal will ich eine Antwort.«

Wieder schaute er zu mir hoch, mit verletztem, unterwürfigem Blick.

»Ich dachte, daß Sie ihn in der Henshaw Street nicht finden würden und daß dann keiner von diesen Halunken erfahren würde, wo er ist. Sie sollten denken, daß er einfach, na ja, abgehauen ist. Er hatte ja nur lauter Horrormärchen im Kopf von Kerlen, die hinter ihm her wären, sein Boot kaputt machen wollten und so was. Er war mein Bruder, und solche Geschichten sind schlecht fürs Geschäft.«

»Aber seine ›Märchen‹ haben gestimmt«, sagte ich. »Einer von den Kerlen hat ihn umgebracht. Sie hatten nur Angst, Ed könne mir erzählen, daß Sie heimlich als Buchmacher fungieren, nicht?«

Del war aufgesprungen. »Wer sagt das?«

»Spielt keine Rolle. Was ich jetzt wissen möchte: Wem haben Sie erzählt, daß Ed bei Howlett's ist?«

Er sagte: »Weiß nicht. Jemandem am Telefon.«

»Wie hat seine Stimme geklungen?«

»Normal. Ein Mann eben.«

»Was hat er zu Ihnen gesagt? Daß er SUNSEA BOATS sonst niederbrennen würde?«

»Nein«, sagte Del, »die haben meinen schönen Boston Whaler versenkt. Mitten in der Nacht. Na ja, ich wußte doch nicht, was sie mit Ed vorhatten, oder?«

»Das hoffe ich«, sagte ich. »Das hoffe ich wirklich, Del.«

»Er war doch mein Bruder«, sagte Del gekränkt.

»Und mein Freund«, sagte ich. »Ich hätte ihn wegen eines Boston Whalers nicht verraten.«

»*Ihr* Whaler ist ja auch nicht versenkt worden.«

»Nun, jetzt können Sie wenigstens einen Teil wieder gutmachen«, sagte ich. »Also, ich fange ganz von vorn an, langsam und deutlich: Sie erinnern sich, im *Bunch of Grapes* sagten Sie, ich solle mir keine Gedanken machen, Ed würde sich nur einbilden, daß jemand sein Boot sabotiert hätte. Aber Sie waren im Unrecht. Jemand hat tatsächlich sein Boot sabotiert, und wer ihn ermordet hat, der tat es, weil Ed ihm auf die Spur kam. Selbst wenn Sie nicht sein Bruder wären, wären Sie es ihm schuldig.«

»Was?«

»Sie können mir helfen herauszufinden, wer ihn umgebracht hat.«

»Warten Sie ...« sagte Del.

»Der ihm den Strick um den Hals gelegt hat, Del«, sagte ich langsam. »Um den Hals Ihres Bruders Ed. Mit dem Sie gespielt haben, als Sie noch ein kleiner Junge waren. Der diesen Strick zugezogen hat. Ich habe seine Augen gesehen, Del, sie waren hervorgequollen. Und sein Gesicht war ganz dick und schwarz. Seine Zunge ...«

Dels Faust schlug krachend auf den Tisch. »*Schon gut!*« schrie er. »*Schon gut!*« Er schwieg und puhlte mit dem Fingernagel an seiner Tischplatte herum. »Aber es wird Sie was kosten.«

Ich lehnte mich im Stuhl zurück. »Sehr brüderlich«, sagte ich. »Also zweihundert Piepen. Die Hälfte jetzt, die andere nach Erledigung des Auftrags. Und als Zugabe werde ich der Polizei nicht verraten, daß Sie Wetten für Regatten annehmen von Leuten, die dabei selbst mitsegeln.«

Die Faust voll silberner Ringe ballte sich. »Wo ist das Geld?«

Ich war erleichtert. Den Wert von Dels Bruderliebe hatte ich mittlerweile kennengelernt. Ihn in bar zu bezahlen, in klingender Münze nach erfüllter Mission, mochte da viel wirksamer sein.

Ich sagte ihm, was ich vorhatte, dann standen wir auf. Ich war nicht gerade geschmeichelt über unsere Ähnlichkeit, die schon der alten Schlampe in der Henshaw Street aufgefallen war, aber sie konnte nicht geleugnet werden: die gleiche Größe, der gleiche Körperbau, die gleiche Haltung. Wir gingen in den Regen hinaus, an den verrottenden Booten vorbei, und bestiegen unsere jeweiligen Autos.

Ich fuhr mit dem Jaguar voraus, Del folgte mir in seinem Capri. Wir bogen auf die A 11 ein und fuhren durch den weinenden Nachmittag nach North Norfolk. Es war sechs Uhr, als wir die letzte zur Salzmarsch führende Hügelkette überquerten und das Meer vor uns sahen. Der Regen hatte aufgehört, und es war Hochwasser. Glitzernde Wasserläufe schlängelten sich durch die grüne Marsch, und unzählige Boote schaukelten in der Bucht. Im nächsten Dorf an der Küste gingen wir in einen Pub und bestellten uns ein Bier und einen Bohneneintopf. Die Bar war voll barfüßiger Jollensegler mit jungen glatten Gesichtern. Im Vergleich zu ihnen fühlte ich mich alt und verbraucht. Del beobachtete sie ausdruckslos mit zusammengekniffenen Augen, zweifellos sah er in ihnen potentielle Käufer für seine schwimmenden Särge.

Das Bier rann mir leicht durch die Kehle, mit dem Eintopf war es schon schwieriger. Das Wissen, daß ich noch an diesem Abend endlich eine Antwort auf alle Fragen bekommen würde, hatte meinen Magen wie zugeschnürt. Um neun Uhr gingen wir auf den Parkplatz. Es begann zu dunkeln; unter dem tiefblauen Himmel huschten jagende Fledermäuse umher. Wir fuhren hintereinander in eine Parkbucht, die ich zuvor ausgesucht hatte; sie lag eine Viertelmeile vom Kai entfernt in einer Sackgasse im oberen Teil von Morley. Ich fuhr hinein, Del schloß seinen Wagen ab. Ich schlüpfte in ein altes Jackett und glitt auf den Beifahrersitz des Jaguars. Del zog meine Jacke an und kletterte hinter das Steuerrad. So fuhren wir wieder an. Am Ende der Sackgasse nahm ich meinen Panamahut ab, setzte ihn Del auf und zog ihn bis an seine Augen herunter.

»He«, protestierte er.

Ich sagte: »Ruhe. Sie sind jetzt ich. Und wenn Sie aussteigen, lassen Sie die Tür offen.«

»Wie Sie wünschen«, sagte Del. Ich glitt auf den Boden und blieb unterhalb der Fensterhöhe, so daß ich außer Sicht war. Am rechten Seitenfenster zogen Häuserfronten, Ziegel und Schindelmauern vor einem immer dunkler werdenden Himmel vorbei. Der Kai mußte links liegen; er lief parallel zur Fahrrinne, in der die Boote von der Bucht bis zum Dorf gelangten. Die Jollenliegeplätze waren weiter vorn, wo die Fahrrinne in einem Bogen von der Straße wegführte.

»Fahren Sie auf den Parkplatz«, befahl ich.

Ich spürte, daß die Räder den glatten Teerweg verließen und nun über holperigen Schotter fuhren. Neben einer Reihe von Jollen, die mit dem Bug zum Deich hin festgemacht waren, kamen wir zum Stehen. Es war zwanzig vor zehn.

»Das Boot heißt *Ayesha*«, sagte ich. »Das fünfte von rechts. Stekken Sie das unter die Persenning.«

Del stieg aus, ließ die Autotür offen und ging auf die Jollen zu. Er hob das schwarze Plastikpäckchen hoch. Ich kroch über den Boden, am Schaltknüppel vorbei, und steckte den Kopf aus der Autotür. Er hatte den Jaguar wie befohlen dicht an die Jollen herangefahren. Wenn ich mich schön geduckt hielt, müßte ich außer Sicht bleiben können, bis ich im Schatten der Jollen war. Der Schotter grub sich in meine Handballen, dann war ich zwischen zwei Jollentrailern in Deckung. Ich lag auf dem Boden, die Nase im schmutzigen Gras, und japste. Hinter mir erklangen Schritte. Ich blickte mich um und sah die Gestalt wieder in den Jaguar klettern: breitbeiniger Gang, Panamahut, gut sechs Fuß groß. Kein Grund, warum jemand auf die Idee kommen sollte, daß das nicht Jimmy Dixon war.

Der Jaguar fuhr davon. Ich sah seine Scheinwerfer aufleuchten, denn es war jetzt ganz dunkel. Das satte Röhren des Auspuffs hallte von den Cottages zu beiden Seiten der Hauptstraße wider. Sonst war kein Verkehr; man hörte nur fernes Stimmengewirr, einen in der Marsch pfeifenden Vogel und die im Wind scheppernden Fallen. Ich lag da, lauschte und wartete. Jetzt war ich ganz auf mich allein gestellt.

Nichts tat sich.

Die Kirchturmuhr auf dem Hügel schlug zehn, dann halb elf. Die Pubs spien ihre Gäste auf die Straße, und über den Kai fuhren Autos. Es war nun völlig dunkel, und von Westen her zogen Wolken auf. Ich hörte Motorengeräusch, ein helles Knattern, und drückte mein Gesicht platt aufs Gras. Ein Motorroller tuckerte auf dem Deichweg vorüber. Ein Junge und ein Mädchen, ohne Schutzhelm, ohne Licht. Ich hörte das Mädchen lachen, ein wildes Gekicher, als sie zur See hin in der Dunkelheit verschwanden.

Eine weitere halbe Stunde verging, mir wurde allmählich kalt. Die Vogelschreie waren verstummt, im Dorf drüben erloschen die Lichter eins nach dem anderen. Hinter mir fuhr ein Auto vor. Die gelben Strahlenbündel seiner Scheinwerfer durchbohrten die Dunkelheit und warfen lange bizarre Schatten unter die Jollen. Der Wagen rollte aus und kam auf der Straße oben zum Stehen. Ich hörte eine Tür aufgehen. Mein Herz begann zu jagen. Schwere Schritte knirschten über den Schotter. Ich hörte, wie eine Persenning zurückgeschoben und darunter gekramt wurde. Die Schritte kehrten zum Auto zurück. Ich hörte etwas auf den Beifahrersitz plumpsen: das Päckchen. So, dachte ich. Jetzt haben wir dich.

Ich schob die Hände unter die Schultern, um mich hochzustemmen. Irgendwas peitschte mir übers Gesicht. Und plötzlich konnte ich nicht mehr atmen, weil sich eine harte Schnur um meinen Hals zuzog. Ich versuchte, mit den Fingern darunterzufassen, um sie zu lockern, aber sie schnitt noch tiefer ein, und meine Finger glitten über sie hinweg. Das Blut rauschte in den Adern meines Kopfes, und diese Adern schwollen an, bis die Welt hinter einem roten Wasserfall verschwand. Ich versuchte zu schreien, aber dazu war kein Atem da, und außerdem konnte ich die Lippen nicht bewegen. In meinem Kopf war das ganze Blut gestaut, und außerhalb meines Brustkastens war die ganze Luft gestaut. Im Gleichtakt mit dem Gong meines Blutes sagte eine Stimme in mir unaufhörlich: Idiot, Idiot, Idiot. Dann wurde der rote Wasserfall schwarz, und ich fiel hinein.

## 30

Da waren Stimmen hinter dem Vorhang. Ich konnte sie nicht richtig hören. Ich konnte nicht sehen. Teile von mir schmerzten, am schlimmsten der Hals. Ich versuchte zu schlucken, aber es schmeckte nach Blut und Galle. Meine Beine schmerzten ebenfalls, ganz unten, in der Nähe der Füße. Fußknöchel nannte man das. Und meine Arme. Sie waren dicht neben den Ohren, die Arme ausgestreckt wie bei einem Taucher. Etwas Hartes grub sich in meinen Brustkasten.

Ich öffnete die Augen. Da rieselte etwas auf mich herunter, weich und leicht wie Schneeflocken. Zuerst erkannte ich nicht, was es war. Dann aber verstand ich: Es waren die Papierstücke, die ich in der Größe von Zehn-Pfund-Scheinen aus einem alten Telefonbuch zurechtgeschnitten und in die schwarze Mülltüte gestopft hatte. Die streute mir jetzt jemand auf den Kopf. Jemand, der enttäuscht war, daß es keine echten Geldscheine waren. Ich versuchte den Kopf zu drehen, aber mein Hals schmerzte zu stark. Ich versuchte »nein« zu sagen, aber irgend etwas stimmte mit meiner Stimme nicht, und so kam nur ein dünnes Zischen heraus. Und es hätte ohnehin nicht viel genützt. Jemand hatte mich an einen Jollenanhänger gefesselt. Die Füße befanden sich am Nummernschild, und meine Armgelenke vorn an der Kupplung. Mein Körper wurde von einer einzigen Metallstange gehalten, die das Rückgrat des Anhängers bildete. Die Wülste, auf denen die Jollen normalerweise ruhen, gruben sich mir in die Fußknöchel, drei oder vier Zoll von den Stricken entfernt. Meine Hände waren an die senkrechte Stütze vorn gebunden. Es war sehr unbequem. Aber letzten Endes war so ein Anhänger ja auch nicht als bequem gedacht. Und mein Hirn brauchte auch nicht optimal durchblutet zu sein, um mir darüber klar zu werden, daß man mir Schmerzen zufügen wollte.

Der Motor heulte auf, seine Auspuffgase wehten mir ins Gesicht. Der Anhänger begann sich langsam in Bewegung zu setzen und holperte durch die tiefen Furchen auf die See zu. Ich spürte, wie ich seitwärts rutschte, klammerte mich an die Stange und drückte die Fußknöchel auf das Gestell des Anhängers. Wir fuhren weiter. Die Anstrengung, mich auf der glatten Stange zu halten, ließ meine Arm- und Beinmuskeln winseln. Und innerlich begann ich ebenfalls zu winseln. »Nein«, rief ich, »nicht schneller, ich kann nicht mehr...«

Der Wagen beschleunigte. Die Räder trafen auf einen Buckel und machten einen Satz. In diesem Bruchteil einer Sekunde der Schwerelosigkeit wurde mir klar, daß es keinen Sinn hatte, zu jammern oder zu rufen. Ich war allein.

Dann waren die Räder wieder auf dem Boden, und ich rutschte seitlich ab, so daß meine rechte Hüfte auf den Schotter schlug, der mit zwanzig Meilen pro Stunde unter mir vorbeirauschte. Meine Jeans rissen und dann die Haut. Ich wälzte mich wieder auf den Holm zurück, und der Schmerz in Händen und Fußgelenken verblaßte gegen die Höllenpein in meiner Hüfte.

Jetzt wurde der Weg glatter. Ich klammerte mich mit der linken Hand an die senkrechte Stange und drückte die rechte, so stark ich konnte, nach vorn. Meine Handgelenke glitten vorwärts, und die Stricke rutschten weiter nach oben, bis zum Oberarm. Meine Finger tasteten nach dem Sicherungszapfen der Anhängerkupplung.

Dann fuhren wir über den nächsten Buckel.

Diesmal war es meine ganze linke Seite, die mit der Schleifmaschine da unten kollidierte. Ich verlor all das an Grund, was ich mit der rechten Hand gewonnen hatte. Die Straße war sehr schlecht. Ich konnte nichts weiter tun als auszuhalten, und mir liefen vor Schmerzen die Tränen herunter, als ich erst auf die eine, dann auf die andere Seite schlitterte und meine Rippen über Steine und Schotter schleiften.

Ich wußte, daß ich bald zu erschöpft sein würde, um zu kämpfen. Bald würde ich einfach liegenbleiben und mir das Fleisch von den Knochen reißen lassen.

Wir wurden langsamer. Die Straße war etwas glatter geworden; einmal rutschte ich wieder hinunter, aber auf Gras diesmal. Ich konnte flüchtig erkennen, daß der Weg in eine breitere, grasbewachsene Fläche übergegangen war. Das mußte der Wendehammer am seewärtigen Ende sein. Der Wagen drosselte in einer scharfen Biegung die Fahrt; es war eine eckige Limousine, aber das Nummernschild war nicht beleuchtet, und so konnte ich die Marke nicht erkennen. Mir spritzte Wasser ins Gesicht. Durch eine Pfütze gefahren, dachte ich. Dann wurde der Wagen noch langsamer, der Motor heulte auf, und unter meiner Nase erschienen tiefe Radfurchen, schwarz gegen das fahle Grau des Grases. Mir klatschte Schlamm ins Gesicht. Bleib stekken, du Schwein, dachte ich. Bleib stecken.

Meine linke Hand ballte sich zur Faust. Mit dem rechten Arm robbend, zog ich mich mit ganzer Kraft an das Heck der Limousine heran. Mein ausgestreckter Zeigefinger fand den Sicherungsbolzen der Gelenkpfanne und stieß ihn aus der kleinen Metallhalterung. Mit dem Ringfinger griff ich in die Schlaufe des Fangseils, das den Knauf in der Gelenkpfanne hielt. Das mußte ich also anzuheben versuchen. Der Motor heulte auf, der Wagen begann sich in Bewegung zu setzen. Gleich würde er auf demselben Weg wieder zurückfahren und mich zu Hackfleisch raspeln.

Die Schlaufe des Fangseils ließ sich bewegen. Bitte, betete ich, bitte laß den Eigentümer immer alles schön geschmiert und geölt und instand gehalten haben! Ich konnte die Schlaufe anheben. Ich bekam den Daumen zwischen den Spalt, drückte und spürte überglücklich, wie sie nachgab. Die Kugel in der Gelenkpfanne war frei. Alles, was wir jetzt brauchten, war ein Schlag, ein harter Schlag ...

Der Motor heulte immer noch, aber die Räder griffen jetzt wieder. Ich hielt die Schlaufe mit dem rechten Daumen hoch und klammerte mich mit der linken Hand an die Stange. Und ich wußte, daß mein Daumen, wenn innerhalb der nächsten Sekunden nicht etwas passierte, einen Krampf bekommen würde. Dann mußte die Schlaufe zurückspringen, der Sicherheitsriegel einschnappen, und ich war rohes Hackfleisch.

Wir fuhren wohl dreißig Meilen in der Stunde, als wir über den ersten Buckel rollten.

Die Hinterräder des Wagens krachten in das Schlagloch und hüpften hoch. Ich öffnete den Mund und schrie aus purer Verzweiflung, als mein Daumen durch den Schlag aus dem Spalt glitt und ich selbst seitwärts auf Steine und Schotter gefegt wurde. Meine Schulter prallte auf etwas Hartes. Ich kippte vornüber, die Räder des Anhängers machten einen Satz durch die Luft, dann lag er mit der oberen Seite nach unten auf der Straße. Ich stöhnte, denn er lag auf mir.

Ich brauchte zehn Sekunden, bis mir dämmerte, daß der Anhänger aus der Kupplung gesprungen und ich frei war. Das Motorengeräusch wurde leiser. Die Fesseln an meinen Händen fühlten sich lose an. Ich zog versuchsweise daran, sie fielen ab. Die Schweißstelle am Fuß der senkrechten Stange war bei dem Looping gebrochen, so glitt sie ab wie Armbänder.

Stöhnend bückte ich mich und löste die um meine Fußknöchel gebundenen Stricke. Es war ein einfacher Kreuzknoten, stellte ich benommen fest. Als meine Füße frei waren, kroch ich aus der Fahrspur in die Dunkelheit. Die Dunkelheit war eine Grasböschung: der Deich. Ich legte mich hin. Das Motorengeräusch wurde zu einem gedämpften Brummen im Leerlauf. Eine Autotür schlug leise. Dann wurde der Motor wieder hochgejagt, und zwei Scheinwerfer stachen aus der dunklen Silhouette des Dorfes. Sie wurden größer. Wie ein Krebs kroch ich die Böschung hinauf auf den Deich. Humpelnd machte ich mich auf den Weg ins Dorf. Ich hatte nur einen Gedanken: in die Nähe von Leuten zu gelangen. Wenn ich erst Leute um mich hatte, dachte ich in meiner Benommenheit, dann war ich sicher. Das Motorengeräusch kam immer näher. Gleich würde er anhalten, mich jagen und fangen. Mein Fuß stieß an etwas Weiches. Ich stolperte. »Au«, sagte eine Männerstimme. »Können Sie nicht aufpassen, wo Sie langgehen?«

Ich fiel ins Gras. Von der anderen Seite des Deiches drang das Motorengeräusch herüber. Ich sagte: »Mich will jemand umbringen.« Es kam als rostiges Gekrächze heraus.

»Was?« fragte die Stimme, jung und ungläubig.

»Er sagt, daß ihn jemand umbringen will«, wiederholte eine Mädchenstimme. Auch sie war jung.

Schwach, wie durch die Nebel von Jahrhunderten, erinnerte ich mich an einen Jungen und ein Mädchen, die auf einem Moped vorbeigefahren waren, als ich in meinem Versteck gelegen hatte.

»Sie haben ein Moped«, sagte ich, »bitte nehmen Sie mich mit.«

»Tja...« sagte der Junge unschlüssig.

»Bitte«, sagte ich. »Jemand versucht, mich zu töten. Bitte nehmen Sie mich mit.«

Das Motorengeräusch kam noch näher. Ich hörte, wie in einer Kurve zurückgeschaltet wurde.

»Können wir doch machen«, sagte das Mädchen.

»Aber...« sagte der Junge.

»Wir können doch jede Nacht hierherkommen«, sagte das Mädchen, und ich dachte an Mae und an Verführungskünste, die so alt waren wie Eva.

»Also gut«, sagte der Junge. Seine Stimme hatte den verdrossenen Unterton verloren. »Drei auf dem Moped. Haben wir ja schon öfter gemacht.«

Er stand auf und kickte den Ständer um. Die Limousine hatte genau auf der anderen Seite des Deiches gehalten. Ich zitterte am ganzen Körper. Die schauten sich jetzt den Anhänger an und konnten jede Sekunde hier oben auf dem Deich sein.

Die Silhouette des jungen Mannes zeichnete sich gegen den Himmel ab, als er den Motor anwarf, der wie eine wütende Hornisse aufbrummte, als er den Gasgriff drehte.

Hinter dem Deich schlug eine Autotür. Der Junge trat in die Pedale. Das Mädchen sprang auf den Soziussitz. »Füße auf die Fußrasten«, schrie der Junge. »Halten Sie sich an meinen Schultern fest!« An ihn geklammert, stand ich auf den Fußrasten der Hinterachse. Der Rücken des Mädchens drückte gegen meinen Brustkorb. Der Motor heulte wieder auf, dann setzten wir uns in Bewegung.

»Festhalten!« schrie der Junge und schob das Vorderrad auf den Deichweg. Er machte den Scheinwerfer an. Der Lichtstrahl beleuchtete den schmalen, schnurgeraden Weg und die Masten der Jollen, die rechts von uns mit dem Bug zum Land festgemacht waren. Die Schatten der Masten lagen wie Zebrastreifen über dem Weg. Hinter den Jollen wurde ein Paar Rücklichter kleiner. Das Nummernschild zwischen ihnen war immer noch nicht beleuchtet.

Der Wind strich an meinem Kopf vorbei. Was war schiefgelaufen? Im Scheinwerferlicht huschten die Masten der Jollen vorüber. Hinter ihnen erstreckte sich der Parkplatz. Die Limousine preschte über ihn hinweg, und ihre Hinterräder wirbelten Schotter auf, als sie mit der Breitseite voran auf die Straße schleuderte. Unsere Wege trennten sich. Der Wagen bog nach rechts auf die Küstenstraße ab. Wir schossen die landeinwärts laufende Böschung hinunter, beschleunigten, kamen auf dem Parkplatz mit einem gefährlich abhebenden Vorderrad weiter auf Touren und rutschten auf die Straße. Als wir abbogen, huschte unser Scheinwerferkegel über einen Hotelparkplatz und beleuchtete drei Autos.

Eines davon war mein Jaguar.

Dabei sollte der Jaguar doch oben im Dorf in der Sackgasse stehen. Und Del sollte in seinem Capri schon nach Hause unterwegs sein. Der Jaguar war ein Teil von mir, wer mich suchte, würde nach dem Jaguar Ausschau halten. Del, du Irrer, dachte ich, hast dir in der feinen Hotelbar ein paar Bierchen schmecken lassen. Wolltest dir nicht die Mühe machen, zur Parkbucht zurückzufahren. Ich hätte genausogut rote Leuchtraketen abschießen können.

»Halt!« versuchte ich zu schreien, aber es kam nur ein Krächzen heraus, und so grub ich die Finger in die Schultern des Jungen und rüttelte. Er fuhr langsamer. Ich sprang ab und humpelte zum Parkplatz. Ich versuchte den Kopf zu drehen, um ihm zu danken, aber der ließ sich nicht drehen, und so winkte ich statt dessen. Leiser werdend hielt das Moped auf die See zu. Als sein Scheinwerfer über mich hinweghuschte, sah ich im Glasfenster des Hotels eine Figur mit in Fetzen herunterhängender Kleidung und glänzenden schwarzen Flecken, eine Figur, die humpelnd auf den Jaguar zuging. Mich.

Die Ersatzschlüssel waren noch in meiner Tasche. Ich öffnete die Wagentür, glitt mühsam in den Sitz, startete, stieß auf die Straße zurück und raste los, einen dünnen Gummifilm auf dem Asphalt hinterlassend. Der Auspuff röhrte zwischen den Häuserwänden, als ich, mich durch die Dorfstraße schlängelnd, der Richtung folgte, die der andere Wagen eingeschlagen hatte.

Der Geruch des Jaguars war unendlich beruhigend. Die grün schimmernden Instrumente in der Walnußmaserung waren wie die Augen eines alten Freundes. Die Uhr stand auf 11.20. Kaum zwanzig Minuten waren vergangen, seit die beiden Füße auf die Jolle zugegangen waren und ich gehört hatte, wie der Plastikbeutel hochgenommen worden war. Sie kamen mir vor wie Jahre.

Ich bog auf die Hauptstraße ein. Der Tacho stand auf einhundertvierzig, als ich die Steigung anging. Ich erinnerte mich, daß man von oben einen Blick auf drei Meilen gerader Straße hatte. Und dort, am äußersten Rand meiner Sichtweite, verschwanden zwei Rücklichter um eine Kurve.

Automatisch schaltete ich in den dritten Gang zurück. Die rohe Haut schmerzte höllisch, als ich durch die Beschleunigung gegen die Lehne gepreßt wurde. Die große Limousine vor mir war schnell, aber der Jaguar war schneller. Ich biß die Zähne zusammen und drückte weiter aufs Gas.

Nach einigen Minuten bog die Straße nach London landeinwärts gegen Fakenham ab. Es war die einzige Abzweigung. Er mußte Londoner sein, dessen war ich ziemlich gewiß. Ich hatte überhaupt ein wahres Bündel Gewißheiten in mir. Vor allem war ich ganz sicher, daß ich unter Schockeinwirkung stand. Aber die Wirkung dieses Schocks hatte mein Bewußtsein von Zweifeln befreit. So hegte ich weder Zweifel in Bezug auf die zu wählende Straße noch an meiner

Fähigkeit, den Wagen da vorn einzuholen. Ich jagte die schwarze Kühlerhaube einfach weiter über die von Hecken gesäumte schmale Landstraße.

Der Auspuff dröhnte zwischen den Mauern von Walsingham, dann wurde die Straße etwas breiter. Ich war inzwischen ganz steif geworden, und mit zunehmender Steifheit und dem sich immer noch steigernden Schmerz sank meine Zuversicht. Jede Querstraße bedeutete eine weitere Alternative, jede Kurve wurde endlos und ermüdend. Meine Zuversicht wich, und als ich an Fakenham vorbei war, ließ mich nur mein Haß noch weiterfahren.

Nach Fakenham wurde die Straße breit und leicht gewellt und lief im Schatten der Bäume geradeaus. Es herrschte mehr Betrieb hier, der übliche Schwerverkehr mit gelegentlichen Sattelschleppern, die nach London zockelten. Der Jaguar schien für diese Straße wie gemacht, er brüllte wie ein wildes Tier und fraß die Asphaltmeilen. Aber je mehr Meilen er fraß, desto ausgezehrter wurde ich selbst. Weit und breit keine Spur von dem Wagen, den ich verfolgte. Ich ließ das Gas durchgedrückt und raste weiter durch die Nacht, getrieben von einer Hoffnung, in die sich zusehends Resignation mischte. Swaffham flog vorbei, die Kiefern links und rechts rückten dichter an die Fahrbahn heran. Ich fuhr an einem großen Fernfahrer-Café vorbei, auf dessen Parkplatz die Lastwagen wie Ozeanriesen herummanövrierten. Ich nahm etwas Gas weg und überflog ihn mit dem Blick. Keine große viereckige Limousine. Ich drückte den Gashebel wieder durch.

Als ich den Wagen schließlich sah, erfaßte ich es nicht sofort. Ich fuhr gerade durch eine lange, von Bäumen gesäumte Kurve, als Rücklichter vor mir auftauchten. Schon wollte ich zum Überholen ausscheren, als ich sah, daß an dem Nummernschild kein Licht brannte. Und mit einem einzigen heftigen Herzschlag wußte ich: er war es.

Ich zwang mich, Abstand zu halten; langsam, dachte ich, nur langsam, das nächste Manöver muß haargenau stimmen.

Er fuhr schnell, aber nicht gut. Er bremste häufig vor den Kurven. Nervös, dachte ich. Die Kurven hörten auf, die Straße wurde gerade. Gut, dachte ich. Jetzt geht's los.

Ich schaltete in den dritten Gang zurück und drückte den rechten Fuß runter. Er fuhr etwa 150, aber der Jaguar setzte ihm nach, als ob der Wagen vor mir stillstünde. Ich scherte aus, ging in den vierten Gang. Es war ein Toyota, B 267 SLK. Ich prägte mir die Nummer ein. Dich habe ich, dachte ich. Selbst wenn du entwischst, dich habe ich.

Erst da mußte er bemerkt haben, wer ich war. In einem abrupten Schwenk scherte auch er jetzt zur Mitte der Straße aus, und meine Reifen quietschten, als ich auf die Bremse stieg. Die Kiefern rotierten im Schweinwerferlicht, und bis ich den Jaguar wieder unter Kontrolle hatte, war der Toyota zweihundert Meter vor mir.

Er gab sich jetzt große Mühe. Zuviel Mühe. Vor ihm sah ich einen großen Sattelschlepper, dessen eckige Heckform durch zwei rote Rückstrahler noch betont wurde. Die Straße vor ihm, ein verschwommenes, schwarz-graues Band, versilbert durch seine Scheinwerfer, kam hinter einer Kurve außer Sicht. Der Toyota muß 160 gefahren sein, als er sich hinter den Sattelschlepper klemmte. Ich hörte sein gellendes Hupen. Der Sattelschlepper bremste vor der Kurve ab. Der Toyota scherte aus, um ihn zu überholen. Ich fluchte und drückte den Gashebel in die Fußmatte. Dann sah ich ein Licht aufzucken. Und sah zwei von Baumstämmen unterbrochene Scheinwerferkegel hinter der Kurve auftauchen.

»Nein!« schrie ich.

Der Toyota war schon halb an dem Lastwagen vorbei. Er hatte die entgegenkommenden Lichter erst sehen können, als sie nur noch dreißig Meter entfernt waren. Die roten Rücklichter des Sattelschleppers schlingerten heftig, als sein Fahrer noch auszuweichen versuchte. Aber die Kiefern reichten so dicht an die Straße heran, daß kein Platz da war. Der Krach übertönte das Quietschen von Gummi, es war ein enorm lauter Krach, dem ein furchtbares Knirschen folgte. Ich machte eine Vollbremsung. Der Jaguar schleuderte seitwärts weiter und kam schlingernd auf dem engen Bankett hinter dem Lastwagen zum Stehen. Ich stieg aus. Ich konnte die Knie zwar nicht beugen, aber ich achtete nicht auf den Schmerz. Der Fahrer des Sattelschleppers sagte immerzu nur: »Ich konnte nichts machen, ich konnte nichts machen.«

Ich ging auf das zu, was von dem Toyota übriggeblieben war. Ich hätte zwar lieber nicht hineingeschaut, aber ich mußte. Und so stand ich im Scheinwerferkegel und starrte in die Autotrümmer. Das Gesicht, das zurückstarrte, sah aus, als sei es noch lebendig. Das Haar stand noch immer wie elektrisiert ab, und die fensterscheibengroße Brille saß mysteriöserweise noch an ihrem Platz. Aber unterhalb des Gesichts war sehr wenig übriggeblieben von Mort Sulkey, dem Public-Relations-Direktor von Orange Cars.

## 31

Danach wurde die Watteschicht in meinem Kopf dicker. Ich lehnte mich gegen den Jaguar, er war glatt und kühl. Jemand sagte: »Der ist auch verletzt.« Überall waren Polizeiwagen und Feuerwehrleute mit Schneidbrennern, deren Licht die Kiefern mit zuckenden blauen Streifen und schwarzen Schatten durchdrang.

Ich sagte: »Es sind zwei. In dem Toyota.« Ich hörte einen Mann mit schwerem bäuerlichem Akzent antworten: »Keine zwei.« Es müssen aber zwei sein, dachte ich, es müssen zwei sein. Jemand führte mich zur Hecktür eines Krankenwagens.

Als ich aufwachte, lag ich in einem Bett, und der Schmerz überzog meinen Rücken und den Nacken. Alles, was ich denken konnte, war: Mort Sulkey. Warum Mort Sulkey? Es hätte Randy sein müssen. Oder Terry Tanner. Randy, um zu fahren, mir den Strick um den Hals zu legen und zuzuziehen. Und Terry, um das Geld zu holen und um kreativ zu sein. Kreativ genug, um mich auf einen Anhänger zu binden und spazierenzufahren. Um mir auf diese Weise einzubleuen, daß ich zu zahlen hatte, wenn es von mir verlangt wurde.

Über dem Bett war eine Klingel, und ich hob die Hand. Meine Schulter schmerzte, und ich versuchte zu stöhnen, aber meine Kehle brannte zu sehr, also hob ich nur den Arm noch etwas höher und drückte auf den Knopf. Die Tür ging auf, und eine blonde Krankenschwester, strahlend und wie aus dem Ei gepellt, rauschte herein. »Na, fühlen wir uns besser?« fragte sie munter. »Der Arzt kommt gleich.«

»Wie spät?« krächzte ich.

»Zwanzig vor eins.«

In zwei Tagen, zwei Stunden und zwanzig Minuten startete das Round the Isles.

Die Tür knarrte, und der Arzt trat ein. Er war sehr jung und aufgeräumt. Er und die Krankenschwester rollten mich herum wie eine Rolle Brotteig, nahmen mir die Verbände ab und machten unsagbar schmerzhafte Dinge mit ihren Pinzetten. Endlich hörten sie auf und verbanden mich erneut. Ich legte mich schwitzend in die Kissen zurück.

»Na denn«, sagte der Arzt und wusch sich die Hände im Becken, während die Krankenschwester ein Gefäß mit irgendeinem schaurigen Inhalt aus dem Zimmer trug. »Ich nehme nicht an, daß Sie mir erzählen möchten, warum Sie halb gehäutet in der Gegend herumlaufen, mit hundert Gramm Schotter und Glasscherben in der rechten Hüfte und linken Schulter?«

»Ich bin von einem Anhänger gefallen«, sagte ich. »Kann ich mal telefonieren?«

»In der Halle unten ist ein Telefon«, sagte er. »Zum Glück hatten Sie dicke Kleidung an, sonst wären Sie jetzt reif für eine Hautverpflanzung.«

Als der Arzt gegangen war, kam ein Polizeibeamter an mein Bett, ein Mann mit Norfolkakzent und Hängebacken, der meine Aussage zu Protokoll nehmen wollte. Er hatte mich ganz offensichtlich im Verdacht, mit dem Toyota um die Wette gefahren zu sein. Aber er konnte es nicht beweisen, und ich leugnete, was ihn mürrisch machte. Er schien nur überrascht, als ich ihn fragte, ob im Toyota noch jemand gesessen hätte.

»Nein, Sir«, sagte er. »Tja, ich nehme nicht an, daß Sie in den nächsten zwei bis drei Tagen sehr weit kommen werden.«

»Wo ist mein Wagen?« sagte ich.

»Auf dem Krankenhaus-Parkplatz«, sagte er. »Die Schlüssel hat der Empfang.« Er hievte sich hoch und schleppte sich aus dem Raum. Sobald er gegangen war, kletterte ich aus dem Bett. Meine Sachen hingen im Schrank. Ich zog sie an, zerrissen wie sie waren. Dann humpelte ich in den Flur und wusch mein Gesicht im Vorzimmer des Behandlungsraumes.

Ich fühlte mich nicht allzu schlecht für jemanden, der haarscharf um das Häuten bei lebendigem Leib herumgekommen war. Meine Beine funktionierten, und abgesehen von ein paar tiefen Kerben rührten die meisten Schmerzen nur von Prellungen her. Als ich mich etwas eingelaufen hatte, wurde ich schneller und spurtete fast zum Empfang.

»Die Schlüssel bitte«, sagte ich zu der Schwester hinter dem Schreibtisch. »Für den Jaguar.« Ich nannte ihr die Nummer. Sie starrte mich aus runden Augen an. Ich bestand aus sechs Fuß fünf Zoll Prellungen und trug von Blut steifgewordene Fetzen am Leib. Ihr

Mund öffnete sich zu einem Protest, aber es kam kein Ton heraus. Wie in Trance übergab sie mir die Schlüssel. Ich humpelte zum Parkplatz, bestieg den Jaguar und nahm Kurs auf Ipswich. An der ersten Telefonzelle, die ich sah, wälzte ich mich aus dem Fahrersitz und rief zu Hause an.

Agnès antwortete. Das hatte ich gehofft.

»James!« sagte sie. »Wo bist du?«

Die Besorgnis in ihrer Stimme wirkte wie ein Elixier. Ich sagte: »Auf dem Weg zu SUNSEA BOATS. Kannst du herauskriegen, was Terry Tanner und Randy gestern und heute gemacht haben?«

»Natürlich«, sagte sie. »Was ist passiert? Die Polizei hat angerufen und gesagt, daß du im Krankenhaus bist.«

»Mort Sulkey hatte einen tödlichen Unfall«, sagte ich.

»Wie bitte?«

Ich erklärte es ihr kurz. »Kannst du dich ein bißchen umhorchen?« fragte ich. »Ob Mort irgendwelche speziellen Kumpel hatte, wie Randy zum Beispiel? Oder sogar Terry.«

»Natürlich«, sagte sie.

»Bis bald?«

»Bis bald.«

Mein Herz klopfte schnell, als ich über die doppelspurige Schnellstraße hinter Chelmsford preschte. Also Mort Sulkey. Voll kommerzieller Ideale, bemüht um ein dynamisches Firmenimage – und was derlei Krampf mehr war. Teilte das Sponsorengeld mit der einen Hand aus und raffte es mit der anderen wieder an sich. Mort hat's gegeben, Mort hat's genommen. Aber wer war dein Komplize, Mort? Der Mann auf dem Beifahrersitz, der irgendwo zwischen Morley und Swaffham ausstieg und dich allein in dem Auto ließ, bis du einen Sattelschlepper in den Brustkorb bekamst?

Zwanzig Minuten später rumpelte ich durch die Schlaglöcher wieder auf das Gelände der Firma SUNSEA BOATS. Dels Capri stand draußen. Ich kletterte aus dem Wagen und ging zum Kai hinunter. Der Boston Whaler war an einem Pfosten festgemacht. Er hatte keine Löcher. Entweder hatte Del bei der Reparatur schnelle Arbeit geleistet oder gelogen, als er behauptete, es habe ihn jemand versenkt, damit er verriet, wo Ed war. Die Blondine im Vorraum pinselte gerade ihre Fingernägel metallisch-blau.

»Wo ist er?« fragte ich.

»Weggefahren«, sagte sie.

Die Tür zu seinem Büro war geschlossen. Ich ging quer durch den Raum und trat sie auf.

»He!« rief sie.

Del Boniface saß an seinem Schreibtisch und zählte einen hohen, unordentlichen Stapel Banknoten.

»Morgen, Del«, sagte ich.

Sein Gesicht erschlaffte, als er, die flachen Augen ganz eng zusammengekniffen, zu mir hochschaute. »Wer hat Sie reingebeten?« Er öffnete eine Schublade und begann das Geld hineinzuschaufeln.

»Na, wieder ein Boot gegen Barzahlung verkauft?« sagte ich. »Oder mal wieder eine nette kleine Wette abgeschlossen?«

»Und wenn?«

»Nicht mein Problem«, sagte ich und lehnte mich gegen die Wand. Das war leichter, als frei zu stehen. »Was ich wissen möchte, ist, was gestern abend in Sie gefahren ist?«

»Was meinen Sie?«

»Ich hab' Ihnen doch befohlen, den Jaguar nach oben, in die Parkbucht im Dorf, zurückzufahren«, sagte ich. »Ihn außer Sicht zu parken. Statt dessen stand er, als ich zurückkam, mitten auf dem Parkplatz eines Hotels, für niemanden zu übersehen. Auch nicht für die Leute, die ich unbedingt meiden wollte. Warum?«

»Ich bin was trinken gegangen«, sagte Del. »Und später den Hügel raufgelaufen, um meinen Wagen zu holen. Ist das ein Verbrechen?«

»Es war nicht das, was wir ausgemacht hatten«, sagte ich. »Dadurch bin ich um Haaresbreite getötet worden.«

»Oh«, sagte Del. »Tut mir leid.« Er schaute auf den Schreibtisch nieder und fing an, etwas in ein Heft einzutragen. »Bis bald mal wieder, Jimmy.«

Ich ging an den Schreibtisch, griff unter die Vorderkante und hob an. Del schrie auf. Dann bekam er die Schreibtischplatte gegen die Brust und hörte auf zu schreien. Ich steckte den Kopf durch die Tür zum Vorzimmer. »Del sagt, Sie können nach Hause gehen.« Sie schaute nur in mein Gesicht, schnappte sich ihre Handtasche und verschwand.

Del kroch unter der Ruine seines Schreibtisches hervor.

»Bleib, wo du bist«, sagte ich.

Mit weißem Gesicht drehte er sich zu mir um. Seine Nase blutete, und der scharlachrote Streifen rann ihm vom Kinn herunter. »Ich habe Freunde«, sagte er, »die dafür sorgen werden, daß Sie wünschen, letzte Nacht lieber krepiert zu sein.«

»Klar hast du die«, sagte ich. »Aber nun mach's dir mal schön in der Ecke da bequem und erzähl mir, was wirklich los war.«
»Leck mich am Arsch«, sagte Del.
Der Boden war voller Zehn-Pfund-Scheine, und auf der Fensterbank lag ein Gasfeuerzeug. Ich bückte mich, hob ein paar Zehner auf und zündete sie an. Lustig auflodernd verzehrte die Flamme die Scheine.
»Sag mir, was letzte Nacht los war«, sagte ich und öffnete die Hand. Die brennenden Zehner tanzten auf einen Stapel anderer Zehner hinunter. Die Flammen begannen weiterzuzüngeln. Auf Händen und Knien kauernd, schlug er sie fluchend mit den Fingern aus.
»Ich verbrenne das ganze Zeug«, sagte ich. »Und dich mit dazu. Los, rede!«
Er schaute zu mir hoch und merkte, daß ich es ernst meinte.
»Also«, sagte ich. »Du hast meinen Wagen da stehenlassen, weil derjenige, der sich letzte Nacht das Geld holen wollte, jemand war, den du kanntest. Und weil du ihm eine Nachricht zukommen lassen wolltest. Stimmt's?«
Del verdrehte die Augen, als er versuchte, sich eine Lüge auszudenken. Aber es gelang ihm nicht. »Ja«, sagte er.
»Du hast ihm also erzählt, wo du mich abgesetzt hast, bist zu deinem Capri gelaufen und nach Hause gefahren. Mit wem hast du gesprochen, Del?« Ich hielt den Atem an.
»War 'n Typ, der Sulkey heißt«, sagte Del. »Mort Sulkey.«
Ich atmete zischend aus und versuchte, mir meine Enttäuschung nicht anmerken zu lassen. »Mort Sulkey – und wer noch?«
»Nur Mort Sulkey.«
»Er hatte einen Partner.«
»Wenn er einen hatte, so habe ich ihn nicht getroffen«, sagte Del mürrisch. »Ich war nur Makler für 'n paar Typen, die auf Rennboote setzen wollten. Wenn so 'n Typ kommt und setzen will, finde ich ihm jemand, der dagegensetzt.«
»Wie Jarré?«
»Wer?«
»Jean-Luc Jarré«, sagte ich. »Ein Franzose. Ich weiß genau, daß du von ihm eine Wette angenommen hast. Gegen mich. Richtig?«
»Richtig«, sagte Del.
»Wer war der Typ, der auf mich gesetzt hat?«
»Dag Sillem.«

»Wieviel?«

»Zwei Riesen und einen halben.«

»Das ist aber nett von Dag«, sagte ich. »Eigenes Geld auf den zu setzen, der auch Geld von seiner Firma bekommt.«

»Freut mich, daß es Sie freut«, sagte Del. »Wär's das?«

Ich sah zu ihm hinunter. »Wie oft triffst du Terry Tanner und seinen kleinen Freund Randy?« fragte ich.

»Nicht oft.«

»Arrangierst du Wetten für die beiden?«

Del lachte. Es klang, als würde ein Stein in einem Abflußrohr rasseln. »Sie scherzen wohl«, sagte er. »Terry ist ein wandelndes Kasino. Wenn der wetten will, dann setzt er's selber fest.«

»Aber für Ed hast du Wetten arrangiert.«

»Natürlich«, sagte Del. Sein Gesicht war häßlich verzerrt. »War nur Bruderliebe, klar? Mein alter Herr machte viel Geld. Ed steckte es in seine Spierenfabrik. Und dann hat er sich an Wetten, an schnelle Boote und so was gewöhnt. Konnte gar nicht abwarten, sein Erbe wieder loszuwerden.«

»Oh, ich vermute, du hast auch eine ganze Menge davon abbekommen«, sagte ich. »So oder so. Irgend jemand muß Ed zum Glücksspiel gebracht haben. Und der Typ, der ihn suchte, das war Mort Sulkey, oder?«

»Ja«, sagte er.

»Du hattest Ed schon von Sulkey erzählt. Und Ed konnte zwei und zwei zusamenzählen. Er ist zu Arthur Davies gegangen, um mit ihm zu reden. Und er fing an zu ahnen, wer Alan Burton bezahlt hatte, damit er sein Boot sabotierte. Aber was geschah? Du hast befürchtet, einen guten Wettkunden zu verlieren, deshalb hast du Sulkey verraten, wo Ed war, als er anrief. Niemand hat deinen Whaler versenkt. Du wolltest ur einen Kunden nicht verlieren. Dann schon lieber einen Bruder.«

»Der Armleuchter!« sagte Del Boniface. »Hab' ihn gehaßt wie die Pest. Schon immer.«

Ich ging hinaus, den Geruch nach verbrannten Geldscheinen hinter mir und den Geruch verrottender Boote vor mir.

## 32

Ein Fahrersitz ist wahrlich kein idealer Platz, um den ganzen Tag darin zuzubringen, wenn man in der Nacht zuvor auf einem Bootsanhänger durch die Mangel gedreht worden ist. Um sieben Uhr, als ich endlich daheim vorfuhr, war der einzige Teil meines Körpers, der sich schmerzlos bewegen ließ, mein Gasfuß. Ich benutzte hauptsächlich ihn, um zur Haustür zu hüpfen. Sie war verschlossen, die Rolläden waren zugezogen. Vorsichtsmaßnahmen.

Agnès kam auf mein Klingeln an die Tür, und mir fiel auf, daß das Haus zu ihr paßte. Dann hatte sie schon die Arme um mich geschlungen und drückte mich an sich. Es tat höllisch weh, aber was ist schon etwas so Triviales wie Schmerz gegen das Gefühl, Agnès in den Armen zu halten? Im nächsten Augenblick trat sie einen Schritt zurück. »*Mon dieu*«, sagte sie. »Dein Gesicht!« Sie sah ernst aus, ja schockiert. Ich grinste sie an. »Du solltest erst den Rest von mir sehen«, sagte ich und hinkte ins Haus. Auf dem Tisch stand eine Flasche guter Wein und eine Vase mit Blumen. Es wirkte mehr wie ein Zuhause als je zuvor.

Der Wein belebte mich. Ich fragte: »Lief für dich hier alles okay?« »Wie im Urlaub«, sagte sie. »Es gefällt mir.«

Wir aßen den Rest von Ritas Steak mit Bohnen. Ich war so hungrig, daß ich zu sprechen vergaß.

Danach sagte Agnès: »Ich habe ein bißchen herumtelefoniert, was Tanner gemacht hat. Er hat gestern abend um zehn Uhr bei einem Geschäftsessen in London vor zweihundert Industriellen eine Rede gehalten.«

»Damit scheidet er aus«, sagte ich. »Und der gute Randy?«

»Randy ist zu einem Kartenspiel nach Peterborough gefahren«, sagte sie. »Sie haben sich um 18 Uhr getroffen. Er ist um zwei Uhr morgens nach London zurückgekommen – oder später. Ich habe die Kartenspieler nicht erwischt und weiß deshalb noch nicht, wie lange das Treffen gedauert hat.« Sie goß den restlichen Wein in mein Glas. »Also könnte es Randy gewesen sein.«

Ich dachte an das würgende Seil um meinen Hals und an die ungeheure Kraft, die dahintersteckte. Und an Randy mit seinen dicken Armen und den Bodybuilding-Zeitschriften. Mort, der Psychologe, das Hirn. Und Randy, die Muskelkraft?

Das Schlagen der Küchenuhr durchdrang die Stille. Es war halb neun. Ich hievte mich auf die Füße. »Zum Teufel mit dem ganzen Verein«, sagte ich. »Ich gehe erst mal duschen.«

Im Bad betrachtete ich mein Gesicht im Spiegel. Der einzige Farbfleck war eine rote Schramme an der rechten Schläfe. Ich stieg aus meinen Kleidern. Der Körper war noch schlimmer zugerichtet. Das einzig Vorzeigbare waren die Verbände. Ich kletterte in die Dusche, stellte das Wasser an und lehnte mich an die Wand.

Morgen würde der Zirkus in Plymouth losgehen. Ich mußte aufpassen, daß vor dem Start niemand mehr Hand an das Boot legen konnte. Und nett zur Presse sein. Den guten Namen des Sponsors würdig vertreten, ohne zu erwähnen, daß sein Public-Relations-Direktor ein freischaffender Mörder, zwischenzeitlich verstorben, war und daß er noch einen Kollegen hatte, der auf schwere Körperverletzung und Mord spezialisiert war.

Der Duschvorhang schwang zur Seite, und Agnès kam herein. Meine Augen waren voll Wasser, ich sah sie nur als verwischten braunen Fleck. Aber ich spürte ihre Brustspitzen an meiner Haut. »Das Kartenspiel war um acht Uhr aus«, sagte sie sachlich. »Es scheint also, daß Monsieur Randy jede Menge Zeit hatte, dich auf einem Anhänger spazierenzufahren. *Merde*, du siehst ja abscheulich aus. Dreh dich um, ich will dir den Rücken massieren.«

Es fiel mir schwer, halbwegs vernünftig zu denken, als ihre Finger über meine übel zugerichteten Stellen fuhren und die Muskeln kneteten wie eine Teigrolle. Randy, Morts Partner, war also immer noch auf freiem Fuß. Und ich mußte in eine vierzehntägige Regatta ziehen.

»Du mußt nach Frankreich zurück«, sagte ich schließlich. »Von der Bildfläche verschwinden. Könntest du Mae mitnehmen?« Ihre Finger drangen tief ein. »Au«, sagte ich.

»Still«, sagte sie. »Das tut dir gut. Natürlich kann ich das. Jetzt entspann dich.«

Das auf meinen Kopf prasselnde Wasser und der therapeutische Schmerz in meinem Rücken versetzten mich in einen tranceähnlichen Zustand. Nach einer Weile legte sie die Arme um meine Taille, und ich spürte den Druck ihrer Brüste. Dann ging sie um mich herum und stellte sich vor mich. Sie sah zu mir hoch, die Augen vom Wasser ganz schmal, und ihre Haut und ihre Zähne glänzten, als sie lächelte. Es war ein Lächeln, in dem jetzt eine gewisse Wildheit lag. Sie schlang die Arme um meinen Körper. Ich küßte sie, und das Wasser rann über unsere Gesichter, als unsere Lippen sich trafen. Meine Hände glitten über die wundervolle Wölbung ihres Rückens hinunter und wieder zu ihrem Nacken hinauf.

»Das habe ich seit langem gewollt«, sagte sie. Sehr behutsam trockneten wir einander ab. Dann gingen wir zum Bett hinüber.

Diesmal schlief keiner von uns beiden so schnell ein.

## 33

Am nächsten Morgen fuhren wir zu Scotto und holten Mae und ihren Koffer ab. Gegen 12 Uhr trafen wir in Plymouth ein, und Agnès setzte mich an der Queen Anne's Battery ab. Ich küßte die beiden zum Abschied.

»Viel Glück«, sagte Mae. Sie war aufgeregt darüber, daß sie jetzt nach Frankreich fahren durfte. Ich sah dem aus dem Fenster winkenden braunen Arm nach, als Agnès langsam durch das Tor fuhr. Dann warf ich meinen Seesack über die gesunde Schulter, stakste über die Spannschnüre der Zelte, die in der vergangenen Woche überall aufgetaucht waren, und wühlte mich durch die Menschenmassen, die von den Bars zu den Kais unterwegs waren.

Das Bassin war voller Boote, aber es war nicht diese Mischung aus Kreuzeryachten und Teilzeit-Regattabooten, wie sie bei der Waterford Bowl aufgekreuzt waren. Dies hier waren Rennmaschinen, speziell für die harten Winde des Nordatlantiks, für die Inseln und für die Transatlantikregatten mit Zweiercrew konstruiert. Das Stimmengewirr der Menge bildete mit dem Klappern von Ausrüstungsteilen, wenn die Besatzungen wie die Ameisen über die glänzenden Rümpfe krabbelten, eine gleichbleibende Geräuschkulisse.

Die größten Boote waren an den äußeren Liegeplätzen festgemacht. *Ville de Jaugès* lag dort, leuchtend grün, einen Ausleger hochgestellt, und meine *Orange II*. Ihre Rümpfe loderten förmlich in der Sonne, und an ihrem Vorstag flatterte in der leichten Brise die große Rennflagge.

Die Aufregung schlug mir so auf den Magen, daß meine Beine zu schmerzen vergaßen und ich die Mole fast hinunterrannte. Ich warf den Seesack über die Reling. Charlie lag langgestreckt auf dem Trampolin. Er rollte sich herum, als er mich kommen hörte, und öffnete blinzelnd ein Auge.

»Teufel«, sagte er. »Was hast du denn gemacht? Du siehst aus, als ob man auf dir herumgetrampelt wäre. O Gott mein Kopf!«

»Was ist?«

»Parties«, sagte er. »Immerzu Parties.«

»Du siehst aber ganz fit aus«, sagte ich.

»Das scheint bloß so«, sagte er. »Ich stimme mich nur innerlich ein. Unser Decca ist im Eimer. Dann haben wir heute morgen das Groß hochgezogen und nicht wieder runtergekriegt, und eine Latte hat ein verdammt großes Loch reingerissen. Jetzt ist es beim Segelmacher. Wirklich alles sehr fit.«

Ich sagte: »Komm einen Moment mit runter, ich muß mit dir sprechen.«

Er öffnete wieder ein Auge. Was er sah, brachte ihn sofort auf die Füße und zu mir in die Kajüte.

»Hör zu, ich hatte ein paar Probleme.« Dann erzählte ich ihm alles, was sich seit unserer Rückkehr von Irland zugetragen hatte.

Er fragte: »Also?«

»Also muß ich dir freistellen, ob du dieses Rennen überhaupt mit mir segeln willst. Es wird verflucht gefährlich.«

Er grinste mich an. »Ich segle diese Dinger nicht, weil sie ungefährlich sind«, sagte er. »Wir waren die ganze letzte Woche an Bord, und niemand ist uns irgendwie nahegekommen.« Er schwieg. »Wenn was hopsgeht, dann müssen wir eben schwimmen.«

»Danke, Charlie«, sagte ich.

Dann gingen wir an unsere Arbeit.

Das Boot war bereit. Aber es galt, Proviant zu stauen, Segel vom Segelmacher zu holen, das Decca in Gang zu bringen und ein neues Funkgerät zu installieren, das uns die Möglichkeit bot, dem Sponsor Exklusivberichte zu übermitteln, wenn er in Reichweite war. Zu allem Überfluß riß der Besucherstrom nicht ab: alte Freunde, die wir seit dem vergangenen Jahr nicht mehr gesehen hatten, Journalisten und die Prüfer der Regattaleitung, die Leuchtraketen zählten, die Rettungsinsel überprüften und überhaupt die ganze vorgeschriebene Sicherheitsausrüstung checkten. Bevor ich wußte, wie mir geschah, war schon der Abend und damit die Pressekonferenz der Sponsoren da.

Sie begann mit den üblichen Floskeln. Dag Sillem sagte, wie erfreut und stolz er sei, daß wir mit Unterstützung seiner Firma segelten, und ich sagte, wie erfreut wir seien, für eine so angesehene Firma segeln zu dürfen. Dann stand Alec Strong vom *Yachtsman* auf. Seine kleinen blauen Augen funkelten unter den fuchsigen Brauen, als er fragte, wie ich meine Gewinnchancen einschätzte.

»Gut«, sagte ich.

Er lächelte. »Sie haben außerordentlich strenge Sicherheitsvorkehrungen für Ihr Boot getroffen«, sagte er. »Es wird rund um die Uhr bewacht. Warum?«

Du Würstchen, dachte ich. »Wir haben unsere Gründe«, sagte ich.

Alec nickte. »Wie Jean-Luc Jarré?« sagte er. »Er ist Ihr wichtigster Konkurrent.«

»Das Rennen ist lang«, sagte ich. »Da ist alles drin.«

Alec grinste. »Gehe ich richtig in der Annahme, daß es zwischen Ihnen und Jarré Meinungsverschiedenheiten gibt?«

»Das Komitee wird sich meine Berufungsgründe zum angemessenen Zeitpunkt anhören«, sagte ich. »Ich bin zuversichtlich, daß wir gewinnen.«

»Nun, wenn das alles ist?« sagte Dag etwas später und erhob sich. »Dann darf ich Sie zu einem Glas Champagner an die Bar bitten.«

Als wir vom Podium stiegen, sagte er: »Gut gemacht. Ein bißchen Rivalität mögen die immer gern.«

»Nicht ganz mein Fall«, sagte ich.

Er strich sich die Tolle aus der Stirn. »Das mit Mort Sulkey wissen Sie schon?«

»Ja.« Ich fragte mich, ob ich ihm sagen sollte, was ich sonst noch von Mort Sulkey wußte. Aber dann dachte ich, nein, er hat Geld seiner Firma in mein Boot gesteckt und sein eigenes Geld auf mich gesetzt. Er hat genug Sorgen und braucht keine zusätzlichen.

»So was aber auch«, sagte er kopfschüttelnd. »Der arme Kerl!«

Ich stimmte ihm zu, so überzeugend ich konnte.

»Und das von Randy, Terry Tanners Assistent, haben Sie auch schon gehört?«

»Was ist mit ihm?«

»Er sitzt im Gefängnis. Hilft der Polizei angeblich bei ihren Ermittlungen in der Mordsache Ed Boniface.«

»Er sitzt?« Ich starrte ihn an. Er starrte zurück, ganz offensichtlich amüsiert über die Wirkung seiner Worte. »Das sind – sehr gute Nachrichten«, sagte ich. »Aber wie ...«

»Tüchtig, diese Jungs von der Polizei«, sagte er. Ich sagte gar nichts. Aber ich verspürte eine ungeheure Erleichterung. Jetzt war die Bedrohung fort, war dieser ständige Schatten zurückgewichen. Jetzt brauchte ich nur loszusegeln und die Regatta zu gewinnen.

Übergangslos wechselte Dag das Thema. »Ich sende Ihnen ein Videoteam an Bord«, sagte er. »Von unserer Werbeabteilung.«

»Prima.«

Wir sprachen noch mit ein paar Journalisten, und nach einer Anstandspause empfahl ich mich.

Weiter gingen die Vorbereitungen. Letzte Skipperbesprechung und Wettervorhersage, und dann kam das Videoteam von Orange Cars an Bord und machte ein paar Filmaufnahmen. Sie übergaben uns eine Kamera und erklärten, wie sie funktionierte. Wir befestigten sie nach den Anweisungen des Werbechefs in einer Klemmhalterung am Schott in der Kajüte.

»Behandeln Sie sie mit Glacéhandschuhen«, sagte der Werbeleiter. »Es ist eine irrsinnig teure Kamera. Mr. Sillem persönlich hat sie für Ihr Boot ausgesucht und gekauft. Er will sie genau an dieser Stelle hier haben, damit Sie leicht an sie herankommen, wenn ein Notfall eintreten sollte.« Ich verkniff mir, ihm zu sagen, daß wir im Notfall ganz bestimmt anderes zu tun hatten als zu filmen.

Es war Mitternacht, als alles fertig und ich selbst fix und alle war. Scotto blieb die Nacht über auf dem Trampolin. Ich schlief wie ein Toter und erwachte im Morgengrauen erfrischt und mit einem Kribbeln im Magen. Kurz darauf begann auch schon das allgemeine Klappern und Scheppern, und das glasige schwarze Wasser des Bassins fing an zu plätschern, als die Leute auf ihren Booten herumzuturnen begannen. Möwen schrien, die Stadt wachte auf, und der Tag kam auf Touren.

Der Wetterbericht von kurz vor sechs Uhr sagte leichte wechselnde Winde aus Südwest voraus, auf Stärke vier bis sechs auffrischend. Es würde also ein langsamer Start werden. Ich holte Schinkenbrötchen von der Marina und duschte auch gleich dort. Als ich zurückkam, checkten wir das Boot noch einmal gründlich von oben bis unten durch, wohl mehr aus Gewohnheit als aus Notwendigkeit. Die Erleichterung, die ich empfunden hatte, als ich von Randys Verhaftung hörte, hielt noch immer an. Wir fanden nichts. Um neun Uhr verließ *Hecla* ihren Liegeplatz. Um neun Uhr fünfzehn stieg das Videoteam zu uns an Bord.

Wir wieselten umher, Charlie und ich, schlugen Segel an und führten Schoten durch Blöcke, Lippen und Leitösen. Scotto warf den Außenborder des Beiboots an und machte es längsseits fest. Und dann hielt ich mit den langen orangefarbenen Bugspitzen behutsam auf den Kopf der Mole und auf den Sund zu.

Die Kimm hinter der Mole war eine messerscharfe blaue Linie.

Jenseits von Penlee Point waren kleine matte Flecken auf der See, die aussahen, als hätte ein Kind auf Plexiglas gehaucht.

»Wir kriegen keinen Wind, bis die Tide kentert«, sagte Charlie. »Laß uns das Groß hochziehen.«

Scotto im Beiboot hielt uns mit dem Bug im Wind. Ich ließ das Ruder los, um mich über die Winsch zu beugen, und begann zu kurbeln. Das Segel stieg empor, die Videoleute filmten. Keuchend schaute ich auf. Der Schweiß rann mir in den Pullover. Wir waren jetzt außerhalb der Mole, und die Dünung ging stark genug, um das Segel ganz leicht flappen zu lassen. Aber noch immer regte sich kein Lüftchen.

Wir saßen an Deck, während ein Videoreporter uns Fragen stellte, die ich so gut beantwortete, wie es mit diesem harten Klumpen in meinem Magen ging. Es war Stauwasser. Die Startboote dampften geschäftig auf ihre Position und ankerten, die Linie zwischen uns und dem Eddystone-Leuchtturm markierend, in Ost-West-Richtung. Die Konkurrenten waren nun alle draußen, und alle suchten sie nach Wind. Erfolglos. Möwen kreisten mit weißen Flügeln über weißen Segeln, und über den Möwen brummten Sportflugzeuge und Hubschrauber.

»Es könnte jede Minute ein Ostwind aufkommen«, sagte Charlie um zehn Uhr neunundzwanzig. »Laß uns den Drifter hochziehen.« Der Drifter stieg hoch. Das Wasser war noch immer glatt wie Glas.

»Da ist Jarré«, sagte ich.

»Hatte dieselbe Idee«, sagte Charlie.

Jarré hielt sich in der Nähe der Startlinie. Auch er hatte ein großes leichtes Vorsegel gesetzt, aber es hing schlaff herab, weil kein Wind da war, um es zu füllen.

Hinter Jarrés weißem Segel wanderte ein matter blauer Fleck über das spiegelglatte Wasser.

»Los geht's«, sagte Charlie. »Zwanzig Minuten bis zum Start.«

»Also, ich hau' dann ab«, sagte Scotto. »Macht sie fertig!« Die Videoleute kletterten ins Beiboot und filmten uns von dort aus.

Hinter dem stumpfen Kegel von Rame Head dampfte *Hecla* langsam um die Landspitze. Unser Drifter füllte sich. *Oranges* Steven schoben eine Reihe kleiner Wellen zur Seite. Das Steuerrad ruckte in meinen Händen, als die Ruder griffen.

Vierundsechzig Teilnehmer hatten zu diesem Rennen gemeldet, und alles, was an der Küste von South Devon überhaupt nur schwimmen konnte, war draußen, um uns starten zu sehen. Ich dirigierte

*Orange* mitten durch den Pulk, ohne von den Zuschauerbooten Notiz zu nehmen.

»Wir sollten lieber wenden«, sagte Charlie.

Wir gingen über Stag. Ich hielt das Ruder mit dem Fuß, während ich das Großsegel fierte. *Orange* schwenkte herum und ging auf raumen Kurs.

»Dreizehn Minuten bis zum Start«, sagte Charlie. »Halt mal eine Minute.«

Ich fierte weiter auf, die Segel killten. Charlie bückte sich zu den Tochterinstrumenten am Mast.

»Okay«, sagte er dann. »Auf zur Startlinie.«

Die Zehn-Minuten-Rauchwolke verpuffte.

»Los geht's«, sagte ich.

Der Wind kam jetzt gleichmäßig mit Stärke eins bis zwei aus Ost. Es sollte ein klarer Start auf raumem Kurs über Steuerbordbug werden. Wir drängten uns in das Knäuel von Booten am rechten Ende der Startlinie. Meine Augen wanderten unablässig zwischen den Segeln und der Uhr hin und her. Zwei Minuten vor dem Start peilte ich übers Vorstag eine Lücke an, die sich unmittelbar an Backbord des Startschiffes zwischen einem Trimaran und einem großen Einrumpfboot aufgetan hatte. Schlängelnd kamen wir voran. Jarré lag leicht voraus an Backbord, und die Tide zog ihn schnell mit. Wenn er nicht achtgab, würde er sich einen Frühstart leisten und für jede zehn Sekunden, die er auf der falschen Seite der Linie war, eine halbe Stunde abgezogen bekommen.

Vor dem Trampolin sah ich eine freie Fläche blauen Wassers. Vornübergebeugt kurbelte ich wie wild an der Großschotwinsch. Auch Charlie hatte sie gesehen, war nach achtern gerannt und hatte seine Schulter in die Drifterschot gestemmt. *Oranges* schlanke Schwimmer zischten durch die Lücke zum Startboot hinunter. Die schwarze Bordwand eines Achtzig-Fuß-Einrumpfbootes schoß nach achtern an uns vorbei. Alle Boote an der Startlinie warteten mit killenden und wie Maschinengewehrfeuer knatternden Segeln. Aber der Lärm verebbte mit dem Dichtholen der Schoten. In die so entstandene Stille hinein ertönte der Startschuß.

Wir zogen los.

## 34

Zwischen uns und der rechten äußeren Bahnbegrenzung lagen vier kleine Katamarane. Sie fielen in der Abdeckung unserer großen Segel rasch zurück. *Heclas* Sirene dröhnte grüßend über die Bucht. Auf ihrer Brücke winkten nur wenige Leute.

Ich schaute nach Backbord. Von dort her, hinter dem Pulk jungen Volks, wo *Ville de Jaugès* wie ein riesiges Fährschiff durch die Kabbelseen pflügte, würde der Ärger kommen. Jarré und Le Bart hockten im Cockpit und schauten zum hochragenden Mast auf. Sie wußten, daß leichte Winde und Am-Wind-Kurse ihre größte Hoffnung waren. Und sie würden sich keinen einzigen Zoll davon entgehen lassen.

Ich peilte am Großschottraveller entlang. Er war in einer Linie mit Jarrés Mast. Ich fiel für ein paar Minuten ab. Charlie hatte die Segel haargenau ausgetrimmt. Sacht steuerte ich, ohne abrupte Bewegungen, welche die leise durch die Wellen schneidenden Schwimmer aus der Spur hätten bringen können. Aber als ich erneut peilte, war die Schiene mit der Mitte von Jarrés Baum in einer Linie. Nicht zu ändern. Der Eddystone-Leuchtturm tauchte aus der See empor. Ein Hubschrauber hing ratternd über uns, um zu filmen. Wir versuchten nicht zu zeigen, wie sehr er uns nervte.

»Wind dreht auf Süd«, meldete Charlie nach einer halben Stunde. »Hoffen wir, daß er da bleibt.« Denn das konnte bedeuten, daß das Hochdruckgebiet über England sich verlagerte und dem vorhergesagten stärkeren Wind Platz machte. Wir liefen so dicht unter dem Leuchtturm vorbei, daß ich die Wellen an den Felsen klatschen hörte. Jarré lag schon eine halbe Meile vor uns. Charlie nannte mir den Kurs zum Lizard, und ich brachte *Orange* in einer langen Drehung behutsam herum.

Das nächste Segel war zweihundert Meter hinter uns. Als wir auf raumen Kurs gingen, kletterte unser Speedometer auf elf Knoten. Jarrés Segel vor uns wurden größer. Doch Charlie schaute zum Himmel und schüttelte den Kopf. Lange Bänke von Schäfchenwolken trieben, von Westen kommend, heran. Die Front zog auf.

»In zwei Stunden kriegen wir's genau in die Fresse«, sagte Charlie.
Der Wind wurde schon stärker, und der Seegang mit ihm. Als wir um sechs Uhr am Lizard entlangliefen, war der Himmel niedrig und voller Böen, die häßliche Regenschleier nachschleppten.
Die Wellen kamen jetzt aus dem grauen Horizont heranmarschiert. Die Routine begann: konzentriert steuern, die Schwimmer im Auge behalten, die sich aus dem Wasser hoben und herumschwenkten, wenn ich sie diagonal ins Wellental manövrierte, um den Aufprall abzufangen. Aber er kam, der Aufprall, der *Orange* jedesmal durchrüttelte und träges Spritzwasser aufwarf, das sich beschleunigte, wenn es nach achtern flog und einem dann mit der Wucht eines Schlagrings ins Gesicht klatschte. Schon baute sich die nächste Welle auf. Und die nächste. Und dann noch tausend weitere. Wir konnten nichts weiter tun als lächelnd leiden. Um zehn Uhr hatte der Wind auf Nordwest gedreht, und wir boxten uns durch eine hohe schwarze Dünung. Ein paar hundert Meter entfernt taumelte der Bishop Rock vor den niedrigen Wolken. Hoch oben auf seiner Galerie winkten die winzigen Figuren der Leuchtturmwärter. Irgendwo hinter dem schmutziggrauen Gewölk ging die Sonne unter.
Die Lichter des Leuchtturms flammten auf, als wir eine Meile nordwestlich von ihm waren. Zum Abendessen gab es indonesisches Huhn im Kochbeutel und Instantsuppe, zubereitet auf einem Herd, der wie ein Känguruh hüpfte. Wir hockten im Cockpit und schlangen das Essen in uns hinein, während das Wasser uns um die Ohren zischte und das Blinken vom Bishop immer schwächer wurde, um schließlich ganz in der Dunkelheit zu verschwinden. *Orange* brauste weiter durch die finstere Nacht, bolzend und krachend und polternd, und stieß sich den Kopf an den harten schwarzen Wellen, die aus der Südwestecke Irlands kamen.
Wir wechselten uns stundenweise ab. Eine Stunde Rudergehen war das Äußerste, was man unter diesen Bedingungen schaffen konnte. Aber unter Deck war es fast genauso schlimm. Ungefähr so, als liege man in einem nassen Schlafsack in einer Kesselpauke.
Langsam wurde es Tag. Zur Feier machte ich Kaffee und danach den üblichen Morgenrundgang. Ich suchte ringsum den Horizont ab, aber es war nicht ein Segel zu sehen, nichts, nur die hier und dort mit Nebelfransen gesäumte graue See. Der Wind hatte nördlich gedreht und raumte, so konnten wir mit Mühe Dursey Head anliegen. Irgendwo fünfzig Meilen jenseits unseres Steuerbordbugs wachte West-

irland auf. Ich briet Eier mit Speck und Brot, aß meine Ration und übernahm das Ruder, während Charlie aß und anschließend ein Schwätzchen über UKW hielt. Zehn Minuten später kam er grinsend ins Cockpit.

»Ich habe ein paar erreicht«, berichtete er, »und gesagt, daß wir erst achtzig Meilen südöstlich von Fastnet stehen. Sie sind perplex, daß wir einander nicht sehen. Vielleicht lassen sie's letzt langsamer angehen.«

»Verlaß dich nicht drauf. Irgendein Lebenszeichen von Jarré?«

»Nein«, sagte Charlie.

Mit zehn Knoten über eine lange, dick mit Baßtölpeln vom Brutplatz Skellig Michael besetzte Dünung segelnd, passierten wir Dursey Head. Vor den Blaskets gingen wir über Stag, um ins glattere Wasser in Lee der Aran-Inseln zu gelangen. Sogar ein paar Filmaufnahmen machten wir. Der Wind kam stetig aus Nord, als wir an der Huk von Connemara vorbei einen weiteren Schlag gemacht hatten. Die Sicht besserte sich eine Weile, und im Norden zeichnete sich die Küste als eine Reihe grüner Bergrücken ab. Um uns wogte der blaue Atlantik, aber es war ein leerer Atlantik, ohne Spur von einem Segel.

In der zweiten Nacht waren die Winde leicht und wechselhaft und wir ständig mit Segelmanövern beschäftigt. Allmählich fühlten wir uns wirklich erschöpft. Um Mitternacht ertappte ich mich dabei, wie ich über den Kompaß gebeugt mit aller Macht versuchte, meine Augen so zu zentrieren, daß sie ein W von einem N unterscheiden konnten. Als Charlie mich um ein Uhr ablöste, legte ich mich sofort aufs Ohr und war im nächsten Moment ausgelöscht wie eine Kerze. Das nächste, was ich wieder erfaßte, war, daß Charlie mich an der Schulter rüttelte. Es war stockfinster.

»Der Wind hat auf West gedreht«, sagte er.

Das spürte ich, als ich die Stiefel überzog. *Orange II* brauste mit Riesenschritten voran. Die Spinnweben um mein Hirn lösten sich. Ich fühlte mich so frisch, wie man sich überhaupt fühlen kann, wenn man kurz vor der totalen Erschöpfung steht. Das Tief Bailey, 1012 hPa, zog langsam nordöstlich, hatte die Wettervorhersage gemeldet. Jetzt wurde ich richtig wach. Ein sich langsam verlagerndes Tiefdruckgebiet bedeutete hier oben kräftige Winde aus Südwest bis West. Wo wir sie auch haben wollten für unseren langen Schlag von Achill Island nach St. Kilda und Muckle Flugga. Ich schlürfte einen doppelt starken Instantkaffee mit drei Stück Zucker und stiefelte ins Cockpit.

Nach der Finsternis in der Kajüte unten kam mir der sternfunkelnde Himmel fast hell vor. Der Wind war beinahe warm, schließlich war er viele Meilen weit über den Golfstrom gewandert statt über den eisigen Nordatlantik. Ich ging aufs vordere Trampolin. Als ich den Spinnaker anschlug, konnte ich den Unterschied in *Oranges* Bewegung hören. Das Krachen und Poltern ihrer Hoch-am-Wind-Fahrt hatte aufgehört. Statt dessen hob ihr Bug sich über die Seen; der Luvschwimmer wurde am Kiel von ihnen nur ganz sacht getätschelt, während der Leeschwimmer eine lange Furche ins Wasser meißelte.

»Auf Spinnaker«, rief ich und kurbelte am Fall. Der Spi lief empor, ein blasses Band gegen den Sternenhimmel, und als Charlie anschotete, bauschte er sich mit einem Knall, der einem Pistolenschuß ähnelte. Ich spürte das vordere Trampolin sich heben, als der Wind in den bauchigen oberen Teil des Segels einfiel, und *Orange II* begann zu gleiten. Ich lief ins Cockpit zurück.

»Jetzt holen wir den Schweinehund ein«, sagte Charlie.

Ich grunzte. Zwar dachte ich das gleiche, war aber zu abergläubisch, um es auszusprechen. »Warum legst du dich nicht etwas aufs Ohr?« fragte ich. »Ich rufe dich, falls es Probleme gibt.«

Charlie sagte: »Bleib so, dann sind wir in vierzehn Stunden eine Meile westlich von St. Kilda.«

Der Morgen brach früh an; es war Mittsommer, und wir standen sehr weit nördlich. Zwei Stunden später tauchte Charlie wieder auf. Er steckte den Kopf aus der Luke, musterte die wogende blaue See und das graue Wolkendach und klopfte ans Log. Sein Gesicht blieb ausdruckslos. Ich sah ihm nach, als er zum Decca ging, eine Position ablas und auf die Tochtergeräte klopfte. Er drehte sich um und sagte: »Geschwindigkeit über Grund in den letzten fünf Stunden 22,36 Knoten. Sie sind mir vielleicht ein Verrückter, Mr. Dixon.«

Wir preschten an St. Kilda vorbei und schreckten die dort zuhauf hockenden Seevögel hoch. Am frühen Nachmittag frischte es noch stärker auf. Der Wind kam nach wie vor aus Südwest und warf einen ruppigen Seegang auf. Wären wir nicht in einer Regatta gewesen, hätten wir jetzt den Spinnaker geborgen. So aber ließen wir ihn stehen, selbst als der Wind auf Stärke sechs und sieben zulegte. Um zwanzig nach sechs stand ich noch immer am Steuer und kaute an den letzten Bissen Rindfleisch aus dem Kochbeutel. Die Seen waren jetzt enorm, schwarze Gebirge mit Kämmen, die über ihre Vorderseite abkippten und große häßliche Schaumstreifen zurückließen. Unsere Hecks wurden von einer besonders hohen Welle emporgehoben, und ich wartete auf den Beginn der Gleitfahrt. Die kam aber nicht. Statt dessen schien das Heck immer weiter zu steigen, höher und höher. Charlie war unten und schlief. Ich brüllte nach ihm. Hinter mir ertönte ein ohrenbetäubendes Tosen, als der Wellenkamm brach und auf uns herunterzustürzen begann. Tief unter mir standen in einem furchterregenden Winkel die beiden Vordersteven: Rasiermesser, die drauf und dran waren, sich vom prallgefüllten Bauch des Spinnakers getrieben ins Wellental zu bohren. Wir wurden immer schneller bei unserer Talfahrt auf die schwarze Wasserwand zu, die unsere Steven packen, herumreißen und uns über Kopf gehen lassen würde. Das Log stand auf dreißig Knoten. *Orange* rüttelte wie ein Jet vor der Schallmauer.

Charlie steckte den Kopf aus der Luke, und ich brüllte: »Spinnakerschot!« Er mußte noch halb geschlafen haben, aber ich sah seine Hand zur Klemme schnellen und sie losschlagen, hörte die Schot rauschen und den Spi knattern, als das Ruder durch meine Finger wirbelte. Der Kat schwenkte quer ins Wellental, und der Vordersteven des Leeschwimmers rammte sich in die See, während der Wellenkamm auf den Luvschwimmer herunterstürzte. *Orange II* verschwand unter weißem Wasser. Ich spürte, daß es mich wie einen Zweig aus dem Cockpit riß. Dann zog mich die Sicherheitsleine mit einem solchen Ruck zurück, daß ich mir einen steifen Hals holte, als ich am hinteren Querträger entlangschlitterte. Ich war erschöpft, unsagbar erschöpft. Und ich dachte, wie erholsam es wäre, wenn ich jetzt in die Dunkelheit gleiten und einfach nur schlafen könnte. Aber ich krümmte die Finger, und sie griffen in die Maschen des Netzes, während das Wasser über mir weniger wurde. Ich hing halb auf und halb neben dem achteren Trampolin und fluchte. *Orange* trieb jetzt steuerlos, und das Groß peitschte in dem mit fünfunddreißig Knoten übers Deck tobenden Wind wütend hin und her.

»Herrgott«, sagte Charlie, als er mich zurückgezogen hatte. Er war kreideweiß. »Ich dachte, du wärst über Bord gegangen.«

»War ich auch«, sagte ich. Ein Schäkel an meinem Sicherheitsgurt war am Wirbel gebrochen. Ich nahm ihn ab und montierte einen Ersatzschäkel. »Laß uns den Spi bergen.«

Wir konnten noch ein kleines Vorsegel setzen, bevor die Reaktion eintrat und ich mich zitternd wie Espenlaub auf den Kajütboden setzen mußte.

Und weiter flogen wir dahin, unter dreifach gerefftem Groß, brausten mit einer irren Geschwindigkeit durch die kochende See am nördlichsten Zipfel der Britischen Inseln, weiter in Richtung Muckle Flugga.

## 35

Als wir uns den Shetlands näherten, brach die Nacht an, und mit der Dunkelheit kam der Regen. Er peitschte kübelweise aus der Finsternis herab. Um Mitternacht, kurz nach einer Positionsbestimmung, wonach wir vierzig Meilen südwestlich von Muckle Flugga standen, ging der Summer des UKW-Geräts.

»Telefon«, sagte Charlie. Ich hörte ihn unten sprechen, hörte auch das Knistern und Rauschen, war aber gerade zu sehr damit beschäftigt, das Boot auf Kurs zu halten, um darauf zu achten. Fünf Minuten später kam er zurück.

»Die Küstenwache«, sagte er. »Sie haben eine Nachricht von unserem Sponsor weitergegeben: Beste Wünsche von allen Orange-Car-Händlern Großbritanniens und einen ganz persönlichen Glückwunsch von der Zweigstelle in Lerwick.«

»Herzerwärmend«, sagte ich. »Wo ist Jarré?«

»Weiß kein Mensch.«

Wir brausten weiter. Der Wind schien ein paar Grad nach Nord gedreht zu haben. Die Seen wurden noch höher. Wir nahmen sie diagonal, weiße Wasserwände aufwerfend, die sich mit dem Regen mischten.

»Jetzt müßte bald das Muckle-Flugga-Leuchtfeuer zu sehen sein«, sagte Charlie nach einer Stunde.

»Willst du eine Peilung nehmen?«

»Nicht nötig«, sagte er, »so stetig, wie wir laufen.«

Eine halbe Stunde später war der Regen noch dichter geworden. Unsere Positionslichter malten rote und grüne Bögen in die Luft, während wir durch die riesige Dünung rollten. Aber Muckle Flugga tauchte noch immer nicht auf.

»Na, komm schon, Freundchen«, sagte Charlie. »Es wird Zeit.«

»Bist du sicher, daß die Tidenrechnung stimmte?« fragte ich.

»Ja«, sagte er, aber es kam so kurz, daß ich seine Unruhe spürte. »Ich check's noch mal durch, wenn du möchtest.«

»Nein«, sagte ich. »Nein, laß nur.«

Eine schwarze Wellenwand reckte sich in den Himmel. Wir rutschten seitlich wie ein Krebs an ihr herunter. Sie war steil, diese Welle, sehr steil. Wir durchstießen den nächsten Kamm in einer Wolke brechenden Wassers. Ich öffnete den Mund, um Charlie zu sagen, daß er die Positionsbestimmung doch lieber überprüfen sollte, aber ich brachte es nicht heraus.

Die nächste See war sogar noch steiler. Wir erklommen sie seitlich. Als wir oben angelangt waren, machte mein Herz einen dumpfen Schlag und setzte dann aus.

Vor uns erstreckte sich in die Regenwand hinein ein breiter weißer Teppich wie ein Leichentuch. Ich hörte Charlie: »Brecher!« schreien. Dann waren wir auf der Vorderseite der Welle auf den Steuerbordschwimmer heruntergefallen, mit einem Getöse, das wie die Posaunen des Jüngsten Gerichts klang. Charlie brüllte: »Backbord, Backbord!« und kletterte auf das Trampolin. Ich ließ das Ruder wirbeln und kurbelte das Groß bei, während Charlie am Baum die Preventer loswarf. Der Wind fegte übers Deck, und *Oranges* Bug stieg hoch, höher, immer noch höher.

Charlie war nirgends zu sehen. Dann kam seine Stimme vom Vordeck: »Zehn Grad Steuerbord!«

Ich bewegte das Ruder, das Boot rollte. Der Kompaß machte einen seltsamen Schlenker und schlingerte dann wieder zurück. In der Kajüte unten schepperte Ausrüstung. Eine tobende weiße Masse schoß an Backbord borbei.

Mir lief der Schweiß übers Gesicht. Wir waren innerhalb der Klippen. Aber welcher Klippen?

»Zehn Grad Steuerbord!« brüllte Charlie erneut.

Als ich nach unten schaute, war der Kompaß verrückt geworden. Er schlug mit jedem Rollen des Bootes um fünfzig Grad hin und her.

»Kompaßversagen!« schrie ich.

»Dann Backbord!« schrie er.

Jetzt war das weiße Wasser an Steuerbord. Es hatte aufgehört zu regnen, und das Deck bewegte sich etwas weniger heftig unter meinen Füßen.

Nun, da der Regen aufgehört hatte, konnte ich Charlies Silhouette auf dem vorderen Trampolin erkennen. Und hinter ihm sah ich noch etwas anderes: eine sich in der Finsternis vor uns dehnende weiße Linie. Wir waren durch eine Riffkette gefahren und sahen sie nun von der anderen Seite. Darum war es hier drin auch ruhiger. Wir konnten nicht zurück, denn ohne Kompaß mußten wir praktisch blind, nur nach dem Geräusch der an die Bordwand prallenden Wellen manövrieren.

Behutsam näherten wir uns dieser weißen Linie. Als wir vielleicht fünfzig Fuß von ihr entfernt waren, schrie Charlie: »Steuerbord!« Ich folgte ihnen, diesen halb überwaschenen Felsen. Mein Mund war trocken, und der Schweiß tropfte an mir herunter wie Wasser. Na ja, sagte ich zu mir, dieses Riff läuft direkt auf das verdammte Ufer zu. Und wir werden darauf zerschellen.

»Backbord!« schrie Charlie.

Ohne nachzudenken legte ich Ruder. Und sah einen Pfad schwarzen Wassers diagonal in diesem Leichtuch aus weißer Gischt. Ich schotete das Großsegel. Dann zischte zu beiden Seiten weißes Wasser an uns vorbei, und Charlie verschwand in dem Schaum, der das Trampolin verdeckte. Mein einziger Gedanke war, daß ich das letztemal mit Ed Boniface und Alan Burton so auf Legerwall geraten war.

Mir klatschte Wasser ins Gesicht. Eine Bö fegte über uns hinweg. Ich spürte *Orange* unterschneiden und beschleunigen. An Steuerbord war weißes Wasser, an Backbord war weißes Wasser. Der kleine schwarze Pfad vor uns schien unvorstellbar schmal. Ich schrie. Das Steuerrad hüpfte mir in den Händen. Ruderdefekt, dachte ich. Aber es reagierte noch. Das Tosen der Brecher war enorm, wie Stiergebrüll. Wieder grub *Oranges* Bug sich ein, und ich fühlte, wie sie sich schüttelte, um sich von diesen tonnenschweren Wassermassen zu befreien. Dann war sie oben, schwamm auf wie ein Korken. Die nächste Welle war auch wieder hoch, aber nicht so steil.

Der Wind kam böiger, und die schwarzen Wolken über uns schienen miteinander zu ringen. Der Himmel wurde heller, und gegen diese Helligkeit sah ich Charlie geduckt über das vordere Trampolin kriechen. Es wurde abwechselnd dunkel und wieder hell. Als wir endlich nördlich vom Riff in schönes, tiefes, schwarzes Wasser gerieten, kam hinter einer Felsnase das helle weiße Blinkfeuer von Muckle Flugga hervor. Charlie kroch nach achtern. »Verdammte Zucht«, sagte er, und seine Stimme zitterte dermaßen, daß ich sie kaum als seine erkannte. »Wie zum Teufel sind wir da wieder rausgekommen?« Er setzte sich einen Moment, und in seinem nassen Ölzeug spiegelten sich die weißen Blitze von Muckle Flugga. »Oder vielmehr: wie zum Teufel sind wir überhaupt da reingeraten?«

## 36

Wir brauchten wohl eine halbe Stunde, bis wir nicht mehr zitterten. Nach Charlies Decca-Fix lagen wir genau westlich des Leuchtturms. Der Morgen graute; die Nächte sind nicht sehr lang da oben auf der Höhe von Südgrönland. Der Starkwind warf eine steile Kreuzsee auf. Aber der Regen war weitergezogen, und wir konnten nun Land sehen: das Leuchtfeuer, die Klippen von Muckle Flugga und die wütend an den kleinen Felsinseln nagende Brandung.

Wir folgten dem Südwestverlauf der grimmigen Klippen von Unst. Der Kompaß zeigte noch immer in alle möglichen Richtungen. In Lee des Landes begann der Seegang etwas nachzulassen, und Charlie machte sich ans Aufklaren. Ich konnte ihn unten räumen hören, während ich den verrücktspielenden Kompaß beobachtete. Plötzlich hielt er inne und stabilisierte sich.

»Was hast du gerade gemacht?« rief ich.

»Die Kamera wieder in ihre Halterung gesetzt.«

»Gib mir einen Kurs«, sagte ich.

Er nannte mir einen Kurs, der uns parallel zu den Klippen und dicht an der nächsten Landspitze vorbeiführte. Ich steuerte ihn. *Orange* hatte in dem ruhigeren Gewässer an Geschwindigkeit zugelegt. Ich schaute zu den grauen und schwarzen Felsen von Unst hinüber, sie kamen jetzt näher. Der Schwarm von Eissturmvögeln und Möwen zog zu uns herüber, bis sie über *Oranges* Masttopp kreisten.

»Wir nähern uns den Klippen«, sagte ich.

Charlie kletterte ins Cockpit und sah auf den Kompaß.

»Übernimm mal«, sagte ich. Er stellte sich ans Ruder. Ich ging nach unten und nahm die Videokamera aus ihren Klammern am Schott.

»He«, sagte Charlie. »Jetzt spielt der Kompaß schon wieder verrückt!«

Ich holte die Kamera an Deck und brachte sie auf den Steuerbordrumpf.

»Die Kompaßnadel folgt dir überallhin«, sagte Charlie.

Ich kletterte übers Trampolin zurück und in die Kajüte.

»Jetzt versteh' ich überhaupt nichts mehr«, sagte Charlie.

Schon hatte ich die Schrauben gelöst. Die Erleichterung über Randys Verhaftung war verschwunden. »Denk an Ed Boniface und John Dowson«, sagte ich. »Derselbe Schweinehund hat uns gerade einen Streich gespielt.«

Es war eine ziemlich einfache Angelegenheit: eine Spule, um ein magnetisches Feld zu erzeugen, eine gedruckte Schaltung, ein Schalter und eine kleine Batterie. Wenn uns jemand über UKW anrief, so aktivierte das die Spule und erzeugte ein magnetisches Feld. Kompasse reagieren sehr, sehr empfindlich auf Magnetfelder. Dieses Magnetfeld hier hatte unseren Steuerkompaß fünfzehn Grad nach Steuerbord abgelenkt, was beim Versuch, so dicht wie möglich an Muckle Flugga vorbeizulaufen, tödlich hätte enden können. Ich löste den Batteriedraht von der Spule. Der Kompaß schwankte und stabilisierte sich.

»Jetzt zeigt er wieder richtig an«, sagte ich.

Charlie war blaß vor Erschöpfung. »Ein Magnetfeld«, sagte er. »Was soll das nun wieder?«

Mir schien es unendlich lange her, seit ich das letztemal geschlafen hatte. Denken war, wie durch tiefen Mudd waten. »Wir waren in den Riffen etwa sieben bis zehn Meilen südlich des Leuchtfeuers gelandet«, sagte ich. »Die Kamera stak in ihrer Klemmhalterung. Damit hatten wir vielleicht fünfzehn Grad östlicher Ablenkung. Aktiviert wurde das Magnetfeld vielleicht dreißig Meilen vorher.«

»Als die Küstenwache uns anrief«, sagte Charlie.

»Einen Anruf an uns weitergeleitet hat«, korrigierte ich. »Von Orange Cars. Mit besonderen Grüßen von ihrem Händler in Lerwick.«

»Lerwick«, sagte Charlie. »Kennst du jemanden in Lerwick?«

»Nein.«

»Aber du kennst Leute von Orange Cars.«

»Orange Cars.« Plötzlich war ich so müde, daß das eine Silbenfolge ohne jede Bedeutung war. Wer bei Orange Cars? Mort. Mort mußte das organisiert haben, bevor er umkam. Unter dem Kreischen der Seevögel schien der Unfall eine Ewigkeit her zu sein, wie Teil eines anderen Lebens.

»Wie fühlst du dich?« fragte Charlie.

»Müde«, sagte ich. »Sehr müde. Ich werde nicht schlau draus.«

Ich nahm eine Plastiktüte aus der Pantry und schob die Höllenmaschine hinein. Meine Finger waren starr, ich mußte mehrere Anläufe machen.

»Immerhin«, sagte Charlie. »Wer uns diese Laus in den Pelz gesetzt hat, kriegt keine zweite Chance. Die haben ihr Pulver verschossen.«

Meine Lider wogen Tonnen. »Leg dich hin«, sagte ich. »Ich rufe dich in zwei Stunden.«

Er ging. Ich saß, hin und wieder über dem Autopiloten einnickend, und versuchte zu denken. Wer, warum und wann? Aber es brachte nichts. Hier draußen gab es nur uns und die Regatta. Und die einzige Frage, die zählte, lautete: Wo zum Teufel war Jarré?

In den nächsten zwei Tagen liefen wir unter zusehends aufreißendem Himmel mit raumem Kurs auf die Nordsee zu. Wir waren am Rande der Erschöpfung gewesen, doch nun hatten wir Zeit zu schlafen und zu essen, Wartungsarbeiten vorzunehmen oder Bohrinseln und vorbeifahrende Schiffe anzurufen, um herauszufinden, was mit Jarré los war. Niemand wußte es. Der Wind drehte auf Nord, als wir uns der Huk von Norfolk näherten und in UKW-Reichweite kamen.

Ich rief Dag Sillem im Werk an. Ich saß am Kartentisch und schlürfte süßen heißen Kaffee, als seine Sekretärin mich durchstellte.

»James«, sagte er nach einer kurzen Pause. »Wie läuft's?«

»Sehr gut«, sagte ich. »Außer daß wir fast auf den Shetlandinseln zerschellt wären.«

»Daß Sie was?« fragte er.

»Technisches Versagen«, sagte ich. »Sonst geht's uns prächtig. Haben seit über einer Woche kein anderes Boot mehr gesehen.«

»Phantastisch«, sagte Sillem. »Phantastisch!«

»Aber wir wissen nicht, wo Jarré ist«, sagte ich. »Wissen Sie's?«

»Etwa hundert Meilen hinter Ihnen«, sagte Sillem. »Kämpft gerade gegen *Downtown Flyer*. Kein Problem für uns.«

»Solange wir Wind haben.«

Sillem lachte. »Kein Problem«, sagte er. »Sie werden schon welchen haben.«

»Mal sehen.«

»Ich bin sehr zuversichtlich. Hören Sie, ich werde in zwei Tagen auf der *Hecla* sein. Wir nehmen uns eine Woche frei. Das sollte Ihnen doch zusagen, nicht? Ich nehme unsere PR-Leute mit, auch einen Haufen Presse und Kunden. Oh, und noch ein paar Leute, die Sie bestimmt gern dabeihätten. Es wird eine tolle Party.« Dag kicherte.

»Noch haben wir nicht gewonnen«, sagte ich.

»Das sollten Sie aber«, sagte Sillem und lachte. Am Telefon wirkte er überhaupt nicht scheu.

Ich blendete ihn aus. Und rief dann meinen Rechtsanwalt an und bat ihn, bei der Handelskammer von London etwas für mich zu erledigen. In den Sechs-Uhr-Nachrichten der BBC wurde bestätigt, daß wir hundert Meilen vor Jarré lagen. Danach summte das Telefon erneut. Es war Agnès.

»Wir sind gerade zurückgekommen. Und ich habe die Nachrichten gehört. Wie geht's dir?«

Ich sagte ihr, wie es uns ging.

»Wir sind ganz braungebrannt«, sagte sie.

»Sillem gibt eine Party, wenn wir eingelaufen sind«, sagte ich.

»Wir kommen.«

»Bleibt lieber außer Sicht und seid vorsichtig«, warnte ich.

»Warum? Randy sitzt im Gefängnis.«

»Trotzdem. Bleibt außer Sicht und seid vorsichtig.«

»Ich liebe dich«, sagte Agnès.

»Ich dich auch.«

»Schlag Jarré.«

Das brauchte man uns ohnehin nicht zu sagen.

»Ich habe den Wetterbericht gehört, während du geturtelt hast«, sagte Charlie, als ich nach oben kam. »Über Frankreich sitzt ein verflucht dickes Hoch. Also für uns leichte westliche Winde.«

»Dann können wir ja gleich Anker werfen.«

Aber eigentlich war uns überhaupt nicht zum Spaßen zumute. Für ein Boot wie *Ville de Jaugès* war es bei leichtem Wind überhaupt kein Problem, hundert Meilen aufzuholen. Das Rennen war noch nicht vorbei – falls sich der Wetterdienst nicht getäuscht hatte.

Er hatte sich nicht getäuscht.

An jenem Abend segelten wir geradewegs in ein schwarzes Loch. Wir krochen über die Themsemündung, und die Ebbe zog uns um das North Foreland. Um Mitternacht schimmerten die weißen Klippen von Dover im Mondschein, und wir schafften es kaum, den Flutstrom auszusegeln. Wir verbrachten eine scheußliche Nacht, mehr oder weniger auf der Stelle dümpelnd, und die Positionslampen großer Schiffe zogen wie Glühwürmchen an uns vorbei.

Mit der Morgendämmerung kam dicker, feuchter Nebel auf. Wir aßen ein Frühstück, das wir eigentlich nicht wollten und dessen Anblick wir kaum ertrugen. Als es heller wurde, schob ein ganz leichter Westwind den Nebel weg. Beide starrten wir mit erschöpftem Blick nach Osten, über das Wasser, auf der Suche nach Katzenpfötchen.

Zwischen uns und der schweren grauen Nebelbank standen zwei Segel. Charlie schaute durchs Fernglas und sagte mir, was ich schon wußte: »*Downtown Flyer*. Und der andere ist Jarré, ich erkenn's an seinem Segel. Etwa eine Meile entfernt. Höchstens.«

Danach verschwendeten wir keine Zeit. Wir trimmten mit mikroskopischer Präzision und nutzten noch den allerletzten Hauch Wind. Aber er blieb hartnäckig im Westen. Ich wußte, daß unsere einzige Hoffnung jetzt darin bestand, die gleichen Manöver zu machen wie Jarré, also die ganze Zeit zwischen ihm und der Ziellinie zu bleiben. Aber von Folkestone nach Plymouth, bei Wind der Stärke zwei, war es ein langer Weg. Und jedesmal, wenn ich mich umdrehte, war Jarrés Segel noch größer geworden.

Um elf Uhr erkannte ich das Gesicht von Le Bart, der auf dem Mittelrumpf lag und in die große leichte Genua hinaufschaute, die er gerade trimmte. Jarré sah nicht zu uns herüber. Ich tat mein Bestes, auch nicht zu ihm hinüberzuschauen.

Ich wußte auch so, was als nächstes passieren würde.

»Schweinehund«, sagte Charlie um elf Uhr fünfzehn.

Jarré war abgefallen, hatte an Geschwindigkeit zugelegt und wieder angeluvt. Er hatte sich auf Steuerbordbug direkt auf die Küste zubewegt und ging etwa eine Meile vor uns auf den anderen Bug. Nun war er auf Backbordbug und segelte von dannen.

»Da geht er hin«, sagte Charlie.

»Wart's ab«, sagte ich. *Ville de Jaugès* blieb auf Backbordbug und bewegte sich auf die blaue Mitte des Kanals zu.

Die Sonne schien aus einem wolkenlosen Himmel.

»Der segelt Richtung Frankreich, auf der Suche nach Tidenstrom«, sagte Charlie.

»Vielleicht kriegt er den ja«, sagte ich. Ich selber allerdings blieb unter der englischen Küste, da die Linien auf der Wetterkarte dort enger zusammenlagen.

Um ein Uhr fragte Charlie: »Was ist denn das?«

Das Wasser hatte sich im Norden, nach Dungeness zu, plötzlich verdunkelt und eine schiefergraue Färbung angenommen. Eine Schneise glatten Wassers schlängelte sich durch den Schatten. Ich steuerte darauf zu. In einer halben Minute war er über uns, ein langer, wohltuend kräftiger Windstrich, nördlich und genau dort, wo er gebraucht wurde. *Orange* steckte ihren Leeschwimmer ins Wasser und fing an, ganz schön voranzukommen.

Es war ein Raumschotkurs wie aus dem Bilderbuch. Die See war flach wie ein Pfannkuchen, und der Wind blies mit gut zwanzig Knoten. Wir jagten an der Royal Sovereign vorüber und zum St. Catherine's Point, ein Paar orangefarbener Rasiermesser in Wasserwänden aus Gischt; alles ächzte und rüttelte. Der Luvrumpf schien kaum das Wasser zu berühren, aber wir konnten uns nicht einmal an dem Anblick erfreuen, denn wer von uns beiden am Ruder stand, wild entschlossen, sie am Laufen zu halten und noch das Allerletzte aus ihr herauszuholen, mußte sich wahnsinnig konzentrieren. Der andere trimmte inzwischen, was und wie er nur konnte, und suchte den Horizont vor sich und in Lee nach dem großen beigen Segel ab.

Die Isle of Wight flog vorbei. Wir gerieten in den sich erweiternden Trichter des westlichen Kanals. Im Norden versank das Land, ein Aufflackern von weißem Kalk.

Um zwei Uhr sagte Charlie: »Da ist er«, und deutete über unseren Backbordschwimmer.

Am Ende seines Fingers, noch weit im Südwesten, war ein Hauch von Ocker wahrzunehmen. Der Wind rüttelte am Achterliek des Großsegels.

»Wind schralt«, sagte Charlie. »Könnte nachlassen.«

Er ließ nach. An diesem Abend versank die Sonne in einem Bottich aus geschmolzenem Glas.

»Geh schlafen«, sagte ich zu Charlie.

»Nein«, sagte er, »geh du.«

Wir gingen beide nicht. Statt dessen saßen wir da, zupften völlig nutzlos an allem herum und versicherten uns immer wieder, daß auch Jarré schließlich keinen Wind hätte.

Gegen drei Uhr morgens hingen wir still, grimmig und verfroren im Cockpit.

Vorn am Bug sagte die Fock einmal »wupps«.

»Du steuerst«, sagte Charlie. »Ich trimme.«

Der Wind war wieder da.

Es war ein warmer Südwind, der eine gewisse Schwere hatte, die weiche, feuchte Schwere des Atlantiks. *Orange II* richtete sich wieder auf und begann loszuziehen. Charlie hatte die BBC, Radio Solent, eingestellt. Aber die Seen wurden höher, und *Orange II* nahm sie mit einem solchen Geratter und Gepolter, daß kaum zu verstehen war, was BBC sagte, außer, daß noch niemand über die Ziellinie gegangen war. Solange bestand auch noch Hoffnung.

Um vier Uhr morgens hatten wir Portland Bill dreißig Meilen nordöstlich von uns. Wir hatten beide nicht geschlafen, und ich war nicht mehr von dieser Welt, die ich nur noch durch eine dicke Watteschicht wahrnahm. Der Teil von mir, der steuerte, funktionierte allerdings.

»Da!« brüllte Charlie.

Im Osten wurde der Himmel schon grau, aber die See war immer noch dunkel. Vor uns an Backbord blinkte auf einem Wellenkamm ein grünes Licht. Und dahinter blinzelte ein weißes. Ein Steuerbordlicht und ein Hecklicht: ein Boot unter Segeln. Der Geschwindigkeit nach mußte es Jarré sein.

»Und wenn wir unsere Lichter ausmachen?« sagte Charlie. »Uns an ihn heranschleichen?«

»Nein«, sagte ich. »Redlich und fair, bitte.«

Ich ging etwas höher an den Wind und holte die Schoten dicht. Langsam kam zu dem grünen Licht vor uns noch ein rotes Backbordlicht. Wir waren ihm direkt auf den Fersen. Zwischen den Schwimmern trommelten die Seen. *Orange II* setzte mit ihrer langen, wunderbaren Gangart über die Dünung. Der Abstand zwischen den Lichtern wurde größer, das grüne Licht verschwand hinter seinem Segel. Wir waren in Luv von ihm.

»Und jetzt geht's los«, sagte ich durch die Zähne.

Denn die See wurde jetzt heller, hatte diese sonderbare, ultraviolette Graufärbung, die mit der Morgendämmerung kommt, und jetzt konnte ich erkennen, daß Jarré zweihundert Meter vor uns war. Ich sah den blassen Fleck seines Gesichtes, als er sich zu uns umdrehte. Von See her kam die schwarze Wolke einer Bö.

»Gewicht nach Luv«, sagte ich zu Charlie. Aber der arbeitete schon wie ein Verrückter und wuchtete die Segelsäcke über das Trampolin. Jarré schaute sich wieder um.

»Festhalten!« sagte ich.

Mit der Wucht einer großen harten Faust schlug die Bö in unsere Segel. *Orange II* hob einen Schwimmer und schoß vorwärts. Der Schwimmer hob sich immer höher. Meine Hand wanderte zum Traveller. Komm runter, sagte ich. Komm wieder runter, bitte. Aus dem Augenwinkel konnte ich sehen, daß auch das Ruderblatt des Luvschwimmers über dem Wasser hing, daß es die Wellen nur noch mit der Spitze küßte. *Orange* hatte jetzt überhaupt keine Stabilitätsreserve mehr. Ein winziger Hauch noch, und wir würden kopfüber gehen. Ich hielt sie, wie sie war, und beobachtete Jarré. Er wußte, was ich vorhatte: ich wollte zwischen ihn und seinen Wind. Ich sah seine Zähne blitzen, als er Ruder legte. Es war das klassische Segelschulmanöver. Wenn jemand zwischen dich und deinen Wind gehen will, dann luv an. Er luvte an.

Als er vor meinen Steven schwenkte, hielt ich Kurs, als hätte ich nichts gesehen. Ich hörte ihn schreien. Da erst legte ich Ruder. *Oranges* Luvschwimmer kam mit einem leisen Knirschen herunter. Charlie stemmte sich in die Winsch und fierte die Großschot etwas auf, und *Oranges* Bug schoß einen Fuß an Jarrés Heck vorbei, als er zu kneifen versuchte. Bevor er wußte, wie ihm geschah, waren wir durch seinen Windschatten hindurch und wieder auf unserem Am-Wind-Kurs, aber vor ihm. Zoll um Zoll fiel er zurück.

»Nicht winken«, sagte ich zu Charlie.

»Tu ich ja gar nicht«, sagte Charlie und winkte.

Wir brausten an Start Point vorbei mit einem Wind, der so beständig war wie der Felsen von Gibraltar, weiter auf Plymouth und die Ziellinie zu und auch auf all die schmutzigen Dinge, die dort noch auf mich warteten. Um elf Uhr rief ich über Funk meinen Rechtsanwalt an, und er informierte mich über das Ergebnis seiner Arbeit bei der Handelskammer.

Wir passierten die Ziellinie um drei Minuten vor zwölf in einer Flottille kleiner Motorboote. Die Hubschrauber und Sportflugzeuge übertönten zwar den Rundfunksprecher, aber nach seinem Tonfall zu urteilen waren wir das erste Boot, das die Ziellinie passiert hatte.

## 37

Das Ufer bestand nur aus Gesichtern und Mikrophonen, die aus der Menge hervorragten und wissen wollten, wie wir uns fühlten, welches der härteste Augenblick gewesen sei, und wann wir gewußt hätten, daß wir gewinnen würden. Ich grinste sie an und beantwortete alle Fragen.

Dann kletterte Agnès über die Reling, braun wie eine Polynesierin. Sie schlang die Arme um meinen Hals, und eine Welle von Kameraauslösern klickte die Mole entlang. Ich versuchte ihr Haar zu streicheln, aber meine Hände waren steif und voller Schrunden nach zwei Wochen Segelmanöver und Rudergehen.

Sie küßte mein Gesicht, sagte: »Salz«, und überredete Charlie und mich dazu, ein Siegeszeichen zu machen; aber eigentlich brauchten wir gar nicht lange überredet zu werden.

Scotto hob Mae an Bord und fing an, das Boot aufzuklaren. Mae drückte sich an mich. Scotto schüttelte uns die Hand wie ein riesiger blonder Affe.

»Ihr seid die Größten«, sagte er in einem fort. »Ihr seid doch die Allergrößten.«

Wir kletterten ins Beiboot und bahnten uns durch das von Booten wimmelnde Hafenbecken einen Weg bis zu der Stelle, wo *Hecla* mit dem Heck an einer Muring lag. Der obligate weißgekleidete Matrose stand an der Gangway.

»Willkommen an Bord, Sir«, sagte er. Ich grinste ihn geistesabwesend an. Ich war sehr, sehr erschöpft. Aber ehe das hier nicht ausgestanden war, würde es keinen Schlaf geben.

Als wir über das Promenadendeck gingen, sagte eine Stimme im Lautsprecher: »Ladies und Gentlemen, Mr. James Dixon, Gewinner der Round-the-Isles-Regatta.« Die Männer und Frauen im Salon und an Deck lächelten und klatschten. Ich sah Harry und Neville Spearman. Charles Lloyd hob den Daumen und winkte mir zu. Harry hätte sich jetzt lieber ernsthaft nach einem anderen Job umschauen sollen. Aber auf meine Ausgelassenheit fiel ein Schatten, als mir einfiel, wie ich vor Wochen zum erstenmal über *Heclas* Promenadendeck gelaufen war.

»Festhalten«, sagte der Lautsprecher. Es war Dag Sillems Stimme. »Es geht los!« Hinter uns wurde rumpelnd die Gangway eingezogen. »Eine Ehrenrunde mit Orange Cars.«

Jeder klatschte. Eine andere Stimme dröhnte durch den Lautsprecher und machte auf *Ville de Jaugès* aufmerksam, die in einem Schwarm kleiner Motorboote gerade an der Mole vorbeisegelte.

Ich schaute hin und wieder weg.

Neben mir sagte Charlie: »Das kann doch nicht wahr sein!«

Aus den Köpfen der Menschenmenge hob ein Kopf sich deutlich von allen anderen ab: kurzgeschorene Haare, papierweiße Haut, große schwarze Moustache: Randy.

»Ich denke, der ist verhaftet«, sagte Charlie.

»Er war«, sagte ich.

»Das klingt nicht sehr erstaunt«, sagte Charlie.

»Bin ich auch nicht«, sagte ich.

»Mangel an Beweisen«, sagte eine Stimme neben mir. Es war Terry Tanner. Er trug das obligate Siegerlächeln, aber sein Blick war kalt.

»Weswegen saß er?« fragte ich.

»Ich denke, das wissen Sie besser als ich«, sagte Tanner.

Ich nickte, denn ich wußte es. Ich hatte zwar nächtelang nicht geschlafen, aber mein Hirn war wie von Flutlichtern erhellt. Das lag zum Teil an der Hochstimmung über unseren Sieg. Aber mehr als das war es die Freude der Gewißheit. Endlich.

Ich sagte: »Ich kann diesen Lärm hier nicht mehr ertragen. Gehen wir auf die Brücke, was trinken.«

»Wenn Sie das wirklich wollen?« sagte Tanner. »Entschuldigen Sie mich einen Augenblick.«

Ich sah, wie er sich zu Randy hinüberschlängelte und ihm etwas sagte. Randy nickte und ging in die kleine Kajüte hinter dem geschwungenen Treppenaufgang, wo ich sie alle hatte Karten spielen sehen an dem Tag, als Alan Burton umgebracht worden war.

Wir stiegen die Treppe zur Brücke hinauf. Dag Sillem stand oben an der Tür. Er trug einen blauen Blazer, weiße Hose und ein breites weißes Grinsen.

»Ich wollte gerade runterkommen,« sagte er. »He, Terry! Sie wollen doch wohl nicht anfangen, schon den Gewinner zu verkaufen?«

Tanner sagte: »Ganz bestimmt nicht«, ohne zu lächeln, und ging an ihm vorbei auf die Brücke, klein, flink, kerzengerade. Sillem schaute ihm nach und hob eine Augenbraue. Dann sah er zu mir herüber und lächelte.

Ich lächelte nicht zurück, sondern sagte zu Sillem: »Ich glaube, wir haben etwas zu besprechen«, und folgte Tanner auf die Brücke. Sie war lang und schummerig und warm, durchsetzt mit dem roten und grünen Schein der Instrumente. Durch die riesigen Fenster fiel das graue Licht der See herein. Sillem ging hinter mir. Er sagte »vielen Dank« zum Rudergänger und übernahm selbst das Rad. Terry lehnte sich gegen die Instrumentenkonsole.

Es war ruhig hier oben, wunderbar einlullend mit dem Summen der Klimaanlage und dem nur schwach durch das Deck dringenden Brummen der Maschinen. Ich spürte die Erschöpfung jetzt in allen Knochen; nicht mehr lange, sagte ich zu mir. Sillems Silhouette zeichnete sich vor dem Fenster ab. Im grauen Licht von draußen sahen seine Schultern breiter aus, als ich sie in Erinnerung hatte. Fest stand er da, ruhig und völlig selbstbeherrscht.

Ich sagte: »Dag, ich weiß, wie Sie es gemacht haben. Aber ich möchte gern wissen, warum.«

Er wandte den Kopf vom Fenster ab. Er stand im Gegenlicht, so daß ich seinen Ausdruck nicht erkennen konnte, aber ich wußte, daß er jetzt lächelte. »Wie bitte?«

»Die Sponsormasche. Arthur Davies schröpfen. Mit Alan Burton Karten spielen, bis er Ihnen gegenüber so hoch verschuldet war, daß er sein Leben riskierte, um Ed Bonifaces Boot zu sabotieren. Dann John Dowsons Boot sabotieren. Und mich in Cherbourg in ein Trokkendock stoßen. Ed Boniface erdrosseln, als er Ihnen zu nahe kam. Mich zur Strafe auf einem Anhänger in Morley spazierenfahren, als ich die Kühnheit besaß, herausfinden zu wollen, was vor sich ging.«

Er hatte das Gesicht wieder abgewandt. Das Profil war ganz klar, mit einer harten, kräftigen Kinnpartie. »Ich glaube, daß Sie Schlaf brauchen«, sagte er sanft.

»Nein«, sagte Tanner. »Das interessiert mich.«

»Das alles haben Sie gemacht, Dag«, sagte ich. »All diese Leute, mit Ausnahme von Alan Burton, wurden von Firmen gesponsert, die Sie geleitet haben: *Launderama de Luxe. Street Express. Orange.* Sie sitzen im Vorstand aller drei Firmen, das habe ich von der Handelskammer erfahren. Als Sie ihnen drohten, daß ihre Boote sabotiert würden, da hatten Sie es auf das Geld abgesehen, das von Ihren Firmen als Sponsorengeld gezahlt wurde. Veruntreuung, Nötigung und Erpressung nennt man das wohl.«

»Das meinen Sie nicht im Ernst«, sagte Dag.

»Doch, das meine ich. Diese Yacht hier, das ganze Drum und Dran reicher Leute. Das alles gehört diesen Firmen, nicht Ihnen. Aber Sie brauchten eine Menge Bargeld für Ihre Hobbys wie Kartenspiel und Wetten. Also fanden Sie Mittel und Wege, Bargeld zu bekommen.«

Es herrschte Schweigen. Dann sagte Dag: »Ich leite eine angesehene Firma. Ich liebe es, sportliche Aktivitäten zu unterstützen. Ausgeburten der Phantasie, wie Sie sie da erwähnen, sind überhaupt nicht konstruktiv. Und ich denke, daß Terry mir beipflichtet, wenn ich sage, daß sie allesamt verleumderisch sind.« Seine Stimme war milde und beherrscht. »Nehmen Sie nur mal eine Minute an, daß jemand sich tatsächlich so verhalten hätte. Was hält seine Opfer davon ab, zur Polizei zu gehen?«

»Ein Drahtseilakt«, sagte ich. »Sie sind ein guter Geschäftsmann, Dag. Und gute Geschäftsleute sind gute Psychologen. Sie wissen, wem sie zusetzen können, und wie weit sie dabei gehen dürfen.«

»Also wirklich«, sagte Sillem. »Finden Sie diese Geschichte nicht unglaublich, Terry?«

Tanner schaute mich aus reglosen blauen Augen an. »Ich glaube, daß James recht neugierig gewesen ist«, sagte er. »Aber jetzt würde ich gern auch noch den Rest hören.«

In der nun folgenden Stille fiel mir eine Bewegung ins Auge. Tanner stand an das Schaltpult gelehnt und wirkte vollkommen ruhig. Aber seine rechte Hand bewegte sich ganz langsam, als sei sie ein von ihm losgelöstes Tier mit einem Eigenleben. Sie kroch das Schaltpult hinauf bis zu einem Schalter, auf dem »Bordsprechanlage« stand. Sillem starrte aus dem Fenster, er lächelte nicht mehr. Seine Augen waren zu schmalen Schlitzen zusammengezogen.

»Der Drahtseilakt«, fuhr ich fort. »Sie hatten mit Männern zu tun, die alles riskierten, was sie hatten, und sogar noch mehr. Männer, die weitergehen mußten, wenn sie nicht abstürzen wollten. Alles, was Sie zu tun hatten, war, sie zu bedrohen. Sie wußten, daß Ed Boniface große finanzielle Schwierigkeiten hatte. Und daß John Dowson bis zum Hals in Schulden steckte. Sie wußten auch, daß ich verzweifelt nach einer Lösung suchte, um meinen Geschäftspartner auszuzahlen. Das einzige, was wir besaßen, waren unsere Boote und eine Chance zu gewinnen. Und niemand von uns wollte sich diese Chance durch eine Drohung nehmen lassen.«

Tanners Hand war an dem Schalter der Bordsprechanlage angekommen. Sein Zeigefinger drückte den mit »Büro« beschrifteten Schalter herunter, langsam, damit es nicht klickte. Die Hand stahl sich fort. Unsere Blicke trafen sich. Schweiß perlte unter meinem Hemd. Ich wußte, daß ich es haargenau getroffen hatte, und um letzte Zweifel bei allen zu ersticken, redete ich weiter.

»Deshalb«, sagte ich, »haben Sie uns erpreßt. Zuerst hat das auch funktioniert. Arthur hat gezahlt, solange er konnte. Und Ed auch. John hat's nicht gemacht, also haben Sie sein Boot sabotiert, live, im Fernsehen, europaweit. Mort Sulkey hat mal zu mir gesagt, daß auch ein im Rennen verunglücktes Boot viel Publicity einbrächte, so daß es letztlich ein gutes Geschäft war, Johns Boot zu ruinieren. Wahrscheinlich wollten Sie nicht einmal, daß er und ein anderer dabei umkommen sollten. Das war Ihnen unangenehm, und Sie schickten Mort schnell nach Poole, damit er Johns Haus durchsuchte, ob es Beweise gegen Sie gab.

Dann kam Ed Ihnen auf die Spur, also mußte er verschwinden. Del gab Ihnen seine Adresse, weil Del von großen Tieren leicht zu beeindrucken ist. Ed war zu betrunken, um zu wissen, wie ihm geschah. Der arme Teufel.« Ich schluckte. Ich hatte in den letzten beiden Wochen wenig gesprochen, und meine Kehle war trocken. »Ich glaube wirklich, daß Sie diese Dinge genießen. Ich wollte nicht zahlen, folglich versuchten Sie, mich bei lebendigem Leibe zu häuten, auf daß ich das nächstemal ein braver Junge sei. Ähnliches haben Sie schon einmal gemacht, letztes Jahr, als Sie Arthur Davies' Arm übel zurichteten. Einerseits sind Sie ein Mensch mit einer soliden kommerziellen Logik. Auf der anderen Seite lieben Sie geradezu Gewalttätigkeit. Eine abartige Veranlagung, Dag. Sie sind ein Sadist mit einer starken Persönlichkeit. Eine Art Hypnotiseur, wenn man so will. Ich vermute, daß Mort Sulkey mitgemacht hat, weil Sie ihn davon überzeugen konnten, daß es besser für seine Karriere war. Und was Alan Burton anlangt...«

Unter Terry Tanners rechter Hand glimmte das Betriebslicht unter dem mit »Büro« bezeichneten Schalter der Haussprechanlage, ein winziger roter Rubin.

»Sie glauben nicht wirklich an andere, nicht wahr, Dag? Der einzige, an den Sie glauben, ist Dag Sillem selbst. Alle anderen sind bloß

Figuren auf einem Brett. Nicht auf einem Schachbrett, dafür sind Sie viel zu sehr Spielernatur. Vielleicht eher Backgammon. Alan Burton war eine sehr kleine Figur. Die benutzte man und warf sie weg. Aber etwas habe ich nicht verstanden, und zwar, wie Sie noch vor mir bei Alan in Seaham sein konnten.«

Sillem sagte leise: »Ich will kein Wort mehr von diesem Blödsinn hören. Ich beende hiermit unsere Geschäftsbeziehung.«

Tanner sagte: »Aber nicht doch. Ich denke, das alles ist sehr, sehr interessant.« Seine Stimme hatte jede Affektiertheit verloren, und zum erstenmal, seit ich ihn kannte, hatte ich den Eindruck, daß er ernst meinte, was er sagte.

»Dies ist kein Vertrag, den Sie beliebig kündigen können. Sie haben vier Leute umgebracht und sind über eine ganze Menge mehr hinweggegangen. Sie werden die Rechnung dafür präsentiert bekommen.«

Sillem lächelte, seine gepflegten Hände drehten das kleine Steuerrad einen Strich nach Backbord. »Sie sind ein guter Segler, aber ein schlechter Anwalt«, sagte er. »Lassen Sie mich Ihnen als jemand, der Rechtsanwalt war, einen kleinen Rat geben ...«

»Ich weiß, wie Sie zu Alan gekommen sind«, sagte eine andere Stimme. Ich blickte mich um. Randy stand im Eingang, die Daumen in die Taschen seiner Lederhose gehakt. »Sie sind mit Ihrem Motorrad gefahren. Sie waren holländischer 500-ccm-Meister, Mitte der sechziger Jahre.«

Sillems Kopf fuhr herum. »Wir sind in einer Besprechung, Randy!«

Randy ging auf ihn zu. Die Muskeln seines Oberarms waren voller blauer Tätowierungen, die unter den kurzen Ärmeln seines Wildleder-T-Shirts hervorsahen.

»Als Alan geflüchtet ist«, sagte Randy, »waren Sie hier an Bord. In Ihrer Kajüte. Dort haben Sie ein Telefon. Alan hat hier angerufen, um mir zu sagen, daß er auf dem Beiboot warten würde, bis ich ihn abholen käme. Sie konnten das Gespräch an Ihrem Apparat belauschen.«

Sillems Ausdruck hatte sich verändert, sein Lächeln war jetzt weniger selbstsicher. Sein Blick fixierte etwas, das außerhalb meines Gesichtsfeldes in Randys rechter Hand lag.

»Alan hat's mir gesagt«, sagte Randy. »Er hat mir erzählt, daß er jemandem Geld schuldet. Und daß der Typ gesagt hätte, er würde es vergessen, wenn Alan an Ed Bonifaces Boot was kaputtmachte. Aber Alan hat zuviel kaputtgemacht, nicht? Er verstand nichts vom Segeln. Und er war ein schwacher Mensch. Er brauchte jemand, der auf ihn aufpaßte, nicht wahr?« Randy drehte sich zu mir um. »Sie wissen, wie ich versuchte, auf ihn aufzupassen. Sie haben ihn an dem Tag mit dem Boot gejagt. *Ich* war hinter Ihnen, damals in Seaham. Ich halte meine Versprechen. Deswegen habe ich Sie in Cherbourg ins Trockendock geworfen. Um zu zeigen, daß ich meine Versprechen halte. Denken Sie immer daran.«

Die Haut seiner Wangen glänzte. Ihm rannen tatsächlich Tränen in den Schnauzbart. Dann wandte er wieder den Kopf und schaute Sillem an. »Und Sie. Als Sie wußten, wo Alan war, haben Sie Ihr Motorrad genommen, sind nach Seaham gefahren, haben ihm eins über den Kopf gehauen und ihn mit dem Anker versenkt. Damals habe ich auch ein Versprechen abgelegt. Ich habe gesagt, wenn ich den finde, der meinen Alan getötet hat, werde ich ihn umbringen.« Sein Gesicht war jetzt ganz dicht vor dem Dag Sillems. Ich hörte ihn atmen. Dann schnellte plötzlich seine Schulter vor, und seine Faust stieß Sillem in die Rippen.

Terry Tanner schrie: »Randy!« mit einer seltsamen, überkippenden Stimme, denn er hatte gesehen, was auch ich gesehen hatte: das Aufblitzen von Metall in Randys Faust.

Einen Moment standen sie da, Randy leicht vorgebeugt, und Sillem, der langsam vornüber kippte, bis sein Kopf auf Randys Schulter ruhte und eine Haarsträhne auf das Wildleder fiel. Dann trat Randy zurück und zog seine rechte Hand fort. Sillem fiel nach vorn aufs Gesicht und verdeckte die Stelle, wo Randys Messer in ihn eingedrungen war. Randy drehte sich um, riß die Tür zur Brückennock auf, und der Wind fuhr scharf und kalt herein. Sein Arm holte aus, das Messer flog in hohem Bogen über Bord, in die wogende graue See hinunter.

Plötzlich war die Brücke voller Lärm und Leute. Ich ging zwischen ihnen hindurch und übernahm das Ruder. Ein Arzt beugte sich über Sillem. Tanner starrte Randy an mit einem Gesicht, das plötzlich nicht länger hart und zäh wie Gummi wirkte, sondern alt und gehetzt und einsam.

Jemand sagte: »Er ist tot.«

Agnès war neben mich getreten, ich fühlte die Wärme ihrer Schulter an meinem Arm.

»Komm nach Hause«, sagte sie.

»Nach Hause«, wiederholte ich. Das Wort bedeutete mir jetzt etwas.

Hinter den Fenstern dehnte sich die See, riesig und grau, mit weißen Kämmen. Das Häßliche, das auf dieser Brücke geschehen war, schrumpfte und verblaßte im Vergleich dazu. Ich ließ das Ruderrad durch die Finger gleiten, *Heclas* Bug schwenkte über den Horizont und lief auf eine ferne, bleistiftdünne Linie zu, die Mole, wo im Mittagsdunst die Bojenlichter wie kleine rote Herzen pulsierten.

# Segel-Thriller

»Llewellyn kennt sich mit Booten so gut aus wie Dick Francis mit Pferden« *The Times*

Laß das Riff ihn töten (22067)
Ein Leichentuch aus Gischt (22230)
Schuß in die Sonne (22417)
In Neptuns tiefstem Keller (23235)
Als Requiem ein Shanty (23351)
Ein Sarg mit Segeln (6723)

## Sam Llewellyn

Ullstein